ONDE DE CHOC

DU MÊME AUTEUR

Renflouez le Titanic, J'ai lu, 1979.
Vixen 03, Laffont, 1980.
L'Incroyable Secret, Grasset, 1983.
Panique à la Maison Blanche, Grasset, 1985.
Cyclope, Grasset, 1987.
Trésor, Grasset, 1989.
Dragon, Grasset, 1991.
Sahara, Grasset, 1992.
L'or des Incas, coll. « Grand Format », Grasset, 1995.

CLIVE CUSSLER

ONDE DE CHOC

roman

traduit de l'américain par
CLAUDIE LANGLOIS-CHASSAIGNON

BERNARD GRASSET
PARIS

L'édition originale de cet ouvrage a été publiée par Simon & Schuster, à New York, en 1996, sous le titre :

SHOCK WAVE

Avec ma profonde reconnaissance
au Dr Nicholas Nicholas
au Dr Jeffrey Taffet
&
à Robert Fleming

LE RADEAU
DU « GLADIATEUR »

17 janvier 1856,
Mer de Tasmanie.

Un des quatre clippers [1] construits à Aberdeen, en Ecosse, en 1854, se détachait nettement des autres. Baptisé le *Gladiateur*, ce grand voilier de 1 256 tonnes, 60 mètres de long et 11 mètres de large, avait trois grands mâts pointés vers le ciel. C'était l'un des clippers les plus rapides jamais mis à l'eau mais également l'un des plus dangereux par gros temps, à cause de la finesse de ses lignes. On disait de lui qu'il avait l'âme d'un fantôme capable de filer au plus infime souffle de vent. En vérité, aucun calme plat ne réussit jamais à ralentir le *Gladiateur*.

Malheureusement, bien que l'on n'en sût rien à l'époque, il était destiné à sombrer dans l'oubli.

Ses armateurs l'avaient équipé pour le commerce avec l'Australie et le transport des émigrants, et il était l'un des rares navires pouvant charger à la fois du fret et des passagers. Mais, comme ses propriétaires devaient bientôt s'en rendre compte, bien peu de coloniaux pouvaient se permettre de payer une traversée aussi onéreuse de sorte que, la plupart du temps, ses cabines de première et de seconde classe restèrent vides. Il se révéla bien plus lucratif d'obtenir des contrats gouvernementaux.

Le *Gladiateur* fut confié à l'un des commandants les plus durs de l'époque, Charles « Bully [2] » Scaggs. Il portait bien son surnom. Bien qu'il n'usât jamais de fouet contre les matelots paresseux ou insubordonnés, il menait sans pitié ses hommes et son navire en des courses sans

---

1. Clipper : voilier fin de carène spécialement construit pour avoir une grande vitesse. pour transporter les condamnés jusqu'au continent [australien], qui fut longtemps la plus grande prison du monde.
2. Bully signifie « la Brute », surnom donné à Scaggs.

cesse plus rapides entre l'Angleterre et l'Australie. Ses méthodes impitoyables se révélèrent payantes. Pour son troisième voyage de retour, le
Gladiateur mit soixante-trois jours, un record qu'aucun voilier n'a encore
jamais battu.

Scaggs avait fait la course avec les clippers et les capitaines les plus
légendaires de son époque, comme John Kendricks et son *Hercule* ou
comme Wilson Asher aux commandes du fameux *Jupiter*. Il n'avait
jamais perdu. Les capitaines concurrents qui quittaient Londres presque
en même temps que le *Gladiateur* le trouvaient chaque fois confortablement mouillé à sa place en arrivant au port de Sydney.

Ces courses rapides étaient une bénédiction pour les prisonniers qui
enduraient ces voyages de cauchemar dans des conditions effroyables.
Beaucoup de navires marchands mettaient jusqu'à trois mois et demi
pour accomplir le parcours.

Enfermés dans les cales, les prisonniers étaient traités comme du
bétail. Certains étaient des criminels endurcis, d'autres des dissidents
politiques, mais la plupart n'étaient que de pauvres diables emprisonnés
pour le vol d'un bout de tissu ou d'un peu de nourriture. On condamnait
les hommes au bagne colonial pour n'importe quel délit, du meurtre au
vol à la tire. Les femmes, séparées des hommes par une épaisse cloison,
l'étaient pour de menus larcins ou pour vol à l'étalage. Aucun de ces malheureux passagers ne disposait du moindre confort. Des couchettes dures
empilées dans d'étroites cabines de bois, pratiquement aucune possibilité
d'hygiène, une nourriture inadaptée, tel était leur lot pendant ces longs
mois en mer. Leur seul luxe consistait en une ration de sucre, de vinaigre
et de jus de citron destinée à éviter les risques de scorbut. On leur donnait aussi parfois une ration de vin de Porto, le soir, pour calmer leur
désespoir.

Sur le *Gladiateur*, un petit détachement de dix hommes du régiment
d'infanterie de Nouvelle-Galles du Sud se chargeait de les surveiller sous
le commandement du lieutenant Silas Sheppard.

L'aération était pratiquement inexistante : quelques écoutilles munies
de grilles épaisses, supposées ventiler l'endroit mais fermées et verrouil-
lées la plupart du temps, elles ne servaient pas à grand-chose. Lorsqu'on
atteignait les tropiques, l'air devenait irrespirable. Les prisonniers souffraient encore plus par mauvais temps car, en plus du froid et de l'humidité, les vagues les jetaient sans cesse contre la coque dans une obscurité
quasi perpétuelle.

On engageait des médecins sur les bateaux transportant des bagnards
et le *Gladiateur* ne faisait pas exception à cette règle. Le médecin-
chirurgien Otis Gorman veillait au bon état général de chacun et faisait
en sorte que, lorsque le temps le permettait, de petits groupes de détenus
aillent respirer un peu d'air frais et faire quelque exercice sur le pont. La
bonne santé des prisonniers devint même une source d'orgueil pour les

médecins de bord qui aimaient à se vanter, en arrivant au port de Sydney, de n'avoir pas perdu un seul bagnard. Gorman était un homme compatissant qui s'occupait bien de ceux qui lui étaient confiés. Il les saignait quand il le fallait, perçait les abcès, distribuait des traitements et des conseils en cas de lacération, de plaies ou de coliques. Il surveillait que les cabinets fussent bien nettoyés au chlorure de chaux, les vêtements lessivés et les seaux hygiéniques récurés. Il recevait, presque à chaque voyage, une lettre de remerciements des bagnards quittant le navire.

« Bully » Scaggs préférait ignorer les malheureux enfermés dans ses cales. Il ne s'intéressait qu'à ses records de vitesse. Sa discipline de fer et son agressivité lui avaient assuré de jolis bénéfices offerts par les armateurs ravis, ainsi qu'une réputation de légende parmi les autres clippers de commerce.

Il sentait que ce voyage-là allait lui offrir un nouveau record et se montra encore plus implacable. Cette fois, il devait rester éloigné de Londres cinquante-deux jours, atteindre Sydney avec un chargement de marchandises et 192 bagnards dont 24 femmes. Aussi poussa-t-il le *Gladiateur* au bout de ses limites, larguant rarement les voiles pendant les fortes rafales de vent. Sa persévérance semblait devoir être récompensée : il avait couvert 439 milles rien que pendant les premières vingt-quatre heures.

Et puis la chance abandonna Scaggs. Le désastre pointa bientôt derrière la poupe de son clipper.

Le *Gladiateur* avait passé sans encombre le détroit de Bass, entre la Tasmanie et la pointe sud de l'Australie. Le lendemain, le ciel du soir se couvrit de nuages noirs et menaçants qui cachèrent les étoiles tandis que la mer devenait houleuse. A l'insu de Scaggs, un énorme typhon se préparait à fondre sur son navire, quelque part au sud-est, au-delà de la mer de Tasmanie. Les clippers avaient beau être agiles et robustes, ils n'étaient pas à l'abri des colères du Pacifique.

Cette tempête se révéla le typhon le plus violent que les habitants des îles du sud aient jamais essuyé. La puissance du vent augmentait d'heure en heure. La mer se transforma en une chaîne mouvante de lourdes montagnes surgissant de l'obscurité et se jetant sur toute la longueur du *Gladiateur*. Trop tard, Scaggs ordonna d'affaler les voiles. Un coup de vent vicieux attrapa la toile encore exposée et la hacha menu juste après avoir cassé les mâts comme des cure-dents et jeté les vergues et les haubans à l'autre bout du pont. Puis, comme pour essayer de nettoyer tout ce désordre, des vagues monstrueuses balayèrent les débris de mâts enchevêtrés. Une déferlante de dix mètres de haut s'abattit sur la proue et roula jusqu'à la poupe, écrasant au passage la cabine du capitaine et arrachant le gouvernail. La vague jeta à la mer tous les canots du pont, la barre, le rouf et les cuisines. Les écoutilles volèrent en éclats et l'eau s'engouffra jusqu'aux cales sans rencontrer d'obstacles. Ce rouleau énorme, mortel, avait réduit le gracieux clipper en une épave mutilée et impuissante, ballottée comme un morceau de bois, ingouvernable dans les montagnes liquides. Incapables de lutter contre les éléments, le malheureux équipage et la troupe des forçats ne pouvaient que regarder venir la mort et attendre en tremblant que le navire plonge pour la dernière fois dans les profondeurs mouvantes.

Deux semaines après le jour où le *Gladiateur* aurait dû atteindre le port, des navires partirent à sa recherche et firent en sens contraire le chemin habituel du clipper par le détroit de Bass et la mer de Tasmanie. Ils ne trouvèrent aucune trace de survivants, de cadavres ou d'épaves. Ses propriétaires le passèrent par profits et pertes, le rayèrent de leurs listes et touchèrent les primes d'assurances correspondantes. Les parents des membres de l'équipage et des bagnards prirent le deuil et le souvenir même du clipper s'effaça lentement des mémoires.

Certains navires ont la réputation d'être des cercueils flottants. Mais les rivaux de Scaggs, ceux qui avaient connu l'homme et son *Gladiateur,* hochèrent seulement la tête. Pour eux, le gracieux clipper avait été victime de ses qualités mêmes et de la rudesse avec laquelle Scaggs l'avait mené. Des hommes qui avaient navigué à son bord suggérèrent qu'il avait sans doute été pris en sandwich entre une forte rafale de vent et une grosse vague qui s'était probablement brisée sur sa poupe. La force combinée du vent et de la mer, poussant sur sa proue, avait brusquement envoyé le navire par le fond.

Dans le bureau des célèbres assureurs de la Lloyd's de Londres, la perte du *Gladiateur* fut inscrite dans les registres entre le naufrage d'un remorqueur à vapeur américain et l'échouage d'un bateau de pêche norvégien.

Il s'écoula trois ans avant que ne soit élucidée la mystérieuse disparition du clipper.

Incroyablement, à l'insu du monde maritime, le *Gladiateur* voguait encore après que le terrible typhon eut disparu à l'ouest. Tant bien que mal, le bâtiment ravagé réussit à survivre. Mais la mer s'engouffrait entre ses planches éclatées et montait dans la quille à une vitesse effrayante. Le lendemain à midi, il y avait plus de deux mètres d'eau et les pompes menaient une bataille perdue d'avance.

La résistance de fer du capitaine Scaggs « la Brute » ne faillit jamais. L'équipage jura plus tard que seule son obstination têtue maintint le navire à flot. Il lançait ses ordres d'une voix calme et décidée, enrôlant ceux des bagnards que la tempête n'avait pas trop blessés en les projetant sans cesse contre les parois. Il leur confia la manœuvre de la pompe pendant que l'équipage tentait de réparer la coque pleine de trous.

Le reste de la journée et la nuit se passèrent à tenter d'alléger le bateau en jetant par-dessus bord le fret et tous les outils et ustensiles qu'il ne jugeait pas strictement indispensables. Mais rien n'y fit. On perdit beaucoup de temps pour des résultats discutables. Le lendemain matin, l'eau avait encore monté de plus d'un mètre. Vers le milieu de l'après-midi, Scaggs, épuisé, s'avoua vaincu. Ni lui ni personne ne pourrait sauver le *Gladiateur*. Et sans canots, il n'y avait pas d'espoir de sauver tout le monde à bord. Il ordonna au lieutenant Sheppard de détacher les prisonniers et de les aligner sur le pont, en face du détachement armé. Seuls ceux qui travaillaient aux pompes et l'équipage qui tentait de réparer les voies d'eau restèrent à leur poste.

Scaggs la Brute n'avait besoin ni de fouet ni de pistolet pour établir sa domination à bord. C'était un vrai géant au physique de lutteur de foire. Il mesurait plus de deux mètres et son regard vert olive luisait au milieu d'un visage bronzé, tanné par le soleil et la mer. Une grosse mèche noire aile de corbeau et une magnifique barbe noire, qu'il ne taillait que pour des occasions spéciales, achevaient de lui donner un air assez effrayant. Sa voix profonde accentuait sa présence imposante. Il était dans la force de l'âge, un dur à cuire de trente-neuf ans.

Regardant les bagnards l'un après l'autre, il fut étonné du nombre de blessures, contusions, entorses de ces gens dont certains portaient autour de la tête des bandages tachés de sang. La peur et la consternation se lisaient sur tous les visages. C'était bien le groupe d'hommes et de femmes le plus laid qu'il eût jamais vu. Tous semblaient assez petits, sans doute à cause d'une alimentation insuffisante depuis l'enfance. Ils étaient émaciés et pâles comme des fantômes. Cyniques, fermés à la parole de Dieu, c'était la lie de la société anglaise, sans espoir de revoir jamais leur terre natale ou de mener une vie décente et fructueuse.

Quand ces malheureux virent le terrible ravage du pont, les mâts et le bastingage brisés, les canots de sauvetage disparus, le désespoir les submergea. Les femmes se mirent à hurler de terreur. « Toutes sauf une » nota Scaggs. Celle-là se détachait des autres. Il la dévisagea rapidement. Cette prisonnière était presque aussi grande que la plupart des hommes. Ses jambes, que l'on apercevait sous sa jupe, étaient longues et fines, sa taille élancée et sa poitrine bien formée. Ses vêtements paraissaient nets et propres et les cheveux blonds qui lui descendaient jusqu'à la taille semblaient brossés et brillants, au contraire des autres femmes à la tignasse emmêlée et broussailleuse. Elle se tenait immobile, masquant sa peur sous un air d'indifférence et de défi et rendit à Scaggs un regard aussi bleu qu'un lac de montagne.

C'était la première fois que Scaggs la remarquait et il s'étonna d'avoir été si peu observateur. S'obligeant à ramener ses pensées vagabondes à l'urgence de la situation, il s'adressa aux bagnards.

— Notre situation n'est guère brillante, commença-t-il. Je dois vous avouer honnêtement que le navire est fichu mais que, du fait que nos canots ont disparu, nous ne pouvons pas l'abandonner.

Ses paroles furent diversement accueillies. Les fantassins du lieutenant Sheppard restèrent silencieux et immobiles tandis que la plupart des bagnards commencèrent à geindre. S'attendant à voir le navire éclater en morceaux à tout moment, plusieurs tombèrent à genoux en suppliant le Ciel de les sauver.

Sans prêter l'oreille à leurs lamentations, Scaggs poursuivit :

— Avec l'aide de Dieu miséricordieux, je vais essayer de sauver tout le monde sur ce navire. J'ai l'intention de construire un radeau suffisamment large pour nous porter tous jusqu'à ce que nous soyons recueillis par un navire de passage ou que nous atteignions le continent australien. Nous emporterons assez d'eau douce et de nourriture pour tenir vingt jours.

— Pardonnez ma question, commandant, mais à votre avis dans combien de temps pensez-vous que nous pourrions être recueillis ?

La question émanait d'un homme immense, à l'expression méprisante, qui dominait ses camarades de la tête et des épaules. Contrairement aux autres, il était vêtu avec élégance et parfaitement peigné.

Avant de répondre, Scaggs se tourna vers le lieutenant Sheppard.

— Qui est ce dandy ?

— Il s'appelle Jess Dorsett, répondit Sheppard à l'oreille du capitaine.

— Jess Dorsett le bandit de grand chemin ? s'étonna Scaggs.

— Lui-même. Il a fait fortune avant d'être arrêté par les hommes de la Reine. C'est le seul de cette troupe hétéroclite qui sache lire et écrire.

Scaggs comprit immédiatement que ce voleur pourrait lui être très utile si la situation devenait menaçante sur le radeau. En effet, la possibilité d'une mutinerie était réelle.

— Je ne puis vous offrir qu'une chance de vous en tirer, monsieur Dorsett. Je ne peux rien promettre de plus.

— Alors qu'attendez-vous de moi et de mes malheureux compagnons ?

— J'attends de chaque homme valide qu'il aide à construire le radeau. Quiconque refusera sera abandonné sur ce qui reste de ce navire.

— Vous avez entendu, les gars ? cria Dorsett aux forçats rassemblés. Au boulot ou à la baille. Aucun de nous n'est marin, ajouta-t-il en revenant vers Scaggs. Il faudra nous dire ce que nous devrons faire.

Scaggs montra son second.

— J'ai chargé M. Ramsey de faire les plans du radeau. Les membres d'équipage qui ne sont pas occupés à tenir le navire à flot dirigeront la construction.

Avec ses deux mètres quatre, Dorsett avait l'air d'un géant au milieu des forçats. Dans sa redingote au riche col de velours, ses épaules étaient larges et vigoureuses. Il avait de longs cheveux cuivrés qui, n'étant pas liés par un ruban, dansaient sur le col de son manteau. Le nez fort, les pommettes hautes et la mâchoire puissante, il paraissait, malgré deux mois dans la cale du navire, sortir d'un salon londonien.

Avant que chacun ne reparte vers ses occupations, Dorsett et Scaggs échangèrent un bref regard dont le second Ramsey remarqua l'intensité.

« Le tigre face au lion » pensa-t-il en se demandant lequel des deux survivrait à cette épreuve.

La mer se calma bientôt, ce qui était heureux car le radeau devait être construit dans l'eau. Les matériaux nécessaires furent jetés par-dessus bord. La carcasse fut assemblée avec les restes des mâts, attachés ensemble par une forte corde. On vida des barriques de vin et des tonneaux de farine destinés aux tavernes et aux magasins de Sydney, et on les lia aux mâts pour augmenter la flottabilité. On cloua de lourdes planches pour faire un pont qu'on entoura d'un bastingage d'environ un mètre vingt de haut. Deux mâts de rechange furent installés à l'avant et à l'arrière, sur lesquels on fixa des voiles, des haubans et des étais. Une fois terminé, le radeau mesurait vingt-six mètres de long et treize mètres de large, ce qui aurait pu paraître grand mais qui, lorsque les provisions furent chargées, laissa peu de place pour les 192 bagnards, les 11 soldats et les 28 membres d'équipage, Scaggs la Brute inclus, soit 231 personnes en tout. A l'extrémité qui se voulait la poupe, on attacha un gouvernail rudimentaire avec une barre de fortune au-delà du mât arrière.

Des barils de bois remplis d'eau, de jus de citron, de bœuf et de porc salés ainsi que de fromages, et plusieurs pots de riz et de pois cuits sur les fourneaux du *Gladiateur* furent descendus sur le radeau entre les mâts et attachés sous une grande pièce de drap qui couvrit deux tiers de l'embarcation en une sorte de marquise protégeant des rayons du soleil.

Un ciel clair et une mer d'huile favorisèrent le départ. On fit d'abord descendre les soldats avec sabres et mousquets, puis les bagnards, trop heureux de ne pas sombrer avec le navire dont la proue s'enfonçait déjà dangereusement. L'échelle de bord n'étant pas assez solide pour les supporter tous, la plupart descendirent le long des cordages. Plusieurs sautèrent ou tombèrent dans l'eau, d'où les soldats les aidèrent à sortir. On transborda les plus gravement blessés avec des élingues. A la surprise générale, ces manœuvres s'achevèrent sans incident. En deux heures, les 203 naufragés occupaient sur le radeau la place que Scaggs leur avait assignée.

Puis vint le tour de l'équipage. Le capitaine Scaggs fut le dernier à abandonner le pont presque totalement incliné. Il lança à son second Ramsey une boîte contenant deux pistolets, le livre de bord du *Gladiateur*, un chronomètre, une boussole et un sextant. Scaggs avait relevé la position du navire avant de descendre sur le radeau. Il n'en avait informé personne, pas même Ramsey. En effet, l'orage avait poussé le *Gladiateur* loin au-delà des routes maritimes fréquentées. Ils dérivaient dans la zone désertique de la mer de Tasmanie, à trois cents milles de la côte australienne la plus proche et, ce qui était pire, le courant les poussait plus loin encore, vers le néant où aucun navire ne s'aventurait jamais. Ayant consulté ses cartes, il avait conclu que leur seul espoir serait de se servir des courants et des vents contraires et de se laisser porter vers la Nouvelle-Zélande.

Peu après leur installation, chacun ayant pris place sur le pont bondé, les passagers du radeau eurent la mauvaise surprise de constater que quarante personnes seulement pouvaient s'allonger à la fois. Les marins comprirent très vite que leur vie allait être en grand danger. Le pont de planches du radeau n'était qu'à une quinzaine de centimètres au-dessus de la surface. Si jamais la mer devenait mauvaise, le radeau et ses infortunés passagers seraient vite immergés.

Scaggs accrocha la boussole au mât devant le gouvernail.

— Hissez la voile, monsieur Ramsey. La barre à un degré quinze, sud-est.

— Bien compris, commandant. Alors, nous n'essayons pas de rejoindre l'Australie ?

— Notre meilleure chance est la côte ouest de Nouvelle-Zélande.

— A combien en sommes-nous ?

— Six cents milles, répondit Scaggs comme si une belle plage de sable les attendait au-delà de l'horizon.

Ramsey fronça les sourcils et jeta un coup d'œil au radeau surchargé puis à un groupe de bagnards qui parlaient à voix basse.

— Je ne crois pas, dit-il d'un ton sinistre, qu'aucun de nous, pauvres croyants, n'ait une chance d'arriver à bon port tant que nous serons entourés de toute cette racaille !

La mer resta calme cinq jours. Les passagers du radeau s'installèrent dans une routine de rationnement discipliné. Un soleil cruel ne cessait de briller, transformant l'embarcation en une sorte d'enfer brûlant. Tous ne souhaitaient que plonger pour se rafraîchir mais les requins montaient déjà la garde autour du radeau, dans l'attente d'un bon repas. Les marins jetaient des seaux d'eau salée sur les auvents de toile mais ne réussissaient qu'à augmenter l'humidité ambiante.

Déjà le moral des naufragés passait de la mélancolie à la traîtrise. Ces hommes, qui avaient supporté d'être enfermés dans les cales obscures du *Gladiateur,* se sentaient inquiets, privés de la sécurité de la coque du navire et perdus dans l'immensité de ce désert liquide. Les bagnards commencèrent à regarder les marins et les soldats avec méchanceté et leur attitude n'échappa pas à Scaggs. Il ordonna au lieutenant Sheppard de veiller à ce que ses hommes aient toujours leurs mousquets chargés et prêts à tirer.

Jess Dorsett observait la grande femme aux cheveux dorés. Elle restait assise toute seule près du mât avant. Il se dégageait d'elle une sorte de passivité, comme si, de tous ces malheurs, elle n'attendait rien pour elle-même. Elle n'avait pas l'air de remarquer les autres prisonnières, parlant fort peu et préférant garder ses distances. Dorsett en conclut qu'elle devait être une femme de sa trempe.

Il se faufila jusqu'à elle au milieu des corps entassés mais, d'un regard impérieux, le soldat de garde l'arrêta et lui fit signe de retourner à sa place. Dorsett était un homme patient. Il attendit que le soldat soit relevé. La nouvelle sentinelle commença immédiatement à reluquer les femmes qui, à leur tour, l'encouragèrent en se moquant de lui. Dorsett en profita pour s'approcher de la frontière imaginaire divisant les hommes des femmes. La grande blonde ne parut pas le remarquer. Ses yeux bleus fixaient au loin quelque chose qu'elle était seule à distinguer.

— Vous cherchez l'Angleterre ? demanda-t-il en souriant.

Elle tourna la tête et le regarda comme si elle s'interrogeait sur l'opportunité de lui accorder la grâce d'une réponse.

— Oui, un petit village de Cornouailles.

— Où l'on vous a arrêtée ?

— Non, ça c'était à Falmouth.

— Avez-vous essayé de tuer la reine Victoria ?

Ses yeux brillèrent et elle sourit.

— Non. J'ai seulement volé une couverture.

— Vous deviez avoir très froid.

— C'était pour mon père. Il se mourait d'une maladie pulmonaire.

— Je suis désolé.

— Vous êtes le fameux bandit de grand chemin ?

— Je l'étais jusqu'à ce que mon cheval se casse une jambe et que les gendarmes de la Reine me fassent aux pattes.

— Et vous vous appelez Jess Dorsett ?

Il fut flatté qu'elle le connaisse et se demanda si elle s'était renseignée sur lui.

— Et vous vous appelez...

— Betsy Fletcher, répondit-elle sans hésiter.

— Betsy, dit Dorsett avec un grand rond de jambe, considérez-moi comme votre protecteur.

— Je n'ai nul besoin d'un bandit d'opérette, répondit-elle sèchement. Je sais me défendre toute seule.

D'un geste, il montra la racaille assemblée sur le radeau.

— Vous aurez peut-être l'usage d'une solide paire de bras avant de revoir la terre ferme.

— Pourquoi devrais-je faire confiance à un homme qui ne s'est jamais sali les mains ?

Il la regarda dans les yeux.

— J'ai peut-être dévalisé quelques diligences en mon temps mais en dehors du bon capitaine Scaggs, je suis sans doute le seul homme à bord à qui vous puissiez faire confiance et qui ne cherchera pas à profiter de vous.

Betsy Fletcher lui montra du doigt quelques nuages menaçants qui paraissaient venir vers eux dans la brise déjà plus fraîche.

— Dites-moi, monsieur Dorsett, comment me protégerez-vous de ceci ?

*
* *

— Cette fois, on est bons, commandant, dit Ramsey. Il vaudrait mieux affaler la voile.

Scaggs hocha la tête avec une grimace.

— Coupez des morceaux de corde sur les rouleaux de réserve et donnez-en à chacun. Dites à ces pauvres diables de s'attacher au radeau afin de résister aux turbulences.

La mer commençait à faire des bosses inconfortables et le radeau à vaciller et à rouler tandis que les vagues envoyaient valdinguer la masse des corps entremêlés, chaque passager accroché à son propre morceau de corde pour sauver sa vie. Les plus malins s'étaient attachés directement aux planches. L'orage ne fut certes pas aussi fort que le typhon qui avait eu raison du *Gladiateur*, pourtant il devint bientôt impossible de dire où finissait le radeau et où commençait la mer. Les vagues ne cessaient de grandir, surmontées de leurs crêtes d'écume blanche. Certains passagers essayaient de rester debout afin de garder la tête au-dessus de l'eau mais le radeau ne cessant de rouler et de retomber sauvagement, ils retombaient eux aussi presque immédiatement sur le pont de fortune.

Dorsett se servit de sa corde et de celle de Betsy pour attacher la jeune femme au mât. Lui-même s'enroula dans les haubans et lui fit un bouclier de son corps contre la force des vagues. Comme si tout ce tintamarre ne suffisait pas, la pluie se mit à tomber, les rouant de coups comme autant de hallebardes lancées par des démons. L'eau du ciel et l'eau de la mer frappaient dans toutes les directions.

La seule voix capable de surmonter la furie de l'orage était celle de Scaggs, qui jurait avec véhémence et hurlait des ordres à son équipage en exigeant que l'on ajoutât des cordes pour arrimer les provisions. Les marins firent de leur mieux pour attacher les caisses et les barils mais une vague haute comme une montagne se leva au même moment et vint s'écraser sur le radeau, le poussant vivement sous l'eau. Pendant près d'une minute, il n'y eut pas une âme à bord de la malheureuse embarcation qui ne crût sa dernière heure venue.

Scaggs retint son souffle, ferma les yeux et jura sans ouvrir la bouche. Le poids de l'eau lui parut chasser toute vie de son corps. Pendant ce qui lui sembla une éternité, le radeau émergea paresseusement d'une masse tourbillonnante d'écume pour retrouver le vent. Ceux qui n'avaient pas été balayés par la vague respirèrent profondément et crachèrent en toussant l'eau salée qu'ils avaient avalée.

Jetant un coup d'œil autour de lui, le capitaine Scaggs fut atterré. Toutes les provisions avaient disparu dans les flots comme si on ne les avait jamais embarquées. Le pire était peut-être que la masse des caisses et des barils avait creusé une avenue dans la masse des bagnards, les mutilant et les arrachant du radeau avec la force d'une avalanche. Leurs plaintes pathétiques ne reçurent aucune réponse. La sauvagerie de la mer rendait impossible toute tentative de sauvetage et les survivants ne purent que pleurer la mort horrible de leurs compagnons.

Le radeau et ses passagers durent résister à l'orage toute la nuit, battus par les trombes d'eau qui ne cessaient de se déverser sur eux. Le lendemain matin, la mer commença à se calmer et le vent tomba pour n'être plus qu'une légère brise du sud. Mais tous se méfiaient et guettaient une éventuelle vague assassine qui pouvait se former hors de leur vue et se jeter sur eux pour arracher au radeau les quelques survivants qui auraient relâché leur attention.

Quand Scaggs put enfin se mettre debout et constater l'étendue des dégâts, il fut choqué de voir que pas un seul baril de nourriture ou d'eau n'avait été épargné par la violence de la mer. Désastre supplémentaire, les mâts se réduisaient à quelques lambeaux de voiles. Il ordonna à Ramsey et à Sheppard de faire le compte des disparus. Leur nombre s'éleva à vingt-sept.

Sheppard secoua tristement la tête.

— Pauvres diables, ils sont trempés jusqu'aux os.

— Que l'équipage étende ce qui reste de voile afin de recueillir autant d'eau de pluie que possible avant que ce grain ne cesse, ordonna Scaggs à Ramsey.

— Nous n'avons plus de récipient pour la conserver, remarqua Ramsey. Et qu'est-ce qui nous servira de voile ?

— Quand chacun aura bu son content, nous réparerons les voiles qui peuvent l'être et nous continuerons à naviguer est sud-est.

La vie reprit un peu sur le radeau. Dorsett se dégagea des haubans et prit Betsy par les épaules.

— Etes-vous blessée ? demanda-t-il avec inquiétude.

Elle le regarda à travers les longues mèches mouillées collées à son visage.

— Je ne pourrais certes pas assister à un bal à la Cour avec cet air de chien mouillé. Mais malgré toute cette humidité, je suis heureuse d'être vivante.

— Une bien mauvaise nuit, dit-il, et j'ai bien peur que ce ne soit pas la dernière.

Tandis que Dorsett la réconfortait, le soleil reparut comme une vengeance. Sans les auvents, emportés par la tempête, il n'y avait plus de protection contre la chaleur du jour. Puis vinrent les tourments de la soif et de la faim. Le moindre morceau de nourriture trouvé entre les planches fut rapidement avalé. Et l'eau de pluie déposée sur les toiles déchirées eut bientôt disparu.

Lorsqu'on put hisser ce qui en restait, les voiles ne servaient plus à grand-chose et se révélèrent en tout cas incapables de faire avancer le radeau. Tant que le vent soufflait de l'arrière, l'embarcation restait manœuvrable. Mais si l'on essayait de tirer un bord, le radeau se mettait en travers, dans une position incontrôlable, barrots au vent.

L'impossibilité de diriger le radeau augmenta le sentiment de frustration de Scaggs. Il avait sauvé ses précieux instruments de navigation en les serrant contre lui pendant le gros du déluge. Maintenant, il allait pouvoir calculer où la mer les avait portés.

— Est-ce que nous nous rapprochons de la terre, commandant ? demanda Ramsey.

— Je crains que non, dit gravement Scaggs. L'orage nous a poussés au nord et à l'ouest. Nous sommes plus éloignés de la Nouvelle-Zélande que nous ne l'étions il y a deux jours.

— Nous ne survivrons pas longtemps dans l'hémisphère Sud, au cœur de l'été, sans eau potable !

Scaggs montra deux ailerons qui fendaient l'eau à une centaine de mètres du radeau.

— Si nous ne croisons pas la route d'un navire avant quatre jours, monsieur Ramsey, je crains que les requins ne s'offrent un somptueux banquet.

Les requins n'attendirent pas longtemps. Le deuxième jour après l'orage, les corps de ceux qui avaient succombé aux blessures infligées par la mer déchaînée furent jetés à l'eau et disparurent très vite dans une agitation d'écume sanglante. L'un des monstres paraissait particulièrement vorace. Scaggs reconnut en lui un grand requin blanc, l'une des machines à tuer les plus meurtrières des mers. La bête mesurait entre sept et huit mètres.

Ce n'était pourtant que le début de l'horreur. Dorsett eut le premier la prémonition des atrocités que les pauvres hères du radeau allaient s'infliger les uns aux autres.

— Ils préparent un mauvais coup, dit-il à Betsy. Je n'aime pas la façon dont ils regardent les femmes.

— De qui parlez-vous ? demanda-t-elle.

Ses lèvres étaient parcheminées. Elle s'était protégé la tête avec un lambeau de foulard mais ses bras nus et ses jambes étaient brûlés et boursouflés par le soleil.

— Je parle de cette meute de chiens galeux, à l'avant du radeau, menée par cet assassin gallois, Jake Huggins. Il vous trancherait la gorge aussi facilement qu'il vous donnerait l'heure. Je parie qu'ils préparent une mutinerie.

Betsy regarda d'un air absent les corps étalés sur le radeau.

— Pourquoi diable voudraient-ils prendre le commandement de tout cela ?

— J'ai bien l'intention de le découvrir, dit Dorsett en se dirigeant vers les bagnards affalés sur les planches humides, inconscients de ce qui les entourait, ne pensant qu'à leur soif inextinguible. Il avança gauchement, souffrant de constater à quel point son immobilité forcée dans les haubans avait raidi ses articulations. L'un des rares à oser approcher des conspirateurs, il se faufila dans le groupe des acolytes de Huggins. Ils l'ignorèrent et continuèrent à parler à voix basse en jetant des regards féroces vers Sheppard et ses fantassins.

— Pourquoi viens-tu fourrer ton nez par ici, Dorsett ? grogna Huggins.

Le contrebandier, petit et large comme une barrique, avait des cheveux blonds hirsutes, un nez très large et aplati et une bouche énorme où quelques chicots noircis contribuaient à lui donner un air hideux et grimaçant.

— Je me suis dit qu'un homme en bon état pourrait vous être utile pour prendre possession de ce rafiot.

— Tu veux ta part du gâteau et un petit supplément de vie, c'est ça ?

— Je ne vois pas quel gâteau pourrait prolonger nos souffrances, dit Dorsett d'un ton indifférent.

Huggins éclata de rire, découvrant ses dents pourries.

— Les femmes, imbécile !

— Nous mourons tous de soif et de chaleur et toi tu veux des femmes ?

— Pour un bandit célèbre, tu n'as guère de cervelle ! s'énerva Huggins. On ne veut pas caresser ces chères petites choses. Ce qu'on veut, c'est les couper en morceaux et se régaler de chair fraîche. Et on garde Scaggs la Brute en réserve avec ses marins et ses soldats pour quand on aura vraiment faim.

Dorsett pensa d'abord que Huggins faisait une très mauvaise plaisanterie mais la méchanceté qui brillait dans ses yeux et le rictus hideux étalé sur son visage prouvaient qu'il ne s'agissait nullement d'une blague. L'idée était si abominable que Dorsett se raidit d'horreur et de répulsion.

— Pourquoi se presser ? On sera peut-être secourus demain à cette heure-ci.

— On n'est pas près de voir un bateau ou une île avant un bon bout de temps, mon gars, dit Huggins, le visage déformé par la haine. T'es avec nous, brigand ?

— Je n'ai rien à perdre en te suivant, Jake, dit Dorsett avec un sourire contraint. Mais la grande femme blonde est à moi. Fais ce que tu veux avec les autres.

— Je vois bien qu'elle t'a tapé dans l'œil mais mes gars et moi on partage et on fait parts égales. Je te laisse la première part mais après ça, on partage les restes.

— Ça marche, dit sèchement Dorsett. Quand lancerons-nous l'assaut ?

— Une heure après la tombée de la nuit. A mon signal, on attaque les soldats et on prend leurs mousquets. Quand on aura les armes, Scaggs et son équipage ne feront pas les mariolles.

— Puisque je me suis établi à l'avant, je me chargerai du soldat qui garde les femmes.

— Tu veux être le premier à table, c'est ça ?

— Ça me donne faim rien que de t'entendre en parler, répondit Dorsett.

Revenu près de Betsy, Dorsett ne lui dit rien de la terreur qu'allaient déclencher les bagnards. Il savait que Huggins et ses hommes surveillaient ses moindres mouvements pour s'assurer qu'il ne tenterait pas de prévenir l'équipage du *Gladiateur* et les soldats. Il allait devoir attendre la nuit avant que Huggins donne le signal de l'horreur. Il s'approcha aussi près de Betsy que le garde le lui permit et parut somnoler le reste de l'après-midi.

Dès que l'obscurité couvrit la mer et que les étoiles apparurent, Dorsett laissa Betsy et s'approcha en rampant à quelques mètres du second Ramsey. Il l'appela à voix basse.

— Ramsey, ne bougez pas et n'ayez pas l'air d'écouter quelqu'un.

— Qu'est-ce que c'est ? dit Ramsey entre ses dents. Que voulez-vous ?

— Ecoutez-moi. Dans moins d'une heure, les forçats, menés par Jake Huggins, vont attaquer les soldats. S'ils réussissent à les tuer tous, ils utiliseront leurs armes contre vous et votre équipage.

— Pourquoi devrais-je croire un condamné de droit commun ?

— Parce que vous mourrez si vous ne le croyez pas.

— Je vais prévenir le commandant, répondit Ramsey, de mauvaise grâce.

— Rappelez-lui seulement que c'est Jess Dorsett qui vous a prévenus.

Dorsett fit demi-tour et retourna discrètement près de Betsy. Il enleva sa botte gauche, fit pivoter le talon et la semelle et en retira un petit couteau muni d'une lame de quinze centimètres. Puis il se rassit et attendit.

Un croissant de lune commençait à blanchir l'horizon, donnant aux malheureuses créatures, à bord du radeau, une allure fantomatique. Des hommes se levèrent et se dirigèrent vers la zone interdite, au centre de l'embarcation.

— Tuez ces porcs ! hurla Huggins en bondissant en avant pour mener l'assaut contre les soldats.

Presque folle de soif, la masse des prisonniers crachait sa haine pour l'autorité et, de toutes parts, se précipita vers le centre du radeau. Une volée de coups de feu perça leurs rangs. La résistance inattendue les glaça momentanément.

Ramsey avait en fin de compte informé Scaggs ainsi que Sheppard de ce que lui avait annoncé Dorsett. Les fantassins, mousquets chargés et baïonnettes au canon, attendaient tout comme Scaggs et son équipage. Le commandant avait armé ses hommes des sabres des soldats, des marteaux et des haches des charpentiers et de toutes les armes qu'il avait pu trouver.

— Ne leur laissez pas le temps de recharger, les gars! hurla Huggins. Frappez fort!

La masse des mutinés furieux se jeta en avant, s'embrochant cette fois sur les baïonnettes et se blessant sur les sabres. Pourtant, rien ne semblait calmer leur rage. Ils se jetaient sur l'acier glacé, certains saisissant même à pleines mains les lames effilées des sabres. Des hommes désespérés s'affrontèrent et s'égorgèrent, sur une mer obscure, sous une lune pâle et indifférente.

Les soldats et les marins combattirent furieusement. Chaque pouce du radeau était occupé par des hommes bien décidés à tuer ceux d'en face. Les corps s'empilèrent, gênant les combattants. Le sang inonda le pont de planches, rendant difficile la station debout. Pour ceux qui étaient tombés, il était impossible de se relever. Dans l'obscurité, oubliant leur soif et leur faim, ils luttèrent et tuèrent. Bientôt, on n'entendit plus que les cris des blessés et les plaintes des mourants.

Les requins, comme s'ils avaient flairé les ripailles promises, se mirent à tourner autour du radeau, de plus en plus près. Le haut aileron du Meurtrier, comme les marins avaient baptisé le grand requin blanc, sillonnait l'eau à moins de deux mètres de l'embarcation. Aucun des malheureux qui tombèrent à l'eau ne remonta jamais à bord.

Percé de cinq blessures de sabre, Huggins tituba vers Dorsett, une large planche pleine de clous à la main, prêt à frapper.

— Sale traître! siffla-t-il.

Dorsett se pencha, le couteau tendu devant lui.

— Avance et tu es mort, annonça-t-il d'une voix calme.

Furieux, Huggins hurla.

— C'est toi qui vas aller nourrir les requins, brigand!

Baissant la tête, il chargea en agitant la planche comme une faux.

Au moment où Huggins se fendait vers lui, Dorsett se laissa tomber à genoux. Incapable de contrôler son élan, le Gallois, fou de rage, trébucha et tomba lourdement sur le pont. Avant qu'il puisse se relever, Dorsett se jeta sur le dos puissant de son adversaire, retourna le couteau dans sa main et trancha la gorge de Huggins.

— Tu ne mangeras pas de dame ce soir, dit-il d'un ton farouche tandis que le corps de Huggins se raidissait avant de se détendre totalement dans la mort.

Cette nuit fatale, Dorsett tua encore trois hommes. Il fut à un moment assailli par un petit groupe de partisans du Gallois, déterminés à s'attaquer aux femmes. Pied à pied, ils luttèrent, chacun essayant d'avoir la peau de l'autre.

Betsy apparut soudain pour se battre à ses côtés, criant comme une sirène et mordant les assaillants de Dorsett comme une tigresse. La seule blessure de celui-ci lui fut infligée par un homme qui, avec un hurlement sauvage, lui mordit cruellement l'épaule.

La bataille sanglante fit rage pendant encore deux heures. Scaggs et ses marins, Sheppard et ses fantassins, luttèrent désespérément, repoussant tous les assauts et contre-attaquant. Encore et encore, la folle ruée fut repoussée par les rangs sans cesse moins fournis des défenseurs qui faisaient de leur mieux pour protéger le centre du radeau. Ramsey souffrait de nombreuses blessures et Scaggs de deux côtes cassées.

Hélas, les brigands avaient réussi à tuer deux femmes et les avaient jetées à l'eau dans la mêlée. Enfin, décimés par d'horribles blessures, un par un, deux par deux, les mutins commencèrent à se réfugier vers le périmètre extérieur du radeau.

Quand le jour se leva, les morts jonchaient le sol de planches. Tout était en place pour le deuxième acte de ce macabre drame. Sous le regard horrifié des marins et des soldats survivants, les bagnards se mirent à découper et à dévorer leurs anciens camarades d'infortune. Ce fut une vision de cauchemar.

Ramsey fit rapidement le compte des rescapés et fut choqué de constater qu'il ne restait que 78 personnes sur les 231 qu'on avait embarquées. Dans cette bataille insensée, 109 bagnards avaient péri. Cinq des fantassins de Sheppard avaient disparu, sans doute tombés du radeau, et 12 hommes de l'équipage du *Gladiateur* étaient morts ou disparus. Il semblait inconcevable qu'un si petit nombre de défenseurs ait pu en soumettre autant mais les bagnards n'étaient pas entraînés au combat comme les fantassins de Sheppard, ni physiquement endurcis par le rude travail de la mer, comme l'équipage de Scaggs.

Maintenant que la liste des passagers avait diminué d'au moins 126 personnes, le radeau naviguait nettement plus haut sur les vagues. Ceux des cadavres que les assassins n'avaient pas dévorés dans l'agonie de leur ina-nition furent jetés aux requins impatients. Incapable de rien arrêter, Scaggs retint sa nausée et regarda ailleurs quand son équipage, également affolé par la faim, commença à arracher la chair de trois de ces cadavres.

Dorsett et Betsy, tout comme la plupart des femmes, bien qu'épuisés par les tourments incessants de la faim, ne purent se résoudre à survivre en mangeant de la chair humaine. Une bourrasque de pluie, l'après-midi même, arriva à point pour calmer leur soif mais rien ne put combler les angoisses de leur estomac.

— Je tiens à vous remercier, monsieur Dorsett, pour votre avertissement fort à propos. Je dois avouer que les braves gens encore vivants sur ce vaisseau infernal vous sont redevables de leur vie.

— J'ai mené une existence misérable, commandant, mais je ne me suis jamais mêlé à cette racaille malodorante.

— Quand nous atteindrons la Nouvelle-Galles du Sud, je ferai de mon mieux pour que le gouverneur commue votre peine.

— Je vous en suis reconnaissant, commandant, et je suis votre serviteur.

Scaggs regarda le petit poignard dépassant de la ceinture de Dorsett.

— Est-ce là votre seule arme ?

— Oui, monsieur. Mais elle me fut fort utile la nuit dernière.

— Qu'on lui donne un sabre, dit Scaggs à Ramsey. Nous n'en avons probablement pas fini avec ces chiens.

— Je partage votre avis, confirma Dorsett. Ils ne seront pas aussi violents maintenant que Huggins n'est plus à leur tête, mais ils sont trop affolés par la soif pour laisser tomber. Ils essaieront de nouveau dès qu'il fera nuit.

Il ne se trompait pas. Pour des raisons que seuls pouvaient imaginer des hommes rendus fous par le manque d'eau et de nourriture, les bagnards se jetèrent sur les défenseurs deux heures après le coucher du soleil. L'attaque ne fut pas aussi sauvage que celle de la veille. Des silhouettes fantomatiques vacillèrent les unes contre les autres, donnant des coups de bâton et de sabre, leurs corps s'enchevêtrant en tombant, bagnards, marins et fantassins pêle-mêle.

La vaillance des bagnards s'amenuisa avec un autre jour sans boire et sans manger et disparut tout à fait quand les défenseurs eurent contre-attaqué. Epuisés, ils s'arrêtèrent et reculèrent. Scaggs et ses fidèles marins se ruèrent au milieu de leur groupe tandis que Dorsett, avec les quelques fantassins de Sheppard encore valides, attaqua leur flanc. En vingt minutes, le combat avait pris fin.

Cette nuit-là, on dénombra 52 morts. A l'aurore, il ne restait que 25 hommes et 3 femmes sur les 78 survivants de la veille : 16 bagnards en comptant Jess Dorsett, Betsy Fletcher et 2 autres femmes, 2 soldats et 10 marins du *Gladiateur* dont le capitaine Scaggs. Son second Ramsey faisait partie des morts. Gorman, le chirurgien du bord, mortellement blessé, rendit l'âme en fin d'après-midi comme une lampe qui s'éteint par manque d'huile. Dorsett avait une méchante blessure à la cuisse droite et Scaggs, en plus de ses côtes, avait également une clavicule cassée. Betsy, quant à elle, ne souffrait que de quelques coupures et de bleus sans gravité. Les bagnards avaient reçu une véritable correction et tous montraient de vilaines plaies. Mais la folle bataille pour le radeau du *Gladiateur* était finie.

Au cours des dix jours d'épreuves qui suivirent, il y eut six autres décès. Deux jeunes garçons, dont un mousse de douze ans et un soldat de seize, préférèrent devancer la mort en se jetant dans la mer. Les quatre autres furent des bagnards qui succombèrent à leurs blessures. On aurait dit que le nombre sans cesse moins élevé des survivants contemplait une vision terrifiante. Le brûlant tourment du soleil les reprit comme une fièvre infernale, accompagnée par le délire.

Le douzième jour, ils n'étaient plus que 18. Ceux qui pouvaient encore bouger étaient en guenilles, leurs corps meurtris des blessures du massacre, leurs traits défigurés par la brûlure du soleil, la peau couverte de plaies dues aux planches inégales du pont et au sel de la mer. Ils étaient tous au-delà du désespoir et leurs yeux vides commençaient à distinguer des choses bizarres. Deux marins jurèrent qu'ils voyaient le *Gladiateur*. Ils plongèrent et nagèrent vers le vaisseau imaginaire puis se noyèrent ou furent dévorés par le Meurtrier, toujours à l'affût, et ses voraces compagnons.

Les hallucinations prenaient toutes sortes de formes, depuis des tables de banquets chargées de nourriture jusqu'à des cités peuplées ou des foyers que la plupart d'entre eux n'avaient pas revus depuis l'enfance. Scaggs se voyait assis devant une cheminée avec sa femme et ses enfants, dans son cottage donnant sur le port d'Aberdeen.

Soudain, il regarda Dorsett d'un air étrange et dit :

— Nous n'avons rien à craindre. J'ai envoyé un message à l'Amirauté qui nous envoie un navire de sauvetage.

Presque aussi hébétée que le capitaine, Betsy demanda :

— Quel pigeon avez-vous utilisé pour envoyer votre message ? Le noir ou le gris ?

Les lèvres fendues et saignantes de Dorsett s'étirèrent en un douloureux sourire. Il avait, Dieu sait comment, réussi à garder toute sa tête et avait pu aider les rares marins encore capables de bouger à réparer certains dommages du radeau.

Ayant trouvé quelques morceaux de voile, il avait confectionné un petit auvent au-dessus de Scaggs tandis que Betsy soignait de son mieux les blessures du capitaine et lui portait sa plus affectueuse attention. Entre le capitaine, le bandit de grand chemin et la voleuse, naquit une amitié sincère au long des heures interminables qu'ils vivaient ensemble.

Ses instruments de navigation perdus pendant la bataille, Scaggs n'avait pas la moindre notion de leur position. Il ordonna à ses hommes d'essayer d'attraper du poisson en utilisant de la ficelle et des clous. Comme appâts, de la chair humaine. Les petits poissons ignorèrent complètement l'offre de nourriture. Curieusement, même les requins s'en désintéressèrent.

Dorsett attacha une corde à la poignée d'un sabre et la lança dans le dos d'un gros requin qui nageait près du radeau. Sachant qu'il avait perdu une bonne partie de ses forces et ne pouvait lutter avec le monstre, il attacha la corde autour d'un mât. Il attendrait que le requin meure pour le tirer à bord. Sa seule récompense fut une lame de sabre courbée à quatre-vingt-dix degrés. Deux marins essayèrent d'attacher des baïonnettes à des bâtons pour en faire des harpons. Ils blessèrent plusieurs requins qui ne parurent même pas se soucier de ces égratignures.

Ils avaient abandonné tout espoir de se nourrir de poisson quand, plus tard dans l'après-midi, un grand banc de mulets passa sous le radeau. De trente à quatre-vingts centimètres de long, ils se révélèrent plus faciles à harponner que les requins. Avant que le banc ait disparu, sept poissons en forme de cigare, avec leurs nageoires fourchues, frétillaient sur les planches liées du radeau.

— Dieu ne nous a pas abandonnés, murmura Scaggs en contemplant les poissons argentés. En général, on trouve les mulets dans les mers peu profondes. Je n'en ai jamais vu en eaux profondes.

— On dirait qu'Il nous les a adressés personnellement, dit Betsy en écarquillant les yeux à la vue de leur premier repas en près de deux semaines.

Ils avaient si faim et il y avait si peu de poisson qu'ils y ajoutèrent la chair d'une femme morte une heure auparavant. C'était la première fois que Scaggs, Dorsett et Betsy touchaient à la chair humaine. Ils se justifièrent en la mélangeant à celle du poisson. Le goût en était en quelque sorte déguisé et leur parut moins écœurant.

Un nouveau don du ciel arriva sous forme d'une averse qui mit près d'une heure à passer et leur permit de recueillir près de trois litres d'eau.

Bien que leurs forces aient été temporairement restaurées, le découragement se lisait sur leurs visages. Leurs blessures, aggravées par l'eau salée, leur causaient des douleurs infinies. Et le soleil continuait à les torturer. L'air était suffocant et la chaleur intolérable. La nuit seule apportait un peu de répit et des températures plus fraîches. Mais certains passagers du radeau ne purent supporter un autre jour de souffrance. Il y eut cinq nouveaux décès, quatre forçats et le dernier soldat qui se laissa tranquillement glisser dans l'eau et mourut très vite.

Au quinzième jour, il ne restait que Scaggs, Dorsett, Betsy Fletcher, trois marins et quatre bagnards dont une femme. Ils étaient au-delà de la souffrance. La mort leur paraissait inévitable et ils étaient presque résignés à cesser de lutter. Les mulets avaient disparu depuis longtemps et bien que les morts aient servi aux vivants, le manque d'eau et la chaleur torride rendaient la résistance impossible. Dans vingt-quatre heures au plus, le radeau ne transporterait plus aucun survivant.

Soudain, un événement détourna leur attention de l'horreur indicible des deux dernières semaines. Un grand oiseau brunâtre apparut dans le ciel, survola le radeau par trois fois puis se posa avec un battement d'ailes sur le mât avant. Il promena le regard de ses yeux jaunes aux pupilles rondes et noires sur les pathétiques humains étendus sur le radeau, leurs vêtements en lambeaux, leurs visages et leurs corps marqués par les combats et les brûlures du soleil. Chacun pensa un instant à l'attraper pour le manger.

— Quel étrange oiseau est-ce là ? demanda Betsy dont la langue enflée ne laissait passer qu'un filet de voix.

— C'est un kea, murmura Scaggs. Un de mes officiers en avait apprivoisé un, autrefois.

— Volent-ils au-dessus des mers comme les mouettes ? demanda Dorsett.

— Non. Ce sont des sortes de perroquets qui vivent en Nouvelle-Zélande et dans les îles avoisinantes. Je n'ai jamais vu de kea se promener au-dessus de l'eau à moins que... A moins qu'il ne s'agisse d'un autre message du Tout-Puissant, reprit Scaggs après un silence.

Il se leva péniblement et scruta l'horizon.

— Terre ! s'écria-t-il soudain. Terre à l'ouest, là-bas !

Leur léthargie, leur apathie avaient été si profondes qu'ils ne s'étaient pas rendu compte que les rouleaux poussaient le radeau vers deux monticules verts s'élevant de la mer, à moins de dix milles maintenant. Chacun tourna les yeux vers l'ouest et vit une grande île surmontée de deux collines peu élevées, une à chaque extrémité, avec une forêt entre les deux. Il y eut un long silence sur le radeau. Les rescapés, le cœur battant, craignaient que les courants ne les éloignent de cette terre salvatrice. Presque tous se jetèrent à genoux, hagards, et prièrent pour leur délivrance sur cette côte dont ils s'approchaient.

Il se passa une heure avant que Scaggs puisse assurer que l'île grandissait à ses yeux.

— Le courant nous pousse vers elle, annonça-t-il plein d'allégresse. C'est un miracle ! C'est un vrai miracle ! Je ne connais aucune île sur les cartes de cette partie de la mer.

— Elle est probablement inhabitée, supposa Dorsett.

— Quelle merveille ! murmura Betsy en contemplant l'épaisse forêt entre les deux collines. J'espère qu'il y aura des étangs d'eau douce.

Cette promesse inattendue de survie réveilla le peu de forces qu'ils avaient encore et les poussa à agir. Personne ne songea plus à attraper le perroquet pour le manger. Le messager à plumes fut au contraire considéré comme un bon présage. Scaggs et les quelques marins survivants hissèrent une voile faite de ce qui restait de l'auvent tandis que Dorsett et les bagnards arrachaient des planches au radeau pour ramer fiévreusement. Alors, comme pour les guider, le perroquet agita ses ailes et retourna d'où il venait.

La masse de l'île ne cessait de grandir jusqu'à occuper tout l'horizon à l'ouest, les attirant comme un aimant. Ils pagayèrent comme des fous, bien résolus à mettre un terme à leurs souffrances. Une brise se leva derrière eux, les poussant vers cette terre promise, ajoutant à leur délire d'espérance. Plus question de se résigner à attendre la mort. La délivrance était là, à trois milles de leur radeau.

Brûlant ses dernières forces, un des marins grimpa sur les haubans jusqu'au bout de vergue. Se protégeant les yeux de la main, il scruta la mer.

— Quel genre de plage voyez-vous ? demanda Scaggs.

— Ça ressemble à un récif de corail autour d'un lagon.

Scaggs se tourna vers Dorsett et Fletcher.

— Si nous ne trouvons pas l'entrée du chenal, les brisants vont nous jeter sur le récif.

Trente minutes plus tard, le marin en haut du mât cria :

— Je vois un passage d'eau bleue dans le récif extérieur, à deux cents mètres environ sur tribord.

— Fabriquez un gouvernail ! ordonna Scaggs. Vite ! Et que ceux qui ont encore un peu de muscles attrapent une planche et pagayent pour sauver leur vie.

Une peur affreuse les saisit tous quand ils virent les brisants se jeter sur le récif extérieur. Les vagues frappaient et explosaient en une pure écume blanche. Le bruit qu'elles faisaient en s'écrasant sur le corail résonnait comme des coups de canon. Les vagues atteignaient des hauteurs gigantesques à mesure que le fond marin s'élevait et qu'ils approchaient de la côte. Le désespoir fit place à la terreur quand les occupants du radeau comprirent ce qui les attendait s'ils étaient précipités contre le récif par la force effrayante des brisants.

Scaggs prit sous un bras la barre de fortune et mit le cap sur le chenal tandis que les marins essayaient de diriger la voile effilochée. Les bagnards, comme une compagnie de corbeaux déplumés, pagayaient sans grande efficacité. Leurs pauvres efforts n'avaient pas grand effet sur la vitesse du radeau. Ce n'est que lorsque Scaggs leur ordonna de ramer tous du même côté et en même temps qu'ils purent l'aider à se diriger vers le chenal.

Le radeau fut rattrapé par une muraille de mousse bouillonnante qui le balaya à une vitesse stupéfiante. Pendant un court instant, il demeura suspendu sur la crête de la vague puis plongea dans le creux. Deux des bagnards furent happés par la turbulence et disparurent à jamais. Le radeau, usé par la mer, était en train de se disloquer. Les cordages, râpés et détendus par le roulis constant, commencèrent à s'effilocher et se rompirent. Le châssis des mâts supportant le pont de planches se tordit et se déchiqueta. Le radeau parut grogner quand la vague suivante le recouvrit. Dorsett eut l'impression que le récif était assez proche pour qu'il puisse s'y accrocher.

C'est alors qu'ils furent balayés et jetés dans le chenal, entre les bords tranchants et irréguliers du récif. La lame les porta, le radeau explosa et des morceaux de bois volèrent dans l'eau éblouissante comme une chandelle romaine. Lorsque la partie centrale du radeau se désintégra autour d'eux, les survivants furent précipités dans l'eau.

Une fois passée la barrière de corail, la mer furieuse devint aussi douce qu'un lac de montagne et prit une belle teinte bleu turquoise. Dorsett se releva en toussant, un bras solidement passé autour des épaules de Betsy.

— Vous savez nager ?

Elle secoua vivement la tête en crachant l'eau qu'elle avait avalée.

— Pas du tout.

Il la tira en nageant vers un des mâts du radeau qui flottait à moins de dix mètres d'eux. Dès qu'il l'eut atteint, il mit les bras de Betsy autour de l'épave et se tint près d'elle, essayant de reprendre son souffle, le cœur battant, affaibli par l'effort. Après une minute ou deux passées à récupérer, Dorsett regarda autour de lui pour tenter de faire le point.

Scaggs et deux marins, non loin de là, étaient vivants, accrochés à une petite partie du pont miraculeusement intacte. Déjà ils arrachaient des planches pour en faire des semblants de rames. Des bagnards, il ne vit que deux hommes et une femme qui surnageaient, agrippés à des débris de l'ancien radeau du *Gladiateur*.

Dorsett se retourna pour regarder la côte. Une magnifique plage de sable blanc les attendait à moins d'un quart de mille. Soudain il entendit crier près de lui.

— Betsy et vous, accrochez-vous, disait Scaggs. Nous allons vous chercher, vous et les autres et, ensemble, nous arriverons bien jusqu'à la côte.

Dorsett répondit en agitant le bras et embrassa Betsy sur le front.

— Et veillez à ne pas laisser tomber, ma jolie. Dans une demi-heure, nous foulerons la terre ferme...

La panique le saisit d'un seul coup, tuant sa joie. La haute nageoire d'un grand requin blanc tournoyait autour de l'épave, à la recherche d'une nouvelle proie. Le Meurtrier les avait suivis dans le lagon.

« Ce n'est pas juste ! » hurla silencieusement Dorsett.

Avoir supporté des souffrances dépassant l'imagination et se voir privé au dernier moment de la possibilité de survivre par la mâchoire mortelle de ce démon était une monstrueuse injustice. Sûrement personne n'avait jamais été aussi maltraité par le sort. Il serra très fort Betsy dans ses bras et regarda avec une terreur morbide l'aileron cesser de tournoyer, se diriger vers eux et glisser lentement sous la surface de l'eau. Son cœur se glaça et il attendit, sans rien pouvoir faire, que les dents acérées se referment sur son corps.

Alors, sans prévenir, le second miracle se produisit.

Les eaux calmes du lagon se mirent soudain à bouillonner. Une sorte d'énorme fontaine jaillit, et, au milieu, le grand requin blanc. Le bête meurtrière se débattait sauvagement, ses terrifiantes mâchoires claquant comme celles d'un chien enragé. Il tentait de se dégager d'un gigantesque serpent de mer qui le serrait à l'étouffer.

Les naufragés, agrippés à leurs épaves, regardaient, frappés de stupeur, la lutte mortelle entre ces deux monstres des profondeurs.

De là où il était, sur son débris de radeau, Scaggs était bien placé pour observer la lutte. Le corps de l'énorme créature, qui ressemblait à une anguille géante, devait bien mesurer soixante ou soixante-cinq mètres, entre sa tête arrondie et sa longue queue fuselée. Et en circonférence, Scaggs se dit qu'elle avait bien la taille d'un gros tonneau de farine. Sur le devant de la tête, la bouche s'ouvrait et se fermait spasmodiquement, révélant des dents en forme de crochets. La peau semblait douce, d'un brun foncé sur le dessus du corps, presque noire, tandis que le ventre était d'un blanc d'ivoire. Scaggs avait entendu de nombreuses histoires à propos de navires ayant croisé des monstres marins en forme de serpents, mais il en avait ri, les rejetant comme autant de visions de marins ayant trop forcé sur le rhum.

Glacé de terreur, il ne riait plus du tout en contemplant le Meurtrier qui les avait tant effrayés se débattre inutilement pour tenter d'échapper à son mortel attaquant.

Le corps compact et cartilagineux du requin l'empêchait de tourner suffisamment la tête pour refermer ses puissantes mâchoires sur le serpent. Malgré sa force incroyable et ses convulsions frénétiques, il ne pouvait se libérer de ce formidable étau. Tournant sur eux-mêmes en grands cercles rapides, requin et serpent disparurent sous la surface avant de réapparaître dans une explosion d'écume qui retomba dans l'eau en milliers de gouttes brillantes.

Le serpent commença alors à enfoncer ses dents dans les ouïes du requin. Après quelques minutes, le combat titanesque s'apaisa, le requin agonisant cessa de se débattre et les deux monstres s'enfoncèrent dans les profondeurs du lagon. Le chasseur était devenu la proie d'un autre chasseur.

Scaggs ne perdit pas une seconde après cette bataille épique. Il tira les autres rescapés jusqu'au petit morceau de radeau encore disponible. Stupéfaits par ce dont ils avaient été témoins, les malheureux survivants atteignirent enfin la plage de sable blanc. Titubant, enfin libérés de leur cauchemar, ils pénétrèrent dans un jardin d'Eden encore inconnu des marins d'Europe.

Ils trouvèrent bientôt une rivière d'eau pure tombant de la montagne volcanique qui s'élevait à l'extrémité septentrionale de l'île. Cinq variétés de fruits tropicaux poussaient dans la zone forestière et le lagon regorgeait de poissons. Leur périlleuse épopée achevée, 8 rescapés seulement sur les 231 du début vécurent assez longtemps pour se rappeler les horreurs des quinze journées passées sur le radeau du *Gladiateur,* au milieu du désert étouffant de la mer.

Six mois après la perte tragique du *Gladiateur,* on repensa à lui lorsqu'un pêcheur, venu à terre pour réparer sa barque, découvrit une main serrée sur la poignée d'un sabre émergeant du sable de la plage. Il dégagea l'objet et eut la surprise de trouver la statue grandeur nature d'un guerrier ancien. Il transporta la statue de bois sculpté en Nouvelle-Zélande, à Auckland, cinquante milles plus au nord. Là, on identifia la figure de proue du clipper disparu, le *Gladiateur.*

Nettoyé et reverni, le guerrier de bois fut placé dans un petit musée maritime où les visiteurs le contemplèrent souvent en s'interrogeant sur le mystère de la disparition du clipper.

Cette énigme fut enfin élucidée, en juillet 1858, par un article paru dans le *Sydney Morning Herald*.

REVENU D'ENTRE LES MORTS

« Les mers entourant l'Australie ont été témoins de bien des choses étranges mais jamais autant que la réapparition soudaine du capitaine Charles Scaggs " La Brute " dont on avait signalé la disparition et la mort présumée lorsque son clipper, le *Gladiateur*, appartenant à MM. Carlisle et Dunhill, d'Inverness, avait disparu en mer de Tasmanie, lors du terrible typhon de janvier 1858, à 300 milles seulement au sud-est de Sydney.

Le capitaine Scaggs a surpris tout le monde en débarquant au port de Sydney d'un petit vaisseau que lui-même et le seul survivant de son équipage ont construit lors de leur séjour forcé sur une île inconnue des cartes maritimes.

La figure de proue du clipper, échouée sur la côte ouest de Nouvelle-Zélande il y a un an et demi, a confirmé la perte du navire. Jusqu'au retour miraculeux du capitaine Scaggs, personne ne savait comment le clipper s'était perdu, ni quel était le sort des 192 bagnards transportés vers la colonie pénitentiaire, ni celui des 11 soldats et des 28 hommes d'équipage.

Selon le capitaine Scaggs, lui-même et un seul de ses marins furent jetés sur une île déserte où ils survécurent plus de deux ans et où ils purent construire une embarcation grâce aux outils et aux matériaux sauvés du naufrage d'un autre malheureux navire poussé, un an plus tard, jusqu'aux côtes de leur île après la perte de tout son équipage. Ils construisirent la coque de leur bâtiment avec le bois des arbres qui poussaient dans l'île.

Le capitaine, ainsi que Thomas Cochran, le charpentier du bord, semblent en bonne santé malgré de si dures épreuves et impatients d'embarquer sur le premier navire en partance pour l'Angleterre. Ils ont exprimé leur profond chagrin pour les morts tragiques des passagers du *Gladiateur* et de leurs compagnons, qui tous ont péri dans le naufrage du clipper lors du typhon. Par miracle, Scaggs et Cochran purent s'agripper à un morceau d'épave pendant plusieurs jours avant que les courants ne les portent sur la plage d'une île déserte, plus morts que vifs.

La petite île où les deux hommes vécurent plus de deux ans ne peut être située avec exactitude car M. Scaggs avait perdu ses instruments de navigation au moment du naufrage. Il suppose qu'elle se trouve à quelque 350 milles au sud-est de Sydney, dans une zone où les autres marins affirment qu'il n'existe aucune terre.

Le lieutenant Silas Sheppard, dont les parents vivent à Hornsby, et son détachement de dix hommes appartenant au Régiment d'Infanterie de Nouvelle-Galles du Sud, qui gardaient les forçats, figurent également sur la liste des disparus. »

L'HÉRITAGE

Après que Scaggs fut retourné en Angleterre et qu'il eut passé quelques jours avec sa femme et ses enfants, Carlisle & Dunhill lui offrirent le commandement de leur tout dernier clipper, une merveille de finesse, le *Culloden*, et l'envoyèrent faire le commerce du thé en Chine. Après six voyages exténuants au cours desquels il établit deux records, Scaggs « La Brute » se retira dans sa petite maison d'Aberdeen, déjà usé bien qu'il n'eût que quarante-sept ans.

Les capitaines de clippers étaient des hommes qui vieillissaient avant l'âge. Les exigences de commandement des bateaux les plus rapides du monde sapaient sérieusement leur corps et leur esprit. La plupart mouraient fort jeunes. Et nombreux furent ceux qui coulèrent avec leur navire. Ils constituaient une élite, ces fameux hommes intransigeants qui menaient leurs navires de bois à des vitesses extravagantes, à l'époque la plus romantique de l'épopée de la mer. Lorsqu'ils descendaient dans leur tombe, qu'elle fût de terre ou d'eau, ils savaient qu'ils avaient mené les plus beaux vaisseaux jamais construits par les hommes.

Solide comme les solives de son bateau, Scaggs préparait son dernier voyage à l'âge de cinquante-neuf ans. Il avait épargné un bon petit magot en investissant quelques actions sur ses quatre dernières traversées, de sorte qu'il laissait à ses enfants une très décente petite fortune.

Seul après la mort de sa chère épouse Lucy, ses enfants ayant de leur côté fondé leurs propres familles, il garda son amour pour la mer et fit de courtes croisières dans les estuaires d'Ecosse, à bord d'un petit ketch qu'il avait construit de ses propres mains. Ce fut après l'un de ces voyages, dans un froid glacial, pour rendre visite à son fils à Peterhead qu'il tomba malade.

Quelques jours avant sa mort, Scaggs envoya chercher son plus cher ami et ancien employeur, Abner Carlisle. Financier respecté de l'industrie maritime il avait, avec son associé Alexander Dunhill, amassé une fortune importante. Il était maintenant l'un des citoyens les plus en vue d'Aberdeen. En plus de sa compagnie de navigation, il possédait une affaire commerciale et une banque. Ses bonnes œuvres favorites étaient la bibliothèque et l'hôpital de la ville. Carlisle était un petit homme mince comme un fil, totalement chauve. Il avait un regard doux et il boitait bas, suite à une chute de cheval dans sa jeunesse.

Il fut reçu par Jenny, la fille du capitaine, qu'il connaissait depuis sa naissance. Elle l'embrassa et lui prit la main.

— C'est gentil à vous d'être venu, Abner. Il me demande toutes les demi-heures si vous êtes arrivé.

— Comment va ce vieux loup de mer ?

— Je crains que ses jours ne soient comptés, répondit-elle avec tristesse.

Carlisle regarda autour de lui la maison confortable meublée comme un navire. Les murs étaient couverts de cartes où l'on pouvait suivre toutes les routes maritimes que Scaggs avait empruntées au cours de ses voyages.

— Cette maison va me manquer, dit-il.

— Mes frères disent que nous ferions mieux de la vendre.

Elle conduisit Carlisle à l'étage, dans une chambre dont la grande fenêtre ouvrait sur le port d'Aberdeen.

— Père, Abner Carlisle est arrivé.

— Ce n'est pas trop tôt ! marmonna Scaggs d'un ton maussade.

Jenny embrassa Carlisle sur la joue.

— Je vais aller préparer une tasse de thé.

Tel un vieil homme usé par trente années de vie en mer, Scaggs ne bougea pas. Bien qu'il parût fatigué, Carlisle ne put s'empêcher d'admirer le feu qui brûlait encore dans ses yeux vert olive.

— J'ai un nouveau bateau pour vous, Bully.

— Allez au diable ! grinça Scaggs. Combien de voiles ?

— Aucune. C'est un steamer.

Le visage de Scaggs vira au rouge brique et il leva la tête.

— Ces espèces de poubelles flottantes ne devraient pas avoir le droit de polluer les mers.

C'était la réponse que Carlisle avait espérée. Bully Scaggs était peut-être aux portes de la mort mais il avait toujours aussi mauvais caractère.

— Les temps ont changé, mon ami. Le *Cutty Sark* et le *Thermopyle* sont les seuls clippers que nous ayons connus tous les deux et qui naviguent encore.

— Je n'ai pas de temps à perdre en vain bavardage. Je vous ai demandé de venir pour entendre ma dernière confession et parce que j'ai un service personnel à vous demander.

Carlisle regarda Scaggs d'un air amusé.

— Vous avez roué de coups un ivrogne ou sauté une Chinoise dans un bordel de Shanghaï et vous ne m'en avez jamais parlé ?

— Je veux parler du *Gladiateur*, murmura Scaggs. J'ai menti à son sujet.

— Il a coulé pendant le typhon, dit Carlisle. Quel mensonge auriez-vous pu faire là-dessus ?

— Oui, il a coulé pendant le typhon mais les passagers et l'équipage n'ont pas coulé avec lui.

Carlisle resta silencieux un moment puis dit prudemment :

— Charles Bully Scaggs, vous êtes l'homme le plus honnête que j'aie jamais rencontré. Depuis un demi-siècle que nous nous connaissons, vous n'avez jamais trahi ma confiance. Etes-vous sûr que ce n'est pas la maladie qui vous fait raconter ces folies ?

— Croyez-moi si je vous dis que j'ai vécu vingt ans dans le mensonge pour payer une dette.

Carlisle le regarda avec surprise.

— Que voulez-vous me dire exactement ?

— Je veux vous raconter une histoire dont je n'ai jamais parlé à personne, dit Scaggs en se calant contre ses oreillers et en laissant errer son regard au loin, vers quelque chose qu'il était le seul à distinguer. C'est l'histoire du radeau du *Gladiateur*.

Jenny revint une demi-heure plus tard avec le thé. Il faisait sombre et elle alluma les lampes à pétrole de la chambre.

— Père, tu dois essayer de manger quelque chose. Je t'ai fait ton ragoût de poisson préféré.

— Je n'ai pas d'appétit, ma fille.

— Abner doit être affamé à t'écouter depuis des heures. Je pense qu'il mangerait volontiers un morceau.

— Donne-moi encore une heure, dit Scaggs. Après, tu nous feras manger ce que tu voudras.

Dès qu'elle fut sortie, Scaggs reprit la saga de son radeau.

— Quand nous avons enfin rejoint la terre, nous n'étions plus que huit. De l'équipage du *Gladiateur* il ne restait que moi, Thomas Cochran, le charpentier, et Alfred Reed, un bon marin. Des bagnards, seuls Jess Dorsett, Betsy Fletcher, Marion Adams, George Pryor et John Winkleman avaient survécu. 8 personnes sur les 231 qui avaient embarqué en Angleterre.

— Je vous prie de m'excuser, mon bon ami, si j'ai l'air de douter, dit Carlisle. Des douzaines d'hommes s'entre-tuant sur un radeau au milieu de l'océan, les survivants mangeant de la chair humaine et finalement sauvés des dents d'un requin mangeur d'homme par l'intervention divine d'un serpent de mer qui tue le requin... c'est pour le moins un conte difficile à croire !

— Ce ne sont pas des divagations de mourant, assura Scaggs épuisé. Le récit est véridique à la virgule près.

Carlisle ne voulait pas fâcher Scaggs inutilement. Le vieux marchand tapota affectueusement le bras du vieux marin qui l'avait aidé à construire l'empire maritime de Carlisle & Dunhill et le rassura.

— Continuez. J'ai hâte d'entendre la suite. Que vous est-il arrivé après avoir atteint cette île ?

Pendant la demi-heure suivante, Scaggs raconta comment ils s'étaient désaltérés dans la rivière dont l'eau douce tombait d'un volcan. Il décrivit les grosses tortues prises dans le lagon, comment Dorsett les avait renversées sur le dos et vidées avec son couteau, le seul outil à leur disposition. Puis comment, en utilisant une pierre trouvée près de la plage et le couteau comme un silex, ils avaient allumé un feu et cuit la chair de la tortue. Cinq sortes de fruits, que Scaggs n'avaient jamais vus auparavant, poussaient sur les arbres de la forêt. La végétation différait beaucoup de celle qu'il avait rencontrée en Australie. Il raconta comment les survivants avaient passé les quelques jours suivants à se gorger de fruits jusqu'à ce que leurs forces reviennent.

— Nos corps à nouveau en bon état, nous commençâmes à explorer l'île, poursuivit Scaggs. Elle avait la forme d'un hameçon. Environ huit kilomètres de long sur un et demi de large. Deux massifs volcaniques, chacun de cent vingt à cent cinquante mètres de haut, occupaient les extrémités de l'île. Le lagon, qui devait mesurer à peu près douze cents mètres de long, était abrité par un épais récif du côté de la mer. De hautes falaises étayaient le reste de l'île.

— Etait-elle déserte ? demanda Carlisle.

— Pas une âme, pas un animal. Seulement des oiseaux. Certains signes montraient que des aborigènes y avaient vécu autrefois mais ils avaient disparu depuis longtemps.

— Des bateaux s'y étaient-ils échoués ?

— Pas à ce moment-là.

— Après ce qui s'était passé sur le radeau, cette île a dû vous paraître un paradis, dit Carlisle.

— C'est la plus belle que j'aie connue au cours de ma longue carrière de marin, répondit Scaggs. Une émeraude magnifique sur une mer de saphir. (Il se tut un instant, comme s'il revoyait ce joyau au milieu du Pacifique.) J'avais désigné ceux qui seraient chargés de certains services ainsi que les heures où il faudrait pêcher, construire et entretenir un abri, se procurer des fruits et autres aliments et aussi veiller à maintenir le feu allumé, tant pour cuire nos aliments que pour servir de signal à un éventuel navire passant au large. Ainsi nous vécûmes en paix pendant plusieurs mois.

— Laissez-moi deviner, dit Carlisle. Des disputes s'élevèrent entre les femmes ?

Scaggs secoua faiblement la tête.

— Plutôt entre les hommes *à propos* des femmes.

— Ainsi vous avez vécu les mêmes aventures que les mutinés du *Bounty* sur l'île Pitcairn ?

— Exactement. Je savais bien qu'il y aurait des problèmes un jour ou l'autre et j'avais établi un roulement pour que les femmes soient réparties équitablement entre les hommes. Evidemment, tout le monde n'a pas été d'accord, surtout les femmes. Mais je ne voyais pas d'autre moyen d'éviter les effusions de sang.

— En pareilles circonstances, j'aurais fait la même chose.

— Mais je n'ai réussi qu'à hâter l'inévitable. Le bagnard John Winkleman assassina Reed le marin à cause de Marion Adams et Jess Dorsett refusa de partager Betsy Fletcher avec qui que ce soit. Quand George Pryor essaya de violer Fletcher, Dorsett lui écrasa la tête à coups de pierre.

— De sorte que vous n'étiez plus que six.

— Oui. La tranquillité revint quand John Winkleman épousa Marion Adams et que Jess épousa Betsy.

— Epousa? coupa Carlisle, indigné. Comment est-ce possible?

— Avez-vous oublié, Abner? le calma Scaggs avec un petit sourire. En tant que commandant, j'avais le pouvoir d'accomplir la cérémonie.

— Mais n'étant plus sur le pont de votre navire, j'ose dire que vous avez un peu outrepassé vos droits!

— Je ne le regrette pas. Nous avons vécu en harmonie jusqu'à ce que le charpentier Thomas Cochran et moi reprenions la mer.

— Cochran et vous n'avez-vous éprouvé aucun désir pour les femmes?

L'éclat de rire de Scaggs s'acheva en quinte de toux. Carlisle lui offrit un verre d'eau. Quand il eut repris son souffle, Scaggs répondit.

— Quand mes pensées devenaient charnelles, je pensais à ma femme Lucy. Je lui ai promis de toujours revenir de mes traversées en lui étant resté parfaitement fidèle.

— Et le charpentier?

— En ce qui le concerne, il se trouve qu'il préférait la compagnie des hommes.

Ce fut au tour de Carlisle de rire.

— Vous avez partagé vos aventures avec de bien étranges personnages!

— Très vite, nous avons construit des abris confortables dans les rochers et évité l'ennui en fabriquant toutes sortes d'objets ingénieux pour rendre notre existence plus aisée. L'habileté professionnelle de Cochran nous a vraiment été utile lorsque nous avons trouvé les outils de charpentier qui lui manquaient.

— Comment cela s'est-il passé?

— Après environ quatorze mois, une forte tempête a jeté un sloop [1] français sur les rochers au sud de l'île. Malgré nos efforts, tout l'équipage périt lorsqu'une série de brisants écrasa leur bateau autour d'eux. Quand les eaux se calmèrent, deux jours plus tard, nous retrouvâmes quatorze cadavres que nous enterrâmes près de George Pryor et Alfred Reed. Puis

---

1. Un sloop est un voilier à un mât avec un seul foc à l'avant.

Dorsett et moi, qui étions les meilleurs nageurs, lançâmes une opération de plongée pour récupérer tout ce que nous pourrions trouver d'utile sur l'épave. En trois semaines, nous avions remonté une petite montagne de matériel, de biens et d'outils. Cochran et moi avions dès lors tout ce qu'il nous fallait pour construire un navire et aller jusqu'en Australie.

— Et les femmes? Comment Betsy et Marion se sont-elles débrouillées?

Scaggs eut un regard triste.

— La pauvre Marion! Elle était gentille et sincère. C'était une modeste servante condamnée au bannissement pour avoir volé de la nourriture dans le cellier de son maître. Elle est morte en mettant au monde une petite fille. John Winkleman en fut anéanti. Il devint fou et essaya de tuer le bébé. Nous dûmes l'attacher à un arbre quatre jours avant qu'il ne reprenne ses esprits. Mais il ne fut plus jamais le même. A partir de ce jour-là, il ne prononça plus un mot.

— Et Betsy?

— Elle est d'une autre trempe, Betsy! Solide comme un mineur de fond. Elle faisait sa part de travail. Elle donna naissance à deux garçons en deux ans, tout en s'occupant de la petite fille de Marion. Dorsett et Betsy n'ont jamais cessé de s'aimer.

— Pourquoi ne sont-ils pas venus avec vous?

— Ils étaient aussi bien sur l'île. J'ai offert de plaider pour leur libération auprès du gouverneur mais ils ont préféré ne pas courir le risque et je pense qu'ils ont eu raison. Dès qu'ils auraient mis le pied en Australie, les policiers auraient arrêté les enfants pour les mettre à l'orphelinat. Betsy aurait probablement fini comme fileuse de laine dans l'usine crasseuse de Parranatta. Quant à Jess, on l'aurait envoyé à la caserne pénitentiaire de Sydney. Ils ne se seraient jamais revus et auraient perdu leurs enfants. Je leur ai promis que tant que je vivrais, ils resteraient oubliés du monde, avec les âmes perdues du *Gladiateur*.

— Et Winkleman aussi?

Scaggs hocha la tête.

— Il s'est installé dans une caverne de la montagne du nord de l'île et vit comme un ermite.

Carlisle resta un instant silencieux, réfléchissant à l'extraordinaire histoire que lui avait racontée Scaggs.

— Et toutes ces années, vous n'avez jamais révélé leur existence?

— J'ai compris plus tard que si j'avais failli à ma promesse de garder le silence, ce salaud de gouverneur de Nouvelle-Galles du Sud aurait envoyé un bateau les chercher. Il avait la réputation de remuer ciel et terre pour récupérer un prisonnier évadé.

Scaggs tourna légèrement la tête pour regarder par la fenêtre les bateaux dans le port.

— Une fois rentré chez moi, je n'ai vu aucune raison de raconter l'histoire du radeau du *Gladiateur*.

— Vous ne les avez jamais revus depuis que Cochran et vous avez mis les voiles sur Sydney?

Scaggs fit non de la tête.

— Ce fut un adieu plein de larmes. Betsy et Jess debout sur la plage, leurs bébés et la fille de Marion dans les bras, comme un couple de parents heureux. Ils avaient trouvé là une vie qu'ils n'auraient jamais pu vivre dans le monde civilisé.

— Et qu'est-ce qui a empêché Cochran de parler?

Les yeux de Scaggs brillèrent faiblement.

— Comme je vous l'ai dit, lui aussi avait un secret qu'il ne tenait pas à faire savoir, du moins s'il avait l'intention de reprendre un jour la mer. Il a coulé au cours du naufrage du *Zanzibar*, en mer de Chine, en 67.

— Ne vous êtes-vous jamais demandé comment ils s'en sortaient?

— Pas besoin de me poser des questions, répondit Scaggs d'un ton rusé. Je sais.

Carlisle leva les sourcils.

— J'aimerais bien savoir comment!

— Quatre ans après mon départ, un baleinier américain aperçut l'île et s'y arrêta pour refaire le plein d'eau douce. Jess et Betsy accueillirent l'équipage et échangèrent des fruits et du poisson frais contre de l'étoffe et des ustensiles de cuisine. Ils dirent au capitaine du baleinier qu'ils étaient des missionnaires ayant dérivé jusqu'à cette île après le naufrage de leur navire. Pendant longtemps, d'autres baleiniers prirent l'habitude de s'arrêter pour s'approvisionner en eau et en nourriture fraîche. Un des navires se chargea de troquer des graines contre les chapeaux que Betsy tressait avec des feuilles de palmier et Jess et elle commencèrent à faire pousser des légumes sur les quelques terres arables de l'île.

— Comment savez-vous tout cela?

— Parce qu'ils m'ont envoyé des lettres par l'intermédiaire des baleiniers.

— Sont-ils toujours vivants? demanda Carlisle, intéressé.

Le regard de Scaggs se couvrit de tristesse.

— Jess est mort il y a six ans, en pêchant. Une bourrasque soudaine a retourné sa barque. D'après Betsy, sa tête a heurté quelque chose et il s'est noyé. Sa dernière lettre est arrivée il y a deux jours, avec un paquet. Vous le trouverez dans le tiroir central de mon bureau. Elle me dit qu'elle se meurt d'une maladie de l'estomac.

Carlisle se leva et s'approcha du vieux bureau que Scaggs avait traîné dans tous ses voyages après le naufrage du *Gladiateur*. Il en retira un petit paquet enveloppé de toile cirée et l'ouvrit. Il y trouva une pochette de cuir et une lettre pliée. Il revint s'asseoir, mit ses lunettes et commença à lire.

— Pour une fille condamnée pour vol, elle écrit joliment bien!

— Ses premières lettres étaient pleines de fautes d'orthographe mais Jess était un homme instruit et, sous sa férule, Betsy a fait de gros progrès en grammaire.

Carlisle se mit à lire à haute voix.

« Mon cher capitaine Scaggs,

J'espère que votre santé est bonne. Cette lettre sera la dernière que vous recevrez de moi car j'ai une maladie de l'estomac, du moins est-ce ce que m'a dit le médecin du baleinier *Amie & Jason*. Je vais donc bientôt rejoindre mon Jess.

J'ai une dernière requête à vous faire que je vous prie de bien vouloir honorer. La première semaine d'avril de cette année, mes deux fils et Mary, la fille de Marion, ont quitté l'île à bord d'un baleinier dont le capitaine se rendait d'ici à Auckland pour faire faire des réparations urgentes à sa coque après une embardée contre un récif de corail. De là, les enfants doivent prendre une cabine sur un navire en partance pour l'Angleterre et enfin se rendre auprès de vous à Aberdeen.

Je vous écris, mon très cher ami, pour vous demander de les accueillir sous votre toit à leur arrivée et de vous occuper de leur éducation dans les meilleures écoles que l'Angleterre puisse offrir. Je vous en serai éternellement reconnaissante et je sais que Jess partagerait ce sentiment, que sa chère âme repose en paix, si vous honorez ma demande.

Je joins à la présente mon legs pour vos services et pour payer tous les frais qui seront nécessaires jusqu'à la fin de leurs études. Ce sont des enfants très brillants, qui auront à cœur de mener à bien leur éducation.

Avec mon plus profond respect, je vous assure de mon amitié en vous disant adieu.

Betsy Dorsett.

Une dernière pensée. Le serpent vous envoie son amical souvenir. »

— Le serpent vous envoie son amical souvenir ? dit Carlisle en regardant Scaggs par-dessus ses lunettes. Quelle est cette sottise ?

— Le serpent de mer qui nous a sauvés du grand requin blanc. Il semble qu'il vive dans le lagon. Je l'ai vu de mes propres yeux en quatre occasions au moins pendant que je vivais sur l'île.

Carlisle considéra son vieil ami comme s'il était ivre mais ne jugea pas utile de poursuivre sur ce sujet.

— Elle envoie de jeunes enfants non accompagnés faire ce long voyage de Nouvelle-Zélande en Angleterre ?

— Pas si jeunes que cela, dit Scaggs. L'aîné doit avoir près de dix-neuf ans.

— S'ils ont quitté l'île début avril, ils pourraient bien arriver chez vous d'un jour à l'autre.

— A condition de ne pas avoir trop attendu à Auckland et d'avoir trouvé un bateau assez rapide.

— Mon Dieu, mon ami, vous voici donc dans une situation impossible !

— Vous voulez dire comment un homme au bord de la tombe pourra-t-il accomplir les dernières volontés d'une amie mourante ?

— Vous n'êtes pas au bord de la tombe, dit Carlisle en regardant Scaggs droit dans les yeux.

— Oh! Si! répondit celui-ci. Vous êtes un homme d'affaires capable, Abner. Nul ne le sait mieux que moi. C'est pourquoi j'ai voulu vous voir avant mon dernier voyage.

— Vous voulez que je serve de nounou aux enfants de Betsy?

— Ils pourront habiter ma maison jusqu'à ce que vous leur ayez trouvé les meilleures écoles que l'argent puisse assurer.

— La pauvre somme que Betsy a amassée en vendant ses chapeaux et ses légumes aux baleiniers de passage ne suffira sûrement pas à couvrir les frais de plusieurs années de pension onéreuse. Il leur faudra des vêtements appropriés et des précepteurs pour se mettre au niveau. J'espère que vous ne comptez pas sur moi pour payer pour ces étrangers.

Scaggs montra du doigt la bourse de cuir que tenait Carlisle.

— Est-ce là ce que Betsy vous a envoyé pour l'éducation de ses enfants?

— En effet. Ouvrez-la.

Carlisle défit les cordons et renversa le contenu dans sa paume. Il regarda Scaggs avec incrédulité.

— Est-ce une plaisanterie? Ce ne sont là que des pierres ordinaires!

— Faites-moi confiance, Abner. Elles ne sont pas du tout ordinaires.

Carlisle prit une pierre grosse comme une prune et, l'élevant à la hauteur de ses lunettes, l'observa de près. La surface en était lisse et la forme octaédrique.

— Je ne vois là qu'une sorte de cristal. C'est absolument sans valeur.

— Portez ces pierres à Levi Strouser.

— Le diamantaire juif?

— Montrez-lui ces pierres.

— Ce ne sont pas des pierres précieuses, insista Carlisle.

— Je vous en prie...

Scaggs eut du mal à prononcer ces mots. Cette longue conversation l'avait épuisé.

— Comme vous voulez, mon ami.

Carlisle sortit sa montre et regarda l'heure.

— J'irai chez Strouser demain à la première heure et je viendrai ensuite vous rapporter son jugement.

— Merci, murmura Scaggs. Le reste se résoudra tout seul.

Dans le crachin du petit matin, Carlisle se rendit dans le vieux quartier d'affaires près de Castlegate. Il vérifia l'adresse et monta les marches d'une des maisons grises et discrètes construites du granit local qui donne à Aberdeen cet air de solidité un peu terne. De petites lettres de cuivre sur la porte indiquaient simplement « STROUSER & FILS ».

Il tira la sonnette et fut introduit dans un bureau, meublé de façon spartiate, par un employé qui lui offrit une chaise et une tasse de thé.

Une longue minute après, un homme pas très grand, vêtu d'une longue redingote et portant une barbe poivre et sel qui lui descendait sur la poitrine, entra par une porte latérale. Il sourit poliment et tendit la main.

— Je suis Levi Strouser. Que puis-je faire pour votre service, monsieur ?

— Mon nom est Abner Carlisle. Mon ami, le capitaine Charles Scaggs, m'a prié de venir vous voir.

— Le capitaine Scaggs a envoyé un messager pour annoncer votre visite. Je suis très honoré de recevoir dans mon humble bureau un marchand aussi renommé que vous, monsieur.

— Nous sommes-nous déjà rencontrés ?

— Nous ne fréquentons pas exactement les mêmes milieux et vous n'êtes pas homme à acheter des bijoux.

— Ma femme est morte très jeune et je ne me suis jamais remarié. Aussi n'ai-je aucune raison d'acheter des babioles hors de prix.

— J'ai moi aussi perdu mon épouse très tôt mais j'ai eu la chance de rencontrer une femme charmante qui m'a donné quatre fils et deux filles.

Carlisle avait souvent eu affaire à des marchands juifs au cours de sa carrière mais jamais pour traiter de pierres précieuses. Il était donc sur un terrain qu'il connaissait mal et ne se sentait guère à l'aise avec Strouser. Il sortit de sa poche la bourse de cuir et la posa sur le bureau.

— Le capitaine Scaggs souhaite votre avis sur ces pierres.

Strouser étala une feuille de papier blanc sur le bureau et vida dessus le contenu du petit sac. Il compta les pierres. Il y en avait dix-huit. Prenant son temps, il les examina une par une à la loupe spécifique aux joailliers. Finalement, il prit en main la plus grosse et la plus petite pierre.

— Si vous voulez bien faire preuve d'encore un peu de patience, monsieur Carlisle, j'aimerais faire quelques essais sur ces deux pierres. L'un de mes fils va vous apporter une autre tasse de thé.

— Oui, merci, je peux attendre.

Près d'une heure passa avant que Strouser revienne avec les deux pierres. Carlisle était assez bon observateur du genre humain. Il le fallait pour avoir réussi les milliers d'affaires qu'il avait menées à bien depuis sa vingt-deuxième année. Il comprit que Levi Strouser était nerveux.

Certes, aucun signe ne le trahissait, ses mains ne tremblaient pas, aucun tic ne tirait sa bouche, aucune goutte de sueur ne coulait sur son front. Mais cela se voyait à son regard. Strouser avait l'air d'un homme qui a vu Dieu.

— Puis-je vous demander d'où proviennent ces pierres ? demanda-t-il.

— Je ne puis vous le dire avec exactitude, répondit honnêtement Carlisle.

— Les mines indiennes sont épuisées et le Brésil n'a jamais rien produit de semblable. Peut-être une nouvelle mine d'Afrique du Sud ?

— Il ne m'appartient pas de le dire. Pourquoi ? Ces pierres ont-elles de la valeur ?

— Vous ignorez de quoi il s'agit ? s'étonna Strouser.

— Je ne suis pas expert en minéralogie. Mon domaine, c'est la navigation.

Strouser étendit les mains au-dessus des pierres comme un sorcier.

— Monsieur Carlisle, il s'agit de diamants. Ce sont-là les pierres brutes les plus fines qu'il m'ait jamais été donné de voir.

Carlisle cacha son ébahissement.

— Je ne mets nullement en doute votre intégrité, monsieur Strouser, mais j'ai du mal à croire que vous parliez sérieusement.

— Ma famille s'occupe de pierres précieuses depuis cinq générations, monsieur Carlisle. Croyez-moi si je vous affirme qu'il y a une vraie fortune sur cette table. Non seulement ces pierres ont une eau parfaite mais en plus, elles ont une exquise couleur violet rose tout à fait extraordinaire. Et justement, leur beauté et leur rareté leur donnent un prix bien plus élevé que celui des pierres parfaites mais sans coloration.

Carlisle revint à des considérations plus terre à terre.

— Combien valent-elles ?

— Il est presque impossible de chiffrer une pierre brute avec précision car ses qualités intrinsèques ne deviennent apparentes qu'après qu'elle soit taillée à facettes pour lui donner l'effet d'optique maximum, puis polie. La plus petite de celles que nous avons ici pèse à peu près soixante carats.

Il se tut un instant puis saisit la plus grosse.

— Celle-ci doit faire plus de neuf cent quatre-vingts carats, ce qui en fait le plus gros diamant brut du monde.

— Je suppose qu'il serait raisonnable de les faire tailler avant de les vendre ?

— A moins que vous ne préfériez que je vous en offre un bon prix telles qu'elles sont ?

Carlisle commença à remettre les pierres dans la bourse de cuir.

— Non merci. Je représente un ami aux portes de la mort. Il est de mon devoir de lui assurer le plus gros bénéfice possible.

Strouser comprit très vite que l'Ecossais rusé ne se laisserait pas influencer et ne se séparerait pas des pierres brutes. L'occasion de s'approprier les diamants, de les faire tailler et de les vendre sur le marché londonien avec un immense bénéfice ne lui serait donc pas offerte. Mais mieux valait un bon profit que pas de profit du tout, se dit-il avec sagesse.

— Inutile de perdre votre temps ailleurs, monsieur Carlisle. Deux de mes fils ont appris le métier chez le meilleur diamantaire d'Anvers. Et ceux-ci sont aussi bons, sinon meilleurs que les meilleurs lapidaires de Londres. Quand les pierres seront taillées et polies, je pourrai vous servir de courtier, si vous souhaitez les vendre.

— Pourquoi ne pourrais-je les vendre moi-même ?

— Pour la même raison que je m'adresserais à vous pour envoyer des marchandises en Australie au lieu d'acheter un bateau et de les transporter moi-même. Je suis membre de la Bourse des Diamantaires de Londres et vous non. Je peux exiger et obtenir deux fois le prix que vous pourriez espérer.

Carlisle était assez perspicace pour reconnaître une bonne affaire quand elle se présentait. Aussi se montra-t-il raisonnable. Il tendit la main à Strouser.

— Je remets ces pierres entre vos mains compétentes, monsieur Strouser. Je ne doute pas que l'arrangement sera profitable pour vous comme pour les gens que je représente.

— Vous pouvez y compter, monsieur Carlisle.

Quand le magnat écossais de la navigation fut sur le point de sortir, il se retourna et regarda le diamantaire juif dans les yeux.

— Quand vos fils en auront fini avec les pierres, quelle sera leur valeur, à votre avis ?

Strouser considéra les cailloux, apparemment ordinaires, brillant comme du cristal.

— Si ces pierres viennent d'une source facilement exploitable et sans trop de limites, leurs propriétaires sont sur le point de construire un empire d'une valeur extraordinaire.

— Pardonnez-moi mais tout ceci me paraît un peu vague.

Strouser regarda Carlisle en souriant.

— Croyez-moi si je vous affirme que ces pierres, une fois taillées et polies, pourront rapporter environ un million de livres [1].

— Seigneur ! laissa échapper Carlisle. Tant que cela ?

Strouser mit l'énorme pierre de 980 carats dans la lumière et la tint comme s'il maniait le Graal. Quand il parla, il y avait de la révérence et de l'adoration dans sa voix.

— Peut-être même davantage.

---

1. Environ sept millions de dollars de l'époque, soit près de 50 millions de dollars d'aujourd'hui.

PREMIÈRE PARTIE

La mort venue de nulle part

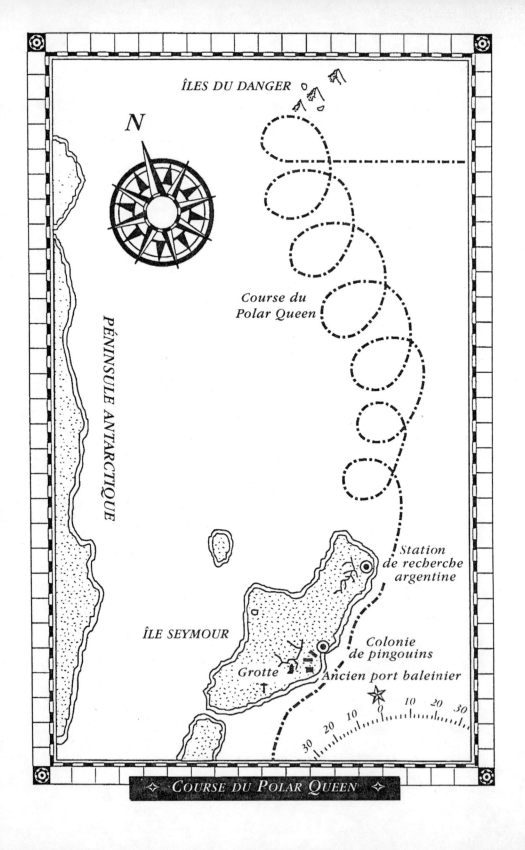

ÎLES DU DANGER

N

Course du
Polar Queen

PÉNINSULE ANTARCTIQUE

Station
de recherche
argentine

ÎLE SEYMOUR

Colonie
de pingouins

Grotte

Ancien port baleinier

30 20 10 0 10 20 30

◆ COURSE DU POLAR QUEEN ◆

1

L'île sentait la malédiction et la mort. Une malédiction que confirmaient les tombes de ceux qui, ayant un jour débarqué sur cette côte menaçante, ne l'avaient jamais plus quittée. Il n'y avait là aucune beauté, rien qui ressemblât aux majestueux sommets couverts de glace aussi hauts que les blanches falaises de Douvres, ou aux icebergs flottant sereinement comme des châteaux de cristal que l'on s'attend à rencontrer autour de l'énorme masse de l'Antarctique et des îles avoisinantes.

L'île Seymour représentait la plus vaste surface non glacée de tout le continent et de ses alentours. La poussière volcanique, déposée peu à peu pendant des millénaires, avait hâté la fonte des glaces, laissant des vallées désertiques et des montagnes décolorées, sans la moindre trace de neige. C'était un lieu singulièrement laid, où ne vivaient que quelques lichens et une colonie de pingouins de Terre Adélie qui avaient trouvé là une source abondante de petites pierres nécessaires à la construction de leurs nids.

La plupart des morts, enterrés peu profondément dans les rochers, avaient un jour fait partie d'une expédition norvégienne dont le navire s'était échoué dans les glaces, en 1859. Ils avaient survécu deux hivers avant d'arriver au bout de leurs provisions puis de mourir, les uns après les autres, d'inanition. Perdus pendant plus de dix ans, leurs corps, bien conservés, ne furent retrouvés qu'en 1870 par des Anglais qui installaient là un port baleinier.

D'autres morts furent ensevelis dans les rochers de l'île Seymour. Certains à la suite d'une maladie, d'autres à cause d'accidents pendant la saison de chasse à la baleine. Quelques-uns moururent au cours d'une expédition quand, éloignés du port, ils furent pris dans un orage inattendu et périrent, glacés par le vent.

Curieusement, leurs tombes sont bien marquées. Des équipages entiers de baleiniers, pris dans les glaces, ont passé l'hiver à ciseler de larges pierres en attendant le printemps. Ces pierres ont servi par la suite à orner les tombes jusqu'à ce que les Anglais ferment le port en 1933. Soixante corps reposaient alors à jamais dans ce sinistre paysage.

Les fantômes agités des explorateurs et des marins n'auraient jamais pu imaginer que ces terres inhospitalières grouilleraient un jour de comptables, d'avocats et de plombiers, de ménagères et de vieux messieurs retraités paradant à bord de navires de plaisance, venus admirer, bouche bée, les inscriptions portées sur leurs tombes et les pingouins comiques habitant cette partie de la côte. Peut-être, sait-on jamais, peut-être la malédiction qui frappait cette île retomberait-elle aussi sur tous ces intrus...

Les passagers impatients du navire de croisière ne pressentirent rien d'inquiétant sur l'île Seymour. Bien au chaud sur leur palace flottant, ils n'y virent qu'une terre mystérieuse sortant d'une mer aussi bleue que les plumes chatoyantes d'un paon. Ils ne ressentaient que de l'excitation devant une nouvelle expérience, d'autant qu'ils étaient parmi les premiers touristes à fouler les plages de l'île Seymour.

C'était la troisième des cinq étapes prévues par le navire, qui visitait les unes après les autres les îles de la péninsule. Celle-ci n'était sans doute pas la plus jolie mais certainement, selon les dépliants de la compagnie de navigation, l'une des plus intéressantes.

La plupart des passagers avaient visité l'Europe et le Pacifique, vu les endroits exotiques où se bousculent les touristes du monde entier. Ces gens voulaient maintenant quelque chose de plus, quelque chose de différent. Ils souhaitaient visiter un lieu peu connu, un endroit éloigné de tout, qu'ils pourraient se vanter auprès de leurs amis et voisins d'avoir personnellement foulé.

Tandis qu'ils se groupaient sur le pont près de la passerelle de débarquement, heureux de cette virée à terre et dirigeant déjà l'objectif de leurs caméras vers les pingouins, Maeve Fletcher parcourut leur groupe, vérifiant que chacun avait bien enfilé les vestes isolantes orange de survie distribuées par l'équipage du navire, ainsi que les gilets de sauvetage exigés pendant le court trajet entre le navire et la côte.

Energique et sans cesse en mouvement, elle se déplaçait avec la vivacité concentrée d'un corps souple habitué aux exercices vigoureux. Elle était plus grande que les autres femmes et même que bien des hommes. Ses cheveux, rassemblés en deux longues queues de cheval, avaient le jaune doré d'un iris d'été, son regard, le bleu profond de la mer, dans un visage solide aux pommettes hautes. Ses lèvres toujours souriantes révélaient les dents du bonheur, légèrement écartées. Son teint hâlé témoignait d'une vie au grand air et d'une parfaite santé.

Maeve avait vingt-sept ans et un diplôme supérieur de zoologie. A la fin de ses études, elle avait pris trois années sabbatiques pour acquérir une expérience directe sur la vie et les mœurs des oiseaux et des animaux des régions polaires. Elle était ensuite rentrée chez elle en Australie et avait déjà rédigé la moitié de sa thèse de doctorat pour l'université de Melbourne. C'est là qu'on lui avait offert ce travail à mi-temps de naturaliste et de guide pour Ruppert & Saunders, une compagnie touristique basée à Adélaïde et spécialiste des croisières de découverte. Elle y avait vu une bonne occasion de gagner assez d'argent pour achever sa thèse. Aussi, abandonnant tout ce qu'elle avait en cours, elle avait mis les voiles vers le grand continent blanc, à bord d'un navire de la compagnie baptisé le *Polar Queen*.

Quatre-vingt-onze passagers participaient à cette croisière et Maeve était l'une des quatre naturalistes chargés de conduire l'excursion à terre. A cause de la colonie de pingouins, des bâtiments encore debout de l'ancien port baleinier, du cimetière et du site de campement où avaient péri les explorateurs norvégiens, l'île Seymour était considérée comme un site historique et un environnement fragile. Pour réduire les risques de dégradation, on amenait les passagers en visites échelonnées et en groupes séparés, pour des expéditions de deux heures au plus. On leur avait expliqué comment se comporter sur place. Ils ne devaient pas marcher sur les lichens ou les mousses et ne pouvaient s'approcher à moins de cinq mètres des oiseaux ou des animaux. Interdiction de cueillir ou d'arracher un quelconque souvenir, même pas un petit bout de roche. La plupart des touristes venaient d'Australie, quelques-uns de Nouvelle-Zélande.

Maeve devait accompagner le premier groupe de vingt-deux visiteurs. Elle vérifia leurs noms sur sa liste tandis que les voyageurs impatients descendaient la passerelle jusqu'au Zodiac qui les attendait. C'était un canot pneumatique très fiable, dessiné par Jacques-Yves Cousteau. Elle était sur le point de suivre le dernier passager lorsque Trevor Haynes, premier maître du *Polar Queen*, l'arrêta. Les dames le considéraient comme un beau garçon rassurant mais il détestait se mêler aux passagers, trop timide pour s'aventurer sur leur pont.

— Dites à vos touristes de ne pas s'affoler s'ils voient le bateau s'éloigner, dit-il.

— Où comptez-vous aller ? demanda-t-elle.

— Il paraît qu'un orage se prépare à une centaine de milles d'ici. Le commandant ne veut pas risquer d'exposer les passagers au mauvais temps plus que cela n'est nécessaire. Et bien sûr, il ne veut pas non plus les décevoir en supprimant les excursions. Il a l'intention de croiser à vingt kilomètres de la côte et d'envoyer un autre groupe de touristes jusqu'à la colonie des phoques, puis de revenir à temps pour récupérer votre groupe et de répéter la manœuvre plus loin.

— En somme, envoyer deux groupes à terre en même temps ?

— Oui, c'est ça. De cette façon, on pourra filer par les eaux relativement calmes du détroit de Bransfield avant que l'orage frappe ici.

— Je me demandais aussi pourquoi nous n'avions pas jeté l'ancre...

Maeve aimait bien Haynes. C'était le seul officier qui n'essayât pas sans cesse de l'attirer dans ses quartiers par de belles paroles pour lui offrir un dernier verre, le soir.

— Je vous attends donc dans deux heures, dit-elle en lui faisant un signe d'adieu.

— Vous avez une radio portable au cas où il y aurait un problème, n'est-ce pas ?

Elle montra le petit appareil attaché à sa ceinture.

— S'il y en a un, vous serez le premier informé.

— Saluez les pingouins de ma part.

— Je n'y manquerai pas.

Tandis que le Zodiac filait sur une mer calme et brillante comme un miroir, Maeve expliqua à sa bande de touristes intrépides l'histoire de l'île qu'ils allaient aborder.

— L'île Seymour a été découverte par James Clark Ross en 1842. Quarante explorateurs norvégiens, chassés de leur navire écrasé dans les glaces, moururent ici en 1859. Nous allons visiter l'endroit où ils ont vécu jusqu'à leur dernière heure, puis nous marcherons jusqu'au lieu où ils ont été enterrés.

— Ces bâtiments, là-bas, est-ce là qu'ils ont vécu ? demanda une dame certainement octogénaire, montrant plusieurs constructions dans la petite baie.

— Non, dit Maeve. Ce sont les restes de la station baleinière abandonnée par les Anglais. Nous les visiterons avant de nous promener jusqu'au point de vue rocheux que vous apercevez au sud, pour voir la colonie de pingouins.

— Quelqu'un habite-t-il sur l'île ? demanda la même dame.

— Les Argentins ont une station de recherche tout au nord.

— C'est loin d'ici ?

— A peu près trente kilomètres, dit Maeve avec un sourire.

Dans chaque groupe, il y a toujours un touriste curieux comme un enfant de quatre ans.

On voyait clairement le fond, maintenant, une roche nue sur laquelle rien ne poussait. Leur ombre les suivit quatre mètres sous le Zodiac pendant la traversée de la baie. Aucune vague ne se brisait sur la plage. La mer était lisse jusqu'au bord, léchant les rochers sans plus d'énergie que l'eau d'un petit lac. Le marin de service coupa le moteur hors-bord dès que l'avant du canot toucha la plage. Le seul signe de vie visible était la ligne pure d'un pétrel qui traversait le ciel comme un flocon de neige glissant vers un nuage.

Maeve aida chacun à descendre du canot puis sauta à son tour sur la plage de galets. Elle portait des bottes de caoutchouc que lui avait fournies l'équipage. Alors seulement elle se retourna pour voir le bateau s'éloigner vers le nord.

Le *Polar Queen* était un navire de dimensions modestes, comparé aux navires de croisière en général. Avec seulement soixante-douze mètres de long, il faisait deux mille cinq cents tonneaux. Issu des chantiers navals de Bergen, en Norvège, il avait été spécialement conçu pour croiser dans les eaux polaires. En gros, il ressemblait à un brise-glace, fonction qu'il était d'ailleurs capable d'assumer le cas échéant. Sa superstructure et la large bande horizontale, sous le pont inférieur, étaient peintes en blanc bleuté avec le reste de la coque d'un jaune brillant. Il se déplaçait sans problème au milieu des banquises et des icebergs grâce à des éperons équipant sa proue et sa poupe. La décoration de ses confortables cabines rappelait des chalets de montagne avec des fenêtres panoramiques ouvrant sur le large. En plus de son salon luxueux et de sa splendide salle à manger, sa cuisine était de premier ordre, sous la houlette d'un chef digne d'un hôtel trois étoiles. On y trouvait aussi une salle de gymnastique et une bibliothèque remplie d'ouvrages et de magazines sur les régions polaires. Son équipage, bien rodé, comptait au moins vingt personnes de plus que les passagers.

Maeve ressentit un petit pincement de regret dont elle ne comprit pas la raison en voyant s'éloigner le *Polar Queen* blanc et jaune. Pendant quelques secondes, elle éprouva ce qu'avaient dû éprouver avant elle les explorateurs norvégiens voyant s'éloigner leur unique chance de survie. Elle se secoua pour chasser ce sentiment désagréable et prit la tête de ses touristes babillant dans le paysage d'un gris lunaire qui menait au cimetière.

Elle leur laissa vingt minutes pour se promener parmi les tombes et photographier les inscriptions. Puis elle les rassembla autour d'une énorme pile d'os de baleines blanchis par le temps, près de l'ancien port, et leur expliqua comment s'y prenaient les baleiniers.

— Après le danger et l'excitation de la chasse venait le travail exténuant consistant à dépecer l'énorme carcasse et à transformer le blanc de baleine en huile. « Dépecer et s'échiner » comme disaient les anciens.

Ils visitèrent ensuite les vieilles huttes et les constructions où se faisait autrefois l'exploitation des baleines. La station était toujours entretenue par les Britanniques, suivant un contrat tacite renouvelé chaque année et qui en avait fait un musée. Le mobilier, les ustensiles de cuisine, les vieux livres et les magazines jaunis avaient été laissés en place, tels que les baleiniers les avaient abandonnés en partant.

— Merci de ne rien toucher, rappela Maeve aux touristes. Selon les lois internationales, on ne peut rien bouger ici.

Elle compta ses voyageurs.

— Maintenant, poursuivit-elle, je vais vous emmener aux grottes creusées par les baleiniers qui y entreposaient l'huile dans d'énormes barils avant de l'envoyer en Angleterre.

Près de l'entrée des grottes se trouvait une caisse dans laquelle les guides des précédentes excursions rangeaient les lampes électriques. Maeve en donna une à chacun des touristes.

— L'un d'entre vous souffre-t-il de claustrophobie ?

Une femme d'environ soixante-quinze ans leva la main.

— Je préférerais ne pas entrer là-dedans.

— Personne d'autre ?

La femme qui posait sans cesse des questions hocha la tête.

— Je ne supporte pas les endroits froids et obscurs.

— Très bien, dit Maeve. Attendez-nous là toutes les deux. Je vais conduire les autres non loin d'ici, dans une cave où l'on entreposait l'huile de baleine. Nous ne mettrons pas plus d'une quinzaine de minutes.

Elle conduisit le groupe jacassant le long d'un tunnel courbe creusé par les baleiniers jusqu'à une grotte dans laquelle de grandes barriques, construites sur place, s'empilaient sur plusieurs épaisseurs depuis plus d'un siècle. Dès que le groupe fut à l'intérieur, elle montra un énorme rocher près de l'entrée.

— Le rocher que vous voyez ici a été découpé dans la grotte elle-même et sert de barrière contre le froid. Il servait aussi, autrefois, à protéger l'huile du pillage de baleiniers concurrents lorsque la station était fermée pour l'hiver. Ce rocher pèse aussi lourd qu'un char d'assaut mais un enfant pourrait le déplacer à condition de connaître le secret.

Elle se tut, fit un pas de côté, plaça la main sur un point précis de la roche et la fit tourner facilement pour fermer l'entrée de la grotte.

— C'est un bel exemple d'ingénierie. Le rocher est délicatement équilibré sur un arbre qui passe en son centre. Si l'on pousse au mauvais endroit, il ne bouge pas.

Tout le monde plaisanta dans l'obscurité totale que seuls perçaient les rayons des lampes électriques tandis que Maeve se dirigeait vers les grandes barriques de bois. L'une d'elles était encore à moitié pleine. Elle approcha une petite fiole du robinet de bois et y fit couler un peu d'huile. Puis elle fit passer la fiole aux touristes qui y trempèrent un doigt.

— C'est incroyable mais le froid a empêché l'huile de rancir, même après cent trente ans environ. Elle est toujours aussi fraîche que le jour où on l'a sortie du chaudron et versée dans cette barrique.

— J'ai l'impression qu'elle a des qualités lubrifiantes extraordinaires, dit un homme aux cheveux gris et au gros nez rouge de grand buveur.

— Ne dites pas cela aux sociétés d'huiles automobiles, répondit Maeve avec un sourire. Sinon les baleines auront toutes disparu avant Noël prochain.

Une femme demanda la fiole et la respira.

— Peut-on l'utiliser pour cuire les aliments ?

— Bien sûr, dit Maeve. Les Japonais sont particulièrement friands d'huile de baleine pour la cuisine. D'ailleurs, autrefois, les baleiniers trempaient leurs biscuits dans de l'eau salée et les faisaient frire dans la graisse de baleine bouillante. J'ai essayé une fois. J'ai trouvé le goût intéressant quoiqu'un peu mielleux...

Maeve fut interrompue par le hurlement d'une vieille femme qui se tenait la tête à deux mains. Six autres personnes en firent autant, les femmes hurlant, les hommes gémissant.

Maeve courut de l'un à l'autre, étonnée par la souffrance qui se lisait dans leur regard.

— Que se passe-t-il ? cria-t-elle. Qu'est-ce qui ne va pas ? Que puis-je faire pour vous aider ?

Puis soudain, ce fut son tour. Une douleur aussi forte qu'un coup de poignard lui traversa la tête et son cœur se mit à battre frénétiquement. Instinctivement, elle pressa ses mains sur ses tempes. Elle regardait, hébétée, les autres membres de l'excursion. Au milieu de cette agonie de douleur et de terreur, les yeux de chacun semblaient vouloir jaillir de leurs orbites. Puis elle fut frappée par une sorte de vertige, bientôt suivi d'une grande nausée. Elle lutta contre une très forte envie de vomir avant de perdre l'équilibre et de tomber.

Personne ne comprenait ce qui se passait. L'air devint lourd et difficile à respirer. Les rayons des lampes prirent une teinte bleuâtre et fantomatique. Il n'y eut aucune vibration, aucun tremblement du sol et pourtant la poussière vola partout dans la grotte. On n'entendait pas d'autre son que les cris des pauvres gens tourmentés par la douleur.

Les uns après les autres, ils s'affaissèrent et tombèrent autour de Maeve. Horrifiée, ne pouvant croire à ce qui se passait, elle se trouva complètement désorientée, prise dans un cauchemar de fou. Son corps paraissait vouloir se retourner par l'intérieur. Il semblait que la mort voulût les saisir, venant d'on ne sait où. Puis soudain, la douleur et les vertiges commencèrent à disparaître. Aussi vite que cela avait commencé, cela cessa.

Maeve se sentit épuisée. Elle s'adossa au baril d'huile et ferma les yeux, heureuse d'être débarrassée de la douleur.

Pendant quelques minutes, personne n'eut la force de parler. Enfin, un homme qui berçait sa femme dans ses bras regarda Maeve.

— Au nom du ciel, que s'est-il passé ?

— Je ne sais pas, répondit-elle en remuant lentement la tête.

Au prix d'un immense effort, elle fit le tour des touristes qui l'avaient accompagnée et constata que tous étaient vivants. Apparemment, chacun récupérait sans effet secondaire. Maeve fut soulagée de voir qu'aucun des plus âgés ne semblait trop abattu et que leurs cœurs avaient résisté.

— Attendez ici et reposez-vous pendant que je vais voir comment se portent les deux dames que nous avons laissées à l'entrée du tunnel et que je contacte le navire.

« Quel groupe sympathique », se dit-elle. En effet, personne ne l'avait blâmée pour l'événement inexplicable. Chacun avait eu à cœur de réconforter le voisin, les plus jeunes aidant les plus âgés à trouver une position confortable. Ils la regardèrent faire rouler la lourde pierre de là porte et jusqu'à ce que le faisceau de sa lampe ait disparu dans une courbe du tunnel.

Dès que Maeve eut atteint la lumière du jour, elle ne put s'empêcher de se demander si elle n'avait pas rêvé. La mer était calme et bleue, le soleil un peu plus haut dans le ciel sans nuage. Et les deux dames qui avaient préféré rester dehors à l'air libre étaient étendues à plat ventre, les mains crispées sur les rochers comme pour éviter d'être arrachées de là par quelque force invisible.

Elle se pencha et les secoua pour les réveiller mais se raidit soudain, horrifiée, en voyant leurs regards sans vie et leurs bouches ouvertes. Toutes les deux avaient vomi tout le contenu de leur estomac. Elles étaient mortes, la peau déjà d'un bleu pourpre foncé.

Maeve courut au Zodiac, toujours en place, la proue sur la plage. L'homme d'équipage qui les avait amenés gisait lui aussi sans vie, la même expression horrible sur le visage, la peau de la même couleur sombre. Hébétée, Maeve prit sa radio et commença à émettre.

— *Polar Queen!* Ici l'expédition numéro un. Nous avons une urgence. Répondez immédiatement. A vous.

Il n'y eut pas de réponse.

Elle essaya encore et encore de joindre le navire. En vain. Comme si le *Polar Queen* et son équipage n'avaient jamais existé.

2

Dans l'Antarctique, le mois de janvier est au milieu de l'été et les jours sont longs, avec à peine une heure ou deux de pénombre. La température de la péninsule peut s'élever jusqu'à quinze degrés mais, depuis que le groupe de touristes avait rejoint la plage, il s'était remis à geler. A l'heure où le *Polar Queen* aurait dû les reprendre, il n'y avait aucun signe de son arrivée.

Maeve continua ses essais inutiles pour le contacter par radio toutes les demi-heures, jusqu'à onze heures du soir. Lorsque le soleil du pôle effleura l'horizon, elle cessa ses appels afin de ménager les batteries de l'appareil. La radio avait une portée de dix kilomètres mais, de toute façon, aucun navire, aucun avion n'était susceptible de recevoir ses appels au secours dans un rayon de cinq cents kilomètres. La source de sauvetage la plus proche était la station de recherche argentine, à l'autre extrémité de l'île. Mais, à moins que, par un extraordinaire hasard, les conditions atmosphériques leur permettent de la recevoir, il n'y avait rien à attendre de ce côté-là.

Où étaient le navire et son équipage ? Elle ne cessait de se le demander. Etait-il concevable qu'ils aient connu le même phénomène mortel ? Elle s'interdit de penser des choses aussi négatives. Pour l'instant, ses touristes allaient bien et elle aussi. Mais sans nourriture et sans couvertures pour avoir un peu chaud pendant la nuit, elle ne voyait pas comment ils allaient tenir. Et combien de temps ? Quelques jours, pas davantage. Ses touristes étaient plutôt âgés. Le plus jeune couple avait plus de soixante ans et les autres allaient de soixante-dix à quatre-vingt-trois ans pour la passagère la plus âgée, celle qui souhaitait connaître un brin d'aventure avant d'entrer dans une maison de retraite. Maeve sentit le désespoir la submerger.

Elle nota avec appréhension que des nuages noirs commençaient à envahir l'horizon vers l'ouest. C'était l'annonce de l'orage dont le premier maître Trevor Haynes lui avait parlé. Elle connaissait suffisamment les conditions climatiques polaires pour savoir que les orages côtiers s'accompagnent généralement de vents féroces et d'averses aveuglantes de neige. Mais le froid glacial serait le principal danger. Maeve comprit qu'il était inutile d'espérer voir arriver le navire et commença à envisager le pire en préparant le coucher des touristes et leur abri pendant au moins les dix heures à venir.

Les huttes encore debout étaient ouvertes à tous les vents. Leurs toits s'étaient effondrés depuis longtemps et les tempêtes successives avaient brisé les fenêtres et arraché les portes. Elle décida que si le groupe pouvait avoir une chance de survie, cela ne pourrait être que dans la caverne. On pourrait allumer un feu en brûlant les morceaux de bois traînant çà et là dans la station, à condition de l'allumer près de l'entrée. Plus loin dans le fond de la grotte, la fumée risquerait de les asphyxier.

Quatre des hommes les moins fatigués l'aidèrent à déplacer les corps des deux femmes et du marin dans la remise de transformation du blanc de baleine. Ils tirèrent aussi le Zodiac sur la plage et l'attachèrent pour qu'il ne s'envole pas lorsque le vent deviendrait plus violent. Puis ils fermèrent tout sauf un petit passage à l'entrée du tunnel, empilant des pierres pour minimiser les coups de vent glacial qui pourraient entrer dans la caverne. Elle ne voulut pas les couper complètement du monde en refermant la porte de rocher. Elle les réunit autour d'elle et leur recommanda de se serrer les uns contre les autres pour se réchauffer mutuellement.

Il n'y avait rien d'autre à faire et les heures passèrent à attendre les secours, chacune valant une éternité. Ils essayèrent de dormir mais cela leur fut impossible. Le froid paralysant pénétrait leurs vêtements. Dehors, le vent se fit tempête et hurla comme une sirène à travers l'espace laissé libre dans la barrière de pierres qu'ils avaient installée.

Ils ne furent qu'un ou deux à se plaindre. Presque tous supportèrent l'épreuve avec courage. Certains trouvèrent même très excitant de vivre une véritable aventure. Deux Australiens, associés dans une entreprise de construction, taquinèrent leurs épouses et firent toutes sortes de plaisanteries pour soutenir le moral du groupe. Ils avaient l'air aussi décontractés que s'ils attendaient de monter à bord d'un avion.

« Ce sont tous de braves gens au crépuscule de leur vie, pensa Maeve. Ce serait une honte, non, un crime, s'ils devaient tous mourir dans cet enfer glacé. »

Elle laissa vagabonder ses pensées et se vit enterrée sous les rochers auprès des explorateurs norvégiens et des baleiniers anglais. Mais elle se reprit fermement. C'était un cauchemar, rien de plus. Bien que son père et ses sœurs lui soient violemment hostiles, elle ne pouvait se résoudre à croire qu'ils lui refuseraient une place dans le caveau de famille où reposaient ses ancêtres. Et pourtant, elle savait bien que c'était possible et que sa famille pourrait refuser de la reconnaître après la naissance de ses jumeaux.

Elle resta immobile, regardant le brouillard qui se formait dans la caverne à cause des souffles mêlés des touristes. Elle essaya de se représenter ses fils, maintenant âgés de six ans, qu'elle avait confiés à des amis pendant qu'elle gagnait l'argent dont elle avait cruellement besoin en servant de guide pour cette compagnie de navigation. Que leur arrivera-t-il si elle mourait ? Elle pria pour que son père ne mette jamais la main sur eux. Il ignorait le sens du mot compassion. Il se moquait de la vie des gens. Même l'argent ne l'intéressait pas. Pour lui, ce n'était qu'un outil. Mais le pouvoir, le pouvoir de manipuler, ça, c'était sa passion. Les deux sœurs de Maeve partageaient l'insensibilité paternelle. Heureusement, elle ressemblait à sa mère, une femme douce que la froideur et la grossièreté de son mari avaient poussée au suicide alors que Maeve n'avait que douze ans.

Après cette tragédie, la jeune fille n'avait jamais pu se considérer comme faisant partie de cette famille. On ne lui avait pas pardonné d'avoir quitté le giron familial et de se débrouiller toute seule, sous un nouveau nom. Elle n'avait emporté que ce qu'elle avait sur le dos. Mais elle n'avait jamais regretté sa décision.

Elle s'éveilla, écouta le silence. Le vent ne sifflait plus dans le tunnel. L'orage s'amoncelait toujours mais avec un répit temporaire du vent glacial. Elle se retourna et secoua les deux industriels australiens.

— Je voudrais que vous m'accompagniez jusqu'à la colonie de pingouins, dit-elle. Ils sont faciles à attraper. Je sais que c'est interdit mais si nous voulons rester en bonne santé jusqu'au retour du bateau, il va falloir manger quelque chose.

— Qu'en penses-tu, l'ami ? demanda l'un des hommes.

— J'aimerais savoir quel goût peuvent avoir ces bestioles, répondit l'autre.

— Les pingouins ne figurent pas aux menus gastronomiques, dit Maeve en souriant. Leur chair est huileuse mais nourrissante.

Avant de partir, elle fit lever les autres et les envoya voler du bois à la station baleinière pour faire un nouveau feu.

— Qui vole un œuf vole un bœuf. Si je dois aller en prison pour avoir tué un animal protégé et pour avoir détruit une propriété historique, autant que ce soit aussi pour tout le reste.

Ils se dirigèrent vers la colonie, à environ deux kilomètres au nord de la baie. Bien que le vent se fût calmé, l'humidité rendait leur progression difficile. Ils voyaient à peine à trois mètres. Ils avaient l'impression de regarder le monde à travers le jet d'une douche. Et, sans lunettes de protection, il était encore plus difficile de voir clair. Ils n'avaient que leurs lunettes de soleil, et la neige fondue, passant derrière les verres, s'amoncelait sur leurs cils. Ils ne gardèrent le sens de l'orientation qu'en marchant le long de la plage. Cela leur prit au moins vingt minutes de plus mais leur évita de se perdre.

Puis le vent se leva de nouveau, mordant leurs visages sans protection. Maeve pensa un instant qu'ils devraient peut-être tenter d'atteindre la station de recherche argentine mais rejeta vite cette idée. Certains des touristes seraient incapables de survivre aux trente kilomètres à couvrir dans l'orage. Au moins la moitié des plus âgés périrait en chemin. Il fallait faire la part des choses, savoir ce qui était faisable et ce qui ne l'était pas. Elle-même pourrait réussir car elle était jeune et forte. Mais jamais elle ne se résoudrait à abandonner ces gens qui dépendaient d'elle. Elle pourrait aussi envoyer les deux grands Australiens qui marchaient fermement à ses côtés. Mais elle commençait à se demander ce qu'ils trouveraient en arrivant.

Que se passerait-il si les scientifiques argentins étaient morts dans les mêmes circonstances mystérieuses que les membres de son propre groupe ? Si le pire avait eu lieu, la seule chose qui pourrait la pousser à aller jusqu'à la station des Argentins, c'était la possibilité d'utiliser leur puissant équipement de communication. La décision était bien difficile à prendre. Devait-elle risquer la vie des deux Australiens dans cette expédition hasardeuse ou valait-il mieux les garder près d'elle pour qu'ils s'occupent des plus âgés et des plus faibles ? Elle abandonna l'idée de rejoindre la station de recherche. Son travail ne consistait pas à mettre en danger la vie des passagers de Ruppert & Saunders. Il était inconcevable qu'on ait pu les abandonner. Il n'y avait rien d'autre à faire que d'attendre les sauveteurs, d'où qu'ils viennent, et de survivre du mieux qu'on le pouvait en les attendant.

La neige fondue tombait moins fort et leur vision gagna au moins cinquante mètres. Au-dessus de leurs têtes, le soleil apparut comme une grosse orange pâle dont le halo avait toutes les couleurs du prisme. Ils contournèrent un éperon rocheux qui entourait la baie et se rapprochèrent de la plage où nichaient les pingouins. Maeve n'était pas chaude pour tuer ces pauvres bêtes, même pour survivre. Elles étaient si gentilles et si amicales. Les *pygoscelis adeliae,* ou pingouins de Terre Adélie, sont l'une des dix-sept espèces existantes. Ils arborent un dos de plumes noires avec une capuche et une poitrine toute blanche et ont de petits yeux ronds en boutons de bottines. Comme le montrent les fossiles trouvés sur l'île Seymour, leurs ancêtres évoluaient sur ce territoire depuis quarante millions d'années et mesuraient, à l'époque, autant qu'un homme.

Attirée par leurs attitudes presque humaines, Maeve avait passé tout un été à les observer et à en étudier une colonie. En fait, elle était tombée sous le charme de ces oiseaux adorables.

Au contraire du pingouin empereur, bien plus grand, le pingouin de Terre Adélie peut couvrir jusqu'à cinq kilomètres à l'heure et parfois davantage quand il se laisse rouler sur la glace. Si on leur mettait un petit chapeau melon et une canne, s'était-elle souvent dit, ils auraient parfaitement imité Charlie Chaplin.

— Je crois bien que cette boue neigeuse diminue, remarqua l'un des hommes qui portait une casquette de cuir et tirait sur une cigarette.

— Il serait temps ! dit l'autre qui s'était enveloppé la tête d'un foulard. J'ai l'impression d'être trempé comme une soupe.

Ils voyaient maintenant la mer sur au moins cinq cents mètres. Là où, à leur arrivée, tout était calme comme un lac, se bousculaient maintenant des vagues blanches agitées par le vent. Maeve tourna les yeux vers la rocaille. Aussi loin que portait son regard, elle ne vit qu'un tapis de pingouins, plus de cinquante mille oiseaux rassemblés. A mesure qu'elle avançait avec les deux Australiens, elle se dit qu'il était étrange qu'aucun des oiseaux ne fût debout, les plumes de la queue tendues comme des supports pour éviter de tomber en arrière. Ils étaient éparpillés partout, la plupart couchés sur le dos comme s'ils avaient basculé.

— Quelque chose cloche, dit-elle. Pourquoi ne sont-ils pas debout ?

— Ils ne sont pas fous, dit l'homme au turban. Ils savent bien que le vent et la neige fondue sont trop forts.

Maeve courut vers la rocaille et regarda les pingouins allongés. L'absence de bruit l'alerta. Aucun oiseau ne paraissait s'intéresser à son approche. Elle s'agenouilla et en observa un. Il gisait, mou, le regard éteint. Elle fit une grimace en regardant les milliers de petits corps couchés là, morts. Elle aperçut deux gros phoques, prédateurs naturels des pingouins, dont les corps, poussés par les vagues, allaient et venaient sur la plage semée de galets.

— Ils sont tous morts, murmura-t-elle en état de choc.

— Nom de Dieu! lâcha l'homme à la casquette de cuir. Elle a raison. Pas une de ces bestioles ne bouge.

« Cela ne peut pas être vrai! », pensa Maeve.

Elle resta figée. Elle ne comprenait pas ce qui avait causé cette mort en masse et cependant elle le sentait. L'idée folle que peut-être tous les êtres vivants du monde étaient morts d'une mystérieuse maladie lui traversa l'esprit. Est-ce qu'ils étaient les seuls rescapés d'une planète morte? Elle s'interrogea, au bord de la panique.

L'homme au turban se pencha et saisit un pingouin.

— Cela nous évitera d'avoir à les tuer, dit-il.

— N'y touchez pas! hurla Maeve.

— Pourquoi? s'indigna l'homme. Il faut bien qu'on mange!

— Nous ignorons de quoi ils sont morts. Il s'agit peut-être d'une maladie contagieuse.

L'homme à la casquette de cuir hocha la tête.

— La petite dame sait de quoi elle parle. Ce qui a tué ces oiseaux pourrait bien nous tuer aussi. Vous faites ce que vous voulez mais moi, je ne tiens pas à être responsable de la mort de ma femme.

— Mais ce n'est pas une maladie, rétorqua l'autre. C'est la même chose qui a tué les deux dames et le marin. Ça ressemble davantage à une catastrophe naturelle.

Maeve ne voulut pas en démordre.

— Je refuse de jouer leur vie à pile ou face. Le *Polar Queen* va revenir. On ne nous a pas oubliés.

— Si le commandant a décidé de nous filer une belle trouille, il a parfaitement réussi!

— Il a sûrement une bonne raison pour expliquer son retard.

— Bonne raison ou pas, j'espère que votre compagnie est bien assurée parce que je vous garantis qu'ils vont entendre parler de nous dès que nous aurons rejoint la civilisation.

Maeve n'était pas en état de répondre. Elle tourna le dos au champ de mort et reprit le chemin de la caverne. Les deux hommes la suivirent, cherchant du regard quelque chose de menaçant et ne le trouvant pas.

3

Se réveiller après trois jours passés dans une caverne sur une île quasiment nue, au milieu d'un orage polaire, en se sachant responsable de trois morts et de la vie de neuf hommes et onze femmes, n'est pas une expérience plaisante. Sans nouvelles du *Polar Queen* tant espéré, le groupe qui avait joyeusement débarqué pour connaître le merveilleux isolement de l'Arctique n'avait en fait rencontré que le cauchemar de l'abandon et du désespoir. Et pour ajouter à l'angoisse de Maeve, les batteries de son téléphone s'étaient déchargées.

A tout moment maintenant, les membres les plus âgés du groupe pouvaient succomber aux conditions difficiles de la caverne. Ils avaient tous passé leur vie dans des régions chaudes, voire tropicales, et n'étaient pas habitués aux rudesses du climat de l'Antarctique. Des corps jeunes et en bonne santé auraient sans doute résisté jusqu'à ce qu'on vienne enfin les délivrer mais ces gens manquaient de forces. Ils étaient frêles et vulnérables.

Au début, ils avaient plaisanté et raconté des histoires, prenant l'aventure comme un supplément de celle qu'ils étaient venus chercher. Ils chantaient de vieilles mélodies comme *Quand vous dansiez, Mathilda* et jouaient aux charades. Mais peu à peu, une certaine apathie s'était installée et tous étaient devenus silencieux. Ils acceptaient leurs souffrances sans protester. Cependant la faim les tenaillait plus que la peur de la viande morte et Maeve évita une mutinerie en acceptant finalement que les hommes aillent chercher quelques pingouins morts. Aucun problème de décomposition ne se posait car une fois morts les oiseaux avaient gelé presque instantanément. L'un des touristes était passionné de chasse. Sortant un couteau suisse, il vida et découpa les oiseaux. Les protéines et les graisses que leur procura ce repas allaient leur redonner un peu de vigueur et de chaleur.

Maeve découvrit une boîte de thé vieille d'au moins soixante-dix ans dans l'une des huttes du port baleinier. Elle soutira un bon litre d'huile de baleine dans une barrique, la versa dans la casserole et la fit brûler. Une flamme bleue s'éleva et tous applaudirent son ingéniosité pour fabriquer un fourneau. Ensuite elle rinça une vieille théière, la remplit de neige et y mit le thé. D'un seul coup le moral de la troupe s'éleva mais cela ne dura guère. Peu après, tout le monde était à nouveau en proie à la déprime dans la caverne. Certes, ils étaient résolus à ne pas mourir mais la température glaciale entamait leur résolution. Ils pensèrent bientôt que la fin était inévitable. Le navire ne reviendrait pas et tout espoir de secours, d'où qu'il puisse venir, participait du rêve et de l'imagination.

Personne ne cherchait plus à savoir si la mort les prendrait comme elle avait pris les pingouins. Aucun n'était assez chaudement vêtu pour résister à des températures aussi basses. Il était trop dangereux de se servir d'huile de baleine pour augmenter le feu car on risquait l'asphyxie. Le feu qui brûlait dans la casserole ne produisait qu'une faible chaleur, insuffisante en tout cas pour les garder en vie. Peu à peu, les tentacules glacials de la mort les encercleraient tous.

Au-dehors, l'orage empira, puis il se mit à neiger, ce qui était rare sur la péninsule en été. Tout espoir de sauvetage s'envolait. Quatre touristes parmi les plus âgés s'éteignaient lentement et Maeve, totalement découragée, voyait le contrôle de la situation échapper à ses mains gelées. Elle se considérait comme responsable des trois premières morts, ce qui affectait gravement son moral. Les vivants mettaient en elle tout leur espoir. Même les hommes respectaient son autorité et exécutaient ses ordres sans les discuter.

— Que Dieu les aide, murmura-t-elle, je ne dois pas leur montrer que je suis arrivée au bout de l'espoir.

Elle frissonna de découragement. A son tour, elle se sentait envahie d'une étrange inertie. Elle savait qu'elle devrait supporter cette épreuve jusqu'à la fin mais pas si elle aurait le courage de porter à bout de bras la vie de vingt personnes. Epuisée, elle ne voulait plus lutter.

Du fond de son apathie, il lui sembla entendre un bruit étrange, qui ne pouvait être celui du vent. Cela frappait son oreille comme une sorte de battement aérien. Puis cela cessa. Elle se dit que ce n'était probablement qu'un nouveau tour de son imagination. C'était sans doute le vent qui changeait de direction et frappait différemment les rochers en pénétrant dans le tunnel.

Puis elle l'entendit à nouveau, brièvement, avant qu'il ne disparaisse encore. Elle se leva péniblement et sortit en chancelant du tunnel. La neige s'était amoncelée contre les pierres et remplissait presque l'étroit passage. Elle enleva plusieurs rochers pour faire de la place et sortit à quatre pattes au milieu d'un univers de neige et de vent. Il faisait bien un vent de vingt nœuds qui soulevait la neige en tourbillons comme une vraie tornade. Soudain elle se raidit et plissa les paupières pour mieux voir. Quelque chose paraissait bouger, là-bas, une forme vague sans substance et cependant plus sombre que le voile opaque qui tombait du ciel.

Elle fit un pas en avant et s'étala de tout son long. Un instant elle pensa rester là sans bouger et dormir. Elle avait tant envie de baisser les bras. Mais une étincelle de vie luisait encore au fond d'elle-même et refusait d'abandonner. Elle se mit à genoux et scruta la lumière vacillante. Elle aperçut quelque chose qui avançait vers elle puis un coup de vent oblitéra la vision. Elle reparut quelques secondes plus tard, plus près cette fois. Alors son cœur se mit à battre très fort.

C'était la silhouette d'un homme couvert de glace et de neige. Elle agita frénétiquement les bras et cria. La silhouette s'arrêta comme pour écouter puis se retourna et commença à s'éloigner.

Cette fois, Maeve hurla de toutes ses forces, comme seule une femme peut le faire. La silhouette se retourna et scruta la neige dansante. Maeve agita de nouveau les bras avec frénésie. Il répondit à son signe et se hâta vers elle.

— Mon Dieu, faites qu'il ne s'agisse pas d'un mirage, pria-t-elle.

Déjà il s'agenouillait près d'elle dans la neige, la prenait et la berçait dans ses bras, les plus forts qu'elle eût jamais connus.

— Merci, mon Dieu! Je n'ai jamais cessé d'espérer que vous viendriez.

L'homme était grand et portait une parka turquoise sur laquelle les lettres NUMA étaient cousues sur la poitrine, à gauche. Son visage était presque caché par une cagoule de ski et des lunettes de protection. Il enleva les lunettes et le regard de Maeve rencontra les yeux vert opale les plus incroyables qu'elle eût jamais vus, des yeux où se lisaient la surprise et l'étonnement. Ce qu'elle aperçut de sa peau était bronzé et bizarrement déplacé au fin fond de l'Antarctique.

— Que diable faites-vous ici? demanda-t-il d'une voix profonde teintée d'inquiétude.

— J'ai vingt personnes avec moi, là derrière, dans une grotte. Nous faisions une excursion à terre. Notre navire s'est éloigné et n'est pas revenu.

Il la regarda, incrédule.

— On vous a abandonnés?

Elle fit oui de la tête et regarda craintivement l'orage.

— Y a-t-il eu une catastrophe à l'échelle mondiale?

Il fronça les sourcils.

— Pas que je sache. Pourquoi cette question?

— Trois des membres de mon groupe sont morts dans des circonstances mystérieuses. Et toute la colonie de pingouins, au nord de la base, a été exterminée jusqu'au dernier oiseau.

Si ces tragiques nouvelles étonnèrent l'étranger, il le cacha bien. Il aida Maeve à se relever.

— Je ferais bien de vous sortir de ce tourbillon de neige.

— Vous êtes américain? dit-elle en tremblant de froid.

— Et vous êtes australienne.

— Est-ce si évident?

— A votre accent, oui.

Elle tendit une main gantée.

— Vous ne savez pas à quel point je suis heureuse de vous voir, monsieur...?

— Mon nom est Dirk Pitt.

— Maeve Fletcher.

Ignorant ses protestations, il la prit dans ses bras et commença à la porter, en suivant les traces de ses pas dans la neige, vers le tunnel.

— Je vous propose de poursuivre cette intéressante conversation dans un endroit moins exposé. Vous dites qu'il y a vingt autres personnes ?

— Vingt qui sont vivantes.

Pitt lui jeta un regard grave.

— On dirait que la pub pour vos croisières a été légèrement exagérée.

Dès qu'ils atteignirent le tunnel, il la reposa et enleva sa cagoule, laissant apparaître son épaisse chevelure noire et indisciplinée. D'épais sourcils surmontaient ses yeux et son visage taillé à la serpe, hâlé par de longues heures au grand air, était beau quoique irrégulier. Sa bouche paraissait sourire sans raison précise. Maeve se dit qu'avec un homme comme lui, toutes les femmes devaient se sentir en sécurité.

Une minute plus tard, Pitt fut accueilli par les touristes comme un héros de football rentrant chez lui après avoir mené son équipe à la victoire. Cet étranger apparaissant soudain leur fit le même effet que s'ils avaient gagné à la loterie. Pitt fut étonné de voir que tous avaient l'air raisonnablement en forme, si l'on considérait les épreuves qu'ils avaient endurées. Les femmes l'embrassèrent comme un fils retrouvé tandis que les hommes lui tapaient sur l'épaule à lui faire mal. Tout le monde parlait en même temps, posant mille questions. Maeve le présenta et raconta comment ils s'étaient rencontrés dans l'orage.

— D'où êtes-vous sorti, l'ami ? demandèrent-ils.

— D'un navire de recherches de l'Agence Nationale Marine et Sous-Marine. Nous avons monté une expédition pour comprendre pourquoi les phoques et les dauphins disparaissent de ces eaux à une vitesse surprenante. Nous survolions l'île Seymour quand la neige s'est refermée sur nous de sorte que nous avons préféré nous poser en attendant une accalmie.

— Vous êtes nombreux ?

— Un pilote et un biologiste qui sont restés à bord. J'ai aperçu quelque chose qui ressemblait à un morceau de Zodiac sortant de la neige. Je me suis demandé ce que ce genre d'embarcation faisait sur la partie inhabitée de cette île et je suis allé voir. C'est ainsi que j'ai entendu Miss Fletcher m'appeler.

— Une chance que vous ayez décidé de sortir, dit à Maeve la doyenne de quatre-vingt-trois ans.

— Il m'a semblé avoir entendu un bruit bizarre dans l'orage. Je sais maintenant qu'il s'agissait de l'hélicoptère qui atterrissait.

— Nous avons eu une sacrée chance de nous rencontrer au milieu du blizzard, dit Pitt. J'ai eu du mal à croire que c'était vraiment une femme qui criait. Je me disais que c'était le hurlement du vent et puis je vous ai vue agiter les bras dans un paquet de neige.

— Où est votre navire de recherches ? demanda Maeve.

— A environ quarante kilomètres au nord d'ici.

— Avez-vous par hasard croisé notre navire, le *Polar Queen* ?

Pitt fit non de la tête.

— Il y a plus d'une semaine que nous n'avons croisé aucun bateau.

— Aucun contact radio ? demanda Maeve. Un appel au secours, peut-être ?

— Nous avons parlé à un navire fournissant la station britannique de Halley Bay mais nous n'avons entendu aucun appel d'un bateau de croisière.

— Il n'a pas pu s'évanouir comme ça ! s'étonna l'un des hommes. Pas avec tout l'équipage et le reste des touristes !

— Nous résoudrons ce mystère dès que nous vous aurons tous transportés sur notre navire de recherches. Ce n'est pas un bateau de luxe comme le *Polar Queen* mais nous avons des cabines confortables, un bon médecin et un cuisinier qui monte la garde devant une cave d'excellentes bouteilles.

— Je préférerais mourir que de rester une minute de plus dans cette glacière, dit en riant un Néo-Zélandais maigre qui possédait un élevage de moutons.

— Je ne pourrai emmener que cinq ou six personnes à la fois en se serrant dans l'hélicoptère, alors il faudra faire plusieurs voyages, expliqua Pitt. Comme nous nous sommes posés à trois cents mètres d'ici, je vais aller le chercher et le poser près de l'entrée de la grotte pour vous éviter de marcher dans la neige.

— Rien de tel que le service à domicile, plaisanta Maeve, se sentant revivre. Puis-je vous accompagner ?

— Vous en auriez le courage ?

Elle fit signe que oui.

— Je pense que tout le monde sera ravi de passer quelques minutes sans que je donne des ordres.

Al Giordino était assis à la place du pilote de l'hélicoptère turquoise de la NUMA, plongé dans un problème de mots croisés. A peine plus grand qu'un lampadaire, il était rond comme une chope de bière posée sur deux jambes, avec des bras comme des mâts de charge. Son regard d'ébène glissait de temps en temps sur la neige éblouissante qu'il apercevait par le pare-brise du cockpit et, ne voyant pas Pitt revenir, retournait à ses mots croisés.

Le visage rond sous ses cheveux noirs bouclés, il avait sans cesse une expression moqueuse qui pouvait faire croire que le monde et les humains le laissaient perplexe. On voyait à la forme de son nez qu'il avait des ancêtres romains.

C'était, depuis l'enfance, le meilleur ami de Pitt. Ils étaient inséparables depuis les années qu'ils avaient passées ensemble dans l'Aviation avant de se porter volontaires pour une mission consistant à aider au lancement de l'Agence Nationale Marine et Sous-Marine. Cette mission temporaire durait depuis près de quatorze ans.

— En cinq lettres, singe à poils blancs qui mange des diplotaxis ? demanda-t-il à l'homme assis derrière lui, coincé entre des paquets d'instruments de laboratoire.

Le spécialiste en biologie marine de la NUMA leva les yeux du spécimen qu'il examinait et parut étonné.

— Je ne connais pas de singe à poils blancs.

— Tu es sûr ? C'est pourtant la définition qu'on me donne.

Roy Van Fleet savait quand Giordino se fichait de lui. Après avoir passé trois mois en mer avec lui, Van Fleet avait acquis assez de bon sens pour ne pas se laisser attraper par les blagues idiotes de l'Italien.

— A la réflexion, je pense que tu veux parler du paresseux de Mongolie. Regarde si « plouc » pourrait aller.

Réalisant qu'il avait perdu le point, Giordino abandonna les mots croisés et regarda tomber la neige.

— Dirk devrait être de retour.

— Depuis combien de temps est-il parti ? demanda Van Fleet.

— Environ quarante-cinq minutes.

Giordino fixa son regard sur deux formes vagues qui semblaient se diriger vers l'appareil.

— Je crois que le voilà. Il devait y avoir quelque chose de bizarre dans le sandwich que je viens de manger, ajouta-t-il. Je jurerais qu'il y a quelqu'un avec lui.

— Il y a peu de chances. Il ne doit pas y avoir âme qui vive à trente kilomètres à la ronde.

— Viens voir toi-même.

Le temps que Van Fleet ait refermé le bocal dont il examinait le contenu et qu'il l'ait rangé dans une caisse de bois, Pitt avait ouvert la porte de l'hélicoptère et aidé Maeve à y entrer.

Elle repoussa la capuche de son anorak orange, fit bouffer ses longs cheveux dorés et adressa un grand sourire aux deux hommes.

— Bonjour, messieurs. Vous n'imaginez pas à quel point je suis heureuse de vous voir.

Van Fleet eut l'air d'un homme qui assiste à un miracle. Son visage refléta une totale incompréhension. Giordino se contenta de pousser un soupir résigné.

— Qui d'autre que Dirk Pitt pourrait s'enfoncer dans le blizzard sur une île inhabitée au fond de l'Antarctique et y découvrir une fille superbe ? lança-t-il sans s'adresser à personne en particulier.

4

Moins d'une heure après que Pitt eut alerté le navire de recherches de la NUMA, baptisé le *Ice Hunter*, le capitaine Paul Dempsey bravait le vent glacial et regardait Giordino manœuvrer l'hélicoptère au-dessus du pont qui lui était réservé. A part le cuisinier du bord, occupé à préparer des repas chauds, et le chef mécanicien resté près de ses machines, tout l'équipage, y compris les techniciens et les chercheurs du laboratoire, était sur le pont pour accueillir le premier groupe de touristes gelés et affamés arrivant de l'île Seymour.

Le capitaine Dempsey avait grandi dans un ranch des Beartooth Mountains, à califourchon sur la frontière qui sépare le Wyoming du Montana. Il avait pris la mer à la fin de ses études secondaires et conduit les bateaux de pêche de Kodiak, en Alaska. S'étant pris de passion pour ces mers glaciales, au-dessus du cercle arctique, il avait finalement passé les examens lui permettant de devenir capitaine d'un remorqueur brise-glace de sauvetage. Que la mer fût déchaînée ou le vent violent, Dempsey n'hésitait jamais à affronter les pires orages du golfe d'Alaska lorsqu'il recevait l'appel à l'aide d'un bateau en détresse. Au cours des quinze dernières années, le courageux sauvetage d'innombrables bateaux de pêche, de six cargos côtiers, de deux pétroliers et d'un destroyer de la Marine américaine avait fait de lui un personnage de légende. Pour illustrer cette reconnaissance, on lui avait élevé une statue de bronze au bord du dock de Seward, ce qui embarrassait fort sa discrétion naturelle. Obligé de prendre sa retraite par la faillite financière de la société de sauvetage, il avait accepté l'offre du directeur de la NUMA, l'amiral James Sandecker : commander le navire de recherches polaires de l'Agence, le *Ice Hunter*.

La vieille pipe de bruyère ébréchée qui ne quittait jamais Dempsey était, bien sûr, fichée au coin de sa bouche fermée mais souriante. Il était le type même du marin sauveteur, avec des épaules larges et une taille épaisse, généralement planté dru sur ses jambes écartées, ce qui n'empêchait pas qu'une certaine distinction se dégageât de sa personne. Les cheveux gris, les joues rasées de près, il savait raconter de passionnantes histoires de marins. Bref, Dempsey avait la réputation d'être un commandant jovial pendant les croisières de son navire.

Il avança d'un grand pas quand les roues de l'hélicoptère se posèrent sur le pont. Près de lui se tenait le médecin du bord, le Dr Mose Greenberg. Grand et mince, celui-ci portait ses cheveux sombres en queue de cheval. Ses yeux gris-bleu pétillaient de malice et tout en lui indiquait cette indéfinissable loyauté commune à tous les médecins consciencieux et dévoués du monde.

Le Dr Greenberg était accompagné de quatre marins portant des civières au cas où l'un des passagers âgés aurait des difficultés pour marcher. Rassemblés sous les pales en mouvement, ils attendaient que l'on ouvre la porte arrière de l'hélico. Dempsey s'approcha du cockpit et fit signe à Giordino d'ouvrir la fenêtre de son côté. Celui-ci s'exécuta et se pencha pour écouter.

— Pitt est-il avec vous ? demanda Dempsey assez haut pour se faire entendre malgré le sifflement des lames.

Giordino fit non de la tête.

— Il est resté avec Van Fleet pour examiner un tas de pingouins morts.

— Combien de passagers du navire de croisière avez-vous pu amener ?

— On a réussi à caser six des plus vieilles dames, celles qui avaient le plus souffert. On doit pouvoir les amener tous en quatre voyages de plus. Trois pour les touristes et un avec Pitt, Van Fleet, le guide et les trois cadavres qu'ils ont mis dans une remise des anciens baleiniers.

Dempsey montra le triste mélange de neige et de bruine qui tombait toujours.

— Pourrez-vous retrouver votre chemin dans cette soupe ?

— J'ai l'intention de me faire guider par la radio portable de Pitt.

— Dans quel état sont ces gens ?

— Mieux qu'on aurait pu s'y attendre pour des seniors ayant passé trois jours et deux nuits dans une grotte glacée. Pitt m'a chargé d'informer le Dr Greenberg qu'il n'aura sans doute aucune pneumonie à soigner. Le froid a un peu sapé l'énergie des plus âgés cependant, et comme ils sont affaiblis, leur résistance n'est pas ce qu'elle aurait pu être.

— Ont-ils la moindre idée de ce qui est arrivé à leur navire ? demanda Dempsey.

— Avant qu'ils n'embarquent sur le canot, le premier maître a averti leur guide que le navire allait remonter la côte sur vingt kilomètres pour débarquer un autre groupe de touristes. C'est tout ce qu'on sait. Le navire ne les a plus jamais recontactés.

Dempsey leva la main et donna une tape amicale à Giordino.

— Dépêchez-vous de repartir et tachez de ne pas vous mouiller les pieds.

Sur quoi il retourna vers la porte de chargement de l'hélico et se présenta aux passagers fatigués du *Polar Queen* qui arrivaient sur le pont.

Il enroula une couverture autour des épaules de la dame de quatre-vingt-trois ans que l'on venait de descendre sur une civière.

— Bienvenue à bord, dit-il avec un chaud sourire. Il y a du potage et du café bien chauds ainsi qu'un lit douillet dans les cabines de nos officiers.

— Si cela ne vous dérange pas, répondit-elle gentiment, je préférerais du thé.

— Vos désirs sont des ordres, chère madame, assura le capitaine galamment. Ce sera donc du thé pour vous.

— Dieu vous bénisse, commandant, dit-elle en lui serrant la main.

Dès que le dernier passager eut atteint le pont, Dempsey fit signe à Giordino qu'il pouvait repartir, ce qu'il fit sans attendre. Le capitaine regarda l'appareil turquoise disparaître dans le rideau blanc de neige fondue. Il ralluma sa pipe et arpenta seul le pont abandonné par les passagers, maintenant à l'abri dans le confort du navire. Il ne s'était pas préparé à une mission de sauvetage, en tout cas pas à une mission de ce genre. Des navires en détresse au milieu d'une mer démontée, ça, il le comprenait. Mais un commandant qui abandonne ses passagers sur une île déserte, dans des conditions incroyablement difficiles, là, ça le dépassait.

Le *Polar Queen* avait couvert beaucoup plus de vingt-cinq kilomètres par rapport à l'ancienne station baleinière. De cela, Dempsey était sûr. Le radar du *Ice Hunter* couvrait plus de cent vingt kilomètres et il n'y avait rien vu qui ressemblât de près ou de loin à un navire de croisière.

* * *

La tempête s'était considérablement apaisée quand Pitt, avec Maeve Fletcher et Van Fleet, atteignit la colonie de pingouins. La zoologiste australienne et le biologiste américain étaient tout de suite devenus amis. Pitt marchait en silence derrière eux tandis qu'ils comparaient leurs universités et les collègues travaillant dans leur domaine. Maeve harcelait Van Fleet de questions se rapportant à sa thèse tandis qu'il essayait de la faire parler de ce qu'elle avait brièvement observé à propos de la destruction en masse de l'oiseau aimé du monde entier.

L'orage avait poussé à la mer les cadavres de ceux qui étaient le plus près de la côte. Mais, d'après les estimations de Pitt, il y en avait au moins quarante mille éparpillés, sans vie, sur les cailloux et les rochers, comme des petits sacs de jute remplis de grain mouillé. Maintenant que le vent et la neige fondue s'étaient un peu calmés, on voyait à près d'un kilomètre.

Des pétrels géants, les vautours de la mer, arrivaient déjà pour se régaler des pingouins morts. Majestueux dans leur vol gracieux, ils étaient d'impitoyables dévoreurs de viande, d'où qu'elle vienne. Sous le regard dégoûté de Pitt et de ses compagnons, les énormes oiseaux dépecèrent rapidement leurs proies inertes, enfonçant leurs becs dans les carcasses jusqu'à ce que leurs têtes et leurs cous dégoulinent de sang et de viscères.

— Voilà une image que je souhaite oublier très vite, dit Pitt.

Van Fleet paraissait sidéré. Il tourna vers Maeve un regard écœuré.

— Maintenant que j'ai vu de mes yeux cette tragédie, j'ai du mal à accepter que tant de pauvres bêtes meurent en même temps dans un espace aussi réduit.

— Quel que soit le phénomène, dit-elle, je suis sûre que c'est celui qui a causé la mort de mes deux passagers et du marin qui nous a amenés ici.

Van Fleet s'agenouilla pour étudier l'un des pingouins.

— Aucune blessure apparente, aucun signe de maladie ou de poison. Le corps paraît gras et en bonne santé.

Maeve se pencha sur son épaule.

— Tout ce que je remarque d'un peu anormal, c'est une légère saillie des yeux.

— Oui, je vois ce que vous voulez dire. Les orbites paraissent plus larges que d'habitude.

Pitt regarda pensivement Maeve.

— Pendant que je vous portais jusqu'à la grotte, vous avez dit que trois personnes étaient mortes dans des circonstances mystérieuses.

Elle hocha la tête.

— Nos sens ont été assaillis par des forces étranges, invisibles et certainement pas physiques. Je n'ai aucune idée de ce que c'était. Mais je peux vous assurer que pendant cinq longues minutes, j'ai eu l'impression que nos cerveaux allaient exploser. La douleur était insoutenable.

— D'après la coloration bleutée des corps que vous m'avez montrés dans la remise, dit Van Fleet, je dirais que la mort a eu lieu par arrêt cardiaque.

Pitt regarda le champ d'oiseaux morts.

— Il est impossible que trois êtres humains, des milliers de pingouins et plusieurs phoques soient tous morts d'une crise cardiaque en même temps.

— Il doit y avoir un point commun, dit Maeve.

— Y a-t-il une relation entre ces morts et les énormes colonies de dauphins que nous avons trouvées dans la mer de Weddell ou les cadavres de phoques flottant dans le chenal de l'île Vega, tous plus morts que du bois pétrifié? demanda Pitt à Van Fleet.

Le biologiste haussa les épaules.

— Il est trop tôt pour répondre sans avoir étudié le problème. En tout cas, il semble bien qu'il y ait un lien réel.

— Les avez-vous examinés dans le laboratoire de votre navire? demanda Maeve.

— J'ai disséqué deux phoques et trois dauphins et je n'ai rien trouvé sur quoi fonder une théorie. Le seul point commun semble être une hémorragie interne.

— Des dauphins, des phoques, des oiseaux et des humains, dit Pitt, songeur. Tous sont vulnérables à ce fléau.

Van Fleet hocha la tête.

— Sans parler de tous les calmars et des tortues marines qui sont venus mourir sur les plages, dans tout le Pacifique et des millions de poissons morts qui flottent depuis deux mois au large du Pérou et de l'Equateur.

— Si ça continue, qui peut dire combien d'espèces sur l'eau et dans l'eau vont disparaître !

Pitt leva les yeux vers les nuages en entendant le bruit lointain de l'hélicoptère.

— Que savons-nous exactement ? Qu'un fléau mystérieux tue tout ce qui vit dans l'eau et dans l'air sans discrimination.

— Et tout cela en quelques minutes, ajouta Maeve.

Van Fleet se remit debout, apparemment très secoué.

— Si nous ne réussissons pas à déterminer si les causes sont d'origine naturelle ou dues à une quelconque action humaine, et cela le plus vite possible, nous pourrions bien nous retrouver devant un océan vidé de toute vie.

— Pas seulement un océan. Vous oubliez que cette chose tue aussi sur terre, rappela Maeve.

— Je ne veux même pas m'attarder sur cette horreur !

Pendant une longue minute, personne ne parla. Chacun essayait d'imaginer la catastrophe éventuelle qui se cachait quelque part, dans la mer ou au-delà.

Enfin Pitt brisa le silence.

— Il semble, dit-il d'un air pensif, que nous ayons du pain sur la planche.

5

Pitt étudia l'écran d'un récepteur qui affichait l'image satellite, améliorée par ordinateur, de la péninsule antarctique et des îles avoisinantes. S'appuyant au dossier de sa chaise, il se reposa les yeux un instant puis regarda par les vitres teintées du pont de navigation du *Ice Hunter* le soleil se manifester enfin après la dissipation des nuages. Il était onze heures d'une belle soirée d'été de l'hémisphère Sud et la lumière était presque constante.

Les passagers du *Polar Queen* avaient dîné et dormaient maintenant dans les cabines confortables que l'équipage et les scientifiques du bord avaient charitablement mises à leur disposition. Le Dr Greenberg avait examiné chacun des rescapés sans trouver ni traumatisme ni dommages permanents. Seulement quelques petits rhumes, sans risque de pneumonie.

Dans le laboratoire de biochimie, deux ponts au-dessus de l'infirmerie du navire, Van Fleet, assisté de Maeve Fletcher, autopsiait les pingouins et les phoques ramenés de l'île Seymour. Les corps des trois touristes morts, entourés de glace, attendaient qu'on puisse les remettre à des médecins légistes professionnels.

Pitt promena son regard sur les deux proues jumelles du *Ice Hunter*. Il ne s'agissait pas d'un bateau de recherches commun. Entièrement conçu par ordinateur par des ingénieurs de la Marine, il répondait à tout ce que pouvaient désirer les océanographes. Bien haut sur ses coques parallèles qui abritaient ses grands moteurs et ses machines auxiliaires, il avait une superstructure futuriste et toute ronde, bardée de techniques sophistiquées et d'innovations dignes d'un vaisseau spatial. Les quartiers de l'équipage et des spécialistes des techniques de l'océan pouvaient rivaliser avec n'importe quel luxueux navire de croisière. Fin et presque fragile d'aspect, le navire trompait bien son monde. C'était un cheval de trait, créé pour ouvrir sans difficulté les vagues les plus hautes et les mers les plus furieuses. Ses coques radicalement triangulaires pouvaient découper des blocs de glace de quatre mètres d'épaisseur.

L'amiral James Sandecker, l'heureux directeur de l'Agence Nationale Marine et Sous-Marine, avait suivi sa construction depuis la première ébauche informatisée jusqu'à son premier voyage au Groenland. Il était fier de chaque centimètre de sa superstructure d'un blanc éclatant et de ses coques turquoises. Sandecker était passé maître dans l'art de faire cracher des fonds au Congrès, pourtant près de ses sous, et rien n'avait été épargné pour la construction du *Ice Hunter* et de son équipement dernier cri. Il était sans conteste le navire de recherches le plus parfait jamais construit.

Pitt reporta son attention sur l'image envoyée par le satellite. Il ne sentait presque pas sa fatigue. Certes, la journée avait été longue mais pleine d'émotions, de joie, de satisfaction d'avoir sauvé la vie de vingt personnes. Mais aussi pleine de tristesse d'avoir vu tant de créatures mortes aussi loin que l'œil pouvait porter. C'était une catastrophe tout à fait incompréhensible. Il avait vu là-bas quelque chose de sinistre et de menaçant. Une présence hideuse défiant toute logique.

Ses réflexions furent interrompues par l'arrivée de Giordino et du capitaine Dempsey sortant de l'ascenseur reliant la plate-forme d'observation au-dessus du pont de navigation aux salles des machines, quinze ponts plus bas.

— Avez-vous aperçu le *Polar Queen* dans ce que vous ont envoyé les caméras du satellite ? demanda Dempsey.

— Rien que je puisse identifier avec certitude, répondit Pitt. La neige brouille toute vision.

— Pas de contact radio non plus?

, Pitt fit non de la tête.

— C'est comme si le navire avait été enlevé par des créatures venues de l'espace. La salle de communication n'obtient aucune réponse. Et puisque nous parlons de cela, la radio de la station de recherches argentine a également cessé d'émettre.

— La catastrophe inconnue qui a frappé le navire et la station, dit Dempsey, a dû se produire si rapidement qu'aucun de ces pauvres diables n'a eu le temps de lancer un appel de détresse.

— Est-ce que Van Fleet et Mlle Fletcher ont découvert un indice permettant d'expliquer toutes ces morts? demanda Pitt.

— Leurs premiers examens montrent une rupture des artères, à la base du crâne des bestioles, ayant entraîné une hémorragie. Mais à part ça, je ne peux rien vous dire d'autre.

— On dirait que nous avons un lien menant d'un mystère à une tragédie, à un dilemme et à un puzzle, sans la moindre solution en vue, soupira Pitt.

— Si le *Polar Queen* ne flotte pas dans le coin et s'il n'est pas posé au fond de la mer de Weddell, il va falloir envisager que quelqu'un l'a enlevé, murmura Giordino.

Pitt sourit et regarda son ami d'un air entendu.

— Comme le *Lady Flamborough* [1]?

— J'y ai pensé.

Dempsey regarda le pont, se rappelant l'incident.

— Le navire de croisière capturé par des terroristes au port de Punta del Este il y a quelques années?

Giordino fit un signe affirmatif.

— Il transportait des chefs d'Etat se rendant à une conférence sur l'Economie. Les terroristes lui ont fait traverser le détroit de Magellan jusqu'à un fjord chilien et lui ont fait jeter l'ancre au pied d'un glacier. C'est Dirk qui a retrouvé sa trace.

— En supposant une vitesse de croisière d'environ dix-huit nœuds, estima Dempsey, les terroristes éventuels seraient maintenant à mi-chemin de Buenos Aires avec le *Polar Queen*.

— C'est un scénario peu probable, dit Pitt. Je ne vois pas pourquoi des terroristes enlèveraient un navire de croisière dans l'Antarctique.

— Alors, à quoi penses-tu?

— A mon avis, ou bien il dérive, ou bien il tourne en rond à moins de deux cents kilomètres de nous.

1. Cf. *Panique à la Maison Blanche*, du même auteur. Grasset, 1985.

Pitt paraissait si sûr de lui qu'il restait peu de place pour le doute. Dempsey le regarda.

— Avez-vous une information que nous ignorons?

— Je parierais tout ce que j'ai que le même phénomène qui a frappé les touristes et le marin restés hors de la grotte a également tué tout le monde sur le navire.

— C'est une hypothèse qui fait froid dans le dos, dit Giordino, mais qui expliquerait pourquoi il n'est pas revenu chercher les excursionnistes.

— Et n'oublions pas le deuxième groupe qui devait aller à terre vingt kilomètres plus loin, rappela Dempsey.

— Cette pagaille empire de minute en minute, marmonna Giordino.

— Al et moi allons rechercher ce second groupe par hélicoptère, dit Pitt en regardant l'image de l'ordinateur. Si nous ne découvrons aucun signe de leur présence, nous poursuivrons jusqu'à la station de recherches argentine, pour voir si nous trouvons quelqu'un. Il se pourrait bien qu'ils soient morts aussi.

— Mais bon Dieu, qu'est-ce qui a bien pu causer une telle calamité? dit Dempsey sans s'adresser à personne en particulier.

Pitt fit un geste vague.

— Les causes habituelles d'extermination de toute vie marine ou terrestre ne paraissent pas applicables, cette fois-ci. Les problèmes naturels de destruction massive dans le monde, comme les fluctuations de température à la surface de l'eau ou le développement d'algues meurtrières, les marées rouges, ne s'appliquent pas non plus. Il n'y a trace d'aucune de ces données.

— Cela laisse la pollution d'origine humaine.

— Mais, là non plus, cela ne peut être le cas, dit Pitt. Il n'y a dans le coin aucune source connue de pollution toxique, en tout cas à des milliers de kilomètres d'ici. Aucune décharge radioactive ou chimique n'aurait pu tuer tous ces pingouins en quelques secondes. Et sûrement pas ceux qui étaient bien à l'abri dans leurs nids terrestres, loin de l'eau. Je crains que nous n'ayons affaire à une menace nouvelle, encore jamais vue.

Giordino tira un énorme cigare de la poche intérieure de sa veste. C'était un des cigares de la réserve personnelle de l'amiral Sandecker, fabriqués exclusivement pour ce dernier. Et pour Giordino, apparemment, puisque l'amiral n'avait jamais pu découvrir comment l'Italien se les procurait. A moins que, depuis dix ans, il n'ait puisé dans la réserve de son chef sans jamais se faire prendre. Giordino approcha la flamme du tabac épais et en tira un nuage parfumé.

— D'accord, dit-il en appréciant le goût. Qu'as-tu imaginé?

Dempsey plissa le nez pour sentir l'odeur du cigare.

— J'ai contacté les dirigeants de Ruppert & Saunders, la ligne qui exploite le *Polar Queen*. Je leur ai expliqué la situation. Ils n'ont pas perdu de temps et ont lancé une recherche aérienne importante. Ils nous ont demandé de transporter les survivants de l'excursion jusqu'à l'île King George, où se trouve un aérodrome appartenant à une station de recherche scientifique anglaise. De là, ils feront le nécessaire pour les rapatrier vers l'Australie.

— Avant ou après que nous recherchions le *Polar Queen*? demanda Giordino.

— Les vivants d'abord, répondit Dempsey à qui appartenait la décision puisqu'il commandait le navire. Vous deux irez fouiller la côte avec votre hélico pendant que je nous dirigerai vers l'île King George avec le *Hunter*. Quand nos passagers seront à terre, nous commencerons à chercher le navire de croisière.

Giordino sourit.

— Mais alors la mer de Weddell grouillera de tous les bateaux de sauvetage, d'ici à Capetown.

— Ce n'est pas notre problème, dit Dempsey. La NUMA ne travaille pas dans le domaine du sauvetage.

Pitt n'écoutait plus la conversation. Il se dirigea vers une table où était étalée une grande carte de la mer de Weddell. Refusant d'agir par instinct, il s'obligea à réfléchir méthodiquement, avec sa tête et non avec son cœur. Il essaya de s'imaginer à bord du *Polar Queen* au moment où cette malédiction meurtrière avait frappé. Giordino et Dempsey se turent, le regardant avec intérêt. Après une longue minute d'examen, il releva la tête et sourit.

— Quand nous aurons programmé les données correctes dans l'analyseur de la table traçante, ça devrait nous donner un terrain de jeu à partir duquel on devrait avoir une chance de marquer des points.

— Bon. Alors que mettrez-vous dans la boîte magique? demanda Dempsey qui appelait ainsi tous les appareils électroniques utilisés avec les systèmes informatiques du navire.

— Tout ce que nous savons sur les vents et les courants de ces derniers trois jours et demi, ainsi que leurs effets sur une masse de la taille du *Polar Queen*. Quand nous aurons calculé un modèle de dérive, nous pourrons essayer de calculer si le navire a continué son chemin avec un équipage mort et, si c'est le cas, dans quelle direction.

— Supposez qu'au lieu d'avancer en cercles comme vous le suggérez, son gouvernail l'ait dirigé en ligne droite?

— Alors il devrait être à quinze cents kilomètres d'ici, quelque part au milieu de l'Atlantique sud et hors de portée de tout le système des satellites de surveillance.

— Mais toi, tu ne le crois pas, dit Giordino.

— Non, répondit Pitt. Si la glace et la neige couvrant le bateau après l'orage peuvent servir à notre raisonnement, le *Polar Queen* doit en être tellement couvert que cela doit le rendre pratiquement invisible à tout satellite de surveillance.

— Vous voulez dire qu'il ressemble à un iceberg ? demanda Dempsey.

— Plutôt à un morceau de terrain couvert de neige.

— Je ne comprends plus rien, avoua Dempsey.

— Je parierais ma solde, poursuivit Pitt avec conviction, que nous trouverons le *Polar Queen* collé quelque part contre la côte de la péninsule ou échoué sur une des îles près de la côte.

6

Pitt et Giordino décollèrent à quatre heures du matin, alors que presque tout l'équipage du *Ice Hunter* dormait encore. La température était redevenue plus clémente, mer calme et ciel bleu, avec un léger vent de cinq nœuds venant du sud-ouest. Pitt aux commandes, ils se dirigèrent vers la vieille station baleinière avant de virer au nord pour chercher le second groupe d'excursionnistes du *Polar Queen*.

Pitt ne put s'empêcher de ressentir une profonde tristesse en survolant le terrain où il avait vu la colonie de pingouins morts. Aussi loin qu'il pouvait regarder, le sol était jonché des corps de ces petits animaux si drôles. Les pingouins de Terre Adélie vivaient sur ce territoire et il n'était pas question que des oiseaux d'autres colonies de la péninsule antarctique viennent migrer dans ce coin précis. Les quelques survivants qui, peut-être, avaient échappé à la malédiction, mettraient au moins vingt ans à reconstituer la population autrefois nombreuse de l'île Seymour. Heureusement, l'hécatombe ne risquait pas de mettre l'espèce trop en danger.

Ayant passé les derniers oiseaux morts, Pitt fit remonter l'hélicoptère à cinquante mètres et survola la côte, cherchant un signe de campement éventuel des touristes. Giordino, regardant par la fenêtre de son côté, scrutait pour sa part chaque bloc de glace qui aurait pu cacher le *Polar Queen* et portait des inscriptions sur la carte pliée sur ses genoux.

— Si j'avais un dollar pour chaque iceberg de cette fichue mer de Weddell, marmonna-t-il, je pourrais acheter la General Motors.

Pitt regarda au-delà de Giordino, à droite de l'appareil, un grand labyrinthe de masses gelées arrachées à la plate-forme de Larsen et poussées vers le nord-ouest par le vent et le courant, vers des eaux plus froides où elles éclataient et se brisaient en milliers de petits icebergs. Trois d'entre elles avaient la taille de petits continents. D'autres, avec leurs trois cents mètres de large, s'élevaient au-dessus de l'eau aussi haut qu'un immeuble de trois étages. Ils étaient tous d'un blanc éblouissant, avec des touches de bleu et de vert. La glace de ces montagnes mobiles appartenait autrefois à des masses compactes de neige qui s'étaient défaites au cours des âges et qui, peu à peu, lentement, finiraient par fondre dans la mer.

— Je crois que tu pourrais aussi avoir Ford et Chrysler.

— Si le *Polar Queen* s'est cogné contre n'importe lequel de ces milliers d'icebergs, il a dû couler en moins de temps qu'il n'en faut pour le dire.

— C'est une idée que j'ai repoussée de mon mieux.

— Rien de ton côté ? demanda Giordino.

— Rien que le gris des rochers informes pointant sous une couverture de neige. Une monotonie stérile, c'est tout ce que je peux te dire.

Giordino fit une nouvelle marque sur sa carte et vérifia la vitesse de l'appareil d'après sa montre.

— On a couvert vingt kilomètres depuis la station baleinière et on n'a toujours pas trouvé trace des passagers du navire de croisière.

Pitt hocha la tête.

— En tout cas, rien qui ressemble à un être humain.

— Maeve Fletcher a dit que le deuxième groupe devait visiter une colonie de phoques.

— Les phoques sont bien là, dit Pitt en montrant le sol. Il y en a au moins huit cents et ils sont tous morts.

Giordino se souleva pour regarder par la fenêtre du côté de Pitt, qui inclina doucement l'appareil pour lui permettre de mieux voir. Les corps brun clair des gros éléphants de mer jonchaient la côte sur près d'un kilomètre. De là-haut, on aurait pu penser qu'ils dormaient mais on voyait bien qu'aucun ne bougeait.

— On dirait que le second groupe n'a pas quitté le navire, constata Giordino.

Il n'y avait plus rien à voir et Pitt fit virer l'appareil le long de la côte.

— Prochaine étape, la station de recherches argentine.

— On ne devrait pas tarder à l'apercevoir.

— Je n'ai aucune hâte d'apercevoir quoi que ce soit, dit Pitt d'une voix troublée.

— Regarde le bon côté des choses, tenta de plaisanter Giordino. Peut-être que tout le monde en a eu marre et est rentré à la maison.

— Tu es gentil de chercher à nous remonter le moral, mais la station est très importante pour les travaux qu'on y poursuit dans le domaine atmosphérique. C'est l'une des cinq stations de surveillance occupées en permanence pour mesurer le comportement et les fluctuations du trou de la couche d'ozone antarctique.

— Et quelles sont les dernières nouvelles de la couche d'ozone ?

— Elle diminue salement dans les deux hémisphères, répondit sérieusement Pitt. Depuis qu'une grande cavité s'est ouverte au-dessus du Pôle Nord, le trou en forme d'amibe au sud, qui pivote dans le sens des aiguilles d'une montre à cause des vents polaires, est passé au-dessus du

Chili et de l'Argentine jusqu'au quarante-cinquième parallèle. Il est également passé au-dessus de l'île sud de Nouvelle-Zélande jusqu'à Christ-
church. Les plantes et les animaux de cette région ont reçu une dose très
dangereuse de rayons ultraviolets, la plus nuisible jamais enregistrée.

— Ce qui signifie que nous allons devoir nous inonder de lotion
solaire, dit Giordino.

— C'est la partie la moins grave du problème. De petites overdoses de
rayons ultraviolets abîment gravement les produits de l'agriculture, des
pommes de terre aux pêches. Si les valeurs de l'ozone chutent encore un
peu, on risque des pertes désastreuses de récoltes dans le monde entier.

— Tu peins un tableau bien gris des choses.

— Et ce n'est que la toile de fond. Ajoute à cela l'activité volcanique
en augmentation et le réchauffement du globe. L'humanité pourrait bien
assister à une montée du niveau des mers de trente à quatre-vingt-dix
mètres au cours des deux cents prochaines années. Le problème est que
nous avons abîmé la terre de façon terrifiante, à un point que nous
n'avons pas encore réalisé et...

— Là! cria soudain Giordino en montrant quelque chose.

Ils arrivaient au-dessus d'un éperon rocheux descendant en pente
douce vers la mer.

— Ça ressemble plus à une frontière qu'à une base scientifique.

La station argentine d'observation et de recherche comprenait une
dizaine de bâtiments, avec des structures d'acier supportant des toits en
forme de dômes. Les murs creux avaient été isolés contre le vent et le
froid mordant. Tout un réseau d'antennes, par lequel on rassemblait les
données scientifiques concernant l'atmosphère, courait sur les toits
arrondis comme les branches nues des arbres en hiver. Giordino essaya
une dernière fois de joindre quelqu'un par radio tandis que Pitt faisait
avec l'hélico le tour des bâtiments.

— Ils sont aussi muets que la sonnette d'un ermite, dit Giordino mal à
l'aise, en enlevant ses écouteurs.

— Pas une main tendue pour nous accueillir, remarqua Pitt.

Sans rien ajouter, il posa l'hélicoptère à côté du plus grand des six bâtiments. Les lames du rotor hachèrent la neige en un jet de cristaux de
glace. Deux scooters des neiges et un tracteur tout-terrain paraissaient
abandonnés, à demi enterrés dans la neige. On ne voyait aucune
empreinte sur le sol immaculé, aucune fumée ne sortait des conduits. Et
cette absence de fumée, ou du moins de vapeur blanche, indiquait qu'il
n'y avait là personne, personne de vivant en tout cas. L'endroit paraissait
désert et peu rassurant. Pitt se dit que cette couverture blanche était en
effet de mauvais augure.

— Je pense que nous ferions bien de prendre les pelles dans le coffre à
outils, dit-il. Quelque chose me dit qu'il va falloir nous creuser un chemin
pour entrer là-dedans.

Inutile d'avoir beaucoup d'imagination pour envisager le pire. Ils sortirent de l'appareil et avancèrent, de la neige jusqu'aux cuisses, avant d'atteindre l'entrée du bâtiment principal. Deux mètres de neige au moins étaient collés contre la porte. Il leur fallut vingt minutes pour l'entrouvrir.

Giordino s'inclina vers Pitt, un sourire tendu sur les lèvres.

— Après toi.

Pitt ne pensa pas une seconde que son ami avait peur. Ce sentiment était pratiquement inconnu de l'Italien. Mais c'était comme un jeu qu'ils avaient souvent pratiqué. Pitt ouvrait la voie et Giordino le couvrait de tout danger éventuel sur ses flancs et ses arrières. L'un derrière l'autre, ils s'engagèrent dans un court tunnel donnant sur une porte intérieure, autrement dit une barrière de plus contre le froid. Passé cette porte, un autre couloir, beaucoup plus long, ouvrait sur une pièce servant à la fois de salle à manger et de salle de jeu. Giordino s'approcha d'un thermomètre pendu au mur.

— Il fait nettement en dessous de zéro, là-dedans, marmonna-t-il.

— Quelqu'un a dû oublier de charger la chaudière, répondit Pitt.

Ils n'eurent pas à aller bien loin pour découvrir le premier locataire. Curieusement, à première vue, rien n'indiquait que l'homme était mort. A genoux sur le sol, il se cramponnait au plateau d'une table et regardait Pitt et Giordino, les yeux ouverts, sans ciller, comme s'il les attendait. Il y avait quelque chose de tragique, quelque chose d'injuste et de bizarre dans son immobilité. L'homme était grand, chauve à part une petite couronne sombre autour de la tête. Comme la plupart des scientifiques qui passent des mois, voire des années dans des lieux éloignés de tout, celui-ci ignorait le rite quotidien du rasage mais sa barbe élégante était bien brossée et tombait sur sa poitrine. Hélas, la barbe magnifique était souillée de vomissure.

Ce qui le rendait effrayant et qui fit frissonner Pitt, c'était l'expression de peur abominable, l'agonie peinte sur son visage glacé par le froid en un masque de marbre blanc. Il était si hideux qu'aucune parole n'aurait pu décrire une pareille horreur.

Ses yeux paraissaient jaillir de sa tête et sa bouche restait bizarrement tordue comme pour un dernier cri de terreur. Il était évident que l'homme était mort dans des souffrances indicibles. Les ongles de ses doigts morts enfoncés dans le plateau de la table s'étaient fendus et trois d'entre eux avaient laissé la trace de petites gouttes de sang cristallisé.

Pitt n'était pas médecin et n'avait jamais envisagé de l'être mais il savait d'instinct que ce n'était pas la raideur de la mort qui avait tendu ce corps. Il était tout simplement gelé.

Giordino contourna un comptoir et pénétra dans la cuisine. Il en sortit au bout de trente secondes.

— Il y en a deux autres là-dedans.

— Nos pires craintes sont confirmées, dit Pitt. Si une seule personne avait survécu, elle aurait fait fonctionner le générateur de secours pour avoir électricité et chaleur.

Giordino jeta un coup d'œil vers les corridors qui menaient aux autres bâtiments.

— Je n'ai pas le courage de m'attarder ici. Je propose que nous quittions ce palais de glace et de mort et que nous contactions le *Ice Hunter* depuis l'hélico.

Pitt le regarda en fronçant les sourcils.

— Tu veux dire qu'on refile le bébé au capitaine Dempsey et qu'on lui laisse la tâche d'informer les autorités argentines qu'un groupe d'éminents scientifiques de leur principale station de recherches polaires a mystérieusement rejoint l'au-delà?

Giordino haussa innocemment les épaules.

— Il me semble que c'est la chose à faire, non?

— Tu ne pourrais plus jamais te regarder dans une glace si tu quittais les lieux sans vérifier qu'il n'y a vraiment aucun survivant.

— Qu'y puis-je si je ne me sens dans mon assiette qu'avec des gens qui vivent et qui respirent?

— Trouve la salle des générateurs, mets du fioul dans les moteurs auxiliaires, fais-les repartir et rallume l'électricité. Ensuite, file au centre de communication et fais un rapport à Dempsey. Pendant ce temps-là, je vais fouiller le reste de la station.

Pitt trouva les scientifiques argentins à l'endroit même où ils étaient morts. Tous portaient sur le visage la même expression de tourment extrême. Plusieurs s'étaient écroulés dans le laboratoire, au milieu des instruments. Trois d'entre eux, groupés autour d'un spectrophotomètre, mesuraient l'ozone. Pitt compta seize cadavres en tout, dont ceux de quatre femmes, éparpillés dans les diverses pièces de la station. Tous avaient les yeux exorbités, le regard fixe et la bouche ouverte et tous avaient vomi. Ils étaient morts dans la terreur et la douleur, gelés dans leur agonie. En les voyant, Pitt pensa aux cadavres de Pompéi, pris dans la lave. Leurs positions étaient bizarres et peu naturelles. Aucun n'était par terre, comme tombé naturellement. La plupart semblaient avoir soudain perdu l'équilibre et s'être désespérément retenus à quelque chose pour rester debout. Certains paraissaient empoigner la moquette. Un ou deux se tenaient la tête à deux mains. Pitt fut intrigué par ces positions étranges et tenta d'écarter les mains serrées pour voir s'il y avait des traces de blessures ou de maladie, mais elles étaient si rigides qu'on aurait pu les croire greffées à la peau des oreilles et des tempes.

Le fait que tous avaient vomi pouvait indiquer que leur mort résultait d'une maladie virulente ou d'une nourriture contaminée. Et pourtant, ces causes-là ne semblaient pas coller avec ce que pensait Pitt. Aucune maladie, aucun empoisonnement alimentaire n'a jamais tué en quelques secondes.

Il marcha en réfléchissant vers la salle de communication et, peu à peu, une théorie commença à s'imposer à lui. Ses pensées furent brusquement interrompues quand il entra dans la pièce et se trouva nez à nez avec un cadavre perché sur un bureau comme une statue grotesque.

— Comment diable est-il entré ici ? demanda Pitt sans élever la voix.

— C'est moi qui l'ai mis là, répondit Giordino sans lever les yeux de la radio. Il était assis sur la seule chaise de la pièce et je crois que j'en avais plus besoin que lui.

— Avec lui, ça fait dix-sept.

— Leur nombre ne cesse d'augmenter.

— Tu as pu joindre Dempsey ?

— Il est en ligne. Tu veux lui parler ?

Pitt se pencha sur l'épaule de Giordino et parla dans l'appareil qui, par satellite, le reliait à presque tous les points du monde.

— Ici Pitt. Vous êtes là, commandant ?

— Allez-y, Dirk, je vous écoute.

— Al vous a-t-il dit ce que nous avons trouvé ici ?

— En résumé, oui. Dès que vous serez sûrs qu'il n'y a pas de survivant, j'alerterai les autorités argentines.

— Considérez que c'est fait. A moins que je n'en ai oublié un ou deux dans un placard ou sous un lit, j'ai compté dix-sept cadavres.

— Dix-sept ! répéta Dempsey. Bien compris. Avez-vous pu déterminer la cause de ces morts ?

— Négatif, répondit Pitt. Les symptômes ne ressemblent à rien de ce qu'on peut trouver dans nos précis médicaux. Il faudra attendre le rapport des légistes.

— Il vous intéressera sans doute d'apprendre que Miss Fletcher et Van Fleet ont éliminé les infections virales et les contaminations chimiques comme causes possibles de la mort des pingouins et des phoques.

— Ici, tous ont vomi avant de mourir. Demandez-leur d'expliquer cela.

— Je le note. Pas de nouvelles de la seconde expédition ?

— Rien. Elle doit être restée à bord.

— C'est très étrange !

— Alors, que nous reste-t-il ?

Dempsey poussa un soupir fatigué.

— Un immense puzzle auquel il manque des tas de pièces.

— En venant ici, nous avons survolé une colonie de phoques. Ils étaient tous morts. Avez-vous pu déterminer jusqu'où s'étend cette calamité ?

— La station britannique, à deux cents kilomètres au sud de l'endroit où vous êtes, sur la péninsule japonaise, ainsi qu'un navire de croisière américain ancré au large de la baie de Hope, n'ont signalé aucun événement inhabituel ni aucune destruction en masse. Si l'on tient compte de la zone de la mer de Weddell où l'on a découvert les dauphins morts, je dirais que le cercle mortel est d'environ quatre-vingt-dix kilomètres autour de la station baleinière de l'île Seymour.

— Bon, on va y aller, maintenant, dit Pitt. Nous allons essayer de trouver le *Polar Queen*.

— Veillez à garder assez de carburant pour rentrer.

— On y pensera, le rassura Pitt. Je me passerai volontiers d'une baignade de santé dans l'eau glacée.

Giordino coupa la communication et Pitt et lui se hâtèrent de sortir. On pourrait même dire qu'ils coururent jusqu'à l'hélicoptère. Ni l'un ni l'autre ne tenait à passer une minute de plus sur cette tombe de glace. Pendant qu'ils décollaient, Giordino reprit la carte de la péninsule antarctique.

— Où allons-nous ?

— La première chose à faire est de fouiller la zone choisie par l'ordinateur du *Ice Hunter*, dit Pitt.

Giordino lui lança un regard dubitatif.

— Tu te rappelles, bien sûr, que l'analyseur de données de notre navire n'était pas d'accord avec ton idée que le *Polar Queen* serait quelque part sur les côtes de la péninsule ou sur une île toute proche ?

— Oui, je sais bien que la boîte magique de Dempsey voit le *Polar Queen* en train de tourner en rond du côté de la mer de Weddell.

— Ai-je raison de croire que tu n'es pas d'accord avec elle ?

— Disons qu'un ordinateur ne peut analyser que les données qu'on lui fournit avant de proposer son avis électronique.

— Alors où allons-nous ?

— Nous allons survoler les îles au nord jusqu'à Moody Point, à l'extrémité de la péninsule. Ensuite, nous virerons vers l'est et nous fouillerons la mer jusqu'à ce que nous croisions à nouveau la route du *Ice Hunter*.

Giordino savait bien qu'il était en train d'avaler le plus gros hameçon que ce filou de Pitt lui ait jamais tendu, mais il l'avala néanmoins.

— En somme, tu ne suis pas précisément l'avis de l'ordinateur ?

— Pas à cent pour cent, non.

Giordino sentit Pitt le ferrer.

— J'aimerais tout de même avoir une petite idée de ce qui se passe dans ton esprit tordu.

— Nous n'avons trouvé aucun cadavre humain à la colonie de phoques. Nous savons donc que le navire ne se préparait pas à lâcher des touristes par là. Tu me suis ?

— Jusque-là, ça va.

— Imagine ce navire qui s'éloigne vers le nord de la station baleinière. L'épidémie, la peste, le machin, comme tu voudras l'appeler, frappe avant que l'équipage ait le temps d'envoyer les passagers à terre. Dans ces eaux, avec des blocs de glace qui flottent partout comme des glaçons dans un bol de punch, il est évident que le commandant n'a pas enclenché le pilotage automatique. Il y aurait trop de risques de collision. Il a dû prendre la barre lui-même et diriger le navire avec l'un des gouvernails électroniques installés sur les ponts de bâbord et tribord.

— Pour l'instant, je suis d'accord, dit mécaniquement Giordino. Et ensuite ?

— Le navire longeait la côte de l'île Seymour quand l'équipage a été frappé, poursuivit Pitt. Maintenant, prends la carte et tire un trait un peu au nord-est sur deux cents kilomètres et coupe-le par un arc de trente kilomètres. Dis-moi où tu es et quelle est l'île qui se trouve sur ce point ?

Avant d'avoir fini le croquis, Giordino leva les yeux vers Pitt.

— Pourquoi l'ordinateur n'est-il pas arrivé aux mêmes conclusions ?

— Parce qu'en tant que commandant de navire, Dempsey s'est davantage occupé des vents et des courants. Il a également supposé, ce qui est normal pour un commandant, que le dernier geste d'un capitaine avant de mourir était de sauver son navire. Ce qui aurait voulu dire éloigner le *Polar Queen* d'une collision possible avec une côte rocheuse et de le faire filer vers la sécurité relative de la haute mer en souhaitant qu'aucun iceberg ne se mette sur son chemin.

— Et tu ne crois pas que c'est ce qu'il a fait ?

— Pas depuis que j'ai vu les cadavres de la station argentine. Ces pauvres types n'ont même pas eu le temps de réagir, à plus forte raison de prendre une décision raisonnable. Le commandant du navire de croisière a dû mourir en vomissant pendant que son bateau suivait une course parallèle à la côte. Comme le reste de l'équipage, des officiers aux mécaniciens, a dû être frappé en même temps, le *Polar Queen* a continué sa route jusqu'à ce qu'il s'échoue sur une île ou qu'il se ccgne contre un iceberg et coule ou encore jusqu'à ce que, à bout de carburant, il flotte comme une épave loin des voies maritimes connues.

Giordino ne réagit pas aux conclusions de Pitt. C'était comme s'il s'y était attendu.

— Tu n'as jamais songé à t'installer comme devin ?

— J'y pense depuis cinq minutes.

Giordino soupira et dessina sur la carte le chemin demandé par Pitt. Puis il l'accrocha sur le tableau de bord pour que son ami le voie.

— Si ton intuition mystique ne se trompe pas, le seul endroit où le *Polar Queen* pourrait se cogner contre la terre ferme entre ici et l'Atlantique, c'est sur une des trois petites îles, ici, à peine plus grosses qu'une colline de roche nue.

— Comment s'appellent-elles ?

— Les îles du Danger.

— Ça a l'air de sortir d'une histoire de pirates pour adolescents.

Giordino feuilleta le manuel de navigation.

— On conseille aux bateaux de passer bien au large, dit-il. Ce sont de grandes murailles de basalte perpendiculaires à des eaux toujours agitées. Après, on donne la liste des navires qui s'y sont brisés.

Il leva les yeux de la carte et du manuel pour regarder Pitt en fronçant les sourcils.

— Ce n'est pas exactement l'endroit rêvé comme terrain de jeu pour des gamins, dit-il.

7

De l'île Seymour au continent, la mer était aussi calme qu'un miroir et tout aussi réfléchissante. Les montagnes de rochers se dressaient au-dessus de l'eau et leurs manteaux neigeux se reflétaient dans l'eau avec tous leurs détails. A l'ouest des îles, la mer était calmée par une vaste armée d'icebergs se dressant hors de l'eau bleu marine, comme autant de très anciens voiliers gelés. Pas un vrai navire en vue, pas une œuvre humaine ne souillait l'incroyable beauté du paysage.

Ils passèrent l'île Dundee, non loin de l'extrémité de la péninsule. Droit devant eux, Moody Point s'enroulait vers les îles du Danger comme le doigt osseux de la Faucheuse faisant signe à sa prochaine victime. Les eaux calmes s'arrêtaient au bout. Ce fut comme s'ils sortaient d'une pièce chaude et confortable pour pénétrer, de l'autre côté de la porte, dans un violent orage. La mer s'était transformée en une masse solide de rouleaux bordés de blanc, arrivant avec violence de la passe de Drake. Un vent cinglant s'était levé en même temps, de sorte que l'hélicoptère se mit à osciller comme un modèle réduit de locomotive passe en trombe sur le circuit qu'on lui a construit.

Les pics des trois îles du Danger pointèrent bientôt à l'horizon, leurs escarpements rocheux sortant d'une mer qui se tordait et fouettait leur base. Leurs parois étaient si escarpées que même les oiseaux de mer ne réussissaient pas à y nicher. Ils surgissaient de l'eau au mépris des vagues qui se brisaient contre les rochers inflexibles en rapides explosions d'écume et de brume. La masse de basalte était si solide qu'un million d'années de gifles d'une mer folle l'avaient à peine éraflée. Les murs lisses s'élevaient en pics verticaux où la plus grande surface plane n'excédait pas la taille d'une table à thé.

— Aucun navire ne pourrait rester longtemps dans ce chahut, dit Pitt.

— Il n'y a apparemment pas de bas-fonds par ici, observa Giordino. On dirait que ça tombe à deux cents mètres directement, dès la base des falaises.

— D'après la carte, le fond tombe à plus de mille mètres en moins de trois kilomètres.

Ils firent le tour de la première des trois îles. C'était une masse déplaisante, menaçante, de pierre sans grâce, installée dans un environnement de violence bouillonnante. On ne voyait aucun signe d'épave sur la mer tourmentée. Ils traversèrent le chenal séparant cette île de la suivante, survolant la houle déchaînée encapuchonnée de blanc qui rappelait à Pitt les cascades immenses dévalant le Grand Canyon, jaillissant du Colorado. Aucun commandant de navire ne serait assez fou pour jeter son bateau dans cette antichambre de l'enfer.

— Tu vois quelque chose ? demanda Pitt en luttant pour stabiliser l'hélicoptère dans les vents imprévisibles qui essayaient de l'écraser contre les falaises imposantes.

— Rien d'autre qu'une masse liquide bouillonnante que seul un amateur d'émotions fortes en canoë-kayak pourrait apprécier.

Pitt boucla le cercle et dirigea l'appareil vers la troisième île, la plus excentrée. Celle-là paraissait encore plus sombre et plus menaçante que les autres. Il ne fallait pas beaucoup d'imagination pour voir que ce pic était taillé en forme de visage levé, assez diabolique, avec de petits yeux fendus, deux rochers au sommet figurant des cornes et une barbe en pointe sous des lèvres grimaçantes.

— Voilà ce que j'appelle un endroit répugnant, dit Pitt. Je me demande comment on l'a baptisé.

— Il n'y a aucun nom particulier sur la carte, répondit Giordino.

Quelques minutes plus tard, Pitt mit l'hélicoptère sur une route parallèle aux parois balayées par les embruns et commença à faire le tour de l'île aride. Soudain Giordino se raidit et regarda attentivement par le pare-brise.

— Tu as vu ça ?

Pitt détourna brièvement les yeux de la lutte sans fin entre rochers et eau et regarda la mer.

— Je ne vois pas d'épave.

— Pas sur l'eau. Regarde au-delà de ce sommet, droit devant nous.

Pitt observa l'étrange formation rocheuse qui se détachait de la masse principale et plongeait vers la mer comme une digue construite de la main des hommes.

— Cette tache de neige blanche, au-delà du faîte ?

— Ce n'est pas une tache de neige, affirma Giordino.

Pitt comprit soudain de quoi il s'agissait.

— Ça y est, j'y suis, dit-il en sentant monter en lui l'enthousiasme.

C'était lisse et blanc, triangulaire, avec un angle supérieur coupé. Le bord était noir et on distinguait une sorte de blason peint sur le côté.

— C'est la cheminée d'un navire ! Et là, il y a le mât du radar qui pointe quarante mètres plus avant. Tu as mis dans le mille, mon vieux.

— Si c'est le *Polar Queen*, il a dû percuter les falaises de l'autre côté de cet éperon.

Il ne s'agissait pas d'une illusion. Quand ils eurent passé la jetée naturelle s'avançant dans la mer, ils constatèrent que le navire de croisière flottait sans dommage à quelque cinq cents mètres de l'île. C'était incroyable mais le navire n'avait pas une égratignure.

— Pas de bobo ! cria Giordino.

— Ça ne va pas durer, dit Pitt qui avait saisi la situation en une seconde.

Le *Polar Queen* décrivait de larges cercles et, chaque fois, sa proue serrait fortement vers tribord. Ils étaient arrivés à temps : dans moins de trente minutes, il allait se cogner contre les rochers abrupts, écrasant sa quille et envoyant tout ce qui était à bord au fond de l'eau glacée.

— Il y a des cadavres sur le pont, remarqua Giordino.

En effet, des corps gisaient sur la passerelle de commandement. Quelques-uns étaient tombés sur le pont supérieur, près de l'arrière. Un Zodiac, encore attaché à la passerelle d'embarquement, était battu par la houle avec deux corps étendus au fond. Il était évident que personne n'avait survécu : tous étaient couverts d'une fine pellicule de neige et de glace.

— Encore deux tours et il va se cogner contre le rocher, dit Giordino.

— Il faut qu'on se pose et qu'on trouve un moyen pour le redresser.

— Pas avec ce vent ! dit Giordino. Le seul espace disponible est le rouf, au-dessus du quartier des officiers. C'est un atterrissage difficile que je ne voudrais pas tenter. Quand on aura réduit la vitesse et qu'on sera en planeur pour se poser, on aura autant de contrôle qu'une feuille morte. Un coup de vent brutal et on s'écrase dans cette pagaille.

Pitt défit son harnais de sécurité.

— Alors conduis le bus pendant que je descends par le treuil.

— Il y a des gens en camisole de force dans des chambres capitonnées qui sont moins fous que toi ! Tu vas être balancé comme un yoyo sur un fil.

— Tu vois un autre moyen d'aller à bord ?

— Un seul. Mais il n'a pas reçu l'approbation du *Journal des Dames et des Demoiselles*.

— Le cuirassé dans l'affaire Vixen, lui rappela Pitt.

— Encore une fois où tu as eu une sacrée veine, rétorqua Giordino.

Il n'y avait pas de doute pour Pitt. Le navire allait s'écraser contre les rochers. Dès que sa quille serait déchirée, il coulerait comme une brique. Or, il y avait toujours la possibilité que quelqu'un ait survécu à cette hécatombe inconnue, comme Maeve et ses excursionnistes l'avaient fait dans la grotte. La réalité dure et froide obligeait à l'examen des corps pour essayer de comprendre la cause de ces morts. Et s'il y avait la moindre chance de sauver le *Polar Queen*, il devait la saisir.

Pitt regarda Giordino avec un petit sourire.

— Il est temps de donner le signal du départ au courageux jeune homme sur son trapèze volant !

Pitt portait déjà des sous-vêtements thermiques faits de lourdes fibres de nylon pour retenir la chaleur de son corps et le protéger aussi des températures polaires. Il enfila par-dessus sa combinaison étanche, spécialement isolée pour plonger au milieu des glaces. Ce costume de plongée avait deux buts : d'abord, le protéger du vent pendant qu'il serait suspendu au treuil de l'hélicoptère en mouvement. Ensuite, le garder en vie dans l'eau glacée assez longtemps pour attendre d'être hélitreuillé, au cas où il sauterait trop tôt ou trop tard et manquerait le bateau.

Il attacha le harnais à dégrafage rapide et resserra la mentonnière du casque lourd antichoc qui contenait son équipement radio. Il fouilla le compartiment dans lequel était rangé le matériel de laboratoire de Van Fleet et le cockpit.

— Tu m'entends correctement ? demanda-t-il à Giordino par le minuscule micro devant ses lèvres.

— Un peu flou sur les bords mais ça devrait s'arranger quand tu seras hors de l'interférence du moteur. Et toi, tu m'entends bien ?

— Chacune de tes syllabes sonne comme un cristal, plaisanta Pitt.

— Etant donné que le haut de la superstructure est encombré par la cheminée, le mât de misaine et un tas d'équipement électronique de navigation, je ne peux pas risquer de te larguer au milieu de tout ça. Il faudra choisir entre le pont ouvert de l'avant ou celui de l'arrière.

— Choisissons le pont supérieur à l'arrière. Il y a trop de machines à l'avant.

— Je vais commencer la course de tribord à bâbord dès que le navire commencera à tourner et que le vent viendra par le travers, l'informa Giordino. J'arriverai de la mer et je tenterai de profiter des conditions plus calmes sur le côté sous le vent des falaises.

— Compris.

— Tu es prêt ?

Pitt abaissa le masque de son casque et enfila ses gants. Il prit l'unité de télécommande du moteur du treuil dans une main et ouvrit l'écoutille latérale d'entrée. S'il n'avait pas été vêtu pour affronter le coup de vent soudain de ce froid polaire, il aurait été aussi gelé qu'un esquimau en quelques secondes. Penché à la porte, il regarda le *Polar Queen*.

Le bateau traçait des cercles de plus en plus serrés, se rapprochant chaque fois de sa mort. Cinquante mètres le séparaient encore de la destruction sur ce passage. Les murailles de roc de l'île du Danger la plus éloignée semblaient lui faire signe d'approcher. Pitt se dit qu'il ressemblait à un papillon sans souci, glissant sereinement vers une araignée noire. Il ne lui restait guère de temps. Le bateau entamait son dernier cercle, celui qui devait s'achever par une collision contre la falaise immuable. Le navire aurait coulé depuis un moment déjà si les vagues, qui s'écrasaient sur les rochers et y revenaient sans cesse, n'avaient pas retardé son voyage vers le fond.

— Je mets le ralenti, annonça Giordino, donnant ainsi le départ de sa traversée du bateau.

— Je sors maintenant, l'informa Pitt en pressant le bouton qui devait permettre au câble de se dérouler.

Dès qu'il eut assez de mou pour dégager la porte, il sauta dans le vide. La vitesse du vent le saisit et poussa son corps vers le ventre de l'hélicoptère. Les pales du rotor faisaient un bruit sourd au-dessus de lui et le vrombissement des turbines perçait son casque et ses écouteurs. Balancé dans l'air glacial, Pitt comprit ce que devait ressentir le sauteur à l'élastique après le premier rebond. Il concentra toute son attention sur le navire qui ressemblait à un jouet flottant sur une couverture bleue, pas très loin de lui. La superstructure du navire envahit bientôt tout son champ de vision.

— Tu arrives, dit la voix de Giordino dans ses écouteurs. Attention de ne pas te flanquer dans les balustrades, tu serais découpé en tranches.

Il parlait aussi calmement que s'il garait sa voiture mais il y avait néanmoins dans sa voix une certaine tension tandis qu'il se battait pour garder stable l'hélicoptère en vitesse réduite, malgré la poussée frénétique des vents contraires.

— Et toi, ne vas pas mettre ton vilain nez dans ces rochers, rétorqua Pitt du tac au tac.

Ce furent les dernières paroles qu'ils échangèrent. A partir de cet instant, tout se fit au pif et à l'instinct. Pitt s'était laissé descendre sur près de quinze mètres, à l'arrière de l'hélico. Il dut se battre contre la traction et la force d'impulsion qui se combinaient pour le faire tourner sur lui-même, étendant les bras comme les ailes et les ailerons d'un avion. Il se sentit descendre de quelques mètres encore quand Giordino réduisit la vitesse.

Il semblait à celui-ci que le *Polar Queen* battait l'eau de ses hélices comme si rien ne s'était passé et qu'il promenait des touristes sous les tropiques en une croisière de plaisance. Il redressa la manette des gaz autant qu'il l'osa. Un cran de plus et tous les contrôles ne dépendraient plus que du vent. Il mettait dans son pilotage toute l'expérience qu'il avait acquise au cours de ses milliers d'heures de vol, pour autant que cette lutte inégale contre les vents capricieux puisse s'appeler du pilotage. Malgré les rafales, s'il réussissait à maintenir sa course actuelle, il pourrait lâcher Pitt en plein milieu du pont supérieur. Plus tard, il jura qu'il avait été ballotté par des vents venant de six directions différentes. De sa position au bout du câble, Pitt s'émerveillait de ce que Giordino gardât l'appareil en ligne droite.

Les falaises noires se dressaient, menaçantes, au-delà du navire, sinistres, effrayantes. Leur vue seule avait de quoi intimider le plus hardi navigateur, comme elle intimida Giordino. Il ne manquerait plus qu'il aille s'écraser de façon spectaculaire contre les rochers, ou que Pitt se trompe et aille se cogner contre les flancs du navire où il se casserait les os.

Ils se dirigeaient vers le côté sous le vent de l'île et les vents se calmèrent légèrement. Pas beaucoup, mais assez pour que Giordino sente à nouveau qu'il avait retrouvé le contrôle de l'hélicoptère et de son destin. Un instant, le navire de croisière s'étendait sous ses yeux, l'instant d'après, la superstructure blanche et la quille jaune avaient disparu derrière lui. Il n'y avait plus soudain que la roche glacée, surgie comme par magie. Il ne put qu'espérer que Pitt avait sauté avant qu'il soit obligé de lancer l'appareil dans une brusque ascension verticale. Les falaises, humides de la brume tourbillonnante dont l'aspergeaient les vagues en perpétuel mouvement, paraissaient l'attirer comme un aimant.

Soudain il fut au-dessus de la crête glacée et saisi par toute la force du vent qui lança l'hélico nez en l'air, les pales du rotor en position perpendiculaire. Sans chercher à piloter en finesse, Giordino redressa et fit demi-tour pour revenir au-dessus du navire, cherchant à apercevoir son ami par la fenêtre.

Bien sûr, il ne savait pas, il n'aurait pas pu savoir, que Pitt avait détaché son harnais et sauté de trois mètres seulement, directement au centre du pont supérieur, en plein dans la piscine. Même de cette hauteur, elle paraissait à peine plus grande qu'un timbre-poste mais, pour Pitt, elle était aussi attirante que le confort d'une meule de foin. Il plia les genoux et étendit les bras pour ralentir sa vitesse. La piscine n'avait que deux mètres de profondeur dans sa partie la plus profonde et il y fit une gerbe, projetant une grande quantité d'eau sur le pont. Ses pieds, enfermés dans des bottes de plongée, frappèrent rudement le fond et il s'arrêta net, tout debout dans l'eau.

Avec une appréhension grandissante, Giordino survola la superstructure du navire, cherchant à repérer Pitt. Comme il ne le vit pas tout d'abord, il hurla dans son micro :

— Est-ce que tu as pu sauter ? Fais-toi entendre, vieux !

Pitt agita les bras et répondit.

— Je suis là, dans la piscine.

Giordino n'en crut pas ses oreilles.

— Tu es tombé dans la piscine ?

— J'ai bien envie d'y rester, répondit Pitt d'un ton joyeux. Le chauffage fonctionne et l'eau est bonne...

— Je te conseille de mettre tes fesses sur le pont vite fait, dit Giordino, très sérieux. Le bateau est en train de rentrer dans le dernier virage. Je ne te donne pas plus de huit minutes avant d'entendre un grand bruit de ferraille.

Pitt n'eut pas besoin d'encouragements. Il sortit de la piscine et courut à toute vitesse le long du pont jusqu'à l'escalier des cabines avant.

La passerelle de commandement n'était qu'un pont plus haut. Il monta les marches quatre à quatre, ouvrit d'un coup d'épaule la porte de la timonerie et se précipita à l'intérieur. Un des officiers était étendu là, mort, les bras accrochés au pied de la table des cartes. Pitt jeta un rapide coup d'œil au système de navigation automatique. Il perdit quelques précieuses secondes à chercher l'écran de contrôle numérique. La lumière jaune indiquait que le contrôle électronique annulait le contrôle manuel. Fiévreusement, il se précipita sur le pont de l'aile tribord. Il était vide. Faisant demi-tour, il traversa à nouveau la timonerie et courut vers le pont de bâbord. Là, deux autres officiers gisaient dans des positions bizarres, blancs et froids. Un autre corps, couvert de glace, était courbé au-dessus du tableau de contrôle extérieur du navire, à genoux, les bras gelés autour de son point d'appui. Il portait une veste fourrée sans aucun galon mais sa casquette avait assez de tresses dorées pour indiquer qu'il était probablement le commandant.

— Peux-tu jeter les ancres ? demanda Giordino.

— C'est plus facile à dire qu'à faire, s'énerva Pitt. En plus, il n'y a pas de fond plat par ici, les falaises s'enfoncent dans la mer à un angle de presque quatre-vingt-dix degrés sur dix-huit cents mètres. La roche est trop lisse pour que les ancres s'accrochent.

Pitt vit d'un seul coup d'œil pourquoi le navire avait maintenu une ligne droite sur deux cents kilomètres avant d'entamer un virage sur bâbord. Une chaîne d'or avec une médaille étaient sorties de l'épaisse jaquette du commandant et pendaient au-dessus du tableau de contrôle. Chaque coup de vent les poussait à droite ou à gauche et, au bout de chaque mouvement de pendule, elles frappaient contre l'un des leviers à genouillère contrôlant le mouvement du navire, un des systèmes électroniques que presque tous les commandants de navires modernes utilisent pour se mettre à quai au port. A la fin, la médaille avait heurté le levier de direction pour le placer à mi-course sur bâbord, engageant le *Polar Queen* dans une série de virages en tire-bouchon qui l'avaient rapproché peu à peu des îles du Danger.

Pitt prit la médaille et regarda l'inscription et l'image gravées d'un côté. C'était Saint François de Paul, le saint patron des marins et des navigateurs. Saint François était révéré pour ses sauvetages miraculeux de marins qui, autrement, reposeraient au fond de l'eau.

« Dommage qu'il n'ait pas pu sauver le capitaine », pensa Pitt.

Mais il y avait encore une chance de sauver le navire.

Si Pitt n'était pas arrivé au bon moment, cette chose toute simple, un petit morceau de métal tapant sur un levier, un navire de deux mille cinq cents tonnes et tous ses occupants, marins et passagers, morts ou vivants, se seraient écrasés contre un îlot rocheux impavide et auraient coulé au fond de la mer froide et sans âme.

— Tu ferais bien de te presser, fit la voix inquiète de Giordino dans les écouteurs de Pitt.

Celui-ci se maudit d'avoir perdu du temps et jeta un rapide coup d'œil aux murailles sinistres qui paraissaient se dresser là-haut, au-dessus de sa tête. Elles étaient si plates et si bien lissées par une éternité d'érosion qu'on aurait dit qu'une main géante avait poli leur surface. Les brisants surgissant des eaux mugissaient en frappant la falaise, à moins de deux cents mètres de là. A mesure que le *Polar Queen* réduisait l'intervalle, la houle frappait par le travers, rapprochant peu à peu sa quille du désastre. Pitt estima qu'il allait accrocher par tribord dans quatre minutes.

Sans rien pour les arrêter, les vagues impitoyables s'arrachaient des profondeurs de l'océan et se jetaient sur la falaise, explosant là comme d'énormes bombes. L'eau blanche bouillonnait comme dans le grand chaudron plein d'eau bleue et d'écume d'une sorcière. Elle bondissait vers le sommet de l'île déchiquetée, paraissait y rester un instant puis retombait, créant un retour de vague. C'était ce remous qui empêchait pour le moment le *Polar Queen* de s'écraser contre le mur naturel qu'il longeait.

Pitt essaya de pousser le corps du capitaine qui bloquait le tableau de commandes mais ne réussit pas. Les mains refermées autour de la base refusaient de lâcher prise. Pitt saisit le corps aux aisselles et tira de toutes ses forces. Il y eut un abominable bruit de déchirement lorsque la peau gelée collée au métal céda. Pitt poussa de côté le capitaine soudain libéré, trouva le levier chromé contrôlant le gouvernail et le poussa jusqu'à l'encoche marquée « bâbord » pour augmenter l'angle de virage et éviter la collision.

Pendant presque trente secondes, il sembla qu'il ne se passait rien puis, avec une lenteur angoissante, la proue commença à s'extraire du ressac bouillonnant. Ce ne fut pas tout à fait assez rapide. Un navire ne peut virer sous le même angle qu'un gros semi-remorque. Il lui faut au moins un kilomètre pour s'arrêter complètement, à plus forte raison pour prendre un virage interne aigu.

Il songea un instant à faire machine arrière avec les hélices de bâbord pour faire tourner le navire sur son axe, mais il avait besoin de toute la vitesse pour maintenir le cap à travers la houle venant de tous les côtés. Et puis il y avait le risque de voir l'arrière virer trop loin sur tribord et s'écraser contre la falaise.

— On ne va pas y arriver ! cria Giordino. Le navire est pris dans les lames de houle. Tu ferais mieux de filer pendant qu'il est encore temps.

Pitt ne répondit pas. Il scruta ce panneau qu'il ne connaissait pas, repérant les leviers contrôlant les propulseurs avant et arrière. Il y avait aussi une manette des gaz reliant le panneau aux moteurs. Retenant son souffle, il poussa le levier des propulseurs en position bâbord et la manette des gaz sur « en avant toute ». La réponse fut presque instantanée. Tout en bas, au fond du navire, comme guidées par une main invisible, les révolutions des moteurs augmentèrent. Pitt ressentit un immense soulagement en entendant vibrer les moteurs sous ses pieds. Maintenant, il ne lui restait qu'à croiser les doigts et prier pour que tout se passe bien.

Au-dessus du navire, Giordino se sentait couler. De là-haut, il n'avait pas l'impression que le bateau virait. Il ne voyait pas comment Pitt pourrait s'échapper quand le bâtiment aurait percuté l'île. Sauter dans l'eau bouillonnante ne servirait qu'à lutter vainement contre l'incroyable puissance de la mer houleuse.

— Je viens te chercher, cria-t-il à Pitt.

— Reste au large, ordonna Pitt. Tu ne t'en rends pas compte d'où tu es mais la turbulence aussi près du précipice est affreusement dangereuse.

— C'est suicidaire d'attendre davantage. Si tu sautes maintenant, je pourrai te ramasser.

— Tu parles !

Pitt se tut, horrifié, tandis qu'une crête géante parut saisir le *Polar Queen* par le travers en retombant sur toute sa longueur comme une avalanche. Pendant un long moment, il parut glisser vers la falaise, près du tourbillon frénétique tournant autour du rocher. Puis il retrouva sa course en avant, sa poupe en brise-glace s'enfouissant sous les vagues, une crête d'écume frisant aussi haut que le pont, les embruns flottant comme la crinière d'un pur-sang dans la brise.

Le navire avançait en s'enfonçant dans les flots, comme s'il continuait un voyage vers le fond, loin en dessous de lui.

8

Le torrent roulait avec un bruit de tonnerre. Il jeta Pitt sur le pont. Instinctivement, celui-ci retint son souffle alors que l'eau glacée arrivait de partout autour de lui. Il s'agrippa désespérément au pied de la console de contrôle pour éviter d'être projeté par-dessus bord par le maelström. Il avait l'impression de dégringoler d'une cascade haute comme une montagne. Tout ce qu'il put distinguer à travers la vitre de son masque fut un tourbillon de bulles et d'écume. Malgré sa combinaison de plongée « spéciale Arctique », il ressentait les millions de piqûres du froid sur sa peau. Il eut l'impression qu'on arrachait ses bras de leurs articulations tant il étreignait son appui avec force.

Puis le *Polar Queen*, dans un immense effort, s'arracha des vagues, sa poupe gagnant encore dix mètres sur bâbord. Le navire refusait de mou rir, décidé à affronter la mer jusqu'à ses dernières forces. L'eau se retira du pont en une multitude de rigoles, jusqu'à ce que la tête de Pitt se retrouve enfin à l'air libre. Il respira profondément et essaya de distinguer ce qui se cachait derrière les cascades liquides qui rebondissaient sur les rochers noirs de la falaise. Seigneur! Ils avaient l'air si proches qu'il aurait pu cracher dessus. Si proches que la mousse projetée par l'horrible collision entre l'eau et la roche rebondissait et tombait sur le navire comme une trombe d'eau.

Le mastodonte, à la perpendiculaire du chaos, se redressa doucement sur son propulseur arrière pour tenter de se dégager de la lame de fond.

Le propulseur avant s'enfonça et tenta de se frayer un chemin dans le flot tandis que les hélices arrière battaient l'eau en la faisant mousser et poussaient la masse du navire, l'éloignant de la face verticale de la falaise. Imperceptiblement et par la grâce de Dieu, il se dirigea peu à peu vers le large.

— Il s'en sort! hurla Giordino de là-haut. Il se détourne de l'île!

— On n'est pourtant pas encore sortis de l'auberge!

Pour la première fois depuis l'inondation, Pitt avait le loisir de répondre. Il regarda d'un air épuisé la nouvelle série de vagues rouler vers lui.

Mais la mer n'en avait pas fini avec le *Polar Queen*. Pitt enfonça sa tête dans ses épaules quand un immense drap d'écume s'écrasa sur le pont. La vague suivante frappa comme un train express avant de se heurter au reflux de la première.

Matraqué des deux côtés, le navire fut soulevé au point que sa coque sortit de l'eau jusqu'à la quille. Ses hélices jumelles tournèrent dans le vide, hachant une eau blanche où se reflétait le soleil, comme un bouquet d'étincelles. Il parut demeurer un instant suspendu jusqu'à ce qu'un nouveau rouleau le frappe. La poupe fit un bond vers tribord mais le propulseur remit le géant sur le droit chemin.

Encore et encore, le navire de croisière se fraya un chemin au milieu des vagues battant sa quille. Plus rien ne pourrait l'arrêter maintenant. Il avait surmonté le pire et paraissait secouer les flots incessants qui l'agressaient comme un chien secoue l'eau de son pelage. La mer affamée tenterait peut-être à nouveau de le saisir mais il tiendrait sans aucun doute une trentaine d'années encore avant de finir dans un chantier de démolition. En tout cas, ce jour-là, il dominait toujours les eaux sauvages.

— Tu l'as sauvé! Tu l'as vraiment tiré d'affaire! cria Giordino qui n'en croyait pas ses yeux.

Pitt se hissa contre le bastingage du pont et sentit soudain toute sa fatigue. Il prit également conscience d'une douleur à la hanche droite. Il se rappela avoir heurté un étançon auquel était accrochée une lanterne au moment où il avait été englouti par la vague géante. Il ne voyait rien à cause du costume de plongée mais savait qu'il devait avoir là un bleu magnifique. Ce n'est que lorsqu'il eut réglé les contrôles de navigation sur une course en droite ligne vers la mer de Weddell qu'il put enfin regarder attentivement le pylône de rocher dominant la mer comme une colonne noire et irrégulière. La face glacée du précipice paraissait peu engageante, comme frustrée d'avoir laissé échapper sa dernière victime. L'île aride, à mesure que le *Polar Queen* s'éloignait, se réduisait à un tas de rochers ravagés par la mer.

Pitt leva les yeux vers l'hélicoptère turquoise qui survolait la timonerie.

— Où en sommes-nous avec le carburant ? demanda-t-il.

— On en a suffisamment pour rentrer sur le *Ice Hunter* avec quelques litres de réserve, répondit Giordino.

— Alors tu ferais bien de faire demi-tour.

— As-tu réfléchi que si tu abordes un navire abandonné et que tu le conduis au port le plus proche, tu peux recevoir quelques millions des assurances au titre du sauvetage ?

Pitt se mit à rire.

— Crois-tu que l'amiral Sandecker et le gouvernement des Etats-Unis autoriseraient un fonctionnaire, pauvre mais honnête, à garder la récompense sans hurler à la mort ?

— Probablement pas. Puis-je faire quelque chose pour toi ?

— Donne ma position à Dempsey et dis-lui que je me rendrai là où il me donnera rendez-vous.

— A bientôt, dit Giordino.

Il eut envie de faire une plaisanterie sur le fait que Pitt avait tout le navire à sa disposition mais la réalité de la situation l'en dissuada. Il n'y a rien de drôle à savoir qu'on est le seul vivant dans un navire plein de cadavres. Il n'enviait pas son ami. Il fit demi-tour avec l'hélicoptère et reprit le chemin du *Ice Hunter*.

Pitt enleva son casque et regarda l'appareil turquoise filer à basse altitude au-dessus de l'eau glacée jusqu'à ce qu'il ne soit plus qu'un petit point sur l'horizon bleu et or. Il ressentit un léger pincement de solitude en regardant le bateau vide autour de lui. Il ne sut jamais combien de temps il resta là, à contempler les ponts déserts, immobile, l'esprit vide.

Il attendait un son autre que la gifle des vagues contre la coque et le martèlement régulier des machines. Peut-être attendait-il quelque chose qui indiquât une présence humaine, des voix ou des rires. Peut-être un mouvement autre que celui d'un drapeau claquant dans la brise. Plus vraisemblablement, il était saisi d'un pressentiment concernant ce qu'il allait très probablement découvrir. Déjà se rejouait la scène de la station de recherches argentine. Les passagers et l'équipage morts, trempés et étalés sur les ponts supérieurs, n'étaient qu'un exemple de ce qu'il devait s'attendre à trouver dans les quartiers et les cabines de luxe, en bas.

Enfin il se reprit et entra dans la timonerie. Il régla les moteurs sur une vitesse moyenne et calcula une course approximative vers un point de rencontre avec le *Ice Hunter*. Puis il entra les coordonnées dans l'ordinateur de navigation et engagea le système de pilotage automatique le reliant au radar, pour que le navire évite de lui-même d'éventuels icebergs.

Sûr maintenant que le bateau ne courait plus aucun danger, il sortit de la timonerie.

Plusieurs corps gisaient sur les ponts extérieurs, sans doute ceux de marins morts pendant qu'ils entretenaient le navire. Deux peignaient des cloisons, d'autres travaillaient sur des canots de sauvetage. Huit passagers étaient morts en admirant la côte sauvage.

Pitt descendit un passage jusqu'à l'infirmerie du bord. Elle était vide, tout comme la salle de gymnastique. Empruntant un escalier recouvert d'un tapis, il gagna le pont des passagers, d'où s'ouvraient les six salons du navire. Ils étaient tous vides sauf un. Là, une dame âgée paraissait dormir. Il lui toucha le cou. Elle était glacée. Il gagna le pont promenade.

Pitt commençait à se sentir comme le « Vieux Marin [1] » sur un vaisseau de fantômes. Il ne lui manquait qu'un albatros autour du cou. Les générateurs fournissaient toujours électricité et chaleur, de sorte que tout était en ordre. La chaleur intérieure du bateau était bien agréable après l'inondation d'eau glacée du pont. Il fut à peine surpris de constater qu'il s'était en quelque sorte immunisé aux cadavres. Il ne se fatiguait plus à les examiner dans l'espoir de découvrir une hypothétique étincelle de vie. Maintenant, il connaissait la tragique vérité.

Cependant, bien que mentalement préparé, il trouvait difficile de croire qu'il n'existât plus rien de vivant à bord. La mort était passée partout comme un courant d'air et il n'avait jamais connu de situation semblable. Il lui devint presque insupportable de se comporter comme un intrus dans la vie d'un navire qui avait connu des instants plus heureux. Il se demanda ce que penseraient les futurs passagers et les marins à venir quand ils navigueraient sur un bateau ayant subi une telle malédiction. Etait-il possible que personne ne voulût plus jamais le faire naviguer ou au contraire, la tragédie allait-elle attirer des foules en quête d'aventures morbides?

Soudain il s'arrêta, tendit l'oreille et écouta. Le son d'un piano lui parvenait de quelque part sur le navire. Il reconnut la mélodie, un air de jazz ancien appelé *Sweet Lorraine*. Puis, aussi soudainement qu'elle avait commencé, la musique s'arrêta. Il commençait à transpirer dans son costume de plongée. Il resta immobile un instant puis l'enleva.

« Les morts ne s'offusqueront pas si je me promène en sous-vêtements thermiques », se dit-il.

---

1. Allusion à l'œuvre du poète anglais Coleridge *The Rime of the Ancient Mariner* (1797). Le marin, vers le Pôle Sud, est poursuivi par un vaisseau fantôme pour avoir tué un albatros.

Il se dirigea ensuite vers les cuisines. Tout autour des fours et des tables de préparation, les cadavres des cuisiniers, des aides et des serveurs s'empilaient quelquefois à deux ou trois. Une froide horreur se dégageait de ce lieu. Il n'y avait ici que des formes sans vie, glacées et paraissant accomplir éternellement le dernier geste qu'ils avaient ébauché, les doigts refermés sur quelque chose de tangible qu'une force invisible semblait vouloir leur arracher. Pitt se détourna, écœuré, et monta à la salle à manger par l'ascenseur des cuisines.

Les tables étaient mises pour un repas jamais servi. Les couverts en argent, éparpillés par les mouvements violents du bateau, brillaient toujours sur les nappes immaculées. La mort avait dû s'abattre là juste avant que les convives ne se mettent à table pour le déjeuner. Il ramassa un menu et regarda les entrées. Loup de mer, poisson des glaces de l'Antarctique, morue et carpaccio de veau pour ceux que le poisson ne tentait pas.

Il reposa le menu sur la table et allait sortir quand il aperçut quelque chose qui lui parut déplacé. Il enjamba le corps d'un serveur et s'approcha d'une table près d'une fenêtre.

Quelqu'un avait mangé là. Pitt regarda les plats dans lesquels restaient des morceaux de nourriture. Il y avait une soupière presque vide de ce qui avait dû être une soupe aux praires, des croissants effrités encore beurrés et une tasse de thé, maintenant glacé, à demi consommé. C'était comme si le mangeur venait d'achever de déjeuner puis était parti faire une promenade sur le pont. Avait-on ouvert la salle à manger plus tôt pour un passager ? Pitt essaya de ne rien imaginer et surtout pas que quelqu'un avait déjeuné là après que la mort eut frappé. Au contraire, il essaya de trouver une douzaine d'explications logiques à cette découverte déconcertante. Mais, sans qu'il en prît conscience, la peur s'insinuait en lui. Machinalement, il commença à regarder derrière lui de temps à autre. Il quitta la salle à manger, longea la boutique de cadeaux et se dirigea vers l'un des salons. Un piano Steinway dominait la petite piste de danse parquetée. Autour, on avait disposé en fer à cheval des chaises et des tables. A côté de la serveuse, tombée en portant un plateau chargé de verres, huit personnes, hommes et femmes, d'environ soixante-dix ans, probablement installés autour d'une grande table, reposaient maintenant sur le tapis comme de grotesques marionnettes. Pitt vit des couples, probablement maris et femmes, serrés en une dernière étreinte.

Il en ressentit un mélange de tristesse et d'angoisse. Ecrasé par un sentiment d'impuissance, il maudit la cause inconnue d'une aussi terrible tragédie. Puis il remarqua un autre corps. C'était celui d'une femme, assise sur le tapis dans un coin du salon. Le menton sur les genoux, elle semblait protéger sa tête dans ses bras. Vêtue d'une élégante veste de cuir à manches courtes et d'un pantalon de lainage, elle n'avait pas cette position tordue des autres corps et ne paraissait pas avoir vomi. Les nerfs de Pitt réagirent en le secouant d'un long frisson glacé. Son cœur battit plus vite. Il s'obligea à reprendre son calme, traversa lentement la pièce et s'arrêta devant elle. Il tendit la main et lui toucha la joue, doucement, du bout des doigts. Une incroyable vague de soulagement le parcourut en sentant la chaleur de sa peau. Il la secoua doucement par les épaules et vit ses paupières frissonner et s'ouvrir. Elle le regarda d'abord sans comprendre, comme assommée, puis ses yeux s'agrandirent, elle lança les bras autour de son cou et murmura :

— Vous êtes vivant !

— Vous n'imaginez pas combien je suis heureux de voir que vous l'êtes aussi, répondit Pitt d'une voix douce, un sourire aux lèvres.

Soudain elle le repoussa.

— Non, non, ce n'est pas possible, vous êtes tous morts.

— N'ayez pas peur de moi, dit-il d'un ton apaisant.

Elle tourna vers lui ses grands yeux bruns que les larmes avaient bordés de rouge. Son regard était triste et énigmatique. Elle avait une peau parfaite mais extrêmement pâle et le visage à peine émacié. Ses cheveux avaient la couleur du cuivre rouge. Les pommettes hautes, les lèvres pleines et bien dessinées auraient pu être celles d'un mannequin vedette. Ils se regardèrent un long moment sans parler puis Pitt abaissa le regard sur le reste du corps de la jeune femme. Elle avait sans conteste l'allure d'un mannequin. Ses bras nus étaient assez musclés pour une femme. Ce n'est que lorsqu'elle baissa les yeux pour le regarder aussi que Pitt se sentit embarrassé de se tenir en sous-vêtements devant une dame.

— Pourquoi n'êtes-vous pas habillé ? demanda-t-elle enfin.

Elle avait posé la question machinalement, plus parce qu'elle était traumatisée de peur que par curiosité. Pitt ne prit pas la peine de lui expliquer.

— Dites-moi plutôt qui vous êtes et comment vous avez survécu alors que tous les autres sont morts.

Elle paraissait sur le point de tomber. Pitt se pencha vivement et, entourant de ses bras la taille de la jeune femme, la souleva et l'installa sur un fauteuil de cuir près d'une table. Il alla vers le bar, s'attendant à y trouver le cadavre du barman. Il ne s'était pas trompé. Il prit une bouteille de whisky Jack Daniel's Old No. 7 Tennessee sur une étagère de glace et en servit un verre.

— Buvez ça, dit-il en approchant le verre de ses lèvres.

— Je ne bois jamais, protesta-t-elle d'un ton faible.

— Considérez qu'il s'agit d'un médicament. Juste quelques gorgées.

Elle réussit à avaler le contenu du verre sans tousser mais fit la grimace quand le whisky, doux comme un baiser pour un habitué, enflamma sa gorge. Elle chercha sa respiration un moment puis, plongeant son regard dans les yeux verts de Pitt, y lut de la compassion.

— Je m'appelle Deirdre Dorsett, murmura-t-elle nerveusement.

— Allez, dit-il, c'est un bon début. Faites-vous partie des passagers ?
Elle secoua la tête.

— Je suis animatrice. Je chante et je joue du piano au salon.

— Alors, c'est vous qui jouiez *Sweet Lorraine* il y a un moment ?

— Appelez ça une réaction au choc. Choc de voir que tout le monde
est mort, choc de penser que ce sera bientôt mon tour. Je n'arrive pas à
croire que je sois encore vivante.

— Où étiez-vous quand la tragédie s'est produite ?

Elle regarda les quatre couples étendus non loin d'elle avec une fascination morbide.

— La dame à la robe rouge et l'homme aux cheveux gris célébraient
leur cinquantième anniversaire de mariage avec des amis qui faisaient la
croisière avec eux. La nuit avant leur grande soirée, l'équipe des cuisiniers avait sculpté un petit Cupidon et un cœur en glace, qu'on devait
leur apporter au milieu d'un saladier de punch au champagne. Pendant
que Fred, c'est... (elle se reprit) c'était le barman, ouvrait le champagne
et que Martha, la serveuse, allait chercher un bol de cristal à la cuisine,
j'ai proposé d'aller chercher la glace dans la chambre froide.

— Vous étiez dans la chambre froide ?

Elle hocha la tête sans rien dire.

— Vous rappelez-vous si vous aviez verrouillé la porte derrière vous ?

— Elle se ferme automatiquement.

— Vous ne pouviez pas soulever et porter la sculpture de glace toute
seule ?

— Elle n'était pas très grande. A peu près la taille d'un petit pot de
fleurs.

— Qu'avez-vous fait ensuite ?

Elle ferma les yeux, serra les paupières, pressa ses mains dessus et
murmura :

— Je ne suis restée là-dedans que quelques minutes. Quand je suis ressortie, tout le monde était mort sur le bateau.

— A votre avis, combien de minutes êtes-vous restée dans la chambre
froide ?

Elle bougea la tête d'avant en arrière et parla à travers ses mains.

— Pourquoi me posez-vous toutes ces questions ?

— Je ne voudrais pas avoir l'air d'un commissaire de police mais je
vous en prie, répondez, c'est important.

Lentement, elle baissa les mains et regarda sans le voir le dessus de la
table.

— Je ne sais pas, je n'ai aucun moyen de le savoir exactement. Tout ce
dont je me souviens, c'est que ça m'a pris du temps pour mettre des serviettes autour de la sculpture, pour pouvoir la prendre et la porter sans
me geler les doigts.

— Vous avez eu beaucoup de chance, dit Pitt. Vous illustrez parfaitement l'adage « être au bon endroit au bon moment ». Si vous étiez sortie de la chambre froide deux minutes plus tôt, vous seriez morte comme les autres. Et vous avez eu doublement de la chance que je sois monté sur ce bateau quand je l'ai fait.

— Faites-vous partie de l'équipage ? Votre visage ne m'est pas familier.

Pitt se rendit compte qu'elle ignorait totalement que le *Polar Queen* avait failli s'écraser sur les îles du Danger.

— Je suis désolé, j'aurais dû me présenter. Je m'appelle Dirk Pitt. Je fais partie d'une expédition de recherches. Nous avons trouvé certains de vos touristes en excursion abandonnés sur l'île Seymour et nous sommes partis à la recherche de votre navire quand, ne recevant pas de réponse à nos appels radio, nous avons compris qu'il se passait quelque chose.

— Ça devait être le groupe de Maeve Fletcher, dit-elle d'une voix calme. Je suppose qu'ils sont tous morts ?

— Deux passagers sont morts ainsi que le marin qui les a conduits à terre, répondit-il. Miss Fletcher et les autres sont vivants et se portent bien.

Pendant un court instant, son visage refléta divers sentiments dont une actrice de Broadway aurait pu être fière. Après le choc, la colère, qui fit place lentement à une expression de bonheur. Ses yeux brillèrent et elle se détendit visiblement.

— Grâce à Dieu, Maeve va bien !

La lumière du soleil, entrant par les fenêtres du salon, faisait briller ses cheveux longs balayant ses épaules et il sentit son parfum. Pitt se rendit compte d'un étrange changement d'humeur en elle. Elle n'était pas une gamine mais une femme équilibrée, d'environ trente ans, avec de solides qualités innées. Il ressentait en même temps un étrange désir d'elle qui le mettait mal à l'aise.

« Pas maintenant, pensa-t-il, pas dans ces circonstances. »

Il se tourna afin qu'elle ne vit pas l'expression de désir qui devait se lire sur son visage.

— Pourquoi... ? demanda-t-elle d'une voix apeurée. Pourquoi ont-ils tous dû mourir ?

Pitt regarda le groupe des huit amis venus passer ici une soirée très spéciale et à qui on avait si cruellement volé la vie.

— Je ne puis rien affirmer avec certitude, dit-il d'une voix contenue où l'on sentait la rage et la pitié. Je n'en suis pas sûr mais je crois que j'ai une vague idée de la réponse.

9

Pitt luttait contre la fatigue quand le *Ice Hunter* apparut sur l'écran radar, par tribord avant. Après avoir parcouru tout le reste du *Polar Queen* pour s'assurer qu'il n'y avait pas d'autre rescapé – et il n'en trouva pas, hélas – il se permit une courte sieste pendant que Deirdre Dorsett montait la garde, prête à le réveiller si le navire risquait d'entrer en collision avec un malheureux chalutier pêchant la morue de l'Antarctique.

Certaines personnes se sentent en pleine forme après un bref repos. Ce n'était pas le cas pour Pitt. Vingt minutes au pays des rêves ne suffirent pas à remettre en état son corps et son esprit épuisés par vingt-quatre heures de stress et de fatigue. Il se sentit même plus mal qu'avant. Il devenait trop âgé pour sauter d'un hélicoptère et pour se battre contre des mers déchaînées. Quand il avait vingt ans, il était assez fort pour sauter d'un seul bond par-dessus de grands immeubles. A trente ans, il aurait probablement pu sauter une ou deux maisons d'un étage. Combien de temps y avait-il? A en croire ses muscles et ses articulations douloureuses, il se dit que c'était sûrement quatre-vingts ou quatre-vingt-dix ans plus tôt.

Il travaillait depuis trop longtemps pour l'Agence Nationale Marine et Sous-Marine et pour l'amiral Sandecker. Il était temps de changer de métier, de trouver quelque chose de moins rigoureux, des heures de travail plus courtes. Peut-être devrait-il choisir de tresser des chapeaux de palmes sur les plages de Tahiti ou quelque chose qui stimulerait son esprit, comme par exemple de faire du porte à porte pour vendre des pilules contraceptives. Il repoussa ces pensées idiotes dues à la fatigue et mit le pilote automatique sur « Stopper tout ».

Après un rapide appel radio à Dempsey à bord du *Ice Hunter* pour l'informer de ce qu'il arrêtait les moteurs, et demander que quelques membres de l'équipage de la NUMA viennent prendre en main la manœuvre du navire, Pitt appela l'amiral Sandecker sur une ligne par satellite, afin de lui résumer la situation.

Le standardiste du quartier général de la NUMA lui passa la ligne personnelle de Sandecker. Bien qu'il y eut entre eux un tiers du globe, Pitt était sur un fuseau horaire dans l'Antarctique qui n'avait qu'une heure d'avance sur l'heure de Washington D.C.

— Bonsoir, amiral.

— Il était temps!

— Les choses se sont plutôt mal passées.

— Dempsey m'a raconté comment Giordino et vous avez trouvé puis sauvé le navire de croisière.

— Je serai heureux de vous donner les détails qui vous manquent.

— Avez-vous pris rendez-vous avec le *Ice Hunter*? demanda Sandecker, pas vraiment porté sur les échanges de politesses.

— Oui, monsieur. Le capitaine Dempsey n'est qu'à quelques centaines de mètres sur bâbord du bâtiment où je me trouve. Il envoie un canot avec une partie de l'équipage pour ramener le navire et le seul passager survivant.

— Combien de morts? demanda Sandecker.

— Après une fouille du navire, je dirais tout l'équipage sauf cinq personnes. Et d'après la liste des passagers que j'ai prise dans le bureau du commissaire de bord et un tableau de l'équipage dans celui de l'officier en second, ça nous fait vingt passagers et deux marins vivants sur un total de deux cent deux.

— Ce qui revient à dire cent quatre-vingts morts.

— C'est en effet ce que j'ai compté.

— Etant donné que le navire lui appartient, le gouvernement australien lance une enquête approfondie sur cette tragédie. Il y a une station de recherches britannique avec un aérodrome pas très loin, au sud-ouest d'où vous vous trouvez, à Duse Bay. J'ai demandé au capitaine Dempsey de s'y rendre et de transporter les survivants sur le continent. Les armateurs du navire de croisière, Ruppert & Saunders, ont affrété un jet Quantas pour les ramener à Sydney.

— Et pour les corps des passagers et membres d'équipage?

— On les mettra dans la glace à la station de recherches et ils seront transportés en Australie par avion militaire. Dès leur arrivée, des enquêteurs du gouvernement lanceront des recherches officielles tandis que les médecins légistes dirigeront les autopsies de tous les morts.

— A propos du *Polar Queen*... dit Pitt.

Il raconta à l'amiral comment Giordino et lui l'avaient retrouvé, comment ils lui avaient évité de justesse de s'écraser dans les féroces brisants au pied des îles du Danger. A la fin, il demanda :

— Que faisons-nous du navire?

— Ruppert & Saunders envoient aussi, pour le ramener à Adélaïde, une équipe accompagnée d'enquêteurs nommés par le gouvernement australien qui l'examineront de la quille au haut des cheminées avant qu'il n'arrive au port.

— Vous devriez revendiquer le sauvetage. La NUMA a probablement droit à vingt millions de dollars au moins pour avoir évité un désastre certain au navire.

— Que nous y ayons droit ou non, nous ne demanderons pas un centime pour ce sauvetage. (Pitt nota un certain ronronnement satisfait dans la voix de Sandecker.) Je préfère toucher la somme que vous mentionnez en récompense et surtout en coopération de la part du gouvernement australien pour de futurs projets de recherches dans leurs eaux territoriales et alentour.

Personne ne pourrait jamais accuser l'amiral de sénilité.

— Vous auriez pu donner des leçons à Nicolas Machiavel, soupira Pitt.

— Cela vous intéressera peut-être d'apprendre que la destruction de la vie marine dans votre zone est en diminution. Des pêcheurs et des marins appartenant aux stations de recherches assurent ne pas avoir trouvé de nouveaux poissons ou mammifères marins morts au cours des dernières quarante-huit heures. Quel que soit le tueur, il a déménagé. Pour l'instant, c'est autour des îles Fidji que l'on entend parler de quantités massives de poissons et d'un nombre inhabituellement élevé de tortues marines rejetés sur les plages.

— On dirait bien que cette plaie a une vie propre.

— Elle ne reste pas en place, admit gravement Sandecker. L'enjeu est important. A moins que nos chercheurs réussissent à en éliminer les causes éventuelles et à trouver le responsable en un temps record, nous risquons de voir disparaître un énorme pan de la vie sous-marine qu'on ne pourra jamais remplacer, même en une vie entière.

— Du moins est-il satisfaisant de savoir qu'il ne s'agit pas d'une nouvelle marée rouge due à la pollution chimique transportée par le fleuve Niger [1].

— C'est en effet impossible depuis que nous avons fermé l'usine d'incinération de déchets radioactifs qui en était responsable au Mali, ajouta Sandecker. Nos postes de contrôle, en amont et en aval du fleuve, n'ont indiqué aucune altération de l'acide aminé synthétique ni du cobalt qui avaient créé le problème.

— Est-ce que nos petits génies de laboratoire ont trouvé un suspect? demanda Pitt.

— Pas de notre côté. Nous espérons que les biologistes à bord du *Ice Hunter* auront découvert quelque chose.

— Si c'est le cas, ils ne m'ont rien dit.

— Avez-vous une idée de ce qui s'est passé? demanda Sandecker. (Sa voix se fit cauteleuse et prudente.) Quelque chose de bien juteux que je puisse lancer à la meute des journalistes rassemblés dans notre vestibule et forte d'environ deux cents personnes.

L'ombre d'un sourire fit briller les yeux de Pitt. Il était tacitement entendu entre eux que rien d'important ne devait jamais être discuté au téléphone par satellite. Les appels traversant l'atmosphère étaient aussi vulnérables aux écoutes indiscrètes qu'un message transmis par tam-tam.

— Ils bavent d'envie d'une belle histoire, n'est-ce pas?

---

1. Voir *Sahara*, Grasset, 1993.

— Les journaux parlent déjà des morts du triangle antarctique.

— Vous plaisantez ?

— Si vous voulez, je vous faxe les articles.

— J'ai peur que mon hypothèse ne les déçoive.

— Puis-je en avoir la primeur ?

Il y eut un silence.

— Je pense qu'il peut s'agir d'un virus inconnu porté par les courants aériens.

— Un virus ! répéta machinalement Sandecker. J'avoue que ce n'est pas très original.

— Je me rends bien compte que ça sonne mal, dit Pitt et que c'est à peu près aussi logique que de compter les trous dans un plafond acoustique quand on est dans le fauteuil du dentiste.

Si Sandecker fut désarmé par les divagations de Pitt, il n'en laissa rien paraître. Il se contenta de pousser un soupir résigné, comme s'il avait l'habitude de ces élucubrations.

— Je pense qu'il vaut mieux laisser l'enquête aux scientifiques. Ils semblent avoir la situation mieux en main que vous.

— Pardonnez-moi, amiral, je me suis laissé aller.

— Vous avez l'air d'un homme errant dans le brouillard. Dès que Dempsey aura envoyé des marins à bord, foncez vers le *Ice Hunter* et prenez un bon repos.

— Merci pour tant de compréhension.

— Je sais apprécier une situation quand il le faut. Nous parlerons plus tard.

Il y eut un déclic. L'amiral Sandecker avait raccroché.

Deirdre Dorsett sortit sur le pont et fit de grands gestes des bras quand elle reconnut Maeve Fletcher appuyée au bastingage du *Ice Hunter*. Soudain libérée de l'angoisse d'être la seule personne vivante sur un navire rempli de morts, elle se mit à rire de soulagement et sa voix traversa l'espace sans cesse plus étroit entre les deux bateaux.

— Maeve ! cria-t-elle.

Maeve scruta le navire, cherchant de quel pont venait cette voix féminine qui criait son nom. Puis son regard accrocha la silhouette qui, sur le pont promenade, lui faisait signe. Pendant quelques secondes, elle ouvrit de grands yeux, sidérée. Puis elle reconnut Deirdre et son visage prit l'expression de terreur de celui qui, marchant la nuit dans un cimetière, sent soudain une main se poser sur son épaule.

— Deirdre ? cria-t-elle d'un ton incrédule.

— Est-ce ainsi que l'on doit accueillir quelqu'un qui revient du royaume des morts ?

— Tu... es... vivante ?

— Oh ! Maeve ! Tu ne peux pas savoir combien je suis heureuse de te savoir en vie.

— C'est un choc pour moi aussi de te voir en chair et en os, dit Maeve en retrouvant peu à peu son calme.

— As-tu été blessée sur l'île ? demanda Deirdre, comme si cela lui importait vraiment.

— J'ai juste eu un peu froid, rien de plus.

Maeve montra les marins du *Ice Hunter* qui mettaient un canot automobile à l'eau.

— Je vais monter à bord et t'attendre au pied de la passerelle.

— A tout à l'heure.

Deirdre eut un petit sourire entendu et rentra dans la timonerie où Pitt parlait à la radio avec Dempsey. Il lui fit un signe de tête et un sourire avant de couper la communication.

— Dempsey m'a dit que Maeve venait à notre rencontre.

Deirdre hocha la tête.

— Elle a été surprise de me voir.

— Une heureuse coïncidence, dit Pitt en remarquant pour la première fois que Deirdre était presque aussi grande que lui. Deux amies qui sont les deux seules survivantes de l'équipage.

Deirdre haussa les épaules.

— On ne peut pas vraiment dire que nous soyons amies.

Il regarda avec curiosité les yeux bruns que faisaient ciller les rayons de soleil à travers la fenêtre avant.

— Vous vous détestez ?

— Juste une question de mauvais sang, dit-elle sur le ton de la conversation. Voyez-vous, malgré nos noms de famille différents, Maeve Fletcher est ma sœur.

10

La mer était heureusement calme quand le *Ice Hunter*, tracté par le *Polar Queen*, glissa sous le bras protecteur de la baie de Duse et jeta l'ancre juste en face de la station de recherches britannique. Depuis le pont, Dempsey ordonna aux marins qu'il avait envoyés sur le navire de croisière de l'amarrer à bonne distance, afin que les deux bâtiments puissent tourner sur leurs ancres avec les marées sans risquer de s'abîmer l'un l'autre.

Toujours éveillé et tenant à peine sur ses pieds, Pitt n'avait pas obéi aux ordres de Sandecker qui lui avait recommandé de se reposer. Il tenait à régler mille et un détails avant de remettre entre les mains de l'équipage le reste des opérations. D'abord, il avait mis Deirdre Dorsett dans le canot avec Maeve et les avait renvoyées sur le *Ice Hunter*. Puis il avait passé une bonne partie de la nuit polaire pleine de lumière à fouiller le navire de fond en comble, trouvant les morts qu'il avait manqués lors de ses premières et trop rapides recherches. Il coupa le chauffage afin de préserver les cadavres pour une autopsie ultérieure et ce n'est que lorsque le *Polar Queen* fut ancré dans la baie qu'il passa le commandement à l'équipage et retourna à bord du bâtiment de la NUMA. Giordino et Dempsey l'attendaient dans la timonerie et le félicitèrent. Ayant remarqué au premier coup d'œil l'extrême fatigue de son ami, Giordino lui servit une tasse de café, toujours disponible dans cette pièce qui était le cœur du navire. Pitt l'accepta avec reconnaissance, en but une gorgée et contempla par-dessus le bord de sa tasse le petit canot qui se hâtait vers le navire.

Presque au moment où les ancres du *Ice Hunter* mordaient le fond, les représentants de Ruppert & Saunders quittaient leur avion et s'embarquaient sur un Zodiac pour atteindre le navire de la NUMA. Quelques minutes plus tard, ils montaient à bord et gagnaient le pont où les attendaient Pitt, Dempsey et Giordino. L'un des arrivants grimpa les marches quatre à quatre et s'arrêta net devant les trois hommes debout devant lui. Grand et rougeaud, il arborait un sourire jusqu'aux oreilles.

— Capitaine Dempsey ? demanda-t-il.

Dempsey avança d'un pas et tendit la main.

— C'est moi.

— Capitaine Ian Ryan, chef des opérations pour Ruppert & Saunders.

— Bienvenue à bord, commandant.

Ryan semblait tendu.

— Mes officiers et moi-même sommes ici pour prendre possession du *Polar Queen*.

— Il est à vous, commandant, dit aimablement Dempsey. Si cela ne vous dérange pas, vous pouvez nous renvoyer notre équipage dès que vous serez à bord.

Le visage de Ryan exprima un immense soulagement. La situation aurait pu devenir délicate. Légalement, Dempsey était maître du navire puisqu'il l'avait récupéré. C'est comme si le capitaine décédé lui en avait confié le commandement.

— Dois-je comprendre, monsieur, que vous renoncez au commandement en faveur de Ruppert & Saunders ?

— La NUMA n'est pas une entreprise de sauvetage en mer, commandant. Nous ne déposons aucune revendication sur le *Polar Queen*.

— Les directeurs de ma compagnie m'ont chargé de vous exprimer leurs plus sincères remerciements et leurs félicitations pour les efforts que vous avez déployés afin de sauver nos passagers et notre navire.

Dempsey se tourna vers Pitt et Giordino qu'il présenta.

— Ce sont ces messieurs qui ont découvert les survivants sur l'île Seymour et qui ont empêché votre navire de s'écraser contre les rochers des îles du Danger.

Ryan leur serra vigoureusement la main.

— C'est une action remarquable, absolument remarquable. Je vous assure que Ruppert & Saunders sauront se montrer généreux.

Pitt secoua la tête.

— Notre supérieur au quartier général de la NUMA, l'amiral James Sandecker, nous a priés de n'accepter aucune récompense sous quelque forme que ce soit.

Ryan le regarda avec incrédulité.

— Quoi? Rien? Rien du tout?

— Pas un centime, assura Pitt qui luttait pour garder les yeux ouverts.

— C'est rudement chic de votre part, bégaya Ryan. On n'a jamais rien vu de pareil dans les annales de la marine de sauvetage en mer. Je ne doute pas que nos assureurs boiront à votre santé chaque année, au jour anniversaire de cette tragédie.

Dempsey indiqua le passage menant à sa cabine.

— A propos de boire, commandant Ryan, puis-je vous offrir un verre dans ma cabine?

Ryan montra ses officiers, groupés derrière lui.

— Est-ce que votre invitation inclut mon équipage?

— Bien entendu, dit Dempsey avec un sourire amical.

— Vous sauvez notre navire, vous ramenez nos passagers et ensuite vous nous offrez à boire. Excusez mon franc-parler, dit Ryan d'une voix qui semblait venir de ses bottes, mais vous autres Yankees, vous êtes de drôles de gens!

— Pas vraiment, dit Pitt, ses yeux verts brillant malgré la fatigue. En fait, nous ne sommes que des opportunistes invétérés.

Agissant tout à fait machinalement, Pitt prit une douche et se rasa pour la première fois depuis que Giordino et lui étaient partis à la recherche du *Polar Queen*. Il faillit tomber à genoux et s'endormir sous le massage chaud et apaisant de l'eau. Trop fatigué pour se sécher les cheveux, il s'enroula une serviette de bain autour de la taille et se laissa tomber sur son grand lit – pas de couchettes étroites sur ce bateau – tira les couvertures, s'étira, posa la tête sur l'oreiller et s'endormit.

Son esprit inconscient n'enregistra pas les coups frappés à la porte de sa cabine. Normalement en alerte au moindre petit bruit anormal, il ne s'éveilla pas et ne répondit pas quand les coups recommencèrent. Il était mort pour le monde, au point que sa respiration ne changea même pas de rythme. Ses paupières ne battirent pas non plus quand Maeve ouvrit doucement la porte, jeta un coup d'œil hésitant dans la petite entrée et l'appela doucement.

— Monsieur Pitt? Vous êtes là?

Elle avait envie de partir mais la curiosité la poussa à rester. Elle se déplaça sans faire de bruit, portant sur un plateau deux verres et une bouteille de cognac Rémy Martin XO, que Giordino avait prélevé sur sa réserve personnelle de voyage. Son excuse pour faire irruption comme cela chez Pitt, c'était qu'elle tenait à le remercier comme il convenait de lui avoir sauvé la vie.

Etonnée, elle vit son reflet dans un miroir au-dessus d'un bureau pliant attaché au mur. Elle était aussi rouge qu'une jeune fille à son premier rendez-vous au bal du lycée. Jamais elle n'avait ressenti une chose pareille. Maeve tourna la tête, furieuse contre elle-même. Comment avait-elle pu entrer dans la chambre d'un homme sans y avoir été invitée? Après tout, elle connaissait à peine ce Dirk Pitt. C'était presque un étranger pour elle. Mais Maeve avait l'habitude de suivre ses intuitions. Son père, le très riche propriétaire d'une société internationale de mines, avait élevé Maeve et ses sœurs comme des garçons, non comme des filles. Pour elles, pas de poupées, pas de robes à frou-frou, pas de bal des débutantes. Feue sa femme lui avait donné trois filles au lieu des garçons qui auraient dû continuer l'empire financier de la famille. Il avait donc décidé d'ignorer le destin et les avait élevées pour qu'elles soient aussi solides que lui. A dix-huit ans, Maeve pouvait shooter aussi fort et aussi loin que tous les garçons de sa classe au collège. Une fois, elle avait fait une randonnée de Camberra à Perth, c'est-à-dire la traversée de tout l'arrière-pays australien, avec un chien pour toute compagnie, un dingo apprivoisé. Son père l'avait récompensée en la retirant de l'école pour la faire travailler dans les mines familiales, avec les mineurs et les dynamiteurs endurcis. Elle s'était rebellée. Ce n'était pas une vie pour une femme qui avait d'autres aspirations. Elle s'était alors enfuie à Melbourne et avait travaillé pour payer ses études de zoologie à l'université. Son père n'avait rien fait pour la ramener au sein de la famille. Il avait seulement rayé son nom de toutes les affaires familiales et prétendu qu'elle n'avait jamais existé après qu'elle eut donné naissance à des jumeaux, hors des liens du mariage, six mois après une merveilleuse année passée avec un garçon de sa classe. Il était le fils d'un éleveur de moutons, magnifiquement bronzé par le soleil et le grand air, avec un corps solide et des yeux gris très tendres. Ils avaient ri, ils s'étaient aimés et battus sans arrêt. Quand ils s'étaient séparés, ce qui était inévitable, elle ne lui avait pas dit qu'elle était enceinte.

Maeve posa la bouteille et les verres sur le bureau et considéra les affaires de Pitt jetées au hasard, au milieu des papiers et des cartes marines. Elle regarda rapidement le portefeuille de cuir contenant des cartes de crédit, des cartes de membres d'associations diverses, deux chèques en blanc personnels et cent vingt-trois dollars en espèces.

« C'est curieux, s'étonna-t-elle, il n'y a pas de photos. » Elle reposa le portefeuille sur le bureau et regarda les autres objets éparpillés un peu partout. Elle vit une montre de plongée Doxa au cadran orange, visiblement beaucoup portée, avec un bracelet en acier, un ensemble de clés de voiture et d'appartement. Et c'était tout.

Sûrement pas suffisant pour se faire une idée du propriétaire.

D'autres hommes étaient entrés et sortis de la vie de Maeve, parfois à sa demande, parfois de leur propre choix. Mais tous avaient laissé quelque chose d'eux-mêmes. L'homme qui dormait là semblait suivre un chemin solitaire, ne laissant rien derrière lui.

Elle passa dans son cabinet de toilette. Le miroir au-dessus du lavabo était couvert de vapeur, ce qui prouvait que l'occupant avait récemment pris une douche. Elle renifla une bouffée d'après-rasage et ressentit un petit frisson au creux de l'estomac.

— Monsieur Pitt, appela-t-elle encore doucement. Etes-vous là ?

Puis elle vit le corps allongé sur le lit, les bras croisés sur sa poitrine comme s'il dormait dans un cercueil. Elle soupira de soulagement en voyant la serviette de bain qui couvrait ses reins.

— Je suis désolée, murmura-t-elle. Excusez-moi de vous déranger.

Pitt continuait à dormir, sans répondre.

Son regard alla de la tête aux pieds du dormeur. La masse sombre de ses cheveux frisés était encore humide et emmêlée. Ses sourcils épais se rejoignaient presque au-dessus du nez droit.

Elle se dit qu'il devait approcher de la quarantaine, bien que les traits taillés à la serpe, la peau tannée et mûrie par les vents, la ligne de la mâchoire inflexible le fassent paraître plus âgé. Les petites rides autour des yeux et des lèvres, dirigées vers le front, indiquaient l'homme qui sourit sans cesse. Le visage était fort, comme ceux qui attirent les femmes. C'était sans doute un homme solide et déterminé, un homme qui a vu le pire et le meilleur mais n'a jamais tenté d'échapper à ce que la vie lui jetait.

Le reste de son corps était ferme et lisse à l'exception d'une touffe de poils sur la poitrine, les épaules larges, le ventre plat, les hanches étroites. Il avait des muscles bien formés, ni épais ni protubérants. Son corps n'était pas vraiment puissant mais plutôt nerveux. Il paraissait tendu comme un ressort n'attendant qu'une occasion pour se détendre. Et puis il y avait les cicatrices. Maeve n'avait aucune idée de leur origine.

Cet homme n'était pas fait sur le même moule que ceux qu'elle avait connus. Elle n'en avait vraiment aimé aucun, ne couchant avec eux que par curiosité et pour se rebeller contre son père, beaucoup plus que par passion. Même quand elle avait attendu l'enfant d'un ami étudiant, elle avait refusé d'avorter, rien que pour ennuyer son père. Et c'est ainsi qu'elle avait accouché de jumeaux.

Maintenant, en regardant l'homme endormi sur le lit, elle ressentait un étrange plaisir et une sorte de puissance à dominer sa nudité. Elle souleva le bord de la serviette, eut un petit sourire diabolique et la laissa retomber.

Maeve trouvait Pitt terriblement attirant et le désirait, oui, elle le désirait fiévreusement et sans honte.

— Est-ce que l'article te plaît, petite sœur ? fit une voix calme et un peu enrouée derrière elle.

Chagrinée, Maeve se retourna et croisa le regard de Deirdre, négligemment appuyée au chambranle, une cigarette à la main.

— Qu'est-ce que tu fais là ? demanda-t-elle dans un murmure.

— Je t'empêche d'avoir les yeux plus grands que le ventre.

— Très drôle !

D'un geste maternel, Maeve tira la couverture sur le corps de Pitt et le borda. Puis elle se retourna et poussa littéralement Deirdre dans l'entrée avant de refermer doucement la porte de la chambre.

— Pourquoi me suis-tu ? Pourquoi n'es-tu pas retournée en Australie avec les autres passagers ?

— Je pourrais te poser la même question, ma chère sœur.

— Les scientifiques du bateau m'ont demandé de rester à bord pour faire un rapport de mon expérience avec la vague de morts.

— Et moi, je suis restée dans l'espoir qu'on pourrait s'embrasser et faire la paix, dit Deirdre en tirant sur sa cigarette.

— Il fut un temps où j'aurais pu te croire, mais c'est fini.

— J'admets que j'ai eu d'autres raisons.

— Comment as-tu fait pour que je ne te voie jamais pendant les semaines que nous avons passées en mer ?

— Me croirais-tu si je te disais que je suis restée dans ma cabine parce que j'avais le mal de mer ?

— Non, je ne te croirais pas, répliqua Maeve. Tu as toujours été forte comme un bœuf. Je ne t'ai jamais vue malade.

Deirdre chercha du regard un cendrier et, n'en voyant pas, ouvrit la porte de la cabine et jeta son mégot par-dessus le bastingage.

— N'es-tu pas au moins surprise de voir que j'ai miraculeusement survécu ?

Maeve la regarda dans les yeux, confuse et incertaine.

— Tu as dit à tout le monde que tu étais dans la chambre froide.

— J'ai bien choisi mon moment, tu ne trouves pas ?

— Tu as eu une chance incroyable.

— La chance n'a rien à y voir, contra Deirdre. Et toi ? T'es-tu demandé comment tu as fait pour être dans les grottes de la station baleinière juste au bon moment ?

— Qu'est-ce que tu insinues ?

— Tu ne comprends pas, n'est-ce pas ? dit Deirdre comme si elle grondait un enfant rétif. Crois-tu que Papa allait te pardonner et tout oublier après que tu as quitté son bureau en claquant la porte et en jurant de ne plus jamais parler à l'un d'entre nous ? Il a vraiment été fou de rage quand il a appris que tu avais fait légalement changer ton nom pour prendre celui de notre aïeule. Fletcher ! Je t'en ficherais, moi ! Depuis que tu es partie, il t'a fait surveiller en permanence, de la minute où tu es entrée à l'université de Melbourne jusqu'à ce que tu sois engagée par Ruppert & Saunders.

Maeve la considéra avec colère et une incrédulité qui disparut bientôt lorsqu'elle commença à comprendre.

— Il avait donc si peur que je parle de ses opérations malhonnêtes à des oreilles ennemies ?

— Quels que soient les moyens plus ou moins orthodoxes que Papa a employés pour asseoir l'empire familial, tu en as autant profité que Boudicca et moi.

— Boudicca ! cracha Maeve. Ce n'est pas une sœur mais le diable incarné.

— Pense ce que tu veux, répondit Deirdre, impassible. Boudicca prend toujours tes intérêts à cœur.

— Si tu crois ça, tu es encore plus folle que je ne le pensais.

— C'est pourtant Boudicca qui a persuadé Papa d'épargner ta vie en insistant pour que je fasse le voyage en même temps que toi.

— Epargner ma vie ? répéta Maeve qui ne comprenait rien. Ce que tu racontes n'a aucun sens.

— A ton avis, qui s'est débrouillé pour que le commandant du navire t'envoie à terre avec la première expédition ?

— Toi ?

— Oui, moi.

— C'était mon tour d'aller à terre. Les autres guides et moi avions établi un roulement.

Deirdre secoua la tête.

— Si les autres s'en étaient tenus au programme, on t'aurait confié le second groupe, celui qui n'a jamais quitté le bord.

— Mais comment as-tu fait cela ?

— Une question de minutage, dit Deirdre d'un ton soudain très froid. Les employés de Papa ont calculé que le phénomène se produirait pendant que le premier groupe de touristes serait bien à l'abri dans les caves de la station baleinière.

Maeve eut l'impression que le pont se mettait à tanguer sous ses pieds et ses joues devinrent blanches.

— Il n'y avait aucun moyen de prédire une pareille tragédie, murmura-t-elle.

— C'est un type très bien, notre père, dit Deirdre aussi calmement que si elle bavardait avec une amie au téléphone. Si ce n'était pas lui qui me l'avait dit, comment crois-tu que j'aurais su quand m'enfermer dans la chambre froide du bateau ?

— Mais comment aurait-il pu savoir où et quand cette horreur allait frapper ? demanda-t-elle, sceptique.

— Notre père, dit Deirdre en découvrant ses dents en un sourire de fauve, est loin d'être un imbécile.

Maeve sentit la fureur se répandre dans tout son être.

— S'il savait quelque chose, il aurait dû prévenir les gens et éviter ce massacre, cracha-t-elle.

— Papa a des choses plus importantes à faire que de s'inquiéter pour un chargement de touristes sans intérêt.

— Je jure devant Dieu que je ferai tout ce que je pourrai pour vous faire payer à tous votre insensibilité.

— Tu trahirais la famille ? demanda Deirdre en haussant les épaules. Oui, tout compte fait, je crois bien que tu le ferais.

— Tu peux y compter.

— Tu n'en feras rien, du moins si tu veux revoir un jour tes précieux gamins.

— Sean et Michael sont dans un lieu où Père ne pourra jamais les trouver.

— Tu peux faire de l'esbroufe si ça te chante, mais cacher les jumeaux chez ce professeur à Perth, ce n'était pas tellement malin.

— Tu bluffes !

— Ta chère sœur Boudicca, il lui a suffi de persuader le professeur et sa femme, les Hollenders si je ne me trompe, de lui permettre d'emmener les jumeaux faire un pique-nique.

Maeve se mit à trembler et crut qu'elle allait vomir devant l'énormité de ce qu'elle venait d'apprendre.

— Vous les avez ?

— Les garçons ? Bien sûr.

— Les Hollenders, si vous avez touché un seul de leurs cheveux...

— On n'a pas eu à le faire.

— Sean et Michael, qu'est-ce que vous en avez fait ?

— Papa s'en occupe très bien sur notre île privée. Il leur enseigne même le commerce des diamants. Allez ! Souris ! Le pire qui puisse leur arriver, c'est un accident inattendu. Tu sais mieux que quiconque les risques que courent les enfants quand ils jouent dans les tunnels des mines. Le bon côté de la chose, c'est que, si tu restes aux côtés de la famille, tes fils seront un jour des hommes incroyablement riches et puissants.

— Comme Papa ? cria Maeve, écœurée et terrorisée. Je préférerais les voir morts.

Elle se retint de sauter sur sa sœur et se laissa tomber sur une chaise, brisée et abattue.

— Il pourrait leur arriver pire, dit Deirdre, ravie de voir l'impuissance de Maeve. Eloigne tes amis de la NUMA quelques jours et pas un mot sur tout ce que je t'ai dit. Ensuite nous prendrons un avion pour rentrer à la maison.

Elle se dirigea vers la porte et se tourna vers sa sœur.

— Je pense que tu trouveras Papa prêt à pardonner, à condition que tu demandes pardon et que tu montres ta loyauté envers la famille.

Sans rien ajouter, elle passa sur le pont et disparut de la vue de sa sœur.

DEUXIÈME PARTIE

D'où viennent les rêves ?

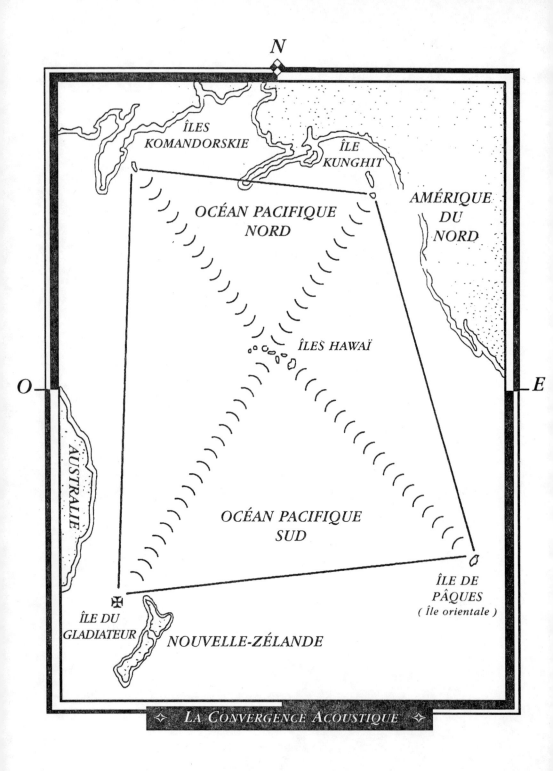

N

O

E

ÎLES
KOMANDORSKIE

ÎLE
KUNGHIT

AMÉRIQUE
DU
NORD

OCÉAN PACIFIQUE
NORD

ÎLES HAWAÏ

AUSTRALIE

OCÉAN PACIFIQUE
SUD

ÎLE DE
PÂQUES
(île orientale)

ÎLE DU
GLADIATEUR

NOUVELLE-ZÉLANDE

❖ LA CONVERGENCE ACOUSTIQUE ❖

11

L'amiral Sandecker utilisait rarement la grande salle de réunion pour les conférences. Il la réservait aux membres du Congrès, hommes et femmes, visitant la NUMA et aux savants réputés, américains ou étrangers. Pour les réunions internes, il préférait une salle de travail plus petite, juste à côté de son bureau. C'était une pièce extrêmement confortable, à sa seule disposition, une sorte de refuge où il pouvait recevoir pour des réunions confidentielles, quoique informelles, les divers directeurs de la NUMA. Sandecker l'utilisait aussi souvent comme salle à manger directoriale, où ses collaborateurs et lui-même se détendaient, installés sur des chaises de cuir disposées autour d'une table de conférence de trois mètres de long, construite dans une coque de bois provenant d'une goélette récupérée au fond du lac Erié, posée sur un épais tapis turquoise, devant une cheminée au manteau victorien.

Contrairement au décor moderne des autres bureaux de l'immeuble qui servait de quartier général à l'Agence, aux murs élancés de verre teinté, cette pièce semblait appartenir à un très ancien club privé londonien. Les murs et le plafond étaient recouverts de panneaux de teck satiné que décoraient des peintures richement encadrées représentant des hauts faits de la Marine des Etats-Unis.

Il y avait, entre autres, un très beau tableau montrant la bataille épique que s'étaient livrée John Paul Jones sur le *Bonhomme Richard* tristement armé et la *Serapis*, une frégate anglaise, toute nouvelle à l'époque, avec ses cinquante canons. A côté, la vénérable frégate américaine *Constitution* démâtait le *Java* britannique. Sur le mur d'en face, les cuirassés de la guerre de Sécession, le *Monitor* et le *Virginie*, plus connu sous le nom de *Merrimac*, se livraient bataille. Le Commodore Dewey détruisant la flotte espagnole dans la baie de Manille voisinait avec une escadrille de bombardiers décollant du porte-avions *Enterprise* pour aller écraser la flotte japonaise pendant la bataille de Midway. Seul le panneau surmontant la cheminée ne comptait pas de scène de bataille navale. On y voyait un portrait de Sandecker en uniforme ordinaire, avant la promotion qui avait fait de lui un homme important. Au-dessous du portrait, dans un coffret de verre, était conservé un modèle réduit du dernier bâtiment qu'il ait commandé, le croiseur lance-missiles *Tucson*.

Après que Sandecker eut été mis à la retraite de la Marine, un ancien président des Etats-Unis l'avait choisi pour organiser et diriger une agence gouvernementale nouvellement fondée, destinée à la recherche marine. Commençant tout petit dans un entrepôt en location, avec moins de douze employés dont Pitt et Giordino, Sandecker avait fait de la NUMA une très importante organisation qu'enviaient les instituts océanographiques du monde entier, employant deux mille personnes et disposant d'un énorme budget, rarement surveillé et presque toujours approuvé par le Congrès.

Sandecker luttait vigoureusement contre la vieillesse. Agé de soixante ans, il s'adonnait au jogging, levait des poids et exécutait toutes sortes d'exercices physiques pourvu qu'ils le fassent transpirer et qu'ils accélèrent les battements de son cœur. Le résultat de tous ces efforts et de son régime draconien se lisait dans sa silhouette affûtée et soignée. A peine un peu plus petit que ce qu'il est convenu d'appeler la moyenne, il avait des cheveux épais, d'un roux flamboyant, coupés court et bien brossés, partagés, à gauche, par une raie mince comme le fil du rasoir. La forme tendue et étroite de son visage était encore accentuée par le regard perçant de ses yeux noisette et une barbe à la Van Dyke dont le roux était exactement celui des cheveux.

Le seul vice de Sandecker était ses cigares. Il aimait en fumer une dizaine par jour, énormes et impressionnants, spécialement choisis et fabriqués à son goût personnel.

Il entra dans la salle de conférence au milieu d'un nuage de fumée, comme un magicien surgissant d'un rideau de brouillard.

Il alla directement au bout de la table et adressa un sourire bienveillant aux deux hommes assis à droite et à gauche.

— Désolé de vous obliger à rester aussi tard, messieurs, mais je ne l'aurais pas fait si ce n'était pas important.

Hiram Yaeger, chef du réseau informatique de la NUMA, disposait de la plus énorme base de données du monde sur tout ce qui concernait les sciences marines. Il s'appuya au dossier de sa chaise, qu'il poussa jusqu'à se balancer sur deux pieds et fit un signe de tête à Sandecker. Chaque fois qu'un problème exigeait une solution, Sandecker commençait par questionner Yaeger. Sans complexes, en salopette, les cheveux tirés en queue de cheval, Yaeger vivait avec sa femme et ses enfants dans un quartier chic de la capitale et conduisait une BMW hors série.

— Ou bien je répondais à votre convocation, dit-il avec un clin d'œil, ou je devais accompagner ma femme voir un ballet.

— Dans les deux cas, tu étais perdant, dit en riant Rudi Gunn, directeur général de la NUMA et second personnage de l'agence.

Si Dirk Pitt était l'expert numéro un que Sandecker appelait en cas de crise, Gunn était son magicien de l'organisation. Mince, les hanches et les épaules étroites, plein d'humour et d'esprit, il regardait le monde au travers de lunettes à épaisse monture en écaille qui lui donnaient l'air d'une chouette guettant un mulot sous son arbre.

Sandecker se glissa sur une des chaises de cuir, fit tomber la cendre de son cigare dans un cendrier en coquillage et posa sur la table une carte de la mer de Weddell et de la péninsule antarctique. Il désigna un cercle fait d'une série de petites croix rouges et numérotées.

— Messieurs, vous connaissez bien la situation tragique de la mer de Weddell, où se situent les derniers points connus des sites mortels. Ici, marquée numéro un, nous avons la position où le *Ice Hunter* a découvert les dauphins morts. En deux, les phoques tués au large des Orcades du Sud. En trois, l'île Seymour, où ont massivement trouvé la mort des hommes, des femmes, des pingouins et des phoques. Enfin, en quatre, la position approximative du *Polar Queen* quand le fléau a frappé.

Yaeger étudia le périmètre du cercle.

— A mon avis, ça fait environ quatre-vingt-dix kilomètres de diamètre.

— Erreur, dit Gunn, le front plissé d'une ride profonde. Ça fait deux fois la taille de la dernière zone de massacre, près de l'île Chirikof, au large des Aléoutiennes.

— On a compté plus de trois mille otaries et cinq marins tués dans ce désastre, dit Sandecker.

Il prit un petit boîtier de télécommande, le dirigea vers un panneau sur le mur en face de lui et appuya sur un bouton. Un vaste écran descendit lentement du plafond. Il pressa un autre bouton et une grande carte de l'océan Pacifique, émise par un ordinateur, apparut en trois dimensions, en hologramme. Plusieurs globes, semblables à des boules de néon bleu et figurant les poissons et les mammifères marins, parurent venir de l'extérieur de l'écran et se placèrent en diverses zones de la carte. Le globe au-dessus de l'île Seymour, au large de la péninsule antarctique, et un autre globe près de l'Alaska, incluaient des silhouettes humaines.

— Jusqu'à il y a trois jours, poursuivit Sandecker, toutes les zones mortelles se trouvaient dans le Pacifique. Maintenant, avec la mer entourant l'île Seymour, nous en avons une dans l'Atlantique Sud.

— Cela porte à huit le nombre des apparitions de cette épidémie inconnue au cours des quatre derniers mois, remarqua Gunn. Et il semble que cela s'intensifie.

Sandecker parut étudier son cigare.

— Et pas un indice pour en trouver la source.

— Je ne vous dis pas à quel point je me sens frustré, dit Yaeger avec un geste d'impuissance. J'ai essayé des centaines de projections générées par ordinateur. Rien ne semble répondre au mystère. Aucune maladie connue, aucune pollution ne peut traverser des milliers de milles, frapper soudain sans raison et tuer tout ce qui vit dans une zone déterminée avant de disparaître sans laisser de trace.

— J'ai mis trente chercheurs sur le problème, dit Gunn, et pas un n'a trouvé le moindre indice pouvant mener à la source du problème.

— Quelles nouvelles des médecins légistes qui ont examiné les cinq marins que les garde-côtes ont trouvés morts sur leur bateau, au large de l'île Chirikof ? demanda Sandecker.

— Les premiers examens, à l'autopsie, n'ont montré aucun tissu endommagé par un poison, inhalé ou ingéré, aucune trace de maladie connue. Dès que le colonel Hunt, du centre médical Walter Reed de l'armée, aura achevé son rapport, je lui demanderai de vous appeler.

— Nom de Dieu ! éclata Sandecker. Il y a bien quelque chose qui les tue ! Le commandant est mort dans la timonerie, les mains serrées sur la barre, tandis que son équipage est tombé sur le pont alors qu'on allait jeter les filets. On ne meurt pas ainsi sans raison, surtout quand il s'agit d'hommes en pleine santé, âgés de vingt à trente ans !

Yaeger approuva d'un hochement de tête.

— Peut-être ne cherchons-nous pas dans la bonne direction. Il doit s'agir d'une chose à laquelle nous n'avons pas pensé.

Sandecker regarda monter la fumée de son cigare. Il mettait rarement toutes ses cartes sur la table, préférant les abattre lentement, l'une après l'autre.

— J'ai parlé à Dirk juste avant notre réunion.

— Il a quelque chose de son côté ? demanda Gunn.

— Les biologistes du *Ice Hunter* n'ont rien trouvé, mais Dirk a une théorie dont il admet qu'elle est tirée par les cheveux mais à laquelle aucun d'entre nous n'a pensé.

— J'aimerais bien la connaître ! dit Yaeger.

Gunn lança à Sandecker un regard sceptique.

— Quelle sorte de pollution peut-il bien suggérer que nous ayons oubliée ?

Sandecker eut un sourire tendu.

— Le bruit, répondit-il brièvement.

— Le bruit ? répéta Gunn. Quel type de bruit ?

— Il pense qu'il peut s'agir d'ondes de choc mortelles qui voyagent dans l'eau sur des centaines, voire des milliers de milles, avant de faire surface et de tuer tout ce qu'elles rencontrent dans un rayon donné.

Sandecker se tut et attendit de voir comment réagissaient ses subordonnés.

Yaeger n'était pas un cynique mais il pencha la tête et rit.

— J'ai peur que ce vieux Pitt n'ait abusé de sa tequila préférée.

Curieusement, le visage de Gunn ne refléta pas le moindre doute. Il regarda intensément l'image en trois dimensions de l'océan Pacifique.

— Je crois que Dirk a soulevé un lièvre, dit-il enfin.

Yaeger fronça les sourcils.

— Tu crois?

— Oui, répondit franchement Gunn. Une saleté d'onde acoustique sous-marine pourrait bien être l'assassin que nous cherchons.

— Je suis heureux que vous soyez d'accord, dit Sandecker. Quand il a commencé à m'en parler, j'ai d'abord cru que Dirk avait le cerveau ramolli par la fatigue. Mais plus je repense à sa théorie et plus je suis tenté d'y croire.

— On raconte, dit Yaeger, qu'il a empêché à lui tout seul le *Polar Queen* de s'écraser contre les rochers.

Gunn hocha la tête.

— C'est vrai. Après que Al l'a fait descendre de l'hélicoptère sur le navire, il est allé régler le gouvernail et sauvé le bateau d'une destruction certaine.

— Pour en revenir aux pêcheurs morts, dit Sandecker en reprenant le sujet, dans combien de temps devrons-nous renvoyer leurs corps aux autorités de l'Alaska?

— Un quart d'heure, quand elles sauront que nous les avons, dit Gunn. Les garde-côtes qui ont trouvé leur bateau en train de dériver dans le golfe d'Alaska vont sûrement tout raconter dès qu'ils rentreront à leur station de Kodiak et qu'ils mettront le pied à terre.

— Même si leur commandant leur ordonne de garder le silence? ajouta Sandecker.

— Nous ne sommes pas en guerre, amiral. Les garde-côtes sont très respectés dans les eaux du nord. Ils n'apprécieront guère qu'on les oblige à taire ce qu'ont fait leurs camarades au risque de leur vie. Un verre ou deux au Yukon Saloon et ils raconteront la nouvelle à quiconque voudra les écouter.

Sandecker soupira.

— Je suppose que vous avez raison. Le commandant MacIntyre n'a pas apprécié que je lui demande le secret. Il n'a accepté de se taire que lorsqu'il en a reçu l'ordre formel du ministre de la Défense et qu'il a remis les corps aux scientifiques de la NUMA.

Yaeger regarda Sandecker d'un air entendu.

— Je me demande qui a bien pu contacter le ministre de la Défense...

Sandecker répondit d'un sourire rusé.

— Quand je lui eus expliqué le sérieux de la situation, il s'est montré extrêmement coopératif.

— Ça va faire du bruit, prophétisa Yaeger, quand la communauté des pêcheurs et les familles des marins morts découvriront qu'on a trouvé et autopsié les cadavres avant même qu'ils ne soient informés de leur décès.

— Surtout, ajouta Gunn, quand ils apprendront que nous avons embarqué les corps à Washington pour faire les autopsies.

— Nous nous sommes lancés bien trop tôt dans la chasse pour que les médias s'amusent à raconter des histoires folles du genre « comment tout l'équipage et son perroquet fétiche ont trouvé la mort sur un bateau dans des circonstances mystérieuses ». Nous n'avons pas besoin d'une nouvelle attaque tant que nous naviguons encore dans le brouillard.

Gunn haussa les épaules.

— De toute façon, la vérité est sortie du puits, maintenant. On ne peut plus cacher le désastre du *Polar Queen*. A partir de ce soir, ça va faire la une de tous les journaux et le centre des commentaires des TV du monde entier.

Sandecker fit signe à Yaeger.

— Hiram, plongez-vous dans vos données et sortez-moi tout ce que vous avez sur l'acoustique sous-marine. Cherchez la moindre expérience, commerciale ou militaire, dans laquelle on trouve des ondes acoustiques de haute énergie se propageant dans l'eau, leurs causes et leurs effets sur les humains et sur les mammifères sous-marins.

— Je m'y mets tout de suite, assura Yaeger.

Gunn et lui se levèrent et quittèrent la salle de conférence. Sandecker resta assis, affalé sur sa chaise et tirant sur son cigare. Son regard alla d'une bataille navale à l'autre, s'attardant quelques minutes sur chacune avant de passer à la suivante. Puis il ferma les yeux et fit le point de ses réflexions.

Ce qui l'exaspérait surtout, c'était l'incertitude du problème. Après un moment, il rouvrit les yeux et fixa la carte de l'océan Pacifique en trois dimensions.

— Et maintenant, où est-ce que ça va frapper ? dit-il à haute voix. Qui est-ce que ça va tuer ?

**

Le colonel Leigh Hunt était à son bureau du rez-de-chaussée – il détestait les bureaux plus officiels occupant les étages supérieurs de Walter Reed – et contemplait une bouteille de Cutty Sark. Par la fenêtre, il vit que l'obscurité était tombée sur le District de Columbia, que les lampadaires s'étaient allumés et que la circulation perdait déjà de son intensité. Il avait fini les autopsies des cinq pêcheurs remontés des eaux glaciales du nord-ouest et s'apprêtait à rentrer chez lui retrouver son chat. Il hésitait entre boire un verre ou passer un dernier coup de téléphone avant de partir. Il décida de faire les deux en même temps.

Il pianota d'une main les chiffres sur son téléphone et, de l'autre, versa le scotch dans une tasse à café. Après deux sonneries, une voix bourrue répondit.

— Colonel Hunt, j'espère que c'est vous.

— En effet, répondit Hunt. Comment le saviez-vous ?

— Quelque chose au fond de mon estomac m'a fait penser que vous étiez sur le point de m'appeler.

— C'est toujours un plaisir de s'adresser à la Marine, dit aimablement Hunt.

— Qu'est-ce que vous pouvez me dire ? demanda Sandecker.

— D'abord, êtes-vous sûr qu'on ait trouvé ces cadavres sur un bateau de pêche au milieu de la mer ?

— J'en suis sûr.

— Ainsi que les deux marsouins et les quatre phoques que vous m'avez envoyés ?

— Et où vous attendiez-vous à ce qu'on les trouve ?

— Je n'avais jamais pratiqué d'autopsie sur des créatures aquatiques, vous savez !

— Les humains, les marsouins et les phoques sont tous des mammifères, non ?

— Cher amiral, je crois que vous avez un drôle de problème sur les épaules.

— De quoi sont-ils morts ?

Hunt resta silencieux le temps d'avaler la moitié de la tasse.

— Cliniquement, les morts ont été causées par une rupture de la chaîne des osselets des oreilles, comprenant le marteau, l'enclume et l'étrier de l'oreille moyenne, dont vous avez sans doute entendu parler à l'école. La plaque de base de l'étrier était également fracturée, ce qui a entraîné un vertige très affaiblissant et un acouphène violent, autrement dit un énorme bourdonnement d'oreilles. Le résultat de tout cela a été une rupture de l'artère antérieure inférieure du cervelet, entraînant une hémorragie dans les fosses crâniennes antérieure et moyenne, à l'intérieur de la base du crâne.

— Vous pouvez me redire tout ça en langage courant ?

— Connaissez-vous le terme « infarcissement » ?

— On dirait de l'argot !

— L'infarcissement est une grappe de cellules mortes dans des organes ou des tissus, qui provoque une obstruction, telle que, disons une bulle d'air et qui coupe ou plutôt interrompt la circulation du sang.

— Mais ces choses se sont-elles passées dans les corps ? demanda Sandecker.

— Il y a eu gonflement du cervelet avec compression de la tige au cerveau. J'ai aussi trouvé que le labyrinthe vestibulaire...

— Le quoi ?

— Cela signifie en général des cavités du corps humain mais, dans le cas présent, il s'agit de la cavité centrale du labyrinthe osseux de l'oreille.

— Continuez, je vous en prie.

— Le labyrinthe vestibulaire semble avoir été endommagé par un violent déplacement comme, par exemple, une chute en eaux profondes, là où la pression hydraulique de l'air peut perforer la membrane du tympan tandis que l'eau s'engouffre de force dans le canal de l'oreille externe.

— Comment êtes-vous arrivé à cette conclusion ?

— En appliquant à mon enquête un ensemble de règles standard. J'ai utilisé l'image par résonance magnétique et la tomographie assistée par ordinateur, une technique de diagnostic qui utilise les photos par rayons X et qui élimine les ombres de structures devant et derrière la section examinée. Je l'ai également utilisée pour l'évaluation des études hématologiques et sérologiques et pour les ponctions lombaires.

— Quels étaient les symptômes, au début du désordre ?

— Pour les marsouins et les phoques, je l'ignore, expliqua Hunt. Mais le schéma sur les humains s'est révélé constant. D'abord un vertige soudain et intense, une spectaculaire perte d'équilibre, des nausées avec vomissements, une céphalée paroxystique, enfin des convulsions pendant moins de cinq minutes, le tout entraînant un évanouissement puis la mort. Vous pourriez comparer ça à une crise cardiaque de proportions monstrueuses.

— Et pouvez-vous me dire ce qui a causé tout cela ?

Hunt hésita.

— Je ne peux rien affirmer.

Sandecker ne pouvait se contenter d'une telle excuse.

— Alors, disons un avis au hasard.

— Puisque vous me mettez au pied du mur, je dirais qu'on pourrait supposer que vos pêcheurs, vos marsouins et vos phoques sont morts d'avoir été exposés à un son d'une très forte intensité.

12

22 janvier 2000,
Près de l'île Howland,
dans le Pacifique Sud.

Aux yeux de l'équipage aligné le long du bastingage du *Mentawai*, un cargo indonésien venant d'Honolulu et allant à Jayapura, sa prochaine escale en Nouvelle-Guinée, la vue d'un bâtiment aussi étrange au milieu de l'océan était tout à fait inhabituelle, pour ne pas dire incroyable. Pourtant, la jonque chinoise imaginée par le chantier de Ningpo naviguait tranquillement à travers des rouleaux d'un mètre de haut qui frappaient sa proue en venant de l'est. Le bateau était magnifique avec ses voiles brillamment colorées, gonflées par une brise de sud-ouest, son bois verni luisant sous les rayons orangés du soleil levant. Deux grands yeux peints de part et d'autre de la proue illustraient une ancienne croyance qui voulait qu'ils pénètrent le brouillard et les mers orageuses.

Le *Ts'eu-hi*, baptisé du nom de la dernière impératrice douairière de Chine, était en quelque sorte le second appartement de l'acteur d'Hollywood Garret Converse, jamais nommé aux Academy Awards mais l'un des meilleurs résultats au box-office des héros du petit écran. La jonque mesurait vingt-quatre mètres de long avec une baume de six mètres et était entièrement faite de cèdre et de teck. Converse n'avait pas lésiné sur le confort de son équipage et la technologie la plus récente pour sa navigation. Rien n'avait été trop cher. Peu de yachts étaient aussi luxueusement installés. Aventurier dans la lignée d'Errol Flynn, Converse avait fait naviguer le *Ts'eu-hi* depuis Newport Beach en une croisière autour du monde dont il achevait la dernière étape en traversant le Pacifique, passant à 50 kilomètres de l'île Howland où aurait dû arriver Amelia Earhart, l'aviatrice disparue en 1937.

Tandis que la jonque et le cargo se croisaient, Converse appela le cargo par radio.

— Salut de la jonque *Ts'eu-hi*. Quel navire êtes-vous ?

L'opérateur radio du cargo répondit.

— Le cargo *Mentawai* en provenance d'Honolulu. Où allez-vous, *Ts'eu-hi* ?

— A l'île Christmas, puis en Californie.

— Je vous souhaite bon vent.

— Bon vent à vous aussi, répondit Converse.

Le commandant du *Mentawai* suivit des yeux la jonque qui glissait vers l'arrière et fit un signe de tête à son second.

— Je n'aurais jamais pensé voir une jonque aussi loin dans le Pacifique !

Le second, un marin d'origine chinoise, hocha la tête en signe de désapprobation.

— J'ai servi sur une jonque quand j'étais gamin. Ils prennent un gros risque à naviguer dans ces zones où naissent les typhons. Les jonques ne sont pas faites pour affronter le gros temps. Elles naviguent trop haut et ont tendance à rouler dangereusement. Leurs énormes gouvernails se cassent facilement quand la mer est grosse.

— Ou bien ils sont très braves, ou bien ils sont très fous de tenter ainsi le sort, dit le capitaine en tournant le dos à la jonque qui, peu à peu, disparaissait au loin. En ce qui me concerne, je me sens plus à l'aise sur une quille d'acier, avec de grosses machines sous le pont.

Dix-huit minutes après que le cargo et la jonque se furent croisés, le porte-conteneurs américain *Rio Grande*, en route vers Sydney, en Australie, avec un chargement de tracteurs et d'équipement agricole, intercepta un appel de détresse. La salle radio était juste à côté de la vaste passerelle de commandement et l'opérateur n'eut qu'à tourner la tête pour s'adresser à l'officier en second qui avait pris le quart du matin.

— Monsieur, je reçois un signal de détresse du cargo indonésien *Mentawai*.

L'officier George Hudson décrocha le téléphone de bord, appuya sur une touche et attendit qu'on lui réponde.

— Commandant, nous avons intercepté un signal de détresse.

Le capitaine Jason Kelsey allait commencer son petit déjeuner dans sa cabine quand l'appel lui parvint du pont.

— Très bien, monsieur Hudson, j'arrive. Essayez de noter la position.

Kelsey avala rapidement ses œufs et son jambon avec une demi-tasse de café et franchit le petit couloir qui menait à la passerelle de commandement. Il entra directement dans la salle radio.

L'opérateur leva les yeux, l'air étonné.

— C'est un signal bizarre, commandant.

Il tendit le carnet de notes à Kelsey. Celui-ci l'étudia puis regarda l'opérateur.

— Vous êtes sûr que c'est bien ce qu'ils ont transmis?

— Oui, monsieur. Je l'ai reçu fort et clair.

Kelsey relut le message à haute voix.

— A tous les navires, venez vite. Cargo *Mentawai* quarante kilomètres au sud de l'île Howland. Venez vite. Nous sommes tous en train de mourir.

Il leva les yeux.

— Rien d'autre? Pas de coordonnées?

L'opérateur fit non de la tête.

— On n'a plus rien entendu et je n'ai pas réussi à les recontacter.

Dans ce cas, nous ne pouvons pas nous servir de notre système de recherche gonio.

Kelsey se tourna vers son second.

— Monsieur Hudson, mettez le cap sur la dernière position connue du *Mentawai*, au sud-ouest de l'île Howland. Nous ne pourrons pas faire grand-chose sans coordonnées exactes mais si nous ne pouvons les retrouver visuellement, notre radar le pourra sans doute.

Il aurait pu demander à Hudson de calculer le cap par ordinateur mais préférait suivre les vieilles méthodes.

Hudson se mit au travail sur la table des cartes avec des règles parallèles reliées par des charnières pivotantes et un compas. Kelsey signala au chef mécanicien qu'il souhaitait mettre le *Rio Grande* en vitesse maximale. Le premier officier Hank Sherman apparut sur le pont et bâilla en boutonnant sa chemise.

— Un appel de détresse ? demanda-t-il.

Le commandant sourit et lui tendit le carnet.

— Les nouvelles vont vite, sur un bateau !

Hudson se tourna vers eux.

— La distance qui nous sépare du *Mentawai* est d'environ soixante-cinq kilomètres, position un-trois-deux degrés.

Kelsey s'approcha de la console de navigation et entra les coordonnées. Presque aussitôt, le gros porte-conteneurs commença à virer doucement par tribord tandis que le système électronique informatisé le dirigeait sur la nouvelle position de 132 degrés.

— D'autres navires ont-ils répondu ? demanda-t-il à l'opérateur radio.

— Nous sommes le seul à avoir tenté de répondre, commandant.

Kelsey regarda vers le pont.

— Nous devrions être sur place dans un peu moins de deux heures.

Sherman, étonné, ne pouvait détacher les yeux du message.

— S'il ne s'agit pas d'une blague idiote, il se pourrait bien qu'il n'y ait plus que des cadavres à notre arrivée.

Ils trouvèrent le *Mentawai* peu après huit heures du matin. Au contraire du *Polar Queen*, qui avait continué à naviguer, le cargo indonésien semblait dériver. Il avait l'air paisible et serein. De la fumée sortait de ses cheminées jumelles mais on ne voyait personne sur le pont. Les appels répétés par haut-parleur depuis le *Rio Grande* restèrent sans réponse.

— Il est aussi silencieux qu'une tombe, nota le premier officier Sherman d'un air sombre.

— Seigneur ! murmura Kelsey. Regardez autour ! Le bateau est entouré de poissons morts.

— Je n'aime pas ça !

— Vous feriez bien de réunir une équipe pour aller voir ce qui se passe là-bas, ordonna Kelsey.

— Oui, monsieur, j'y vais.

Le second officier Hudson scrutait l'horizon à travers ses jumelles.

— Il y a un autre bâtiment à environ dix kilomètres à bâbord avant.

— Il vient vers nous ? s'informa Kelsey.

— Non, monsieur. Il a plutôt l'air de s'éloigner.

— C'est bizarre. Pourquoi ignorerait-il un signal de détresse ? Pouvez-vous voir de quoi il s'agit ?

— On dirait un yacht de luxe, un de ces gros machins aux lignes fines. Le genre de rafiot que l'on trouve à Monaco ou à Hongkong.

Kelsey s'approcha de la salle radio et fit signe à l'opérateur.

— Voyez si vous pouvez entrer en contact avec ce bâtiment, là-bas.

Après une minute ou deux, le radio secoua la tête.

— Pas un souffle. Ou ils ont coupé, ou ils nous ignorent.

Le *Rio Grande* réduisit sa vitesse et glissa lentement vers le cargo que roulaient sans hâte des vagues paresseuses. Ils étaient tout près du navire sans vie maintenant et, du pont latéral du porte-conteneurs, le capitaine Kelsey pouvait voir tous ses ponts. Il aperçut deux silhouettes inertes et ce qu'il devina être un petit chien. Il appela de nouveau mais, sur le cargo, tout n'était que silence. Le canot devant emmener Sherman et ses hommes fut mis à l'eau et dirigé vers le cargo. Ils durent escalader la quille après avoir lancé un grappin par-dessus le bastingage et installé une échelle d'abordage. En quelques minutes, Sherman fut à bord et se pencha sur les premiers cadavres. Puis il disparut par une écoutille sur le pont inférieur.

Quatre marins avaient abordé le cargo avec lui et deux hommes étaient restés dans le canot, qu'ils avaient légèrement éloigné de la coque, attendant un signal pour se rapprocher à nouveau et reprendre les quatre passagers. Même lorsque Sherman eut constaté que les hommes étendus sur le pont étaient morts, il s'attendait presque à voir apparaître quelques marins indonésiens. Quand il eut passé l'écoutille, il emprunta un couloir jusqu'au pont. Là, il fut accablé par un sentiment d'irréalité. Tous les marins, du capitaine au mousse, étaient morts, leurs cadavres éparpillés là où ils étaient tombés. On trouva l'opérateur radio, les yeux exorbités, les mains serrées sur ses instruments comme s'il avait eu peur de tomber.

Vingt minutes passèrent avant que Sherman réussisse à étendre sur le sol l'opérateur radio du *Mentawai* et appelle le *Rio Grande*.

— Commandant Kelsey?

— Allez-y, monsieur Sherman, qu'avez-vous trouvé?

— Ils sont tous morts, monsieur, tous jusqu'au dernier, y compris deux perroquets dans la cabine du chef mécanicien et le chien du bord, un beagle qui montrait les dents.

— Un indice pour expliquer tout ça?

— Le plus évident, c'est l'empoisonnement alimentaire. On dirait qu'ils ont tous vomi avant de mourir.

— Méfiez-vous d'un éventuel gaz toxique.

— Je garderai le nez en l'air, dit Sherman.

Kelsey se tut un instant, réfléchissant à la situation inattendue.

— Renvoyez le canot, dit-il enfin. Je vous le renverrai avec cinq hommes de plus pour vous aider à manœuvrer le navire. Le port le plus proche et le plus important est Apia, dans les îles Samoa. Nous remettrons le navire aux autorités de là-bas.

— Que dois-je faire des corps de l'équipage? On ne peut pas les laisser là où ils sont, en tout cas pas avec cette chaleur tropicale.

— Mettez-les dans la chambre froide, répondit Kelsey sans hésiter. Il faut les conserver intacts jusqu'à ce qu'ils soient examinés par...

Il fut interrompu au milieu de sa phrase par le bruit d'une explosion qui fit trembler la coque du *Mentawai*, venant apparemment du fond de ses cales. Les écoutilles du bord volèrent en éclats tandis que des flammes et de la fumée arrivaient d'en bas. Le navire sembla s'arracher à la mer avant d'y retomber lourdement et de pencher fortement sur tribord. Le toit de la timonerie s'effondra. On entendit un nouveau grondement quelque part dans les entrailles du cargo, suivi par le grincement du métal déchiré.

Kelsey regarda, horrifié et impuissant, le *Mentawai* se mettre à rouler sur tribord.

— Il coule! hurla-t-il à la radio. Fichez le camp avant qu'il ne soit trop tard!

Sherman était tombé sur le pont, assommé par la force de l'explosion. Il regarda autour de lui, encore étourdi, tandis que le pont gîtait de plus en plus. Il se glissa dans un coin de la salle de radio en ruine et resta assis là, en état de choc, regardant, hébété, l'eau qui s'engouffrait par la porte ouverte du pont latéral. C'était une image surréaliste qui n'éveilla rien de réel dans son esprit étourdi. Il respira une longue bouffée d'air, la dernière de sa vie. Il tenta faiblement de se lever mais il était trop tard. L'eau tiède et verte de la mer se referma sur lui.

Glacés d'horreur, Kelsey et l'équipage du *Rio Grande* virent le *Mentawai* rouler sur lui-même, la coque en l'air, hors de l'eau comme une énorme tortue de métal rouillé. Les deux hommes restés dans le canot furent écrasés par la coque, et Sherman et ses quatre marins disparurent, coincés à l'intérieur du navire au moment des explosions. Aucun d'eux ne put s'échapper. Dans l'immense grondement que fit l'eau en s'engouffrant et l'air en s'échappant, le cargo plongea sous la surface, comme s'il était impatient de devenir l'une des nombreuses énigmes de la mer.

Personne, à bord du *Rio Grande*, n'aurait pu imaginer que le cargo coulerait aussi vite. Tous assistèrent, horrifiés, au naufrage accompagné de minces volutes de fumée tourbillonnant autour du précipice liquide, incapables de croire que leurs compagnons étaient vraiment enfermés dans ce cercueil d'acier qui fonçait vers l'obscurité éternelle du fond de la mer.

Sous le choc, Kelsey demeura immobile une longue minute, le visage creusé de douleur. Peu à peu, une petite pensée naquit quelque part dans sa tête et grandit, grandit pour enfin émerger comme un coup de poing. Il tourna le dos au tourbillon de la mort, saisit ses jumelles et regarda le yacht qui disparaissait au loin. Ce n'était plus qu'une petite tache blanche contre l'azur du ciel et le bleu de la mer, qui s'éloignait à grande vitesse. « Le mystérieux vaisseau n'a pas ignoré le signal de détresse, se dit le commandant. Il est venu, il est reparti, et maintenant il s'éloigne volontairement du désastre. »

— Maudit sois-tu, qui que tu puisses être ! s'écria-t-il avec rage. J'espère que tu te retrouveras en enfer !

*
* *

Trente et un jours plus tard, Ramini Tantoa, un indigène de l'île Cooper, dans la chaîne d'atolls de Palmyra, s'éveilla et, ainsi qu'il le faisait chaque matin dans les eaux chaudes du lagon, et se prépara à aller nager. Avant qu'il n'ait fait deux pas sur le sable blanc devant sa petite hutte de célibataire, il fut surpris de voir une grande jonque chinoise qui avait remonté pendant la nuit le chenal du récif extérieur et était maintenant ancrée parallèlement à la plage. Le barrot bâbord était déjà haut et sec, bien fiché dans le sable, tandis que les vagues légères du lagon léchaient doucement le côté tribord de sa coque.

Tantoa cria un salut mais personne ne parut sur le pont ni ne répondit à son appel de bienvenue. La jonque semblait déserte. Toutes les voiles étaient hissées et battaient dans la brise légère. Le drapeau qui claquait à l'arrière était celui des Etats-Unis d'Amérique. Le vernis des flancs de teck brillait, comme s'il n'avait pas eu le temps de s'écailler au soleil. Tantoa fit le tour de la coque à demi enterrée avec l'impression que les yeux peints à l'avant suivaient chacun de ses mouvements.

Finalement, rassemblant son courage, il grimpa sur le haut gouvernail, enjamba le bastingage et pénétra sur le gaillard d'arrière. Là, il resta un instant déconcerté. D'un bout à l'autre, le pont était désert. Tout avait l'air parfaitement en ordre, tous les cordages soigneusement roulés et en place, le gréage fixé et tendu. Rien ne traînait sur le pont.

Tantoa pénétra craintivement à l'intérieur de la jonque, s'attendant presque à y trouver des cadavres. Soulagé, il ne vit aucun signe de mort ou de désordre. Mais il n'y avait pas une âme à bord.

« Aucun voilier n'aurait pu venir de Chine et traverser la moitié de l'océan Pacifique sans un équipage », se dit Tantoa. Son imagination s'enflamma et il s'attendit à voir des fantômes. Un navire dirigé par un équipage de spectres ! Effrayé, il remonta l'escalier en courant, traversa le pont et sauta par-dessus le bastingage dans le sable chaud. Il fallait qu'il aille décrire ce navire abandonné au conseil du petit village de l'île Cooper. Tantoa remonta la plage en courant et ce n'est que lorsqu'il s'estima assez loin qu'il osa regarder par-dessus son épaule si quelque horrible spectre l'avait suivi.

Le sable autour de la jonque était désert. Seuls les yeux malveillants le regardaient méchamment. Tantoa reprit sa course vers le village sans plus regarder derrière lui.

13

L'atmosphère, dans la salle à manger du *Ice Hunter*, avait une étrange qualité de festivité discrète. Ce soir-là, l'équipage et les scientifiques du bord offraient un dîner d'adieu aux survivants de la tragédie du *Polar Queen*. Roy Van Fleet et Maeve avaient travaillé jour et nuit côte à côte, depuis trois jours, examinant les restes des pingouins, des phoques et des dauphins qu'ils avaient rapportés à cet effet. Ils avaient rempli plusieurs carnets d'observation.

Van Fleet avait appris à apprécier Maeve mais ne lui avait démontré qu'une affection confraternelle. La pensée de sa ravissante épouse et de leurs trois enfants ne le quittait jamais. Il était désolé de ne pouvoir poursuivre cette coopération. Les autres scientifiques à bord avaient dû admettre qu'ils formaient une bonne équipe.

Le chef du *Ice Hunter* montra toutes les facettes de son talent en offrant un incroyable repas gastronomique, des filets de morue des grandes profondeurs à la sauce au vin, et aux champignons. Le capitaine Dempsey avait fait semblant de ne pas remarquer le vin qui coulait à flot. Seuls les officiers de quart devaient rester sobres, du moins jusqu'à la fin de leur service. Ce serait alors leur tour de festoyer.

Le Dr Mose Greenberg, l'esprit le plus fin du bord, fit un long discours parsemé de calembours qui amusa tout le monde. Il aurait pu continuer toute la soirée si Dempsey n'avait fait signe au chef de servir le gâteau confectionné spécialement pour l'occasion. Ce gâteau avait la forme du continent australien, avec les points géographiques les plus importants représentés en sucre glace, comme Ayres Rocks et le port de Sydney. Maeve en fut touchée au point qu'elle dut retenir ses larmes. Deirdre parut s'ennuyer toute la soirée.

En sa qualité de commandant, Dempsey était assis à la tête de la plus longue table, les femmes aux places d'honneur, à sa droite et à sa gauche. Quant à Pitt, en tant que directeur de la division des projets spéciaux de la NUMA, il siégeait à l'autre extrémité de la table. Il détourna son attention des conversations autour de lui pour la reporter sur les deux femmes.

Il se dit que jamais deux sœurs n'avaient été si dissemblables. Maeve était une créature chaleureuse et sauvage, lumineuse et pleine de vie. Il l'imaginait comme la petite sœur un peu farouche d'un ami à laquelle on a permis de laver la voiture et qui le fait, vêtue d'un tee-shirt et d'un short étroits, sans se rendre compte qu'elle montre sa taille fine et ses jolies jambes. Elle avait changé depuis leur première rencontre. Elle parlait avec exubérance et de grands gestes des bras, vive et sans prétention. Et cependant, quelque chose en elle paraissait forcé, comme si ses pensées étaient ailleurs, comme si elle subissait une tension inconnue.

Elle portait une robe de cocktail courte, de couleur corail, qui soulignait sa silhouette comme si on l'avait cousue sur elle. Pitt avait d'abord pensé qu'une des scientifiques du bord la lui avait prêtée mais il se souvint que, lorsque Deirdre et elle étaient revenues à bord, elles avaient rapporté leurs bagages du *Polar Queen*. Elle portait aussi des boucles d'oreilles en corail jaune, assorties au collier qui entourait son cou. Elle tourna la tête dans sa direction et leurs regards se croisèrent quelques secondes. Elle était en train de décrire le dingo qu'elle avait élevé en Australie et reporta très vite son attention sur son auditoire, comme si elle n'avait pas reconnu Pitt.

Deirdre, quant à elle, débordait de sensualité et de sophistication, ce que paraissaient avoir remarqué tous les hommes présents. Pitt se l'imaginait étendue sur un lit aux draps de soie et lui faisant signe d'approcher. Le seul inconvénient, c'étaient ses manières autoritaires. Elle lui avait paru timide et vulnérable, quand il l'avait découverte sur le *Polar Queen*. Mais elle aussi avait changé. C'était maintenant une créature flegmatique et distante. Elle devait être dure comme une pierre, ce que Pitt n'avait pas remarqué auparavant.

Elle était assise, très droite et hiératique, vêtue d'une robe-fourreau marron qui s'arrêtait discrètement juste au-dessus des genoux gainés de nylon. Elle portait autour du cou un foulard qui accentuait ses yeux fauves et ses cheveux cuivrés tirés sévèrement en un lourd chignon.

Comme si elle avait senti que Pitt la regardait, elle tourna lentement la tête et le regarda à son tour, sans expression d'abord. Puis son regard se fit froid et calculateur.

Pitt se trouva engagé dans un combat de volontés. Elle ne cillait pas, même en continuant sa conversation avec Dempsey. Elle paraissait regarder à travers lui et, ne trouvant rien d'intéressant, contempla un tableau sur le mur derrière lui. Le regard brun accroché au regard vert opale ne broncha pas. De toute évidence, c'était une femme qui savait tenir tête aux hommes. Lentement, très lentement, Pitt commença à loucher. Le comique de son attitude brisa la concentration de Deirdre. Levant le menton en un geste de mépris, elle détourna son attention de ce clown et la reporta sur la conversation de la table.

Bien qu'il ressentît une sorte de désir sensuel pour Deirdre, Pitt était en fait attiré par Maeve. Peut-être à cause de son sourire engageant et de ses jolies dents un peu écartées, peut-être pour la masse de ses cheveux tombant en cascade autour de ses épaules. Il s'interrogea sur son changement d'attitude depuis leur première rencontre, dans le blizzard de l'île

Seymour. Le sourire prompt et le rire facile avaient disparu. Pitt sentait que Maeve subissait d'une façon ou d'une autre le contrôle de Deirdre. Il était évident, pour lui du moins, que les deux sœurs ne pouvaient pas se supporter.

Pitt réfléchit à ce choix vieux comme le monde sur lequel reposait la vie des sexes. Pour la femme, c'était souvent la lutte déchirante entre le gentil monsieur qui devient en fin de compte le père de ses enfants et le pauvre crétin à vous faire dresser les cheveux sur la tête, qui représente la romance excentrique et l'aventure. L'homme, quant à lui, doit souvent, pour son malheur, choisir entre mademoiselle tout-le-monde, fraîche et en bonne santé qui deviendra la mère de ses enfants, et le sauvage symbole sexuel qui ne vit que pour faire l'amour.

Pour lui, il n'y aurait pas de décision angoissante. Demain soir, le navire accosterait au port chilien de Punta Arenas, en Terre de Feu, où Maeve et Deirdre prendraient un vol pour Santiago et, de là, un autre vol direct pour l'Australie. Il se dit qu'il perdait son temps à laisser courir son imagination. Il n'espérait même pas reposer jamais les yeux sur l'une ou l'autre de ces filles.

Glissant une main sous la table, il tâta dans la poche de son pantalon le fax plié. Dévoré de curiosité, il s'était mis en rapport avec Saint Julien Perlmutter, un ami proche de sa famille, qui avait amassé la plus étonnante collection du monde sur tout ce qui concerne les naufrages. Perlmutter, un bon vivant gourmet et gourmand, avait de nombreuses relations dans tous les cercles de Washington. Il savait qui cachait un squelette dans le placard et où. Pitt l'avait donc appelé pour lui demander de rechercher ce qu'il pourrait trouver sur la famille des deux sœurs ennemies. Perlmutter lui avait télécopié un bref rapport moins d'une heure plus tard, avec la promesse d'un récit plus détaillé sous quarante-huit heures.

À vrai dire, ces deux femmes n'avaient rien d'ordinaire. Si tous les mâles célibataires, voire même quelques-uns des hommes mariés du bord, avaient su que le père de Maeve et de Deirdre, Arthur Dorsett, était à la tête d'un empire de diamants venant juste derrière De Beers et qu'il possédait la sixième fortune du monde, ils se seraient sans doute battus pour demander ces jeunes femmes en mariage.

La partie du rapport qui lui avait semblé la plus étrange était un dessin représentant la marque commerciale des Dorsett, que Perlmutter avait inclus. Au lieu du diamant auquel on aurait pu s'attendre, le sceau des Dorsett représentait un serpent ondulant dans l'eau.

L'officier de service s'approcha de Pitt et lui parla à voix basse.

— L'amiral Sandecker est en ligne sur le téléphone par satellite. Il souhaite vous parler.

— Merci. Je vais prendre l'appel dans ma cabine.

Sans se faire remarquer, Pitt recula sa chaise, se leva et quitta la salle à manger. Seul Giordino l'avait vu partir.

Pitt respira profondément, enleva ses chaussures et s'installa sur sa chaise de cuir.

— Amiral, ici Dirk.

— Ce n'est pas trop tôt, ronchonna Sandecker. J'aurais eu le temps de rédiger ma prochaine demande de fonds avec le discours correspondant pour le comité du Congrès.

— Désolé, monsieur, j'assistais à une réception.

Il y eut un silence.

— Une réception sur un vaisseau de la NUMA en mission de recherche scientifique ?

— Un dîner d'adieu pour les dames que nous avons secourues sur le *Polar Queen*, expliqua Pitt.

— Je préfère ne pas être informé de ce genre de choses.

Sandecker était aussi ouvert et réceptif que n'importe qui, mais que l'on discute d'autre chose que de problèmes scientifiques à bord de ses navires de recherches le rendait toujours agressif. Pitt se réjouissait chaque fois qu'il lui était donné d'asticoter l'amiral.

— Vous voulez dire des parties de jambes en l'air, monsieur ?

— Appelez ça comme vous voudrez. Assurez-vous seulement que l'équipage n'y soit pas mêlé. Je ne tiens pas à ce que l'on parle de nous dans les feuilles à scandale.

— Puis-je vous demander le motif de cet appel, monsieur ?

Sandecker en effet n'appelait jamais pour dire simplement bonjour.

— J'ai besoin de Giordino et vous ici, à Washington, et plus vite que ça. Dans combien de temps pouvez-vous quitter le *Ice Hunter* pour Punta Arenas ?

— On en est assez proches maintenant pour y aller en hélicoptère, dit Pitt. Nous pourrons décoller dans une heure.

— Je me suis arrangé pour qu'un avion militaire vous attende à votre arrivée à l'aéroport.

Sandecker n'était pas homme à perdre une seconde, comme le savait Pitt.

— Alors Al et moi vous verrons demain après-midi.

— Nous avons beaucoup de choses à discuter.

— Y a-t-il du nouveau ?

— Un cargo indonésien a été trouvé au large de l'île Howland. Tout l'équipage est mort.

— Les corps montraient-ils les mêmes symptômes que ceux du *Polar Queen* ?

— Nous ne le saurons jamais, répondit Sandecker. Le navire a explosé et coulé pendant qu'une équipe américaine enquêtait à bord. L'équipe a été tuée aussi.

— C'est dingue !

— Et pour ajouter au mystère, poursuivit l'amiral, un yacht de luxe en forme de jonque chinoise appartenant à l'acteur Garret Converse a disparu dans le même coin.

— Ses fans vont faire toute une histoire quand ils apprendront qu'il est mort sans qu'on sache comment.

— On parlera sans doute davantage de sa mort dans les journaux que de la disparition de tous ces gens du navire de croisière, admit Sandecker.

— Que dit-on de ma théorie sur les ondes de choc? demanda Pitt.

— Yaeger travaille dessus sur ses ordinateurs en ce moment même. Avec un peu de chance, il aura glané quelques données quand Al et vous arriverez. Je dois vous dire que Rudi Gunn et lui pensent que vous avez sans doute mis le doigt sur quelque chose.

— A bientôt, amiral.

Pitt raccrocha et resta un moment immobile, le regard vide. Il espérait de tout son cœur être sur la bonne piste.

On avait débarrassé la table et, dans la salle à manger du navire, résonnaient les rires et les histoires drôles que chacun essayait de raconter. Comme cela avait été le cas pour Pitt, presque personne ne s'était aperçu que Giordino aussi avait quitté la fête. Le capitaine Dempsey s'était mis au diapason de ses hôtes en racontant une très vieille blague à propos d'un riche fermier qui envoie son nigaud de fils au collège et lui confie Rover, le vieux chien de la famille. Le gamin se sert du vieux chien galeux pour faire cracher son père, en prétendant qu'il a besoin de mille dollars parce que ses professeurs lui assurent qu'ils peuvent apprendre à Rover à lire, écrire et parler. Quand il arriva à la chute de l'histoire, chacun rit, plus de soulagement que parce que l'histoire était drôle.

Sur l'un des murs sonna un téléphone de bord. Le second répondit puis, sans un mot, fit un signe de tête à Dempsey. Le commandant vint prendre l'appel. Il écouta un moment, raccrocha et se dirigea vers un couloir menant au pont arrière.

— Vous avez fini votre histoire? lui demanda Van Fleet.

— Il faut que j'aille assister au départ de l'hélicoptère, répondit-il.

— Pour quelle mission?

— Aucune. L'amiral veut voir Pitt et Giordino à Washington le plus vite possible. Ils vont à terre où les attend un transport militaire.

Maeve l'entendit et saisit le bras de Dempsey.

— Quand doivent-ils partir?

Il fut surpris par la force soudaine de sa poigne.

— D'une minute à l'autre.

Deirdre s'approcha et se tint près de Maeve.

— Il faut croire que tu ne l'intéresses pas assez pour qu'il te dise au revoir.

Maeve eut l'impression qu'une main géante avait soudain saisi son cœur et le serrait. Elle se sentit morte d'angoisse et courut vers le pont d'envol. Pitt avait décollé l'hélicoptère de trois mètres quand il la vit. Elle aperçut clairement les deux hommes à travers le large pare-brise de l'appareil. Giordino, baissant les yeux, l'aperçut et lui fit un signe de la main. Pitt, lui, avait les deux mains occupées et ne put lui adresser qu'un grand sourire et un hochement de tête.

Il s'attendait à la voir répondre à son sourire mais le visage de Maeve semblait tiré par la peur. Elle mit ses mains en porte-voix et cria quelque chose mais le bruit des moteurs et le claquement des lames du rotor noyèrent ses paroles. Il ne put que secouer la tête et hausser les épaules en réponse.

Maeve cria encore, cette fois sans mettre ses mains devant sa bouche, comme si elle souhaitait qu'il lût sur ses lèvres. Trop tard. L'hélicoptère s'éleva d'un bond et fila vers le côté du navire. Elle se laissa tomber à genoux sur le pont, la tête dans les mains, en sanglotant, tandis que l'appareil turquoise voguait au-dessus des vagues sans cesse en mouvement.

Giordino regarda par la fenêtre latérale et vit Maeve effondrée sur le pont. Dempsey s'approchait d'elle.

— Je me demande pourquoi elle a fait tout ce cirque, dit-il.

— Quel cirque ?

— Maeve... on aurait dit une pleureuse lors d'un enterrement en Grèce.

Concentré sur la conduite de l'hélicoptère, Pitt n'avait pas vu le chagrin de la jeune fille.

— Elle déteste peut-être les adieux, dit-il avec un remords soudain.

— Elle essayait de nous dire quelque chose, ajouta Giordino en revoyant la scène mentalement.

Pitt ne regarda pas en arrière. Il regrettait vivement de ne pas avoir dit adieu à la jeune fille. C'était grossier de sa part de ne pas lui avoir accordé au moins une étreinte amicale et quelques mots aimables. Il s'était senti sincèrement attiré par elle. Elle avait réveillé en lui des émotions qu'il n'avait pas ressenties depuis qu'il avait perdu quelqu'un qui lui était très cher, dans la mer au nord d'Hawaï, il y avait de cela bien des années. Elle s'appelait Summer et il ne se passait pas un jour qu'il ne se souvienne de son ravissant visage et de son parfum de frangipane.

Il n'avait aucun moyen de savoir si cette attraction était partagée. Il y avait eu une multitude d'expressions dans les yeux de Maeve, mais il n'y avait rien vu qui indiquât le désir. Et rien dans sa conversation ne l'avait conduit à penser qu'ils étaient autre chose que deux personnes se frôlant brièvement avant de disparaître dans la nuit.

Il essaya de rester détaché et se dit qu'une aventure ne les aurait menés nulle part. Ils vivaient chacun à un bout du monde. Mieux valait laisser son image disparaître dans le souvenir plaisant de ce qui aurait pu arriver si la lune et les étoiles avaient brillé dans la bonne direction.

— Bizarre, dit Giordino en regardant devant lui la mer mouvante tandis que les îles du Cap Horn se matérialisaient au loin.

— Bizarre ? répéta Pitt d'un ton indifférent.

— Ce que Maeve a crié quand nous avons décollé.

— Comment as-tu pu entendre ce qu'elle a dit dans le chahut de l'appareil ?

— Je n'ai pas entendu. J'ai compris à la façon dont elle articulait les mots.

Pitt sourit.

— Depuis quand lis-tu sur les lèvres ?

— Je ne plaisante pas, mon vieux, insista Giordino, sérieux. J'ai compris le message qu'elle essayait de nous faire passer.

Pitt savait, depuis de longues années d'expérience et d'amitié, que lorsque Giordino devenait profond, il allait à l'essentiel. On ne pouvait entrer dans son cercle, se battre avec lui et s'en tirer indemne. Mentalement, Pitt resta en dehors du cercle et se contenta d'y jeter un coup d'œil.

— Alors accouche. Qu'est-ce qu'elle a dit ?

Giordino se tourna lentement et regarda Pitt, sombre et grave en même temps.

— Je pourrais jurer qu'elle a crié « aidez-moi ».

14

Le jet bimoteur Buccaneer atterrit en souplesse et alla se ranger dans un coin tranquille de la base Andrews de l'Air Force, au sud-est de Washington. Nanti de tout le confort puisque destiné à des officiers de haut rang de l'aviation américaine, l'appareil volait presque aussi vite que le plus moderne des avions de combat.

Tandis que le steward en uniforme de sergent-chef de l'Air Force transportait leurs bagages jusqu'à la voiture avec chauffeur qui les attendait, Pitt s'étonna une fois de plus de l'influence qu'avait l'amiral Sandecker dans la capitale. Il se demanda quel général il avait pu coincer pour faire mettre un avion à la disposition de la NUMA et comment il avait réussi à l'en persuader.

Giordino somnola pendant le trajet tandis que Pitt regardait sans les voir les bâtiments bas de la cité. La circulation intense commençait à s'apaiser en ville tandis que les rues et les ponts menant aux banlieues s'engorgeaient à leur tour. Heureusement, leur voiture roulait dans le bon sens.

Pitt maudit sa stupidité de n'être pas retourné sur le *Ice Hunter* juste après le décollage. Si Giordino avait bien interprété le message, Maeve avait de gros ennuis. Sa conscience le tiraillait parce qu'il l'avait abandonnée alors qu'elle l'appelait à l'aide.

La représentation de Sandecker chassa pour un temps sa mélancolie et voila ses remords. Jamais depuis qu'il travaillait pour la NUMA, Pitt n'avait laissé ses problèmes personnels prendre le pas sur le travail vital de l'Agence. Pendant le vol jusqu'à Punta Arenas, Giordino avait ajouté la dernière touche.

— Il y a des moments où il faut savoir se montrer égoïste mais cette fois, ce n'est pas le cas. Des gens et des animaux marins meurent à la pelle, là-bas, dans l'eau. Plus vite nous arrêterons cette hécatombe, plus il restera de contribuables pour payer les impôts. Maintenant, oublie cette fille. Quand ce chaudron de saloperies sera vide, tu pourras prendre une année sabbatique pour aller la chercher jusqu'aux antipodes.

Giordino n'aurait sans doute pas été admis à enseigner la rhétorique à Oxford mais, côté bon sens, il ne craignait personne. Pitt se rendit à ses raisons et, à contrecœur, chassa Maeve de son esprit, sans grand succès, il faut bien le dire. Son souvenir flottait encore comme un portrait qui embellit avec le passage du temps.

Ses pensées furent interrompues lorsque la voiture s'engagea dans l'allée menant au grand bâtiment de glaces vertes traitées contre le soleil qui abritait le quartier général de la NUMA. Le parking des visiteurs était plein de camions et de camionnettes de télévision qui émettaient sûrement assez de micro-ondes pour lancer une nouvelle rôtisserie de poulets en franchise.

— Je vous emmène dans le parking sous-terrain, dit le chauffeur. Les vautours n'attendent que votre arrivée là-haut.

— Etes-vous sûr qu'il n'y a pas un assassin qui se promène dans le bâtiment? demanda Giordino.

— Non, la réception est organisée pour vous. Les médias se rongent les sangs pour avoir des détails sur le massacre du navire de croisière australien. Les Australiens, eux, ont essayé d'étouffer l'affaire mais la vérité a éclaté quand les survivants ont raconté leurs aventures, en arrivant au Chili. Ils vous ont portés aux nues en expliquant que vous les aviez secourus puis que vous aviez empêché leur navire de s'écraser sur les rochers. Le fait que deux d'entre eux soient les filles du roi du diamant Arthur Dorsett n'a fait qu'exciter les feuilles de chou.

— Alors maintenant, ils appellent ça un massacre, soupira Pitt.

— Une chance qu'on ne puisse pas le mettre sur le dos des Indiens, cette fois, dit Giordino.

La voiture stoppa devant un garde de sécurité qui se tenait devant une petite entrée menant à un ascenseur privé. Ils signèrent le registre d'entrée et prirent l'ascenseur jusqu'au dixième étage. Quand les portes s'ouvrirent, ils pénétrèrent dans la vaste pièce qui était le domaine d'Hiram Yaeger. De là, le magicien de l'informatique dirigeait l'immense réseau de données de la NUMA.

Yaeger leva les yeux de son énorme bureau en fer à cheval situé au milieu de la pièce et leur adressa un grand sourire. Pas de salopette aujourd'hui, mais une vieille veste de jean qui paraissait avoir traîné sous les pieds d'un cheval, de Tombstone à Durango. Il se leva et vint leur serrer la main.

— Ça fait plaisir de vous voir ici, brigands. J'avoue que cet endroit est aussi amusant qu'un parc d'attractions abandonné depuis que vous êtes partis pour l'Antarctique.

— Ce qui nous fait plaisir, à nous, c'est de fouler un plancher qui ne tangue pas, dit Pitt.

Yaeger sourit à Giordino.

— Tu as l'air plus vilain que lors de ton départ.

— C'est parce que j'ai toujours les pieds glacés, répondit l'Italien du tac au tac.

Pitt regarda autour de lui la pièce bourrée de systèmes de données électroniques et d'une foule de techniciens.

— Est-ce que l'amiral et Rudi Gunn sont disponibles?

— Ils vous attendent dans la salle de conférence privée, dit Yaeger. Nous avons pensé que vous vous y rendriez d'abord.

— Et moi, je voulais te voir avant la conférence.

— Un problème?

— J'aimerais voir ce que tu as sur les serpents de mer.

Yaeger leva les sourcils.

— Tu as bien dit les *serpents de mer*?

— En effet. Ils m'intriguent. Je ne saurais te dire pourquoi.

— Ça t'étonnera peut-être d'apprendre que j'ai des tonnes de documents sur les serpents de mer et les monstres lacustres.

— Oublie les créatures légendaires, du genre Loch Ness ou lac Champlain, dit Pitt. Je ne m'intéresse qu'aux serpents *de mer*.

Yaeger haussa les épaules.

— Etant donné que tous n'ont été vus que dans les eaux entourant des îles, cela réduit la chasse de quatre-vingts pour cent. Je te ferai porter un gros dossier demain matin sur ton bureau.

— Merci, Hiram. Comme toujours, je te revaudrai ça.

Giordino regarda sa montre.

— On ferait bien de se bouger avant que l'amiral décide de nous faire pendre à la vergue la plus proche.

Yaeger montra la porte près d'eux.

— On peut prendre l'escalier.

Quand Pitt et les autres entrèrent dans la salle de conférence, Sandecker et Gunn étaient en train d'étudier la région où le dernier cas de morts inexpliquées avait eu lieu. Ils en regardaient la carte en projection holographique. Tous deux se levèrent pour les accueillir. Pendant quelques minutes, ils discutèrent debout de la tournure que prenaient les événements. Gunn interrogea anxieusement Pitt et Giordino sur les détails mais tous deux étaient extrêmement fatigués de sorte qu'ils résumèrent les tragiques séries d'incidents.

Sandecker se garda bien de les presser. Ils auraient le temps de rédiger des rapports plus tard.

— Asseyons-nous et mettons-nous au travail.

Gunn montra un des globes bleus qui paraissaient flotter au-dessus d'une des extrémités de la table.

— Ceci est la dernière zone mortelle, dit-il. Un cargo indonésien appelé le *Mentawai*, avec un équipage de dix-huit personnes.

Pitt se tourna vers l'amiral.

— C'est le bâtiment qui a explosé pendant que l'équipage d'un autre navire était à bord?

— Oui, c'est celui-là, acquiesça Sandecker. Comme je vous l'ai dit à bord du *Ice Hunter*, l'acteur Garret Converse, son équipage et sa jonque de luxe sont aussi portés manquants. D'après un pétrolier qui est passé sans histoires, il naviguait dans la même zone. La jonque et tous ses passagers semblent avoir complètement disparu.

— Rien par le satellite? demanda Giordino.

— La couverture nuageuse était trop importante et les caméras à infrarouge ne verraient pas un bâtiment aussi petit qu'une jonque.

— Il faut pourtant prendre autre chose en considération, dit Gunn. Le commandant du navire porte-conteneurs américain qui a trouvé le *Mentawai* dit qu'il a vu un petit yacht de luxe quitter les lieux à toute vitesse. Il ne pourrait pas le jurer devant un tribunal, mais il est sûr que le yacht a croisé le *Mentawai* avant que lui-même n'arrive et après qu'il a répondu à l'appel de détresse du cargo. Il pense aussi que l'équipage du yacht est responsable des explosions qui ont tué tout le monde à bord.

— On dirait que le brave commandant a une imagination débordante, commenta Yaeger.

— Il est incorrect de dire que cet homme voit des démons. Le capitaine Jason Kelsey est un marin très responsable, qui a une solide réputation de savoir-faire et d'intégrité.

— A-t-il donné une description du yacht? s'informa Pitt.

— Quand Kelsey a enfin pu concentrer son attention dessus, le yacht était trop loin pour qu'il l'identifie. Son second, pourtant, l'a observé plus tôt, à la jumelle, avant qu'il ne soit trop éloigné. Par chance, ce type est un artiste amateur, qui adore dessiner les bateaux et les navires quand il est à terre.

— Et il a fait un dessin ?

— Il admet avoir pris quelques libertés avec le sujet. Le yacht s'éloignait de lui et il a surtout vu sa poupe. Mais il s'est débrouillé pour nous donner une assez bonne description de sa coque.

Sandecker alluma un de ses cigares et fit un signe de tête à Giordino.

— Al, ça vous dirait de faire une enquête là-dessus ?

Giordino sortit lentement de sa poche un cigare exactement semblable à celui de Sandecker, le fit rouler doucement entre le pouce et l'index tout en en réchauffant une des extrémités avec une allumette de bois.

— Je me mettrai en piste dès que j'aurai pris une douche et changé de vêtements.

La façon provocante qu'avait Giordino de chaparder les cigares personnels de l'amiral était un mystère qui déroutait totalement l'intéressé. Ce jeu du chat et de la souris durait depuis des années. Sandecker n'avait jamais réussi à en percer le secret et il était trop fier pour demander à Giordino comment il s'y prenait. Ce qui le rendait fou, surtout, c'est que, lorsqu'il comptait ses cigares, il n'en manquait jamais aucun.

Pitt griffonnait sur un carnet et parlait à Yaeger sans lever les yeux.

— Dis-moi franchement, Hiram, est-ce que mon hypothèse d'ondes acoustiques mortelles est cohérente ?

— Tout à fait, d'après les derniers développements de cette affaire, répondit Yaeger. Les experts en acoustique travaillent en ce moment sur une théorie détaillée, mais il semble bien que nous devions trouver une *onde mortelle* qui se déplace dans l'eau et qui est faite de divers éléments, car il faut examiner de multiples aspects. Le premier, c'est une source générant une énergie intense. Le second, c'est sa propagation et comment l'énergie voyage depuis la source à travers les mers. Troisièmement, la cible ou la structure qui reçoit l'énergie acoustique. Et quatrièmement, l'effet physiologique sur les tissus humains et animaux.

— Est-ce que tu peux expliquer comment des vagues de sons de forte intensité sont capables de tuer ? demanda Pitt.

Yaeger haussa les épaules.

— Nous sommes sur un terrain peu sûr mais c'est la meilleure piste que nous ayons pour le moment. Le seul atout, c'est que les ondes acoustiques assez intenses pour tuer ne peuvent venir d'une source sonore ordinaire. Et même une source intense ne pourrait pas tuer à une grande distance, sauf si le son est en quelque sorte concentré.

— Il est difficile de croire qu'après avoir parcouru de grandes distances dans l'eau, un mélange de sons de très forte intensité et une énergie de résonance excessive puissent faire surface et tuer tout ce qui vit à trente kilomètres et plus.

— A-t-on une idée de l'endroit d'où ces sons sont émis ? demanda Sandecker.

— Oui, il se trouve que nous en avons une idée.

— Est-ce qu'une seule source peut vraiment causer des pertes aussi énormes en vies? s'étonna Gunn.

— Non, et c'est là le problème, répondit Yaeger. Pour produire une tuerie de cette ampleur dans l'eau et au-dessus, il nous faut chercher plusieurs sources, sur des côtés opposés de l'océan.

Il se tut, fouilla dans un tas de papiers jusqu'à ce qu'il trouve celui qu'il cherchait. Puis il prit une télécommande et appuya sur une série de codes. Quatre lumières vertes s'allumèrent sur les angles opposés de la carte holographique.

— En empruntant le système global d'analyse des hydrophones placés par la Marine autour des océans pour traquer les sources soviétiques pendant la guerre froide, nous avons pu remonter jusqu'à la source des ondes sonores destructrices. En fait, nous avons trouvé quatre sources dans l'océan Pacifique.

Yaeger se tut et fit circuler des copies de la carte autour de la table.

— La source numéro un, de loin la plus forte, semble venir de l'île du Gladiateur, la pointe la plus exposée d'une profonde chaîne de montagnes volcaniques qui fait surface à mi-chemin entre la Tasmanie et l'île sud de la Nouvelle-Zélande. La source numéro deux est presque en ligne directe du côté des îles Komandorskie, au large de la péninsule du Kamtchatka, dans la mer de Béring.

— Ça fait une sacrée distance au nord! observa Sandecker.

— Je n'arrive pas à imaginer ce que les Russes ont à y gagner, dit Gunn.

— Ensuite, on remonte vers l'Est en traversant la mer jusqu'à l'île Kunghit, au large de la Colombie britannique, au Canada. Ça, c'est le numéro trois. Enfin, la dernière source relevée sur une configuration de données par les hydrophones est sur l'île de Pâques.

— Le tout a la forme d'un trapèze, commenta Gunn.

Giordino se redressa.

— Un quoi?

— Un trapèze, un quadrilatère qui n'a pas de côtés parallèles.

Pitt se leva et s'approcha de la carte tridimensionnelle jusqu'à ce qu'il se tienne en plein milieu.

— C'est un peu inhabituel que des sources acoustiques aient toutes pour origine des îles.

Il se tourna vers Yaeger.

— Tu es sûr de tes données? Est-il possible qu'il y ait une erreur, que ton équipement informatique ait mal interprété les informations du service d'hydrophonie?

Yaeger regarda Pitt comme s'il venait de lui enfoncer un couteau entre les épaules.

— Notre analyse statistique tient compte de la réception du réseau acoustique et des chemins alternés des rayons dus aux variations océaniques.

— Je m'incline humblement, dit Pitt avec un salut et un geste d'excuse. Est-ce que les îles sont habitées ?

Yaeger tendit à Pitt une chemise.

— Nous avons glané les données encyclopédiques habituelles sur ces îles, géologie, faune, habitants. L'île du Gladiateur a un propriétaire. Les trois autres sont louées à des gouvernements étrangers et on y fait de l'exploitation minière. Elles sont considérées comme zones interdites.

— Comment le son peut-il se propager sous l'eau sur d'aussi grandes distances ? demanda Giordino.

— Les sons à haute fréquence sont rapidement absorbés par les sels de l'eau de mer, mais les ondes acoustiques à basse fréquence ignorent la structure moléculaire des sels et on a pu détecter leurs signaux à des distances de plusieurs milliers de kilomètres. Ensuite, le scénario se brouille un peu. D'une façon ou d'une autre, que nous n'avons pas encore bien saisie, les rayons à basse fréquence et à haute intensité s'échappant de sources diverses, font surface et se concentrent dans ce qu'on appelle une « zone de convergence ». C'est un phénomène que les scientifiques appellent la caustique.

— Comme la soude caustique ? demanda Giordino.

— Non, comme une enveloppe qui se forme quand les rayons sonores se réfléchissent ou se rétractent.

Sandecker leva vers la lumière ses lunettes de vue pour y chercher une tache éventuelle.

— Et si nous étions tous assis sur le pont d'un navire au milieu d'une zone de convergence ?

— Si nous étions frappés par une source sonore seulement, expliqua Yaeger, nous n'entendrions qu'un léger ronronnement et ne ressentirions sans doute qu'un vague mal de tête. Mais si les quatre trains d'ondes convergeaient dans la même région au même moment, en multipliant ainsi l'intensité, la structure du navire entrerait en résonance, vibrerait et l'énergie sonique engendrerait assez de dommages organiques internes pour nous tuer tous en quelques minutes.

— Si l'on en juge par les distances entre les sites des désastres, dit sombrement Giordino, cette chose peut devenir dingue et frapper n'importe où dans la mer.

— Ou sur les côtes, ajouta Pitt.

— Nous essayons de prévoir où les trains d'ondes vont converger, dit Yaeger, mais il est difficile de tirer des conclusions formelles. Pour l'instant, tout ce que nous pouvons faire, c'est étudier les cartes des marées, des courants, des profondeurs marines et des températures de l'eau. Car tous ces éléments peuvent altérer de façon significative le chemin des ondes.

— A partir du moment où nous avons une vague notion de ce à quoi nous nous heurtons, dit Sandecker, nous pouvons étudier comment retirer la prise, non ?

— Le problème, commenta Pitt, c'est qu'à part quelques sociétés
d'exploitation minière, je ne vois pas ce que ces îles ont en commun.

Giordino fixa son cigare.

— Des essais clandestins d'armes nucléaires ou conventionnelles ?

— Rien de semblable, dit Yaeger.

— Alors quoi ? s'impatienta Sandecker.

— Des diamants.

L'amiral regarda Yaeger, étonné.

— Vous avez dit des diamants ?

— Oui, monsieur. (Yaeger vérifia son dossier.) Les travaux sur les
quatre îles appartiennent ou sont conduits par la Dorsett Consolidated
Mining Limited, de Sydney en Australie. Cette société est la deuxième
du monde après la De Beers en matière de production mondiale de diamants.

Pitt eut soudain l'impression qu'on venait de lui assener un coup de
poing dans l'estomac.

— Il se trouve qu'Arthur Dorsett, le président de la Dorsett Consolidated Mining, est le père des deux jeunes femmes qu'Al et moi avons
secourues dans l'Antarctique, dit-il d'une voix posée.

— Bien sûr ! s'écria Gunn qui commençait à comprendre. Deirdre
Dorsett ! Mais... l'autre jeune fille, Maeve Fletcher ? ajouta-t-il, étonné.

— C'est la sœur de Deirdre, expliqua Pitt. Elle a repris le nom de son
arrière-grand-mère.

Seul Giordino prit la situation avec humour.

— Elles se sont donné un mal fou pour nous rencontrer !

Sandecker lui lança un regard noir et se tourna vers Pitt.

— Tout ceci me paraît un peu trop gros pour une simple coïncidence.

Giordino insista.

— Je ne peux m'empêcher de me demander ce que l'un des marchands
de diamants les plus riches du monde dira quand il saura que ses opérations minières ont été à deux doigts de tuer ses filles chéries.

— C'est peut-être une chance à saisir, dit Gunn. Si les travaux miniers
de Dorsett sont responsables de l'épidémie acoustique mortelle, Dirk et
Al sont tout désignés pour aller frapper chez lui et lui poser quelques
questions. Il ne pourra faire autrement que de jouer les pères reconnais-
sants.

— D'après ce que je sais d'Arthur Dorsett, dit Sandecker, il est tellement renfermé qu'il aurait pu enlever à Howard Hughes [1] le prix du
meilleur ermite. Comme pour les opérations minières de la De Beers, les
propriétés de Dorsett sont sévèrement gardées contre les voleurs ou les
ouvriers indélicats qui chercheraient à passer des diamants. On ne le voit
jamais en public et il n'a jamais accordé d'interview. Nous parlons d'un

---

1. Milliardaire américain, magnat de la presse.

homme tout ce qu'il y a de plus secret. Je doute fort que le fait que vous ayez sauvé ses filles y changera quelque chose. C'est le plus dur à cuire de tous ceux que j'ai jamais connus.

Yaeger montra les globes bleus sur la carte holographique.

— Mais il y a des gens qui meurent, là-bas. Il est impossible qu'il n'entende pas raison si on peut lui prouver que ses opérations en sont responsables.

— Arthur Dorsett est un ressortissant étranger qui possède un pouvoir immense, expliqua Sandecker en appuyant bien sur chaque mot. Nous devons le considérer comme innocent de toutes ces tueries jusqu'à ce que nous ayons la preuve du contraire. Pour l'instant, tout ce que nous savons c'est que cette saleté est peut-être d'origine naturelle. Il nous faut avancer sur des œufs par les voies officielles. Et ça, c'est mon territoire. Je vais passer le bébé au Département d'Etat [1] et à l'ambassadeur d'Australie. Ils pourront se mettre en rapport avec Arthur Dorsett et lui demander de coopérer à l'enquête.

— Ça pourrait prendre des semaines, contra Yaeger.

— Pourquoi ne pas gagner du temps, proposa Giordino, passer outre les voies diplomatiques et voir si sa technologie est ou non responsable de ces meurtres en masse ?

— Tu pourrais aller frapper à la porte de sa mine de diamants la plus proche et demander à visiter l'installation, se moqua Pitt.

— Si Dorsett est aussi paranoïaque que vous l'avez dit, poursuivit Giordino en s'adressant à Sandecker, ce n'est pas le type à qui on peut faire prendre des vessies pour des lanternes.

— Il a raison, dit Yaeger. Pour arrêter la tuerie, on ne peut pas attendre que les diplomates aient fait tous leurs ronds de jambe. Il faudra agir clandestinement.

— Ça ne doit pas être simple de fureter autour des mines de diamants, dit Pitt. Tout le monde sait qu'elles sont gardées contre les braconniers et tous les intrus qui voudraient faire rapidement fortune en fouillant les boîtes à ordures pour trouver des pierres précieuses égarées. La sécurité autour de ces mines est particulièrement répressive. S'il faut pénétrer ces systèmes de technologie avancée, il faudra des professionnels hautement qualifiés.

— Une équipe des Forces Spéciales ? suggéra Yaeger.

Sandecker fit non de la tête.

— Pas sans autorisation présidentielle.

— Pourquoi ne pas demander au Président ? proposa Giordino.

— Il est trop tôt pour s'adresser à lui, répondit l'amiral. Pas tant que nous n'aurons pas la preuve tangible d'une véritable menace contre la sécurité nationale.

---

1. Ministère des Affaires étrangères, aux USA.

Pitt regarda la carte et dit d'une voix rêveuse :

— La mine de l'île Kunghit semble la plus abordable des quatre. Puisqu'elle se trouve en Colombie britannique, donc presque à notre porte, je ne vois pas pourquoi nous n'irions pas y faire un tour.

Sandecker lança à Pitt un regard perçant.

— J'espère que vous ne vous imaginez pas que nos voisins du nord fermeront les yeux sur votre intrusion ?

— Pourquoi pas ? Si l'on considère que la NUMA a découvert un filon de pétrole très profitable pour eux au large de la Terre de Baffin, il y a quelques années, je ne crois pas qu'ils feraient une maladie si nous entreprenions le tour de Kunghit en canoë pour prendre quelques photos du paysage.

— C'est à ça que vous pensez ?

Pitt regarda l'amiral comme un gamin qui espère une entrée gratuite au cirque.

— J'ai peut-être un tout petit peu exagéré mais, en gros, oui, c'est comme cela que je vois les choses.

Sandecker tira pensivement sur son cigare.

— Très bien, dit-il en soupirant, violez la propriété d'autrui mais rappelez-vous que si les hommes de Dorsett vous arrêtent, ça ne sera pas la peine d'appeler à la maison. Parce que personne ne répondra au téléphone.

15

La conduite intérieure Rolls-Royce silencieuse s'arrêta à côté d'un ancien hangar d'aviation, situé au milieu d'un champ en friche, à bonne distance de l'aéroport international de Washington. Telle une élégante douairière visitant des taudis, l'imposante vieille automobile paraissait déplacée sur cette route sale et déserte, en plein milieu de la nuit. La seule lumière émanait d'un lampadaire un peu trop faible pour faire scintiller la peinture argent et vert métallisé de la voiture.

La Rolls était d'un modèle connu sous le nom de Silver Dawn. Son châssis était sorti de l'usine en 1955 et c'était la société Hoopers & Company, carrossiers de renom, qui en avait construit la caisse. Les pare-chocs se terminaient en gracieux fuseaux, les roues et les flancs étaient parfaitement lisses. Le moteur de six cylindres en ligne, avec arbre à cames en tête, assurait à la voiture un déplacement aussi silencieux qu'une pendule électrique. La vitesse n'a jamais été un argument de vente, chez Rolls-Royce. Quand on leur demande quelle est la puissance en chevaux de tel ou tel modèle, la réponse est généralement que ladite puissance est celle qui convient.

Le chauffeur de Saint Julien Perlmutter, un homme taciturne nommé Hugo Mulholand, tira le levier du frein, arrêta le moteur et se tourna vers son patron qui remplissait presque toute la largeur de la banquette arrière.

— Je n'ai jamais été tranquille de vous conduire ici, dit-il de cette voix basse et caverneuse qui allait si bien avec ses yeux de chien de chasse.

Il considéra le toit rouillé en tôle ondulée et les murs qui n'avaient pas vu de peinture depuis au moins quarante ans.

— Je ne vois vraiment pas qui accepterait de vivre dans ce trou à rats !

Perlmutter pesait cent quatre-vingt-un kilos. Et cependant il n'y avait aucune mollesse dans ce grand corps. Pour un homme de sa corpulence, il était étonnamment robuste. Il tenait en main le pommeau en or d'une canne creuse dont l'intérieur cachait un flacon de cognac. Il en assena un petit coup sec sur la tablette de noyer qui s'articulait et se rabattait sur le dossier du siège avant.

— Il se trouve que ce trou à rats, comme vous dites, abrite une collection d'automobiles et d'avions anciens de plusieurs millions de dollars. Le risque de tomber entre les mains d'un malfaiteur est extrêmement réduit. Généralement, ces gens-là ne hantent pas les abords des aéroports au milieu de la nuit, et de toute façon, il y a ici suffisamment de systèmes d'alarme pour protéger une banque de Manhattan.

Perlmutter montra du bout de sa canne une petite lumière rouge à peine visible.

— Pendant que je vous parle, une caméra vidéo est en train de nous filmer.

Mulholand soupira, fit le tour de la voiture et ouvrit la portière à Perlmutter.

— Dois-je vous attendre ?

— Non, je dîne ici. Amusez-vous quelques heures et revenez me chercher à onze heures et demie.

Mulholand aida Perlmutter à sortir de la Rolls et l'escorta jusqu'à la porte d'entrée du hangar. Celle-ci semblait tachée et pleine de poussière mais ce n'était qu'un camouflage très bien réalisé. Quiconque passait devant ce hangar, apparemment à demi écroulé, pensait qu'il s'agissait d'un bâtiment abandonné voué aux démolisseurs. Perlmutter frappa de sa canne et, quelques secondes plus tard, entendit un déclic. La porte s'ouvrit comme tirée par une main invisible.

— Bon appétit, lança Mulholand en glissant un paquet cylindrique sous le bras de son patron et une petite valise dans sa main. Puis il retourna vers la Rolls.

Perlmutter, en passant la porte, entra dans un autre monde. Au lieu de poussière, de crasse et de toiles d'araignées, il se trouvait dans un lieu brillamment éclairé, décoré avec soin, où tout n'était que peinture soyeuse et chrome. On avait rassemblé là près de quatre douzaines d'automobiles de collection, deux avions et un wagon de chemin de fer du début du siècle, tous restaurés et semblables à ce qu'ils étaient du temps de leur splendeur. Le sol du hangar était en ciment poli.

La porte se referma silencieusement derrière lui tandis qu'il avançait dans cet incroyable déploiement de mécaniques rares et précieuses.

Pitt se tenait sur le balcon qu'il avait fait ajouter à son appartement et qui s'étendait jusqu'à l'autre extrémité du hangar, à dix mètres au moins au-dessus du sol. Il montra le paquet cylindrique que tenait Perlmutter.

— Je crains les Grecs et leurs présents, dit-il en souriant.

Perlmutter leva les yeux et fit semblant de se fâcher.

— Primo, je ne suis pas grec, et secundo, ceci est une bouteille de Dom Pérignon français, cuvée 1983, dit-il en soulevant le paquet, pour célébrer ton retour à la civilisation. Je suppose que ce champagne vaut à lui tout seul tout ce qui est dans ta cave.

— D'accord, dit Pitt en riant, nous le comparerons à mon albuquerque du Nouveau-Mexique, un petit Gruet sans année particulière, brut et plein de bulles.

— Je suppose que tu plaisantes ? Albuquerque ? Gruet ?

— Il bat les meilleurs cépages de champagne de Californie.

— Si tu continues à parler de vin, mon estomac va se mettre à rouspéter. Envoie ton ascenseur.

Pitt fit descendre un antique monte-charge orné de grilles en fer forgé. Perlmutter y pénétra dès qu'il s'arrêta au rez-de-chaussée.

— Tu crois qu'il supportera mon poids ?

— Je m'en suis servi pour monter mes meubles. Mais cette fois, c'est un bon moyen de vérifier sa solidité.

— Que voilà une pensée réconfortante, marmonna Perlmutter, tandis que le monte-charge le hissait facilement jusqu'à l'appartement de Pitt. Sur le palier, ils s'embrassèrent comme de vieux amis qu'ils étaient.

— Ça me fait plaisir de vous voir, Julien.

— Je suis toujours heureux de dîner avec mon dixième fils, dit Perlmutter en riant à cette plaisanterie éculée.

Il était en effet un célibataire endurci et Pitt, le fils unique de George Pitt, sénateur de Californie.

— Où sont les neuf autres ? demanda Pitt en feignant la surprise.

Perlmutter tapota son énorme estomac.

— Avant que ce machin ne devienne gigantesque, tu n'imagines pas le nombre de jolies filles qui ont succombé à mes bonnes manières et au charme de mon babillage... Je me trompe ou ça sent le hareng ? ajouta-t-il en respirant à petits coups.

Pitt fit signe qu'il avait raison.

— Ce soir, vous dînerez comme si vous étiez l'invité d'un fermier allemand. Hachis de bœuf et hareng saur, avec une choucroute bien épicée. Et pour commencer, une soupe aux lentilles et aux saucisses de foie de porc.

— C'est de la bière de Munich que j'aurais dû apporter et non du champagne.

— Soyez téméraire, dit Pitt. Pourquoi suivre les règles?

— Tu as tout à fait raison, ça me paraît une excellente idée. Tu sais que tu serais un mari en or avec ce don pour la cuisine?

— J'ai bien peur que mon don pour la cuisine, comme vous dites, ne puisse contrebalancer tous mes défauts.

— A propos de jolies femmes, as-tu des nouvelles du sénateur Smith?

— Loren est à nouveau au Colorado où elle fait campagne pour être réélue au Congrès. Il y a bien deux mois que je ne l'ai pas vue.

— Bon, assez babillé, dit impatiemment Perlmutter. Ouvrons cette bouteille de champagne et mettons-nous au travail.

Pitt apporta un seau de glace. Ils dégustèrent le Dom Pérignon avant le plat principal et le Gruet brut avec le dessert. Perlmutter fut très impressionné par le vin champagnisé du Nouveau-Mexique.

— Il est bon, sec et piquant, dit-il d'un ton matois. Où pourrais-je en acheter une caisse?

— S'il était seulement « bon », vous ne chercheriez pas à vous en procurer une caisse, remarqua Pitt en souriant. Vous n'êtes qu'un vieux renard.

Perlmutter haussa les épaules.

— Je n'ai jamais réussi à te tromper.

Dès que Pitt eut débarrassé la table, Perlmutter alla au salon, ouvrit son attaché-case et posa une épaisse liasse de papiers sur la table basse. Quand Pitt le rejoignit, il était en train de les relire et de vérifier ses notes.

Pitt s'installa sur le divan de cuir, sous les rayons de la bibliothèque où il avait rassemblé une petite flotte de navires en modèles réduits représentant tous ceux qu'il avait découverts au cours des années.

— Alors, qu'avez-vous trouvé sur la célèbre famille Dorsett?

— Crois-moi si tu veux mais ceci ne représente que les points les plus connus de l'histoire, répondit Perlmutter qui tenait en main un épais volume de plus de mille pages. D'après mes recherches, l'histoire des Dorsett ressemble à celle d'une dynastie comme on pourrait en lire dans un roman d'aventures.

— Et qu'avez-vous sur Arthur Dorsett, l'actuel chef de la tribu?

— C'est un type plus que discret. Il se montre très rarement en public. Obstiné, plein de préjugés et totalement dénué de scrupules. Détesté par tous ceux qui ont eu affaire à lui, de près ou de loin.

— Mais riche à en crever, ajouta Pitt.

— Au point que c'en est écœurant, confirma Perlmutter avec l'expression d'un homme qui vient d'avaler une araignée. La Dorsett Consolidated Mining Limited et la chaîne des magasins Dorsett appartiennent tous à la famille. Pas d'actionnaires, pas d'associés. Ils contrôlent également une société qui leur appartient, nommée Pacific Gladiator, qui s'occupe uniquement de pierres fines de couleur.

— Comment cela a-t-il commencé ?

— D'après ce récit, ça remonte à 144 ans, dit Perlmutter en tendant son verre pour que Pitt le remplisse. Ça débute par une incroyable histoire de naufrage, racontée par le commandant d'un clipper et publiée par sa fille après sa mort. Pendant une traversée, en janvier 1856, le clipper transportait des bagnards dont un certain nombre de femmes, jusqu'à la colonie pénitentiaire australienne de Botany Bay, une petite île au sud de la ville actuelle de Sydney. Son navire a été pris dans un violent typhon qui le repoussa vers le nord, par la mer de Tasmanie. Le navire s'appelait le *Gladiateur*. Il était commandé par le plus célèbre commandant de clipper de la zone, Charles Scaggs dit la Brute.

— Cœurs d'acier et navires de bois, murmura Pitt.

— C'est exact. De toute façon, Scaggs et son équipage ont dû se démener comme de beaux diables pour sauver le navire d'une des pires tempêtes du siècle. Mais quand les vents et la mer se calmèrent, le *Gladiateur* n'était plus qu'une épave. Ses mâts étaient couchés, sa superstructure détruite et sa coque prenait l'eau. Les canots de sauvetage avaient disparu dans les vagues et le capitaine Scaggs savait que son navire sombrerait dans les heures à venir. Aussi ordonna-t-il à son équipage et à tous les bagnards capables de se servir d'un marteau de démonter tout ce qui pouvait l'être pour construire un radeau.

— C'était sans doute la seule chose qu'il puisse faire, commenta Pitt.

— Deux des prisonniers étaient les aïeux d'Arthur Dorsett, poursuivit Perlmutter. Son trisaïeul s'appelait Jess Dorsett, un détrousseur de voyageurs, et son arrière-arrière-grand-mère Betsy Fletcher, condamnée à vingt-deux ans de colonie pénitentiaire pour avoir volé une couverture.

Pitt contemplait les bulles dans son verre.

— On peut dire qu'en ce temps-là, le crime ne payait pas !

— La plupart des Américains ne réalisent pas que nos propres colonies étaient elles aussi des dépotoirs, pleins de toutes sortes de criminels anglais, enfin, jusqu'à la guerre d'Indépendance. Beaucoup de familles seraient surprises d'apprendre que leurs ancêtres sont arrivés sur nos côtes avec des chaînes aux pieds et aux mains.

— Les survivants du navire ont-ils été secourus sur leur radeau ?

Perlmutter fit signe que non.

— Les quinze jours qui suivirent furent une longue suite d'horreurs et de morts. Des orages, la soif et la faim, un carnage dément entre les marins, les quelques soldats et les forçats décimèrent la petite troupe qui s'accrochait au radeau. Quand il toucha enfin les récifs d'une petite île qu'aucune carte ne mentionnait et qu'il s'y fracassa, la légende raconte que les survivants furent sauvés des mâchoires d'un grand requin blanc par un énorme serpent de mer, ce qui leur permit de gagner la plage en nageant.

— Ce qui explique la marque de fabrique des Dorsett. Elle vient des hallucinations des pauvres types aux portes de la mort.

— Ça ne m'étonnerait guère. Des 231 passagers qui prirent place sur le radeau, 8 seulement survécurent et arrivèrent sur la plage. 6 hommes et 2 femmes, tous plus morts que vifs.

Pitt regarda Perlmutter.

— Ça fait 223 morts ! C'est un chiffre épouvantable !

— Sur les 8, continua Perlmutter, un marin et un bagnard furent ensuite tués après s'être battus pour une femme.

— Un remake des mutinés du *Bounty* ?

— Pas tout à fait. Deux ans après, le capitaine Scaggs et le seul marin qui lui restât – heureusement pour lui, le charpentier du *Gladiateur* – construisirent un bateau avec les restes d'un sloop français qui s'était écrasé sur les rochers, après un orage, et dont tous les occupants avaient péri. Laissant les bagnards sur l'île, ils traversèrent la mer de Tasmanie et gagnèrent l'Australie.

— Scaggs a abandonné Dorsett et Fletcher ?

— Pour une excellente raison, oui. Ils ont préféré l'enchantement de leur vie sur cette île magnifique à l'horreur des camps de prisonniers de Botany Bay. Et parce que Scaggs considérait que Dorsett lui avait sauvé la vie, il dit aux autorités de la colonie pénitentiaire que tous ses forçats étaient morts sur le radeau, de sorte que les survivants purent continuer à vivre en paix.

— Alors ils se sont construit une nouvelle vie et se sont multipliés.

— Exactement, dit Perlmutter. Scaggs a marié Jess et Betsy qui eurent deux fils, tandis que deux autres bagnards donnèrent le jour à une fille. Ils constituèrent une petite communauté familiale et firent du commerce de nourriture fraîche avec les baleiniers qui bientôt commencèrent à mouiller devant l'île du Gladiateur, comme on la baptisa bientôt.

— Et Scaggs, que devint-il ?

— Il reprit la mer aux commandes d'un nouveau clipper appartenant à une société maritime nommée Carlisle & Dunhill. Après plusieurs voyages à travers le Pacifique, il prit sa retraite et mourut vingt ans plus tard, en 1876.

— Et quand est-ce que les diamants entrent dans cette histoire ?

— Patience, dit Perlmutter d'un ton de maître d'école. Maintenant, une petite mise au point, afin de mieux comprendre l'histoire. Pour commencer, les diamants, bien qu'ils soient à l'origine de plus de crimes, de corruption et de passions que n'importe quel autre minéral de la terre, ne sont que du carbone cristallisé. Chimiquement, ils sont très proches de la graphite et du charbon. On suppose qu'ils ont mis trois milliards d'années à se former, à cent vingt, voire deux cents kilomètres sous le manteau de la terre. Par une chaleur et une pression incroyables, le carbone pur, les gaz et la roche liquide se sont frayé un chemin vers la surface par des puits volcaniques. Quand ce mélange a explosé en affluant vers la surface du globe, le carbone s'est refroidi, cristallisé, et s'est changé en pierres extrêmement dures et transparentes. Les diamants sont l'un des rares matériaux qui soient remontés des profondeurs de la planète vers la surface.

Pitt, le regard perdu, essayait de visualiser le processus que venait de décrire son ami.

— Je suppose qu'une coupe du sol montrerait une trace du chemin qu'ils ont emprunté pour remonter. Il s'agirait sans doute d'une sorte de tourbillon en couches circulaires, qui s'élargit à la surface comme un entonnoir levé.

— Ou une carotte, précisa Perlmutter. Contrairement à la lave pure, qui remonte et se transforme en volcan en forme de pic quand elle atteint la surface, le mélange de diamant et de roche liquide, appelé cheminée de kimberlite, du nom de la ville de Kimberley, en Afrique du Sud, s'est rapidement refroidi et durci en larges tertres. L'érosion naturelle a démoli certains de ces tertres et les diamants se sont alors répandus pour former ce qu'on appelle des dépôts alluvionnaires. Certaines cheminées, sous le coup de l'érosion, ont même formé des lacs. Les plus grandes masses de pierres cristallines, cependant, sont restées dans les cheminées et les couloirs souterrains.

— Laissez-moi deviner. Les Dorsett ont trouvé une de ces cheminées pleines de diamants sur leur île.

— Tu vas toujours plus vite que moi ! marmonna Perlmutter, d'un ton irrité.

— Désolé, s'excusa Pitt.

— Les bagnards naufragés trouvèrent non pas une mais deux de ces cheminées diamantifères phénoménalement riches sur les extrémités de l'île du Gladiateur. Les pierres qu'ils trouvèrent, détachées du rocher depuis des siècles par la pluie et le vent, leur ont simplement paru « jolies », comme l'écrit Betsy Fletcher dans une de ses lettres à Scaggs. En réalité, les diamants bruts, non taillés et non polis, sont des pierres assez ternes, presque sans éclat. Ils ressemblent à des savons aux formes bizarres et en ont presque la couleur. Ce n'est qu'en 1866, après la guerre de Sécession, qu'un vaisseau de la Marine des Etats-Unis qui faisait un voyage d'études pour trouver des sites éventuels suffisamment profonds pour abriter des ports dans le Pacifique Sud, mouilla à l'île du Gladiateur pour trouver de l'eau fraîche. Il y avait un géologue à bord. Il aperçut les enfants Dorsett jouant sur la plage avec des pierres. Curieux, il en examina une et fut sidéré de constater qu'il s'agissait d'un diamant d'au moins vingt carats. Quand il demanda à Dorsett d'où elle venait, le rusé bandit prétendit les avoir rapportées d'Angleterre.

— Et cette petite anecdote est à l'origine de la Dorsett Consolidated Mining!

— Pas tout de suite, dit Perlmutter. Après la mort de Jess, Betsy envoya ses deux fils, Jess junior et Charles (sans doute à cause de Charles Scaggs) ainsi que la fille des deux autres brigands, Mary Winkelman, en Angleterre pour y faire des études. Elle écrivit à Scaggs, demanda son aide et envoya une bourse de diamants bruts pour payer leurs dépenses. Le capitaine remit le tout à son ami et ancien employeur, Abner Carlisle. Agissant au nom de Scaggs qui se mourait, Carlisle fit tailler et polir les pierres puis les mit en vente sur le marché de Londres. Il en retira près d'un million de livres, environ sept millions de dollars, au cours de l'époque.

— Une somme plus que suffisante pour l'éducation des enfants, à cette époque. Ils ont dû s'en payer une tranche!

Perlmutter fit non de la tête.

— Cette fois, tu te trompes. Ils ont vécu de façon frugale à Cambridge. Mary a suivi les cours d'une bonne école de filles dans la banlieue de Londres. Dès que le jeune Charles obtint son diplôme, Mary et lui se marièrent et ils rentrèrent sur leur île où ils mirent au point l'extraction des diamants de leurs volcans endormis. Jess junior resta en Angleterre où il ouvrit la House of Dorsett, avec pour partenaire, un diamantaire juif d'Aberdeen nommé Levi Strouser. A Londres, la société qui s'occupait de la taille et de la vente des diamants ouvrit des salons luxueux pour le commerce au détail, d'élégants bureaux pour le commerce sur une plus grande échelle, avec un vaste atelier en sous-sol où les pierres arrivant de l'île du Gladiateur étaient taillées et polies. La dynastie prospéra, d'autant plus que les diamants de ses îles étaient d'une très rare couleur rose violet et d'une exceptionnelle qualité.

— Les mines ne se sont jamais épuisées?

— Pas pour l'instant. Les Dorsett ont été très avisés et ont gardé une grande partie de leur production, en accord avec le cartel, pour que les prix restent élevés.

— Et leur descendance? demanda Pitt.

— Charles et Mary ont eu un fils, Anson. Jess junior ne s'est jamais marié.

— Anson est donc le grand-père d'Arthur?

— Oui. Il a dirigé la société pendant un peu plus de quarante ans. Il fut sans aucun doute le plus décent et le plus honnête du lot. Anson se contentait de diriger et de maintenir un petit empire bénéficiaire. Jamais poussé par l'avidité, comme ses descendants, il a donné beaucoup d'argent à des œuvres de charité. Un grand nombre de bibliothèques et d'hôpitaux, en Australie et en Nouvelle-Zélande, ont été fondés grâce à sa générosité. Quand il mourut, en 1910, il laissa la société à son fils Henry et à sa fille Mildred. Celle-ci est morte très jeune dans un accident. Elle est tombée par-dessus bord, pendant une croisière sur le yacht de la famille et les requins l'ont dévorée. Des rumeurs ont prétendu qu'Henry l'avait peut-être poussée mais il n'y a pas eu d'enquête. L'argent d'Henry réussit à lui assurer cela. Sous la direction d'Henry, la famille a commencé un long règne fondé sur l'avidité, la jalousie, la cruauté et la puissance dévorante qui se poursuit de nos jours.

— Je me rappelle avoir lu un article sur lui dans le *Los Angeles Times*, dit Pitt. Sir Henry Dorsett était comparé à Sir Ernest Oppenheimer, de la De Beers.

— Ni l'un ni l'autre n'était exactement ce que l'on appellerait un saint. Oppenheimer a dû surmonter de multiples obstacles pour construire un empire qui s'étend sur tous les continents. Il a ajouté à ses possessions des usines d'automobiles, de papier et d'explosifs, des brasseries autant que des mines d'or, d'uranium, de platine et de cuivre. La force principale de De Beers, cependant, est toujours le diamant et le cartel, qui régule le marché de New York à Tokyo. De son côté, la Dorsett Consolidated Mining est restée concentrée sur le diamant. Et à part un certain nombre de sociétés minières, spécialisées dans les pierres précieuses de couleur – les rubis en Birmanie, les émeraudes en Colombie, les saphirs au Sri Lanka – la famille ne s'est pas vraiment diversifiée dans d'autres investissements. Et tous les bénéfices sont réinvestis dans la société.

— D'où vient le nom de De Beers ?

— De Beers, c'est ce fermier sud-africain qui a vendu sans le savoir un terrain diamantifère, pour quelques milliers de dollars, à Cecil Rhodes, lequel a déterré une fortune et lancé le cartel.

— Est-ce qu'Henry Dorsett s'est joint à Oppenheimer et au cartel De Beers ? demanda Pitt.

— Bien qu'il ait participé au contrôle des prix du marché, Henry devint en fait le seul propriétaire de grandes mines à vendre en indépendant. Alors que quatre-vingt-cinq pour cent de la production mondiale passaient par une organisation de vente centralisée pour servir les courtiers et les grossistes, Dorsett passa par-dessus les principales bourses de diamants de Londres, Anvers, Tel-Aviv et New York, afin de mettre sur le marché une production limitée de très belles pierres, vendant ainsi directement au public par le biais de la House of Dorsett, qui possède maintenant cinq cents magasins.

— Et De Beers n'a pas cherché à le contrer ?

— Non. Oppenheimer a mis au point le cartel pour s'assurer un marché stable et des prix élevés. Sir Ernest n'a jamais considéré Dorsett comme une menace tant que l'Australien ne cherchait pas à écouler ses pierres à bas prix sur le marché.

— Dorsett doit avoir une armée d'artisans, pour assurer une vente à cette échelle.

— Plus de mille employés, répartis sur trois usines de taille, deux ateliers de clivage et deux de polissage. Il possède aussi, à Sydney, un immeuble de trente étages, abritant une armée d'artisans et de créateurs qui font la réputation de la joaillerie très caractéristique de la House of Dorsett. Alors que la plupart des autres courtiers confient la taille et le polissage de leurs pierres à des juifs, chez Dorsett, on les confie en majorité à des Chinois.

— Henry Dorsett est mort à près de soixante-dix ans, je crois, dit Pitt.

Perlmutter sourit.

— L'histoire se répète. A l'âge de soixante-huit ans, il est tombé de son yacht, à Monaco, et s'est noyé. On a murmuré qu'Arthur l'avait fait boire avant de lui faire visiter la baie.

— Racontez-moi l'histoire d'Arthur.

Perlmutter jeta un coup d'œil à ses papiers et regarda son interlocuteur par-dessus la monture de ses lunettes.

— Si jamais les amateurs de diamants pouvaient avoir la moindre idée des opérations délictueuses menées par Arthur Dorsett au cours des trente dernières années, ils n'en achèteraient plus un seul jusqu'à la fin de leurs jours.

— Si j'ai bien compris, ce serait plutôt un sale type.

— Certaines personnes ont deux visages. Arthur en a au moins cinq. Né sur l'île du Gladiateur en 1941, il est le fils unique d'Henry et de Charlotte Dorsett. Il fut éduqué par sa mère et n'alla à l'école sur le continent qu'à l'âge de dix-huit ans. Là, il entra à l'école des mines de Golden, au Colorado. Il était très grand, dominant ses camarades de classe d'une demi-tête, mais ne prit part à aucun sport, préférant aller fouiner dans les vieilles mines fantômes, un peu partout dans les Montagnes Rocheuses. Après avoir obtenu un diplôme d'ingénieur des mines, il travailla cinq ans pour la De Beers, en Afrique du Sud, avant de rentrer chez lui pour prendre la direction des mines familiales sur son île. Au cours de ses fréquents voyages au quartier général des Dorsett, à Sydney, il rencontra et épousa une ravissante jeune fille, Irène Calvert, qui était la fille d'un professeur de biologie à l'université de Melbourne. Elle lui donna trois filles.

— Maeve, Deirdre et... ?

— Boudicca.

— Deux déesses celtiques et une reine anglaise légendaire.

— Une triade féminine.

— Maeve et Deirdre ont vingt-sept et trente et un ans. Boudicca en a trente-huit.

— Parlez-moi encore de leur mère, demanda Pitt.

— Il n'y a pas grand-chose à dire. Irène est morte il y a quinze ans, là encore dans des circonstances mystérieuses. Ce n'est qu'un an après son enterrement sur l'île du Gladiateur qu'un journaliste de Sydney a ressorti l'histoire de son décès. Il rédigea sa notice nécrologique avant qu'Arthur ait eu le temps de corrompre le rédacteur en chef pour l'obliger à annuler la publication. Autrement, personne n'aurait été au courant de sa disparition.

— L'amiral Sandecker connaît vaguement Arthur Dorsett et prétend qu'il est impossible de le joindre, dit Pitt.

— C'est tout à fait exact. On ne le voit jamais en public, il ne fréquente pas la haute société, il n'a pas d'amis. Sa vie tout entière tourne autour de son affaire. Il a même un passage secret pour entrer et sortir de son immeuble de Sydney sans être vu. Il a réussi à faire de l'île du Gladiateur un lieu totalement coupé du monde extérieur. D'après lui, moins on en sait sur les opérations minières des Dorsett, mieux ça vaut.

— Et la société ? Il ne pourra pas cacher éternellement les opérations d'une aussi grande société !

— Permets-moi de ne pas partager ce point de vue, dit Perlmutter. Une société privée peut échapper à n'importe quelle condamnation. Même les gouvernements avec lesquels il commerce ne réussissent pas à mettre le nez dans les avoirs de sa société. Arthur Dorsett pourrait être Ebenezer Scrooge [1] réincarné. Il est capable de dépenser des sommes énormes rien que pour acheter la loyauté des gens. S'il considère que c'est son intérêt de faire d'un fonctionnaire gouvernemental un millionnaire pour lui permettre d'y gagner de la puissance et de l'influence, Dorsett le fera.

— Est-ce que ses filles travaillent dans sa société ?

— Deux d'entre elles sont, paraît-il, les employées de leur cher papa. La troisième...

— Maeve, suggéra Pitt.

— Maeve, en effet, s'est coupée de la famille, a étudié à l'université et obtenu un diplôme de zoologie marine. Elle doit avoir dans ses gènes quelque chose de sa grand-mère paternelle.

— Et Deirdre et Boudicca ?

— D'après la rumeur, ce sont deux incarnations du diable. Pires que leur père. Deirdre est le Machiavel de la famille, une vraie machine à comploter, avec la méchanceté dans le sang. D'après ce qu'on raconte, Boudicca est d'une incroyable cruauté, aussi dure et froide que la glace au cœur d'un glacier. Ni l'une ni l'autre ne semblent s'intéresser aux hommes, ni à la vie de la haute société.

Le regard de Pitt se fit rêveur.

— Qu'y a-t-il dans les diamants qui leur donne autant de charme ? Pourquoi les hommes et les femmes sont-ils prêts à tuer pour eux ? Pourquoi ont-ils fait naître et mourir des gouvernements ?

— En dehors de leur beauté lorsqu'ils sont taillés et polis, les dia-

---

1. Personnage de Charles Dickens, le type même de l'avare égoïste.

mants ont des qualités uniques. D'abord, ce sont les pierres les plus dures du monde. Frottes-en un contre de la soie et il dégage une charge électrostatique positive. Expose-le au soleil couchant et il brillera dans le noir d'une phosphorescence étrange. Non, mon jeune ami, les diamants sont plus qu'un mythe. Ce sont les derniers créateurs d'illusion.

Perlmutter se tut et sortit la bouteille de champagne de son seau à glace. Il en versa les dernières gouttes dans son verre. Puis il le leva.

— Flûte alors ! on dirait que je suis à sec !

16

Après avoir quitté l'immeuble de la NUMA, Giordino se fit remettre les clés d'une des voitures turquoise de l'Agence et se rendit vers son tout nouvel appartement, à Alexandria, le long du Potomac. Cet appartement aurait donné des cauchemars à un décorateur. Aucun meuble, aucun papier mural, aucun rideau n'allait avec le reste. Rien n'était conforme aux règles élémentaires du bon goût ou du style. Les petites amies qui s'étaient succédé là avaient toutes laissé une marque de leur passage et aucune de leurs tentatives de décoration ne s'accordait avec le jugement de la suivante. Giordino, bon garçon, gardait des contacts amicaux avec chacune. Toutes appréciaient sa compagnie mais aucune n'aurait accepté de l'épouser sur un coup de tête.

Il n'était pas mauvais homme d'intérieur, faisait assez bien la cuisine mais était rarement chez lui. Quand il ne courait pas le monde avec Pitt pour les missions de recherches sous-marines, il montait des expéditions de recherche de tout ce qui pouvait être perdu, qu'il s'agisse de bateaux, d'avions ou de personnes. Il adorait la chasse au trésor. Il n'aurait jamais pu passer ses soirées devant la télévision ou à lire un livre. L'esprit de Giordino voyageait sans cesse et ses pensées se concentraient rarement sur la jeune femme du moment, attitude peu appréciée par la gent féminine.

Il jeta ses vêtements sales dans la machine à laver et prit une douche rapide. Puis il prépara un sac de voyage et fila vers Dulles International [1], où il attrapa un vol pour Miami. A son arrivée, il loua une voiture, se dirigea vers le port et prit une chambre dans un motel près des docks. Ensuite, il consulta les pages jaunes à la rubrique des architectes de

1. Aéroport de Washington.

marine, copiant les noms, les adresses et les numéros de téléphone de ceux qui étaient spécialisés dans les yachts privés motorisés. Puis il commença à téléphoner.

Aux quatre premiers appels, il tomba sur des répondeurs mais il eut plus de chance au cinquième. Giordino n'en fut pas surpris. Il s'était attendu à ce que l'un des cinq noms corresponde à un bureau où, très consciencieusement, on travaillait tard. Ce qui est normal quand on prépare les plans d'un palais flottant, destiné à l'un des riches de ce monde.

— Monsieur Wes Wilbanks ? s'informa Giordino.

— Oui, ici Wes. Que puis-je faire pour vous à cette heure tardive ? répondit la voix teintée d'un fort accent du Sud.

— Je m'appelle Albert Giordino. Je travaille pour l'Agence Nationale Marine et Sous-Marine. J'ai besoin de votre aide pour identifier le constructeur d'un bateau.

— Est-il mouillé ici, à Miami ?

— Non, monsieur. Il peut être n'importe où en ce moment.

— Voilà qui est bien mystérieux !

— Plus que vous ne le pensez.

— Je serai au bureau demain matin à dix heures.

— C'est assez urgent, insista Giordino d'un ton calme et autoritaire.

— D'accord. J'aurai terminé ce que je fais dans une heure environ. Pourquoi ne pas faire un saut ? Vous avez l'adresse ?

— Oui, mais je connais mal Miami.

Wilbanks lui donna les indications nécessaires. Le bureau de l'architecte n'était qu'à quelques pas de son motel, aussi Giordino dîna-t-il rapidement dans un petit restaurant cubain, après quoi il se dirigea à pied vers l'adresse indiquée.

L'homme qui ouvrit la porte avait à peine plus de trente ans. Il était assez grand et portait un short et une chemise à fleurs. Giordino lui arrivait à peine à l'épaule et dut lever la tête pour lui parler. Le visage agréable de l'architecte était encadré d'une abondante chevelure, peignée en arrière et grisonnante aux tempes.

« Pas de doute, se dit Giordino, ce type-là appartient au monde du yachting. »

— Monsieur Giordino ? Wes Wilbanks. Ravi de vous rencontrer.

— Merci de me recevoir.

— Entrez. Voulez-vous un peu de café ? Il est de ce matin mais la chicorée lui garde sa saveur.

— Avec plaisir.

Wilbanks le fit entrer dans un bureau où le plancher et les étagères couvrant l'un des murs étaient en bois dur. Sur les étagères, des livres sur les bateaux et la construction maritime. Sur l'autre mur étaient exposées des maquettes de bateaux. Giordino supposa qu'il s'agissait de bâtiments construits d'après les plans de Wilbanks.

Une table à dessin très ancienne occupait le centre de la pièce. Près de la large fenêtre ouvrant sur le port, un bureau supportait un ordinateur.

Giordino prit la tasse de café offerte et posa sur la table à dessin les esquisses réalisées par le second du navire porte-conteneurs *Rio Grande*.

— Je sais que c'est peu comme données mais j'espère que vous pourrez me diriger vers le constructeur de ce yacht.

Wilbanks étudia les dessins, secouant la tête de temps en temps. Après une longue minute, il se frotta le menton et leva les yeux.

— A première vue, ça pourrait venir d'une bonne centaine de bureaux. Mais je crois que celui qui a observé ce bateau et l'a dessiné a été trompé par l'angle sous lequel il l'a vu. En réalité, je suis sûr qu'il y a deux coques et non une, avec une rondeur qui lui donne l'allure d'un navire spatial. J'ai toujours voulu créer quelque chose de ce genre mais je n'ai jamais trouvé un client qui accepte de s'éloigner à ce point des formes conventionnelles.

— On croirait que vous parlez d'un engin pour aller sur la Lune!

— On n'en est pas loin.

Wilbanks s'installa devant son ordinateur.

— Permettez-moi de vous montrer ce que je veux dire avec des graphiques informatisés.

Il fouilla dans un tiroir et en tira une disquette qu'il inséra dans la machine.

— Voici un concept que j'ai créé pour le plaisir et parce que ça me frustrait de savoir qu'on ne me paierait jamais pour le construire.

L'image d'un joli yacht de croisière, fin, sans aucune ligne aiguë et sans angles, apparut sur l'écran. Là, pas d'avant angulaire traditionnel. Toute la coque et l'habitacle, au-dessus du poste de pilotage étaient faits de lignes douces et de rondeurs. Ce bateau avait au moins cinquante ans d'avance. Giordino en fut impressionné. En utilisant les graphiques informatisés, Wilbanks lui fit voir l'intérieur du bateau, insistant sur le dessin audacieux et inhabituel de l'équipement et du mobilier. Quelle imagination et quelle innovation!

— Vous visualisez tout à partir d'une ou deux esquisses? s'étonna Giordino.

— Attendez, vous allez voir, dit Wilbanks.

Il fit défiler les esquisses de Giordino devant l'analyseur électronique qui transférait les images sur son écran. Puis il recouvrit les esquisses de ses propres plans et compara le tout. A part quelques différences mineures de dessin et de dimensions, les similitudes étaient nombreuses.

— Ça m'en fiche plein la vue! murmura Giordino.

— Et ça me rend malade de voir qu'une de mes idées a été réalisée sans moi, soupira l'architecte. J'aurais vendu ma femme et mes gosses pour construire ce truc-là.

— Pouvez-vous me donner une idée de la taille et de la puissance?

— De votre modèle ou du mien?

— Celles du bateau dessiné là, précisa Giordino.

— Je dirais environ trente mètres de long hors tout. Un mât de dix mètres ou un peu moins. Quant à la puissance des moteurs, s'il n'en tenait qu'à moi, je préconiserais deux Blitzen Seastorms turbodiesels. Sans doute des BAD 98 qui, combinés, pourraient assurer plus de deux mille cinq cents chevaux. Avec ça, on peut atteindre une vitesse de croisière, pour un bateau de cette taille et en eaux calmes, d'environ soixante-dix nœuds ou davantage, bien davantage selon l'efficacité de la double coque.

— Qui a les épaules assez larges pour construire un tel bateau?

Wilbanks s'appuya au dossier de sa chaise et réfléchit un moment.

— Un bateau de cette taille et de cette configuration exige un matériel sophistiqué de mise en forme de la fibre de verre. Glastec Boats, à San Diego, peut faire ça. Ou encore Heinklemann Specialty Boat Builders à Kiel, en Allemagne.

— Et les Japonais?

— Ils ne se sont pas lancés dans l'industrie du yacht. Hong Kong possède pas mal de petits chantiers navals mais ils font surtout du bois. La plupart des constructeurs faisant de la fibre de verre s'en tiennent aux concepts testés et qui ont fait leurs preuves.

— Alors, à votre avis, c'est Glastec ou Heinklemann? dit Giordino.

— Je m'adresserais à ces deux-là si j'avais à faire construire ce type de coque, assura Wilbanks.

— Et l'architecte?

— Je peux vous en citer au moins vingt spécialisés en créations aussi radicales.

Giordino sourit.

— J'ai eu de la chance de tomber sur le vingt et unième.

— Où êtes-vous descendu?

— Au Seaside Motel.

— La NUMA les lâche avec un élastique, pour les notes de frais, on dirait?

— Vous devriez faire la connaissance de mon patron, l'amiral James Sandecker. Shylock [1] et lui doivent être cousins germains.

Wilbanks sourit.

— Vous savez ce que vous allez faire? Revenez me voir ici, demain matin, vers dix heures. Je devrais avoir quelque chose pour vous.

— Je vous remercie de votre aide.

Giordino serra la main de Wilbanks puis alla faire une longue promenade sur le front de mer avant de retourner dans sa chambre au motel. Il

---

1. Nom du Juif du *Marchand de Venise*, de Shakespeare.

se plongea dans la lecture d'un roman policier avant de s'endormir enfin profondément.

A dix heures précises, le lendemain matin, Giordino entra dans le bureau de Wilbanks. L'architecte nautique était plongé dans l'étude d'un jeu de plans. Il se leva et sourit.

— Après votre départ, hier soir, j'ai affiné les dessins que vous m'aviez donnés et j'en ai tiré des plans à l'échelle. Puis je les ai réduits et je les ai télécopiés à San Diego et en Allemagne. A cause du décalage horaire, Heinklemann a répondu avant que je n'arrive ce matin. Glastec, lui, m'a répondu vingt minutes avant votre arrivée.

— Connaissent-ils le bateau en question? demanda impatiemment Giordino.

— Sur ce plan-là, mauvaise nouvelle, je le crains, dit Wilbanks, le visage sans émotion.

— Alors je retourne à la case départ?

— Pas vraiment. La bonne nouvelle, c'est qu'un des ingénieurs d'Heinklemann a vu et étudié votre yacht alors qu'il mouillait à Monaco, il y a environ neuf mois. Il a dit que le yacht venait d'un chantier naval français, un nouveau venu sur le marché, un type que je ne connais pas. Jusserand Marine, à Cherbourg.

— Alors on peut lui faxer un jeu de plans? dit Giordino à nouveau plein d'espoir.

— Ce n'est pas la peine. Bien que vous ne me l'ayez pas dit, j'ai cru comprendre que la vraie raison pour laquelle vous cherchiez le constructeur, c'était pour apprendre l'identité du propriétaire, non?

— Je n'ai pas de raison de le nier.

— L'ingénieur d'Heinkelmann qui a vu le bateau à Monaco a eu la gentillesse de nous l'envoyer dans son fax. Il a précisé qu'il ne s'en est inquiété qu'après avoir remarqué que l'équipage ressemblait plus à un groupe de maffieux qu'à des marins bien élevés, s'occupant d'un yacht de luxe.

— Des maffieux?

— Il dit qu'ils étaient tous armés.

— Et le nom du propriétaire?

— Il s'agit d'une femme, une Australienne très riche. Sa famille a fait fortune dans les mines de diamants. Elle s'appelle Boudicca Dorsett.

17

Pitt volait vers Ottawa, au Canada, quand Giordino appela son avion pour le mettre au courant de sa découverte du yacht mystérieux.

— Tu es sûr qu'il n'y a aucun doute ? demanda Pitt.

— Aucun. Tu peux en mettre ta tête à couper : le bateau qui a fui la scène du crime appartient à la famille Dorsett.

— Le complot s'épaissit !

— Il t'intéressera peut-être aussi d'apprendre que l'amiral a demandé à la Marine de faire fouiller par le satellite la ceinture centrale et orientale de l'océan Pacifique. On a trouvé et suivi le yacht. Il a fait une courte escale à Hawaï et repris la mer vers l'endroit où tu te diriges.

— L'île Kunghit ? Alors je vais faire d'une pierre deux coups !

— Tu es plein de clichés minables, ce matin.

— A quoi ressemble le yacht ?

— Rien de commun avec les bateaux vus jusqu'ici. On dirait tout à fait un vaisseau spatial.

— Je vais ouvrir l'œil, promit Pitt.

— Je sais que je perds mon temps, ajouta Giordino, mais essaie de faire attention à toi.

— Je te ferai signe si j'ai besoin d'argent, répondit Pitt en riant.

Il raccrocha en se disant qu'il avait bien de la chance de posséder un ami aussi affectueux qu'Albert Cassius Giordino.

A l'atterrissage, il loua une voiture et entra dans Ottawa, la capitale du Canada, par le pont traversant le fleuve Rideau. Il faisait plus froid que dans un réfrigérateur et le paysage lui parut laid et dénudé, sans une feuille sur les arbres. La seule touche de couleur était celle du vert des sapins, quand ils dépassaient de l'épaisse couche de neige. Il regarda, par-dessus le rail de sécurité, la rivière, en bas, qui traversait Ottawa et allait se fondre dans le puissant Saint-Laurent. Elle était couverte de glace.

Pitt se dit que le Canada était vraiment un pays magnifique mais que ses terribles hivers devraient être envoyés tout là-bas, au Nord, et ne jamais plus revenir.

En traversant le pont pour entrer dans la petite ville de Hull, il regarda la carte et mémorisa les rues menant à un groupe de trois bâtiments énormes, abritant plusieurs offices gouvernementaux. Pitt cherchait celui appelé Environnement Canada, l'équivalent de l'Agence de Protection de l'Environnement des Etats-Unis, dont le siège était à Washington.

Un garde à la grille lui indiqua où aller et lui fit signe qu'il pouvait entrer. Pitt gara la voiture au parking des visiteurs et pénétra dans le bâtiment. Il prit un ascenseur et gagna les bureaux qu'il cherchait.

Une réceptionniste proche de l'âge de la retraite leva la tête et sourit.

— Puis-je vous être utile ?

— Je m'appelle Pitt. J'ai rendez-vous avec M. Edward Posey.

— Un instant.

Elle composa un numéro, annonça le visiteur, hocha la tête puis indiqua à Pitt où trouver le bureau de M. Posey. Là, une jolie secrétaire rousse l'attendait à la porte et le conduisit à celle de M. Posey.

Un homme trapu, avec des lunettes et une barbe, se leva et, se penchant par-dessus son bureau, tendit la main à Pitt.

— Je suis heureux de vous revoir, Dirk. Depuis quand ne nous sommes-nous pas rencontrés ?

— Onze ans. La dernière fois, c'était au printemps 1989.

— Oui, le projet Doodlebug. Nous nous sommes vus à la conférence au cours de laquelle vous avez fait part de votre découverte d'un champ de pétrole près de la Terre de Baffin.

— J'ai besoin de vous, Ed.

Posey montra une chaise.

— Asseyez-vous, asseyez-vous. Que puis-je faire pour vous exactement ?

— J'ai besoin de votre autorisation pour enquêter sur les activités minières menées en ce moment sur l'île Kunghit.

— Vous voulez parler des exploitations de la Dorsett Consolidated ?

— Exactement. La NUMA a de bonnes raisons de croire que leur technique d'extraction a un effet dévastateur sur la vie marine et ce, jusqu'à l'Antarctique.

Posey eut un regard pensif.

— Est-ce que ça aurait un rapport avec le navire de croisière australien et la mort de ses passagers ?

— Pour l'instant, tout rapport est purement circonstanciel.

— Mais vous avez des soupçons ?

— En effet.

— C'est aux Ressources Naturelles du Canada que vous devez vous adresser.

— Je ne crois pas. Si votre gouvernement exploitait des mines, il faudrait une décision du Parlement pour autoriser une enquête sur un territoire légalement exploité par une compagnie minière. Même dans ce cas, Arthur Dorsett est trop puissant pour autoriser cela.

— J'ai l'impression que vous avez mis le pied sur un terrain dangereux, dit Posey.

— Mais il y a un moyen de s'en sortir, poursuivit Pitt avec un sourire. A condition que vous coopériez.

Posey eut l'air gêné.

— Je ne peux pas vous autoriser à fouiner dans les mines de diamants de Dorsett, en tout cas pas sans une preuve irréfutable qu'il détruit vraiment l'environnement.

— Peut-être, mais vous pouvez très légalement louer mes services pour étudier les habitudes de reproduction des saumons à nez en chou-fleur.

— La saison de la reproduction est presque terminée. Et d'ailleurs, je n'ai jamais entendu parler du saumon à nez en chou-fleur.

— Moi non plus.

— Vous ne ferez pas avaler ça au service de sécurité de la mine. Dorsett a engagé ce qu'il y a de plus efficace dans la profession, des vétérans des Forces spéciales américaines et des commandos britanniques.

— Je n'aurai pas besoin de m'introduire sur la propriété minière, expliqua Pitt. Je pourrai trouver tout ce que j'ai besoin de savoir avec les instruments appropriés, à bord d'un voilier, autour des criques de l'île Kunghit.

— Un bateau hydrographique ?

— Je pensais plutôt à un canoë, très couleur locale et tout ça.

— Oubliez le canoë. Les eaux sont traîtresses autour de Kunghit. Les rouleaux viennent du Pacifique et frappent les plages rocheuses avec une force que vous n'imagineriez même pas.

— A vous entendre, c'est dangereux.

— Si la mer n'a pas raison de vous, dit sérieusement Posey, l'équipe de gorilles de Dorsett aura votre peau.

— Bon, alors je prendrai un bateau plus gros avec un harpon, répondit Pitt en souriant.

— Pourquoi ne pas aller simplement sur la propriété, avec une véritable équipe canadienne d'ingénieurs de l'environnement, pour révéler les opérations véreuses ?

Pitt fit non de la tête.

— Ce serait une perte de temps. Le chef de chantier de Dorsett se contenterait d'arrêter l'extraction jusqu'à ce que nous repartions. Il vaut mieux enquêter pendant que leur garde est baissée.

Posey regarda quelques secondes par la fenêtre puis haussa les épaules.

— D'accord, je vais me débrouiller pour vous faire travailler sous contrat avec Environnement Canada, pour étudier les varechs autour de l'île Kunghit. Vous serez supposé examiner les dommages causés au varech par les produits chimiques que les opérations minières déversent dans la mer. Cela vous paraît-il plausible ?

— Merci, dit sincèrement Pitt. Combien serai-je payé ?

Posey saisit la plaisanterie au bond.

— Désolé, vous n'êtes pas sur mon budget. Mais si vous insistez, je pourrais aller jusqu'à vous payer un hamburger au fast-food le plus proche.

— Vendu.

— Juste une question. Irez-vous seul ?

— Une personne seule éveille moins les soupçons que deux.

— Pas dans le cas qui nous intéresse, dit Posey. Je vous conseille vivement d'emmener un des Indiens du cru comme guide. Cela vous donnera une allure plus officielle. Environnement Canada travaille en étroite collaboration avec les tribus pour lutter contre la pollution et sauver les forêts. Un chercheur et un pêcheur indigène travaillant sur un projet du gouvernement devraient calmer les doutes que pourraient avoir les équipes de sécurité de Dorsett.

— Vous pensez à quelqu'un en particulier ?

— Mason Broadmoor. Un type plein de ressources. Je l'ai souvent employé pour des quantités de projets de défense de l'environnement.

— Un Indien qui s'appelle Mason Broadmoor !

— Il appartient à la tribu des Haisa qui vit sur les îles de la Reine-Charlotte, en Colombie britannique. La plupart de ces gens ont adopté des noms anglais il y a bien longtemps. Ce sont d'excellents pêcheurs, qui connaissent bien les eaux autour de l'île Kunghit.

— Ce Broadmoor est-il aussi pêcheur ?

— Pas vraiment. Mais il est très créatif.

— Créatif de quoi ?

Posey hésita un instant. Il redressa quelques papiers sur son bureau puis regarda Pitt d'un air gêné.

— Mason Broadmoor est sculpteur de totems, avoua-t-il enfin.

18

Arthur Dorsett sortit de l'ascenseur privé de sa suite du dernier étage à sept heures précises, comme chaque matin, tel un taureau chargeant dans les arènes de Séville, énorme, menaçant, invincible. C'était un véritable géant, aux épaules si larges qu'elles passaient tout juste le chambranle des portes. Il avait la silhouette poilue et musculeuse d'un lutteur professionnel. Des cheveux blonds vigoureux et drus se dressaient sur sa tête comme un buisson de ronces. Le visage rougeaud n'était pas moins féroce que le regard de ses yeux noirs perçants sous des sourcils épais et broussailleux. Il marchait avec un curieux déhanchement qui faisait monter et descendre ses épaules comme un moteur à balancier.

Sa peau était rude et tannée par les longues journées passées au soleil, au travail dans les mines à ciel ouvert où il poussait ses ouvriers à augmenter la production. Il était encore capable de remplir un seau de limon aussi vite que le meilleur d'entre eux. Une énorme moustache se redressait aux coins de ses lèvres toujours ouvertes comme la gueule d'une murène, révélant des dents jaunies par des années passées à fumer la pipe.

Il exsudait le mépris et la plus totale arrogance. Arthur Dorsett était un empire à lui tout seul et ne connaissait d'autres lois que les siennes.

Il évitait les feux de la rampe, ce qui n'était pas facile vu son incroyable richesse et les quatre cents millions de dollars que lui assurait le commerce des joyaux, à partir de l'immeuble qu'il avait fait construire à Sydney. Payé sur ses propres caisses, sans le moindre emprunt aux banques, le bâtiment, qui ressemblait un peu aux Trump Towers, abritait des bureaux de courtiers, négociants et grossistes en diamants, des laboratoires de taille et une usine de polissage. Il avait la réputation d'être le plus gros joueur de tous les producteurs. Mais il jouait également un rôle très secret en coulisses, sur le marché des pierres précieuses de couleur.

Il entra dans une vaste antichambre, passa devant quatre secrétaires sans paraître se soucier de leur présence et pénétra dans un bureau situé au centre du bâtiment. Il n'y avait, dans la pièce, aucune fenêtre qui eût pu permettre d'apprécier la vue panoramique superbe du quartier le plus moderne de Sydney, s'étendant vers l'horizon depuis le port. Bien des hommes d'affaires qui s'étaient fait rouler par Dorsett auraient volontiers loué un sniper pour le sortir de là.

Il passa la porte d'acier ouvrant sur son propre bureau. Celui-ci était simple, spartiate même, avec des murs de deux mètres d'épaisseur. La pièce formait une voûte unique. C'est de là qu'il dirigeait les affaires minières de la famille. Là qu'il avait rassemblé et, maintenant, exposé les plus grosses et les plus riches pierres tirées de ses mines, taillées par ses ateliers. Des centaines de pierres incroyablement belles, posées sur du velours noir, dans des vitrines fermées. On estimait que, rien que dans cette pièce, il y en avait pour plus de 1,2 milliard de dollars.

Dorsett n'avait besoin d'aucun leverage [1] pour mesurer les pierres, ni de loupe pour détecter les craquelures ou les crapauds des diamants. Aucun œil n'était plus exercé que le sien dans toute la profession. De tous les diamants exposés pour sa seule satisfaction, c'est toujours le plus gros qu'il venait admirer, le plus précieux et peut-être le plus cher du monde. C'était une pierre absolument sans défaut, d'une eau parfaite, totalement transparente avec une très belle réfraction qui dispersait la lumière plus qu'aucune autre. Une lampe placée au-dessus de la vitrine déclenchait une explosion de rayons de feu dans un déploiement éblouis-

---

1. Appareil servant à calculer le poids en carats d'un diamant.

sant de tous ses tons violet rose. Découvert par un mineur chinois sur l'île du Gladiateur en 1908, c'était le diamant le plus gros jamais dégagé sur l'île. A l'origine, il pesait 1 130 carats à l'état brut. La taille lui en avait laissé 620. La pierre était taillée en rose double à 98 facettes destinées à rehausser sa brillance. Si jamais diamant avait enflammé l'imagination, les rêves, le romanesque et l'aventure, c'était bien le Rose Dorsett, comme Arthur l'avait modestement baptisé. Sa valeur était inestimable. Peu de gens connaissaient son existence. Dorsett savait qu'une bonne cinquantaine de personnes, tout autour du monde, auraient adoré l'étrangler pour s'approprier cette merveille.

A contrecœur, il se détourna de la pierre et alla s'asseoir à son bureau, un meuble immense et monstrueux fait de lave polie avec des tiroirs en acajou. Il pressa un bouton, prévenant ainsi sa secrétaire en chef qu'il était arrivé.

Elle répondit immédiatement à l'interphone.

— Vos filles vous attendent depuis près d'une heure.

Indifférent, Dorsett répondit d'une voix aussi dure que les pierres exposées dans son bureau.

— Envoyez-moi ces petites chéries.

Puis il s'installa pour assister à la parade, ravi comme chaque fois d'admirer les différences physiques et morales de sa progéniture.

Boudicca, une géante sculpturale, passa la porte avec l'assurance d'une tigresse pénétrant dans un village sans défense. Elle portait un cardigan à côtes sur une tunique assortie sans manches et un pantalon rayé beige et brun dont les jambes s'enfonçaient dans des bottes d'équitation en agneau. Beaucoup plus grande que ses sœurs, elle les dépassait comme elle dépassait la plupart des hommes. Ceux qui détaillaient sa beauté d'Amazone ne pouvaient s'empêcher de ressentir un certain effroi. A peine moins grande que son père, elle avait comme lui des yeux noirs, mais plus inquiétants et voilés que féroces. Elle n'avait aucun maquillage et un flot de cheveux d'un blond vénitien lui tombait jusqu'à la taille, dénoués et ondoyants. Son corps sans graisse était bien proportionné. Quant à son expression, c'était un mélange de mépris et de méchanceté. Elle dominait facilement tous ceux qu'elle côtoyait sauf, évidemment, son père.

Dorsett considérait Boudicca comme un fils qu'il aurait perdu. Au fil des années, il avait accepté à contrecœur son style de vie secret parce que la seule chose qui l'intéressait vraiment, c'était que Boudicca eût la même volonté forte et inflexible que la sienne.

On aurait dit que Deirdre flottait dans la pièce, calme et nonchalante, très à la mode dans une robe-manteau croisée en lainage bordeaux, simple mais élégante. Indubitablement séduisante, elle n'était pas femme à se faire des illusions. Elle savait exactement ce qu'elle était capable de faire. Il n'y avait en elle aucun trucage. Mis à part les traits délicats de son visage et la souplesse de son corps, elle avait des qualités tout à fait masculines. Boudicca et elle s'assirent respectueusement sur deux des trois chaises placées devant le bureau de Dorsett.

Maeve suivait ses sœurs, bougeant avec autant de grâce qu'un roseau dans une brise légère. Elle portait une chemise indigo avec une fermeture Eclair ouverte sur une jupe assortie et un pull à col roulé blanc. Ses longs cheveux blonds étaient soyeux et brillants mais son visage était rougi et ses yeux brillants de colère. Elle avança jusqu'au bureau, passa entre ses sœurs assises et, le menton levé, regarda son père droit dans les yeux. Elle n'y lut qu'intrigue et corruption.

— Je veux mes fils! dit-elle sèchement.

Ce n'était pas une supplique mais une exigence.

— Assieds-toi, ma fille, ordonna Dorsett en prenant une pipe de bruyère qu'il pointa comme une arme.

— Non! cria-t-elle. Tu as enlevé mes fils et je veux qu'on me les rende ou je jure par Dieu que je te traînerai devant la justice, toi et tes deux chiennes de filles. Mais avant, je t'assure que j'aurai raconté tout ce qu'on peut dire de toi aux journaux du monde entier!

Il la regarda sans ciller, appréciant calmement son défi. Puis il appela sa secrétaire par l'interphone.

— Passez-moi Jack Ferguson, je vous prie. (Il sourit à Maeve.) Tu te souviens de Jack, n'est-ce pas?

— Ce gorille sadique dont tu as fait ton surintendant? Et alors?

— J'ai pensé que tu aimerais être au courant. C'est lui qui joue la nounou des jumeaux.

Le visage de Maeve ne refléta plus la colère mais, soudain, l'inquiétude.

— Pas Ferguson?

— Un peu de discipline n'a jamais fait de mal à des garçons de leur âge.

Elle allait répondre quand l'interphone résonna. Dorsett leva la main pour la faire taire.

— Jack?

On entendit le bruit des machines à l'arrière-plan et Ferguson répondit sur son téléphone portable.

— Oui, je suis là.

— Les garçons sont-ils près de toi?

— Oui, monsieur. En ce moment, je leur fais charger de la boue tombée des wagonnets.

— J'aimerais que tu t'arranges pour organiser un accident.

— Non! hurla Maeve. Seigneur, ils n'ont que six ans! Tu ne peux pas assassiner tes propres petits-fils!

Elle était horrifiée de constater que Deirdre avait l'air parfaitement indifférent et Boudicca paraissait aussi glacée qu'une tombe.

— Je ne considère pas ces bâtards comme mes petits-fils, rugit Dorsett.

Une peur épouvantable envahit Maeve. Elle ne pourrait jamais gagner ce genre de bataille. Ses fils étaient en danger de mort et elle se rendait bien compte que son seul espoir de les sauver résidait dans sa soumission à la volonté de son père. Elle avait une conscience angoissante de son impuissance. Il fallait qu'elle se débrouille pour gagner du temps, jusqu'à ce qu'elle ait mis au point le moyen de sauver ses enfants. Rien d'autre ne comptait. Si seulement elle avait pu confier ses soucis à cet homme de la NUMA ! Il aurait sûrement trouvé une solution. Mais il était à des milliers de kilomètres, maintenant.

Elle se laissa tomber sur la chaise vide, battue mais encore pleine de défi, en proie à des émotions complètement perturbées.

— Qu'attends-tu de moi ?

Son père se détendit et appuya sur une touche du téléphone pour mettre fin à l'appel. Les rides profondes qui marquaient les coins de ses yeux s'élargirent.

— J'aurais dû te battre davantage quand tu étais jeune.

— Tu l'as fait, cher père, dit-elle avec rancune. Souvent.

— Assez de sentimentalisme, grogna-t-il. Je veux que tu retournes aux Etats-Unis et que tu travailles avec l'Agence Nationale Marine et Sous-Marine. Que tu surveilles ces gens de près. Que tu observes comment ils essaient de découvrir la cause des morts inexpliquées. S'ils commencent à s'approcher de la vérité, je veux que tu fasses tout ce que tu pourras pour les faire décrocher. Sabotage ou meurtre, je m'en fiche. Et si tu rates ton coup, ces petits crétins que tu as faits en te roulant dans la fange y perdront la vie. Mais si tu réussis, ils vivront dans l'opulence.

— Tu es fou ! bégaya-t-elle, sidérée par ce qu'elle venait d'entendre. Tu assassinerais ta chair et ton sang comme si de rien n'était...

— Oh ! mais tu te trompes complètement, ma chère sœur, interrompit Boudicca. Vingt milliards de dollars, on ne peut pas dire que ça ne soit rien.

— Quel plan de fous avez-vous mis au point ?

— Si tu n'avais pas essayé de nous fuir, tu le saurais, dit Deirdre avec méchanceté.

— Papa va faire crouler le marché mondial des diamants, révéla Boudicca, aussi calmement que si elle décrivait une nouvelle paire de chaussures.

Maeve la regarda sans comprendre.

— C'est impossible ! De Beers et le reste du cartel n'autoriseront jamais une chute des prix du diamant.

Dorsett paraissait encore plus large derrière son bureau.

— Malgré leur habituelle manipulation des lois de l'offre et de la demande, dans trente jours, cette chute sera consommée. Une vraie pluie de pierres va envahir le marché, à des prix tels que les enfants pourront en acheter avec l'argent de leur tirelire.

— Personne, même pas toi, ne peut décider du marché des diamants.

— Tu te trompes complètement, ma fille, dit Dorsett avec suffisance. Les prix astronomiques de ces pierres ont toujours été fonction de leur rareté. Pour exploiter ce mythe du diamant pierre rare, De Beers a étayé sa valeur en achetant la production de nouvelles mines au Canada, en Australie, en Afrique et en stockant toutes ces pierres. Quand les Russes ont ouvert leurs mines de Sibérie et rempli un entrepôt de cinq étages de milliers de tonnes de pierres, De Beers n'a pas pu se permettre de les laisser envahir le marché. Alors ils ont conclu un pacte. De Beers accorderait des prêts commerciaux de quelques milliards de dollars au nouvel Etat russe et les Russes le rembourseraient en diamants. Ainsi les cours pourraient rester hauts, pour le meilleur intérêt des producteurs et des courtiers. On ne compte plus les mines que le cartel a achetées puis fermées pour éviter la surabondance des pierres. Le puits diamantifère américain de l'Arkansas en est une bonne illustration. S'il était exploité, il pourrait incontestablement devenir le plus grand producteur de diamants du monde. Au lieu de cela, De Beers l'a acheté et l'a transformé en parc privé américain, ce qui permet à quelques touristes de creuser un peu en surface pour un prix raisonnable.

— Ils ont utilisé les mêmes méthodes avec des propriétaires de mines, de Tanzanie jusqu'au Brésil, ajouta Deirdre. Tu nous as bien appris nos leçons, Papa. Nous savons à quoi nous en tenir sur les intrigues en coulisses du cartel du diamant.

— Pas moi, dit sèchement Maeve à Dorsett. Le commerce des pierres ne m'a jamais intéressée.

— Dommage que tu n'aies pas voulu écouter les leçons de Papa, dit Boudicca. Tu aurais tout à y gagner.

— Mais qu'est-ce que tout ceci a à voir avec la chute du marché? demanda Maeve. Un effondrement des prix serait fatal à la Dorsett Consolidated Mining aussi, non? Comment pourriez-vous tirer avantage d'un tel désastre?

— Il vaut mieux que tu l'ignores avant le jour J, dit Dorsett en enfonçant ses dents sur le tuyau de sa pipe vide. Contrairement à Boudicca et à Deirdre, on ne peut te faire confiance pour garder le silence.

— Trente jours, c'est ça ce que tu prévois?

Dorsett se cala au dossier de sa chaise, croisa ses énormes mains sur sa poitrine et hocha la tête.

— J'oblige nos équipes de mineurs à faire les trois huit, vingt-quatre heures par jour, depuis dix ans. Dans un mois, j'aurai accumulé un stock de plus de deux milliards de dollars de pierres. Etant donné la mauvaise tenue de l'économie mondiale, la vente des diamants a stagné un moment. Toutes les énormes sommes que le cartel a dépensées en publicité n'ont pas réussi à augmenter les ventes. Si mon nez ne me trompe pas, dans trente jours le marché sera au plus bas, juste avant de rebondir. Et moi, j'ai l'intention d'attaquer quand il sera au plus bas.

— Que fais-tu dans tes mines, qui sème la mort d'un bout à l'autre de l'océan ? demanda Maeve.

— Il y a environ un an, mes ingénieurs ont mis au point une excavatrice révolutionnaire, utilisant les ultrasons engendrés par une très haute énergie pour creuser l'argile bleue qui contient les plus importants gisements de diamants. Apparemment, la roche souterraine, sous les îles où nous exploitons, crée une résonance qui se propage dans l'eau alentour. Bien qu'il s'agisse d'un événement assez rare, cette résonance converge de temps en temps avec les résonances provenant de mes autres mines, près de la Sibérie, du Chili et du Canada. L'énergie s'intensifie jusqu'à atteindre un niveau capable de tuer des animaux et des humains. C'est dommage mais je ne peux permettre que ces effets secondaires anormaux retardent mon programme.

— Mais tu ne comprends pas ? plaida Maeve. Cela t'est-il égal que toute la vie marine et celle de centaines de gens soient anéanties à cause de ton avidité ? Combien de morts supplémentaires faudra-t-il avant que ta folie soit enfin satisfaite ?

— Je ne m'arrêterai que lorsque j'aurai détruit le marché du diamant, répéta Dorsett d'un ton glacial. Où est le yacht ? demanda-t-il en s'adressant à Boudicca.

— Je l'ai envoyé à l'île Kunghit après avoir débarqué à Honolulu et être rentrée ici par avion. Mon chef de la sécurité, là-bas, m'a informée que la police montée canadienne commence à devenir soupçonneuse. Il y a eu des vols au-dessus de l'île, on a pris des photos et questionné les habitants aux alentours. Avec ta permission, j'aimerais rejoindre le yacht. Tes géophysiciens prédisent une autre convergence à environ cinq cents kilomètres à l'est de Seattle. J'aimerais être dans le coin à ce moment-là, pour faire disparaître toute épave éventuelle et empêcher les garde-côtes américains d'y mettre le nez.

— Prends le jet de la société et reviens le plus vite possible.

— Vous savez où les morts vont se produire la prochaine fois ? demanda Maeve, écœurée. Il faut prévenir les navires afin qu'ils sortent de la zone !

— Ce n'est pas une bonne idée, répondit Boudicca. Le monde n'a pas besoin de connaître nos secrets. D'ailleurs, les chercheurs de Papa ne peuvent faire que des estimations du lieu et du moment où l'onde de choc frappera.

Maeve regarda sa sœur avec de grands yeux et ses lèvres se pincèrent un peu.

— Tu savais tout cela très précisément quand tu as envoyé Deirdre sur le *Polar Queen* pour qu'elle me sauve la vie.

Boudicca éclata de rire.

— Te sauver la vie ? C'est ce que tu penses ?

— C'est ce qu'elle m'a dit.

— J'ai menti pour t'empêcher d'informer ces gens de la NUMA, dit Deirdre. Désolée, ma chère sœur, mais les ingénieurs de Papa ont fait une légère erreur de calcul. La vague mortelle était supposée frapper le navire trois heures plus tôt.

— Trois heures plus tôt... murmura Maeve qui commençait à comprendre l'affreuse vérité. A ce moment-là, j'aurais été sur le bateau !

— Et tu serais morte avec les autres, acheva Deirdre comme si elle était déçue.

— Vous vouliez que je meure ! s'exclama la jeune femme, l'horreur et le mépris sur le visage.

Son père la regarda comme si elle n'était qu'un caillou ramassé dans sa mine.

— Tu as tourné le dos à tes sœurs et à moi. Pour nous, tu n'existais plus. Et tu n'existes plus.

19

Un avion amphibie de couleur fraise portant en grosses lettres blanches CHINOOR CARGO CARRIERS tout au long de son fuselage, se balançait doucement sur l'eau à côté du dock de ravitaillement en carburant, près de l'aéroport de Shearwater, en Colombie britannique. Un homme de taille moyenne, brun, au visage sérieux, vêtu d'une combinaison de vol en cuir démodée, tenait le tuyau de carburant dans le réservoir de son appareil, sous l'une des ailes. Il baissa les yeux et examina l'homme qui s'approchait d'un pas tranquille le long du quai, un sac à dos sur l'épaule et une grande valise noire à la main. Il portait un jean, une veste de ski et, sur la tête, un chapeau de cow-boy. Quand l'étranger s'arrêta près de l'appareil et leva les yeux, le pilote montra le chapeau à large bord.

— C'est un Stetson ?

— Non, il a été fait sur mesure par Manny Gammage, à Austin, au Texas.

L'étranger considéra l'amphibie qui paraissait avoir été construit avant 1970.

— C'est un Havilland, n'est-ce pas ?

Le pilote hocha la tête.

— De Havilland Beaver, l'un des meilleurs broussards qu'on ait jamais construits.

— Une vieille tige mais solide comme un roc.

— Ouais, construit au Canada en 1967. Capable d'enlever quatre tonnes en décollant sur l'eau et de tenir quatre mille kilomètres. On le révère comme un cheval de labour du Nord. Ils sont encore plus de cent à voler.

— C'est rare maintenant de voir ces grands moteurs en étoile.

— Vous êtes un copain d'Ed Posey ? demanda soudain le pilote.

— En effet, répondit Pitt sans se présenter.

— Il y a un peu de vent, aujourd'hui.

— Oui, une vingtaine de nœuds, à mon avis.

— Vous êtes pilote ?

— J'ai quelques heures de vol.

— Malcolm Stokes.

— Dirk Pitt.

— J'ai cru comprendre que vous vouliez aller jusqu'à la crique de Blackwater.

Pitt hocha la tête.

— Ed Posey m'a dit que c'est là que je pourrai trouver un sculpteur de totems du nom de Mason Broadmoor.

— Je connais Mason. Son village occupe la partie sud de l'île Moresby, de l'autre côté du chenal de Houston Steward en venant de l'île Kunghit.

— Ça fait un vol de combien ?

— Une heure et demie en traversant le détroit d'Hecate. Vous devriez y être à temps pour déjeuner.

— Ça me paraît parfait, dit Pitt.

Stokes montra la valise noire.

— Qu'avez-vous là-dedans ? Un trombone ?

— Un hydrophone, un instrument pour mesurer le son sous l'eau.

Sans rien demander de plus, Stokes remit le bouchon sur le réservoir d'essence et le tuyau verseur à sa place, tandis que Pitt installait ses affaires à bord de l'appareil. Après avoir détaché les câbles retenant l'avion et poussé l'appareil du pied, Stokes alla prendre sa place dans le cockpit.

— Ça vous tente de vous installer devant ? demanda-t-il.

Pitt réprima un petit sourire. Il n'y avait aucun siège pour un passager dans la partie réservée au fret.

— Ça ne vous ennuie pas ?

Il s'installa sur le siège du copilote et attacha sa ceinture pendant que Stokes démarrait, faisait chauffer le grand moteur en étoile et vérifiait ses jauges. Déjà, le reflux avait repoussé l'appareil à trois mètres du quai. Après un coup d'œil de routine au chenal pour s'assurer qu'il n'y avait ni bateau ni avion, Stokes mit les gaz et décolla, inclinant le Beaver sur l'aile au-dessus de l'île Campbell et mettant le cap vers l'ouest.

Tandis qu'ils prenaient de l'altitude, Pitt repensa au rapport qu'Hiram Yaeger lui avait remis avant son départ de Washington.

Les îles de la Reine-Charlotte sont constituées d'environ cent cinquante îlots parallèles à la côte canadienne, sur cent soixante kilomètres vers l'est. La surface totale des îles représente 9 584 kilomètres carrés. La population est de 5 890 âmes, majoritairement des Indiens haidas, qui envahirent les îles au XVIIIe siècle. Les Haidas utilisèrent les cèdres rouges, très abondants, pour construire d'immenses canoës, creusés dans les troncs, et des maisons de planches destinées à abriter plusieurs familles à la fois, avec des portails massifs. Ils s'en servirent aussi pour sculpter de splendides totems ainsi que des masques, des coffrets et des plats.

L'économie des Haidas est fondée sur l'abattage du bois et la pêche, ainsi que sur l'extraction du cuivre, du charbon et du minerai de fer. En 1997, des prospecteurs au service de la Dorsett Consolidated Mining Limited découvrirent un puits de kimberlite sur l'île de Kunghit, la plus au sud de l'archipel. Après avoir creusé pour prendre une carotte d'essai, ils trouvèrent quatre-vingt-dix-huit diamants dans l'échantillon de cinquante-deux kilos. Bien que l'île Kunghit fît partie de la Réserve du Parc national de Moresby Sud, le gouvernement autorisa la Dorsett Consolidated à présenter une demande de location de l'île. Puis Dorsett lança une campagne d'exploitation massive et interdit les abords de l'île aux visiteurs et aux campeurs. Les courtiers new-yorkais C. Dirgo & Cie estimèrent que la mine pourrait fournir jusqu'à deux milliards de dollars de diamants.

Stokes interrompit les réflexions de Pitt.

— Maintenant qu'on est loin des curieux, dites-moi comment je peux être sûr que vous êtes bien Dirk Pitt, de l'Agence Nationale Marine et Sous-Marine.

— Etes-vous habilité à me le demander ?

Stokes retira de sa poche de poitrine un porte-cartes de cuir et l'ouvrit d'un mouvement du poignet.

— Gendarmerie royale, que vous appelez police montée canadienne, direction des enquêtes criminelles.

— Alors c'est à l'*inspecteur* Stokes que j'ai l'honneur de parler ?

— Oui, monsieur, c'est exact.

— Que voulez-vous que je vous montre ? Mes cartes de crédit ? Mon permis de conduire ? Ma carte d'identification de la NUMA ? Ma carte de donneur de sang ?

— Répondez seulement à une question, dit Stokes, une question concernant un naufrage.

— Allez-y.

— L'*Impératrice d'Irlande* ?

Pitt s'enfonça dans son siège et sourit.

— C'était un transatlantique canadien qui a coulé après une collision avec un charbonnier, dans le Saint-Laurent, à deux milles environ de la ville de Rimouski, en l'année 1914. On compta plus de mille victimes dont beaucoup appartenaient à l'Armée du Salut et se rendaient en Angleterre pour un congrès. Le navire repose sous cinquante mètres d'eau environ. La NUMA l'a étudié en mai 1989.

— Très bien. Je suppose que vous êtes celui que vous prétendez être.

— Pourquoi la police montée ? demanda Pitt. Posey ne m'a pas parlé d'enquête criminelle.

— Ce n'est pas dans ses attributions. Votre demande d'aller fouiner autour de l'île Kunghit est arrivée sur mon bureau par pure routine. Je fais partie d'un groupe de cinq enquêteurs qui surveillent la mine de diamants de Dorsett depuis neuf mois.

— Une raison particulière ?

— Immigration illégale. Nous suspectons Dorsett de faire entrer illégalement des Chinois sur son île pour les faire travailler dans ses mines.

— Pourquoi des Chinois ? Pourquoi n'engage-t-il pas des citoyens canadiens ?

— Nous pensons que Dorsett achète de la main-d'œuvre à des syndicats criminels et les emploie comme esclaves. Pensez à ce qu'il économise en impôts, primes d'assurance, retraites et salaires de syndiqués !

— Vous représentez la loi canadienne. Qu'est-ce qui vous empêche de faire une descente et de vérifier les papiers des travailleurs ?

— Dorsett a graissé la patte à un tas de fonctionnaires et à des députés pour protéger ses opérations. Chaque fois que nous essayons d'enquêter dans ses usines, nous nous heurtons à une batterie d'avocats grassement payés, qui nous envoient dans les dents des milliers de textes légaux. Sans un minimum de preuves documentées, le CID n'a aucune chance et ne peut s'appuyer sur rien.

— Je me demande bien pourquoi j'ai l'étrange sensation qu'on se sert de moi, murmura Pitt.

— Votre arrivée est des plus opportunes, monsieur Pitt. En tout cas pour la police montée.

— Laissez-moi deviner. Vous espérez que je vais mettre le nez là où vos collègues n'osent pas aller ?

— Eh bien, vous êtes américain. Si vous vous faites prendre, le pire que vous ayez à craindre, c'est d'être reconduit à la frontière. Pour nous, ça déclencherait un imbroglio politique de taille. Et puis, mon équipe et moi devons penser à notre retraite, évidemment.

— Evidemment, répéta Pitt d'un ton moqueur.

— Je serais ravi de vous satisfaire si vous décidiez de faire demi-tour et de rentrer à Shearwater.

— Bien sûr que je donnerais beaucoup pour aller faire une bonne partie de pêche dans une rivière pleine de saumons. Mais il y a des gens qui meurent en mer, en ce moment même. Je suis ici pour découvrir comment et si les extractions minières de la Dorsett Consolidated ont quelque chose à y voir.

— J'ai entendu parler des navires frappés par une plaie acoustique inconnue, dit Stokes. Il semble que nous traquions le même gibier, pour des raisons différentes.

— Le problème, c'est de coincer Dorsett avant que d'autres innocents ne meurent.

— Puis-je vous demander comment vous comptez procéder?

— Rien de très compliqué, répondit Pitt. J'ai l'intention de m'infiltrer dans la mine, avec Mason Broadmoor pour me guider sur l'île, à condition qu'il soit d'accord.

— Tel que je connais Mason, il va sauter sur l'occasion. Son frère pêchait près de l'île, l'année dernière. Un des bateaux des gardes de la Dorsett Consolidated lui a ordonné de filer. Etant donné que sa famille pêchait dans ces eaux depuis des générations, il a refusé. Alors ils l'ont salement battu et ils ont brûlé son bateau. Quand nous avons enquêté, les gardes de Dorsett ont prétendu que le bateau de Broadmoor avait explosé et qu'ils l'avaient aidé à s'en sortir.

— Sa parole contre celle de vingt gardes.

— Il y en avait huit mais vous avez compris le sens général.

— Maintenant, à votre tour, dit Pitt avec gentillesse. Comment puis-je vous aider?

Stokes montra par la fenêtre une île couverte de forêts avec une vilaine cicatrice au milieu.

— Voici l'île Kunghit. Ils ont construit une petite piste pour transporter les hommes et le matériel par avion jusqu'au ferry. Je vais faire semblant d'avoir des ennuis de moteur et nous nous poserons. Pendant que je bricolerai le moteur, vous raconterez aux gardes vos salades sur vos recherches dans l'eau.

Pitt regarda Stokes d'un air incrédule.

— Qu'est-ce que vous espérez y gagner, à part vous mettre à dos les gardes de Dorsett?

— J'ai mes raisons pour vouloir me poser. Raison numéro un, permettre aux caméras cachées dans les flotteurs de prendre des clichés de près à l'atterrissage et au décollage.

— Quelque chose me dit que ces gens-là détestent les visiteurs inopinés. Comment pouvez-vous être sûr qu'ils ne vont pas nous tirer dessus?

— Raison numéro deux, poursuivit Stokes sans se préoccuper des objections de Pitt, c'est justement ce qu'espèrent mes supérieurs. Ça leur donnerait l'occasion de faire une rafle ici et de coffrer ces salauds.

— Naturellement.

— Raison numéro trois, nous avons un agent infiltré qui travaille dans la mine. Nous espérons qu'il pourra me faire passer quelques renseignements pendant que nous serons posés.

— Ben dites donc! On a plein de petits complots tortueux, hein? dit Pitt.

— Pour parler plus sérieusement, si les choses tournaient mal, je dirais aux gardes de Dorsett que vous faites partie de la police montée avant qu'ils ne vous offrent une dernière cigarette et un verre de rhum. Ils ne sont pas assez idiots pour risquer une descente des autorités judiciaires qui fouilleraient partout pour retrouver le corps d'un de leurs meilleurs éléments.

— Donc vous avez bien informé votre équipe et vos supérieurs du fait que nous nous poserions !

Stokes eut l'air douloureusement surpris.

— Toute disparition serait rapportée par les journaux du soir. Ne vous faites pas de soucis. Les directeurs des mines de Dorsett détestent la publicité.

— Et quand allons-nous exécuter ce plan génial de la police montée canadienne ?

Stokes montra à nouveau les îles.

— Je devrais amorcer ma descente dans cinq minutes.

Pitt ne put que se caler dans son siège et admirer la vue. Au-dessous se dressait un gros cône volcanique, avec son puits central de terre bleue où gisaient les diamants bruts. Une sorte de pont géant en poutrelles d'acier s'étirait au-dessus du noyau dégagé, avec une myriade de câbles d'acier qui élevaient et abaissaient le minerai extrait. Quand ils atteignaient le sommet, les godets se déplaçaient alors horizontalement, comme des œufs de téléphériques, au-dessus du puits jusqu'aux bâtiments où les diamants étaient extraits de leurs résidus, lesquels venaient ensuite augmenter l'immense montagne de débris autour des excavations. Cette masse servait aussi de barrière artificielle pour décourager quiconque voudrait entrer ou sortir. Pitt réalisa que ce procédé était sans doute efficace puisqu'il n'y avait qu'un seul accès, un tunnel ouvrant sur une route menant à un dock, sur une petite baie. Il savait, d'après sa carte, que cette baie portait le nom de Port Rose. Tandis qu'il observait, un remorqueur avec une péniche vide s'éloignait du quai en direction du continent.

Une série de bâtiments préfabriqués se dressaient entre les tumulus et le puits. Il s'agissait apparemment des bureaux et des habitations des mineurs. Le tout, d'environ deux kilomètres de diamètre, contenait aussi l'étroite piste d'un aérodrome avec un hangar. Toute cette concentration minière, vue d'en haut, creusait une gigantesque balafre dans le paysage.

— On dirait une énorme pustule, dit Pitt.

Sans baisser les yeux, Stokes répondit :

— De cette pustule, comme vous dites, naissent bien des rêves.

Il se pencha sur son mélange de carburant et en arrêta le flux jusqu'à ce que son gros moteur Pratt & Whitney R-985 Wasp de 450 chevaux commence à tousser et à avoir des ratés. Déjà une voix les avertissait par radio qu'ils survolaient une propriété privée et qu'ils devaient s'en aller. Stokes l'ignora.

— J'ai un problème avec l'arrivée d'essence et je dois me poser d'urgence sur votre aérodrome. Désolé de vous déranger mais je ne peux pas faire autrement.

Sur quoi il coupa la radio.

— Ça ne vous révulse pas de vous poser sans autorisation ? demanda Pitt.

Stokes se concentrait pour atterrir avec son moteur qui s'étouffait et tournait à peine. Il ne répondit pas. Abaissant une paire de petites roues entre les deux flotteurs, il se mit dans l'axe de la piste. Un vent de travers faillit déséquilibrer l'appareil et Stokes dut compenser. Pitt se raidit un peu quand il vit que Stokes ne contrôlait pas tout à fait les événements. Le policier était certes raisonnablement compétent mais n'avait rien d'un pilote expert. L'atterrissage fut rude et l'appareil à deux doigts de se retourner.

Avant même que l'avion ne soit complètement arrêté devant le hangar, une dizaine de gardes en tenue de combat bleue l'entourèrent, armés de fusils d'assaut Bushmaster M-16, fabriqués à la main, avec des dispositifs antiparasites. Un homme d'une trentaine d'années, grand et mince, portant un casque de combat, grimpa sur un des flotteurs et ouvrit la porte. Il pénétra dans l'appareil et s'avança jusqu'au cockpit. Pitt remarqua que le garde avait la main posée sur un automatique de neuf millimètres, glissé dans sa ceinture.

— Vous êtes sur une propriété privée où vous n'avez rien à faire, dit-il d'une voix peu amicale.

— Désolé, répondit Stokes, mais le filtre s'est bouché. C'est la seconde fois ce mois-ci. C'est sûrement à cause de toutes ces saletés qu'on fiche dans l'essence maintenant.

— Combien de temps vous faut-il pour réparer et repartir ?

— Vingt minutes, pas plus.

— Dépêchez-vous, s'il vous plaît, dit l'officier. Vous devez rester près de votre appareil.

— Puis-je emprunter vos toilettes ? demanda poliment Pitt.

Le garde le considéra un moment puis hocha la tête.

— Elles sont dans le hangar. Un de mes hommes va vous accompagner.

— Vous n'imaginez pas combien je vous en suis reconnaissant, dit Pitt comme s'il ressentait une envie très pressante.

Il sauta de l'avion et se dirigea vers le hangar, un garde sur les talons. A l'intérieur du bâtiment de métal, il se tourna comme s'il attendait que le garde lui indique le chemin des toilettes. Mais ce n'était qu'un stratagème car il avait déjà deviné quelle était la bonne porte. Cela lui donna quelques secondes pour bien regarder l'avion garé dans le hangar. C'était un Gulfstream V, le dernier-né des jets d'affaires, un avion imposant. Contrairement au Learjet – le chouchou le plus utilisé par les gens riches et célèbres – dont l'intérieur était à peine assez large pour qu'on puisse se retourner, le G-V était spacieux et permettait aux voyageurs de se sentir à leur aise, même s'ils étaient de grande taille. Capable de voler à 924 kilomètres-heure à une altitude de 11 000 mètres, ayant une autonomie de 6 300 milles nautiques, l'avion était propulsé par deux moteurs à turbopropulseurs fabriqués par BMW et Rolls-Royce.

« Dorsett ne regarde pas à la dépense quand il s'agit de ses transports, pensa Pitt. Un avion comme celui-là doit coûter au moins trente-trois millions de dollars. »

Parqués juste devant la porte principale du hangar, menaçants et sinistres avec leur couleur bleu-noir, il aperçut deux hélicoptères courtauds. Il reconnut des McDonnell Douglas 530 MD Defender, des appareils militaires au vol silencieux, extraordinairement stables même pendant des manœuvres peu orthodoxes. Deux mitrailleuses de 7,62 mm étaient montées sous le fuselage, comme des flotteurs. Un ensemble impressionnant d'appareils de surveillance occupait la partie inférieure du cockpit. Ces appareils avaient été spécialement modifiés pour chasser les voleurs de diamants ou tout autre intrus qui aurait osé fouler le sol de l'île.

Dès qu'il fut sorti des toilettes, le garde lui fit signe d'entrer dans le bureau. L'homme qui l'accueillit était petit, mince, vêtu du triste costume des hommes d'affaires. Doucereux, décontracté, il avait l'air tout à fait diabolique. Il quitta des yeux l'ordinateur sur lequel il travaillait et tourna vers Pitt le regard gris et totalement indéchiffrable de ses yeux enfoncés dans leurs orbites. Pitt le trouva mielleux et repoussant.

— Je m'appelle John Merchant et je suis le chef de la sécurité de cette île, dit-il avec un accent australien très prononcé. Puis-je voir vos pièces d'identité, s'il vous plaît ?

Sans un mot, Pitt lui tendit sa carte de la NUMA et attendit.

— Dirk Pitt, lut Merchant en faisant rouler le nom sur sa langue. Dirk Pitt. C'est vous le type qui a découvert une énorme cache contenant un trésor inca dans le désert de Sonora, il y a quelques années [1] ?

— Je faisais partie de l'équipe qui l'a trouvée, c'est tout.

— Pourquoi êtes-vous venu sur Kunghit ?

— Demandez plutôt au pilote. C'est lui qui a posé l'avion sur votre précieuse propriété. Moi, je ne suis qu'un passager qu'il trimbale.

— Malcolm Stokes est inspecteur de la police montée canadienne. Il fait aussi partie du Conseil des Enquêtes criminelles. J'ai tout un dossier sur lui dans cet ordinateur. Pour le moment, c'est vous qui m'intéressez.

— Vous êtes très consciencieux, dit Pitt. Etant donné vos contacts étroits avec le gouvernement canadien, vous savez sans doute déjà que j'étudie les effets de la pollution chimique sur les populations locales de

---

1. Voir *L'Or des Incas*, Grasset, 1995.

varechs et de poissons. Voulez-vous voir les documents qui m'accréditent ?

— J'en ai déjà copie.

Pitt fut tenté de croire Merchant mais connaissait suffisamment Posey pour lui faire confiance. Il décida que Merchant mentait. C'était une vieille méthode de la Gestapo de faire croire à la victime que l'accusateur savait sur lui tout ce qu'il y avait à savoir.

— Alors pourquoi prenez-vous la peine de le demander ?

— Pour voir si vous êtes tenté de faire des déclarations inexactes.

— Suis-je suspecté de quelque crime odieux ?

— Mon travail consiste à appréhender les trafiquants de diamants avant qu'ils ne réussissent à faire passer les pierres dans les chambres de compensation d'Europe et du Moyen-Orient. Et parce que personne ne vous a invité mais que vous êtes là, je dois chercher les raisons de votre présence.

Pitt aperçut le reflet d'un garde sur les parois d'une vitrine. L'homme était debout, presque derrière lui, sur sa droite. Il tenait à la main une arme automatique.

— Puisque vous savez qui je suis et que vous prétendez avoir des documents de bonne source expliquant ma présence sur les îles de la Reine-Charlotte, vous ne pouvez pas sérieusement me prendre pour un passeur de diamants ! Bon ! J'ai été ravi de bavarder avec vous, ajouta-t-il en se levant, mais je ne voudrais pas traîner ici trop longtemps.

— Je regrette mais vous êtes prié de rester ici temporairement, dit Merchant d'un ton soudain très professionnel.

— Vous n'avez aucunement le droit de m'y obliger.

— Etant donné que vous avez pénétré sur une propriété privée sous un faux prétexte, j'ai tous les droits pour vous arrêter.

« C'est mauvais, se dit Pitt. Si Merchant cherche un peu plus profondément et trouve le lien qui existe entre moi, les sœurs Dorsett et le *Polar Queen*, alors aucun mensonge, aussi imaginatif soit-il, ne pourra expliquer ma présence. »

— Et Stokes ? Puisque vous savez qu'il est de la police montée, pourquoi ne pas vous retourner vers lui ?

— Je préfère me retourner vers ses supérieurs, dit Merchant d'un ton presque allègre, mais pas avant d'avoir enquêté de près sur cette affaire.

Pitt ne douta pas un instant qu'on ne le laisserait pas quitter vivant la propriété.

— Est-ce que Stokes est libre de partir ?

— Dès qu'il aura terminé les inutiles réparations de son appareil. Ça m'amuse beaucoup de regarder ses essais enfantins de surveillance.

— Il est évident qu'il fera savoir ma capture.

— C'est à prévoir, dit sèchement Merchant.

De l'extérieur arriva le bruit caractéristique d'un moteur d'avion qu'on démarre. On avait obligé Stokes à décoller sans son passager. S'il devait agir, Pitt se dit qu'il avait moins de trente secondes pour le faire. Il nota la présence d'un cendrier avec plusieurs mégots d'où il conclut que Merchant fumait. Il leva les mains d'un geste de défaite.

— Si l'on doit me retenir contre mon gré, puis-je avoir une cigarette ?

— Je vous en prie, dit Merchant en poussant vers lui le cendrier. Je crois même que je vais en allumer une aussi.

Pitt avait cessé de fumer depuis des années mais il fit un geste lent, comme pour atteindre la poche de poitrine de sa chemise. Serrant le poing droit, il le claqua contre sa main gauche puis, rapide comme l'éclair, tirant sur un bras et poussant sur l'autre pour augmenter sa force, il écrasa son coude droit dans l'estomac du garde derrière lui. On entendit un cri de douleur étouffé tandis que l'homme se pliait en deux.

Le temps de réaction de Merchant fut admirable. Il sortit un petit automatique 9 mm du holster de sa ceinture et en ôta le cran de sûreté d'un geste mille fois répété. Mais avant que le canon de l'arme puisse atteindre le dessus du bureau, il se trouva nez à nez avec celui du fusil automatique du garde, maintenant bien calé entre les mains de Pitt, pointé sur sa figure. Le chef de la sécurité eut l'impression de regarder à travers un tunnel sans lumière à l'autre bout.

Lentement, il posa son pistolet sur le bureau.

— Vous ne l'emporterez pas au paradis, dit-il d'une voix pincée.

Pitt saisit l'automatique et le laissa tomber dans la poche de sa veste.

— Désolé de ne pas rester dîner, mais je ne tiens pas à ce que l'avion parte sans moi.

Déjà il passait la porte et traversait le hangar en courant. Il jeta le fusil au passage dans une poubelle, atteignit la porte et continua dans la foulée en traversant le cercle des gardes. Ceux-ci le regardèrent d'un air soupçonneux mais supposèrent que le patron lui avait permis de partir. Ils ne firent pas un geste pour l'arrêter tandis que Stokes remettait les gaz et que l'appareil commençait à rouler le long de la piste.

Pitt sauta sur un flotteur, ouvrit la porte malgré le vent de l'hélice et se jeta à l'intérieur de la carlingue.

Stokes le regarda avec stupeur tandis qu'il se glissait dans le siège du copilote.

— Seigneur ! Mais d'où venez-vous ?

— Il y avait beaucoup de circulation pour arriver à l'aéroport, dit Pitt en reprenant son souffle.

— Ils m'ont obligé à décoller sans vous.

— Qu'est-il arrivé à votre agent infiltré ?

— Il ne s'est pas montré. Il y avait trop de gardes autour de l'avion.

— Vous n'allez pas être content mais le chef de la sécurité de Dorsett, un pauvre crétin du nom de John Merchant, a découvert que vous appartenez au CID et à la police montée.

— Ça fiche en l'air ma couverture de pilote de brousse, murmura Stokes en tirant sur la colonne de direction.

Pitt ouvrit sa fenêtre latérale, passa la tête dans l'ouverture et regarda en arrière. Les gardes ressemblaient à des fourmis excitées courant dans tous les sens. Puis il aperçut autre chose qui lui fit l'effet d'un coup de poing dans l'estomac.

— Je crois que je les ai rendus furieux.

— C'est peut-être quelque chose que vous leur avez dit?

Pitt referma sa fenêtre.

— En réalité, j'ai tabassé un garde et fauché l'arme personnelle du chef de la sécurité.

— Ça a dû suffire.

— Ils nous poursuivent avec un de ces hélicos blindés.

— Je connais, dit Stokes d'un air ennuyé. Ils font au moins quarante nœuds de plus que mon autobus. Ils nous rattraperont bien avant que nous ayons rejoint Shearwater.

— Ils ne peuvent pas nous descendre devant témoins, dit Pitt. A quelle distance se trouve la plus proche communauté habitée sur l'île de Moresby?

— C'est le village de Mason Broadmoor. Il se trouve sur la crique de Blackwater, à soixante kilomètres environ au nord d'ici. Si nous y allons d'abord, je pourrai me poser sur l'eau, au milieu des bateaux de pêche du village.

L'adrénaline au niveau maximum, Pitt jeta à Stokes un regard de flammes.

— Alors, allez-y!

20

Pitt et Stokes se rendirent très vite compte qu'ils étaient, depuis le début, dans une situation sans issue. Ils ne pouvaient que filer vers le sud avant de s'incliner en un virage de 180 degrés vers l'île de Moresby, au nord. L'hélicoptère McDonnell Douglas Defender, piloté par les hommes de la sécurité de Dorsett, s'éleva verticalement devant le hangar, sans manœuvrer, tourna vers le nord et se lança à la poursuite de l'appareil amphibie, plus lent que lui, avant même que le pilote ait passé la première. Le compteur de vitesse du Havilland Beaver indiquait 160 nœuds mais Stokes avait l'impression de piloter un planeur tandis qu'il traversait l'étroit chenal séparant deux îles.

— Où sont-ils? demanda-t-il sans quitter des yeux la chaîne de collines peu élevées, couvertes de pins et de cèdres, droit devant lui. Il volait à cent mètres seulement au-dessus de l'eau.

— Cinq cents mètres derrière nous mais ils gagnent du terrain, répondit Pitt.

— Il n'y a qu'un appareil?

— Ils ont probablement pensé qu'ils n'auraient aucun mal à nous descendre et ont laissé l'autre à la maison.

— Si nous n'avions pas le poids de nos flotteurs et le freinage qu'ils nous imposent, nous serions sur un pied d'égalité.

— Avez-vous des armes dans cette antiquité? demanda Pitt.

— Le règlement l'interdit.

— Dommage que vous n'ayez pas caché une mitraillette dans chaque flotteur.

— Contrairement à vos officiers de police américains, qui se fichent de transporter tout un arsenal, nous n'aimons pas avoir d'armes sauf pour les missions où notre vie est en danger.

Pitt lui lança un regard incrédule.

— Et comment appelez-vous ce bazar?

— Une difficulté imprévue, répondit stoïquement Stokes.

— Alors nous ne possédons que le pistolet 9 mm que j'ai volé, contre deux mitrailleuses lourdes, dit Pitt d'un ton résigné. Vous savez, j'ai descendu un hélico rien qu'en lançant un canot de sauvetage sur ses lames, il y a deux ans [1].

Ce fut au tour de Stokes de considérer avec étonnement le calme incroyable de son passager.

— Désolé. A part deux gilets de sauvetage, les cales sont vides.

— Ils se portent sur notre droite pour mieux viser. Quand je vous le dirai, laissez tomber les flaps et ramenez la manette des gaz.

— Je ne pourrai jamais remonter si je cale à cette altitude.

— Voler au niveau des arbres, c'est mieux que de prendre une balle dans la tête et s'écraser en flammes.

— Je n'y avais pas pensé sous cet angle, avoua Stokes en souriant.

Pitt regarda intensément l'hélicoptère bleu-noir arriver à la parallèle de l'hydravion. Il sembla suspendu là, comme un faucon planant en surveillant un pigeon. Il était si près qu'on discernait les visages du pilote et du copilote. Tous deux souriaient.

Pitt ouvrit sa fenêtre latérale et tint l'automatique hors de leur vue, sous le châssis.

— Pas de menace par radio? s'étonna Stokes. Ils n'exigent pas que nous retournions à la mine?

— Ces types jouent serré. Ils n'oseraient pas tuer un mounty [2] s'ils n'en

---

1. Voir *L'Or des Incas, op. cit.*

2. Nom affectueusement donné par les Canadiens aux policiers à cheval de leur Gendarmerie royale.

avaient pas reçu l'ordre de quelqu'un de très haut placé à la Dorsett Consolidated.

— Je n'arrive pas à croire qu'ils pensent s'en tirer comme ça !

— En tout cas, ils vont essayer, dit Pitt avec calme, les yeux fixés sur le tireur. Tenez-vous prêt.

Il n'était pas optimiste. Leur seul avantage, qui n'était d'ailleurs pas du tout un avantage, c'était que le 530 MD Defender était plus fait pour le combat air-sol que pour se battre en l'air.

Stokes tenait le manche entre ses genoux, une main posée sur les leviers de volets et l'autre serrée sur la manette des gaz. Il se demanda pourquoi il faisait confiance à un homme qu'il connaissait depuis moins de deux heures. La réponse était simple. Au cours de toutes ses années chez les mounties, il n'avait pas rencontré beaucoup d'hommes capables de contrôler parfaitement une situation apparemment désespérée.

— Allez-y ! hurla Pitt tout en levant l'automatique et en tirant au même instant.

Stokes rabattit les volets à fond et repoussa vivement la manette des gaz. Le vieux Beaver, privé de la puissance de son moteur et maintenu par la résistance du vent contre ses gros flotteurs, ralentit aussi soudainement que s'il était entré dans une flaque de glu. Presque au même moment, Stokes entendit le son saccadé et rapide d'une mitrailleuse et celui des balles sur une de ses ailes. Il entendit aussi le claquement sec de l'automatique de Pitt.

« Ce n'est pas un vol, pensa-t-il en faisant tout son possible pour faire virer l'avion en perte de vitesse, on dirait le trois-quarts aile d'un lycée de banlieue en face de toute la ligne de défense de l'équipe de foot de Phoenix Cardinal. »

Puis soudain, pour une raison incompréhensible, la fusillade cessa. Le nez de l'appareil baissait et il tira à nouveau la manette pour reprendre un peu de contrôle.

Stokes lança un rapide regard sur le côté tandis que l'avion amphibie reprenait une ligne de vol plus classique et un peu de vitesse. L'hélicoptère avait viré de bord. Le copilote se tenait curieusement ramassé sur le côté dans son siège, derrière plusieurs impacts de balles dans la bulle de plastique du cockpit. Il fut surpris de constater que le Beaver répondait encore à ses commandes. Mais ce qui le surprit bien davantage fut l'expression qu'il lut sur le visage de Pitt : la déception.

— Merde ! murmura-t-il. Loupé !

— De quoi vous plaignez-vous ? Vous avez eu le copilote !

Pitt, furieux contre lui-même, le regarda comme s'il n'avait rien compris.

— Je visais le rotor ! dit-il.

— En tout cas, vous avez parfaitement calculé le timing. Comment avez-vous su à quel moment exactement me donner le signal et tirer ?

— Le pilote a cessé de sourire.

Stokes renonça à comprendre. Ils n'étaient pas encore hors de danger. Le village de Broadmoor était à trois kilomètres.

— Ils viennent faire un nouvel essai ! dit Pitt.

— Ça ne servirait à rien de tenter la même manœuvre.

— Je suis d'accord. Le pilote doit s'y attendre. Cette fois, tirez la colonne de contrôle en arrière et faites un Immelmann.

— Qu'est-ce que c'est qu'un Immelmann ?

Pitt le regarda de travers.

— Vous ne savez pas ? Depuis combien de temps volez-vous, nom de Dieu ?

— Vingt et une heures, à quelques minutes près.

— Oh ! Ça, c'est parfait ! grogna Pitt. Remontez en demi-boucle puis faites un demi-rouleau en haut. Et pour finir, partez dans la direction opposée.

— Je ne suis pas sûr d'être capable de faire ça.

— Est-ce que les mounties n'ont pas de pilotes professionnels ?

— Aucun n'était disponible pour cette mission, dit Stokes, vexé. Vous croyez pouvoir toucher une partie vitale de l'hélico, cette fois ?

— Pas à moins d'une chance incroyable, répondit Pitt. Je n'ai plus que trois balles.

Le pilote du Defender n'hésita pas une seconde. Il se mit en position d'attaque directe par le haut et sur le côté de sa cible impuissante. Une attaque bien pensée, qui ne laissait pas à Stokes de grandes possibilités de manœuvre.

— Maintenant ! hurla Pitt. Baissez le nez pour prendre de la vitesse et remontez pour votre boucle !

L'inexpérience de Stokes le fit hésiter. Il arrivait à peine en haut de sa boucle, se préparant au demi-tonneau, quand les balles de 7,62 commencèrent à s'écraser contre le fuselage de mince aluminium. Le pare-brise vola en éclats et les balles frappèrent le tableau de bord. Le pilote du Defender changea son angle de tir et dirigea son feu du cockpit à travers le fuselage. C'était une erreur qui permit au Beaver de rester en l'air. Son moteur aurait dû exploser.

Pitt tira ses trois dernières cartouches et se jeta en avant vers le plancher de l'appareil afin de présenter la plus petite cible possible, ce qui n'était en fait qu'une illusion.

Malgré tout, Stokes avait réussi l'Immelmann, un peu tard, certes, mais maintenant le Beaver avait cessé d'être dans l'axe de l'hélicoptère avant que le pilote ait pu virer sur 180 degrés. Pitt secoua la tête, incrédule, et se tâta pour vérifier qu'il n'était pas blessé. A part des petites coupures sur le visage, dues aux éclats de pare-brise qui avaient volé dans tous les sens, il était sain et sauf. Le Beaver volait droit, le moteur en étoile ronronnait doucement, sans à-coups. C'était la seule partie de l'avion qui n'ait pas été criblée de balles. Il regarda Stokes, inquiet.

— Vous allez bien ?

Stokes tourna doucement la tête et jeta à Pitt un regard vague.

— Je crois que ces salauds m'ont sucré ma retraite, marmonna-t-il.

Il toussa et ses lèvres se teintèrent de rouge. Le sang coula le long de son menton et tomba sur sa poitrine. Puis il glissa en avant, retenu par son harnais, inconscient.

Pitt saisit le manche du copilote et fit immédiatement prendre à l'amphibie un angle serré de 180 degrés qui le remit sur le bon chemin du village de Mason Broadmoor. Ce changement de cap soudain surprit le pilote de l'hélicoptère et une pluie de balles se perdit dans l'espace, derrière la queue de l'amphibie.

Il essuya le sang qui avait coulé dans son œil et fit rapidement le point. Presque tout l'appareil était percé de plus de cent trous mais les systèmes de contrôle avaient été épargnés.

Le gros moteur 450 Wasp tournait toujours, chacun de ses cylindres accomplissant sa tâche sans problème.

Que devait-il faire maintenant ?

Le premier plan qui lui vint à l'esprit fut d'essayer d'éperonner l'hélicoptère. Le vieil adage « si j'y vais, tu y vas aussi » ! Mais ce ne pouvait être que ça, un essai. Le Defender était bien plus leste dans l'air que le massif Beaver, avec ses flotteurs énormes. Il avait autant de chances de réussir qu'un cobra luttant contre une mangouste. Dans ce genre de bataille, la mangouste gagne toujours parce que le cobra est plus lent. La mangouste ne perd que lorsqu'elle s'attaque à un serpent à sonnette. Cette pensée folle qui traversa l'esprit de Pitt se transforma en inspiration divine dès qu'il aperçut une petite chaîne de rochers, à cinq cents mètres devant lui, légèrement sur sa droite.

Un chemin menant aux rochers serpentait au milieu d'un bosquet de hauts sapins Douglas. Il plongea entre les arbres, les extrémités de ses ailes frôlant les aiguilles des branches supérieures des sapins. Pour tout autre que lui, l'action eût été un geste suicidaire. La manœuvre trompa le pilote de l'hélicoptère, qui arrêta sa troisième attaque et suivit l'avion amphibie, volant au-dessus et derrière, attendant d'assister à un écrasement inévitable.

Pitt resta pleins gaz pour éviter de s'arrêter et prit le manche à deux mains, les yeux fixés sur le mur de rochers qui s'approchait, droit devant. L'air lui arrivait en force par le pare-brise cassé et il devait tourner la tête de côté pour voir clair. Heureusement, ce courant d'air balayait le sang et les larmes qui coulaient malgré lui de ses yeux grimaçants.

Il continua à voler entre les arbres. C'était peut-être une sous-évaluation mais pas un mauvais calcul. Il allait faire le bon mouvement au bon moment. Un dixième de seconde en plus ou en moins et il irait au-devant d'une mort certaine. Les rochers se précipitaient vers l'avion comme si quelqu'un les y poussait. Pitt les voyait bien, maintenant, des blocs gris et brun avec des taches noires. Il n'eut pas besoin de regarder l'aiguille de l'altimètre, calée sur le zéro, ni celle du tachymètre, loin dans le rouge. Le vieux zinc se précipitait au-devant de sa propre destruction, à toute la vitesse dont il était capable.

— Trop bas ! cria-t-il dans le vent qui se jetait sur lui. Deux mètres trop bas !

Il eut à peine le temps de compenser avant que les rochers ne soient sur lui. Il donna une secousse précise à la colonne de contrôle, juste assez pour relever le nez de l'appareil, juste assez pour que les extrémités de l'hélice passent au-dessus des blocs rocheux, avec à peine les quelques centimètres nécessaires. Il entendit le froissement soudain du métal lorsque les flotteurs d'aluminium s'écrasèrent sur l'obstacle et se détachèrent du fuselage. Le Beaver sauta en avant et s'éleva aussi gracieusement que l'aigle qui prend son essor, libéré de la corde qui le retenait au sol. Soulagé du poids des gros flotteurs, maintenant écrasés au sol, ainsi que de la résistance au vent qu'ils présentaient, le vieil avion devenait plus manœuvrable et gagna au moins trente nœuds en vitesse. Il répondit instantanément aux commandes de Pitt, sans paresse, avalant l'air et luttant pour prendre de l'altitude.

« Maintenant, se dit-il avec un sourire diabolique, je vais te montrer ce que c'est qu'un Immelmann. »

Il lança l'avion dans une demi-boucle puis, d'un mouvement sec, lui fit faire un demi-tonneau, le dirigeant directement vers l'hélicoptère.

— Fais ton testament, salopard ! cria-t-il d'une voix forte que noyèrent le vent et le bruit du moteur. Voici le Baron rouge en personne !

Le pilote de l'hélicoptère comprit trop tard ce que voulait faire Pitt. Il ne pouvait ni esquiver ni se cacher. La dernière chose à laquelle il se serait attendu, c'était bien un assaut de ce vieil amphibie déglingué. Pourtant il était là, proche de la collision, à deux cents nœuds au moins. L'appareil arrivait sur lui à une vitesse qu'il n'aurait pas crue possible. Il fit une série de manœuvres violentes mais le pilote du vieil appareil anticipait tous ses mouvements et se rapprochait. Il dirigea le nez de l'hélicoptère vers son opposant, dans une tentative rageuse de faire exploser le Beaver percé de partout, de le faire disparaître avant l'écrasement imminent.

Pitt vit l'hélicoptère faire demi-tour, vit la lueur des mitrailleuses, entendit les balles cribler le gros moteur en étoile. L'huile jaillit de sous le capot, formant des jets de vapeur en touchant les tuyères d'échappement et une traînée dense de fumée bleue qui s'étira derrière l'appareil. Pitt leva une main pour protéger ses yeux de l'huile chaude qui risquait d'éclabousser son visage, à cause des torrents mordants du courant d'air.

Une image se grava dans sa mémoire une microseconde avant l'impact : l'expression de résignation qu'il lut sur le visage du pilote d'en face.

L'hélice et le moteur de l'amphibie s'écrasèrent carrément dans l'hélicoptère, juste derrière le cockpit, en une explosion de métal et de débris qui cisaillèrent la poutre de queue. Privé de la compensation du couple, le corps du Defender fut précipité dans une violente dérive latérale. Il se mit à tournoyer follement plusieurs fois avant de parcourir comme une pierre, les cinq cents mètres qui le séparaient du sol. Contrairement à ce que les effets spéciaux nous montrent au cinéma, il n'explosa pas immédiatement mais, quand il le fit, le brasier forma une impressionnante masse de flammes. Il fallut près de deux minutes pour que tout cela se transforme en un rideau aveuglant.

Des morceaux de l'hélice du Beaver furent propulsés dans le ciel telles les roues de lumière d'un feu d'artifice. Le capot sembla éclater en se dégageant du moteur et flotta un instant dans les arbres, comme un oiseau blessé. Le moteur s'immobilisa dès que Pitt eut tourné la clef de contact. Il s'essuya les yeux pour en chasser l'huile. Par-dessus les cylindres nus, il ne vit que le tapis de la cime des arbres. La vitesse tomba, le moteur cala tandis que Pitt se préparait au choc du crash. Les contrôles fonctionnaient encore, de sorte qu'il essaya de faire planer l'appareil qui traversait déjà les plus hautes branches des arbres.

Il y réussit presque. Mais l'extrémité de l'aile droite heurta un cèdre de soixante mètres de haut, ce qui fit pencher l'appareil sur un angle soudain de 90 degrés. Maintenant incontrôlable, l'avion plongea dans une masse épaisse de verdure. Son aile gauche s'enroula autour d'un autre cèdre et se brisa. Les aiguilles vertes se refermèrent sur l'avion rouge, le cachant à la vue du ciel. Le tronc d'un sapin de plus d'un mètre de diamètre se dressa soudain devant l'avion déglingué. Le moyeu de l'hélice frappa l'arbre de plein fouet et s'y enfonça. Le moteur entier sortit de ses montants, tandis que la moitié supérieure du sapin tombait sur le carénage de l'appareil dont il arracha la queue. Ce qui restait de l'épave s'enfonça dans le sol humide, au pied des arbres, et s'immobilisa.

Pendant quelques secondes le sol fut aussi silencieux qu'un cimetière. Pitt resta là, trop choqué pour bouger. Il regardait sans le voir le trou de ce qui avait été un pare-brise. Il remarqua soudain que le moteur avait disparu et se demanda vaguement où il était parti. Enfin il se reprit et se pencha pour examiner Stokes.

Le mounty trembla sous l'effet d'une quinte de toux puis secoua faiblement la tête et parut reprendre un peu conscience.

Il cligna des yeux et regarda, au-dessus du tableau de bord, les branches de sapin qui pendaient dans le cockpit.

— Comment avez-vous atterri dans cette forêt ? marmonna-t-il.

— Vous avez dormi pendant la partie la plus intéressante du voyage, répondit Pitt en massant plusieurs ecchymoses.

Il n'était pas nécessaire d'avoir fait huit ans de médecine pour comprendre que Stokes mourrait si on ne le conduisait pas à l'hôpital. Rapidement, il baissa la fermeture Eclair de la vieille combinaison de vol, ouvrit la chemise du policier et chercha la blessure. Il la trouva à gauche du sternum, sous l'épaule. Il y avait si peu de sang et le trou était si petit qu'il faillit ne pas le voir. Ceci n'avait pas été fait par une balle, c'est du moins ce que Pitt pensa d'abord. Etonné, il leva les yeux sur le cadre qui avait autrefois tenu le pare-brise. Il était écrasé à l'extrême. L'impact d'une balle avait détaché une esquille d'aluminium qui était allée se loger dans la poitrine du policier, en pénétrant dans le poumon gauche. Un centimètre plus loin et c'était dans le cœur qu'elle pénétrait.

Stokes toussa et cracha un flot de sang par la fenêtre ouverte.

— C'est drôle, murmura-t-il, j'ai toujours pensé que je me ferais descendre au cours d'une poursuite sur l'autoroute ou dans une allée sombre.

— Vous n'aurez pas cette chance.

— Est-ce que ça a l'air très amoché?

— Vous avez un éclat de métal dans un poumon, expliqua Pitt. Est-ce que vous souffrez?

— Ça m'élance plus qu'autre chose.

Pitt se leva et alla se placer derrière Stokes.

— Ne bougez pas, je vais vous sortir de là.

En dix minutes, il réussit à ouvrir à coups de pied la porte de la carlingue et, avec précaution, sortit le poids mort qu'était Stokes et le posa doucement sur le sol meuble. Ce fut un effort considérable et Pitt eut du mal à reprendre son souffle. Il s'assit un moment près du Canadien. Le visage de Stokes eut plusieurs contractions de douleur mais il ne laissa pas échapper une plainte. Sur le point de s'évanouir, il ferma les yeux.

Pitt le gifla pour le garder éveillé.

— Ne me faites pas ce coup-là, vieux. J'ai besoin de vous pour trouver le village de Mason Broadmoor.

Stokes battit des paupières et lança à Pitt un regard étonné, comme s'il se rappelait quelque chose.

— L'hélico Dorsett, dit-il entre deux quintes de toux, qu'est-il arrivé à ces salauds qui nous tiraient dessus?

Pitt tourna la tête vers la fumée qui montait au-dessus de la forêt et sourit.

— Ils ont fini en barbecue.

21

Pitt s'était attendu à une marche pénible dans la neige de janvier sur l'île Kunghit, mais seule une couche légère était tombée et avait du reste fondu depuis le dernier orage. Il tirait Stokes derrière lui sur un travois, un appareil utilisé par les Indiens des plaines, en Amérique, pour tracter de lourdes charges. Il ne pouvait pas abandonner Stokes et il n'était pas question de porter le policier sur son dos car cela risquait de lui déclencher une hémorragie interne. Aussi avait-il pris deux longues branches mortes qu'il avait reliées par des lanières prises dans l'épave de l'avion. Il avait ainsi fait une sorte de plate-forme entre les poteaux, avec un harnais à une extrémité, puis attaché Stokes au milieu de ce travois.

Il passa le harnais sur ses épaules et commença à tirer le blessé à travers les bois. Une heure passa, puis une autre. Le soleil se coucha, la nuit vint, et Pitt tirait toujours, attentif à garder la direction du nord dans l'obscurité, réglant sa course sur la boussole qu'il avait enlevée au tableau de bord du Beaver. Il avait déjà fait la même chose, plusieurs années auparavant, lorsqu'il avait dû traverser le Sahara [1].

Toutes les dix minutes, il interrogeait Stokes.

— Vous êtes toujours avec moi ?

— Je tiens le coup, répondit faiblement le policier.

— J'ai devant moi un ruisseau qui coule vers l'ouest.

— Vous êtes arrivé à Wolf Creek. Traversez-le et dirigez-vous vers le nord-ouest.

— A quelle distance sommes-nous du village de Broadmoor ?

Stokes répondit d'une voix à peine audible.

— Deux, peut-être trois kilomètres.

— Continuez à me parler. Vous m'entendez ?

— Vous parlez comme ma femme.

— Vous êtes marié ?

— Depuis dix ans, oui, à une sacrée bonne femme qui m'a donné cinq enfants.

Pitt réajusta les lanières du harnais qui lui coupaient la poitrine et tira Stokes de l'autre côté du ruisseau. Après un kilomètre environ de laborieuse traversée de broussailles, il atteignit un vague sentier qui allait dans la bonne direction. Il y avait de la végétation par endroits mais le cheminement était plus facile, ce que Pitt apprécia après s'être frayé une voie dans le bois, au milieu des buissons poussant entre les arbres. Deux fois, il crut s'être perdu mais, quelques mètres plus loin, il retrouva la piste. Malgré le froid extrême, l'effort le faisait transpirer. Il n'osa pas s'arrêter pour se reposer. Si Stokes devait vivre et revoir sa femme et ses enfants, il fallait que Pitt se dépêche. Il continua sa conversation à sens unique avec le policier, essayant de toutes ses forces de l'empêcher de se laisser aller au coma. Se concentrant pour avancer, un pas après l'autre, Pitt n'eut pas conscience de quoi que ce soit d'étrange.

---

1. Voir *Sahara*, Grasset, 1994.

Stokes murmura quelque chose que Pitt ne comprit pas. Il tourna la tête et s'arrêta.

— Vous voulez que je m'arrête ? demanda-t-il.

— Vous sentez... ? dit Stokes dans un souffle.

— Je sens quoi ?

— La fumée.

D'un seul coup, Pitt réalisa. Il inspira profondément. L'odeur de bois venait de quelque part devant lui. Il était fatigué, désespérément fatigué mais il se pencha, réajusta le harnais et repartit en titubant. Bientôt il entendit le bruit d'un petit moteur et d'une scie à chaîne entamant du bois. L'odeur se fit plus forte et il aperçut la fumée s'élevant au-dessus des arbres, dans la fraîche lumière de l'aurore. Son cœur battait sous l'effort mais il n'allait pas abandonner si près du but.

Le soleil se leva mais resta caché derrière des nuages gris et sombres. Une petite pluie fine tombait lorsqu'il entra dans une clairière touchant à la mer et donnant sur un petit port. Il se trouva devant un groupe de maisons en rondins avec des toits de tôle ondulée. De la fumée sortait de certaines cheminées. De hauts totems cylindriques s'élevaient en diverses parties du village, représentant des silhouettes humaines ou animales taillées dans le bois. Une flottille de bateaux de pêche se balançait doucement près d'un dock flottant, les équipages travaillant sur les moteurs ou réparant les filets de pêche. Plusieurs enfants, rassemblés sous une remise, se pressaient autour d'un homme sculptant un gros tronc d'arbre avec une scie à chaîne. Deux femmes bavardaient en étendant du linge. L'une d'elles aperçut Pitt, le montra du doigt et cria pour prévenir les autres.

Epuisé de fatigue, Pitt se laissa tomber sur les genoux tandis qu'une douzaine de personnes se précipitaient vers lui. Un homme aux longs cheveux raides entourant un visage rond s'agenouilla près de lui et lui entoura les épaules de son bras.

— Tout va bien, maintenant, dit-il d'une voix grave. Emmenez-le à la maison commune, ordonna-t-il en s'adressant à trois hommes près de lui.

Pitt le regarda.

— Vous ne seriez pas Mason Broadmoor, par chance ?

Les yeux sombres de l'Indien le dévisagèrent avec curiosité.

— Oui, c'est moi, pourquoi ?

— Seigneur ! dit Pitt en laissant son corps fatigué tomber sur le sol accueillant, qu'est-ce que je suis content de vous voir !

Le petit rire nerveux d'une fillette éveilla Pitt de son léger somme. Fatigué comme il l'était, il n'avait dormi que quatre heures. Il ouvrit les yeux, regarda un instant la gamine, lui adressa un grand sourire et loucha. Elle sortit de la pièce en courant et en appelant sa mère.

Il se trouvait dans une pièce confortable, où un petit radiateur dispensait une agréable chaleur. Le lit sur lequel il était allongé était recouvert de peaux d'ours et de loups. Il sourit en repensant à Broadmoor, au milieu de son village isolé où chacun vivait chichement, à l'ancienne, appelant sur son téléphone par satellite une ambulance aérienne pour emmener Stokes à l'hôpital, sur le continent.

Pitt lui avait emprunté son téléphone pour appeler le bureau du policier à Shearwater. Dès qu'il eut prononcé le nom de Stokes, on lui avait passé un certain inspecteur Pendleton. Celui-ci lui avait demandé de raconter en détail les événements du matin précédent. Pitt avait achevé son rapport en donnant à Pendleton les indications nécessaires pour retrouver le lieu où l'avion s'était écrasé, afin qu'il puisse retirer les appareils photo cachés dans les flotteurs, pour autant qu'ils aient résisté aux chocs.

Un hydravion arriva avant que Pitt ait fini le bol de soupe de poissons que l'épouse de Broadmoor l'obligea à avaler. Deux infirmiers et un médecin examinèrent Stokes et assurèrent que le policier avait toutes les chances de s'en tirer. Ce n'est que lorsque l'hydravion eut redécollé vers l'hôpital le plus proche que Pitt avait accepté avec reconnaissance de dormir un moment sur le lit des Broadmoor.

Mme Broadmoor entra dans la pièce. A la fois gracieuse et équilibrée, ronde sans excès, Irma Broadmoor avait des yeux plus sombres que le café et une bouche rieuse.

— Comment vous sentez-vous, monsieur Pitt? Je pensais que vous ne vous réveilleriez pas avant au moins trois heures.

Pitt vérifia que sa mise était décente avant de repousser les couvertures et de poser ses pieds nus par terre.

— Je suis désolé de vous avoir privés de votre lit, votre mari et vous.

Elle eut un sourire plein de gaieté.

— Il est juste un peu plus de midi. Vous dormez seulement depuis huit heures ce matin.

— Je vous suis très reconnaissant de votre hospitalité.

— Vous devez avoir faim. Le bol de soupe de ce matin ne peut suffire à un homme de votre taille. Qu'aimeriez-vous manger?

— Une boîte de haricots m'ira parfaitement.

— Les Indiens assis autour d'un feu de camp et mangeant des haricots en boîte dans les forêts du Nord, c'est un mythe. Je vais vous faire griller quelques tranches de saumon. J'espère que vous aimez le saumon?

— Bien sûr!

— Pendant que vous attendez, allez bavarder avec Mason. Il travaille dehors.

Pitt enfila ses chaussettes et ses pataugas, se passa une main dans les cheveux et se sentit prêt à affronter le monde. Il trouva Broadmoor dans l'atelier ouvert, ciselant une bûche de cinq bons mètres de long, en cèdre rouge, posée horizontalement sur quatre lourds chevalets. L'Indien attaquait le bois avec une mailloche de bois rond et un ciseau concave appelé une méplate. L'ouvrage n'était pas assez avancé pour que Pitt puisse se représenter l'œuvre achevée. Les têtes des animaux n'étaient encore qu'esquissées.

Broadmoor leva la tête à l'approche de Pitt.

— Vous êtes-vous bien reposé?

— J'ignorais que la peau d'ours était si douce.

Broadmoor sourit.

— Ne le répétez pas ou il n'y en aura plus un seul dans un an.

— Ed Posey m'a dit que vous sculptiez des totems. Je n'en avais encore jamais vus en cours de fabrication.

— Dans ma famille, on sculpte depuis des générations. Les totems se sont répandus parce que les premiers Indiens du Nord-Ouest n'avaient pas de langage écrit. On a pu conserver les sagas familiales et les légendes en sculptant des symboles, généralement des animaux, sur des cèdres rouges.

— Ont-ils une signification religieuse? demanda Pitt.

Broadmoor fit signe que non.

— On ne les a jamais priés comme des idoles, mais plutôt révérés comme des esprits tutélaires.

— Quels sont les symboles de celui-ci?

— C'est un totem funéraire, vous pourriez appeler ça une colonne commémorative. Je le fais en l'honneur de mon oncle, qui est mort la semaine dernière. Quand j'aurai achevé ces sculptures, elles représenteront son emblème personnel, un aigle et un ours, ainsi qu'une silhouette haida traditionnelle du défunt. Alors on le plantera en terre, au cours d'une fête, au coin de la maison de sa veuve.

— En tant que maître sculpteur respecté, vous devez avoir des commandes pour les mois à venir.

Broadmoor haussa les épaules avec modestie.

— J'en ai presque pour deux ans.

— Savez-vous pourquoi je suis ici? demanda Pitt.

La brusquerie de sa question arrêta le maillet de Broadmoor à mi-course. Il posa ses instruments et fit signe à Pitt de le suivre au bord du quai. Là, il s'arrêta près d'un petit hangar à bateaux qui s'achevait dans l'eau. Il en ouvrit la porte et entra. Deux petites embarcations flottaient dans un bassin en forme de « V ».

— Vous êtes dans les jet-skis? demanda Pitt.

Broadmoor sourit.

— Je crois que maintenant on dit scooters des mers.

Pitt admira les deux WetJets Duo 300 fins et élancés, de Mastercraft Boats. Ces rapides petits bateaux pouvant accueillir deux personnes étaient peints en rouge vif avec des symboles d'animaux haidas.

— On dirait presque qu'ils volent.

— Sur l'eau, c'est ce qu'ils font. J'ai modifié leurs moteurs pour leur faire gagner quinze chevaux. Ils peuvent atteindre près de cinquante nœuds.

Broadmoor changea soudain de sujet.

— Ed Posey a dit que vous vouliez faire le tour de l'île Kunghit avec un équipement de mesure acoustique. J'ai pensé que ces engins seraient parfaits pour mener à bien votre projet.

— En effet, ce serait idéal. Malheureusement mon hydrophone a pris un coup fatal quand Stokes et moi nous sommes crashés. Le seul moyen qui me reste, c'est de fouiller la mine moi-même.

— Qu'espérez-vous y découvrir ?

— La méthode qu'utilise Dorsett pour extraire les diamants.

Broadmoor ramassa un caillou et le lança au loin dans l'eau d'un beau vert sombre.

— La société possède une flottille qui patrouille tout autour de l'île, dit-il enfin. Ils sont armés et ça ne serait pas la première fois qu'ils attaqueraient les pêcheurs qui s'aventurent trop près de leurs côtes.

— On dirait que le gouvernement canadien ne m'a pas dit tout ce que je devais savoir, dit Pitt en maudissant silencieusement Posey.

— Je suppose qu'ils se sont dit que, puisque vous étiez officiellement leur employé pour faire des recherches sur place, vous ne seriez pas embêté par les gardes de la mine.

— Votre frère... Stokes m'a raconté qu'ils l'avaient abordé et qu'ils avaient brûlé sa barque.

L'Indien montra le totem en cours de réalisation, derrière eux.

— Vous a-t-il dit qu'ils avaient aussi tué mon oncle ?

Pitt secoua lentement la tête.

— Non. Je suis désolé.

— J'ai trouvé son corps qui flottait à huit kilomètres en mer. Il s'était accroché à deux bidons de carburant. L'eau était froide et il en est mort. De son bateau de pêche, nous n'avons retrouvé qu'une partie de la cabine.

— Vous croyez que les gardes de Dorsett l'ont assassiné ?

— Je *sais* qu'ils l'ont fait, dit Broadmoor avec un éclair de colère dans les yeux.

— Mais la justice ? Qui la représente ?

— L'inspecteur Stokes ne représente qu'une brigade symbolique d'enquêteurs. Lorsque Arthur Dorsett a envoyé ses géologues fouiller toutes les îles jusqu'à ce qu'ils trouvent la source principale des diamants sur Kunghit, il a utilisé son influence et sa fortune pour acheter littéralement l'île au gouvernement. Peu lui importait que, pour les Haidas, cette île soit une terre sacrée de leur tribu. Maintenant, mon peuple n'a plus le droit de mettre le pied sur l'île sans permission ni de pêcher à moins de quatre kilomètres de sa côte. Nous pouvons nous faire arrêter par les mounties qui, pourtant, sont payés pour nous protéger.

— Je comprends pourquoi le chef de la sécurité a si peu de considération pour la loi.

— Merchant? John l'Elégant, comme on l'appelle, dit Broadmoor avec de la haine dans le regard. Vous avez eu de la chance de vous échapper. Autrement, vous auriez tout simplement disparu. Bien des gens ont essayé de trouver des diamants dans l'île et autour. Mais personne n'a réussi parce que tous ont disparu.

— Est-ce qu'un peu de la richesse que génèrent les diamants a atteint les Haidas?

— Jusqu'à présent, on s'est fait rouler. Si la richesse provenant des diamants devait nous atteindre, c'est devenu une possibilité plus politique que légale. Nous avons négocié des années durant pour avoir le droit de plaider, mais les avocats de Dorsett ont réussi à rendre nos demandes irrecevables.

— Je n'arrive pas à croire que le gouvernement canadien autorise Arthur Dorsett à lui dicter sa conduite.

— L'économie du pays est en jeu et les politiciens ferment les yeux devant les pots-de-vin et la corruption, tout en profitant de tout ce qui peut mettre un peu d'argent dans les caisses.

Il se tut un instant et regarda Pitt dans les yeux, comme pour tenter de lire sa pensée.

— Et vous, où est votre intérêt, monsieur Pitt? Est-ce que vous voulez faire fermer la mine?

— En effet, à condition de pouvoir prouver que leur excavation est la cause de ce fléau acoustique qui tue en masse des humains et la moitié de la faune aquatique.

— Je vous conduirai dans la propriété, dit enfin Broadmoor après un silence.

Pitt réfléchit rapidement.

— Vous avez une femme et des enfants. Il est inutile de mettre nos deux vies en danger. Menez-moi sur l'île et je trouverai un moyen de passer le tumulus sans être vu.

— Impossible. Leur système de sécurité est tout ce qu'il y a de plus performant. Un écureuil ne passerait pas et ce n'est pas une image si l'on compte tous les petits cadavres qui jonchent le tumulus, avec ceux des centaines d'autres animaux qui vivaient sur cette île avant que les extractions des Dorsett ne mettent à sac ce qui était autrefois un superbe environnement. Et puis il y a les bergers allemands, qui sentent les intrus à cent mètres.

— Il y a toujours le tunnel.

— Vous n'y passerez jamais tout seul.

— Je peux toujours essayer. Il n'est pas nécessaire que votre femme devienne une veuve de plus.

— Vous ne comprenez pas! insista patiemment Broadmoor dont les yeux brûlaient de désir de vengeance. La mine paie ma communauté pour que leurs cuisines regorgent de poisson frais. Une fois par semaine, mes voisins et moi allons à Kunghit pour livrer nos prises. Aux docks, nous chargeons les poissons sur des charrettes et les transportons par le tunnel jusqu'à l'office du chef cuisinier. Il nous sert un repas, nous paie en liquide – bien entendu moins cher que ce que vaut notre pêche – et nous repartons. Vous avez les cheveux noirs. Vous pouvez passer pour un Haida si vous portez un costume de pêcheur et que vous baissez la tête. Les gardes s'intéressent davantage aux voleurs de diamants qui essaient de sortir du camp qu'aux pêcheurs qui y entrent. Etant donné que nous ne faisons que livrer et que nous ne remportons rien, nous ne sommes pas suspects.

— Mais n'y a-t-il pas de travail bien rémunéré pour les gens de votre tribu, à la mine ?

Broadmoor haussa les épaules.

— Oublier la pêche et la chasse, c'est oublier l'indépendance. Les bénéfices que nous faisons en remplissant leurs réfrigérateurs vont à une nouvelle école pour nos enfants.

— Il y a un léger problème. John Merchant l'Elégant. Nous nous sommes rencontrés et je crois que nous éprouvons une antipathie réciproque. Il m'a vu de près.

L'Indien fit un geste désinvolte.

— Il n'y a guère de danger pour que Merchant vous reconnaisse. Il n'a jamais sali ses belles chaussures italiennes du côté du tunnel et des cuisines. Par ce temps, il se montre rarement hors de son bureau.

— Je ne pourrai pas recueillir beaucoup de renseignements auprès des aides-cuisiniers, dit Pitt. Connaissez-vous des mineurs auxquels vous pouvez faire confiance qui me décriraient les procédés d'exploitation ?

— Tous les employés de la mine sont des Chinois amenés là illégalement par des syndicats criminels. Aucun ne parle anglais. Votre meilleure chance, c'est un vieil ingénieur des mines qui déteste la Dorsett Consolidated de tout son cœur.

— Pouvez-vous le contacter ?

— Je ne connais même pas son nom. Il dirige le puits du cimetière et prend généralement un repas à l'heure où nous livrons notre poisson. Nous avons déjà bavardé autour d'une tasse de café. Il n'apprécie pas du tout les conditions de travail. Lors de notre dernière conversation, il a raconté que l'an dernier, plus de vingt travailleurs chinois étaient morts dans les mines.

— Si je peux rester avec lui dix minutes, il pourra sans doute nous aider à résoudre ce mystère acoustique.

— Je ne peux pas vous garantir qu'il sera là quand nous livrerons le poisson, dit Broadmoor.

— Il faudra donc que je croise les doigts, dit Pitt d'un ton pensif. Quand devez-vous faire la prochaine livraison ?

— Les derniers bateaux de pêche du village devraient rentrer dans quelques heures. Il faudra mettre le poisson dans la glace et dans des caisses, plus tard dans la soirée, puis être prêts à partir pour l'île Kunghit aux premières lueurs de l'aube.

Pitt se demanda s'il était physiquement et moralement prêt à jouer sa vie encore une fois. Puis il pensa aux centaines de cadavres qu'il avait vus sur le navire de croisière. Alors il n'eut plus le moindre doute sur ce qu'il devait faire.

22

Six petits bateaux de pêche peints de couleurs vives entrèrent dans Port Rose, les ponts chargés de caisses en bois remplies de poissons rangés dans la glace. Les moteurs diesel faisaient un bruit de train miniature. Un fin brouillard s'étendait sur l'eau à laquelle il donnait une couleur gris-vert. Le soleil n'était encore qu'une demi-boule à l'est et le vent n'avait pas plus de cinq nœuds. Les vagues n'avaient pas d'écume et les seules taches blanches étaient créées par l'hélice et la proue des bateaux qui creusaient leur chemin en une houle modérée.

Broadmoor s'approcha de Pitt, assis à l'arrière d'où il observait les mouettes qui plongeaient et volaient derrière le sillage du bateau dans l'espoir de quelque chose à manger.

— Il est temps de jouer votre personnage, monsieur Pitt.

Pitt n'avait pas réussi à persuader Broadmoor de l'appeler Dirk. Il hocha la tête et se concentra sur le nez qu'il faisait semblant de sculpter sur un masque que les Haidas lui avaient prêté. Il portait un pantalon de ciré jaune avec des bretelles par-dessus un gros pull-over de laine tricoté par Mme Broadmoor. Son bonnet était enfoncé jusqu'à ses épais sourcils noirs. Comme les Indiens n'ont jamais les joues assombries de barbe à cinq heures du matin, il s'était rasé de très près.

Il ne leva pas les yeux et continua à passer la lame de son couteau sur le masque en regardant du coin de l'œil le long quai – un vrai quai, capable d'accueillir de gros navires avec des poteaux d'ancrage – qui parut s'agrandir encore à mesure que les bateaux approchaient du port. Une grue immense glissait sur ses rails sur un des côtés du quai, pour décharger de lourds équipements et autres chargements de navires transocéaniques.

Un gros catamaran aux lignes étonnamment douces, à la superstructure très arrondie, était ancré près du quai. Pitt n'avait jamais vu de yachts de ce type. Ses deux coques en fibre de verre à haute performance semblaient avoir été conçues pour la vitesse et le confort. A première vue, il devait fendre l'eau à plus de quatre-vingts nœuds. D'après la description que Giordino lui avait faite de ce fameux bateau semblable à un engin spatial, ce devait être là le bâtiment qu'on avait aperçu s'éloignant du cargo *Mentawai*. Pitt chercha son nom et son port d'appartenance, généralement inscrits sur la traverse mais aucune marque ne défigurait la beauté de la coque bleu saphir du yacht.

La plupart des propriétaires sont fiers du nom dont ils baptisent leur bateau, se dit Pitt, ainsi que du port d'enregistrement. Mais il avait une petite idée de la raison pour laquelle Arthur Dorsett ne tenait pas à la publicité pour son navire.

Son intérêt éveillé, il regarda avec attention les hublots aux rideaux tirés. Le pont ouvert était désert. Aucun marin, aucun passager dans l'air vif de ce jour tout neuf. Il allait détourner son regard pour étudier un groupe de gardes en uniforme debout sur le quai quand une porte s'ouvrit : une femme s'avança sur le pont.

Elle était stupéfiante, grande comme une Amazone, extrêmement belle. Elle secoua la tête pour rejeter en arrière une masse de cheveux blond roux, longs et indisciplinés. Elle portait un court déshabillé et semblait à peine sortie du lit. Ses seins paraissaient rebondis et curieusement disproportionnés. Ils étaient entièrement couverts par le vêtement qui ne laissait même pas deviner leur naissance. Pitt perçut une sorte de férocité qui émanait de cette femme, aussi indomptable qu'une tigresse surveillant son domaine. Elle regarda la petite flotte de pêcheurs et son regard s'arrêta sur Pitt, qu'elle surprit à la contempler sans se cacher.

Le Pitt de tous les jours, celui que rien n'arrêtait, aurait soutenu son regard, enlevé son bonnet et salué. Mais il devait jouer le rôle d'un Indien, aussi se fit-il aussi neutre que possible, se contentant d'un petit salut très respectueux. Elle détourna les yeux et l'oublia comme s'il n'était qu'un arbre dans une forêt tandis qu'un serviteur en uniforme lui apportait une tasse de café sur un plateau d'argent. Frissonnant dans la fraîcheur de l'aube, elle rentra dans le salon du yacht.

— Elle est impressionnante, n'est-ce pas? dit Broadmoor, amusé par l'admiration qu'il lut sur le visage de Pitt.

— Je dois admettre qu'elle ne ressemble à aucune des femmes que j'ai rencontrées à ce jour.

— Boudicca Dorsett, l'une des trois filles d'Arthur. Elle apparaît ainsi sans prévenir, plusieurs fois par an, sur ce yacht fabuleux.

Ainsi c'était la troisième fille. Perlmutter l'avait décrite comme cruelle et aussi froide que le cœur d'un glacier. Maintenant qu'il l'avait vue, il avait du mal à croire que Maeve soit sortie des mêmes flancs que Deirdre et Boudicca.

— Sans doute pour exiger plus de production de ses esclaves et pour compter les bénéfices.

— Ni l'un ni l'autre, dit Broadmoor. Boudicca dirige l'organisation de la société de surveillance. On m'a dit qu'elle allait d'une mine à l'autre, inspectant les systèmes et traquant les moindres faiblesses de ses employés.

— John Merchant l'Elégant sera particulièrement vigilant pendant qu'elle sera là à chercher des failles dans son système de sécurité, remarqua Pitt. Il va sans doute pousser ses gardes à une surveillance spéciale pour impressionner la patronne.

— Nous allons devoir être encore plus prudents, admit Broadmoor.

Il montra de la tête les gardes sur le quai, qui attendaient d'inspecter les bateaux de pêche.

— Regardez ça. Il y en a six. D'habitude, on n'en envoie pas plus de deux. Celui qui porte un médaillon est le responsable du quai. Il s'appelle Crutcher. C'est un rat !

Pitt observa attentivement les gardes pour voir s'il en reconnaissait certains qui auraient pu l'apercevoir dans l'avion amphibie, quand il était entré dans l'île avec Stokes. La marée était basse et il dut écarquiller les yeux. Il craignit surtout d'être reconnu par celui qu'il avait assommé dans le bureau de John Merchant. Heureusement, aucun des visages ne lui parut familier.

Ils portaient leurs armes à l'épaule, le canon dirigé vers les pêcheurs indiens. C'était pour les intimider, comme Pitt s'en rendit très vite compte. Ils n'auraient pas tiré juste sous le nez des marins du gros cargo mouillé près de là. Crutcher était un homme jeune et arrogant, de vingt-six ou vingt-sept ans, au visage froid. Il s'avança au bord du quai tandis que le barreur de Broadmoor rangeait le bateau de pêche près des bittes d'amarrage. Broadmoor lança un filin qui tomba sur les bottes de combat du garde.

— Salut, l'ami. Que diriez-vous de nous amarrer ?

Le garde au visage de glace renvoya la corde sur le bateau d'un coup de pied.

— Amarrez-vous vous-mêmes, dit-il d'un ton sec.

« Un transfuge de quelque équipe de Forces spéciales, ce type-là » pensa Pitt en attrapant le filin. Il grimpa une échelle jusqu'au quai et bouscula légèrement mais volontairement Crutcher en attachant la corde autour d'un petit bollard.

Crutcher lança la jambe et frappa Pitt puis l'attrapa par les bretelles et le secoua violemment.

— Espèce de sale macaque puant, fais attention à tes manières, tu veux ?

Broadmoor se raidit. C'était un piège. Les Haidas étaient des gens calmes, peu enclins à la colère. Il se dit que Pitt allait riposter et mettre un coup de poing sur le nez du garde méprisant.

Mais Pitt ne mordit pas à l'hameçon. Il se détendit, frotta le bleu qu'il avait sûrement aux fesses et regarda Crutcher, les yeux vides. Il retira son bonnet en signe de respect, révélant la masse de cheveux noirs dont il avait, à force de graisse, aplati les boucles. Il haussa les épaules en signe de déférence insouciante.

— J'ai pas fait attention. J'suis désolé.

— Je ne t'ai jamais vu, toi, dit Crutcher d'un ton glacial.

— J'suis venu plus de vingt fois, dit tranquillement Pitt et j'vous ai déjà vu souvent. Vot'nom, c'est Crutcher. Pas le dernier voyage mais celui d'avant, vous m'avez mis un coup de poing parce que j'allais pas assez vite.

Le garde observa Pitt un moment puis ricana, d'un rire comme un cri de chacal.

— Remets-toi sur mon chemin et je te botterai les fesses assez fort pour te renvoyer de l'autre côté du chenal !

Pitt lui adressa un regard amical et résigné et sauta sur le pont du bateau de pêche. Le reste de la flottille prenait place où il y avait un espace entre les autres fournisseurs. Quand il n'y en avait pas, les bateaux s'attachaient les uns aux autres, l'équipage du plus éloigné passant sa cargaison à celui qui était le plus proche du quai. Pitt rejoignit les pêcheurs et commença à passer des caisses de saumon à l'un des marins de Broadmoor qui les empilait sur des chariots attachés à un petit tracteur à huit roues motrices. Les caisses étaient lourdes et le dos et les biceps de Pitt ne tardèrent pas à lui faire mal. Il serra les dents, sachant que les gardes le soupçonneraient s'il ne pouvait transporter les caisses avec l'aisance des Haidas.

Deux heures plus tard, les chariots étaient chargés. Quatre gardes et les équipages des bateaux de pêche montèrent dessus, à côté des caisses et on se dirigea vers la cantine de la mine. On les arrêta à l'entrée du tunnel puis ils pénétrèrent dans un petit bâtiment où on les pria de se déshabiller jusqu'aux sous-vêtements. On fouilla leurs affaires et eux-mêmes furent soumis aux rayons X. Tous passèrent sans problème, sauf un Haida qui avait oublié un gros couteau de pêche dans sa botte. Pitt trouva étrange qu'au lieu de confisquer simplement le couteau, on le rendit au pêcheur qui fut renvoyé sur le bateau. Les autres purent se rhabiller et remontèrent sur les chariots pour parcourir le reste du trajet jusqu'à la zone minière.

— Je pensais qu'on chercherait si vous aviez des diamants cachés au retour plutôt qu'à l'entrée, s'étonna Pitt.

— C'est pareil en sortant, expliqua Broadmoor. On a droit à la même fouille en quittant la mine. On nous passe aux rayons X pour bien nous faire comprendre que ça ne paie pas de passer une poignée de diamants en les avalant.

Le tunnel en béton qui traversait les scories de la mine mesurait environ cinq mètres de haut et dix de large, ce qui laissait assez de place aux gros camions transportant des hommes et des machines depuis le quai de déchargement et retour. Il s'étendait sur près de cinq cents mètres et l'intérieur était illuminé par de longues rampes de néon. Des tunnels auxiliaires partaient à mi-chemin, moitié moins grands que l'artère principale.

— Où mènent ces tunnels? demanda Pitt à Broadmoor.

— C'est une partie du système de sécurité. Ils font le tour de toute l'enceinte et sont bourrés de matériel de détection.

— Les gardes, les armes, le système de surveillance sophistiqué! Ça paraît un peu exagéré juste pour éviter le vol de quelques diamants.

— Ce n'est que la moitié du problème. Ils ne veulent pas que leur main-d'œuvre illégale s'échappe sur le continent. Ça fait partie des accords avec les fonctionnaires canadiens corrompus.

Ils arrivaient à l'autre extrémité du tunnel, au milieu de l'activité de ruche de la mine. Le conducteur du tracteur rangea le train de chariots sur une route pavée entourant la grande cheminée ouverte qui était le cœur du volcan. Il s'arrêta près d'un quai de chargement qui courait le long d'un bâtiment de béton préfabriqué.

Un homme, en costume blanc de cuisinier sous une veste doublée de fourrure, ouvrit la porte d'un entrepôt où l'on stockait les poissons. Il fit un geste de bienvenue à Broadmoor.

— Content de te voir, Mason. Tu arrives bien. Il ne nous reste que deux caisses de morue.

— On apporte assez de poissons pour engraisser tes mineurs, répondit Broadmoor.

A voix basse, il expliqua à Pitt:

— Dave Anderson, le chef cuisinier de la mine. Un type bien mais qui boit trop de bière.

— La porte de la chambre froide est ouverte, annonça Anderson. Fais attention en rangeant les caisses. J'ai trouvé du saumon au milieu des carrelets, la dernière fois. Ça fiche mes menus en l'air.

— Je t'ai apporté une gâterie. Cinquante kilos de steak d'orignal.

— T'es sympa, Mason. C'est à cause de toi que je n'achète pas de poisson surgelé sur le continent, dit le cuisinier avec un grand sourire. Quand tu auras rangé tes caisses, viens dans l'office. Mes aides auront préparé un petit déjeuner pour tes gars. Je te ferai un chèque dès que j'aurai fait l'inventaire de ce que tu apportes.

Les caisses de poisson furent empilées dans les congélateurs de la chambre froide et les pêcheurs haidas, suivis de Pitt, pénétrèrent avec plaisir dans la chaleur de l'office. Ils passèrent le long d'un comptoir où on leur servit des œufs, des saucisses et des galettes. Pendant qu'ils se versaient du café, Pitt regarda autour de lui les hommes assis aux autres tables. Les quatre gardes bavardaient près de la porte, dans le nuage de fumée de leurs cigarettes. Environ cent mineurs chinois de l'équipe du matin remplissaient presque toute la pièce. Dix hommes, qui parurent à Pitt être des ingénieurs ou des directeurs, étaient assis dans une salle à manger privée, plus petite.

— Lequel est votre employé mécontent? demanda Pitt à Broadmoor. Celui-ci montra la porte menant aux cuisines.

— Il vous attend près des conteneurs à ordures.

Pitt regarda l'Indien d'un air surpris.

— Comment avez-vous pu arranger ce rendez-vous?

Broadmoor eut un grand sourire.

— Les Indiens ont des moyens de communication qui ne doivent rien aux fibres optiques.

Pitt ne lui posa pas d'autre question. Ce n'était pas le moment. Tout en surveillant les gardes, il s'avança d'un air tranquille vers la cuisine. Aucun des employés ne leva les yeux de son travail quand il passa entre les fours et les éviers, poussa la porte arrière et descendit les quelques marches. Les grandes poubelles métalliques dégageaient une odeur de légumes pourris dans l'air frais du matin.

Il resta immobile, ne sachant trop à quoi s'attendre.

Une grande silhouette se détacha derrière une poubelle et s'approcha de lui. Il portait une combinaison de parachutiste. Le bas des jambes était taché de boue bleuâtre. Sous son casque de mineur, son visage était couvert de ce que Pitt prit pour un masque avec un filtre de respiration. Il tenait un paquet sous le bras.

— J'ai cru comprendre que vous vous intéressiez à la façon dont fonctionnent les extractions, dit-il avec calme.

— Oui. Je m'appelle...

— Les noms importent peu. Nous n'avons pas beaucoup de temps si vous devez repartir avec les pêcheurs.

Il sortit du paquet une combinaison, un respirateur et un casque et les tendit à Pitt.

— Mettez ça et suivez-moi.

Pitt ne fit aucun commentaire et s'habilla. Il ne craignait pas de piège. Les gardes auraient pu le prendre dix fois depuis qu'il avait mis le pied sur le quai. Il remonta la fermeture Eclair, serra la courroie du casque sous son menton, ajusta le respirateur sur son visage et suivit l'homme qui, il l'espérait, pourrait lui montrer la source responsable des morts violentes sur l'océan.

23

Pitt suivit l'énigmatique mineur, traversa la route et entra dans un immeuble préfabriqué où plusieurs ascenseurs descendaient les hommes au fond, très loin en bas, et les en remontaient. Les deux plus grands transportaient les travailleurs chinois. Le plus petit, au bout de la rangée, était réservé aux personnages importants de la société. La machinerie de ces ascenseurs représentait ce qu'Otis avait inventé de plus moderne. La cabine bougeait doucement, sans bruit et sans donner la désagréable sensation de chute.

— A quelle profondeur allons-nous ? demanda Pitt, la voix étouffée par le masque.

— Cinq cents mètres, répondit le mineur.

— Pourquoi les respirateurs ?

— Quand le volcan dans lequel nous sommes s'est réveillé, il n'y a pas si longtemps que ça, l'île Kunghit a été recouverte de pierre ponce. La vibration qui résulte du procédé d'extraction fait voler la poussière de pierre ponce qui est infernale pour les poumons.

— Est-ce la seule raison ? insista Pitt un peu sournoisement.

— Non, admit honnêtement l'ingénieur. Je ne tiens pas à ce que vous voyiez mon visage. Ainsi, si les gardes ont des soupçons, je pourrai passer le test du détecteur de mensonge que le chef de la sécurité utilise aussi souvent qu'un généraliste fait passer des analyses d'urine.

— John Merchant l'Elégant ? dit Pitt en souriant.

— Vous connaissez John ?

— Nous nous sommes rencontrés.

L'homme haussa les épaules et accepta la réponse sans la commenter.

Quand ils approchèrent du fond, les oreilles de Pitt perçurent une sorte de bourdonnement étrange. Avant qu'il puisse demander de quoi il s'agissait, l'ascenseur s'arrêta et les portes s'ouvrirent. L'homme le conduisit le long d'un puits de mine qui ouvrait sur une plate-forme d'observation, perchée cinquante mètres au-dessus de la vaste chambre d'extraction. L'équipement, au fond du puits, n'avait rien à voir avec celui qu'on s'attend à trouver dans une mine. Pas de wagonnets remplis de minerai et tirés sur des rails par un petit moteur, pas de foreuses ni d'explosifs, pas de ces énormes machines à brasser la terre. La technologie déployée là était probablement hors de prix, soigneusement étudiée, patiemment organisée. Ici, l'ordinateur s'occupait de tout, aidé dans un très petit domaine par la main-d'œuvre humaine. La seule mécanisation visible était un énorme pont suspendu avec des câbles et des godets qui soulevaient la matière bleuâtre contenant les diamants jusqu'à la surface, puis les conduisait aux bâtiments où les pierres étaient extraites.

L'ingénieur tourna la tête et le regarda à travers son masque.

— Mason ne m'a pas dit qui vous étiez ni qui vous représentiez. Et je ne veux pas le savoir. Il m'a seulement dit que vous essayiez de trouver la source du son qui voyage sous l'eau et qui tue.

— C'est exact. Des milliers d'espèces aquatiques et des centaines d'humains ont déjà été tués mystérieusement, en mer et le long des côtes.

— Vous pensez que le son vient d'ici?

— J'ai de bonnes raisons de penser que la mine de l'île Kunghit n'est que l'une de quatre sources.

L'ingénieur eut un hochement de tête entendu.

— Komandoskie, dans la mer de Béring, l'île de Pâques et l'île du Gladiateur, dans la mer de Tasmanie, devraient être les trois autres.

— Vous aviez deviné?

— Je le sais. Toutes utilisent la même technique d'extraction par ultrasons pulsés que nous utilisons ici. (Il montra le puits.) Autrefois, nous creusions des puits pour suivre la concentration des diamants. Un peu comme dans les mines d'or on suit une veine. Mais quand les chercheurs et les ingénieurs de Dorsett ont perfectionné une nouvelle méthode d'extraction, qui multiplie la production par quatre en divisant par trois le temps nécessaire, on a rapidement abandonné les vieilles méthodes.

Pitt se pencha sur la balustrade et regarda le travail accompli au fond du puits. De gros véhicules robotisés semblaient percuter le minerai bleu en y creusant de longs canaux. Ensuite se produisit une vibration sinistre que Pitt sentit monter le long de ses jambes puis dans tout son corps. Etonné, il regarda l'ingénieur.

— La roche diamantifère et l'argile sont pulvérisés par des ultrasons générés par une très haute énergie.

L'homme montra une grande structure de béton sans fenêtres visibles.

— Vous voyez cette construction, sur le côté sud du puits?

Pitt fit signe qu'il la voyait.

— C'est un générateur nucléaire. Il lui faut une énorme quantité de puissance pour produire assez d'énergie pour pénétrer, à dix ou vingt impulsions par seconde, la roche diamantifère et la séparer du minerai bleu.

— C'est le cœur du problème.

— C'est-à-dire? demanda l'ingénieur.

— Le son généré par votre équipement irradie dans la mer. Quand il converge avec les énergies pulsées par les autres mines de Dorsett éparpillées autour du Pacifique, son intensité augmente jusqu'à atteindre un niveau capable de désintégrer toute vie animale sur une grande surface.

— C'est un concept intéressant mais il y manque une donnée.

— Vous ne trouvez pas cela plausible ?

L'ingénieur secoua la tête.

— A elle seule, l'énergie sonore produite tout au fond ne tuerait pas une sardine à trois kilomètres d'ici. L'équipement de forage par ultrasons utilise des pulsations sonores d'une fréquence acoustique variant de 60 000 à 80 000 hertz ou cycles par seconde. Ces fréquences sont absorbées par les sels marins avant d'avoir eu le temps d'aller bien loin.

Pitt considérait l'ingénieur, essayant de deviner d'où il venait mais, en dehors de ses yeux et de quelques mèches de cheveux gris sortant de son casque, il put seulement noter que l'homme avait à peu près la même taille que lui et environ dix kilos de plus.

— Qu'est-ce qui me dit que vous n'essayez pas de me raconter des salades ?

Pitt ne put apercevoir le très léger sourire derrière le masque mais il le devina.

— Venez avec moi, dit l'homme. Je vais vous montrer la réponse à votre problème.

Ils remontèrent dans l'ascenseur, mais avant d'appuyer sur un autre bouton, il tendit à Pitt un casque doublé de mousse antibruit.

— Enlevez le casque de mine et mettez ceci. Et assurez-vous qu'il est bien ajusté ou vous allez ressentir un beau vertige. Il contient un émetteur et un récepteur qui nous permettront de parler sans crier.

— Où allons-nous ? demanda Pitt.

— Dans un tunnel d'exploration creusé sous le puits principal pour relever les plus gros dépôts de pierres.

Les portes s'ouvrirent et ils pénétrèrent dans un tunnel minier creusé dans la roche volcanique, étayé de grosses poutres de bois. Pitt leva involontairement les mains et les pressa contre ses oreilles. Bien que le son fût étouffé, il ressentit une étrange vibration dans ses tympans.

— Vous m'entendez bien ? demanda l'ingénieur.

— Je vous entends, répondit Pitt par le minuscule micro. Mais dans un ronronnement.

— Vous allez vous y habituer.

— Qu'est-ce que c'est ?

— Suivez-moi jusqu'à cent mètres d'ici et je vous montrerai la pièce qui manque à votre raisonnement.

Pitt suivit l'ingénieur jusqu'à un couloir latéral qui ne paraissait pas étayé. La roche volcanique constituant ses parois arrondies était lisse comme si on l'avait polie avec une énorme ponceuse.

— C'est un puits de lave Thurston, dit Pitt. J'en ai vu un sur la grande île de Hawaï.

— Certaines laves, comme les laves basaltiques en composition, forment de minces couches appelées pahoehoe, qui coulent latéralement, en surfaces lisses, expliqua l'ingénieur. Quand la lave se refroidit plus près de la surface, le flux plus profond, plus chaud, continue à couler jusqu'à ce qu'il atteigne l'air libre, laissant derrière lui des chambres que nous appelons des tubes. Ce sont ces poches d'air qui sont conduites à résonner par l'ultrason pulsé des opérations minières que vous avez vues au-dessus.

— Que se passerait-il si j'enlevais le casque ?

L'ingénieur haussa les épaules.

— Allez-y, mais je pense que vous n'apprécierez pas beaucoup le résultat.

Pitt souleva le casque de mousse acoustique. Après une demi-minute, il se sentit désorienté et dut se tenir au mur du puits pour ne pas perdre l'équilibre. Juste après, il ressentit une nausée monter en lui comme un champignon. L'ingénieur s'approcha de lui et replaça le casque sur les oreilles de Pitt. Puis il lui passa un bras autour de la taille pour l'aider à se tenir debout.

— Satisfait ? demanda-t-il.

Pitt respira profondément tandis que vertige et nausée diminuaient rapidement.

— Il fallait que je sache à quoi ça ressemble. Maintenant, j'ai une vague idée de ce que tous ces pauvres gens ont souffert avant de mourir.

L'ingénieur le ramena jusqu'à l'ascenseur.

— Ce n'est pas une épreuve agréable. Plus on creuse profond, plus ça empire. La seule fois où je suis entré ici sans me protéger les oreilles, j'ai eu mal à la tête pendant une semaine.

Pendant que l'ascenseur s'élevait vers le haut du puits de lave, Pitt récupéra complètement, sauf que ses oreilles ne cessèrent de bourdonner. Il connaissait maintenant la source de la tragédie. Il savait comment elle fonctionnait pour détruire. Il savait comment l'arrêter – et il en fut soulagé.

— Je comprends, maintenant. Les poches d'air dans la lave font résonner et retournent les pulsations sonores de très haute intensité vers les rochers, en bas, puis dans la mer, produisant une incroyable explosion d'énergie.

— Vous avez votre réponse, maintenant.

L'ingénieur enleva son casque et passa la main dans ses cheveux gris clairsemés.

— La résonance, ajoutée à l'intensité du son, crée une énorme énergie, plus que suffisante pour tuer, ajouta-t-il.

— Pourquoi avez-vous risqué votre place et peut-être même votre vie pour me montrer cela ?

Les yeux de l'homme lancèrent des éclairs et il enfonça rageusement ses mains dans les poches de sa combinaison.

— Je n'aime pas travailler pour des gens à qui je ne peux pas faire confiance. Des hommes comme Arthur Dorsett sèment le trouble et la tragédie – si jamais vous le rencontrez, vous verrez comme il pue la mort. D'ailleurs toute cette opération pue, comme toutes celles qu'il dirige. Ces pauvres travailleurs chinois, il les fait bosser jusqu'à ce qu'ils tombent. Ils sont bien nourris mais jamais payés et on les traite comme des esclaves, dans le puits, dix-huit heures par jour. Il y a eu vingt morts par accident au cours des douze derniers mois parce qu'ils sont trop fatigués pour réagir et éviter de se mettre sur le chemin des machines. Pourquoi ce besoin d'extraire des diamants vingt-quatre heures par jour alors qu'il y a dans le monde une surproduction de cette maudite pierre ? De Beers dirige peut-être un monopole répugnant mais on doit lui rendre cette justice : ils produisent peu pour que les prix restent au plus haut. Non, Dorsett a une vilaine idée derrière la tête pour mettre le marché en danger. Je donnerais bien une année de salaire pour savoir ce qui se passe dans ce cerveau diabolique. Quelqu'un comme vous, qui comprend l'horreur que nous causons ici, pourra peut-être faire quelque chose pour arrêter Dorsett avant qu'il ne tue encore d'autres innocents.

— Et qu'est-ce qui vous empêche de donner l'alarme ? demanda Pitt.

— C'est plus facile à dire qu'à faire. Tous les ingénieurs et chercheurs qui dirigent l'extraction ont dû signer des contrats cuirassés. Pas de résultat, pas de paie. Les avocats de Dorsett nous noieraient dans un écran de fumée si épaisse que, même au laser, nous ne pourrions le faire disparaître si nous leur faisions un procès. C'est comme ça, si les mounties entendaient parler du carnage des ouvriers chinois, Dorsett clamerait son innocence et s'assurerait que nous passions tous en jugement pour conspiration contre la société. On nous a prévenus que nous devrons quitter l'île dans quatre semaines. Nos ordres sont de fermer la mine la semaine précédente. C'est à ce moment-là seulement que nous toucherons le solde de notre salaire et que nous serons renvoyés chez nous.

— Pourquoi ne pas prendre un bateau et partir maintenant ?

— Nous sommes plusieurs à y avoir pensé jusqu'à ce que le chef de production décide de le faire. D'après les lettres que nous avons reçues de sa femme, il n'est jamais arrivé chez lui et personne ne l'a revu depuis.

— Dorsett mène le bateau d'une poigne de fer !

— Aussi ferme que n'importe quel trafiquant de drogue en Amérique centrale.

— Pourquoi fermer la mine alors qu'elle produit encore ?

— Je n'en ai pas la moindre idée. Dorsett a fixé les dates. Il est évident qu'il a un plan mais il ne le partagera pas avec ses employés.

— Comment Dorsett sait-il qu'aucun de vous ne parlera, une fois que vous serez sur le continent ?

— Ce n'est un secret pour personne que si l'un d'entre nous parle, nous irons tous en prison.

— Et les travailleurs chinois ?

L'homme regarda Pitt par-dessus le respirateur qui lui cachait le bas du visage. Ses yeux étaient sans expression.

— Quelque chose me dit qu'ils seront abandonnés dans la mine.

— Enterrés ?

— Connaissant Dorsett, il serait capable d'en donner l'ordre à ses chiens de garde sans même un battement de paupière.

— L'avez-vous déjà rencontré ? demanda Pitt.

— Une fois. Et c'est une fois de trop. Sa fille, l'Emasculatrice, est aussi mauvaise que lui.

— Boudicca, dit Pitt avec un petit sourire. C'est elle que vous appelez l'Emasculatrice ?

— Forte comme un bœuf, cette fille, dit l'ingénieur. Je l'ai vue soulever de terre un homme de bonne taille, et ça, d'une seule main.

Avant que Pitt puisse poser une autre question, l'ascenseur atteignit le niveau de surface et s'arrêta dans l'immeuble principal. L'ingénieur en sortit, regarda une camionnette Ford qui passait. Pitt le suivit jusqu'au coin de la cantine, derrière les conteneurs d'ordures.

Il fit un signe à Pitt, montrant la combinaison.

— Cet équipement appartient à un géologue qui a attrapé la grippe et est en arrêt de travail. Il va falloir que je le rende avant qu'il ne s'aperçoive de sa disparition et se pose des questions.

— Super ! dit Pitt. J'ai probablement attrapé sa grippe par son respirateur.

— Vos amis indiens sont repartis à leurs bateaux.

Il montra le quai où s'empilait la nourriture déchargée. Le tracteur et les chariots étaient partis.

— La camionnette qui vient de passer devant l'ascenseur est une navette pour le personnel. Elle devrait revenir dans une ou deux minutes. Faites signe au conducteur et dites-lui de vous faire passer le tunnel.

Pitt regarda le vieil ingénieur d'un air dubitatif.

— Vous ne croyez pas qu'il me demandera pourquoi je ne suis pas parti avec les autres Haidas ?

L'homme prit dans sa poche un carnet et un crayon et gribouilla quelques mots. Puis il détacha la feuille de papier, la plia et la remit à Pitt.

— Donnez-lui ceci. Ça vous garantira un passage sans histoire. Maintenant, il faut que je retourne travailler avant que les beaux mecs musclés de John l'Elégant ne commencent à se demander où je suis.

Pitt lui serra la main.

— Je vous remercie de votre aide. Vous avez pris un risque terrible en révélant les secrets de la Dorsett Consolidated à un parfait étranger.

— Si je peux empêcher la mort d'innocents, les risques que je prends ont un sens.

— Bonne chance, dit Pitt.

— Bonne chance à vous aussi.

L'ingénieur commença à s'éloigner, pensa à quelque chose et revint sur ses pas.

— Juste une petite chose, par pure curiosité. J'ai vu l'hélico de Dorsett décoller et poursuivre un amphibie, l'autre jour. L'hélico n'est jamais revenu.

— Je sais, dit Pitt. Il a cogné une colline et explosé.

— Vous le saviez?

— J'étais dans l'amphibie.

L'ingénieur lui jeta un regard étrange.

— Et Malcolm Stokes?

Pitt comprit soudain que cet homme était la taupe dont Stokes lui avait parlé.

— Il a une petite pointe de métal dans le poumon. Mais il va bien et aura tout le temps de profiter de sa retraite.

— J'en suis heureux. Malcolm est un brave type. Et il a une famille superbe.

— Une femme et cinq enfants, dit Pitt. Il me l'a dit après que nous nous sommes crashés.

— Alors vous ne vous en êtes sortis que pour revenir vous mettre dans la gueule du loup?

— Ce n'est pas très malin de ma part, n'est-ce pas?

L'ingénieur sourit.

— Non, en effet.

Puis il reprit son chemin vers le bâtiment aux ascenseurs où il disparut.

Cinq minutes après, la camionnette revint et Pitt lui fit signe de s'arrêter. Le chauffeur, en uniforme de garde de sécurité, le regarda d'un air soupçonneux.

— D'où sortez-vous?

Pitt lui tendit le papier plié et haussa les épaules sans répondre. Le chauffeur lut la note, la froissa, la jeta par terre et hocha la tête.

— D'accord, montez. Je vous conduirai jusqu'au poste de fouille, de l'autre côté du tunnel.

Tandis que l'homme fermait sa portière et passait une vitesse, Pitt s'assit derrière lui et se pencha d'un air naturel pour ramasser la note froissée. Il lut:

« Ce pêcheur haida était aux cabinets quand ses copains l'ont oublié en partant. Merci de le ramener au dock avant que les pêcheurs repartent.

C. Cussler, Chef d'Equipe. »

24

Le chauffeur arrêta la camionnette devant le bâtiment de la sécurité où Pitt fut exploré de la tête aux pieds par les rayons X pour la seconde fois ce matin-là. Le médecin chargé de vérifier le contenu de son estomac hocha la tête après avoir terminé la liste des points recherchés.

— Pas de diamants sur vous, mon grand, dit-il en étouffant un bâillement.

— On n'en a pas besoin, grogna Pitt d'un ton indifférent. Les pierres, ça ne se mange pas. Ce sont des malédictions d'homme blanc. Les Indiens ne s'entre-tuent pas pour des diamants.

— Tu es en retard, non ? Les hommes de ta tribu sont passés là il y a vingt minutes.

— Je me suis endormi, dit Pitt en se rhabillant rapidement.

Il sortit en vitesse et courut jusqu'au quai. A cinquante mètres du bout du quai il s'arrêta, plein d'appréhension. Les bateaux de pêche des Haidas étaient déjà à cinq bons kilomètres de là, dans le chenal. Il était seul et ne savait où aller.

Un gros cargo achevait de décharger son fret, juste en face du yacht des Dorsett. Il tenta de se cacher derrière les conteneurs que le cargo faisait descendre par un treuil sur des patins de bois. Peut-être pourrait-il profiter de l'activité générale pour se rapprocher de la passerelle d'embarquement et monter discrètement à bord du navire. Il avait déjà une main sur la rampe et un pied sur la passerelle mais ne put aller plus loin.

— On ne bouge plus, pêcheur, dit une voix glaciale derrière lui. Alors, on a raté son bateau ?

Pitt se retourna lentement et se raidit tandis que son cœur se mettait à battre deux fois plus vite. Le sadique Crutcher, penché sur une caisse contenant une grosse pompe, tirait tranquillement sur un cigare. Près de lui, un garde dirigeait vers Pitt le canon d'un fusil d'assaut M-1 et l'agitait de haut en bas. C'était le garde que Pitt avait frappé dans le bureau de Merchant. Le cœur de Pitt augmenta encore la vitesse de ses battements car John Merchant l'Elégant lui-même apparaissait derrière le garde et le regardait avec la froide autorité de celui qui tient la vie des gens dans le creux de sa main.

— Tiens ! tiens ! Monsieur Pitt ! Vous êtes un entêté !

— Je savais bien que c'était celui qui m'a frappé ! Je l'ai reconnu dès que je l'ai vu au bord de la navette, dit le garde avec un sourire de loup.

Il s'approcha et enfonça le canon de son arme dans l'estomac de Pitt.

— Ça, c'est pour le coup que j'ai pris par surprise !

Pitt se plia de douleur quand le tube d'acier frappa profondément son flanc. Le coup fut douloureux mais ne pénétra pas totalement dans sa chair. Il leva les yeux sur le garde hilare et parla à travers ses dents serrées.

— Voilà une erreur de la nature ou je me trompe beaucoup.

Le garde leva son arme pour frapper à nouveau mais Merchant l'arrêta.

— Ça suffit, Elmo. Tu pourras jouer avec lui après qu'il nous aura expliqué pourquoi il persiste à entrer sur cette île sans permission.

Il regarda Pitt d'un air faussement désolé.

— Il faut excuser Elmo. Il a une tendance instinctive à frapper les gens à qui il ne fait pas confiance.

Pitt essayait désespérément de trouver un moyen de s'échapper. Mais à part sauter dans l'eau glacée et mourir d'hypothermie ou – et c'était probablement ce qui allait se passer – se faire tirer dessus par Elmo et aller nourrir les poissons, il ne vit aucune solution.

— Vous devez avoir une imagination fertile si vous me considérez comme une menace, dit-il à Merchant pour essayer de gagner du temps.

Merchant prit une cigarette dans un étui en or et l'alluma avec un briquet également en or.

— Depuis notre dernière rencontre, monsieur Pitt, j'ai fait sur vous une enquête plus fouillée. Dire que vous êtes une menace pour ceux auxquels vous vous opposez, c'est une litote. Vous n'avez pas pénétré sur la propriété de M. Dorsett pour étudier les poissons et les varechs. Vous êtes ici pour une toute autre et bien plus inquiétante raison. J'espère que vous nous expliquerez votre présence avec tous les détails, sans résistance théâtrale prolongée.

— Quel dommage de vous décevoir, dit Pitt entre deux respirations profondes. Je crains de ne pas avoir le temps de subir vos sordides interrogatoires.

Merchant ne se laissait pas facilement tromper. Mais il savait que Pitt n'était pas un misérable petit trafiquant de diamants. Il perçut un petit signal d'alarme quelque part dans sa tête quand il réalisa la totale absence de peur dans les yeux de l'Américain. Il en éprouva de la curiosité en même temps qu'un certain malaise.

— J'admets volontiers que vous me décevez. J'attendais autre chose qu'un petit bluff facile.

Pitt leva les yeux et regarda le ciel.

— Un escadron de chasseurs venus du porte-avions *Nimitz* avec des missiles air-sol devrait siffler au-dessus de nos têtes d'une minute à l'autre.

— Un fonctionnaire d'une obscure agence gouvernementale aurait-il le pouvoir d'ordonner une attaque du sol canadien ? Je ne vous crois pas.

— Vous avez raison en ce qui me concerne, dit Pitt, mais mon patron, l'amiral James Sandecker, a les moyens d'ordonner une attaque aérienne.

Pendant une seconde, le temps d'un bref clin d'œil, Pitt pensa que Merchant allait avaler ça. Le visage du chef de la sécurité s'assombrit, hésita. Mais il sourit bientôt, fit un pas en avant et gifla méchamment la bouche de Pitt de sa main gantée. Pitt chancela en reculant et sentit le goût du sang sur ses lèvres.

— Je prendrai le pari, dit sèchement Merchant.

Il effaça une minuscule tache de sang sur le cuir de son gant avec une expression de dégoût ennuyé.

— Ne me racontez plus d'histoires. Et ne me parlez plus à moins que je ne vous pose une question.

Il se tourna vers Crutcher et Elmo.

— Escortez-le jusqu'à mon bureau. Nous continuerons cette intéressante conversation là-bas.

Crutcher poussa du plat de la main le visage de Pitt et l'envoya chanceler de l'autre côté du quai.

— Je pense que nous irons à pied et non en voiture, monsieur. Notre petit curieux a sans doute besoin d'un peu d'exercice. La marche le brisera un peu.

— Arrêtez-vous, là-bas ! l'interrompit une voix sèche venant du pont du yacht.

Boudicca Dorsett, penchée sur le bastingage, regardait la scène qui se jouait sur le quai. Elle portait un cardigan de laine sur un pull à col roulé et une courte jupe plissée. Ses jambes, moulées dans des bas blancs, étaient chaussées de hautes bottes de cheval en agneau. Elle secoua ses longs cheveux sur ses épaules et montra la passerelle permettant d'atteindre le pont promenade de son yacht depuis le quai.

— Amenez votre intrus par ici.

Merchant et Crutcher échangèrent un regard indulgent avant de pousser Pitt à bord du yacht. Elmo lui lança méchamment un coup dans les reins avec le fusil d'assaut, l'obligeant à passer une porte de teck et à entrer dans le salon.

Boudicca était assise sur le bord d'un bureau de bois flotté recouvert de marbre d'Italie. Sa jupe, tirée sous ses jambes, remontait à mi-cuisses. C'était une femme robuste, presque masculine dans ses mouvements et pourtant terriblement sensuelle, avec une aura de richesse et de raffinement manifestes. Elle avait l'habitude d'intimider les hommes, aussi fronça-t-elle les sourcils en voyant Pitt la dévisager d'un regard clinique.

« Une performance très réussie », observa-t-il. A la plupart des hommes, elle devait inspirer de l'effroi et une certaine humilité. Mais il refusa de jouer selon les règles de cette femme. Il ignora ses charmes évidents et s'obligea à regarder autour de lui le décor et les meubles luxueux du salon du yacht.

— C'est mignon, ici, dit-il d'une voix impassible.

— Tais-toi devant Mlle Dorsett, aboya Elmo en levant la crosse de son arme pour frapper.

Pitt pivota sur ses talons, écarta l'arme d'une main et enfonça son autre poing dans le ventre du garde, juste au-dessus de l'aine. Celui-ci grogna de douleur et de rage et se plia en deux, lâchant le fusil, les mains jointes sur l'endroit du coup.

Pitt ramassa le fusil sur l'épais tapis avant que quiconque ait réagi et le tendit à Merchant, totalement sidéré.

— Je suis fatigué d'être du côté où ce crétin sadique distribue ses coups. Merci de veiller à ce qu'il se contrôle.

Puis il se tourna vers Boudicca.

— Je sais bien qu'il est tôt mais j'accepterais volontiers un verre. Auriez-vous un peu de tequila, à bord de cette villa flottante ?

Boudicca demeura calme et distante, observant Pitt avec une curiosité nouvelle. Puis elle se tourna vers Merchant.

— D'où venait-il ? demanda-t-elle sèchement. Qui est cet homme ?

— Il est entré sans se faire remarquer en prétendant faire partie de l'équipe des pêcheurs locaux. En réalité, c'est un agent américain.

— Pourquoi fouille-t-il partout dans la mine ?

— J'allais l'emmener dans mon bureau pour obtenir les réponses à ces questions quand vous nous avez demandé de monter à bord, répondit Merchant.

Elle se leva de toute sa haute taille, plus grande que tous les hommes présents dans le salon. Sa voix se fit incroyablement profonde et sensuelle et c'est d'un regard détaché qu'elle observa Pitt de la tête aux pieds.

— Votre nom, je vous prie, et la raison de votre présence ici ?

— Il s'appelle... commença Merchant.

— Je veux qu'il me réponde lui-même, coupa-t-elle.

— Ainsi, vous êtes Boudicca Dorsett, dit Pitt en ignorant sa question et en lui rendant son regard. Maintenant, je peux dire que je connais les trois.

Elle le dévisagea un instant.

— Les trois ?

— Les trois adorables filles d'Arthur Dorsett, répondit Pitt.

Ses yeux reflétèrent la colère de le voir se moquer d'elle. Elle fit deux pas dans sa direction, attrapa Pitt par les bras et serra en se penchant vers lui, l'écrasant contre le mur du salon. Il n'y avait aucune expression dans les yeux noirs de la géante qui regardait Pitt sans ciller, presque nez à nez. Elle ne dit rien, se contentant de le serrer plus fort et de le tirer vers le haut jusqu'à ce que ses pieds touchent à peine le tapis.

Pitt résista en tendant tout son corps et en bandant ses biceps qui lui paraissaient pris dans des étaux de plus en plus serrés. Il ne pouvait croire qu'un homme, et à plus forte raison une femme, puisse faire preuve d'une pareille force. Il serra les dents et les lèvres pour combattre la douleur croissante. Le sang entravé engourdissait et blanchissait ses mains. Finalement, Boudicca relâcha son étreinte et recula.

— Bon, maintenant, avant que je ne fasse la même chose à votre gorge, dites-moi qui vous êtes et pourquoi vous venez fourrer votre nez dans les excavations minières de ma famille.

Pitt se tut un moment en attendant que la douleur décroisse et qu'il retrouve la sensation d'avoir des mains et des bras. Il était stupéfait par la force surhumaine de cette femme. Finalement, il parla.

— Est-ce ainsi que vous traitez l'homme qui a sauvé vos sœurs d'une mort certaine ?

Ses yeux s'arrondirent d'étonnement et elle se raidit à son tour.

— De quoi parlez-vous ? Comment connaissez-vous mes sœurs ?

— Je m'appelle Dirk Pitt, dit-il sans hâte. Mes amis et moi avons sauvé Maeve qui risquait de mourir gelée et Deirdre qui, elle, a manqué de se noyer dans l'Antarctique.

— Vous ? (Les mots semblaient se bousculer sur ses lèvres.) Vous êtes le type de l'Agence Nationale Marine et Sous-Marine ?

— Lui-même.

Pitt se dirigea vers un bar luxueux recouvert de cuivre et prit une serviette en papier pour éponger le sang qui coulait de sa lèvre coupée. Merchant et Crutcher semblaient aussi stupéfaits que s'ils avaient misé toutes leurs économies sur un cheval qui serait parti avec.

Le chef des gardes regarda Boudicca, les yeux vides.

— Il doit mentir !

— Voulez-vous que je vous les décrive en détail ? poursuivit Pitt avec désinvolture. Maeve est grande, blonde, avec d'incomparables yeux bleus. Tout à fait le genre à camper sur la plage.

Il s'arrêta pour montrer le portrait d'une jeune femme blonde, portant une robe d'une autre époque et un diamant gros comme un œuf de caille sur un pendentif.

— Voilà qui lui ressemble tout à fait.

— Pas le moins du monde, ricana Boudicca. Il se trouve que ce tableau représente mon arrière-arrière-arrière-grand-mère.

— Pourtant c'est tout à fait elle, répéta Pitt avec une indifférence feinte, incapable de détourner les yeux de cette incroyable ressemblance avec Maeve. Deirdre, quant à elle, a des yeux noisette, des cheveux roux et marche comme un mannequin.

Après un long silence, Boudicca lâcha :

— Il doit être celui qu'il prétend être.

— Cela n'explique pas sa présence ici, insista Merchant.

— Je vous l'ai dit lors de notre dernière rencontre, dit Pitt. Je suis ici pour étudier les effets des produits chimiques et de la pollution que la mine rejette dans la mer.

Merchant eut un méchant petit sourire.

— Une histoire très intéressante mais loin de la vérité.

Pitt ne pouvait se détendre une seconde. Il y avait autour de lui des gens dangereux, rusés et prêts à tout. Il avait tâté le terrain, étudiant leur réaction à sa façon de faire mais il savait bien que Boudicca ne mettrait pas plus de deux minutes à découvrir son jeu. Elle avait assez de pièces en main pour remplir au moins le tour du puzzle. Il décida qu'il contrôlerait mieux la situation en disant la vérité.

— D'accord, puisque vous voulez l'évangile, je vais vous donner l'évangile, dit-il. Je suis ici parce que les ultrasons que vous utilisez pour extraire vos diamants causent une intense résonance qui se propage à de très grandes distances dans l'eau. Quand les conditions sont optimales, ces ondes de choc convergent avec celles provenant de vos autres mines autour du Pacifique et tuent tous les organismes vivants alentour. Mais bien sûr, je ne vous dis rien là que vous ne sachiez déjà.

Il avait pris Boudicca par surprise. Elle le regarda comme s'il arrivait d'un vaisseau spatial.

— Vous êtes très doué pour créer l'ambiance, dit-elle d'une voix hésitante. Vous auriez dû faire du cinéma.

— J'y ai pensé. Mais je n'ai pas le talent de James Woods ou de Mel Gibson.

Il aperçut une bouteille de tequila Herradura Silver derrière le bar, sur une étagère de verre posée sur un fond de miroir doré. Il s'en servit un verre. Il trouva aussi du citron vert et une salière. Laissant Boudicca et les autres le regarder, il versa un peu de sel sur la peau tendue entre son pouce et son index puis il but la tequila, lécha le sel et suça le citron vert.

— Voilà, maintenant, je suis prêt à affronter le reste de la journée. Comme je vous le disais, vous en savez sûrement plus sur les horreurs de la peste acoustique, comme on l'appelle partout, que je n'en sais moi-même, mademoiselle Dorsett. C'est ce tueur-là qui a presque tué vos sœurs. Aussi serait-ce de ma part une inutile perte de temps que d'essayer de vous mettre au courant.

— Je n'ai pas la moindre idée de ce dont vous parlez !

Elle se tourna vers Merchant et Crutcher.

— Cet homme est dangereux. Il représente une menace pour la Dorsett Consolidated Mining. Sortez-le de mon bureau et faites tout ce que vous jugerez nécessaire pour qu'il ne nous ennuie plus jamais.

Pitt lança une dernière fois les dés.

— Garret Converse, l'acteur, et sa jonque chinoise, le *Ts'eu-hi*. David Copperfield serait jaloux de la façon dont vous avez fait disparaître Converse, tout son équipage et son bateau.

Ils affichèrent la réaction attendue. Plus de force ni d'arrogance.

Boudicca, soudain, semblait perdue. Alors Pitt lança l'argument décisif.

— Vous n'avez sans doute pas oublié non plus le *Mentawai*. Ça, c'était vraiment un travail bâclé. Vous avez mal calculé vos explosifs et vous avez fait sauter une équipe de sauveteurs du *Rio Grande*, qui était à bord parce que le cargo leur paraissait abandonné. Malheureusement pour vous, on a vu votre yacht quitter les lieux et on a pu, plus tard, l'identifier.

— Quelle histoire ahurissante !

Il y avait du mépris dans la voix de Boudicca mais un mépris que démentait l'expression inquiète de son visage.

— Vous avez certes un beau talent d'orateur. Avez-vous terminé, monsieur Pitt, ou bien y a-t-il une conclusion ?

— Une conclusion ? soupira Pitt. Elle n'est pas encore écrite. Mais je crois pouvoir assurer que très prochainement, la Dorsett Consolidated Mining ne sera plus qu'un souvenir.

Il était allé trop loin. Boudicca commença à perdre son contrôle. Sa colère éclata et elle s'approcha tout près de Pitt, le visage tendu et glacial.

— On n'arrête pas mon père ! Aucune autorité légale, aucun gouvernement même, ne pourrait l'arrêter. En tout cas pas pendant les vingt-sept jours à venir. A ce moment-là, il aura fermé les mines de son propre chef.

— Pourquoi ne pas le faire tout de suite et sauver ainsi Dieu sait combien de vies ?

— Pas une minute avant que nous ne soyons prêts.

— Prêts à quoi ?

— Dommage que vous ne puissiez le demander à Maeve !

— Pourquoi à Maeve ?

— Deirdre m'a dit qu'elle était devenue très amicale envers l'homme qui lui avait sauvé la vie.

— Elle est en Australie, dit Pitt.

Boudicca fit non de la tête et sourit.

— Maeve est à Washington. Elle travaille comme agent de notre père et lui rapporte toutes les informations que la NUMA peut rassembler sur les ondes mortelles. Rien de tel qu'un parent de confiance dans le camp ennemi pour éviter les ennuis.

— Je l'avais mal jugée, dit Pitt d'un ton brusque. Elle m'a fait croire que son travail consistait à protéger la vie marine.

— Toute son indignation a disparu quand elle a appris que mon père tenait ses jumeaux en assurance.

— Vous voulez dire en otage ?

Le brouillard se dissipait. Pitt commençait à comprendre que les machinations d'Arthur Dorsett allaient beaucoup plus loin que la seule cupidité. L'homme était un assassin assoiffé de sang, un oiseau de proie capable d'utiliser sa propre famille comme des pions.

Boudicca ne répondit même pas à la remarque de Pitt et fit signe à John Merchant.

— Il est à vous. Faites-en ce que vous voudrez.

— Avant de l'enterrer près des autres, dit Crutcher avec un plaisir anticipé, nous allons le persuader de nous raconter tout ce qu'il a peut-être omis volontairement de nous raconter.

— Ainsi on va me torturer puis m'exécuter, dit Pitt avec calme en se servant un autre verre de tequila.

Son esprit passait en revue, à toute vitesse, une douzaine de plans d'évasion inutiles.

— Vous vous êtes condamné vous-même en venant ici, affirma Boudicca. Si, comme vous le dites, les dirigeants de la NUMA soupçonnent nos excavations d'être responsables de la propagation des ondes mortelles dans l'océan, ils n'avaient pas besoin de vous envoyer épier clandestinement la propriété des Dorsett. La vérité, c'est que vous avez appris les réponses au cours des quelques heures passées et que, maintenant, il vous faudrait les faire parvenir à vos supérieurs à Washington. Je vous félicite, monsieur Pitt. Passer entre les mailles de nos gardes et entrer dans la mine, c'est un coup de maître. Vous n'avez pas pu faire cela tout seul. M. Merchant saura trouver les explications quand il vous aura persuadé de partager vos secrets avec lui.

« Elle m'a eu », pensa Pitt, vaincu.

— Soyez gentille, donnez à Maeve et à Deirdre mon meilleur souvenir.

— Connaissant mes sœurs, je pense qu'elles vous ont déjà oublié.

— Deirdre peut-être, mais pas Maeve. Maintenant que je vous connais toutes les trois, je comprends qu'elle est la plus vertueuse.

Pitt fut surpris par le regard de haine qui fit luire les prunelles de Boudicca.

— Maeve est bannie. Elle n'a jamais été proche de la famille.

Pitt sourit avec naturel, espièglerie et provocation.

— Il est facile de comprendre pourquoi.

Boudicca se leva, paraissant encore plus grande à cause des talons de ses bottes. Elle regarda Pitt fixement, rendue enragée par le rire qu'elle décelait dans ses yeux verts d'opale.

— Quand nous fermerons la mine, Maeve et ses bâtards seront partis depuis longtemps!

Sur quoi elle se tourna rageusement et cria à Merchant:

— Faites sortir cette ordure de mon bateau. Je ne veux plus jamais le voir!

— Vous ne le verrez plus, mademoiselle Dorsett, dit Merchant en faisant signe à Crutcher de pousser Pitt hors du salon. Je vous promets que vous l'avez vu pour la dernière fois.

Les deux hommes encadrant Pitt, Elmo fermant la marche, ils descendirent la passerelle et traversèrent le quai jusqu'à une camionnette. Pendant qu'ils longeaient un conteneur d'équipement que l'on venait de débarquer du cargo, le long tuyau d'échappement du moteur diesel actionnant les grues lâcha un gémissement sourd. Ce n'est que lorsque Crutcher s'effondra soudain sur le sol du quai que Pitt se retourna dans un mouvement de défense, juste à temps pour voir les yeux de Merchant rouler dans leurs orbites avant qu'il ne tombe à son tour comme un sac de sable. A quelques pas derrière lui, Elmo était étendu, apparemment mort.

Toute l'opération n'avait pas duré dix secondes, depuis le coup à la nuque d'Elmo jusqu'à celui qui avait frappé le crâne de John Merchant. Mason Broadmoor attrapa le bras de Pitt de sa main gauche, la droite serrant toujours une massive clé en acier.

— Vite ! Sautez !

Confus, Pitt hésita.

— Sauter où ?

— Dans l'eau, andouille !

Pitt n'eut pas besoin d'une autre injonction. En cinq pas rapides, tous deux sautèrent dans l'eau, à quelques mètres de l'avant du cargo.

L'eau glacée raidit tous les nerfs de Pitt avant que son adrénaline ne compense et qu'il se mette à nager à côté de l'Indien.

— Et maintenant ? dit-il en haletant, soufflant de la vapeur au-dessus de l'eau glacée et secouant la tête pour chasser l'eau de son visage et de ses cheveux.

— Les scooters, répondit Broadmoor après s'être ébroué. Nous les avons discrètement sortis des bateaux de pêche et cachés sous la jetée.

— Ils étaient sur le bateau ? Je ne les ai pas vus.

— Un compartiment caché que j'ai installé moi-même, dit l'Indien en souriant. On ne sait jamais quand on peut avoir besoin de quitter la ville avant l'arrivée du shérif.

Il sortit l'un des Duo 300 WetJets qui flottaient près d'un pilier de béton et s'y installa.

— Vous savez conduire ça ?

— Comme si j'étais né dessus, affirma Pitt en enfourchant la selle.

— Si nous nous débrouillons pour que le cargo soit toujours entre le quai et nous, nous serons à l'abri de leur ligne de tir au moins sur cinq cents mètres.

Ils actionnèrent le démarreur. Les moteurs modifiés s'animèrent avec un rugissement. Broadmoor en tête, ils jaillirent d'en dessous du quai comme des boulets de canon. Ils virèrent en un angle très serré et contournèrent la proue du cargo dont la coque leur servit de bouclier. Les moteurs accélérèrent sans hésiter. Pitt ne regarda pas en arrière. Penché sur le guidon, il pressa à fond la manette des gaz, s'attendant à chaque seconde à voir une grêle de balles frapper l'eau autour de lui. Mais leur fuite se fit sans problème. Ils étaient déjà hors de portée quand le reste de l'équipe des gardes de Merchant fut alerté.

Pour la seconde fois en deux jours, Pitt s'échappait de la mine des Dorsett vers l'île Moresby. Autour des fuyards, l'eau bouillonnait en une masse confuse de bleu et de vert. Les couleurs vives des dessins haidas brillaient gaiement dans le soleil. Tous les sens aiguisés par le danger, les réactions de Pitt s'accélérèrent.

Vu du ciel, le chenal entre les îles ressemblait à une large rivière, sans plus. Mais vue de la surface de la mer, la sécurité engageante des arbres et des collines rocailleuses de Moresby apparaissait comme un abri, très loin à l'horizon.

Pitt fut étonné de la stabilité de la coque en « V » du WetJet et du couple de son moteur modifié qui poussait le scooter avec un grondement sourd et féroce dans les rouleaux, presque sans heurt. Rapide, agile, le dispositif d'entraînement à intensité variable permettait une poussée incroyable. C'était vraiment une machine musclée. Sans pouvoir en être sûr, Pitt estima qu'il avançait à soixante nœuds environ. Il avait l'impression de conduire une grosse moto sur l'eau.

Il passa par-dessus le sillage de Broadmoor, se débrouilla pour venir à sa hauteur et lui cria :

— On sera frais s'ils viennent à notre poursuite !

— Ne vous inquiétez pas, cria à son tour Broadmoor. Nous allons plus vite que leurs patrouilleurs.

Pitt tourna le tête et regarda par-dessus son épaule l'île qui s'éloignait rapidement. Il jura entre ses dents en apercevant l'hélicoptère Defender restant s'élever au-dessus de la colline entourant la mine. En moins d'une minute, il traversa le chenal, commençant la poursuite et suivant leurs sillages.

— On ne peut pas battre un hélicoptère, dit Pitt.

Contrastant avec l'expression inquiète de Pitt, l'Indien, les yeux brillants, semblait aussi enthousiaste qu'un gamin se préparant à sa première réunion sportive. Ses traits bronzés étaient rouges d'excitation. Debout sur ses repose-pieds, il jeta un coup d'œil à l'appareil des poursuivants.

— Ces salauds n'ont pas une chance, cria-t-il en souriant. Suivez mon sillage.

Ils rattrapèrent rapidement la flottille de pêche qui rentrait mais Broadmoor vira sèchement vers l'île Moresby, passant au large des barques. La côte n'était qu'à quelques centaines de mètres et l'hélicoptère à un kilomètre environ. Pitt vit les vagues monter et descendre en un mouvement constant pour aller se jeter contre les rochers, au pied des hautes falaises déchiquetées. Il se demanda si Broadmoor avait envie de mourir en dirigeant le scooter vers les brisants tourbillonnants. Pourtant il cessa de surveiller l'hélicoptère qui gagnait du terrain et mit toute sa foi dans le sculpteur de totems. Il colla le nez de sa machine dans le sillage en queue de coq de l'Indien et le suivit dans le chaudron des vagues qui battaient la forteresse de rochers tout proches du littoral.

Pitt eut l'impression qu'ils fonçaient directement vers les falaises battues par les vagues. Il serra le guidon, appuya très fort sur les repose-pieds et se raidit pour ne pas tomber. Le grondement des brisants claquait comme des coups de tonnerre et il ne distinguait qu'un gigantesque rideau d'écume. L'image du *Polar Queen* dérivant, impuissant, vers l'île rocheuse de l'Antarctique lui traversa l'esprit. Mais cette fois, il chevauchait un grain de sable dans la mer et non plus un transatlantique. Il continua sa course en dépit du fait que Broadmoor avait sans doute perdu l'esprit.

L'Indien contourna un énorme rocher. Pitt suivit, prenant en même temps son virage, se penchant en arrière pour équilibrer la petite quille. Puis il tint bon tandis que la coque mordait l'eau en creusant un virage dans le sillon de Broadmoor. Ils passèrent en trombe la crête d'un énorme rouleau et plongèrent dans un creux avant d'escalader le rouleau suivant.

L'hélicoptère était presque sur eux mais le pilote suivait, fasciné, la course suicidaire des deux hommes sur leurs motos des mers. Etonné, il en omit de viser et de faire feu de ses deux mitrailleuses 7.62. Conscient du danger qu'il courait lui-même, il fit remonter son appareil presque à la verticale et passa les palissades. Il vira rapidement pour ne pas perdre sa proie de vue mais les scooters, pendant dix secondes critiques, furent hors de son champ de vision. Quand il eut fait demi-tour au-dessus des flots, ils avaient disparu.

L'instinct avertit Pitt que, quelques centaines de mètres plus loin, il allait s'écraser contre le mur incontournable qui se dressait hors de l'eau. Ce serait la fin de l'aventure. L'alternative, c'était de virer et de tenter sa chance dans la pluie de balles que l'hélicoptère allait lâcher. Mais il continua sa course sans broncher. Toute sa vie défila dans sa tête.

Puis il la vit.

Une toute petite crevasse, tout en bas de la falaise, s'ouvrait comme le chas d'une aiguille. Deux mètres de large, pas plus. Broadmoor fonça dans l'étroite ouverture et disparut.

Pitt le suivit résolument, jurant quand les extrémités de son guidon crissèrent en frottant les parois du passage. Il se trouva soudain dans une grotte profonde dont le plafond avait la forme d'un « V » inversé. Devant lui, Broadmoor ralentit et s'arrêta près d'un embarcadère rocheux où il sauta en descendant de sa machine. Il ôta son manteau et commença à le bourrer de varech séché que la mer avait déposé dans la grotte.

Pitt comprit immédiatement la sagesse du plan de l'Indien. Il arrêta à son tour le scooter et fit ce que faisait Broadmoor.

Quand les manteaux furent remplis de varech, on aurait dit des corps sans tête. Alors les deux hommes les jetèrent à l'eau, à l'entrée de la grotte. Ils regardèrent un moment ces mannequins improvisés flotter d'avant en arrière avant d'être entraînés par le reflux dans le tourbillon extérieur.

— Vous croyez qu'ils vont s'y laisser prendre ?

— C'est garanti, affirma Broadmoor. Le mur de la falaise est incliné ce qui fait qu'il est impossible de voir l'entrée de la grotte de là-haut.

Il mit la main en cornet autour de son oreille et écouta le bruit de l'hélicoptère, dehors.

— Je leur donne dix minutes avant qu'ils retournent à la mine raconter à John Merchant l'Elégant, si jamais il a repris connaissance, que nous nous sommes écrasés contre les rochers.

Broadmoor avait vu juste. Le bruit de l'hélicoptère qui résonnait dans la grotte diminua peu à peu et disparut. Il vérifia les réservoirs des Wet-Jets et hocha la tête d'un air satisfait.

— Si nous allons moitié moins vite, nous devrions avoir assez d'essence pour atteindre mon village.

— Je propose de nous reposer un peu jusqu'au coucher du soleil, dit Pitt. Inutile de nous montrer si jamais le pilote de l'hélico a des doutes. Pouvons-nous rejoindre le village dans l'obscurité ?

— Même les yeux bandés, avec une camisole de force, assura Broadmoor. Nous partirons à minuit et nous serons couchés à 3 heures.

Pendant les minutes qui suivirent, épuisés par l'énervement de la course à travers le chenal et le frôlement presque tangible de la mort, ils restèrent assis en silence, écoutant le ronflement du ressac à l'extérieur. Finalement, Broadmoor alla fouiller un petit compartiment sur le WetJet et en tira une gourde d'un litre recouverte de toile. Il en sortit le bouchon et tendit la gourde à Pitt.

— C'est du vin d'arbouse. Je l'ai fait moi-même.

Pitt en avala une lampée et fit une grimace.

— Vous voulez dire de l'alcool d'arbouse, n'est-ce pas ?

— J'admets que ça donne un coup de fouet.

Il sourit quand Pitt lui rendit la gourde.

— Avez-vous trouvé ce que vous cherchiez à la mine ?

— Oui. Votre ingénieur m'a conduit à la source du problème.

— J'en suis heureux. Alors, ça aura servi à quelque chose.

— Mais vous avez payé le prix fort. Vous ne pourrez plus vendre de poisson à la compagnie minière.

— De toute façon, j'avais honte de m'abaisser à accepter l'argent de Dorsett, dit Broadmoor d'un air dégoûté.

— Si cela peut vous consoler, apprenez que Boudicca Dorsett prétend que son papa fermera la mine dans un mois.

— Si c'est vrai, mon peuple sera heureux de l'apprendre, dit l'Indien en lui tendant à nouveau la gourde. Ça s'arrose !

— J'ai envers vous une dette que je ne pourrai jamais rembourser. Vous avez pris un grand risque en m'aidant à m'échapper.

— Ça valait le coup, rien que pour le plaisir d'assommer Merchant et Crutcher, assura Broadmoor en riant. Je ne me suis jamais senti aussi bien. C'est moi qui vous remercie de m'en avoir donné l'occasion.

Pitt se pencha et serra la main de l'Indien.

— Je regretterai votre heureux caractère.

— Vous rentrez chez vous ?

— Je retourne à Washington avec les renseignements que j'ai glanés.

— Vous n'êtes pas mal, pour un continental, l'ami Pitt. Si jamais vous avez besoin d'un second foyer, vous serez toujours le bienvenu dans mon village.

— On ne sait jamais, dit Pitt chaleureusement. Je pourrais bien vous prendre au mot un de ces jours.

Ils quittèrent la grotte bien après le coucher du soleil, pour être sûrs de ne pas rencontrer une patrouille de gardes de Dorsett. Broadmoor fit tourner la chaîne d'une petite lampe-stylo autour de son cou pour la faire pendre entre ses épaules.

Remonté par l'alcool d'arbouse, Pitt suivit le point lumineux autour des rochers, étonné de la facilité avec laquelle l'Indien se dirigeait dans l'obscurité.

L'image de Maeve, obligée d'espionner pour le compte de son père et de subir le chantage qu'il lui imposait en détenant ses enfants, le faisait bouillir de colère. Il ressentait aussi un pincement au cœur, un sentiment qu'il n'avait pas éprouvé depuis des années. Son émotion se réveillait au souvenir d'une autre femme. Alors seulement il comprit que l'on pouvait éprouver le même amour pour deux femmes différentes, à des époques différentes. L'une était vivante, l'autre morte.

Déchiré par des émotions contradictoires d'amour et de haine, par sa détermination à arrêter Arthur Dorsett quoi qu'il en coûte et quelles qu'en soient les conséquences, il serra les poignées du scooter des mers jusqu'à ce que ses articulations blanchissent. Sous la lumière d'un croissant de lune, il fonça dans la cataracte que levait le sillage de Broadmoor.

25

Pendant la plus grande partie de l'après-midi, le vent souffla sans discontinuer du nord-est. Un vent vif mais pas assez puissant pour provoquer plus qu'une petite crête d'écume sur les vagues qui ne dépassaient pas un mètre de haut. Avec lui était arrivée une pluie battante qui réduisait la visibilité à moins de cinq kilomètres et frappait la mer comme des millions d'épines. Pour la plupart des marins, c'était un temps misérable. Mais pour un marin anglais comme le capitaine Ian Briscoe, qui avait passé toute sa jeunesse sur des ponts de navires, dans l'humidité perpétuelle de la mer du Nord, c'était le pain quotidien.

Au contraire des jeunes officiers qui évitaient les coups de vent et les rafales d'écume en restant bien au sec, Briscoe demeurait sur le pont de son navire comme pour recharger le sang de ses veines, le regard fixé sur l'horizon comme à la recherche d'un vaisseau fantôme dont les radars ne remarqueraient pas la présence.

Il nota que le mercure restait stable et la température quelques degrés au-dessus de zéro. Il se sentait bien dans son ciré, sauf lorsque quelques gouttes d'eau, se frayant un chemin dans sa barbe rousse bien coupée, roulaient dans son cou.

Après une halte de deux semaines à Vancouver où il avait participé à des exercices navals avec la marine canadienne, le navire de Briscoe, le contre-torpilleur type 42 *Bridlington*, de la marine de Sa Gracieuse Majesté, rentrait en Angleterre via Hong Kong, étape imposée pour tous les navires anglais traversant le Pacifique. Bien que le bail de quatre-vingt-dix-neuf ans à la couronne britannique eût expiré et que l'endroit fût redevenu chinois en 1997, c'était une sorte de défi que de montrer de temps à autre la croix de Saint-Georges et de rappeler, aux nouveaux propriétaires, qui avait fondé la Mecque financière de l'Asie.

Les portes de sa timonerie s'ouvrirent et l'officier en second, le lieutenant Samuel Angus, passa la tête.

— Si vous vouliez bien cesser un moment de défier les éléments, monsieur, pourriez-vous venir voir une minute?

— Pourquoi ne sortez-vous pas vous-même, mon garçon? cria Briscoe pour se faire entendre malgré le vent. C'est le problème avec vous, les jeunes. Vous ne savez pas apprécier le sale temps.

— Je vous en prie, commandant, plaida Angus. Le radar nous indique un avion qui approche.

Briscoe traversa le pont et entra dans la timonerie.

— Je ne vois rien d'inhabituel à ça! C'est même une question de routine. Des dizaines d'avions survolent le navire tous les jours.

— Un hélicoptère, monsieur? A plus de deux mille cinq cents kilomètres des Etats-Unis et alors qu'il n'y a pas un seul navire entre ici et Hawaï?

— Ce pauvre crétin a dû se perdre, grommela Briscoe. Appelez le pilote et demandez-lui s'il a besoin qu'on lui indique sa position.

— J'ai pris la liberté de le contacter, monsieur, dit Angus. Mais il ne parle que le russe.

— Qui avons-nous à bord qui puisse le comprendre?

— Le chirurgien, le lieutenant Rudolph. Il parle russe couramment.

— Faites-le monter.

Trois minutes plus tard, un homme trapu aux cheveux blonds s'approchait de Briscoe qui, assis dans son haut fauteuil, cherchait à percer le rideau de pluie.

— Vous m'avez appelé, commandant?

Briscoe hocha la tête.

— Il y a un hélicoptère russe qui paraît perdu dans l'orage. Allez à la radio et voyez pourquoi il tourne en rond alors qu'il n'y a pas de bateau dans le coin.

Le lieutenant Angus brancha un casque radio sur la console de communication et le tendit au nouveau venu.

— Je suis sur leur fréquence. Vous n'avez plus qu'à parler.

Rudolph mit les écouteurs sur ses oreilles et parla dans le petit micro. Briscoe et Angus attendirent patiemment pendant sa conversation qui paraissait à sens unique. Il se tourna enfin vers le capitaine.

— Le type est terriblement nerveux, presque incohérent. Tout ce que j'ai pu en tirer, c'est qu'il vient d'une flotte de baleiniers russes.

— Alors il ne fait que son travail?

Rudolph secoua la tête.

— Il n'arrête pas de répéter « ils sont tous morts ». Il veut savoir si nous avons la possibilité de le faire atterrir sur le *Bridlington*. Si c'est le cas, il demande la permission de se poser.

— Impossible, grogna Briscoe. Informez-le que la Royal Navy n'autorise aucun appareil étranger à se poser sur les navires de Sa Majesté.

Rudolph répéta le message tandis que l'on commençait à entendre les moteurs de l'hélicoptère et qu'il se matérialisait soudain à travers le rideau de pluie, à cinq cents mètres sur bâbord, pas plus de vingt mètres au-dessus de l'eau.

— Il est au bord de la crise de nerfs. Il jure qu'à moins que vous ne lui tiriez dessus, il va se poser à bord.

— M...! (Le juron explosa sur les lèvres de Briscoe.) J'ai bien besoin qu'un terroriste vienne faire sauter le bâtiment!

— Il n'y a guère de terroristes dans ce coin de l'océan, fit remarquer Angus.

— Oui, oui, je sais, la guerre froide est terminée depuis dix ans, je le sais bien!

— Si vous voulez mon avis, dit Rudolph, le pilote semble terrorisé. Je n'ai senti aucune menace dans sa voix.

Briscoe réfléchit puis abaissa un interrupteur sur le téléphone de bord.

— Radar, vous m'entendez?

— Oui, monsieur, répondit une voix.

— Y a-t-il des navires sur votre écran?

— Un gros et quatre petits, se dirigeant sur deux sept deux degrés, distance quatre-vingt-quinze kilomètres.

Briscoe coupa le contact et pressa un autre interrupteur.

— Communications?

— Monsieur?

— Voyez si vous pouvez contacter la flottille de baleiniers russes à quatre-vingt-quinze kilomètres à l'ouest. Si vous avez besoin d'un interprète, le médecin du bord pourra vous aider.

— Les trente mots russes que je connais devraient suffire, répondit avec entrain l'officier de communication.

Briscoe regarda Rudolph.

— Très bien, dites-lui qu'il peut se poser sur notre aire d'atterrissage.

Rudolph passa l'autorisation et tous regardèrent l'appareil manœuvrer sur sa gauche et commencer une approche sur l'arrière du navire.

Pour les yeux habitués de Briscoe, le pilote manœuvrait n'importe comment, oubliant de compenser la force du vent.

— Cet imbécile pilote comme s'il avait la maladie de Parkinson, aboya Briscoe. (Il se tourna vers Angus.) Réduisez la vitesse et préparez une réception armée pour notre visiteur. Et si jamais il se permet de rayer mon navire, descendez-le !

Angus sourit d'un air entendu et fit un clin d'œil à Rudolph dans le dos du capitaine, tout en relayant l'ordre au timonier de réduire la vitesse. Ni lui ni Rudolph ne faisaient preuve d'insubordination. Tous les marins du bord admiraient Briscoe, ce vieux loup de mer qui les protégeait et veillait sans cesse à ce que tout se passe bien à bord. Ils savaient que, dans la Royal Navy, peu de navires étaient commandés par des hommes préférant le service à bord aux promotions dans les ministères.

Le visiteur pilotait une version plus petite de l'hélicoptère de la marine russe Helix Ka-32, utilisé pour le transport léger et la reconnaissance aérienne. Celui-là, qui servait aux bateaux de pêche à localiser les baleines, semblait avoir grand besoin d'une bonne révision. Les carters des moteurs fuyaient et de l'huile ruisselait sur le fuselage dont la peinture écaillée n'était plus qu'un souvenir.

Les marins anglais attendaient, sous la protection de cloisons de métal tandis que l'hélicoptère arrivait à moins de trois mètres du pont qui tanguait. Le pilote réduisit vivement la vitesse de son moteur et son appareil se posa lourdement, parut rebondir comme un ivrogne puis retomba sur ses roues avant de s'immobiliser enfin. Le pilote coupa ses moteurs et les lames du rotor ralentirent puis s'arrêtèrent. L'homme fit coulisser la porte et regarda le dôme de l'énorme radar du *Bridlington* avant de tourner son regard vers les cinq marins qui l'attendaient, les mains crispées sur des armes automatiques. Il sauta à terre et les dévisagea d'un air surpris. Ils le saisirent sans ménagement et le poussèrent vers une écoutille, l'escortèrent trois ponts plus haut dans un large escalier puis le long d'un couloir menant au carré des officiers.

Le capitaine de corvette Roger Avondale s'était joint au comité de réception et se tenait un peu à l'écart, avec le lieutenant Angus. Rudolph, le médecin, était près de Briscoe pour lui servir d'interprète. Il dévisagea le pilote russe et lut de la terreur et de l'épuisement dans ses pupilles dilatées.

Briscoe fit signe à Rudolph.

— Demandez-lui ce qui a pu lui faire croire qu'il pouvait se poser sur un navire étranger quand il en a envie !

— Vous pourriez aussi lui demander pourquoi il vole tout seul, ajouta Avondale. En général, on est deux pour repérer les baleines.

Rudolph et le pilote échangèrent un dialogue qui dura bien trois longues minutes. Finalement, le médecin expliqua :

— Il s'appelle Féodor Gorimykin. Il est pilote confirmé pour le repérage des baleines dans une flotte de baleiniers du port de Nikolaïevsk. Il dit que lui, son copilote et un observateur étaient sortis pour chercher les bateaux des pêcheurs pirates...

— Pêcheurs pirates ? interrompit Angus.

— Des bateaux très rapides, d'environ soixante-cinq mètres de long, qui tirent les baleines au harpon explosif, expliqua Briscoe. On gonfle d'air le corps de la bête pour qu'il flotte et on lui met une balise radio qui envoie des signaux. Et puis on la laisse pour aller en tuer d'autres. Ensuite, on revient remorquer les prises jusqu'au navire-usine.

— J'ai bu un verre avec le capitaine d'un navire-usine, il y a quelques années, à Odessa, dit Avondale. Il m'avait invité à bord. C'était un énorme bateau de près de deux cents mètres de long, totalement autonome, avec un équipement dernier cri, des laboratoires et même un hôpital très au point. Ils peuvent remorquer une baleine bleue de cent tonnes le long d'une rampe et la dépouiller comme vous pelez une banane. Ensuite ils la fourrent dans un tambour rotatif. L'huile extraite sort d'un côté et tout le reste est traité et emballé sous forme de filets de poisson ou d'engrais. Et tout ça en moins d'une demi-heure.

— Après les avoir traquées jusqu'à ce qu'elles aient presque disparu, on se demande comment on en trouve encore à chasser, murmura Angus.

— Ecoutons ce que ce type a à dire, coupa Briscoe avec impatience.

— N'ayant pas réussi à localiser de troupeau, continua Rudolph, il est retourné à bord de son navire-usine, l'*Alexandre Gorchakov*. Après l'atterrissage, il jure qu'ils ont trouvé morts tout l'équipage du bateau ainsi que celui des bateaux pirates, non loin du leur.

— Qu'est-il arrivé au copilote et à l'observateur ? insista Briscoe.

— Il dit qu'il a paniqué et qu'il a décollé sans eux.

— Où avait-il l'intention d'aller ?

Rudolph questionna le Russe et attendit la fin de sa réponse.

— Aussi loin de ces morts en masse que son hélico voudrait bien l'emmener.

— Demandez-lui ce qui a tué ses collègues.

Après un échange, Rudolph haussa les épaules.

— Il ne sait pas. Tout ce qu'il sait, c'est qu'ils avaient sur le visage une expression de souffrance et que tous avaient apparemment vomi.

— Le moins qu'on puisse en dire, c'est que c'est une histoire fantastique ! observa Avondale.

— S'il n'avait pas l'air d'avoir vu un cimetière plein de fantômes, je penserais que ce type est un mythomane.

Avondale regarda le capitaine.

— On le croit sur parole, monsieur?

Briscoe réfléchit un instant et fit oui de la tête.

— Reprenez une dizaine de nœuds puis appelez le commandement de la flotte du Pacifique. Informez-le de la situation et dites-leur que nous nous déroutons pour enquêter.

Avant qu'on ait obéi à ses ordres, une voix familière résonna sur le pont par le haut-parleur.

— Allô! Le pont? Ici le radar.

— Allez-y, radar, dit Briscoe.

— Commandant, ces navires que vous nous avez demandé de trouver...

— Oui, et alors?

— Eh bien, monsieur, ils n'avancent pas mais ils commencent à disparaître de l'écran.

— Est-ce que votre équipement fonctionne bien?

— Oui, monsieur, parfaitement.

Le visage de Briscoe refléta la surprise.

— Expliquez-nous ce que vous entendez par « disparaître ».

— Exactement ça, monsieur, répondit l'officier radar. Il me semble que ces navires sont en train de couler.

Le *Bridlington* arriva près de la dernière position connue de la flottille de pêche russe et ne trouva aucun bateau à la surface. Briscoe ordonna de lancer des recherches et, après quelques passages, on découvrit une grande tache d'huile entourée d'une quantité d'épaves, dont certaines groupées çà et là. Le pilote de l'hélicoptère se précipita vers le bastingage, montra quelque chose dans l'eau et se mit à crier d'angoisse.

— Qu'est-ce qu'il raconte? cria Avondale à Rudolph depuis le pont latéral.

— Il dit que son navire a disparu, que tous ses amis, son copilote et l'observateur ont disparu.

— Mais qu'est-ce qu'il montre? demanda Briscoe.

Rudolph se pencha et cria.

— Un gilet de sauvetage marqué *Alexandre Gorchakov*.

— Je vois un corps qui flotte, annonça Angus en regardant à la jumelle. Ça fait quatre corps. Mais pas pour longtemps, sans doute. J'aperçois des ailerons de requins qui tournent autour d'eux.

— Envoyez deux ou trois obus sur ces sales bêtes! ordonna Briscoe. Je veux les corps entiers pour qu'on puisse les examiner. Envoyez des canots récupérer ce qu'ils pourront. Il y a sûrement quelqu'un, quelque part, qui va avoir besoin de toutes les preuves que nous pourrons rapporter.

Les deux canons Bofors de 40 mm ouvrirent le feu sur les requins. Avondale se tourna vers Angus.

— Si vous voulez mon avis, il se passe de drôles de choses. Qu'en pensez-vous ?

Angus adressa un pâle sourire à l'officier.

— On dirait qu'après avoir été massacrées pendant deux siècles, les baleines ont enfin été vengées.

26

Pour la première fois depuis près de deux mois, Pitt était assis à son bureau, les yeux dans le vague, jouant avec le couteau de plongée Sea Hawk qui lui servait de coupe-papier. Il ne disait rien, attendant une réponse de l'amiral Sandecker, assis en face de lui.

Il était arrivé à Washington le matin même très tôt et, bien qu'on fût dimanche, s'était rendu directement au quartier général de la NUMA dont les bureaux étaient déserts. Il avait passé six heures à rédiger un rapport détaillé de ce qu'il avait découvert sur l'île Kunghit et de ses suggestions personnelles pour régler le problème de l'onde de choc. La rédaction de ce rapport lui semblait une détente après les rigueurs épuisantes des derniers jours. Maintenant, il se résignait à laisser à d'autres personnes, plus qualifiées, le soin de résoudre le problème et trouver les solutions appropriées.

Il fit pivoter son fauteuil et regarda par la fenêtre le Potomac qui coulait au pied de l'immeuble. Il revoyait Maeve sur le pont du *Ice Hunter*, le visage ravagé de peur et de désespoir. Il était furieux contre lui-même de l'avoir abandonnée. Il était sûr que Deirdre lui avait déjà dévoilé, sur le *Ice Hunter*, que leur père avait kidnappé ses enfants. Maeve s'était tournée vers le seul homme auquel elle pouvait se fier et lui n'avait pas su comprendre sa détresse. De cela, il n'avait pas parlé dans son rapport.

Sandecker ferma le dossier contenant le rapport et le posa sur le bureau de Pitt.

— Joli jeu de jambes, beau match, un vrai miracle que vous n'ayez pas été tué.

— Pas mal de gens très bien m'ont apporté une aide précieuse, répondit Pitt.

— Vous avez fait tout ce que vous pouviez faire dans cette affaire. Maintenant, Giordino et vous allez prendre dix jours de vacances. C'est un ordre ! Rentrez chez vous vous occuper de vos voitures de collection.

— Je ne discuterai pas vos ordres, dit Pitt en massant les bleus de ses bras.

— Si j'en juge par le fait que vous vous en êtes tiré de justesse, on dirait que Dorsett et ses filles jouent serré.

— Toutes sauf Maeve, assura Pitt. Elle est la paria de la famille.

— Je suppose que vous êtes au courant du fait qu'elle travaille dans notre service de biologie avec Roy Van Fleet.

— Sur les effets des ultrasons sur la vie marine, oui, je sais.

Sandecker regarda attentivement le visage de Pitt, examinant chaque ride de ses traits fatigués et pourtant toujours jeunes.

— Peut-on lui faire confiance? Elle pourrait donner à son père des renseignements sur nos résultats.

Les yeux verts de Pitt ne discernèrent aucun signe de sous-entendu.

— Maeve n'a rien de commun avec ses sœurs.

Sentant sa réticence à parler de la jeune femme, Sandecker changea de sujet.

— A propos des sœurs, est-ce que Boudicca vous a dit pourquoi son père avait l'intention d'arrêter ses opérations minières dans quelques semaines?

— Rien du tout.

Sandecker fit pensivement rouler un cigare entre ses doigts.

— Etant donné qu'aucune de ses exploitations minières n'est sur le sol des Etats-Unis, nous n'avons aucun moyen rapide d'arrêter d'éventuels massacres à venir.

— Si on pouvait fermer une mine sur les quatre, dit Pitt, on épuiserait complètement la capacité à tuer de l'onde de choc.

— A moins d'obtenir que des bombardiers B-1 démolissent une de ses mines, ce que le Président n'autorisera jamais, nous avons les mains liées.

— Il doit bien y avoir des lois internationales qui condamnent les meurtres en haute mer! dit Pitt.

Sandecker secoua la tête.

— Aucune qui s'applique à notre situation. Et ce manque d'organisations propres à faire appliquer les lois joue en faveur de Dorsett. L'île du Gladiateur n'appartient qu'à sa famille et il nous faudrait au moins un an pour persuader les Russes de fermer la mine qui se trouve au large de la Sibérie. La même chose pour les Chiliens. Tant que Dorsett graisse la patte à quelques hauts fonctionnaires gouvernementaux, ses mines restent ouvertes.

— Il y a les Canadiens, remarqua Pitt. Si on leur laissait le champ libre, les mounties se feraient un plaisir d'aller fermer la mine de l'île Kunghit dès demain, ne serait-ce que parce que Dorsett emploie de la main-d'œuvre étrangère entrée illégalement et réduite à l'esclavage.

— Alors, qu'est-ce qui les empêche de faire une descente dans la mine?

Pitt se rappela les mots de l'inspecteur Stokes sur les bureaucrates et les membres du Parlement achetés par Dorsett.

— La même barrière : des pots-de-vin et des avocats véreux.

— L'argent attire l'argent, soupira Sandecker. Dorsett est trop riche et trop bien organisé pour utiliser des méthodes ordinaires. Ce type est un monument de cupidité.

— Ça ne vous ressemble pas, cette attitude de défaite, amiral. Je n'arrive pas à croire que vous soyez sur le point de perdre la balle de match devant Arthur Dorsett.

— Qui parle de perdre la balle de match ?

Pitt adorait asticoter son patron. Il n'avait pas cru une seconde que Sandecker laisserait tomber.

— Qu'avez-vous l'intention de faire ?

— Etant donné que je ne peux pas ordonner l'invasion d'une propriété commerciale en risquant, de plus, la vie de centaines d'innocents, ni faire atterrir une escouade des Forces spéciales pour neutraliser les sites miniers de Dorsett, je me vois dans l'obligation de faire la seule chose que je puisse encore faire.

— C'est-à-dire ?

— Mettre l'affaire sur la place publique, dit l'amiral sans ciller ni changer d'expression. Demain matin à la première heure, je réunis une conférence de presse et je dénonce Arthur Dorsett comme le pire monstre que l'humanité ait engendré depuis Attila le Hun. Je révélerai la cause des tueries massives et lui en attribuerai le blâme. Ensuite, je pousserai les membres du Congrès à secouer un peu le ministère des Affaires étrangères, qui demandera à son tour aux gouvernements canadien, chilien et russe de fermer toutes les mines de Dorsett sur leurs territoires. Après quoi je m'assiérai pour voir où tombera le couperet.

Pitt adressa à Sandecker un long regard admiratif puis sourit. L'amiral s'aventurait sur un terrain miné sans s'inquiéter des conséquences.

— Vous vous en prendriez au diable s'il avait l'impudence de vous regarder de travers !

— Pardonnez-moi de lâcher la vapeur. Vous savez aussi bien que moi qu'il n'y aura pas de conférence de presse. Sans preuves solides et recevables, tout ce que j'y gagnerais serait un séjour en hôpital psychiatrique. Les hommes comme Arthur Dorsett renaissent de leurs cendres. On ne peut pas se contenter de les détruire. Ils sont mus par un système de cupidité qui mène au pouvoir. Ce qu'il y a de triste avec ces types, c'est qu'ils ne savent pas comment dépenser leurs richesses ni les partager avec les nécessiteux.

Sandecker se tut, le temps d'allumer son cigare.

— Je ne sais pas encore comment mais je jure sur la Constitution que j'épinglerai ce crapaud gluant à la porte de la grange jusqu'à ce que ses os blanchissent.

Maeve ne laissait rien voir de ce qu'elle endurait. Au début, elle avait

pleuré chaque fois qu'elle se retrouvait seule dans la petite maison colo-
niale de Georgetown que son père avait fait louer pour elle. Son cœur
battait très fort quand elle pensait à ce qui pouvait arriver aux jumeaux
sur l'île du Gladiateur. Elle aurait voulu voler vers eux et les emmener
quelque part, en lieu sûr, mais elle se sentait impuissante. Elle rêvait
qu'elle était avec eux. Mais les rêves tournaient au cauchemar dès qu'elle
se réveillait. Elle n'avait pas le plus petit espoir de s'opposer aux
incroyables moyens dont disposait son père. Sans qu'elle eût jamais
réussi à détecter quiconque, elle savait que les hommes de son service de
sécurité surveillaient chacun de ses mouvements.

Roy Van Fleet et sa femme Robin, qui avaient pris Maeve sous leur
protection, l'invitèrent à se joindre à eux pour une réception donnée par
le riche propriétaire d'une société d'exploration sous-marine. Elle n'avait
aucune envie d'y aller mais Robin avait insisté jusqu'à ce qu'elle accepte,
disant qu'elle devait s'amuser un peu, sans réaliser les tourments qui la
déchiraient.

— Il y aura des tas de grosses légumes et de politiciens, avait expliqué
Robin. On ne peut pas manquer ça !

Après s'être maquillée, elle attacha ses cheveux en catogan sur sa
nuque et passa une robe de soie marron, de forme empire, au corsage
rebrodé de perles et dont la jupe lui arrivait plusieurs centimètres au-
dessus du genou. Elle avait craqué pour cette toilette à Sydney, la trouvant très chic à l'époque. Maintenant, elle n'en était plus aussi sûre. Elle
se demandait avec une sorte de timidité si elle pouvait autant montrer ses
jambes pour une réception à Washington.

— Oh ! Et puis la barbe ! se dit-elle en se regardant dans une glace. De
toute façon, personne ne me connaît.

Elle jeta un rapide coup d'œil dans la rue, à travers les rideaux de ses
fenêtres. Il y avait une légère couche de neige mais les trottoirs étaient
dégagés. Il faisait un froid supportable. Elle se servit un petit verre de
vodka, enfila un manteau noir qui lui tombait jusqu'aux chevilles et
attendit que les Van Fleet viennent la chercher.

Pitt montra l'invitation que lui avait remise l'amiral à l'entrée du
Country Club et passa les superbes portes sculptées aussi décontracté
qu'un habitué du lieu. Il laissa son pardessus au vestiaire et se dirigea
vers la spacieuse salle de bal décorée de panneaux de bois. Un décorateur réputé de la capitale avait su créer dans la pièce une étonnante illusion sous-marine. Des poissons de papier pendaient du plafond tandis
que des lumières indirectes donnaient, par une teinte bleu-vert mouvante, l'impression plaisante des fonds marins.

L'hôte, le président de Deep Abyss Engineering, sa femme et quelques
officiels de la société, alignés près de la porte, accueillaient les invités.
Pitt les évita et se dirigea vers l'un des coins les moins éclairés du bar où

il commanda une tequila avec du citron vert. Puis il contempla la salle, le dos appuyé contre le comptoir.

Il y avait au moins deux cents personnes. Un orchestre jouait des musiques de films. Il reconnut plusieurs membres du Congrès et quatre ou cinq sénateurs, tous travaillant au sein de commissions sur les océans et l'environnement. Plusieurs hommes portaient un smoking blanc mais la plupart s'étaient contentés du costume sombre plus traditionnel, parfois éclairé d'un nœud papillon aux couleurs vives. Pitt préférait le traditionnel. Son smoking comportait un gilet avec une lourde chaîne d'or sur le devant, à laquelle était attachée une montre ayant appartenu à son arrière-grand-père, un ingénieur des Chemins de fer de Santa Fé.

Les femmes, épouses pour la plupart, maîtresses pour certaines, toutes très élégantes, portaient des robes longues ou des robes courtes ornées de vestes rebrodées de sequins ou de paillettes. Pitt avait l'œil pour reconnaître les couples mariés. Ceux-ci restaient sagement ensemble comme de vieux amis. Les couples de célibataires se frôlaient constamment.

En général, Pitt faisait tapisserie aux cocktails et n'appréciait guère les conversations sans intérêt. Il s'ennuyait et restait rarement plus d'une heure puis regagnait son appartement au-dessus du hangar abritant ses voitures.

On lui avait dit que Maeve allait accompagner les Van Fleet. Il laissa son regard errer autour des tables et sur la piste de danse bondée mais ne la vit nulle part.

Peut-être avait-elle changé d'avis à la dernière minute. Peut-être n'était-elle simplement pas encore arrivée. Pitt n'était pas du genre à se battre pour attirer les regards d'une jolie fille entourée d'admirateurs. Aussi porta-t-il son attention sur une femme au physique un peu ingrat qui devait peser autant que lui. Assise toute seule à une table, elle fut ravie qu'un bel homme vienne l'inviter à danser. Les femmes que les hommes ne regardent jamais, celles qui n'appartiennent pas au clan des beautés attirantes, sont souvent les plus sympathiques et les plus intéressantes. Celle-ci avait un poste élevé au ministère des Affaires étrangères et lui raconta mille anecdotes et quelques cancans sur les relations avec l'étranger. Il fit danser ainsi deux autres dames que certains considéraient comme laides. L'une était la secrétaire personnelle de l'hôte de la soirée, l'autre le bras droit d'un sénateur présidant le Comité des Océans. Après cette agréable bonne action, Pitt retourna au bar où il commanda une autre tequila.

C'est alors que Maeve entra. En la voyant, Pitt fut surpris de constater que toute sa personne rayonnait d'une attirante chaleur. Le reste de la pièce se fondit dans un brouillard grisâtre dont seule Maeve se détachait, au centre d'une aura radieuse.

Il redescendit sur terre dès qu'elle s'éloigna du comité d'accueil. Précédant les Van Fleet, elle s'arrêta pour regarder la foule qui l'entourait. Ses cheveux blonds tirés en arrière révélaient chaque détail de son visage, soulignant ses ravissantes pommettes. Gênée, elle leva une main et l'appuya entre ses seins, les doigts écartés. La robe courte mettait en valeur ses longues jambes fuselées et les formes parfaites de son corps. Pitt la trouva majestueuse, sans une trace de vulgarité. Il n'aurait pu la décrire autrement : équilibrée, avec la grâce d'une antilope sur le point de bondir.

— Dites donc, quel joli brin de fille, dit le barman en regardant la jeune Australienne.

— Je suis bien de votre avis, répondit Pitt.

Elle se dirigea vers une table avec les Van Fleet et s'assit tandis qu'un serveur s'approchait. Maeve ne s'était pas plutôt assise que deux hommes, l'un très jeune, l'autre assez âgé pour être son grand-père, vinrent l'inviter à danser. Elle refusa poliment les deux invitations. Pitt s'amusa de constater qu'aucune supplication ne la faisait changer d'avis. Les deux hommes abandonnèrent et s'éloignèrent avec un sentiment enfantin d'abandon. Les Van Fleet s'excusèrent et allèrent danser en attendant que leur commande arrive. Maeve resta seule.

— Elle fait la difficile, celle-là, commenta le barman.

— Il est temps d'envoyer la première équipe, dit Pitt en reposant son verre vide.

Il traversa la piste de danse, évitant les couples sans jamais s'effacer à droite ou à gauche. Un homme corpulent que Pitt reconnut comme un sénateur du Nevada, le bouscula légèrement. Le sénateur commença à dire quelque chose mais Pitt le fit taire d'un regard.

Maeve regardait autour d'elle d'un air d'ennui quand elle eut soudain conscience qu'un homme se dirigeait vers elle. D'abord, elle n'y fit pas attention, pensant qu'il s'agissait d'un autre étranger désireux de l'inviter à danser. En d'autres temps, en d'autres lieux, elle aurait sans doute été flattée de son attention mais son esprit flottait à des kilomètres de là. Ce n'est que lorsque l'intrus s'approcha de sa table, posa les mains sur la nappe bleue et se pencha vers elle qu'elle le reconnut. Son visage s'illumina d'une joie irrépressible.

— Oh! Dirk! Je pensais ne jamais vous revoir! dit-elle dans un souffle.

— Je suis venu implorer votre pardon pour ne pas vous avoir dit au revoir quand Al et moi avons quitté le *Ice Hunter* un peu brutalement.

Elle fut à la fois surprise et ravie de son attitude. Elle avait cru qu'il n'avait aucune affection pour elle. Maintenant, elle lisait le contraire dans ses yeux.

— Vous ne pouvez pas savoir à quel point j'avais besoin de vous, dit-elle d'une voix à peine audible dans la musique ambiante.

Il contourna la table et s'assit à côté d'elle.

— Je le sais maintenant, dit-il sérieusement.

Elle tourna la tête pour éviter son regard.

— Vous ne pouvez vous imaginer dans quel pétrin je suis.

Pitt prit la main de la jeune femme. C'était la première fois qu'il la touchait délibérément.

— J'ai eu une petite conversation avec Boudicca, dit-il avec un léger sourire. Elle m'a tout raconté.

Son calme et sa grâce parurent s'écrouler.

— Vous ? Avec Boudicca ? Comment est-ce possible ?

Il se leva et la prit par les épaules.

— Si nous dansions, je pourrais vous raconter tout ça.

Comme par magie, il était là, la tenant serrée contre lui. Et elle répondait à sa gentillesse, se pressant contre son corps. Il ferma les yeux et respira son parfum. De son côté, elle se laissa griser par les effluves de son eau de toilette très masculine qui la pénétraient comme les vagues d'un lac de montagne. Ils dansèrent joue contre joue tandis que l'orchestre jouait *Moon River* de Henry Mancini.

Maeve entonna doucement les paroles : « Moon River, wider than a mile, I'm crossing you in style someday [1]. »

Soudain elle se raidit et le repoussa un peu.

— Vous êtes au courant pour mes fils ?

— Comment s'appellent-ils ?

— Sean et Michael.

— Votre père garde Sean et Michael en otage sur l'île du Gladiateur afin de vous obliger à le renseigner sur tout ce que la NUMA pourrait découvrir sur les tueries en mer.

Maeve le regarda, incrédule, mais, avant qu'elle puisse poser une question, il la serra de nouveau contre lui. Peu après, il sentit son corps tressaillir comme si elle pleurait doucement.

— J'ai tellement honte ! Je ne sais plus où me mettre.

— Ne pensez qu'à l'instant présent, murmura-t-il tendrement. Le reste viendra tout seul.

Elle était si soulagée, si heureuse d'être près de lui que ses problèmes immédiats passèrent au second plan et elle recommença à murmurer les paroles de la chanson : « We're after the same rainbow end, waiting round the bend, my Huckleberry friend, Moon River and me [2]. »

Il la regarda de côté.

— Qui ?

— Mon ami Myrtille, Dirk Pitt. Vous êtes l'incarnation parfaite de

---

1. Rivière de lune, large de plus d'une lieue, je te traverserai un jour avec élégance.

2. Nous cherchons le même arc-en-ciel, au détour du chemin, mon ami Myrtille, rivière de lune, et moi.

Huckleberry Finn [1] fouillant sans cesse la rivière à la recherche de quelque chose, on ne sait quoi, au détour du chemin.

— Je crois en effet que ce brave vieux Huck et moi avons quelques points en commun.

Ils dansaient toujours sur la piste, serrés l'un contre l'autre, quand l'orchestre s'arrêta et que les autres couples regagnèrent leurs tables. Ni l'un ni l'autre ne remarqua les regards amusés des gens. Maeve commença à dire : « Je veux sortir d'ici... » mais son esprit perdit le contrôle de sa bouche et elle dit : « Je vous veux. » Dès qu'elle eut prononcé ces mots, elle se sentit engloutie dans une vague d'embarras. Le rouge envahit son visage et son cou, renforçant la teinte brune de son hâle.

« Que va-t-il penser de moi ? » se demanda-t-elle, mortifiée.

Il lui adressa un grand sourire.

— Dites bonsoir aux Van Fleet. Je vais chercher ma voiture. Je vous attendrai devant le club. J'espère que vous êtes bien couverte.

Les Van Fleet échangèrent un regard entendu lorsqu'elle annonça qu'elle partait avec Pitt. Le cœur battant, elle traversa rapidement la salle de bal, prit son manteau et descendit les marches en courant. Elle l'aperçut près d'une voiture rouge basse donnant un pourboire à l'employé du parking. La voiture paraissait sortir d'une piste de course. A part deux sièges baquets, il n'y avait aucune garniture. Le petit pare-brise courbe offrait une protection minime contre le vent. Il n'y avait aucun pare-chocs et les roues n'étaient protégées que par ce que Maeve prit pour des garde-boue de moto. La roue de secours était attachée sur le côté de la caisse, entre le garde-boue et la portière.

— Vous conduisez vraiment ce truc ? demanda-t-elle.

— En effet.

— Comment appelez-vous ça ?

— Une Allard J2X, répondit Pitt en ouvrant la minuscule porte en aluminium.

— Elle a l'air vieille !

— Elle a été construite en 1952 en Angleterre, au moins vingt-cinq ans avant votre naissance. Avec de gros moteurs américains de huit cylindres en V, les Allard ont gagné toutes les courses de voitures jusqu'à l'arrivée des coupés Mercedes 300SL.

Maeve s'installa dans l'habitacle spartiate, les jambes étendues presque à la parallèle du sol. Elle remarqua que le tableau de bord ne possédait aucun compteur de vitesse, seulement quatre jauges et un compte-tours.

— Est-ce qu'elle tiendra jusqu'à l'endroit où nous allons ? demanda-t-elle avec inquiétude.

---

1. Personnage de romans de Mark Twain.

— Elle n'a pas le confort d'un salon, mais cette petite merveille atteint presque la vitesse du son, dit-il en riant.

— Il n'y a même pas de capote !

— Je ne la prends jamais quand il pleut. (Il lui tendit un foulard.) Tenez, mettez cela sur vos cheveux. Il y a pas mal de vent quand ça roule. Et n'oubliez pas d'attacher votre ceinture. La portière côté passager a la fâcheuse habitude de s'ouvrir quand on vire un peu sèchement à gauche.

Pitt glissa sa grande carcasse derrière le volant tandis que Maeve nouait le foulard sous son menton. Il tourna la clef du démarreur, débraya et passa en première. Le pot d'échappement ne lança aucun hurlement, les pneus ne crièrent pas. Il sortit de l'allée du Country Club aussi doucement et silencieusement que s'il conduisait un corbillard.

— Comment faites-vous passer à votre père les renseignements sur la NUMA ? demanda-t-il sur le ton de la conversation.

Elle garda le silence un moment, incapable de croiser son regard. Puis elle se décida enfin.

— Un employé de mon père vient chez moi, déguisé en livreur de pizzas.

— Ce n'est pas original mais ça marche, remarqua Pitt en jetant un coup d'œil sur une Cadillac STS dernier modèle garée le long de l'allée, juste derrière la grille d'entrée du club.

Trois silhouettes sombres y étaient installées, deux à l'avant, l'autre à l'arrière. Dans son rétroviseur, il vit la grosse voiture allumer ses phares et commencer à suivre l'Allard à une distance respectable.

— Etes-vous surveillée ?

— On me l'a dit mais je n'ai jamais réussi à voir mon suiveur.

— Vous n'êtes pas très observatrice. Il y a une voiture, là, qui nous suit.

Elle saisit vivement son bras.

— Votre voiture paraît rapide. Pourquoi ne les semez-vous pas ?

— Les semer ? C'est une Cadillac STS qui est derrière nous, avec un moteur de plus de 300 chevaux qui doit friser les 260 kilomètres-heure. Ma petite auto, elle, a un moteur de Cadillac avec des carburateurs double corps et une came Iskenderian de trois quarts d'ouverture.

— Pour moi, c'est du chinois, dit-elle irrévérencieusement.

— Je vous explique. Cette voiture était très rapide il y a quarante-huit ans. Elle est toujours rapide mais elle ne dépasse pas les 210 kilomètres heure et encore, par vent arrière. Et derrière nous, ils ont davantage de chevaux-vapeur et une vitesse supérieure.

— Mais vous devez pouvoir faire quelque chose pour les semer.

— En effet, mais je ne suis pas sûr que vous aimerez ça.

Pitt attendit d'arriver en haut de la côte et d'être engagé dans la descente pour écraser l'accélérateur. Momentanément hors de vue, il gagna quelques précieuses secondes sur le chauffeur de la Cadillac. Dans un élan de puissance, la petite voiture rouge sauta soudain par-dessus l'asphalte de la route. Les arbres bordant la courbe du trottoir, leurs branches nues s'étirant au-dessus de la route comme un treillis squelettique, devinrent autant de taches brumeuses sous la lumière pâle des phares. Ils eurent l'impression de tomber dans un puits.

Un coup d'œil au minuscule rétroviseur, monté sur une petite hampe dressée sur le capot, permit à Pitt de juger qu'il avait pris au moins cent cinquante mètres à la Cadillac avant que le chauffeur ne passe à son tour le haut de la côte et ne se rende compte que le gibier qu'il suivait avait filé. Pour l'instant, Pitt avait en tout trois cent cinquante mètres d'avance. Etant donné la vitesse supérieure de la Cadillac, il estima que la limousine devrait les rattraper dans quatre ou cinq minutes.

La route était droite et rurale, traversant les très riches terrains de Virginie, aux portes de Washington et pour la plupart réservés à des élevages de chevaux. A cette heure tardive, la circulation était presque inexistante et Pitt n'eut aucun mal à doubler deux voitures moins rapides que la sienne. La Cadillac gagnait du terrain à chaque kilomètre. Cependant, Pitt tenait le volant d'une main décontractée. Il ne ressentait aucune peur. Les hommes qui les poursuivaient n'étaient pas derrière eux pour leur faire du mal. Il ne s'agissait nullement d'une lutte à mort. Aussi ne ressentait-il qu'une certaine allégresse tandis que l'aiguille du compte-tours passait dans le rouge. La route était libre devant lui, le vent sifflait à ses oreilles, se mêlant au son grave et profond de l'échappement des deux gros pots jumeaux montés de chaque côté de l'Allard. Il quitta un instant la route des yeux pour regarder Maeve. Le dos collé au dossier, elle avait le visage légèrement levé comme pour aspirer l'air tourbillonnant au-dessus du pare-brise, les yeux mi-clos, les lèvres entrouvertes. Elle paraissait en pleine extase sexuelle. Que ce soit à cause de l'émotion, de la furie des sons, de la vitesse, elle n'était pas la première femme à tomber sous le charme excitant de l'aventure. Et dans ces cas-là, les femmes ne souhaitaient qu'un homme bien pour la partager.

Jusqu'à ce qu'ils atteignent les faubourgs de la ville, Pitt ne pouvait guère faire plus qu'écraser la pédale de l'accélérateur et garder le volant bien droit pour suivre la ligne blanche peinte au milieu de la route. Sans compteur de vitesse, il ne pouvait qu'estimer son allure d'après le compte-tours. A vue de nez, il roulait à cent quatre-vingt-dix ou deux cents kilomètres à l'heure. La vieille voiture donnait tout ce qu'elle avait sous le capot.

Tenue par sa ceinture de sécurité, Maeve se retourna sur son siège.
— Ils gagnent du terrain, cria-t-elle.

Pitt jeta un nouveau coup d'œil au rétroviseur. Cent mètres seulement les séparaient de la limousine. Le conducteur n'était pas un débutant et ses réflexes valaient ceux de Pitt. Il reporta son attention sur la route.

Ils atteignirent une zone résidentielle. Pitt aurait pu tenter de semer la

Cadillac dans l'entrelacs des rues bordées de pavillons. Mais c'eût été trop dangereux. Il ne pouvait risquer de renverser une famille et leur chien sortis faire une promenade nocturne. Ce n'était pas son genre de causer des accidents impliquant des innocents.

Dans une minute ou deux, il allait devoir ralentir pour se fondre dans la circulation et respecter la vitesse limite de la capitale. Mais pour l'instant, la route était encore déserte et il put maintenir sa vitesse. Puis un signal lumineux indiqua une construction sur une route départementale partant vers l'ouest au prochain carrefour. Cette route, Pitt la connaissait, elle comptait de nombreux virages serrés. Elle courait sur cinq kilomètres environ, en pleine campagne, avant de rejoindre une autoroute longeant le quartier général de la CIA à Langley.

Il ôta vivement son pied droit de l'accélérateur pour appuyer de toutes ses forces sur la pédale de frein. Puis il tourna le volant vers la gauche, mettant l'Allard en travers de la route, les pneus fumant et hurlant sur l'asphalte. Avant que la voiture s'immobilise enfin, les roues arrière parurent quitter le sol et l'Allard bondit sur la départementale qui s'enfonçait dans l'obscurité de la campagne.

Pitt dut concentrer toute son attention sur les tournants et les virages. Les phares de la vieille automobile n'éclairaient pas aussi loin que les halogènes des voitures modernes. Mais son sixième sens très développé anticipait le virage suivant. Pitt adorait les virages, ignorant les freins, lançant la voiture en dérapage contrôlé puis manœuvrant pour la remettre en ligne jusqu'au virage suivant.

La Allard était dans son élément, maintenant. La Cadillac, plus lourde, virait assez sec pour une limousine, mais sa suspension ne pouvait rivaliser avec celle de la voiture de sport légère, construite pour la course. Il sentait du plus profond de ses fibres l'équilibre de la machine, jouissant de sa simplicité et de son gros moteur battant. Souriant de toutes ses dents, il la lançait dans les virages, conduisant comme un démon, sans toucher les freins, ne rétrogradant que lorsque les tournants étaient vraiment trop serrés. Le chauffeur de la Cadillac se battit sans répit mais perdit peu à peu du terrain à chaque tournant.

Des lumières jaunes clignotaient sur une barricade, plus loin devant. Un fossé s'ouvrait le long de la route où l'on se préparait à poser un gros tuyau. Pitt fut soulagé de constater que la route continuait mais n'était pas complètement bloquée. Le sol ne fut bientôt plus que de la boue et des graviers sur cent mètres mais il ne leva pas le pied de l'accélérateur. Son passage souleva un nuage de poussière, ce qui le ravit puisque cela ne pouvait que ralentir son poursuivant.

Après deux minutes de cette course de casse-cou, Maeve montra quelque chose, un peu sur la droite.

— Je vois des phares, dit-elle.

— C'est l'autoroute, expliqua Pitt. C'est là que nous allons les perdre pour de bon.

Il n'y avait guère de circulation au croisement, aucune voiture en vue ni à droite, ni à gauche, sur près de cinq cents mètres. Pitt brûla une partie de ses pneus dans un virage à gauche qui l'éloigna de la ville.

— N'avez-vous pas pris la mauvaise direction ? cria Maeve pour se faire entendre.

— Regardez bien et retenez la leçon, dit Pitt en remettant le volant droit.

Il freina doucement, fit prendre à la voiture un virage à 180 degrés et s'élança dans la direction opposée. Il traversa le carrefour auquel aboutissait la départementale avant que les phares de la Cadillac soient visibles. Reprenant de la vitesse, il se dirigea vers les lumières de la capitale.

— Qu'avez-vous fait exactement ? demanda Maeve.

— On appelle cela une diversion, dit-il sur le ton de la conversation. Si le chasseur est aussi doué que je le pense, il va suivre la trace de mes pneus et partira dans la direction opposée.

Elle lui serra le bras et vint se lover contre lui.

— Quel genre de final allez-vous jouer ?

— Maintenant que je vous ai éblouie par ma virtuosité, je vais vous provoquer par mon charme.

Elle lui lança un coup d'œil coquin.

— Qu'est-ce qui vous fait croire que je n'ai pas eu si peur que tout désir d'intimité a disparu en moi ?

— Je sais lire dans les pensées et j'ai lu le contraire.

Maeve éclata de rire.

— Comment pouvez-vous lire dans mes pensées ?

Pitt eut un petit haussement d'épaules insolent.

— C'est un don. J'ai du sang gitan dans les veines.

— Vous, un Gitan ?

— D'après l'arbre généalogique de ma famille, mes ancêtres paternels, émigrés d'Espagne en Angleterre au XVIIe siècle, étaient des Gitans.

— Et maintenant, vous lisez les lignes de la main et vous dites la bonne aventure ?

— En réalité, j'ai d'autres talents, surtout lorsque la lune est pleine.

Elle le regarda avec circonspection puis mordit à l'hameçon.

— Que se passe-t-il quand la lune est pleine ?

Il tourna la tête et retint un sourire.

— Je sors voler des poules.

27

Maeve scruta l'obscurité tandis que Pitt s'engageait sur une route de terre battue longeant l'aéroport international de Washington. Il freina devant ce qui ressemblait à un vieux hangar désert. Il n'y avait aucun autre bâtiment alentour. Son malaise augmenta et elle s'enfonça instinctivement dans son siège quand Pitt arrêta la voiture sous un poteau électrique d'où tombait une lumière jaune et pâle.

— Où m'emmenez-vous ? demanda-t-elle.

Il la regarda d'un air surpris.

— Mais chez moi, bien sûr !

Elle eut une expression dégoûtée.

— Vous habitez dans cette vieille cabane ?

— Ce que vous voyez là est un bâtiment historique, construit en 1936 pour abriter le service d'entretien d'une ligne aérienne depuis longtemps disparue.

Il tira de sa poche une petite télécommande et tapa un code. Une seconde plus tard, une porte se releva, révélant à Maeve une sorte de caverne béante, noire comme l'enfer et sûrement terrifiante. Par jeu, Pitt alluma les phares, conduisit l'Allard dans cette obscurité et renvoya un signal pour refermer la porte. Puis il resta là, dans le noir.

— Alors, qu'en pensez-vous ? plaisanta-t-il.

— Je suis prête à hurler à l'aide, dit Maeve de plus en plus confuse.

— Désolé.

Pitt composa un autre code et l'intérieur du hangar s'illumina brillamment de rangées de lampes fluorescentes disposées tout autour du plafond voûté.

Maeve resta bouche bée en découvrant les échantillons inestimables de la mécanique d'art. Elle n'en croyait pas ses yeux. Devant elle s'étalait une brillante collection de voitures anciennes, d'avions et de wagons de chemin de fer datant du début du xxe siècle. Elle reconnut deux Rolls-Royce et une grosse Daimler décapotable. Mais elle n'avait probablement jamais vu les Packard, les Pierce-Arrow, les Stutzer, les Cord et autres voitures européennes, entre autres une Hispano-Suiza, une Bugatti, une Isotta Fraschini, une Talbot Lago et une Delahaye. Les deux avions suspendus au plafond étaient un vieux trimoteur Ford et un Messerschmitt 262, un avion de combat de la Seconde Guerre mondiale. L'ensemble était à couper le souffle. Une seule pièce exposée paraissait déplacée : sur un piédestal rectangulaire, un moteur hors-bord était attaché à une vieille baignoire de fonte.

— Tout cela vous appartient ? demanda-t-elle.

— C'était ça ou une femme et des enfants, plaisanta Pitt.

Elle le regarda, le menton levé, avec coquetterie.

— Vous n'êtes pas trop vieux pour vous marier et avoir des enfants. Vous n'avez pas trouvé la femme qui vous convient, c'est tout.

— Je suppose que c'est vrai.

— Malheureux en amour ?

— La malédiction des Pitt.

Elle montra la caravane Pierce-Arrow bleu foncé.

— Vous habitez là-dedans ?

Il rit et montra l'étage.

— Mon appartement est au-dessus de l'escalier circulaire en fer, là-haut. Mais si vous êtes paresseuse, on peut prendre le monte-charge.

— L'exercice ne me fera pas de mal, dit-elle doucement.

Il lui montra l'escalier en spirale protégé par une grille de fer forgé. En haut, la porte donnait sur un salon-bureau, aux murs couverts d'étagères pleines de livres sur la mer et de modèles réduits dans des coffrets de verre représentant les bateaux que Pitt avait découverts ou étudiés depuis qu'il travaillait pour la NUMA. Sur un des côtés de la pièce, une autre porte ouvrait sur une grande chambre décorée comme la cabine d'un vieux bateau à voile avec, en plus, un gouvernail servant de tête de lit. A l'autre extrémité du salon, une autre porte donnait sur une cuisine avec un coin salle à manger. Aux yeux de Maeve, cet appartement était totalement masculin.

— Alors, c'est là que s'est installé Huckleberry Finn quand il a abandonné sa péniche, dit-elle en enlevant ses chaussures et en s'installant sur un divan de cuir, les pieds sur les coussins.

— En fait, je suis presque tout le temps sur l'eau. Je ne suis pas ici aussi souvent que je le voudrais. Puis-je vous offrir un verre ? dit-il en enlevant sa veste et en défaisant son nœud papillon.

— Un petit cognac m'irait très bien.

— Maintenant que j'y pense, je vous ai fait quitter la soirée avant que vous n'ayez pu manger quelque chose. Permettez-moi de vous préparer à dîner.

— Le cognac suffira, merci. Je pourrai m'empiffrer demain.

Il lui servit un verre de Rémy Martin et s'assit près d'elle sur le divan. Elle avait terriblement envie qu'il la prenne dans ses bras, envie de se serrer contre lui rien que pour le toucher, mais au fond d'elle-même elle tremblait d'émoi. Une soudaine vague de culpabilité la balaya. Elle imagina ses enfants entre les mains brutales de Jack Ferguson. Elle ne pouvait fermer les yeux sur l'énormité de cette horreur. Son cœur se serra, elle se sentit faible et glacée de peur. Elle aurait donné tout ce qu'elle possédait pour Sean et Michael. A ses yeux, ils étaient encore de tout petits enfants. Se permettre une aventure maintenant était presque un crime à ses yeux. Elle aurait voulu crier de désespoir.

Elle posa le verre de cognac sur la table et soudain fondit en larmes. Pitt la serra contre lui.

— Vos enfants ? demanda-t-il.

Elle hocha la tête entre deux sanglots.

— Je suis désolée, je n'avais pas l'intention de vous tromper.

Curieusement, les émotions féminines n'avaient jamais paru très mystérieuses à Pitt, comme elles le sont pour la plupart des hommes. Il ne se sentait jamais perdu ni mystifié quand les larmes arrivaient. Les réactions émotives des femmes lui inspiraient plus de compassion que de gêne. « Comparez le souci d'une femme pour ses enfants à ses pulsions sexuelles, vous verrez que l'instinct maternel gagne chaque fois. »

Maeve ne comprit jamais comment Pitt pouvait se montrer aussi bienveillant. A ses yeux, il ne ressemblait à aucun des hommes qu'elle ait jamais connus.

— Je me sens perdue et j'ai si peur ! De toute ma vie, je ne me suis sentie aussi impuissante !

Il se leva et alla chercher une boîte de mouchoirs en papier.

— Désolé de ne pouvoir vous offrir un vrai mouchoir mais je crois bien que je n'en ai plus.

— Vous ne m'en voulez pas de vous avoir laissé entendre... que...

Pitt sourit tandis que Maeve s'essuyait les yeux et se mouchait bruyamment.

— En vérité, j'avais d'autres idées en tête.

Elle le regarda, les yeux arrondis de surprise.

— Vous ne vouliez pas coucher avec moi ?

— Je serais malade si je n'en avais pas envie. Mais ce n'est pas pour cela seulement que je vous ai amenée ici.

— Je ne comprends pas.

— J'ai besoin de votre aide pour peaufiner mes plans.

— Des plans pour quoi faire ?

Il la regarda comme si la question le surprenait.

— Pour entrer en douce sur l'île du Gladiateur, bien sûr, reprendre vos fils et filer en vitesse.

Maeve fit un geste d'incompréhension et de nervosité.

— Vous feriez cela ? Vous risqueriez votre vie pour moi ?

— Et pour vos gamins, ajouta-t-il.

— Mais pourquoi ?

Il avait tellement envie de lui dire qu'elle était douce et adorable et qu'il avait beaucoup d'affection pour elle mais il ne put se résoudre à parler comme un adolescent boutonneux. Comme d'habitude, il s'obligea à la légèreté.

— Pourquoi ? Parce que l'amiral Sandecker m'a donné dix jours de vacances et que je déteste rester assis sans rien faire.

Un sourire éclaira le visage plein de larmes de la jeune femme qui attira Pitt contre elle.

— Vous ne savez même pas mentir !

— Comment se fait-il, dit-il juste avant de l'embrasser, que les femmes lisent toujours en moi comme dans un livre ?

TROISIÈME PARTIE

Diamants...
magnifique illusion

28

La propriété des Dorsett s'élevait sur le col de l'île, entre les deux volcans éteints. L'avant dominait le lagon, devenu un port bruissant des activités minières d'extraction des diamants. Les deux mines, installées dans les cheminées des volcans, n'avaient jamais interrompu leurs activités depuis l'époque où Charles et Mary Dorsett étaient revenus d'Angleterre après leur mariage. C'étaient eux qui avaient alors déclaré la fondation de l'empire familial mais, pour les mieux informés, la vraie fondatrice avait été Betsy Fletcher, le jour où elle avait trouvé quelques pierres étranges et les avait données à ses enfants en guise de jouets.

La demeure d'origine, presque entièrement en bois, avait un toit de palme et de bois de palapa. Anson Dorsett l'avait fait démolir. A sa place, on avait construit, d'après ses propres plans, la grande maison qui s'y trouvait encore, remodelée par les générations successives et désormais propriété d'Arthur Dorsett. Le style en était assez classique – un patio central entouré de vérandas sur lesquelles donnaient toutes les pièces, meublées en style colonial anglais ancien. La seule concession visible à la modernité était une grande antenne parabolique plantée dans un parc luxuriant et une piscine moderne, au centre du patio.

Arthur Dorsett raccrocha le téléphone, sortit de son bureau et se dirigea vers la piscine où Deirdre se prélassait dans une chaise longue, vêtue d'un bikini minuscule, absorbant de son mieux le soleil tropical sur sa peau déjà bronzée.

— Tu ferais bien d'éviter que mes employés te voient comme ça, grommela-t-il.

Elle leva paresseusement la tête.

— Je ne vois pas où est le problème. J'ai un soutien-gorge.

— Et les femmes se demandent pourquoi on les viole !

— Tu ne voudrais tout de même pas que je me promène enveloppée dans un sac, dit-elle d'une voix moqueuse.

— Je viens de recevoir un appel de Washington. On dirait que ta sœur a disparu.

Deirdre se redressa et leva une main pour protéger ses yeux du soleil.

— Peut-on se fier à tes informateurs ? J'ai personnellement engagé les meilleurs détectives, d'anciens agents des Services secrets, pour la surveiller sans relâche.

— C'est confirmé. Ils s'y sont pris comme des manches et ils ont perdu sa trace après une course-poursuite échevelée dans la campagne.

— Maeve n'est pas assez maligne pour semer des professionnels.

— D'après ce qu'on m'a dit, on l'a aidée.

Elle fit une moue écœurée.

— Laisse-moi deviner. Dirk Pitt ?

Dorsett fit signe que oui.

— Ce type est partout ! Boudicca le tenait à la mine de l'île Kunghit mais il lui a filé entre les doigts.

— J'ai bien senti qu'il était dangereux quand il a sauvé Maeve. J'aurais dû comprendre à quel point quand il a contrecarré mes plans pour quitter le *Polar Queen* sur notre hélicoptère, après que j'ai préparé sa collision contre les rochers. J'ai pensé qu'après ça, nous étions débarrassés de lui. Je n'aurais jamais imaginé qu'il reparaîtrait sans prévenir, au milieu de notre opération canadienne.

Dorsett fit signe à une jolie petite Chinoise qui se tenait près d'une des colonnes soutenant le toit de la véranda. Elle portait une robe de soie fendue des deux côtés presque jusqu'aux hanches.

— Apporte-moi un gin, ordonna-t-il. Un grand. Je n'aime pas les dés à coudre.

Deirdre tendit son verre vide.

— Un autre cocktail au rhum.

La fille se hâta d'aller chercher les boissons. Deirdre surprit le regard de son père sur les fesses de la jeune Chinoise et plaisanta.

— Voyons, Papa ! Tu ne devrais pas coucher avec une domestique. Les gens attendent autre chose d'un homme de ta richesse et de ta position.

— Il y a des choses qui n'ont rien à voir avec la classe sociale, dit-il sévèrement.

— Que faisons-nous pour Maeve ? Elle a probablement enrôlé Dirk Pitt et ses amis de la NUMA pour l'aider à reprendre les jumeaux.

Dorsett détourna son regard de la servante chinoise.

— C'est peut-être un homme plein de ressources mais il n'entrera pas aussi facilement sur l'île du Gladiateur qu'il l'a fait sur Kunghit.

— Maeve connaît cette île mieux que nous tous. Elle trouvera un moyen.

— Même s'ils réussissent à accoster – il leva un doigt et montra la porte arrondie du patio en direction des mines – ils n'arriveront pas à deux cents mètres de la maison.

Deirdre eut un sourire diabolique.

— Nous allons leur préparer un accueil chaleureux.

— Pas d'accueil chaleureux, ma chère enfant. Pas ici, pas sur l'île du Gladiateur.

— Tu as un autre plan ?

C'était une affirmation, pas une question. Il hocha la tête.

— Avec l'aide de Maeve, ils vont probablement chercher à infiltrer notre système de sécurité. Malheureusement pour eux, ils n'auront pas le loisir d'essayer.

— Je ne comprends pas.

— Nous les prendrons pendant la passe, comme aiment dire les Américains, avant qu'ils n'atteignent nos côtes.

— Mon papa est plein de perspicacité !

Elle se leva pour serrer son père dans ses bras, respirant son parfum. Quand elle était toute petite, il avait déjà ce parfum d'eau de Cologne de luxe qu'il faisait venir d'Allemagne, un mélange de musc et de quelque chose qui la faisait rêver à des valises de cuir, l'odeur indéfinissable d'une salle de conseil d'administration et de costumes très chics en pure laine.

Il la repoussa à regret, furieux de ce sentiment croissant de désir qu'il ressentait pour sa propre fille.

— Je veux que tu coordonnes la mission. Comme d'habitude, Boudicca la fera appliquer.

— Je parierais mes actions de la Dorsett Consolidated que tu sais déjà où les trouver, dit-elle en souriant. Quel est le programme ?

— Je suppose que M. Pitt et Maeve ont déjà quitté Washington.

Elle fronça les yeux dans le soleil.

— Déjà ?

— Etant donné qu'on n'a pas vu Maeve chez elle et que Pitt n'a pas mis les pieds dans son bureau de la NUMA depuis deux jours, il est évident qu'ils sont ensemble et qu'ils viendront ici pour les jumeaux.

— Dis-moi où nous allons les piéger, dit-elle avec un regard de chasseur félin, certaine que son père avait la réponse. Un aéroport ou un hôtel à Honolulu, Auckland ou Sydney ?

Il secoua la tête.

— Rien de tout ça. Ils ne vont pas nous faciliter les choses en prenant un vol commercial et en descendant dans un hôtel chic. Ils emprunteront sans doute un appareil de la NUMA et utiliseront les points de chute de l'Agence.

— J'ignorais que les Américains avaient des bases permanentes d'études océanographiques en Nouvelle-Zélande et en Australie.

— Ils n'en ont pas, répondit Dorsett, mais ils ont un navire de recherche, l'*Ocean Angler*, qui travaille sur un projet de surveillance des grands fonds dans le chenal de Bounty, à l'ouest de la Nouvelle-Zélande. Si tout se passe comme prévu, Pitt et Maeve arriveront à Wellington et sur le navire de la NUMA, aux docks de la ville, demain à cette heure-ci.

Deirdre regarda son père avec une admiration non déguisée.

— Comment peux-tu savoir cela ?

— J'ai mes sources à la NUMA, dit-il avec un petit sourire orgueilleux. Je paie assez cher pour qu'on me tienne au courant de toute découverte sous-marine de pierres précieuses.

— Alors notre stratégie, c'est que Boudicca et ses gens interceptent le navire de recherche, l'abordent et se débrouillent pour le faire disparaître ?

— Cela ne serait pas raisonnable, dit sèchement Dorsett. Boudicca a appris que Dirk Pitt avait réussi à retrouver la trace des bateaux coulés par le yacht qui nous appartient et dont elle se sert. Que nous envoyions un navire de recherche de la NUMA et son équipage par le fond et ils sauront tout de suite que nous sommes derrière. Non, nous traiterons cette affaire avec plus de délicatesse.

— Vingt-quatre heures, ce n'est pas beaucoup.

— Si tu pars après le déjeuner, tu pourras être à Wellington à l'heure du dîner. John Merchant et ses forces de sécurité t'attendront dans notre entrepôt, hors de la ville.

— Je croyais que Merchant avait eu le crâne fracassé sur l'île Kunghit ?

— Une égratignure. Juste assez pour le rendre fou de désir de vengeance. Il a insisté pour être chargé de la mise à mort.

— Et Boudicca et toi ? demanda Deirdre.

— Nous prendrons le yacht. Nous devrions arriver vers minuit. Ça nous laisse dix heures pour peaufiner nos plans.

— Cela signifie que nous devrons les capturer en plein jour.

Dorsett serra si fort les épaules de Deirdre qu'elle ne put réprimer une grimace de douleur.

— Je compte sur toi, ma fille, pour surmonter tous les obstacles.

— Nous nous sommes trompés en croyant qu'on pouvait faire confiance à Maeve, dit Deirdre d'un ton de reproche. Tu aurais dû deviner qu'elle essaierait de récupérer ses mômes à la première occasion.

— Les renseignements qu'elle nous a fait passer avant de disparaître nous ont été utiles, insista Dorsett avec colère.

Pour rien au monde il n'aurait avoué qu'il avait commis une erreur.

— Si seulement Maeve était morte sur l'île Seymour, nous n'aurions pas autant d'ennuis.

— On ne peut pas tout lui mettre sur le dos, reconnut Dorsett. Elle n'était pas au courant de l'intrusion de Pitt sur Kunghit. Il a lancé un filet mais les informations qu'il a obtenues ne peuvent nous faire aucun mal.

Malgré ce petit contretemps, Dorsett n'était pas inquiet. Ses mines se trouvaient sur des îles dont l'isolement servait de barrière à toutes les protestations organisées. Ses vastes ressources faisaient le reste. La sécurité avait été renforcée, afin qu'aucun journaliste ne puisse approcher à plus de quelques kilomètres de ses installations. Les avocats de Dorsett n'épargnaient pas leur peine pour contrecarrer toute action légale tandis que les employés des relations publiques de ses sociétés assuraient que toutes ces histoires de morts et de disparitions dans l'océan Pacifique n'étaient que des rumeurs lancées par les défenseurs de l'environnement. Ils tentaient de rejeter le blâme sur quelqu'un d'autre, de préférence sur les expériences militaires secrètes des Américains.

Dorsett reprit la parole avec un calme retrouvé.

— Dans vingt-trois jours, les orages soulevés par l'amiral Sandecker retomberont d'eux-mêmes quand nous fermerons les mines.

— Il ne faut pas qu'on puisse croire que nous fermons nos mines parce que nous nous sentons coupables, papa. Ça ouvrirait la porte à une montagne de poursuites judiciaires de la part des Verts et des familles de tous ceux qui ont été tués.

— Ne t'inquiète pas, ma fille. Il est pratiquement impossible de démontrer que nos méthodes d'excavation sont à l'origine des convergences d'ultrasons qui ont supprimé la vie organique. Il faudrait des mois et des mois de recherches scientifiques. Mais dans trois semaines, les chercheurs n'auront plus rien à étudier. Tout est prévu pour qu'il ne reste pas un boulon, pas une vis de nos mines de diamants. La peste acoustique, comme ils l'appellent, ne pourra plus faire la une des journaux.

La petite Chinoise revint avec leurs verres sur un plateau. Elle les servit et se retira dans l'ombre de la véranda, silencieuse comme un fantôme.

— Maintenant que leur mère nous a trahis, que vas-tu faire de Sean et Michael?

— Je m'arrangerai pour qu'elle ne les revoie jamais.

— C'est bien dommage, dit Deirdre en se frottant le front avec un glaçon.

Dorsett avala le gin comme si c'était de l'eau. Posant le verre, il la regarda.

— Dommage? Qui dois-je plaindre? Maeve ou les jumeaux?

— Ni l'un ni l'autre.

— Alors qui?

Les traits de mannequin vedette de Deirdre se déformèrent sous la méchanceté de son sourire.

— Les millions de femmes dans le monde qui vont découvrir que leurs diamants ne sont plus que des morceaux de verre sans valeur.

— Nous tuerons le romantisme de ces pierres, dit Dorsett en riant. Ça, je te le promets.

29

Wellington, observa Pitt par le hublot de l'avion de la NUMA, n'aurait pu s'étendre dans un plus beau paysage. Enchâssé dans une baie immense et une nuée d'îlots, ses collines dominées par le mont Victoria et un luxe de végétation verdoyante, le port pouvait se vanter d'être l'un des plus beaux du monde. Pitt venait pour la quatrième fois en dix ans dans la capitale de Nouvelle-Zélande et l'avait rarement vue sans averses et rafales de vent.

L'amiral Sandecker avait donné à la mission de Pitt sa très réticente bénédiction car il considérait Arthur Dorsett comme un homme extrêmement dangereux, un sociopathe cupide, capable de tuer sans l'ombre d'un remords. La coopération de l'amiral consistait en son autorisation d'utiliser un avion de la NUMA pour le transport de Pitt, Giordino et Maeve jusqu'en Nouvelle-Zélande puis de se servir du navire de recherches comme base d'opération pour le sauvetage des enfants, à la condition expresse qu'aucune vie ne soit mise en danger au cours de l'expédition. Pitt avait accepté avec joie, sachant que les seules personnes dont la vie serait en danger, lorsque l'*Ocean Angler* retournerait à bonne distance de l'île du Gladiateur, étaient eux trois. Il projetait d'utiliser un sous-marin pour entrer dans le lagon puis d'accoster et d'aider Maeve à réclamer ses fils avant de retourner au navire. Pitt pensait que c'était un plan sans aucune technicité. Une fois à terre, tout reposerait sur Maeve.

Il regarda Giordino qui, dans le cockpit, pilotait le très beau Gold-stream à réaction. Son ami aux larges épaules avait l'air aussi décontracté que s'il se reposait sur une plage de sable, à l'ombre d'un palmier.

Ils étaient amis depuis le jour où ils s'étaient rencontrés à l'école maternelle et flanqué leur première peignée. Ils avaient joué dans la même équipe de football, Giordino comme attaquant, Pitt comme trois-quarts aile ainsi que, plus tard, à l'Académie militaire. Utilisant sans vergogne l'influence de son père (George Pitt était sénateur de Californie) afin qu'Al et lui restent ensemble, ils avaient suivi les mêmes entraînements dans la même école de l'air et volé deux heures avec le même escadron tactique au Viêt-Nam. Sur le plan des conquêtes féminines, ils différaient. Giordino adorait les histoires passionnelles tandis que Pitt était plus à l'aise dans les amitiés amoureuses.

Pitt se leva, se dirigea vers la cabine principale et contempla Maeve. Elle avait dormi tout au long du vol depuis Washington, pourtant ses traits étaient tirés et fatigués. Elle avait les yeux fermés mais changeait sans cesse de position sur l'étroite couchette, ce qui tendait à prouver qu'elle n'avait pas passé le seuil du sommeil paisible et inconscient.

Il lui secoua doucement l'épaule.

— Nous allons atterrir à Wellington!

Elle battit des paupières et ouvrit des yeux incroyablement bleus.

— Je suis réveillée, murmura-t-elle d'une voix endormie.

— Comment vous sentez-vous?

Elle se leva et eut un petit mouvement de tête courageux.

— Prête à tout et en pleine forme.

Giordino amorça la descente. Bientôt les roues touchèrent le sol, dégageant une légère fumée à son contact. Puis il roula jusqu'à la zone réservée aux avions privés.

— Tu vois un véhicule de la NUMA? demanda-t-il à Pitt par-dessus son épaule.

Il n'y avait aucune trace du véhicule familier bleu et blanc de l'Agence.

— Ils sont en retard, dit Pitt. Ou alors nous sommes en avance.

— Nous avons quinze minutes d'avance d'après la vieille pendule du tableau de bord, confirma Giordino.

Une petite camionnette conduite par un employé responsable des vols, fit signe à Giordino de le suivre jusqu'à l'aire de garage, entre plusieurs appareils haut de gamme. Giordino fit rouler l'appareil et s'arrêta quand les ailes furent sur le même plan que celles des autres avions. Il suivit alors la procédure habituelle à l'arrêt des moteurs.

Pitt ouvrit la porte et fit coulisser la passerelle de descente. Maeve le suivit et fit quelques pas pour détendre ses muscles raidis par la longue immobilisation. Elle chercha des yeux sur le parking la voiture qui devait les transporter.

— Je pensais que quelqu'un du bateau viendrait nous accueillir, dit-elle entre deux bâillements.

— Ils doivent être en route.

Giordino descendit leurs sacs de voyage, verrouilla l'appareil et se plaça avec Pitt et Maeve sous une aile pour se protéger de l'averse soudaine qui traversait l'aéroport. Presque aussi soudainement qu'il était apparu, l'orage traversa la baie et le soleil émergea de derrière un paquet de nuages blancs. Quelques instants plus tard, un petit bus Toyota marqué NAVETTE DU PORT s'arrêta en faisant voler des flaques d'eau de pluie. Le conducteur descendit et se dirigea vers l'avion. Il était mince, avec un visage amical et vêtu comme un cow-boy de drugstore.

— Est-ce que l'un d'entre vous est Dirk Pitt?

— C'est moi.

— Carl Marvin. Désolé d'être en retard. J'ai eu une panne de batterie sur la voiture de l'*Ocean Angler* et j'ai dû emprunter une bagnole à la capitainerie du port. J'espère que ça ne vous a pas gênés?

— Pas du tout, dit Giordino d'une voix amère. On adore attendre en se faisant tremper par des typhons.

Le chauffeur ne parut pas relever le sarcasme.

— J'espère que vous n'avez pas attendu longtemps.

— Pas plus de dix minutes, dit Pitt.

Marvin chargea leurs bagages à l'arrière de la navette et s'éloigna de l'avion dès que ses passagers furent assis.

— Le quai où est accosté le navire n'est pas très loin de l'aéroport, dit-il avec jovialité. Détendez-vous et profitez du voyage.

Pitt et Maeve, assis l'un près de l'autre, se tenaient par la main comme des gamins et parlaient à voix basse. Giordino s'était installé devant eux, juste derrière le chauffeur. Il passa la plus grande partie du trajet à étudier une photo aérienne de l'île du Gladiateur, que l'amiral Sandecker avait empruntée au Pentagone.

Le temps passa vite et ils prirent bientôt la large avenue qui menait à la zone portuaire animée, assez proche de la ville. Une flotte de navires internationaux, représentant surtout des compagnies asiatiques, était amarrée le long de grandes jetées bordées d'entrepôts immenses. Personne ne fit attention au chemin erratique suivi par le chauffeur entre les entrepôts, les navires et les énormes grues. Il surveillait ses passagers dans le rétroviseur presque chaque fois qu'il virait sur une jetée devant lui.

— L'*Ocean Angler* est juste en face du prochain entrepôt, dit-il en faisant un geste vague vers l'avant du pare-brise.

— Est-il prêt à lever l'ancre dès que nous serons à bord ? demanda Pitt.

— L'équipage n'attend que vous.

Giordino eut un regard pensif vers la nuque du chauffeur.

— Quelle est votre fonction à bord ? demanda-t-il.

— Moi ? dit Marvin sans tourner la tête. Je suis photographe.

— Vous aimez naviguer avec le capitaine Dempsey ?

— C'est un grand marin. Il a beaucoup de considération pour les scientifiques et leur travail.

Giordino leva les yeux et croisa le regard de Marvin dans le rétroviseur. Il sourit jusqu'à ce que le chauffeur reporte son attention sur sa conduite. Alors, caché par le dossier du siège devant lui, il écrivit quelque chose sur un reçu de carburant qu'on lui avait remis à Honolulu, le plia et le lança discrètement par-dessus son épaule sur les genoux de Pitt.

Bavardant avec Maeve, Pitt n'avait pas suivi la conversation entre Giordino et le chauffeur. Il déplia le message et lut :

« Ce type n'est pas des nôtres. »

Pitt se pencha et parla d'un air naturel en évitant de trop regarder le chauffeur.

— Qu'est-ce qui te rend si rabat-joie ?

Giordino se retourna et parla très doucement.

— Notre ami ne fait pas partie de l'*Ocean Angler*.

— Je t'écoute ?

— Je l'ai coincé en lui faisant dire que Dempsey en était le capitaine.

— Paul Dempsey commande le *Ice Hunter*. C'est Joe Ross qui est sur l'*Angler*.

— Voilà une autre inconséquence. Avant notre départ pour l'Antarctique, Rudi Gunn, toi et moi avons étudié les projets de recherches prévus par la NUMA et le personnel qui leur était désigné.

— Et alors ?

— Notre copain de devant n'a pas seulement un fichu accent du Texas mais en plus, il prétend faire partie des photographes du bord. Tu saisis ?

— Je saisis, murmura Pitt. Il n'y a pas d'équipe de prise de vue sur ce projet. Rien que des techniciens sonar et une équipe de géophysiciens pour étudier le fond océanique.

— Et ce type nous emmène droit en enfer, dit Giordino en regardant par la fenêtre vers un entrepôt juste devant eux dont un panneau DORSETT CONSOLIDATED MINING LTD ornait les portes.

Comme ils le craignaient, le chauffeur fit entrer le minibus entre les portes ouvertes, gardées par des hommes en uniforme de la Dorsett Consolidated. Les gardes suivirent rapidement le bus et poussèrent un interrupteur qui referma les portes de l'entrepôt.

— En dernière analyse, je dirais que nous nous sommes fait avoir, commenta Pitt.

— Quel est le plan d'attaque ? demanda Giordino sans baisser la voix.

Ils n'eurent pas le temps de tenir une conférence. Le bus s'enfonçait dans les profondeurs de l'entrepôt.

— Tu cognes l'ami Carl et on se tire de là.

Giordino n'attendit pas un éventuel compte à rebours. Quatre bonds rapides et il agrippa vivement l'homme qui se nommait Carl Marvin. A une vitesse incroyable, Giordino dégagea le chauffeur de derrière son volant, ouvrit la porte du bus et le jeta dehors.

Comme s'il avait répété l'action, Pitt sauta sur le siège du conducteur et écrasa l'accélérateur. Pas une seconde trop tôt, le bus fit un bond en avant, se précipitant sur une poignée d'hommes armés qui s'éparpillèrent comme des feuilles mortes sous le souffle d'une tornade. Deux palettes chargées de cartons contenant des appareils ménagers japonais se trouvaient sur le chemin du minibus. L'expression de Pitt ne permit pas de savoir s'il avait vu l'obstacle. Des boîtes, des pièces de grille-pain, de mixeurs et de machines à café volèrent dans tous les sens comme des obus crachés par un obusier.

Pitt prit un large virage entre des piles de matériels, visa une grande porte de métal et s'aplatit sur le volant. Avec un bruit déchirant, la porte fut arrachée de ses gonds et le minibus sortit en trombe de l'entrepôt sur le quai de chargement. Pitt tourna rapidement le volant pour éviter le pilier d'une énorme grue. Cette partie des docks était déserte. Aucun navire n'était rangé là. Un groupe d'hommes réparant une section de la jetée faisait une pause déjeuner, assis coude à coude contre une longue barricade de bois qui barrait une route d'accès à la jetée. Pitt appuya sur le klaxon et tourna violemment le volant pour éviter de blesser les ouvriers. Le bus contourna la barricade mais un morceau du pare-chocs arrière attrapa une poutre verticale et fit tournoyer la barrière, envoyant les ouvriers voler sur la jetée comme s'ils avaient été attachés au bout d'un fouet.

— Désolé ! cria Pitt par la fenêtre en passant à toute vitesse.

Il regretta de n'avoir pas été plus attentif en se rendant compte que le faux chauffeur les avait volontairement baladés pour leur faire perdre le sens de l'orientation. Et il avait réussi. Pitt n'avait pas la moindre idée du chemin à prendre pour retrouver l'entrée du port et le périphérique menant à la ville.

Un long camion avec une remorque s'arrêta devant lui, bloquant le passage. Il s'accrocha frénétiquement au volant, zigzagua follement pour éviter la collision. Il y eut un grand bruit métallique, suivi d'un bruit de verre brisé et le hurlement du métal déchiré lorsque le flanc du bus emmancha l'avant du camion. Le bus, dont tout le côté droit était creusé et froissé, bondit sauvagement. Pitt corrigea et obligea le véhicule en pièces à se remettre en ligne. Il tapa de rage sur le volant en voyant du liquide s'étaler sur ce qui restait du pare-brise. L'impact avait crevé le radiateur, l'arrachant de son support, et détaché les tuyaux qui le reliaient au moteur. Et ce n'était pas tout. Le pneu droit avait éclaté et la suspension avant n'était plus dans l'alignement.

— Est-ce que tu dois vraiment te cogner dans tout ce que tu croises ? demanda Giordino d'un ton irrité.

Il était assis par terre, du côté encore fermé du bus, les bras autour de Maeve.

— Je suis impardonnable, dit Pitt. Personne n'est blessé ?

— On a assez de bleus pour gagner un procès pour brutalité, dit bravement Maeve.

Giordino frotta une grosse bosse sur le côté de sa tête et regarda Maeve avec tristesse.

— Votre père est un sacré faux-jeton ! Il savait que nous arrivions et il nous a préparé un charmant comité d'accueil.

— Il y a quelqu'un à la NUMA qui doit figurer sur ses fiches de paie. J'espère que ce n'est pas vous, dit Pitt en regardant Maeve.

— Non, ce n'est pas moi, répondit-elle d'une voix ferme.

Giordino s'approcha de l'arrière du minibus et regarda par la fenêtre si on les poursuivait. Deux camionnettes noires évitèrent le camion endommagé et les prirent en chasse.

— Il y a des chiens de chasse qui courent après notre pot d'échappement.

— Des gentils ou des méchants? demanda Pitt.

— Je déteste être porteur de mauvaises nouvelles mais je ne crois pas qu'ils portent des chapeaux blancs.

— Tu appelles ça une identification positive?

— Tu préfères que j'annonce qu'il y a Dorsett Consolidated peint sur leurs portières?

— D'accord, tu m'as convaincu.

— S'ils se rapprochent, je pourrais leur demander leur permis de conduire.

— Merci, j'ai un rétroviseur.

— J'avais l'impression qu'on avait fait assez de dégâts pour ameuter tous les flics de la ville, marmonna Giordino. Pourquoi ne patrouillent-ils pas par ici? J'aimerais bien qu'ils t'arrêtent pour conduite dangereuse.

— Si je connais bien Papa, dit Maeve, il les a payés pour prendre des vacances.

Sans liquide de refroidissement, le moteur chauffa rapidement et lança des nuages de vapeur sous le capot. Le véhicule était presque incontrôlable. Les roues avant, toutes deux tournées vers l'extérieur, luttaient pour suivre des directions opposées. Une petite allée entre deux entrepôts s'ouvrit soudain devant le bus. Jouant le tout pour le tout, Pitt y précipita le minibus. Mais la chance n'était pas avec lui. Trop tard, il réalisa que l'allée donnait sur une jetée déserte, sans autre sortie que celle qu'il venait d'emprunter.

— C'est la fin du voyage, soupira-t-il.

Giordino tourna la tête pour regarder les poursuivants.

— Ces salauds le savent. Ils se sont arrêtés pour savourer leur triomphe.

— Maeve?

La jeune femme s'approcha de Pitt.

— Oui?

— Combien de temps pouvez-vous retenir votre respiration?

— Je ne sais pas. Peut-être une minute.

— Al? Que font-ils?

— Ils viennent à pied vers le bus. Ils tiennent des bâtons qui ont l'air peu engageants.

— Ils nous veulent vivants, dit Pitt. OK, les copains, asseyez-vous et tenez-vous bien.

— Qu'est-ce que vous allez faire? demanda Maeve.

— *Nous*, amour de ma vie, nous allons nager. Al, ouvre les fenêtres. Je veux que ce truc coule comme un fer à repasser.

— J'espère que l'eau est bonne, dit Giordino en ouvrant les fenêtres. J'ai horreur des bains froids.

Pitt se tourna vers Maeve.

— Prenez une ou deux respirations profondes pour mettre autant d'oxygène que possible dans votre sang. Soufflez puis inspirez dès que nous passerons par-dessus.

— Je parie que je nage plus loin que vous sous l'eau, dit-elle d'un ton courageux et résolu.

— C'est le moment où jamais de le prouver, répondit Pitt avec admiration. Ne perdez pas de temps à attendre une poche d'air. Sautez par la fenêtre sur votre droite et nagez sous la jetée dès que l'eau cessera de pénétrer dans le bus.

Pitt se dirigea vers le siège du chauffeur, ouvrit son sac de voyage, en tira un paquet enveloppé de nylon qu'il fourra dans la ceinture de son pantalon, où il fit une bosse.

— Mais qu'est-ce que vous faites? s'étonna Maeve.

— C'est mon sac de secours, expliqua Pitt. Je ne sors jamais sans lui.

— Ils sont presque sur nous, annonça calmement Giordino.

Pitt enfila un blouson de cuir dont il remonta la fermeture Eclair jusqu'en haut, fit demi-tour et saisit le volant.

— Bon, eh bien voyons si les juges nous accorderont de bonnes notes.

Il emballa le moteur et passa la boîte automatique sur AVANT. Le bus démantibulé fit un bond, son pneu avant droit battant la chamade. La vapeur s'échappa en un jet si épais qu'il vit à peine devant lui, accumulant de la vitesse pour mieux plonger.

Il n'y avait pas de balustrade le long de la jetée, à peine une bande de bois horizontale qui servait de trottoir aux véhicules. Les roues avant prirent presque tout l'impact. La suspension, déjà bien touchée, se rompit tandis que le châssis sans roues passait par-dessus, les pneus arrière se déchirèrent en tournant une dernière fois, poussant ce qui restait du bus Toyota par-dessus le bord de la jetée.

Le bus parut tomber au ralenti avant que son moteur ne heurte l'eau avec un grand plouf. La dernière chose que Pitt se rappela avant que le pare-brise tombe en morceaux à l'intérieur, ouvrant la voie à toute l'eau de la mer qui s'y engouffra, fut le sifflement du moteur surchauffé au moment où l'eau le recouvrit.

Le bus se balança une fois, parut rester immobile un instant puis s'enfonça dans l'eau verte de la baie. Tout ce que les gardes de Dorsett aperçurent, en courant vers le bord de la jetée, ce fut un nuage de vapeur, une masse de bulles gargouillantes et une tache d'huile qui s'étalait déjà. Les vagues créées par l'impact vinrent heurter les piliers sous la jetée. Les gardes attendirent de voir apparaître des têtes mais rien de vivant n'émergea des profondeurs.

Pitt se dit que si les docks pouvaient recevoir de grands navires, la profondeur de l'eau devait atteindre au moins quinze mètres. Le bus s'enfonça, les roues d'abord, dans la vase du fond du port, dérangeant le limon qui parut éclater en un nuage mouvant. Se dégageant du volant, Pitt s'efforça d'atteindre l'arrière du bus pour s'assurer que Maeve et Giordino n'avaient pas été blessés et avaient réussi à s'échapper par une fenêtre. Satisfait, il se faufila par l'ouverture et commença à nager dans le limon qui l'aveuglait. Quand il atteignit enfin un endroit plus propre, la visibilité était meilleure que ce qu'il avait espéré et l'eau plus froide d'un ou deux degrés. La marée montante ramenait une eau relativement claire, ce qui lui permit de distinguer les piliers soutenant la jetée. Il estima qu'on y voyait à vingt mètres.

Il reconnut les formes distinctes de Maeve et de Giordino, à quatre mètres de lui environ, nageant fermement dans le vide apparent. Il leva les yeux mais la surface n'était qu'un vague dessin de nuages percés de rayons lumineux. Puis soudain l'eau s'assombrit considérablement tandis qu'il atteignait le dessous de la jetée, entre les piliers. Il perdit les deux autres pour un temps dans la boue sombre et ses poumons commencèrent à lui faire mal. Il nagea vers la surface en un angle assez large, laissant la flottabilité de son corps le porter vers le haut, une main au-dessus de sa tête pour le cas où quelque chose de dur ou de coupant se serait trouvé sur son chemin. Il fit enfin surface au milieu d'une petite mer de détritus flottants. Il respira à petits coups l'air salé puis se tourna pour s'approcher de Maeve et de Giordino, pataugeant un peu plus loin derrière lui. Il fut soulagé de voir Maeve sourire.

— C'est de la frime, murmura-t-elle, sachant que les hommes de Dorsett risquaient d'entendre leurs voix, je parie que vous vous êtes presque noyé en essayant d'aller plus loin que moi.

— Le vieux a encore de la ressource, répondit Pitt sur le même ton.

— Je ne crois pas qu'ils nous aient vus, dit Giordino. J'étais presque sous le quai quand j'ai enfin pu me libérer du nuage de boue.

Pitt montra de la tête la zone du dock principal.

— Ce que nous avons de mieux à faire, c'est de nager sous la jetée jusqu'à ce qu'on trouve un endroit discret pour sortir.

— Que dirais-tu d'aborder le bateau le plus proche? suggéra Giordino.

Maeve fit la moue. Ses longs cheveux blonds flottaient derrière elle comme des algues dorées.

— Si les gens de mon père retrouvaient notre trace, ils trouveraient aussi un moyen d'obliger l'équipage à nous livrer.

— Vous ne croyez pas que l'équipage nous cacherait jusqu'à ce que nous soyons sous la protection des autorités locales?

Pitt secoua la tête, faisant voler des dizaines de gouttes d'eau.

— Si tu commandais un navire ou une patrouille de police chargée de ce dock, est-ce que tu croirais trois rats à demi noyés ou la parole d'un représentant d'Arthur Dorsett?

— Probablement pas nous, admit Giordino.

— Si seulement nous pouvions atteindre l'*Ocean Angler*.

— Ce doit être le premier endroit où ils s'attendent à nous voir, dit Maeve.

— Une fois que nous serions à bord, les hommes de Dorsett devraient se préparer à une belle bagarre s'ils essayaient de nous en faire sortir, l'assura Pitt.

— Ça nous fait une belle jambe, grommela Giordino. On n'a pas la moindre idée de l'endroit où est l'*Ocean Angler* en ce moment.

Pitt lança à son ami un regard de reproche.

— Je déteste te voir aussi sérieux.

— A-t-il une coque turquoise et des cabines blanches comme le *Ice Hunter*? demanda Maeve.

— Tous les bâtiments de la NUMA sont peints aux mêmes couleurs, répondit Giordino.

— Alors je l'ai vu. Il est à l'ancre au quai 16.

— Je donne ma langue au chat. Comment va-t-on au quai 16?

— C'est le quatrième au nord d'ici, dit Pitt.

— Comment peux-tu le savoir?

— Il n'y a qu'à lire les inscriptions des entrepôts. J'ai noté le chiffre 19 avant de passer devant le quai 20.

— Maintenant qu'on sait où on va et par où, il faudrait peut-être se remuer un peu, suggéra Giordino. S'ils ont un petit peu de cervelle, ils vont envoyer des plongeurs chercher nos corps dans le bus.

— Restez éloignés des piliers, conseilla Pitt. Sous la surface, il y a des tas de coquillages qui coupent comme des lames de rasoir.

— Est-ce pour cela que vous nagez en blouson de cuir? demanda Maeve.

— On ne sait jamais qui on va rencontrer, dit Pitt.

Sans contrôle visuel, il était impossible de calculer quelle distance ils devaient parcourir pour rejoindre le navire de recherches. Economisant leurs forces, ils nagèrent lentement entre les piliers, hors de la vue des hommes de Dorsett, sur la jetée au-dessus d'eux. Ils atteignirent la base du quai 20 et nagèrent sous le passage principal du chantier naval, relié à tous les quais de chargement, avant de tourner au nord vers le quai 16. Il se passa presque une heure avant que Maeve n'aperçoive le reflet turquoise de la quille dans l'eau, au pied du quai.

— On a réussi! cria-t-elle joyeusement.

— Ne vous attendez pas à recevoir une coupe, prévint Pitt. Ça doit grouiller de gorilles musclés de votre père.

La quille du navire n'était qu'à deux mètres des piliers. Pitt nagea jusqu'à être juste au-dessous de la passerelle d'embarquement. Il leva les bras, s'accrocha à une traverse de renforcement des piliers et se tira hors de l'eau. Il grimpa sur les poutres inclinées jusqu'à la surface du quai, leva lentement la tête et regarda autour de lui.

La zone de la passerelle d'acier était déserte mais une camionnette des gardes de Dorsett était garée en travers de la plus proche entrée de la jetée. Il compta quatre hommes, alignés entre plusieurs conteneurs, et d'autres voitures garées le long du navire à l'ancre, en face de l'*Ocean Angler*.

Il replongea au-dessous du bord et expliqua la scène à ses compagnons.

— Nos copains gardent l'entrée du quai à peu près à quatre-vingts mètres d'ici, trop loin pour nous empêcher de monter à bord.

Ils n'avaient plus besoin de parler. Pitt les attira tous les deux jusqu'à la poutre où il se tenait. Puis, à son signal, ils escaladèrent cette poutre qui servait de trottoir, contournèrent un énorme bollard sur lequel étaient attachées les amarres du navire et, Maeve en tête, coururent sur la passerelle d'embarquement jusqu'au pont ouvert.

En atteignant la sécurité du bateau, les réflexes de Pitt tournèrent à la vitesse du son. Il s'était lamentablement fait avoir et il était trop tard pour corriger le tir. Il le comprit en voyant les hommes de garde sur le dock s'approcher de l'*Ocean Angler*, lentement, méthodiquement, comme s'ils faisaient une petite promenade de santé. Il n'y eut ni cris ni confusion. Ils avaient attendu que le gibier apparaisse et vienne se réfugier sur le navire. Il sut, quand il vit les ponts totalement déserts, qu'il y avait quelque chose de très étrange, de très mauvais augure. On aurait dû apercevoir au moins un marin en train de travailler. Les canots automatisés, l'équipement sonar, le grand treuil servant à descendre les submersibles dans les grandes profondeurs, tout était bien fixé. Mais il était bien rare qu'un ingénieur ou un scientifique n'ait pas quelques réglages à faire sur ces appareils fragiles.

Et il sut, quand une porte s'ouvrit au bout du couloir menant au pont et qu'une silhouette familière s'avança vers eux. Il sut que l'impensable s'était produit.

— Quel plaisir de vous revoir, monsieur Pitt, dit John Merchant d'un ton narquois. Vous n'abandonnez jamais, dites donc !

30

Pendant ces premiers instants d'amère frustration, Pitt se sentit envahi par une vague de défaite presque tangible. Le fait qu'on ait pu les faire si facilement et si totalement tomber dans un piège, que Maeve soit coincée entre les mains de son père, le fait qu'il y ait tout à parier que Giordino et lui allaient être froidement assassinés, tout cela était bien difficile à avaler.

Il était tristement évident qu'après avoir été informés en temps voulu par leur agent au cœur de la NUMA, les hommes de Dorsett étaient arrivés les premiers sur l'*Ocean Angler* et, par une manœuvre quelconque, avaient pris le dessus sur le commandant et l'équipage et s'étaient emparés du navire à temps pour attraper Pitt et les autres. Tout avait été si bien préparé, si transparent, qu'Arthur Dorsett avait à l'évidence dépassé les frontières de l'ordinaire, préparant un piège de secours au cas où Pitt et Giordino lui glisseraient entre les doigts et trouveraient le moyen de monter à bord. Pitt se dit qu'il aurait dû s'en douter, préparer lui-même un plan de rechange, mais en fait il avait sous-estimé l'astucieux magnat du diamant. Que l'on puisse pirater tout un navire alors qu'il était amarré à quelques encablures d'une ville de première importance, cela, Pitt ne l'avait vraiment jamais imaginé.

Quand il vit une petite armée d'hommes en uniformes sortir de leur cachette, certains tenant des matraques, d'autres des fusils à balles de caoutchouc, il sut qu'il n'y avait plus rien à faire et que tout espoir était perdu.

Perdu, oui, mais pas irrémédiablement. Pas tant que Giordino serait à ses côtés. Il regarda son vieux complice pour voir comment il réagissait au choc. On aurait pu croire, en le regardant, que celui-ci devait se résigner à écouter une conférence ennuyeuse. Aucune réaction visible. Il regardait Merchant comme un croque-mort regarde un homme dont il mesure déjà le cercueil, ce qui était à peu près la façon dont Merchant regardait Giordino.

Pitt mit un bras autour des épaules de Maeve dont la bravoure commençait à craquer. Ses yeux bleus semblaient désolés, avec le regard large et vide de ceux qui savent que leur monde s'achève. Elle baissa la tête, se couvrit le visage de ses mains et commença à sangloter. Elle n'avait pas peur pour elle-même mais pour ce que son père ferait à ses fils, maintenant qu'il avait la preuve absolue qu'elle l'avait trompé.

— Qu'avez-vous fait de l'équipage ? demanda Pitt à Merchant, tout en notant le pansement sur la nuque de l'homme.

— Nous avons simplement persuadé les cinq hommes restés à bord de ne pas quitter leurs quartiers.

Pitt le regarda avec étonnement.

— Seulement cinq ?

— Oui. Les autres étaient invités à une soirée donnée en leur honneur par M. Dorsett, dans le meilleur hôtel de Wellington. « Honneur aux braves explorateurs des fonds marins » ou quelque chose comme ça. En tant que société minière, la Dorsett Consolidated porte un grand intérêt à tous les minéraux découverts au fond des océans.

— Vous aviez les coudées franches, dit Pitt avec mépris. Qui est l'employé de la NUMA qui vous a prévenus de notre arrivée ?

— Un géologue dont j'ignore le nom tient M. Dorsett au courant de tous vos projets d'extraction sous-marine. Ce n'est qu'un des très nombreux individus qui nous fournissent des informations venant du cœur des sociétés et des gouvernements du monde entier.

— Un réseau d'espions en société à responsabilité limitée.

— En effet, et excellent. Nous vous avons surveillés depuis la minute même où vous avez décollé de Langley Field, à Washington.

Les gardes qui les entouraient ne faisaient aucun geste pour les maîtriser.

— Quoi? Pas de chaînes? Pas de menottes? demanda Pitt.

— Mes hommes ont reçu l'ordre de s'emparer de Mlle Dorsett seulement, au cas où votre ami et vous auriez essayé de vous échapper. (Les dents de Merchant brillèrent entre ses lèvres fines.) Je n'étais pas d'accord, bien évidemment, mais l'ordre vient directement de Mlle Boudicca Dorsett.

— Un vrai trésor, dit Pitt d'une voix acide. Je parie qu'elle torturait déjà ses poupées quand elle était petite.

— Elle a des projets très intéressants à votre intention, monsieur Pitt.

— Comment va votre tête?

— Je n'ai pas été assez blessé pour que cela m'empêche de traverser l'océan afin de vous mettre la main dessus.

— Je déteste le suspense. Où allons-nous maintenant?

— M. Dorsett va bientôt arriver et on vous transférera tous sur son yacht.

— Je croyais que sa villa flottante était sur l'île Kunghit.

— Elle l'était il y a quelques jours.

Merchant sourit, ôta ses lunettes et en essuya soigneusement les verres avec un chiffon.

— Le yacht des Dorsett a quatre moteurs diesel alimentés par turbocompresseurs. A eux quatre, ils développent 18 000 chevaux, capables de faire naviguer un bâtiment de huit tonnes à 120 kilomètres-heure. Vous verrez que M. Dorsett a plutôt des goûts de luxe.

— En réalité, il a probablement une personnalité aussi intéressante que le livre d'adresses d'un moine cloîtré, suggéra Giordino. Qu'est-ce qui le fait rire, à part de compter ses diamants?

Pendant un instant, le regard de Merchant fusilla Giordino et son sourire s'effaça. Puis il se reprit et son regard sans vie revint sa place sur son visage comme si un maquilleur le lui avait redessiné.

— L'humour a son prix, messieurs. Comme pourrait vous l'expliquer Mlle Dorsett, son père a un penchant pour l'humour noir. Je suppose que demain à cette heure-ci vous n'aurez pas beaucoup de raisons de sourire.

Arthur Dorsett n'était pas du tout ce que Pitt avait imaginé. Il s'était attendu à ce que l'un des hommes les plus riches du monde, père de trois très belles filles, soit raisonnablement beau et sophistiqué jusqu'à un certain point. Ce qui apparut à ses yeux, dans le salon même où il s'était tenu à l'île Kunghit, ce fut un troll sorti tout droit du folklore germanique, échappé des douves d'un château.

Dorsett avait presque une tête de plus que Pitt et, de la taille aux épaules, était deux fois plus large. Il n'était pas homme à rester assis derrière un bureau confortable. Pitt comprenait de qui Boudicca tenait ses yeux froids et sombres. Dorsett avait le visage ridé d'un homme qui vit en plein air et ses mains larges et marquées indiquaient qu'il n'avait pas peur de les salir. Dans sa moustache longue et clairsemée adhéraient des miettes de son déjeuner. Mais ce qui frappa Pitt et qu'il trouva étrange de la part d'un homme de la stature internationale de Dorsett, ce fut la taille de ses dents irrégulières à l'ivoire jaunâtre comme les touches d'un vieux piano. En fermant la bouche, il aurait pu cacher leur laideur mais curieusement, il semblait ne jamais la fermer, même lorsqu'il ne parlait pas.

Devant son bureau en bois d'épave au dessus de marbre, il était flanqué de Boudicca, debout à sa gauche, vêtue d'un jean et d'une chemise aux pans noués sur l'estomac mais boutonnée jusqu'au cou, et de Deirdre, assise sur une chaise aux coussins de soie. Celle-ci portait avec élégance un pull à col roulé blanc avec une jupe et une chemise écossaises. Les bras croisés, assis sur son bureau, Dorsett avait l'air d'un vieux sorcier monstrueux. Son regard sinistre détaillait Pitt et Giordino comme des aiguilles piquant chaque centimètre des pieds à la tête. Il se tourna vers Merchant, debout derrière Maeve, la main droite posée sur un holster où reposait une arme automatique sous sa veste de sport en tweed.

— Beau travail, John, dit-il avec un grand sourire. Vous avez su anticiper chacun de leurs mouvements.

Levant les sourcils, il scruta à nouveau les deux hommes debout devant lui, mouillés et débraillés. Puis il regarda Maeve dont les longues mèches blondes collaient à son front et à ses joues. Un sourire hideux tira ses traits. Il fit un signe à Merchant.

— Tout ne s'est pas passé comme vous l'attendiez, peut-être. On dirait qu'ils sont tombés dans les douves.

— Ils ont repoussé l'inévitable en essayant de s'échapper par la mer, dit Merchant d'un air dégagé mais les yeux brillants de suffisance et de pomposité. Ils ont quand même fini par tomber dans mes filets.

— Pas de problème avec les gens de la sécurité du port?

— Les négociations ont donné lieu aux compensations habituelles, dit Merchant avec entrain. Quand votre yacht est venu s'ancrer le long de l'*Ocean Angler*, les cinq marins que nous détenions ont été relâchés. Mais je suis tranquille. Si une plainte officielle est déposée par les dirigeants de la NUMA, elle sera reçue avec l'indifférence bureaucratique des autorités locales. Ce pays a une dette envers la Dorsett Consolidated qui contribue à son économie.

— Vos hommes et vous méritez des éloges, dit Dorsett avec un hochement de tête satisfait. Chacun des participants recevra une récompense généreuse.

— C'est très gentil de votre part, monsieur, ronronna Merchant.

— Veuillez nous laisser, maintenant.

Merchant regarda Pitt et Giordino avec circonspection.

— Ces types-là doivent être surveillés de près, protesta-t-il faiblement. Je vous conseille de ne pas prendre des risques avec eux.

— Pensez-vous qu'ils vont essayer de s'emparer du yacht ? demanda Dorsett en riant. Deux hommes sans défense contre deux douzaines d'hommes armés ? Ou bien craignez-vous qu'ils ne sautent par-dessus bord et qu'ils ne nagent jusqu'à la côte ? (Dorsett montra par la grande fenêtre l'extrémité du cap Farewell, sur l'île sud de Nouvelle-Zélande, qui disparaissait rapidement dans le sillage du yacht.) A travers quarante kilomètres de mer infestée de requins ? Non, je ne crois pas.

— Mon travail consiste à vous protéger et à protéger vos intérêts, dit Merchant en retirant sa main de dessus son arme.

Il reboutonna sa veste de sport et se dirigea tranquillement vers la porte.

— Et je le prends au sérieux, ajouta-t-il.

— Votre travail est apprécié à sa juste valeur, rétorqua Dorsett d'une voix coupante d'impatience.

Dès que Merchant fut sorti, Maeve s'élança vers son père.

— J'exige de savoir si Sean et Michael vont bien et si votre directeur pourri ne leur a pas fait de mal.

Sans un mot, Boudicca s'avança, tendit la main pour ce que Pitt pensa être un geste d'affection mais qui se transforma en une gifle brutale dont la force faillit faire tomber Maeve. Celle-ci chancela mais fut rattrapée par Pitt tandis que Giordino s'interposait entre les deux femmes.

Arrivant aux épaules de la géante, Giordino dut lever les yeux pour la regarder comme s'il regardait le haut d'un grand immeuble. La scène devint plus absurde encore parce que le regard de Giordino dut passer par-dessus son énorme poitrine.

— Voilà un joli cadeau de bienvenue, dit-il d'un ton moqueur.

Pitt avait l'habitude de lire dans les yeux de son ami. Giordino était un très bon juge de visages et de caractères. Il avait vu quelque chose, une très petite chose anormale qui avait échappé à Pitt. Et Giordino prenait le risque de voir si son estimation était justifiée. Il eut un sourire lubrique en regardant Boudicca des pieds à la tête.

— Je prends le pari, lui dit-il.

— Le pari ?

— Oui, je parie que vous ne vous rasez ni les jambes ni les aisselles.

Il y eut une seconde de silence, moins lourd de choc que de curiosité. Puis le visage de Boudicca se tordit de fureur et elle serra le poing pour frapper. Giordino ne bougea pas, sûr de soi, attendant le coup mais ne faisant rien pour l'éviter.

Boudicca frappa très fort, plus fort que la plupart des boxeurs. Son poing prit Giordino entre la joue et la mâchoire. Ce fut un coup sauvage, un crochet dévastateur, pas du tout ce que l'on aurait pu attendre d'une femme, un coup capable d'étendre raide n'importe qui en le laissant K.O. pendant vingt-quatre heures. En tout cas n'importe quel homme que Boudicca eût jamais frappé dans un tel accès de fureur indomptable. La tête de Giordino valdingua sur le côté et il recula d'un pas, se secoua comme pour remettre sa cervelle en place et cracha une dent sur le luxueux tapis. Puis, contre toute attente, il s'avança de nouveau et vint se remettre sous l'énorme poitrine de Boudicca. Il n'y avait pas d'animosité, pas d'expression de vengeance dans ses yeux. Giordino se contenta de la regarder sérieusement.

— Si vous aviez la moindre décence et un peu de fair-play, vous me laisseriez frapper à mon tour.

Boudicca, totalement sidérée, massait son poing douloureux. Le sentiment de colère incontrôlée qu'elle avait éprouvé fit bientôt place à une froide animosité. Elle lui jeta un regard de serpent à sonnette sur le point de mordre pour tuer.

— Vous êtes vraiment un imbécile! dit-elle d'un ton glacial.

Ses mains jaillirent comme deux éclairs et se refermèrent sur le cou de Giordino. Debout, les poings serrés, il ne fit pas un geste pour l'arrêter. Mais toute couleur disparut de son visage et ses yeux commencèrent à enfler. Pourtant il ne faisait toujours aucun effort pour se défendre. Il la regardait, sans méchanceté.

Pitt se rappelait trop bien la force que Boudicca pouvait mettre dans ses mains. Il portait encore aux bras les bleus qu'elle lui avait infligés. Il ne comprenait pas la démonstration de passivité de son ami, si peu conforme à son caractère. Il s'écarta doucement de Maeve, prêt à décocher un coup de pied dans les rotules de Boudicca quand son père l'arrêta.

— Lâche-le! aboya Arthur Dorsett. Ne te salis pas les mains sur ce rat!

Giordino était toujours immobile comme une statue quand Boudicca relâcha son étreinte et fit un pas en arrière, frottant les articulations qu'elle lui avait écrasées sur le visage.

— La prochaine fois, mon père ne sera pas là pour sauver votre saleté de couenne! siffla-t-elle entre ses dents.

— Avez-vous jamais pensé à devenir professionnelle? dit Giordino d'une voix rauque en massant délicatement les marques qu'elle avait

imprimées sur son cou. Au carnaval, on a toujours l'usage d'un phénomène de foire...

Pitt lui mit la main sur l'épaule.

— Ecoutons ce que M. Dorsett a à nous dire avant de signer pour le
match de revanche.

— Vous êtes plus sage que votre ami, dit Dorsett.

— Seulement pour éviter la douleur ou une association avec des
criminels.

— Est-ce ce que vous pensez de moi? Que je suis un simple criminel?

— Si l'on considère que vous êtes responsable de la mort de centaines
de gens, oui, et un inqualifiable criminel, même.

Dorsett, nullement gêné, s'installa derrière son bureau.

— C'était regrettable mais nécessaire.

Pitt sentit sa colère monter comme une fièvre contre Dorsett.

— Je ne vois pas une seule justification qui puisse expliquer le meurtre
de sang-froid d'hommes, de femmes et d'enfants innocents.

— Pourquoi quelques morts devraient-elles vous empêcher de dormir
alors que des millions d'individus du tiers monde meurent de faim, de
maladie et de guerre chaque année?

— Parce que c'est comme ça que j'ai été élevé, dit Pitt. Ma mère m'a
appris que la vie était un don du ciel.

— La vie est une denrée, rien de plus, railla Dorsett. Les gens sont
comme des outils. Quand ils sont usés, on les jette ou on les détruit. J'ai
pitié des hommes comme vous, qui sont chargés de principes et de
morale. Vous êtes voué à courir derrière un mirage, un monde parfait qui
n'a jamais existé et qui n'existera jamais.

Pitt comprit qu'il avait devant lui un être fou à lier.

— Vous aussi vous mourrez en poursuivant un mirage.

Dorsett eut un sourire sans joie.

— Vous vous trompez, monsieur Pitt. Je le tiendrai au creux de mes
mains quand le moment sera venu.

— Vous raisonnez comme un malade pervers.

— Jusqu'à présent, ça m'a plutôt bien réussi.

— Quelle excuse avez-vous pour n'avoir pas arrêté la tuerie massive
causée par vos extractions minières par ultrasons?

— L'envie d'extraire davantage de diamants, bien sûr!

Dorsett regarda Pitt comme s'il étudiait un spécimen dans un bocal.

— Dans quelques semaines, je vais rendre des millions de femmes
heureuses en leur fournissant les pierres les plus précieuses à un prix que
même un mendiant pourra payer.

— Vous ne me faites pourtant pas l'effet d'un bienfaiteur de l'humanité.

— Les diamants ne sont rien d'autre, en réalité, que des morceaux de
charbon. Leur seule qualité pratique c'est d'être la substance la plus dure

que l'on connaisse. Rien que cela les rend indispensables pour travailler les métaux et forer certaines roches. Saviez-vous que le mot « diamant » vient du grec, monsieur Pitt ? Cela signifie invincible. Les Grecs, et plus tard les Romains, en portaient pour se protéger des bêtes sauvages et de leurs ennemis humains. Leurs épouses, cependant, n'adoraient pas le diamant comme le font les femmes d'aujourd'hui. On s'en servait non seulement pour chasser les mauvais esprits mais aussi pour prouver l'adultère. Et pourtant, sur le plan de la beauté, le cristal est capable du même éclat.

Pendant que Dorsett parlait de diamants, son regard ne s'enflammait pas mais une veine, battant sur le côté de son cou, trahissait le sentiment profond que lui inspirait le sujet. Il parlait comme s'il avait soudain atteint un niveau supérieur de conscience auquel peu d'hommes pouvaient accéder.

— Savez-vous aussi que le premier anneau de fiançailles en diamants fut offert par l'archiduc Ferdinand d'Autriche à Marie de Bourgogne en 1477 et que la croyance en une « veine d'amour » qui irait du cerveau à l'annulaire de la main gauche est un mythe que nous devons aux Egyptiens ?

Pitt lui jeta un regard d'indicible mépris.

— Ce que je connais, c'est le surplus de pierres brutes gardé dans les entrepôts d'Afrique du Sud, de Russie et d'Australie pour gonfler artificiellement le prix des pierres. Je sais aussi que le cartel, essentiellement un monopole dirigé par De Beers, fixe les prix. Alors je ne vois pas comment un homme seul pourrait défier le syndicat entier et causer un effondrement soudain et drastique des cours sur le marché des diamants.

— Le cartel ne sera qu'un tas de marionnettes entre mes mains, dit Dorsett avec mépris. Historiquement, chaque fois qu'une compagnie minière ou une nation a essayé de passer outre et de négocier ses pierres sur le marché ouvert, le cartel a cassé les prix. Le franc-tireur, incapable de suivre et se retrouvant en situation de perdant, retournait à la case départ. Je compte sur le cartel pour faire à nouveau la même chose. Quand ils auront réalisé que je brade des millions de diamants à deux *cents* par dollar sans me préoccuper de faire des bénéfices, il sera trop tard et ils ne pourront plus réagir. Le marché se sera effondré.

— A quoi sert de dominer un marché effondré ?

— Je ne cherche pas à dominer le marché, monsieur Pitt. Je veux le tuer une fois pour toutes.

Pitt remarqua que Dorsett ne le regardait pas mais fixait un point derrière lui comme s'il contemplait une vision dont personne d'autre ne pouvait profiter.

— Si je comprends bien, vous coupez la branche sur laquelle vous êtes assis ?

— Ça y ressemble, n'est-ce pas ? dit Dorsett en pointant un doigt vers Pitt. C'est exactement ce que je souhaite faire croire à tout le monde, même à mes associés les plus intimes – et même à mes filles. Mais la vérité, c'est que j'ai l'intention de tirer de tout ceci une forte somme d'argent.

— Et comment? demanda Pitt, intéressé.

Une grimace satanique s'étala sur les dents grotesques de Dorsett.

— La réponse n'est pas du côté des diamants mais sur le marché des pierres de couleur.

— Mon Dieu, je vois de quoi il s'agit, dit Maeve comme si elle assistait à une révélation. Tu as l'intention d'accaparer le marché des pierres de couleur.

Elle se mit à trembler dans ses vêtements mouillés mais son épouvante y était aussi pour quelque chose. Pitt retira son blouson de cuir détrempé et le lui posa sur les épaules.

— Mais oui, ma fille, dit Dorsett. Au cours de ces vingt dernières années, ton vieux père perspicace a amassé toute sa production de diamants tout en achetant discrètement les principales mines de pierres de couleur du monde. Par l'intermédiaire d'une formation complexe de sociétés fictives, je contrôle maintenant secrètement quatre-vingts pour cent du marché.

— Par pierres de couleur, dit Pitt, je suppose que vous entendez les rubis et les émeraudes?

— En effet, et un tas d'autres pierres précieuses, parmi lesquelles le saphir, la topaze, la tourmaline et l'améthyste. Elles sont toutes beaucoup plus rares que le diamant. Les dépôts de tsavorite, de béryl rouge ou d'émeraude rouge, et l'opale de feu du Mexique, par exemple, deviennent incroyablement difficiles à trouver. Un certain nombre de gemmes de couleur sont si rares qu'elles sont recherchées par des collectionneurs et qu'on en voit rarement en joaillerie.

— Et pourquoi ces pierres n'ont-elles pas pris autant de valeur que le diamant? demanda Pitt.

— Parce que le cartel du diamant s'est toujours débrouillé pour les rejeter dans l'ombre, répondit Dorsett avec la ferveur d'un zélote. Pendant des décennies, De Beers a dépensé des fortunes en recherches approfondies, pour étudier et dominer le marché international. On a dépensé des millions en publicité pour le diamant et pour lui créer une image de valeur éternelle. Pour garder des prix élevés, De Beers a créé une demande, afin qu'elle suive la production sans cesse plus importante. Ainsi, l'image de l'homme montrant son amour à une femme en lui offrant un diamant s'est répandue comme une toile d'araignée géante avec, au plus fort de sa réussite, le slogan « un diamant est éternel ». (Il commença à arpenter la pièce, en faisant de grands gestes.) Parce que la production des pierres de couleur est fragmentée par des milliers de producteurs indépendants, en compétition permanente les uns contre les autres, on n'a jamais vraiment mis sur pied une organisation unifiée pour promouvoir les pierres de couleur. Le marché a souffert de l'ignorance des consommateurs. J'ai l'intention de changer tout cela quand le prix du diamant aura plongé.

— Et vous avez sauté là-dessus à pieds joints?

— Non seulement je vendrai les pierres colorées de mes mines, déclara Dorsett, mais contrairement à De Beers, je les taillerai et je les commercialiserai moi-même grâce à la House of Dorsett, ma chaîne de magasins sur le marché du détail. Les saphirs, les émeraudes et les rubis ne sont peut-être pas éternels, mais quand j'en aurai fini, toutes les femmes qui les porteront se sentiront les égales des déesses. La joaillerie aura atteint une nouvelle ère de splendeur. Même le célèbre orfèvre de la Renaissance, Benvenuto Cellini, a proclamé le rubis et l'émeraude plus glorieux que le diamant.

C'était un concept déroutant et Pitt en considéra toutes les possibilités avant de demander :

— Depuis des dizaines d'années, on a fait croire aux femmes que les diamants étaient liés à l'amour et à une union de toute la vie. Croyez-vous vraiment pouvoir transférer ce désir du diamant aux pierres de couleur?

— Pourquoi pas? dit Dorsett, surpris du doute exprimé par Pitt. La coutume d'une bague de fiançailles en diamant ne remonte qu'à la fin du XIXe siècle. Il suffit d'une bonne stratégie pour réorganiser les habitudes sociales. J'ai une agence de publicité extrêmement créative, avec des bureaux dans trente pays, prête à lancer une campagne internationale de promotion, au moment où je serai prêt à virer le cartel. Quand j'aurai fini, les pierres de couleur feront le prestige de la joaillerie. Les diamants ne serviront plus qu'à les mettre en valeur.

Le regard de Pitt alla de Boudicca à Deirdre et de Deirdre à Maeve.

— Comme la plupart des hommes, je ne suis pas bon juge des pensées et des émotions féminines mais je sais qu'il sera difficile de les convaincre que les diamants ne sont plus les meilleurs amis de la femme [1].

Dorsett eut un rire dédaigneux.

— Ce sont les hommes qui achètent aux femmes les pierres précieuses. Et tout en cherchant à les impressionner par leur amour, ils ont une idée plus juste de la valeur des choses. Persuadez-les que le rubis et l'émeraude sont cinquante fois plus rares que le diamant et ils les achèteront.

— Est-ce vrai? dit Pitt, sceptique. Une émeraude est-elle cinquante fois plus rare qu'un diamant comparable?

Dorsett hocha la tête avec solennité.

— Etant donné que les dépôts d'émeraudes se tarissent – et ils se tariront un jour ou l'autre – la différence s'accentuera. En réalité, on pourrait dire à juste titre de l'émeraude rouge, que l'on ne trouve plus que

---

1. Allusion à la chanson de Marilyn Monroe dans *Comment épouser un millionnaire.*

dans une ou deux mines d'Utah, aux Etats-Unis, qu'elle est plus d'un million de fois plus rare.

— Accaparer un marché en en détruisant un autre, il doit y avoir plus qu'un simple bénéfice.

— Pas un « simple bénéfice », mon cher Pitt. Un bénéfice d'un niveau jamais atteint dans toute l'Histoire. Nous parlons de dizaines de milliards de dollars.

Pitt eut du mal à imaginer une somme pareille.

— Vous ne pourrez jamais réaliser une telle somme à moins de doubler le prix des pierres de couleur.

— Quadrupler serait un terme plus approprié. Bien entendu, l'augmentation ne se fera pas du jour au lendemain mais par étapes, sur un certain nombre d'années.

Pitt s'avança doucement jusqu'à Dorsett et le regarda attentivement.

— Je n'ai rien contre votre désir de jouer au roi Midas, dit-il sans hausser la voix. Faites ce que vous voulez au prix des diamants. Mais pour l'amour du ciel, arrêtez ces extractions aux ultrasons. Appelez vos directeurs d'exploitation et dites-leur de cesser toutes ces opérations. Faites-le maintenant, avant que d'autres vies ne soient mises en danger.

Il y eut un étrange silence. Tous les yeux se tournèrent vers Dorsett dans l'attente d'un éclat de colère devant un pareil défi. Il soutint de longues secondes le regard de Pitt avant de se tourner vers Maeve.

— Ton ami est impatient. Il ne me connaît pas. Il n'a aucune idée de ma détermination.

Puis son regard revint à Pitt.

— L'assaut du cartel des diamantaires est fixé au 22 février, c'est-à-dire dans vingt et un jours d'ici. Pour que ça marche, il me faut chaque gramme, chaque carat que mes mines pourront produire jusque-là. Une couverture médiatique à l'échelle mondiale, des pages entières de journaux, des tranches horaires de radio et de télévision sont prévues et achetées. On ne peut plus rien changer, on ne changera rien à mes plans. Et si quelques misérables doivent en mourir, qu'il en soit ainsi.

Pitt se dit que cet homme était vraiment fou à lier et que ces mots décrivaient bien la malignité sinistre de ses yeux. Le dérangement mental et une totale absence de remords, une ignorance même de la notion de remords. Il était complètement dénué de conscience. Pitt eut la chair de poule rien qu'à le regarder. Il se demanda combien de morts on pouvait lui attribuer déjà. Bien avant qu'il ne commence à extraire ses diamants à l'ultrason, combien d'hommes étaient morts pour s'être mis en travers de son chemin de richesse et de puissance ? Il frissonna à la pensée que l'Australien était un sociopathe aussi dangereux qu'un tueur en série.

— Vous paierez pour vos crimes, Dorsett, dit Pitt d'une voix calme et glaciale. Vous paierez sûrement pour le mal incommensurable et pour toute la douleur que vous avez causés.

— Et qui sera le bras de la vengeance? railla Dorsett. Vous, peut-être? Ou M. Giordino ici présent? Je ne crois pas que le ciel ordonnera une telle chose. Il y a fort peu de chances, en tout cas. La seule chose dont je sois sûr, monsieur Pitt, c'est que si cela arrive, vous ne serez pas là pour le voir.

— Faire disparaître les témoins en leur tirant une balle dans la tête et en jetant leurs corps à la mer, c'est cela votre façon de faire?

— Vous tirer une balle dans la tête, à vous et à M. Giordino? dit Arthur Dorsett sans aucune émotion, sans le moindre sentiment. Je ne ferai rien d'aussi grossier ni d'aussi banal. Vous jeter à la mer? Oui, je crois que l'on peut dire cela. De toute façon, je peux vous garantir que votre ami et vous mourrez lentement, mais de mort violente.

31

Après trente heures passées à frapper les vagues à une vitesse incroyable, les puissants turbo-diesel ralentirent pour ne plus émettre qu'un bruit étouffé. Le yacht perdit de sa rapidité et commença à dériver au milieu des rouleaux peu agités. Il y avait longtemps déjà qu'on ne voyait plus les côtes de Nouvelle-Zélande dans le sillage du bateau. Au nord et à l'ouest, des nuages sombres s'illuminaient d'éclairs tandis que le tonnerre grondait déjà à l'horizon. Au sud et à l'est, le ciel était pur, sans un nuage, sans le moindre signe d'orage.

Pitt et Giordino avaient passé la nuit et la moitié du jour suivant dans une petite pièce à côté de la salle des machines. Ils avaient tout juste la place de s'asseoir, les genoux sous le menton. Pitt resta éveillé tout le temps, écoutant les révolutions des moteurs et le bruit sourd des vagues contre la coque. Giordino, décidé à montrer sa mauvaise humeur, avait sorti la porte de ses gonds mais s'était bientôt retrouvé nez à nez avec quatre gardes qui lui enfoncèrent le canon de leurs armes automatiques dans le nombril. Vaincu, il s'était laissé tomber à terre et dormait déjà quand la porte retrouva ses gonds.

Furieux de se savoir responsable de leur situation difficile, Pitt s'en voulait mais convenait qu'on ne pouvait lui reprocher la moindre faute. Bien sûr, il aurait dû anticiper les gestes de John Merchant. Il s'était fait prendre par surprise, parce qu'il n'avait pas compris jusqu'où ses ennemis étaient capables d'aller pour remettre leurs griffes sur Maeve. Du reste, on n'avait cessé de les considérer comme de simples pions. Aux yeux d'Arthur Dorsett, ils n'étaient qu'un obstacle insignifiant dans sa folle croisade contre le cartel.

Il y avait quelque chose de bizarre et d'inquiétant dans sa façon d'exécuter sans ciller un projet aussi complexe, pour prendre une fille au piège et éliminer les hommes de la NUMA. Pitt se demanda vaguement pourquoi on ne les avait pas tués, Giordino et lui. Il n'eut pas le temps d'y réfléchir. Déjà la porte endommagée s'ouvrait en grinçant et John Merchant, un sourire mauvais aux lèvres, paraissait sur le seuil. Pitt regarda machinalement sa montre Doxa, croyant arrivée l'heure du châtiment. Il était onze heures du matin.

— Il est temps de gagner votre vaisseau, annonça Merchant d'une voix qu'il tenta de rendre plaisante.

— On change de bateau? demanda Pitt.

— D'une certaine façon, oui.

— J'espère que le service sera meilleur qu'ici, dit Giordino avec paresse. Veuillez vous occuper de nos bagages, je vous prie.

Merchant se contenta de hausser les épaules.

— Dépêchez-vous, messieurs. M. Dorsett n'aime pas qu'on le fasse attendre.

On les escorta jusqu'au pont arrière, entourés d'une petite troupe de gardes armés de toutes sortes d'outils capables de blesser sans tuer. Les deux hommes clignèrent des yeux dans les rayons du soleil, qui laissaient peu à peu la place à quelques gouttes de pluie portées par les nuages qu'une brise légère poussait.

Dorsett était assis à une table chargée de plats en argent, protégée par un auvent. Deux serviteurs en uniforme se tenaient derrière lui, prêts à le servir dès que son verre ou son assiette seraient vides. Boudicca et Deirdre, assises à droite et à gauche de leur père, ne prirent pas la peine de lever les yeux lorsqu'on amena Pitt et Giordino en leur divine présence. Pitt chercha Maeve du regard mais elle n'était pas là.

— Je regrette que vous deviez nous quitter, dit Dorsett entre deux bouchées de toast chargé de caviar. Dommage que vous n'ayez pu partager notre petit déjeuner.

— Vous devriez laisser tomber le caviar, dit Pitt. Les pochards en avalent tellement que les esturgeons ont presque disparu.

Dorsett haussa les épaules.

— Alors il coûte quelques dollars de plus, c'est tout.

Pitt se tourna, scrutant la mer vide, déjà changée par l'orage qui approchait.

— Il paraît que nous allons prendre un autre bateau?

— C'est parfaitement exact.

— Où est-il?

— Il flotte à côté de nous.

— Je vois, dit calmement Pitt, je vois. Vous avez l'intention de nous abandonner à la dérive.

Dorsett s'essuya la bouche avec une serviette aussi gracieusement qu'un mécanicien enlève la graisse de ses mains sales.

— Je suis navré de vous donner une si petite embarcation, et sans moteur, devrais-je ajouter, mais c'est tout ce que j'ai à vous offrir.

— Quelle gentille touche de sadisme ! Je vois que vous vous réjouissez à l'avance de nos souffrances.

Giordino jeta un coup d'œil aux deux canots automobiles très performants nichés sur le pont supérieur du yacht.

— Nous sommes confondus par votre générosité !

— Vous le pouvez car je vous offre une chance de survie.

— Dériver dans une zone hors de tout passage maritime, juste dans le chemin d'un orage, dit Pitt, l'œil mauvais. Vous pourriez au moins nous donner du papier et un crayon pour que nous fassions notre testament.

— Cette conversation est terminée. Au revoir, messieurs, et bon voyage. Menez ces ordures de la NUMA jusqu'à leur barque, ordonna Dorsett à Merchant.

Ce dernier montra une ouverture dans le bastingage.

— Ben alors ? fit Giordino. Pas de confettis ni de serpentins ?

Pitt enjamba le bord du pont et regarda dans l'eau. Un petit canot gonflable dansait à côté du yacht. Trois mètres sur deux, avec une quille rectangulaire en fibre de verre, apparemment robuste. Le compartiment central, cependant, était à peine assez large pour contenir quatre personnes, le tube de flottaison en néoprène occupant près de la moitié du canot. Il avait dû y avoir un moteur hors-bord mais on l'avait retiré. Les câbles qui l'avaient maintenu en place pendaient près de la console centrale. L'intérieur était vide, à l'exception d'une silhouette vêtue du blouson de cuir de Pitt, accroupie sur le côté.

Pitt sentit une rage froide l'envahir. Il saisit Merchant par le col de sa veste de yachting et le repoussa aussi facilement que s'il n'avait été qu'un épouvantail de paille. Il bondit vers la table avant qu'on ait pu l'arrêter.

— Pas Maeve ! dit-il sèchement.

Dorsett sourit mais son expression était complètement dépourvue de sentiment.

— Elle a pris le nom de son aïeule, elle peut bien subir ce que son aïeule a subi.

— Salaud ! cracha Pitt avec une haine animale. Espèce de salaud !

Il ne put en dire davantage. L'un des gardes de Merchant enfonça violemment le canon de son fusil dans le flanc de Pitt, juste au-dessus des reins. Une vague de douleur l'envahit mais la colère lui permit de rester debout. Il se pencha, attrapa la nappe à deux mains et, d'une vive secousse, la tira en l'air. Les verres, les couteaux, les fourchettes, les plats de service et les assiettes pleines de mets délicieux explosèrent sur le pont avec un fracas métallique. Pitt se jeta sur Dorsett par-dessus la table pour le frapper ou l'étouffer. Il savait qu'il aurait une chance et une seule d'estropier ce monstre. Les index tendus, il les enfonça juste au moment où quelque chose l'arrêta en l'étouffant. Boudicca, folle de rage, frappa de toutes ses forces le cou de Pitt du plat de la main mais elle le manqua et sa main s'abattit sur son épaule. L'un des doigts de Pitt manqua son but et érafla le front de Dorsett. Mais l'autre l'atteignit. Il entendit un hurlement de douleur qui sembla venir du fond des âges.

Alors les coups se mirent à pleuvoir sur tout son corps et il sombra dans l'inconscience.

Quand il rouvrit les yeux, il eut l'impression d'être dans un puits sans fond ou dans une caverne au centre de la terre où régnait une obscurité éternelle. Désespérément, il tenta d'émerger mais il retombait sans cesse dans un labyrinthe. Perdu dans un abominable cauchemar, condamné à errer pour toujours dans un dédale obscur, pensait-il vaguement. Puis soudain, pendant une fraction de seconde, il aperçut une vague lueur, loin, très loin devant. Il essaya de la rattraper et la regarda se transformer en gros nuages sombres courant à toute allure à travers le ciel.

— Gloire à Dieu, Lazare est revenu d'entre les morts ! fit la voix de Giordino qui paraissait venir d'un immeuble voisin, dans le grondement de la circulation.

— Et juste à temps pour y retourner si l'on en croit le temps qui se prépare.

Pitt revint lentement à la conscience et souhaita très vite retourner au fond du labyrinthe. Chaque centimètre carré de son corps vibrait de douleur. Du crâne aux genoux, tous ses os devaient être brisés. Il essaya de s'asseoir mais s'arrêta à mi-chemin et grogna de souffrance. Maeve lui effleura la joue et passa un bras autour de ses épaules.

— N'essayez pas de bouger ou vous aurez très mal.

Il regarda son visage, ses yeux bleus pleins de bienveillance et d'affection. Comme si elle dévidait un sortilège, il sentait son amour tomber sur lui comme des fils de la Vierge et la douleur recula lentement hors de lui.

— Eh bien, je crois que je vous ai mis dans de beaux draps, n'est-ce pas ? murmura-t-il.

Elle fit lentement signe que non, ses longs cheveux blonds collant à ses joues.

— Non, non, ne croyez pas ça. Vous ne seriez pas ici si ce n'était à cause de moi.

— Les types de Merchant t'ont bien arrangé avant de te virer du yacht. On dirait que tu as servi de batte aux Los Angeles Dodgers [1], ajouta Giordino.

Pitt réussit à s'asseoir.

— Et Dorsett ?

— Je crois que tu t'es bien occupé de son œil et qu'avec le bandeau

1. Equipe de base-ball de Californie.

noir qu'il va devoir porter maintenant, il ressemblera à un vrai pirate. Il ne lui manquera plus qu'une cicatrice sur la joue et un crochet.

— Boudicca et Deirdre l'ont transporté au salon pendant la bagarre, dit Maeve. Si Merchant avait réalisé la gravité des blessures de mon père, je ne sais pas ce qu'il aurait été capable de vous faire.

Pitt laissa son regard errer sur la mer vide et menaçante à travers ses paupières gonflées et mi-closes.

— Ils sont partis ?

— Ils ont essayé de nous passer dessus mais finalement ils ont fait demi-tour pour échapper à l'orage, dit Giordino. Heureusement pour nous, grâce aux flotteurs en néoprène de notre canot (et sans moteur, je ne sais même pas si on peut parler de canot) on a rebondi contre la coque du yacht. Mais nous étions quand même à deux doigts de nous retourner.

Pitt regarda Maeve.

— Ainsi ils nous laissent dériver comme votre aïeule Betsy Fletcher ?

Elle le regarda avec étonnement.

— Comment avez-vous entendu parler d'elle ? Je ne vous en ai jamais parlé.

— Je me renseigne toujours sur les femmes avec lesquelles je souhaite passer le reste de mes jours.

— Et ces jours ne seront pas nombreux, ajouta Giordino en montrant le nord-ouest. A moins que mes cours du soir en météorologie ne me trompent, nous sommes sur la route de ce qui, dans ce coin, s'appelle un typhon, ou peut-être un cyclone, ça dépend de la distance où nous sommes de l'océan Indien.

La vue des nuages noirs et des éclairs suivis de violents coups de tonnerre suffit à décourager Pitt. Il regarda la mer et écouta le vent. Il ne restait plus, entre la vie et la mort, qu'un espoir épais comme une feuille de papier à cigarette. Déjà le soleil disparaissait, la mer prenait un ton gris sinistre. Il ne faudrait pas longtemps pour que le petit canot soit avalé par le tourbillon.

Pitt n'hésita pas davantage.

— Premier ordre du jour, fabriquer une ancre. Nous aurons besoin de mon blouson de cuir, dit-il à Maeve, d'un bout de corde et de tout ce qui pourra nous aider à fabriquer une drague pour éviter de nous retourner quand la mer sera tout à fait grosse.

Sans un mot, elle retira le blouson et le lui tendit pendant que Giordino fouillait dans le petit coffre sous un siège. Il en sortit un crochet rouillé attaché à deux morceaux de fil de nylon, l'un de cinq mètres, l'autre de trois. Pitt posa le blouson et y déposa leurs chaussures et le petit grappin ainsi que quelques vieilles pièces de moteur et des outils rouillés que Giordino avait trouvés dans le casier. Puis il remonta la fermeture Eclair, noua les manches autour de la taille et du col du blouson et attacha cette imitation de bouée au morceau de fil de nylon le plus court. Il jeta le tout par-dessus bord et le regarda s'enfoncer avant d'attacher l'autre morceau de fil, solidement autour de la console inutile dont on avait enlevé le moteur.

— Allongez-vous au fond, ordonna Pitt en attachant le fil restant autour de la console. Je crois qu'on va être un peu secoués. Passez la corde autour de votre taille et attachez-la pour que nous ne perdions pas le bateau si nous nous retournons et que nous tombons à l'eau.

Il jeta un dernier coup d'œil, par-dessus le boyau de néoprène, aux rouleaux menaçants qui couraient vers eux depuis l'horizon puis retombaient. La mer était à la fois affreuse et magnifique. Les éclairs déchiraient les nuages presque violets et le tonnerre paraissait provenir de mille tambours frappés en même temps. Le tumulte les assaillait sans pitié. Toute la force de l'ouragan, accompagné d'une pluie torrentielle, véritable douche qui cachait le ciel et transformait la mer en un bouillonnant chaudron d'écume, les frappa moins de dix minutes après. Les gouttes, comme des fouets aux milliers de lanières, les battaient si fort qu'elles leur piquaient la peau.

L'écume arrachée à la crête des vagues tombait de trois mètres de haut. Mais très vite, elles atteignirent sept mètres avant de se briser et de frapper le canot d'un côté et de l'autre. Le vent enfla sa violence bruyante tandis que la mer redoublait de coups contre le frêle esquif et ses malheureux passagers. Le canot tournait sur lui-même, remontait tout en haut des vagues avant d'être projeté violemment dans les creux. Plus rien ne séparait l'eau et l'air. On ne voyait plus où commençait l'un et où finissait l'autre.

Par miracle, l'ancre marine de Pitt ne fut pas arrachée. Elle fit ce qu'elle était censée faire, exerçant sa pression, empêchant la mer devenue furieuse de renverser le canot et de jeter les passagers dans les eaux meurtrières d'où ils ne risquaient pas de revenir. Les vagues grises roulèrent au-dessus d'eux, remplissant le canot de mousse bouillonnante, les trempant jusqu'aux os, mais réussissant à tirer le centre de gravité un peu plus bas dans l'eau, leur donnant un tout petit peu de stabilité supplémentaire. Le tournoiement, les sauts et les retombées du canot apportaient leur charge d'eau de mer autour d'eux, ce qui leur donnait l'impression d'être au milieu des lames d'un mixeur.

D'une certaine façon, la taille de la minuscule embarcation était une bénédiction. Le tube de néoprène de ses flancs le rendait aussi flottant qu'un bouchon. Quelle que fût la violence de la tempête, la petite coque n'éclaterait pas et, si l'ancre de fortune tenait le coup, elle ne se retournerait pas non plus. Comme une palme qui plie sous le vent le plus violent, le canot résisterait.

Vingt-quatre minutes passèrent ainsi, qui leur parurent durer vingt-quatre heures. Ils se raidirent pour rester en vie et Pitt eut du mal à croire que l'orage ne les avait pas submergés. Aucun mot ne pourrait décrire ce qu'ils supportèrent.

Des murs d'eau interminables ne cessaient de s'écrouler sur eux, les laissant pantelants et à bout de souffle jusqu'à ce que le canot soit à nouveau soulevé et emporté par la vague suivante. Inutile de chercher un abri. Le poids de l'eau dans la coque les empêchait de se retourner. Un moment ils luttaient pour ne pas être emportés par-dessus le bord de néoprène et le moment suivant, ils se préparaient à une autre montée, comme s'ils tombaient au fond d'un puits, s'accrochant pour ne pas être projetés en l'air comme des brindilles.

Maeve se tenait entre eux, chacun l'entourant d'un bras protecteur. Pitt et Giordino appuyaient de toutes leurs forces leurs pieds contre le bord. Si l'un d'eux tombait à l'eau, rien ne pourrait le sauver car il était impossible de survivre seul dans la mer bouillonnante. Le déluge empêchait de voir à plus de quelques mètres et la victime aurait vite disparu à la vue des autres.

A la lueur d'un éclair, Pitt essaya de voir Maeve. Elle paraissait certaine d'avoir été jetée en enfer et souffrait probablement comme une damnée du mal de mer. Pitt aurait aimé la consoler mais elle n'aurait pu entendre une seule de ses paroles dans le hurlement déchaîné du vent. Il maudit le nom de Dorsett. Dieu, comme il doit être terrible de savoir que son père et ses sœurs vous haïssent au point de voler vos enfants et de tenter de vous tuer, rien que parce que vous êtes bonne et gentille et que vous refusez de prendre part à leurs actions criminelles ! C'était affreux et injuste. Pitt se dit que, tant qu'il vivrait, Maeve ne mourrait pas. Il la serra affectueusement contre lui. Puis il regarda Giordino. Le petit Italien paraissait stoïque. Son apparente nonchalance au milieu de cet enfer rassura Pitt. « Advienne que pourra. » C'était écrit dans les yeux de son ami. Il n'y avait pas de limite à l'endurance de cet homme. Pitt savait que Giordino irait au-delà de lui-même, au-delà de tout, même de la mort, plutôt que de lâcher Maeve et le canot. Jamais il ne se soumettrait à la mer.

Comme si leurs esprits tournaient au même rythme, Giordino regarda Pitt pour voir comment il tenait le coup. Il se dit qu'ils se ressemblaient. Il y a des gens qui voient le diable en train d'attendre leur âme et qui meurent de peur. Et il y a ceux qui se révèlent dans les situations désespérées et se réjouissent d'échapper ainsi à l'ennui du monde. Pitt ne faisait partie ni des uns ni des autres. Lui pouvait regarder le diable en face et lui cracher à la figure.

Giordino vit que son ami paraissait capable de tenir jusqu'à la fin des temps. Depuis longtemps il ne s'étonnait plus du courage de Pitt et de son amour de l'adversité. On aurait dit qu'il prospérait au milieu des calamités. Apparemment indifférent aux vagues énormes et à leurs coups de boutoir, il n'avait pas l'air d'un homme qui attend la mort en se disant qu'il ne peut rien contre la fureur des flots. Il regardait les rideaux de pluie, de l'écume plein le visage, avec un détachement curieux. Presque comme s'il était installé bien au sec dans son appartement au-dessus du hangar, l'esprit concentré ailleurs, désincarné, vide. Giordino avait souvent pensé que, sur l'eau ou sous la mer, Pitt était dans son élément.

L'obscurité les enveloppa bientôt et cette nuit de terreur parut ne jamais devoir se terminer. Ils étaient paralysés par le froid et sans cesse trempés. Le froid tailladait leur chair comme mille couteaux. L'aurore fut une délivrance en ce sens qu'ils virent enfin les vagues rugissantes. Quand le soleil se leva, tamisé par les nuages mouvants, ils s'accrochaient encore tous les trois à la vie, retenus par des fils ténus. Ils attendaient avec impatience la lumière du jour mais, quand elle arriva, ce fut une étrange lueur grise qui illumina la mer terrible comme dans un vieux film en noir et blanc.

Malgré la sauvagerie de la tempête, l'atmosphère était chaude et oppressante, comme une couverture salée trop épaisse pour respirer. Le temps ne passait pas du tout comme il passait à leur montre. La vieille Doxa de Pitt et la nouvelle Aqualand Pro de Giordino, étanches jusqu'à deux cents mètres de profondeur, fonctionnaient toujours mais l'eau salée avait pénétré la petite montre digitale de Maeve qui s'était arrêtée.

La mer continuait à se déchaîner et bientôt Maeve enfouit sa tête contre le caisson étanche et pria pour qu'il lui soit permis de revoir ses fils, pria pour ne pas mourir avant de leur avoir laissé de bons souvenirs d'elle et pas seulement l'image vague d'une mère perdue et enfouie à jamais au fond des eaux indifférentes. Elle tremblait en imaginant ce qui allait leur arriver entre les mains de son père. D'abord, elle avait ressenti la plus grande peur de sa vie, comme si une avalanche de neige glacée l'avait submergée. Puis, peu à peu, elle s'était raisonnée en comprenant que les bras et les épaules des hommes qui l'entouraient ne desserreraient pas leur étreinte. Ils paraissaient moralement maîtres de la situation et leur force confiante, doucement, l'envahit à son tour. Avec de pareils hommes pour la protéger, elle pouvait accueillir cette étincelle qui brillait encore en elle et qui lui permettait de croire que peut-être elle vivrait assez longtemps pour voir se lever un nouveau jour.

Pitt était loin de ressentir un pareil optimisme. Il sentait bien que son énergie, comme celle de Giordino, s'amenuisait. Leurs pires ennemis étaient les menaces invisibles de l'hypothermie et de l'épuisement. Il fallait que quelque chose craque, la violence de l'orage ou leur résistance. L'effort constant pour éviter la noyade avait épuisé tout ce qui leur restait à donner. Ils avaient dû se battre contre tout et déjà ils sentaient que leur résistance atteignait sa limite extrême. Pourtant Pitt refusait d'admettre la vanité de cette lutte. Il s'accrochait à la vie, à la plus petite réserve de force arrachée au fond de lui-même, tenant bon devant chaque nouvelle vague qui les recouvrait, mais sachant malgré tout que l'heure de leur mort approchait à grands pas.

32

Mais Pitt, Maeve et Giordino ne moururent pas. Au début de la soirée, le vent se calma un peu et les vagues parurent perdre de leur hauteur. Sans qu'ils en aient conscience, le typhon avait dévié de sa course première venant du nord-ouest pour se diriger soudain au sud-est, vers l'Antarctique. La vitesse du vent tomba de façon remarquable de 150 à 60 kilomètres-heure et la mer perdit de sa folie. Bientôt les creux n'atteignirent plus que trois mètres. La pluie se résuma à un léger crachin puis devint une simple brume, planant au-dessus des rouleaux apaisés. Dans leur ciel, une mouette solitaire se matérialisa, venue de nulle part, avant que l'obscurité ne retombe sur la mer. Elle vola autour de leur petit canot, criant comme pour exprimer son étonnement de les trouver encore en vie.

Une heure plus tard, le ciel était sans nuage et le vent à peine assez fort pour faire frémir une voile. Comme si tout cet orage n'avait été qu'un mauvais rêve qui avait profité de la nuit pour s'insinuer en eux mais qui disparaissait à la première lueur du jour.

Ils avaient gagné une bataille dans la guerre que leur livraient les éléments. La mer sauvage et les vents cruels n'avaient pas réussi à les engloutir. Ce que l'orage tourbillonnant n'avait pu détruire dans sa furie meurtrière, il le leur offrit avec clémence.

Maeve en sentit tout le côté mystique. Si vraiment ils avaient dû mourir, l'orage aurait eu raison d'eux. « On nous a gardés en vie dans un but bien précis », se dit-elle, pleine d'espérance.

Le trio fatigué, meurtri, n'échangea pas une parole. Rassérénés par le calme après la tempête, épuisés au-delà de tout, ils sombrèrent dans une période d'indifférence totale à leur environnement, puis dans un profond sommeil.

Les vagues battirent leur canot sans trop de force jusqu'au lendemain matin, comme un dernier souvenir de la tempête puis la mer redevint aussi calme qu'un étang. La brume avait disparu et la visibilité permettait de scruter jusqu'au fond de l'horizon désert. Maintenant, la mer semblait résolue à réussir par attrition ce qu'elle n'avait pu faire par sa frénétique intensité. En s'éveillant, ils retrouvèrent le soleil qui leur avait tellement manqué ces dernières quarante-huit heures et qui maintenant les brûlait avec une sévérité implacable.

Pitt essaya de s'asseoir, ce qui envoya des vagues de douleur dans tout son corps. Aux blessures faites par la violence de la mer s'ajoutaient celles que lui avaient infligées les hommes de John Merchant. Les yeux à demi fermés sous la lumière aveuglante du soleil réverbéré par la mer, il réussit lentement à trouver une position plus confortable. Il n'y avait plus rien à faire maintenant qu'attendre. Mais attendre quoi ? Qu'un hypothétique navire apparaisse à l'horizon et les recueille ? Ils dérivaient dans une zone désertique, loin de toutes les routes maritimes où s'aventuraient rarement quelques voiliers.

Arthur Dorsett avait très astucieusement choisi le lieu où il les avait abandonnés. Si par miracle ils survivaient au typhon, la soif et la faim auraient raison d'eux.

Mais Pitt ne les laisserait pas mourir, pas après tout ce qu'ils avaient supporté. Il jura de se venger, de survivre pour tuer Arthur Dorsett. Peu d'hommes méritaient plus que lui de mourir. Pitt se jura d'oublier un moment son code moral habituel si Dorsett se retrouvait un jour sur son chemin. Et il n'oublierait ni Boudicca ni Deirdre. Elles aussi devraient payer pour le traitement infligé à Maeve.

— Tout est si calme, dit la jeune femme. (Elle s'accrocha à Pitt qui la sentit trembler.) J'ai l'impression que la tempête fait toujours rage dans ma tête.

Pitt frotta ses paupières pleines de sel, soulagé de sentir qu'elles étaient un peu moins gonflées. Il plongea son regard dans le bleu intense des yeux de Maeve, fatigués et embrumés de sommeil. Il les regarda le regarder et se mettre à briller.

— Vénus sortant de l'onde, murmura-t-il.

Elle s'assit et gonfla ses cheveux blonds pleins de sel du bout de ses doigts.

— Je n'ai pas l'impression d'être Vénus pour le moment, dit-elle en souriant, et je ne dois guère lui ressembler.

Elle souleva son pull-over et passa une main légère sur les plaques rouges causées par le frottement constant de la corde de nylon autour de sa taille.

Giordino ouvrit un œil.

— Si vous n'arrêtez pas de parler et de m'empêcher de dormir, je vais me plaindre à la direction de cet hôtel.

— Nous allons faire un petit plongeon dans la piscine puis nous déjeunerons sur le pont, dit Maeve avec une gaieté pleine de courage. Vous vous joignez à nous ?

— Je préfère appeler le garçon d'étage, dit Giordino en bâillant.

— Puisque nous sommes tous aussi bien lunés, dit Pitt, je propose que nous poursuivions ce bel essai de survie.

— Quelles chances avons-nous d'être sauvés ? demanda innocemment Maeve.

— Aucune, répondit Pitt. Soyez sûre que votre père nous a lâchés dans la partie la plus désolée de l'océan. L'amiral Sandecker et son équipe n'ont pas la moindre idée de ce qui nous est arrivé. Et s'ils en avaient une, ils ne sauraient pas où nous chercher. Si nous avons l'intention de vivre les années qui nous étaient promises, il va falloir nous débrouiller sans aide extérieure.

Leur première tâche fut de sortir de l'eau l'ancre qu'ils avaient confectionnée et d'en retirer leurs chaussures ainsi que les outils et les divers objets que Pitt avait placés dans son blouson. Après quoi ils firent l'inventaire de tout ce qu'ils possédaient, utile ou pas, qui pourrait peut-être servir au cours du long voyage qui les attendait. Enfin Pitt prit le petit paquet qu'il avait caché dans son pantalon juste avant de sauter du dock avec le minibus.

— Qu'as-tu trouvé dans le bateau ? demanda-t-il à Giordino.

— Pas assez de métal pour décorer une porte de grange. Le petit coffre contenait juste trois clés de tailles diverses, un tournevis, une pompe à fioul, quatre bougies de moteur, divers écrous et vis, deux chiffons, une pagaie en bois, une couverture en nylon pour le canot et un petit ensemble de bidules qui ajouteront à l'agrément du voyage.

— C'est-à-dire ?

Giordino montra une petite pompe manuelle.

— Ceci pour regonfler les chambres de flottaison.

— De quelle longueur, la pagaie ?

— Un peu plus d'un mètre.

— A peine suffisant pour monter une voile, constata Pitt.

— C'est vrai mais si on l'attache à la console, on peut en faire un montant de tente, ce qui nous permettrait de nous abriter du soleil.

— Et n'oubliez pas que la couverture du canot pourra servir à recueillir de l'eau s'il pleut à nouveau, ajouta Maeve.

Pitt la regarda.

— Avez-vous sur vous quelque chose qui pourrait se révéler utile ? Elle fit non de la tête.

— Rien que des vêtements. Ma sœur Frankenstein m'a jetée sur le radeau sans même un tube de rouge à lèvres.

— Devine de qui elle parle ? marmonna Giordino.

Pitt ouvrit le petit sac étanche et en tira un couteau suisse, une très vieille boussole de scout toute bosselée, un petit tube plein d'allumettes, une boîte de premiers soins pas plus grande qu'un paquet de cigarettes et un pistolet automatique Mauser calibre 25 avec un chargeur de rechange.

Maeve regarda le minuscule pistolet avec étonnement.

— Vous auriez pu tuer John Merchant et mon père !

— Pickett était en meilleure position à Gettysburg que moi avec cette armée de gardes de sécurité.

— Je savais bien que vous étiez plein de ressources, dit-elle avec un sourire moqueur. Est-ce que vous transportez toujours votre équipement de survie ?

— Depuis que je me suis inscrit aux scouts, oui.

— Sur qui avez-vous l'intention de tirer au milieu de ce désert ?

— Pas sur qui mais sur quoi. Un oiseau, s'il s'approche suffisamment de nous.

— Vous tireriez sur un oiseau sans défense ?

— Sans doute parce que j'ai une certaine répugnance à mourir de faim, dit Pitt.

Tandis que Giordino gonflait les chambres à air du canot avant de monter une marquise, Pitt examina chaque centimètre carré du bateau à la recherche d'éventuelles éraflures dans les flotteurs de néoprène ou de dommages de la quille en fibre de verre. Il plongea pour aller passer la main sur le fond mais ne trouva rien d'inquiétant. L'embarcation devait avoir environ quatre ans et avait dû servir pour aller à terre lorsque le yacht des Dorsett mouillait près d'une plage dénuée de jetée. Pitt fut soulagé de constater qu'il était en excellent état. Le seul ennui était l'absence du moteur qui ne reposait plus sur sa traverse.

Pitt remonta sur le canot et occupa ses compagnons toute la journée à divers petits travaux, ce qui leur permit d'oublier un peu leur situation fâcheuse et leur soif constante. Il était décidé à leur garder le meilleur moral possible, tout en sachant que cela ne pourrait pas durer éternellement.

Une fois, Giordino et lui avaient traversé à pied le désert du Sahara sans boire pendant presque sept jours [1]. Là-bas, la chaleur était sèche. Ici, l'humidité pesante drainait leur résistance.

Giordino installa la couverture de nylon qui devait les protéger des rayons du soleil, la drapant par-dessus la pagaie qu'il avait montée sur la console et attachée sur les supports des chambres de flottaison avec des morceaux de la corde de nylon. Il disposa un des côtés en pente, pour que la moindre goutte de pluie qui y tomberait glisse directement dans la glacière portable que Maeve avait trouvée sous un siège. Elle l'avait lavée de tout ce qui s'y était accumulé avec le temps et avait ensuite mis de l'ordre dans le canot pour le rendre vivable. Pitt, lui, passa des heures à séparer les brins d'une corde de nylon et à les lier les uns aux autres pour en faire un fil de pêche.

La seule source de nourriture, à deux mille kilomètres à la ronde, c'était bien sûr le poisson. S'ils ne réussissaient pas à en attraper, ils mourraient de faim. Il fabriqua un hameçon avec la pointe métallique de la boucle de sa ceinture et l'attacha à la ligne. Il noua l'autre extrémité au centre d'un des treuils pour pouvoir l'agripper à deux mains le cas échéant. Le problème, c'était l'appât. Il n'avait ni ver, ni plume, ni fromage. Pitt se pencha au-dessus des tubes de flottaison, mit ses deux

1. Voir *Sahara*, Grasset, 1992.

mains en coupe autour de ses yeux pour éviter la lumière du soleil et regarda dans l'eau.

Déjà des poissons curieux s'étaient rassemblés à l'ombre du canot. Les gens qui sillonnent les mers sur de gros bateaux poussés par de puissants moteurs et d'énormes hélices se plaignent souvent de ce qu'on ne voit rien de vivant dans les océans. Mais pour ceux qui flottent près de la surface, sans faire de bruit, l'eau devient une fenêtre ouverte sur les citoyens de la mer, bien plus variés et plus nombreux que ceux qui hantent la terre ferme.

Des bancs de poissons ressemblant à des harengs, pas plus larges que le petit doigt de Pitt, filaient et s'agitaient sous le canot. Il aperçut des pirarucus, des dauphins – à ne pas confondre avec les marsouins et leurs cousins plus gros, les narvals, avec leur énorme dent à croissance continue, torsadée sur elle-même. Un couple de gros maquereaux glissait en faisant des cercles, se heurtant parfois à un poisson plus petit. Il vit aussi un petit requin, un requin-marteau, l'un des plus étranges habitants de la mer, les yeux perchés au bout d'une sorte d'aile qui paraissait avoir été enfoncée dans sa tête.

— Qu'allez-vous utiliser comme appât ? demanda Maeve.

— Moi, dit Pitt. Je vais m'offrir comme un délice gourmet aux petits poissons.

— Que voulez-vous dire ?

— Taisez-vous et regardez.

Maeve, les yeux écarquillés, vit Pitt prendre son couteau, relever une jambe de son pantalon, découper sans ciller un petit morceau de chair derrière sa cuisse et l'accrocher à l'hameçon improvisé. Ce fut fait avec tant de calme que Giordino ne s'en rendit pas compte tout de suite, s'étonnant seulement des gouttes de sang sur le fond du canot.

— Quel plaisir y trouves-tu ? demanda-t-il.

— Tu as un tournevis à portée de la main ?

Giordino le lui tendit.

— Tu veux que je t'opère à mon tour ?

— Il y a un requin sous le canot, expliqua Pitt. Je vais l'attirer à la surface. Quand je l'attraperai, enfonce-lui le tournevis entre les deux yeux. Vise bien et tu pourras atteindre le cerveau qui n'est guère plus gros qu'un petit pois.

Maeve ne voulut rien entendre.

— Vous n'allez quand même pas attirer un requin à bord ?

— Seulement si on a de la chance, dit Pitt en déchirant un morceau de son tee-shirt pour s'en faire un pansement et arrêter le sang.

Elle se glissa à l'arrière du canot et s'allongea derrière la console, heureuse de ne pas avoir à aider.

— Et ne m'en offrez pas un morceau à manger !

Giordino s'agenouilla près de Pitt qui descendit lentement dans l'eau l'appât humain. Les maquereaux en firent le tour mais il secoua la ligne pour les décourager. Quelques petits poissons nécrophages essayèrent d'en arracher un morceau mais quittèrent rapidement les lieux lorsque le requin, sentant la présence d'un peu de sang, se précipita vers l'appât. Pitt donna du mou à la ligne chaque fois que le requin s'en approcha.

Tandis qu'il faisait bouger l'hameçon et le ramenait lentement vers le canot, Giordino, le bras levé et le tournevis bien serré dans sa main comme une dague, scrutait les profondeurs. Le requin fut bientôt le long de leur embarcation, le dos gris foncé et le ventre presque blanc, sa nageoire dorsale sortant de l'eau comme le périscope d'un sous-marin. Le tournevis dessina un arc de cercle et frappa la tête massive du requin qui se frottait contre les tubes de flottaison. Dans la main de n'importe qui, la lame n'aurait jamais pénétré le squelette cartilagineux de la bête. Mais Giordino l'enfonça jusqu'au manche.

Pitt se pencha, passa un bras sous le ventre du requin, derrière les ouïes, et le souleva tandis que Giordino frappait à nouveau. Il tomba à la renverse dans le canot, tenant dans ses bras un bon mètre cinquante de requin-marteau comme un bébé. Il attrapa la nageoire dorsale, enroula ses jambes autour de la queue et serra très fort. Les énormes mâchoires claquèrent mais ne rencontrèrent que le vide. Maeve se ratatina derrière la console et hurla quand les dents triangulaires se refermèrent à quel-ques centimètres de ses jambes repliées.

Comme s'il luttait contre un alligator, Giordino lança tout son poids sur le monstre marin, tenant le corps contre le fond du canot, écorchant la peau de ses avant-bras contre la peau de la bête, râpeuse comme du papier de verre.

Bien que gravement blessé, le requin-marteau fit preuve d'une éton-nante vitalité. Imprévisible, il se montrait tantôt agressif, tantôt docile. Finalement, après dix minutes au moins d'une inutile bataille, le requin abandonna et s'immobilisa. Pitt et Giordino reprirent leur souffle. La lutte avait aggravé les blessures de Pitt et il eut l'impression de nager dans un océan de douleurs.

— Il va falloir que tu le découpes, dit-il à Giordino. Je me sens aussi faible qu'un chaton.

— Repose-toi, répondit son ami avec patience et compréhension. Après la volée que tu as prise sur le yacht et celle que t'a infligée l'orage, c'est un miracle que tu ne sois pas dans le coma.

Bien que les lames du couteau suisse de Pitt soient affûtées comme des rasoirs, Giordino dut saisir le manche à deux mains et bander tous ses muscles pour percer la peau épaisse du ventre de la bête. Avec l'aide de Maeve, spécialiste de zoologie marine, il enleva le foie puis incisa l'esto-mac où il trouva une daurade et plusieurs harengs récemment avalés. Maeve lui montra comment découper la chair à l'intérieur.

— Nous devrions manger le foie maintenant, conseilla-t-elle. Il risque de s'abîmer très vite et c'est la partie la plus nourrissante du poisson.

— Que doit-on faire du reste de la chair ? demanda Giordino en essuyant la lame et ses mains dans l'eau. Elle ne tardera pas à s'abîmer avec cette chaleur.

— Nous avons tout un océan de sel. Coupez la viande en lamelles et attachez-les tout autour du canot. Pendant qu'elle séchera, nous ramasserons le sel qui s'est cristallisé sur la toile et nous en frotterons la viande pour la saler.

— Quand j'étais petit, j'avais horreur du foie, avoua Giordino, un peu vert rien que d'y penser. Je ne crois pas avoir assez faim pour le manger cru.

— Force-toi, dit Pitt. Il faut que tu gardes la forme tant que tu le pourras. Nous avons prouvé que nous pouvions nous remplir l'estomac. Maintenant, notre vrai problème, c'est le manque d'eau.

Le soir tomba avec un calme étrange. Une demi-lune sortit de l'eau et éclaira la mer d'un sentier argenté qui se perdait à l'horizon. Ils entendirent un oiseau crier quelque part dans le ciel étoilé mais ne réussirent pas à le voir. Comme toujours sous ces latitudes septentrionales, la disparition du soleil ramena des températures froides qui calmèrent un peu leur soif et tournèrent leurs pensées vers autre chose. Les vagues battaient en rythme les flancs du canot et Maeve se plongea dans les souvenirs de l'époque où elle vivait avec ses fils. Giordino s'imagina dans son appartement de Washington, assis sur un divan, un bras autour des épaules d'une jolie femme, une main tenant une cannette de Coors bien fraîche, les pieds appuyés sur une table basse, suivant des yeux un vieux film à la télévision.

Après s'être reposé tout l'après-midi, Pitt n'avait pas sommeil et se sentait assez éveillé pour calculer leur dérive et prévoir le temps qu'il ferait le lendemain en observant la forme des nuages, la hauteur et la direction des vagues, la couleur du coucher de soleil. Au crépuscule, il observa les étoiles et essaya de calculer la position approximative du canot sur la mer. En utilisant sa vieille boussole pendant sa captivité dans les cales, lors du voyage de Wellington, il avait noté que le yacht avait maintenu un cap sud-ouest de 240 degrés pendant trente heures moins vingt minutes. Il se rappela que John Merchant avait indiqué que le yacht pouvait atteindre une vitesse de croisière de 120 kilomètres-heure. Multipliant la vitesse par le temps, il trouva qu'ils avaient dû couvrir 3 600 kilomètres de Wellington jusqu'au point où on les avait mis à l'eau. Il estima que cela les mettait quelque part au milieu de la mer de Tasmanie, plutôt au sud, entre les plages plus basses de la Tasmanie et de la Nouvelle-Zélande.

Il fallait maintenant deviner quelle distance ils avaient parcourue pendant l'orage. C'était presque impossible, même approximativement. La seule certitude, c'était que l'orage avait soufflé du nord-ouest. En quarante-huit heures, il avait pu les pousser sur une distance considérable vers le sud-est, loin de toute terre. Il savait, par l'expérience acquise sur divers projets, que les courants et les vents dominants dans cette partie de l'océan Indien voyageaient légèrement sud-est. S'ils dérivaient quelque part entre le quatorzième et le quinzième parallèle, leur course les emmènerait vers les étendues désolées de l'Atlantique Sud, où aucun navire ne passe jamais. La terre la plus proche serait la pointe extrême de l'Amérique du Sud, à près de 1 300 kilomètres de là. Il regarda la Croix du Sud, dont la constellation n'était pas visible au-dessus d'une latitude de 30 degrés nord, latitude qui passait par l'Afrique du Nord et la pointe de la Floride. Connues depuis l'Antiquité, ces cinq étoiles brillantes avaient guidé des marins et des aviateurs à travers l'immensité du Pacifique, depuis les premiers voyages des Polynésiens. Des millions de mètres carrés de solitude, semée de quelques îles représentant les sommets des hautes montagnes naissant au fond des océans.

Quoi qu'il en soit, bien qu'ils eussent tous le très fort désir de survivre, quelle que soit la chance qui pourrait leur sourire, il y avait fort à parier qu'ils ne fouleraient jamais plus la terre ferme.

33

Hiram Yaeger nageait dans les profondeurs bleues de la mer, aveuglé par une masse liquide, comme à bord d'un avion à réaction lorsqu'on traverse des nuages teintés. Il fonçait sur les bords d'un abîme apparemment sans fond, survolait des vallées creusées entre d'immenses chaînes de montagnes s'élévant des profondeurs abyssales jusqu'à la surface brillante de soleil. Le paysage marin était à la fois inquiétant et magnifique. Il ressentait les mêmes impressions que s'il avait volé dans le vide galactique.

C'était dimanche et il travaillait seul au dixième étage de l'immeuble désert de la NUMA. Après neuf heures passées les yeux fixés sur l'écran de l'ordinateur, Yaeger s'appuya au dossier de sa chaise et reposa sa vue fatiguée. Il avait enfin mis la touche finale à un programme complexe qu'il avait créé en utilisant des algorithmes d'images de synthèse pour montrer la propagation tri-dimensionnelle des ondes sonores dans la mer. Grâce à la technologie exceptionnelle des graphiques informatisés, il avait réussi à pénétrer dans un monde que peu de gens avaient exploré avant lui.

Il avait fallu une semaine à Yaeger et à toute son équipe pour calculer le drame généré par ordinateur des sons de haute intensité se propageant dans l'eau. Utilisant un appareil spécial et une vaste base de données des variations de la vitesse du son dans le Pacifique, ils avaient mis au point une modélisation photoréaliste qui traçait les ondes sonores jusqu'aux zones où elles devraient converger en divers points de l'océan Pacifique. Les images sous-marines s'affichaient en séquences extrêmement rapides du son et de la vitesse pour créer l'illusion du mouvement, dans et autour des cartes en trois dimensions accumulées pendant plus de trente années d'étude de données océanographiques. C'était vraiment l'image informatisée menée jusqu'à la perfection.

Il suivit des yeux une série de lumières, jaunes au départ et passant par toutes les teintes d'orange pour s'achever dans le rouge foncé. Clignotant en séquences, elles lui montraient combien il s'approchait de l'endroit où ces rayons allaient converger. Une lecture digitale séparée indiquait la latitude et la longitude. La pièce de résistance de son imagerie était l'affichage de la zone de convergence dynamique. Il pouvait même régler l'image pour remonter son cheminement jusqu'à la surface de l'eau afin de montrer tous les navires dont la course devait couper cette section particulière de l'océan avec une précision horaire calculable.

La lumière rouge la plus éloignée, sur la droite, clignota et il appuya sur une touche du programme pour amener l'image hors de l'eau, révélant une vue de surface du point de convergence. Il s'était attendu à voir l'horizon vide mais l'image qui s'afficha sur l'écran était bien différente de ce qu'il avait imaginé. Une masse montagneuse, couverte de végétation, remplissait l'écran. Il revit la séquence tout entière, en commençant par les quatre points de l'océan représentant les îles exploitées par la Dorsett Consolidated. Dix, vingt, trente fois il repassa le scénario entier, traçant les ondes sonores jusqu'à leur ultime point de rencontre.

Assuré enfin de ne pas avoir commis d'erreur, Yaeger se laissa aller sur sa chaise, épuisé, et secoua la tête.

— Oh! Mon Dieu! murmura-t-il. Oh! Mon Dieu!

L'amiral Sandecker devait se faire violence pour ne pas travailler le dimanche. Pour calmer ce besoin d'action, il courait chaque matin dix kilomètres et ajoutait quelques séances d'entraînement après le déjeuner pour dépenser son trop-plein d'énergie. Il ne dormait que quatre heures par nuit et s'astreignait chaque jour à de longues heures de travail qui auraient épuisé la plupart de ses collègues.

Divorcé depuis longtemps, il avait une fille, mariée et mère de trois enfants, qui vivait à l'autre bout du monde, à Hong Kong. Mais il n'était jamais solitaire. Considéré comme une proie de choix par toutes les célibataires d'un certain âge de Washington, il croulait sous les invitations à dîner et aux réceptions de la haute société de la capitale. Certes, il aimait la compagnie des femmes mais sa vraie passion, c'était la NUMA. L'Agence Nationale Marine et Sous-Marine lui tenait lieu de famille. Il la couvait et en avait fait une gigantesque institution, révérée et respectée dans le monde entier.

Le dimanche, il longeait les berges du Potomac dans une vieille baleinière de la Marine américaine qu'il avait rachetée et remise en état. L'avant arrondi écarta l'eau brunâtre et boueuse lorsqu'il arrêta l'hélice pour esquiver un morceau de bois flottant. Ce petit bateau de huit mètres avait une histoire. Sandecker s'était renseigné sur ce qui lui était arrivé depuis sa construction, en 1936, dans un petit chantier de Portsmouth, dans le Maine, puis son transport à Newport News, en Virginie, où il avait été chargé sur le porte-avions *Enterprise*. Au cours des années et de nombreuses batailles dans le Pacifique Sud, il avait servi de canot personnel à l'amiral Bull Halsey pour aller à terre. En 1958, quand l'*Enterprise* fut désarmé et démoli, la vieille baleinière fut mise au rebut aux chantiers navals de New York, où elle rouillait lentement. C'est là que Sandecker l'avait trouvée et achetée. Il l'avait magnifiquement restaurée, avec beaucoup d'amour, jusqu'à ce qu'elle paraisse aussi neuve que le jour où elle était sortie du chantier du Maine.

Tout en écoutant le ronronnement du vieux moteur diesel Buda à quatre cylindres, il réfléchissait aux événements de la semaine écoulée et envisageait ce qu'il faudrait accomplir la semaine suivante. Ce qui le préoccupait le plus, c'était la peste acoustique créée par l'avidité d'Arthur Dorsett et qui dévastait l'océan Pacifique. Cette inquiétude était suivie de près par l'enlèvement inattendu de Pitt et de Giordino et leur disparition. Il était inquiet aussi parce que ni l'un ni l'autre de ces événements ne semblait avoir l'ombre d'une solution.

Les députés du Congrès qu'il avait approchés n'avaient pas accepté de prendre les mesures énergiques qu'il demandait pour arrêter Arthur Dorsett tant que sa culpabilité ne serait pas prouvée dur comme fer. Pour eux, il n'y avait tout simplement pas assez de preuves pour l'accuser d'être, de près ou de loin, responsable des morts en masse, raisonnement que, bien sûr, soutenaient les hommes de loi surpayés de Dorsett. « Ils sont tous pareils, pensait Sandecker, frustré. Les fonctionnaires n'agissent jamais que lorsqu'il est trop tard. » Son seul espoir était de persuader le Président de faire quelque chose mais, sans le soutien d'au moins deux des membres les plus en vue du Congrès, la cause était perdue d'avance.

Une neige légère tombait sur la rivière, recouvrant les arbres dénudés et la maigre végétation des rives. Son bateau était le seul visible sur l'eau par cette journée de froidure. Le ciel était d'un bleu de glace et l'air coupant et sec.

Sandecker remonta le col de son caban usé, enfonça son bonnet de laine noire sur ses oreilles et fit virer la baleinière vers la jetée, le long de la plage de Maryland où il mouillait habituellement. De loin, il aperçut une silhouette qui sortait du confort d'un 4x4 et traversait le quai. Même de loin, à cinq cents mètres au moins, il reconnut facilement la démarche bizarrement pressée de Rudi Gunn.

Sandecker mit la baleinière dans le courant et ralentit le diesel Buda au maximum. En s'approchant du quai, il vit l'expression sinistre de Gunn derrière ses lunettes. Il réprima un frisson de peur et jeta la butée de caoutchouc sur le côté bâbord de la quille. Puis il lança les amarres à Gunn, qui tira le bateau pour le ranger parallèlement au quai avant d'attacher l'avant et l'arrière aux bittes d'amarrage.

L'amiral sortit d'un coffre une bâche que Gunn l'aida à installer sur la baleinière. Quand ce fut fait et que Sandecker eut sauté à terre, ni l'un ni l'autre n'avait échangé une parole. Gunn gardait les yeux fixés sur le bateau.

— Si jamais vous voulez le vendre, je serai à la tête des acheteurs, avec mon carnet de chèques à la main.

Sandecker le regarda et comprit que Gunn souffrait.

— Vous n'êtes pas venu jusqu'ici pour admirer mon bateau ?

Gunn marcha jusqu'au bout du quai et regarda l'eau boueuse de la rivière.

— Le dernier rapport, depuis que Dirk et Al ont été pris sur l'*Ocean Angler* à Wellington, n'est pas bon.

— Accouchez !

— Dix heures après, le yacht de Dorsett a disparu du champ des caméras de notre satellite.

— Le satellite de reconnaissance les a perdus ! interrompit Sandecker avec colère.

— Nos réseaux de surveillance militaire ne considèrent pas l'hémisphère Sud comme un nid d'activités guerrières, répondit sèchement Gunn. Les budgets étant ce qu'ils sont, aucun satellite capable de photographier la terre en détail n'est braqué sur les mers au sud de l'Australie.

— J'aurais dû y penser, murmura Sandecker au comble de la frustration. Continuez, je vous en prie.

— L'Agence Nationale de Sécurité a intercepté une conversation par satellite d'Arthur Dorsett à bord de son yacht avec le directeur de sa mine de l'île du Gladiateur, un certain Jack Ferguson. Le message disait que Dirk, Al et Maeve Fletcher dérivaient sur un petit canot pneumatique sans moteur, loin au-dessous du quinzième parallèle, là où l'océan Indien rejoint la mer de Tasmanie. Il n'a pas donné la position exacte. Dorsett a ensuite indiqué qu'il rentrait sur son île personnelle.

— Il a mis sa propre fille dans une situation mortelle ? murmura Sandecker, incrédule. Je trouve cela incroyable ! Vous êtes sûr que le message a été interprété correctement ?

— Il n'y a aucune erreur, affirma Gunn.

— C'est un monstre ! Cela signifie qu'on les a lâchés au bord des Quarantièmes Rugissants. Dans ce coin-là, les vents sont déchaînés toute l'année.

— Il y a pire, avoua Gunn. Dorsett les a lâchés sur la trajectoire d'un typhon.

— Il y a combien de temps ?

— Ils dérivent depuis plus de quarante-huit heures.

Sandecker secoua la tête.

— S'ils ont survécu, ils vont être affreusement difficiles à trouver.

— Pour ne pas dire impossibles, quand on sait que ni notre Marine ni celle des Australiens n'ont de bateaux ou d'avions disponibles pour organiser des recherches.

— Vous y croyez vraiment ?

— Pas une seconde, avoua Gunn.

— Quelles sont leurs chances d'être découverts par un navire de passage ?

— Ils ne sont pas sur une route maritime. A part un hypothétique bateau transportant des fournitures à une station de recherche subcontinentale, il ne reste que d'éventuels baleiniers. La mer entre l'Australie et l'Antarctique est considérée comme désertique. Il y a peu de chances pour que quelqu'un les trouve.

Rudi Gunn avait l'air fatigué et vaincu. Pourtant, s'il y avait eu une équipe de football de la NUMA dont Sandecker aurait été l'entraîneur, Pitt aurait joué arrière et Giordino attaquant, mais Gunn aurait sans nul doute été celui qui analyse le jeu et la tactique. Il était indispensable, plein d'entrain. Aussi Sandecker était-il surpris de le voir si déprimé.

— J'ai l'impression que vous ne croyez guère à leurs chances de survie ?

— Trois personnes sur un tout petit canot à la dérive, assiégés par des vents hurlants et une mer démontée... Même si, par miracle, ils survivaient au typhon, il reste la soif et la faim. Dirk et Al sont revenus d'entre les morts en plusieurs occasions dans le passé, mais je crains que, cette fois, les forces de la nature ne leur aient déclaré la guerre.

— Si je connais bien Dirk, dit Sandecker avec force, il crachera à la figure de cet orage et restera en vie, même s'il doit mener ce canot à la rame jusqu'à San Francisco. (Il enfonça ses mains au fond des poches de son caban.) Alertez tous les vaisseaux de recherches de la NUMA à cinq mille kilomètres à la ronde et envoyez-les dans cette zone.

— Pardonnez-moi l'expression, amiral, mais c'est trop peu et trop tard.

— Je ne déclarerai pas forfait, affirma Sandecker dont les yeux lançaient des éclairs. Je vais exiger qu'on déclenche une recherche dans les grandes largeurs ou, par Dieu, je ferai en sorte que la Marine et l'Armée de l'Air regrettent d'avoir un jour été créées.

Yaeger découvrit Sandecker au restaurant favori de l'amiral, une petite auberge hors des sentiers battus, au sud de Washington. Il partageait avec Gunn un dîner morose. Quand le téléphone sans fil Iridium Motorola sonna dans sa poche, Sandecker but une gorgée de vin pour faire passer le morceau de filet mignon qu'il avait dans la bouche et répondit à l'appel.

— Ici Sandecker.

— Hiram Yaeger, amiral. Désolé de vous déranger.

— Ne vous excusez pas, Hiram. Je sais que vous ne m'appelleriez pas hors du bureau si ce n'était pas urgent.

— Pouvez-vous venir au centre de données ?

— C'est trop important pour en parler au téléphone ?

— Oui, monsieur. Les communications par satellite sont souvent écoutées par des oreilles étrangères. Sans vouloir avoir l'air de dramatiser, il est urgent que je vous mette au courant en privé.

— Rudi Gunn et moi serons là dans une demi-heure.

Sandecker remit le téléphone dans la poche de son manteau et poursuivit son repas.

— Mauvaises nouvelles ? demanda Gunn.

— Si je sais lire entre les lignes, Hiram a rassemblé de nouvelles données sur la peste acoustique. Il veut nous les communiquer au centre de données.

— J'espère que les nouvelles sont bonnes.

— D'après le ton de sa voix, ça ne doit pas être le cas, dit Sandecker. Je crains qu'il n'ait découvert quelque chose qu'aucun de nous n'a envie de savoir.

Yaeger était affalé sur sa chaise, les pieds tendus, et contemplait l'image reproduite sur un terminal d'ordinateur à écran géant quand Sandecker et Gunn entrèrent dans son bureau personnel. Il se retourna pour les accueillir sans quitter sa chaise.

— Qu'avez-vous pour nous ? demanda Sandecker en allant droit au but.

Yaeger se redressa et montra l'écran vidéo.

— J'ai mis au point une méthode permettant d'estimer les positions de convergence de l'énergie acoustique dégagée par les opérations minières de Dorsett.

— Bon travail, Hiram, dit Gunn en prenant une chaise et en regardant l'écran. As-tu pu déterminer où se produira la prochaine convergence ?

Yaeger fit signe que oui.

— En effet, mais il faut d'abord que je vous explique le procédé. Il tapa une série de commandes et reprit :

— La vitesse du son dans l'eau de mer varie en fonction de la température de la mer et de la pression hydrostatique à différentes profondeurs. Plus on descend, plus la colonne d'eau est lourde, donc plus le son se propage vite. Il y a une centaine d'autres variables que je pourrais vous expliquer, parmi lesquelles les conditions atmosphériques, les différences saisonnières, l'accès à la zone de convergence et la formation de caustiques sonores, mais je vais essayer de faire simple et d'illustrer ce que j'ai découvert.

L'écran afficha une carte du Pacifique, avec quatre lignes vertes partant des mines de Dorsett et se croisant à l'île Seymour, dans l'Antarctique.

— J'ai commencé par remonter à la source à partir du point où l'onde de choc avait frappé. En commençant par le plus difficile, l'île Seymour, parce qu'elle s'élève en haut de la péninsule Antarctique, dans la mer de Weddell qui fait partie de l'Atlantique Sud, j'ai déterminé que les ondes sonores dans la partie la plus profonde de l'océan étaient déviées par la géologie montagneuse du fond marin. J'ai eu une chance extraordinaire parce que ça ne coïncide pas avec un modèle normal. Après avoir établi une méthode, j'ai intégré un fait plus élémentaire, celui qui a tué l'équipage du *Mentawai*.

— Ça, c'était au large de l'île Howland, presque au centre de l'océan Pacifique, commenta Sandecker.

— C'est plus simple à calculer que la convergence de Seymour, dit Yaeger en tapant une donnée qui fit changer l'image. Elle montrait maintenant quatre lignes bleues issues des îles Kunghit, du Gladiateur, de Pâques et Komandorskie et se rejoignant au large de l'île Howland. Puis il ajouta quatre lignes rouges.

— Voici l'intersection des zones de convergence qui ont rayé des vivants la flotte de pêcheurs russes au nord-est de Hawaï, expliqua-t-il.

— De sorte que tu sais où se trouve la prochaine zone de convergence ? hasarda Gunn.

— Si les conditions ne changent pas pendant les trois prochains jours, le dernier point mortel devrait se trouver par ici.

Les lignes, jaunes cette fois, se rejoignirent à 900 kilomètres au sud de l'île de Pâques.

— Il n'y a pas trop de navires de passage dans ce coin de l'océan, dit Sandecker. Mais pour ne prendre aucun risque, je vais faire transmettre à tous les navires d'éviter cette zone.

Gunn s'approcha de l'écran.

— Quelle est ta marge d'erreur ?

— Plus ou moins deux kilomètres.

— Et la circonférence jusqu'où frappe la mort ?

— Nous avons un diamètre qui peut varier de cinquante à quatre-vingt-dix kilomètres, suivant l'énergie des ondes après qu'elles ont parcouru de longues distances.

— Le nombre de créatures marines qui s'inscrivent dans une zone aussi étendue doit être énorme !

— Combien de temps à l'avance pouvez-vous déterminer l'intersection des ondes de choc ? demanda Sandecker.

— Les conditions océaniques ne sont pas faciles à prévoir, en fait, répondit Yaeger. Je ne peux pas garantir une prédiction raisonnablement précise au-delà de trente jours. Après ça, ça devient n'importe quoi.

— Avez-vous calculé d'autres lieux de convergence après celui-là ?

— Oui, dans dix-sept jours d'ici. (Yaeger jeta un coup d'œil à un grand calendrier qu'illustrait la photo d'une jolie fille court vêtue assise devant un clavier d'ordinateur.)

— Le 22 février.

— Si tôt ?

Yaeger jeta à l'amiral un regard gêné.

— J'ai gardé le pire pour la fin. (Ses doigts jouèrent sur le clavier.) Messieurs, je vous annonce pour le 22 février une catastrophe d'amplitude atterrante.

Ni Gunn ni Sandecker n'étaient préparés à ce qui s'afficha sur l'écran. Ce qu'ils virent leur parut impensable, un événement sur lequel ils n'auraient aucun contrôle, une toile rampante de désastre qu'ils distinguaient sans pouvoir intervenir. Ils contemplèrent, malades d'écœurement, les quatre lignes pourpres qui se rencontraient et se croisaient sur l'écran.

— N'y a-t-il aucune possibilité d'erreur ? demanda Gunn.

— J'ai refait mes calculs plus de trente fois, dit Yaeger d'une voix cassée, j'ai essayé de trouver une paille, une erreur, une variable qui prouverait que je me suis trompé. Mais que je le prenne à l'endroit ou à l'envers, le résultat a toujours été le même.

— Seigneur ! Non ! murmura Sandecker. Pas là ! Pas alors que ça pourrait se produire au milieu du désert marin !

— A moins d'un bouleversement imprévisible de la nature altérant la mer et l'atmosphère, dit Yaeger d'une voix brisée par l'émotion, les zones de convergence se croiseront à environ quinze kilomètres au large de la ville d'Honolulu.

34

Contrairement à son prédécesseur, ce Président prenait rapidement ses décisions, fermement et sans hésiter. Il refusait d'assister à des réunions de conseillers qui prenaient un temps fou pour un résultat minimum et détestait particulièrement les aides de camp qui couraient dans tous les sens en se lamentant ou qui se félicitaient des résultats des dernières élections. Les conférences n'ayant d'autre but que de se défendre des critiques des médias ou du public ne l'enthousiasmaient guère. Il était décidé à accomplir le plus possible pendant ces quatre années de mandat. Et s'il échouait, aucune rhétorique, aucune excuse sucrée, aucun moyen de rejeter le blâme sur le parti opposé ne lui ferait gagner de nouvelles élections. Les représentants de son parti s'arrachaient les cheveux et le suppliaient de donner de lui-même une image plus positive, mais il les ignorait et poursuivait sa tâche, gouvernant au mieux des intérêts du pays, sans chercher à savoir s'il écrasait des pieds au passage.

La demande que présenta Sandecker pour voir le Président n'impressionna pas le chef de cabinet de la Maison-Blanche, Wilbur Hutton. Il était imperméable à toutes ces requêtes émanant de gens n'appartenant pas aux leaders du parti au Congrès ou du vice-président. Même les membres du cabinet personnel du Président avaient du mal à obtenir un tête-à-tête avec lui. Hutton mettait un zèle exagéré à jouer le chien de garde du Bureau du Président. Il n'était pas homme à se laisser intimider. Grand et massif comme un lutteur de foire, les cheveux blonds déjà rares mais soigneusement lissés et d'une coupe militaire, il avait un visage sanguin en forme d'œuf, où son regard d'un bleu limpide semblait toujours fixé sur la ligne bleue des Appalaches. Il ne cillait jamais. Diplômé de l'Etat d'Arizona, docteur en économie de l'université de Stanford, il avait la réputation d'être irascible et abrupt avec quiconque se vantait d'avoir appartenu à la Ivy League [1].

Contrairement à tous les assistants de la Maison-Blanche, il affichait un grand respect envers les membres du Pentagone. Enrôlé dans l'infanterie, bardé de médailles pour conduite héroïque pendant la guerre du Golfe, il avait de la tendresse pour les militaires. Les généraux et les amiraux avaient droit à plus de courtoisie de sa part que les politiciens en costumes sombres.

— Jim! C'est toujours un plaisir de vous voir! dit-il en accueillant chaleureusement Sandecker en dépit du fait que l'amiral arrivait sans s'être annoncé. Votre demande de rendez-vous avec le Président avait l'air urgente mais je crains que son emploi du temps ne soit complet. Vous n'auriez pas dû faire tout ce chemin pour rien.

Sandecker sourit puis reprit très vite son sérieux.

— Ma mission est trop délicate pour que je l'expose au téléphone, Will. Je n'ai pas le temps de passer par les voies habituelles. Moins nous serons nombreux à connaître le danger, mieux cela vaudra.

---

1. Association très fermée, réservée aux meilleurs élèves des grandes écoles américaines.

Hutton montra une chaise à Sandecker et alla fermer la porte de son bureau.

— Excusez-moi de paraître froid et insensible, mais j'entends ce genre d'histoire plus souvent qu'à mon tour.

— Je suis sûr que vous n'avez pas entendu celle-ci. Dans seize jours, tous les hommes, toutes les femmes, tous les enfants de la ville d'Honolulu et presque tous les habitants de l'île d'Oahu seront morts.

Sandecker sentit le regard de Hutton tenter de percer sa nuque.

— Allons, Jim! Qu'est-ce que vous racontez?

— Les scientifiques et les analystes de la NUMA ont élucidé le mystère de la menace qui pèse sur les gens et détruit toute vie sur et dans l'océan Pacifique. (Sandecker ouvrit sa serviette et posa un dossier sur le bureau de Hutton.) Voici le rapport de notre étude. Nous l'appelons la peste acoustique parce que les morts sont causées par des ondes sonores de très forte intensité qui se concentrent par réfraction. Cette énergie extraordinaire se propage dans la mer puis converge et fait surface, tuant tout ce qui se trouve dans un rayon de 90 kilomètres.

Hutton resta un moment silencieux, se demandant un instant si l'amiral n'avait pas pété les plombs. Un instant seulement. Il connaissait Sandecker depuis trop longtemps pour ne pas reconnaître son sérieux et son dévouement à son travail. Il ouvrit le dossier et jeta un coup d'œil au contenu tandis que l'amiral attendait patiemment. Il leva enfin les yeux.

— Vos adjoints sont sûrs de ça?

— Absolument, dit Sandecker.

— Il y a toujours la possibilité d'une erreur, non?

— Aucune erreur. Ma seule concession, c'est une erreur de moins de cinq pour cent sur la distance entre la convergence et l'île.

— J'ai entendu dire par le téléphone arabe du Congrès que vous avez essayé d'approcher les sénateurs Raymond et Ybarra à ce sujet mais que vous n'aviez pu obtenir leur soutien pour que les militaires frappent les propriétés de la Dorsett Consolidated.

— Je n'ai pas réussi à les convaincre du sérieux de la situation.

— Alors vous vous tournez vers le Président.

— Je me tournerais vers Dieu le Père si je pouvais sauver ainsi deux millions de vies.

Hutton regarda fixement Sandecker, la tête penchée, le regard plein de doute. Il frappa un moment le dessus de son bureau avec un crayon puis hocha la tête, convaincu qu'il fallait tenir compte de l'avis de l'amiral.

— Attendez ici, dit-il enfin.

Il poussa une porte donnant sur le Bureau ovale et disparut dix longues minutes. Quand il revint, il fit signe à Sandecker de le suivre.

— Par ici, Jim. Le Président va vous recevoir.

— Merci, Will. Je vous revaudrai ça.

Quand l'amiral entra dans le Bureau ovale, le Président fit le tour de l'ancien bureau du Président Roosevelt et vint lui serrer la main.

— Amiral Sandecker, je suis ravi de vous voir.

— Merci de me consacrer un moment, monsieur le Président.

— Will dit qu'il s'agit d'un sujet urgent concernant la cause de tous ces morts du *Polar Queen*.

— Et beaucoup d'autres.

— Dites au Président ce que vous m'avez dit, le pressa Hutton en tendant au Président le rapport sur la peste acoustique pour qu'il y jette un coup d'œil pendant que l'amiral résumait la menace.

Sandecker présenta son cas avec fougue. Il se montra énergique et vibrant. Il avait une confiance aveugle en ses collaborateurs de la NUMA, en leur jugement et en leurs conclusions. Il se tut pour donner du poids à ses paroles puis poursuivit, en demandant que l'on utilise la force armée pour arrêter les excavations d'Arthur Dorsett.

Le Président écouta attentivement jusqu'à ce que Sandecker ait terminé son exposé puis continua à lire en silence quelques minutes avant de relever les yeux.

— Vous réalisez, bien sûr, amiral, que je ne peux pas faire détruire arbitrairement une propriété privée sur un sol étranger.

— Sans compter les vies innocentes que l'on détruirait en même temps, ajouta Hutton.

— Si nous pouvons arrêter l'excavation d'une seule des mines de la Dorsett Consolidated, dit Sandecker, et empêcher l'énergie acoustique de se propager depuis cette source, nous pourrons sans doute affaiblir suffisamment la convergence pour sauver deux millions d'hommes, de femmes et d'enfants vivant à Honolulu et alentour et qui risquent une mort affreuse.

— Vous devez admettre, amiral, que l'énergie acoustique n'est pas une menace contre laquelle le gouvernement est prêt à se mobiliser. Tout ceci est absolument nouveau pour moi. J'ai besoin de temps pour que mes conseillers du Bureau National des Sciences étudient les résultats de la NUMA.

— La catastrophe se produira dans seize jours, dit Sandecker d'un air sombre.

— Je vous donnerai la réponse dans quatre jours, assura le Président.

— Cela nous laissera suffisamment de temps pour mettre au point un plan d'action, dit Hutton.

Le Président tendit la main.

— Merci de m'avoir signalé ce problème, amiral, dit-il sur le ton officiel habituel. Je vous promets d'y consacrer toute mon attention.

— Merci, monsieur le Président, dit Sandecker. Je n'en espérais pas moins.

En le raccompagnant, Hutton lui dit :

— Ne vous inquiétez pas, Jim. Je ferai en sorte que votre rapport atterrisse sur les bons bureaux.

Sandecker lui lança un regard brûlant.

— Assurez-vous seulement que le Président ne le passe pas aux oubliettes, sinon il ne restera personne à Honolulu pour voter pour lui.

35

Quatre jours sans eau. La chaleur incessante du soleil et l'humidité constante vidaient leurs corps de leur transpiration. Pitt ne voulait pas qu'ils restent immobiles sur l'immensité déserte qui ne pouvait qu'anéantir leur énergie physique et toute idée créative. Le bruit monotone des vagues contre le canot les rendit presque fous jusqu'à ce qu'ils réussissent à s'en immuniser. L'ingéniosité, c'était le seul moyen de survivre. Pitt avait étudié de nombreux récits de naufrages et savait que bien des marins naufragés étaient morts de léthargie et de la perte de toute espérance. Il ne cessait d'occuper Maeve et Giordino, les poussant à ne dormir que la nuit. Tant qu'il faisait jour, il les empêchait de penser.

Et le procédé fut efficace. Maeve occupa la fonction de bouchère du bord et en plus pêchait en attachant des fils à un mouchoir de soie et en le traînant à l'arrière du canot. Le mouchoir jouait son rôle de fine toile de criblage : du plancton de toute sorte et des animaux minuscules se collèrent à sa surface. Après quelques heures, elle partagea les échantillons recueillis en trois piles bien nettes sur le dessus d'un siège, comme s'il s'agissait d'une sorte de salade marine. Giordino, en se servant de la lame la plus dure du couteau suisse, creusa des entailles dans l'hameçon fabriqué à partir du cran de la ceinture de Pitt. Il se consacra à la pêche, tandis que Maeve, se servant de ses connaissances en biologie et en géologie, nettoyait et disséquait les prises de la journée. La plupart des naufragés se seraient contentés de mettre l'hameçon dans l'eau et d'attendre. Giordino sauta la première étape consistant à séduire le poisson. Après avoir appâté avec ce que le poisson devait préférer, des morceaux d'entrailles de requin, il se mit à lancer la ligne comme un cow-boy attrape un veau au lasso, remontant lentement son fil en l'enroulant autour de son épaule et entre le pouce et l'index, l'agitant tous les mètres pour donner à l'appât une apparence de vie. Apparemment, les proies paraissaient apprécier que leur dîner s'agite et bientôt Giordino ferra son premier poisson. Un petit thon avala le leurre et, moins de dix minutes plus tard, il tira à bord sa première prise.

Les annales des marins naufragés sont pleines de récits de malheureux morts de faim alors que les poissons pullulaient autour d'eux mais qu'ils ne savaient comment faire pour en attraper. Giordino, lui, savait. Quand il eut pris le coup de main et amélioré son système, il commença à remonter autant de poissons qu'un pêcheur confirmé. Avec un filet, il aurait pu remplir le canot en quelques heures. L'eau, autour du petit bateau, ressemblait à un aquarium. Des poissons de toutes les tailles et de toutes les couleurs s'étaient rassemblés pour les escorter. Les plus petits, de couleurs vives, attiraient les plus gros qui, à leur tour, attiraient les requins, dangereux parce qu'ils ne cessaient de se cogner contre la petite embarcation.

Menaçants et gracieux à la fois, les assassins des profondeurs glissaient de l'avant à l'arrière du bateau, leurs ailerons triangulaires fendant l'eau de la surface comme un couperet. Accompagnés par les légendaires poissons-pilotes, les requins roulaient sur eux-mêmes pour glisser sous le canot. Hissés sur la crête des vagues quand le bateau se trouvait dans un creux, ils pouvaient étudier leurs victimes potentielles de leurs yeux de chat, aussi vides que des cubes de glace. Pitt repensa à un tableau de Winslow Homer dont il avait vu une reproduction sur un des murs de sa classe, au cours élémentaire. Cela s'appelait *Le Gulf Stream*. On y voyait un homme noir flottant sur un sloop démâté, entouré d'une troupe de requins, avec une trombe d'eau au fond de la toile. Homer voyait ainsi la lutte de l'homme et des forces de la nature.

Les trois naufragés appliquèrent une vieille méthode qui avait maintes fois fait ses preuves : ils mâchaient du poisson cru en guise de repas, ainsi que la chair séchée du requin. Ce sushi [1] fut rehaussé par la dégustation de deux poissons volants qu'ils avaient découverts au matin dans le fond du canot. Le goût un peu huileux du poisson cru ne leur parut certes pas délectable mais leur permit au moins de diminuer un peu les souffrances de la faim et de la soif. Leurs estomacs vides s'apaisaient après quelques bouchées.

Ils avaient aussi besoin de renouveler les réserves de liquides de leurs corps. Pour cela, ils se baignaient plusieurs fois par jour, chacun son tour, pendant que les deux autres surveillaient les requins. La sensation de fraîcheur qu'ils ressentaient dans leurs vêtements mouillés en se mettant à l'ombre de la tente improvisée les aida à combattre la déshydratation et le tourment que leur causait la brûlure du soleil. Et cela permettait aussi de faire fondre le sel qui s'accumulait rapidement sur leur peau.

Les éléments simplifiaient considérablement la tâche de navigation de Pitt. Les vents d'ouest arrivant des Quarantièmes Rugissants les poussaient vers l'est. Les courants aidaient en filant dans le même sens. Pour déterminer – bien approximativement – leur position, en gros, il se fia au

1. Plat japonais de poisson cru.

soleil et aux étoiles ainsi qu'à une croix de bois qu'il avait confectionnée avec deux lamelles prises sur le manche de la pagaie. Cette croix de bois lui permettait de calculer la latitude à la manière des très anciens marins. On tenait l'une des branches de la croix au niveau des yeux et on faisait pivoter l'autre, en avant ou en arrière, jusqu'à ce que l'on soit exactement à mi-chemin entre l'horizon et le soleil ou une étoile. On lisait ensuite l'angle de la latitude sur les entailles marquées sur les branches. Une fois l'angle établi, le marin pouvait, par un calcul simple, établir une latitude sans recourir aux tables de références publiées depuis. Déterminer la longitude – dans le cas de Pitt, pour savoir de combien ils avaient dérivé vers l'est – c'était une autre histoire.

Le ciel nocturne resplendissait d'étoiles, qui figuraient autant de points lumineux sur la boussole céleste s'étirant de l'est à l'ouest. Après avoir passé quelques nuits à repérer leurs positions, Pitt put tenir un journal de bord rudimentaire en inscrivant ses calculs sur un des côtés de la couverture de nylon avec un petit crayon que Maeve avait découvert par hasard, enfoncé sous le tube de flottaison. Au début, il eut du mal car les étoiles et les constellations de l'hémisphère Sud ne lui étaient pas aussi familières que celles du Nord et il dut tâtonner avant de s'en débrouiller.

Le petit bateau répondait au moindre souffle de vent et glissait souvent sur l'eau comme s'il avait une voilure. Pitt mesura leur vitesse en lançant une de ses chaussures à semelle de caoutchouc à l'avant du canot, au bout d'une corde de cinq mètres. Puis il compta les secondes que mit le bateau pour dépasser la chaussure en la retirant de l'eau avant qu'elle ait le temps de dériver vers tribord. Il découvrit ainsi que le vent d'ouest les poussait à près de trois kilomètres à l'heure. En se servant de la couverture de nylon comme d'une voile et de la pagaie comme d'un mât, il calcula qu'il pouvait augmenter cette vitesse à cinq kilomètres, ce qui eût été appréciable s'ils avaient pu sortir du canot et marcher.

— On est là à dériver sans gouvernail, comme les épaves de notre société sur les grandes mers de la vie, philosopha Giordino à travers ses lèvres couvertes de sel. Il faut absolument trouver un moyen de diriger ce machin !

— N'en dis pas plus ! dit Pitt en utilisant le tournevis pour ôter les gonds du siège en fibre de verre qui recouvrait le petit compartiment de rangement.

En moins d'une minute, il enleva le couvercle rectangulaire, de la taille d'un fond de placard.

— Une image par seconde.

— Comment allez-vous l'attacher ? demanda Maeve qui ne s'étonnait même plus des inventions continuelles de Pitt.

— En utilisant les gonds des sièges qui restent et en les attachant au couvercle. Je pourrai les visser sur le support où aurait dû se trouver le moteur hors-bord. Ainsi, il pourra facilement balancer d'avant en arrière.

Ensuite, en attachant deux cordes à la partie supérieure, on pourra le faire fonctionner comme n'importe quel gouvernail de bateau ou d'avion. C'est ainsi que l'on transforme le monde pour le rendre plus confortable.

— Tu ne manques de rien, dit stoïquement Giordino. Dons artistiques, logique élémentaire, vie facile, sex-appeal, tout est là.

Pitt regarda Maeve en souriant.

— Ce qu'il y a de bien avec Al, c'est qu'il a un grand sens théâtral.

— Alors, maintenant que nous avons une petite parcelle de possibilité de contrôle, grand navigateur, où allons-nous ?

— Où la dame le désire, dit Pitt. Elle connaît mieux ces eaux que moi.

— Si nous allons droit vers le nord, répondit Maeve, nous avons une chance d'arriver en Tasmanie.

Pitt secoua la tête et montra leur pauvre voile.

— Nous ne sommes pas équipés pour naviguer par vent de travers. A cause de notre fond plat, on irait cinq fois trop vite à l'est et au nord. Je pense qu'en accostant tout au sud de la Nouvelle-Zélande, nous avons une petite chance. Il faudra faire un compromis en dirigeant la voile un peu nord-est, disons à 75 degrés sur ma brave boussole de boy-scout.

— Plus on ira vers le nord, mieux cela vaudra, dit-elle en croisant les bras sur sa poitrine pour se réchauffer un peu. Les nuits sont trop froides, aussi loin vers le sud.

— Savez-vous s'il y a un moyen d'accoster dans cette direction ? demanda Giordino à Maeve.

— Pas beaucoup, répondit-elle. Les îles au sud de la Nouvelle-Zélande sont peu nombreuses et très éloignées les unes des autres. On pourrait facilement passer entre deux d'entre elles sans les voir, surtout la nuit.

— Elles sont pourtant notre seul espoir, remarqua Pitt.

Tenant la boussole dans une main, il en surveilla l'aiguille.

— Vous rappelez-vous leur position, même en gros ?

— L'île Stewart est juste au-dessous de l'île du Sud. Puis il y a les Snares, les îles Auckland et, neuf cents kilomètres plus au sud, les Macquaries.

— L'île Stewart est la seule dont le nom me paraisse vaguement familier, dit pensivement Pitt.

— Les Macquaries ne vous plairont guère, poursuivit Maeve en frissonnant. Il n'y a que des pingouins et il y neige souvent.

— Elles doivent être balayées par les courants froids venus de l'Antarctique.

— Si nous en manquons une, c'est « bon voyage jusqu'en Amérique du Sud », dit Giordino découragé.

Pitt mit une main au-dessus de ses yeux et fouilla le ciel vide.

— Si les nuits froides ne nous tuent pas, sans pluie, nous serons déshydratés bien avant d'avoir pu mettre le pied sur une plage de sable. Il vaut mieux nous diriger vers les îles du Sud et espérer en rencontrer une. Bien sûr, cela veut dire mettre tous nos œufs dans le même panier pour diminuer les risques.

— Alors, tentons le coup pour les Macquaries, dit Giordino.

— Je crois que c'est notre meilleur espoir, assura Pitt.

Avec l'aide efficace de Giordino, Pitt mit le cap sur la direction indiquée par la petite boussole, à 75 degrés. Le gouvernail rudimentaire fonctionna si bien qu'ils purent bientôt affiner leur direction à presque 60 degrés. Encouragés par l'idée qu'ils avaient enfin une toute petite influence sur leur destin, ils sentirent revenir l'optimisme, surtout lorsque Giordino annonça soudain :

— Un grain se dirige vers nous !

En effet, des nuages noirs s'étaient rassemblés et arrivaient de l'ouest aussi vite que si, là-haut, un géant déroulait un tapis au-dessus des naufragés. En quelques minutes, de grosses gouttes de pluie commencèrent à frapper le canot. Puis la pluie se fit plus lourde, plus concentrée et tomba finalement comme un torrent de montagne.

— Ouvrez tous les compartiments et sortez tout ce qui ressemble à un conteneur ! ordonna Pitt en abaissant rapidement la voile de nylon. Tenez la voile en pente au-dessus du bord une minute pour laver le sel qui s'y est accumulé. Ensuite, nous en ferons un entonnoir pour faire tomber l'eau dans la glacière.

Sous la pluie battante, ils tendirent leur visage vers les nuages, ouvrant grande la bouche, avalant le précieux liquide comme des oisillons gourmands et exigeants. Son odeur pure et fraîche, son goût merveilleux, furent aussi doux que du miel à leur gorge parcheminée. Aucune sensation n'aurait pu leur être plus agréable.

Le vent courait sur la mer et, pendant douze minutes, ils jouirent d'un déluge aveuglant. Les tubes de néoprène du canot résonnaient comme des tambours sous les gouttes énormes qui frappaient leur toile tendue.

La glacière fut bientôt pleine d'eau pure qui déborda sur le fond du canot. Le grain revivifiant s'arrêta aussi brutalement qu'il avait commencé. Les naufragés n'en perdirent pas une goutte. Ils enlevèrent leurs vêtements et les essorèrent au-dessus de leur bouche avant de mettre soigneusement tout ce qu'ils purent prendre au fond du bateau dans tout ce qui pouvait servir de réceptacle. Maintenant que la pluie s'était arrêtée et qu'ils avaient de l'eau fraîche, leur moral remonta en flèche.

— A votre avis, combien en avons-nous recueilli ? demanda Maeve.

— Je dirais entre dix et douze litres, supputa Giordino.

— On peut en faire trois litres de plus en la mélangeant à de l'eau de mer, dit Pitt.

Maeve ouvrit de grands yeux.

— Est-ce que cela n'engendrera pas un désastre ? Boire de l'eau avec du sel n'est pas le meilleur moyen d'étancher la soif.

— Pendant les saisons chaudes et étouffantes sous les tropiques, les humains ont tendance à avaler de l'eau jusqu'à ce qu'elle leur sorte par les oreilles, sans étancher leur soif pour autant. Un corps peut supporter plus de liquide qu'il n'en a besoin. Mais ce dont notre système a vraiment besoin, quand on a beaucoup transpiré, c'est de sel. Votre langue retiendra peut-être le goût désagréable de l'eau salée mais croyez-moi, si on la mélange à de l'eau douce, ça étanchera votre soif sans vous lever le cœur.

Après un repas de poisson cru et une bonne lampée d'eau, ils se sentirent redevenir humains. Maeve trouva un peu de graisse à l'endroit où avait été le moteur, sous la console. Elle la mélangea à l'huile qu'elle avait retirée des poissons, pour en faire une sorte de lotion solaire. Elle baptisa en riant sa création le « Blindage peaucier » de chez Fletcher et lui conféra un indice de protection de moins six. Les seules affections qu'ils ne pouvaient pas soigner étaient les plaies qui se formaient sur leurs jambes et leur dos, causées par les frottements incessants dus aux mouvements du bateau. La lotion improvisée de Maeve les soulagea un peu mais ne put résoudre ce problème de plus en plus douloureux.

Une brise assez forte se leva dans l'après-midi. La mer se mit à bouillonner autour d'eux, les jetant vers le nord-est suivant les caprices des vagues imprévisibles. Ils jetèrent l'ancre faite du blouson de cuir et Pitt abaissa la voile qui risquait de s'envoler. Ils avaient l'impression de glisser le long d'une colline de neige dans un tube géant, sans pouvoir contrôler leurs mouvements.

Ce temps dura jusqu'au lendemain matin à dix heures, puis céda enfin. Dès que la mer fut calmée, les poissons reparurent. Ils semblaient énervés par l'interruption de leur voyage, déchirant l'eau et se cognant contre le canot. Les plus voraces, les tyrans de la troupe, eurent de quoi faire avec leurs cousins plus petits. Pendant près d'une heure, l'eau autour du canot se teinta de sang tandis que les poissons se livraient à la lutte sans fin que gagnaient toujours les requins.

Epuisée d'avoir été sans cesse ballottée par la tempête, Maeve ne tarda pas à s'endormir et rêva de ses enfants. Giordino fit lui aussi une petite sieste et admira en rêve un buffet garni de tout ce dont il pouvait avoir envie. Pitt, lui, ne rêva pas. Il essaya d'oublier sa fatigue et réinstalla la voile. Il regarda le soleil avec son compas de fortune et sa boussole pour calculer un cap. Installé confortablement à l'arrière, il cala avec des cordes le gouvernail vers le nord-est.

Comme souvent par mer calme, il se sentait loin des problèmes de survie, loin de la mer qui les entourait. Après avoir pensé et repensé à la situation, il ne pouvait empêcher son esprit de se concentrer sur Arthur Dorsett. Il s'obligea à retrouver toute sa colère. Nul ne pouvait infliger autant d'horreurs indicibles à des innocents – et, entre autres, à sa propre fille – et s'en tirer sans châtiment. C'était maintenant pour lui plus important que jamais. Les visages diaboliques de Dorsett et de ses filles Deirdre et Boudicca le hantaient.

Il n'y avait pas de place, dans l'esprit de Pitt, pour les souffrances de ces cinq derniers jours ni pour aucune émotion engendrée par les tourments de la mort qui les avait presque emportés. Il n'y avait plus que son désir tout-puissant de vengeance. Il était impensable de laisser Dorsett continuer à faire régner le mal. Pas après avoir volé la vie à tant de victimes. Il devait payer pour chacune de ces vies.

Pitt se concentrait donc sur deux objectifs : délivrer les fils de Maeve et tuer l'horrible marchand de diamants.

36

Il y avait maintenant huit jours que Pitt dirigeait de son mieux la petite embarcation sur l'immensité de la mer. Ce soir-là, au coucher du soleil, Giordino prit le relais pendant que Pitt et Maeve dînaient de poisson cru et de poisson séché. Une lune ronde et pleine sortit de l'horizon comme une grosse boule d'ambre qui, peu à peu, traversant le ciel nocturne au-dessus d'eux, diminua et devint blanche. Après quelques gorgées d'eau pour faire passer le goût du poisson, Maeve se nicha entre les bras de Pitt et regarda sur la mer la route argentée qui menait à la lune.

Elle murmura les mots de *Moon river* : « Deux errants partis voir le monde... » Elle se tut, leva les yeux vers le solide visage de Pitt et étudia la ligne dure de sa mâchoire, les sourcils sombres et épais et les yeux verts qui brillaient chaque fois que la lumière les frappait. Il avait un joli nez pour un homme, quoiqu'on puisse voir qu'il avait été cassé plusieurs fois. Les ridules, autour des yeux et aux coins des lèvres, vaguement relevées, lui donnaient l'apparence d'un homme plein d'humour, toujours souriant, un homme avec lequel une femme ne peut que se sentir bien, un homme qui jamais ne menaçait. Il y avait en lui un curieux mélange de dureté et de sensibilité qui le rendait incroyablement attirant.

Elle resta immobile, comme hypnotisée, jusqu'à ce que, baissant les yeux, il vît l'expression de fascination sur le visage de la jeune femme. Elle ne fit pas un mouvement pour détourner les yeux.

— Vous n'êtes pas un homme ordinaire, dit-elle sans savoir pourquoi.

Il la regarda avec étonnement.

— Qu'est-ce qui vous fait dire cela ?

— Les choses que vous dites, les choses que vous faites. Je n'ai jamais rencontré personne qui fût autant que vous au diapason de la vie.

Il sourit, ravi.

— Voilà des mots qu'aucune femme ne m'avait jamais dits.

— Vous avez dû en connaître beaucoup! dit-elle avec une curiosité d'adolescente.

— Beaucoup?

— De femmes...

— Pas vraiment. J'ai toujours rêvé d'être un tombeur, comme Al, mais je n'en ai jamais vraiment eu le temps.

— Marié?

— Non, jamais.

— Mais très amoureux?

— Peut-être une fois, oui.

— Qu'est-il arrivé?

— Elle est morte.

Maeve comprit que Pitt n'avait jamais complètement comblé le fossé séparant la tristesse des souvenirs doux-amers. Elle regretta d'avoir posé la question et se sentit embarrassée. Quelque chose l'attirait vers lui avec l'envie de fouiller dans son esprit. Elle devinait qu'il était de ces hommes qui rêvent de quelque chose de plus profond qu'une simple relation physique et qu'un flirt hypocrite n'avait aucune chance de le retenir.

— Elle s'appelait Summer, poursuivit-il d'une voix douce. C'était il y a très longtemps.

— Je suis désolée, dit Maeve dans un souffle.

— Elle avait les yeux gris et les cheveux roux, mais elle vous ressemblait beaucoup.

— J'en suis très flattée.

Il allait lui parler de ses fils mais s'arrêta, pensant que cela risquait de gâcher l'intimité de cette minute. Deux êtres tout seuls, enfin presque seuls, dans un monde fait de lune, d'étoiles et de mer sombre et agitée. Sans humains, sans terre ferme, des milliers de kilomètres d'eau et de vacuité tout autour. Il était si facile d'oublier où l'on se trouvait et de s'imaginer sur un yacht, en train de traverser la baie menant à une île chaude des tropiques.

— Vous ressemblez aussi de façon incroyable à votre trisaïeule, ajouta-t-il.

Elle leva la tête et le regarda.

— Comment savez-vous que je lui ressemble?

— Le tableau sur le yacht représentant Betsy Fletcher.

— Un jour, il faudra que je vous parle de Betsy, dit Maeve en se lovant dans ses bras comme un chaton.

— C'est inutile, dit-il en souriant. Je pense que je la connais presque aussi bien que vous. Une femme héroïque, arrêtée et envoyée à la colonie pénitentiaire de Botany Bay et qui a survécu sur le radeau du *Gladiateur*. Elle a aidé à sauver la vie du capitaine Scaggs dit la Brute et de Jess Dorsett, un bagnard voleur de grand chemin devenu son mari et votre trisaïeul. Après avoir échoué sur ce qui devint l'île du Gladiateur, Betsy découvrit l'une des plus grosses mines de diamants du monde et fonda une dynastie. Là-bas, dans mon hangar, j'ai tout un dossier sur les Dorsett, commençant par Betsy et Jess, en passant par tous leurs descendants jusqu'à vous et vos abominables sœurs.

Elle se redressa, ses yeux bleus pleins de colère.

— Alors, vous avez fait faire une enquête sur moi, espèce de fouine ! Probablement par votre CIA !

Pitt secoua la tête.

— Pas tant sur vous que sur l'histoire de la famille Dorsett en tant que diamantaires. Mon intérêt pour eux concerne les recherches qu'a faites un adorable vieux monsieur qui serait très fâché d'être confondu avec un agent de la CIA.

— Vous en savez moins sur ma famille que vous ne le croyez, dit-elle avec hauteur. Mon père et ses ancêtres sont des gens très secrets.

— Maintenant que j'y pense, dit-il d'un ton apaisant, il y a un membre de votre tribu qui m'intrigue plus que les autres.

Elle le regarda de biais.

— Si ce n'est pas moi, qui cela peut-il être ?

— Le monstre marin qui vit dans votre lagon.

La réponse la prit complètement par surprise.

— Vous voulez parler de Basil ?

— Qui ça ? répondit-il après une seconde de silence.

— Basil n'est pas un monstre, c'est un serpent de mer. Ça fait une énorme différence. Je l'ai vu trois fois de mes propres yeux.

Alors Pitt éclata de rire.

— Basil ? Vous l'appelez Basil ?

— Vous ne ririez pas si fort s'il vous tenait dans ses mâchoires ! sifflat-elle, vexée.

Pitt secoua la tête.

— Je n'arrive pas à imaginer qu'une zoologue distinguée croie dur comme fer aux serpents de mer !

— Pour commencer, serpent de mer est une appellation erronée. Il ne s'agit pas de véritables serpents, comme les reptiles.

— On a raconté des histoires folles ! Des touristes prétendent avoir vu des bêtes étranges dans tous les lacs d'Ecosse, du Loch Ness au lac Champlain, mais je n'ai jamais entendu dire qu'on en avait vu dans l'océan depuis le siècle dernier.

— On ne fait plus à ces apparitions en mer la publicité qu'on leur faisait autrefois. Les guerres, les catastrophes naturelles et les massacres de populations ont pris leur place à la une des journaux.

— Ce qui ne devrait pas arrêter les reportages.

— Les voies maritimes des navires modernes sont toutes bien déterminées, expliqua patiemment Maeve. Les navires d'autrefois traversaient des mers peu fréquentées. Les baleinières, qui poursuivaient ces mammifères au large plutôt que près des ports, ont souvent raconté ces apparitions. Et puis les bateaux d'autrefois naviguaient à la voile, donc sans bruit, de sorte qu'ils pouvaient s'approcher des serpents de mer en surface. Maintenant les navires fonctionnent au diesel et on les entend à des kilomètres. Ce n'est pas parce qu'elles sont énormes que ces créatures ne sont pas craintives et discrètes. Ce sont des voyageurs infatigables des océans, qui ne veulent pas se laisser capturer.

— Si elles ne sont ni des illusions ni des serpents, que sont-elles ? Des dinosaures oubliés ?

— Très bien, monsieur le sceptique, dit-elle avec sérieux, un peu d'orgueil et de défi dans la voix. Je prépare une thèse en cryptologie, la science des animaux légendaires. Pour votre information, il y a eu 467 apparitions confirmées après qu'on a éliminé la possibilité de vision défectueuse, de canular et de on-dits. Elles sont toutes cataloguées sur mon ordinateur à l'université : nature des apparitions, y compris conditions atmosphériques et marines au moment des faits, distribution géographique, caractéristiques distinctives, couleurs, formes et tailles. Grâce aux techniques graphiques, je peux retracer l'évolution des bêtes. Et pour répondre à votre question, il est vraisemblable qu'elles sont de lointains cousins des dinosaures, comme le sont les alligators et les crocodiles. Mais ce ne sont pas vraiment des « survivants ». Les plésiosaures, l'espèce dont on pense souvent qu'elle pourrait avoir survécu sous la forme actuelle des serpents de mer, n'ont jamais dépassé seize mètres, ce qui est beaucoup plus petit que Basil, par exemple.

— Très bien, je réserve mon jugement jusqu'à ce que vous me convainquiez de leur existence.

— Il y a six espèces principales, insista Maeve. La plupart des apparitions montraient des créatures au long cou avec un tronc principal et une tête aux mâchoires semblables à celles d'un gros chien. Ensuite il y a celui que l'on décrit toujours comme ayant une tête de cheval avec une crinière et des yeux comme des soucoupes. Cette créature-là aurait une barbiche de chèvre sous la mâchoire inférieure.

— Une barbiche de chèvre ? répéta Pitt d'un ton moqueur.

— Ensuite, il existe une variété possédant un vrai corps de serpent, un peu comme une anguille. Une autre a l'apparence d'une loutre de mer géante, tandis qu'une autre aurait une rangée d'énormes nageoires triangulaires. Celle que l'on décrit le plus souvent a de nombreuses bosses dorsales, une tête en forme d'œuf et un gros museau canin. Presque tous les serpents seraient noirs sur le dessus et blancs sur le ventre. Certains ont des palmes ou des nageoires, comme les phoques ou les tortues marines, d'autres non. Certains ont de longues queues énormes, d'autres de petites protubérances. Beaucoup seraient recouverts de fourrure mais la plupart auraient la peau lisse et soyeuse. Les couleurs varient du jaunâtre au brun ou au noir. Presque tous les témoins s'accordent à dire que la partie inférieure des corps est blanche. Au contraire de la plupart des vrais reptiles marins ou terrestres, qui se meuvent en s'agitant latéralement, le serpent de mer avance par ondulations verticales. On pense qu'il se nourrit de poissons, qu'il ne se montre que par temps calme et on en a observé dans toutes les mers du globe, sauf autour de l'Arctique et de l'Antarctique.

— Comment pouvez-vous être sûre que toutes ces apparitions n'ont pas été mal interprétées ? demanda Pitt. Il aurait pu s'agir de requins pèlerins, de touffes d'algues, de marsouins nageant en file ou même de calmars géants.

— Dans la plupart des cas, il y a eu de nombreux observateurs, rétorqua Maeve. Beaucoup de ces témoins sont des commandants de navires tout à fait intègres. Le capitaine Arthur Rostron, entre autres.

— Je connais ce nom. Il commandait le *Carpathia*, le navire qui a secouru les survivants du *Titanic*.

— Il affirme avoir vu une créature qui lui a semblé en grande détresse, comme si elle était blessée.

— Ces témoins peuvent être parfaitement honnêtes mais se tromper, insista Pitt. Tant qu'un serpent ou un morceau de serpent n'aura pas été remis à des scientifiques pour être disséqué et étudié, il n'y aura pas de preuve.

— Pourquoi vous paraît-il impossible que des reptiles de vingt à cinquante mètres de long, ressemblant à des serpents, vivent encore dans les mers comme ils le faisaient à l'ère mésozoïque ? La mer n'est pas une vitre de cristal. On ne peut pas voir ses profondeurs ni les étudier comme on voit l'horizon sur terre. Qui sait combien d'espèces géantes, encore inconnues de la science, habitent au fond des eaux.

— J'ai presque peur de poser la question, dit Pitt, les yeux pleins de sourire. A quelle catégorie appartient Basil ?

— J'ai classé Basil dans les méga-anguilles. Il a un corps cylindrique de trente mètres de long, terminé par une queue pointue. Sa tête est légèrement arrondie, comme celle d'une anguille commune, avec une large bouche canine remplie de dents aiguisées. Il est bleuâtre avec le ventre blanc et ses yeux très noirs sont aussi larges que de grandes assiettes. Il ondule à l'horizontale, comme les anguilles et les serpents. Deux fois, je l'ai vu soulever la partie avant de son corps au moins dix mètres au-dessus de l'eau avant de retomber dans un grand éclaboussement d'eau et d'écume.

— Quand l'avez-vous vu pour la première fois ?

— Quand j'avais dix ans, répondit Maeve. Deirdre et moi faisions du bateau dans le lagon, dans un petit cotre que notre mère nous avait offert, quand soudain j'ai eu l'étrange sensation qu'on me regardait. Comme un long frisson le long de ma colonne vertébrale. Deirdre agissait comme s'il ne se passait rien de spécial. Je me suis lentement retournée. Là, à une vingtaine de mètres derrière nous, il y avait une tête et un cou qui sortaient de l'eau, à trois mètres de haut. La chose avait deux yeux noirs brillants qui nous dévisageaient.

— Son cou était-il très épais ?

— Au moins deux mètres de diamètre, aussi gros qu'une barrique, comme Père l'a souvent décrit.

— Lui aussi l'a vu ?

— Toute la famille a vu Basil en de nombreuses occasions mais plutôt quand quelqu'un est sur le point de mourir.

— Continuez votre description.

— Ça ressemblait aux dragons des cauchemars d'enfant. J'étais pétrifiée et je ne pouvais ni parler ni hurler. Deirdre continuait à regarder vers l'avant. Elle s'attachait à m'expliquer comment je devais tirer un bord pour que nous ne sortions pas du récif.

— Est-ce que la bête s'est approchée de vous ?

— Non. Elle nous a juste regardées et n'a rien fait pour retourner le bateau pendant que nous nous éloignions.

— Deirdre ne l'a jamais vue ?

— Pas cette fois-là mais plus tard, en deux occasions.

— Comment a réagi votre père quand vous lui avez raconté ce que vous aviez vu ?

— Il a ri et m'a dit : « Alors, tu as enfin rencontré Basil. »

— Vous avez dit que le serpent se manifestait lorsque quelqu'un devait mourir ?

— C'est ce qu'on dit dans la famille avec un brin de vérité. L'équipage d'un baleinier qui lui rendait visite a vu Basil dans le lagon quand Betsy Fletcher est morte et, plus tard, quand ma grand-tante Mildred puis ma mère moururent, toutes deux de mort violente.

— Coïncidence ou destin ?

Maeve haussa les épaules.

— Qui peut le dire ? La seule chose dont je sois sûre, c'est que mon père a assassiné ma mère.

— Comme le grand-père Henry est supposé avoir tué sa sœur Mildred ?

Elle lui lança un regard étrange.

— Vous savez cela aussi ?

— Tout le monde le sait.

Elle regarda au loin, là où l'eau sombre rejoignait les étoiles. La lune brillante illumina ses yeux qui semblèrent devenir plus sombres et plus tristes.

— Les trois dernières générations des Dorsett n'ont pas été exactement des modèles de vertu.

— Votre mère se prénommait Irène ?

Elle approuva sans rien dire.

— Comment est-elle morte ? demanda Pitt avec douceur.

— Elle serait morte de toute façon, le cœur brisé par tout ce qu'avait fait l'homme qu'elle avait tant aimé. Mais un jour où elle se promenait sur les falaises avec mon père, elle glissa et tomba. (Une expression de haine se peignit sur le fin visage de la jeune femme.) Il l'a poussée, dit-elle d'un ton glacial. Mon père l'a poussée pour qu'elle meure, aussi sûrement qu'il y a des étoiles dans l'univers.

Pitt la serra contre lui et la sentit frissonner.

— Parlez-moi de vos sœurs, dit-il pour changer de sujet.

Le regard de haine disparut et ses traits reprirent leur délicatesse.

— Il n'y a pas grand-chose à dire. Je n'ai jamais été très proche d'elles. Deirdre était la plus sournoise. Si je possédais quelque chose qu'elle désirait, elle le volait tout simplement et prétendait que cela lui avait toujours appartenu. Des trois, Deirdre a toujours été la petite fille de son papa. Il lui accordait toute son affection, sans doute parce qu'ils avaient le même caractère. Deirdre vit dans un monde imaginaire créé par ses propres mensonges. Elle est incapable de dire la vérité même si elle n'a aucune raison de mentir.

— Ne s'est-elle jamais mariée ?

— Une fois, avec un joueur de football professionnel qui croyait qu'il allait vivre toute son existence parmi les grands de ce monde avec ses jouets à lui. Malheureusement, quand il a voulu divorcer et qu'il a exigé une pension au moins égale au budget de l'Australie, il est tombé, bien à propos, d'un des yachts de la famille. On n'a jamais retrouvé son corps.

— Il vaut mieux ne pas accepter les invitations des Dorsett quand il s'agit de promenades en bateau, remarqua Pitt d'un ton ironique.

— Je n'ose pas penser à tous les gens que mon père a éliminés parce qu'ils se trouvaient sur son chemin, réellement ou dans son imagination.

— Et Boudicca ?

— Je ne l'ai jamais vraiment connue. Boudicca a onze ans de plus que moi. Juste après ma naissance, Père l'a inscrite dans une pension de luxe, du moins est-ce ce que l'on m'a toujours dit. Cela paraît bizarre de dire que ma sœur est une totale étrangère pour moi. J'avais presque dix ans quand je l'ai vue pour la première fois. Tout ce que je sais d'elle, c'est qu'elle a une passion pour les beaux jeunes gens. Ça ne plaît pas à Papa mais il ne fait pas grand-chose pour l'empêcher de coucher à droite et à gauche.

— C'est une forte femme !

— Je l'ai vue malmener Papa, une fois, quand il frappait notre mère alors qu'il était ivre.

— C'est bizarre qu'ils aient une si forte haine pour le seul membre de la famille qui soit aimable et convenable.

— Quand je me suis enfuie de l'île, où mes sœurs et moi étions pratiquement prisonnières depuis la mort de notre mère, Papa n'a pas accepté mon indépendance. Que je gagne ma vie et que je réussisse à payer mes études universitaires sans taper dans la fortune des Dorsett, ça, il n'a pas aimé du tout. Puis, quand j'ai vécu avec un jeune homme et que j'ai été enceinte, quand au lieu d'avorter j'ai décidé d'aller au bout de ma grossesse, après que le médecin m'a annoncé que j'attendais des jumeaux, et que j'ai refusé d'épouser le père, Papa et mes sœurs ont coupé tous mes liens avec l'empire Dorsett. Ça a l'air dingue mais je ne peux pas l'expliquer. J'ai obtenu officiellement de changer de nom et de prendre celui de ma trisaïeule et j'ai vécu heureuse, heureuse surtout d'être délivrée d'une famille aussi désaxée.

Elle avait été torturée par des forces mauvaises sur lesquelles elle n'avait aucun contrôle et Pitt la plaignait tout en admirant son courage. Maeve était une femme aimante. Il plongea son regard dans les yeux bleus, francs et candides d'une enfant. Il se jura alors qu'il remuerait ciel et terre pour la sauver.

Il allait dire quelque chose quand, dans l'obscurité, il aperçut la crête bouillonnante d'une vague énorme sur le point de tomber sur eux. Le rouleau géant parut occuper tout son champ de vision. Un frisson glacé parcourut sa nuque en voyant que trois vagues semblables suivaient la première.

Il prévint Giordino en criant et jeta Maeve sur le sol. La vague s'enroula et frappa le dessus du canot, l'inondant de mousse et d'écume, roula par-dessus et le fit pencher sur tribord en frappant. Le bord opposé fut littéralement soulevé et le bateau tordu de côté en retombant dans un grand creux, le long du mur liquide de la vague suivante.

La deuxième vague s'éleva pour toucher les étoiles avant de retomber sur eux avec la force d'un train de marchandises. Dépassé par la folie de le mer, Pitt n'eut d'autre choix pour survivre que de s'agripper au tube de flottaison et de le serrer avec force, comme il l'avait fait lors du typhon. S'il tombait par-dessus bord, il resterait par-dessus bord. Et ce serait la mort entre les dents des requins ou par noyade.

Le petit canot avait réussi, Dieu sait comment, à revenir à la surface quand les deux dernières vagues le frappèrent l'une après l'autre. Elles le secouèrent en tous sens dans un enfer bouillonnant d'eau en furie. Les passagers impuissants furent plongés dans une paroi liquide et à nouveau immergés. Puis ils glissèrent au bas de la surface presque plane de la dernière vague, après quoi la mer redevint calme comme s'il ne s'était rien passé. Les rouleaux tumultueux allèrent faire la course ailleurs et disparurent dans la nuit.

— Voilà un bel exemple du mauvais caractère de la mer, dit Giordino en crachant, les bras encore serrés autour de la console. Qu'est-ce qu'on lui a fait pour qu'elle nous fasse un coup pareil?

Pitt relâcha Maeve et l'aida à s'asseoir.

— Vous allez bien?

Elle toussa plusieurs fois et répondit avec difficulté.

— Je pense... je pense que je survivrai. Mais au nom du ciel, qu'est-ce qui nous a frappés?

— Je suppose qu'il s'est agi d'une secousse sismique au fond de la mer. La secousse n'a pas besoin d'être d'une grande amplitude pour déclencher une série de vagues solitaires.

Maeve repoussa les mèches mouillées de ses cheveux blonds.

— Heureusement, le canot ne s'est pas retourné et aucun de nous n'a été jeté à l'eau.

— Comment va le gouvernail? demanda Pitt à Giordino.

— Il est toujours là. Notre mât-pagaie s'en est bien tiré aussi mais notre voile en a pris un coup.

— La nourriture et la réserve d'eau n'ont pas souffert, annonça Maeve.

— Alors, on s'en sort sans trop de bobo, dit Giordino comme s'il avait du mal à y croire.

— Mais pas pour longtemps, j'en ai peur, répondit Pitt d'une voix tendue.

Maeve regarda autour d'elle le canot apparemment en bon état.

— Je ne vois aucun dommage irréparable...

— Moi non plus, fit Giordino après avoir vérifié les tubes de flottaison.

— Tu n'as pas regardé le fond.

Dans la lumière vive de la lune, ils virent tous deux l'expression tendue de Pitt. Ils regardèrent ce qu'il leur montrait et réalisèrent que tout espoir de survivre venait de disparaître.

Là, sur toute la longueur du fond du canot, la fibre de verre était fendue et l'eau commençait à s'infiltrer.

37

Rudi Gunn ne ruisselait pas de sueur et ne chantait pas victoire. Il comptait sur ses facultés mentales, un régime de bonnes habitudes alimentaires et son métabolisme pour garder une allure jeune et mince. Une ou deux fois par semaine, quand ça le tentait, il faisait de la bicyclette pendant l'heure du déjeuner, avec Sandecker à ses côtés. L'amiral, lui, était fou de jogging et courait quotidiennement dix kilomètres sur une piste longeant le Potomac. Ni l'un ni l'autre ne gardait le silence pendant l'effort. L'un courant, l'autre pédalant, ils discutaient des affaires de la NUMA comme s'ils avaient été au bureau.

— Quel est le record de dérive pour un homme à la mer? demanda Sandecker en ajustant son bandeau sur son front.

— Steve Callahan, un plaisancier, a survécu 76 jours après que son sloop a coulé au large des îles Canaries, répondit Gunn. C'est le record sur un canot gonflable. Le livre Guinness des Records indique que le tenant pour la plus longue dérive en mer est un certain Poon Lim, un steward chinois qui s'est retrouvé sur un radeau après que son bateau a été torpillé dans le sud de l'Atlantique, pendant la Seconde Guerre mondiale. Il a survécu 133 jours avant d'être recueilli par des pêcheurs brésiliens.

— Est-ce que l'un ou l'autre a dû affronter une tempête de force 10? Gunn secoua la tête.

— Ni Callahan ni Poon Lim n'ont rencontré de tempête de l'intensité du typhon qui a balayé Dirk, Al et Maeve Fletcher.

— Il y a maintenant deux semaines que Dorsett les a abandonnés, dit Sandecker entre deux respirations. S'ils ont survécu à l'orage, ils doivent terriblement souffrir de la soif et de l'exposition aux éléments.

— Pitt est capable de ressources infinies, affirma Gunn d'un ton sans réplique. Et avec Giordino, je ne serais pas surpris qu'ils abordent une plage de Tahiti et qu'ils se reposent dans une hutte d'herbe.

Sandecker se mit sur le côté de la route pour permettre à une femme poussant un gamin dans un petit triporteur de passer en courant dans la direction opposée. Ayant repris sa course, il murmura :

— Dirk a toujours dit que la mer ne livrait pas facilement ses secrets.

— Les choses pourraient s'arranger si les équipes de recherches et de sauvetage d'Australie et de Nouvelle-Zélande unissaient leurs forces à celles de la NUMA.

— Arthur Dorsett a le bras long, dit Sandecker, irrité. J'ai reçu tant d'excuses disant que tout le monde était occupé ailleurs à des missions de sauvetage que j'aurais pu retapisser mon bureau avec.

— Il est vrai que ce type exerce un incroyable pouvoir. (Gunn cessa de pédaler et s'arrêta à côté de l'amiral.) Les pots-de-vin de Dorsett atteignent le fond des poches de ses amis du Congrès des Etats-Unis et des parlements d'Europe et du Japon. C'est fou le nombre de gens célèbres qui travaillent pour lui!

Le visage de Sandecker prit une teinte brique, non de fatigue mais d'impuissance. Il ne pouvait retenir sa colère et son ressentiment. Il s'arrêta à son tour, s'assit et serra ses genoux dans ses bras en baissant les yeux.

— Je fermerais la NUMA sur l'heure si cela me permettait d'étrangler Arthur Dorsett de mes mains.

— Je suis sûr que vous n'êtes pas le seul, dit Gunn. Ils doivent être des milliers à le détester, à se méfier de lui et à rêver de le voir mort. Et pourtant, personne ne le trahit jamais.

— Ce n'est pas étonnant. Quand il n'organise pas des accidents mortels pour ceux qui se dressent sur son chemin, il les achète en remplissant de diamants des coffres en Suisse.

— Le diamant est une pierre puissante et persuasive.

— Il ne pourra jamais influencer le Président avec ça.

— Non, mais le Président *peut* être mal conseillé.

— Sûrement pas quand la vie de millions de gens est en jeu.

— Vous n'avez pas encore de nouvelles ? demanda Gunn. Le Président a dit qu'il vous ferait signe dans quatre jours. Ça en fait six.

— Il a bien compris l'urgence de la situation et...

Les deux hommes se retournèrent. Derrière eux klaxonnait une voiture marquée du sigle de la NUMA. Le chauffeur s'arrêta dans la rue le long du chemin de jogging. Il se pencha par la vitre ouverte et cria :

— J'ai un appel de la Maison-Blanche pour vous, amiral.

Sandecker regarda Gunn avec un léger sourire.

— Le Président doit avoir l'oreille fine !

Il s'approcha de la portière d'où le conducteur lui tendit un téléphone portable.

— Wilbur Hutton sur la ligne secrète, monsieur.

— Will ?

— Bonjour, Jim. J'ai bien peur d'avoir des nouvelles décourageantes.

Sandecker se raidit.

— Expliquez-vous, je vous en prie.

— Après avoir considéré l'affaire sous toutes ses facettes, le Président a repoussé toute action concernant votre peste acoustique.

— Mais pourquoi ? haleta Sandecker. Ne réalise-t-il pas les conséquences de ce manque d'action ?

— Les experts du Bureau National des Sciences n'ont pas cru à votre théorie. Ils ont été influencés par les rapports d'autopsie des médecins légistes australiens du Centre de Contrôle des Maladies, de Melbourne. Les Australiens ont prétendument prouvé que les morts à bord du navire de croisière ont été causées par une forme rare de bactérie, semblable à celle qui cause la maladie du légionnaire.

— Mais c'est impossible ! s'écria Sandecker.

— Je ne sais que ce qu'on m'a dit, admit Hutton. Les Australiens soutiennent que ça vient de l'eau contaminée des humidificateurs du système de chauffage du navire.

— Je me fous de ce que disent les légistes. Ce serait une folie de la part du Président d'ignorer mon avertissement ! Pour l'amour du ciel, Will, suppliez-le, plaidez ou faites ce que vous voudrez pour le convaincre d'utiliser son pouvoir pour fermer les mines de Dorsett avant qu'il soit trop tard.

— Désolé, Jim, le Président a les mains liées. Aucun de ses conseillers scientifiques ne pense que vos preuves soient assez fortes pour risquer un incident diplomatique. Et surtout pas une année électorale.

— C'est complètement délirant! dit Sandecker avec désespoir. Si mes collaborateurs ont raison, le Président ne pourra même pas se faire élire pour nettoyer les bains publics.

— Ça, c'est votre avis, dit sèchement Hutton. Je pourrais ajouter que Dorsett a offert de faire visiter ses sites d'excavations à une équipe d'enquêteurs internationaux.

— Combien de temps faut-il pour rassembler une telle équipe, à votre avis?

— Ça prend du temps. Deux semaines, peut-être trois.

— A ce moment-là, les cadavres s'empileront dans tout Oahu.

— Heureusement, ou malheureusement, selon la façon dont on voit les choses, vous êtes une minorité à le croire.

Sandecker murmura sombrement :

— Je sais que vous avez fait de votre mieux, Will, et je vous en remercie.

— Contactez-moi si vous découvrez d'autres renseignements, Jim. Ma ligne est toujours ouverte pour vous.

— Merci.

— Au revoir.

Sandecker rendit le portable au chauffeur et se tourna vers Gunn.

— On est fichus.

Gunn eut l'air choqué.

— Le Président ignore ce qui se prépare?

Sandecker fit signe que oui d'un geste de défaite.

— Dorsett a acheté les légistes. Ils ont émis un rapport bidon, affirmant que la mort des touristes du navire de croisière était due à une contamination du système de chauffage.

— On ne peut pas laisser tomber, dit Gunn, furieux. Il faut trouver un autre moyen d'enrayer à temps la folie de Dorsett.

— Quand on est dans le doute, répondit Sandecker dont les yeux retrouvaient leur flamme, il faut miser sur quelqu'un de plus malin que soi.

Il reprit le téléphone et composa un numéro.

— Je sais qui aura la clef.

L'amiral Sandecker se pencha et posa une balle sur le tee, au Camelback Golf Club de Scottsdale, en Arizona. Il était deux heures de l'après-midi, sous un ciel sans nuage, cinq heures seulement après son jogging avec Rudi Gunn à Washington. A l'aéroport de Scottsdale, il avait emprunté une voiture à un ami retraité de la Marine et s'était rendu directement au club de golf. Janvier dans le désert est parfois frais, aussi portait-il un pantalon et un pull à manches longues en cachemire. Il y avait deux terrains et il jouait sur celui qu'on appelait le Virage Indien.

Il regarda le green, 365 mètres plus loin, fit deux swings pour se chauffer, visa la balle et la frappa sans effort. Elle s'envola parfaitement, sliça un peu sur la droite, rebondit et roula pour s'arrêter 190 mètres plus bas sur le fairway.

— Joli coup, amiral! dit le Dr Sanford Adgate Ames. J'ai fait une erreur en vous proposant un parcours amical. Je n'avais pas réalisé que les vieux marins prennent aussi sérieusement les jeux qui se jouent à terre.

Avec la longue barbe grise peu fournie qui couvrait sa bouche et tombait sur sa poitrine, Ames avait l'air d'un vieux prospecteur du désert. Des lunettes à verres bleus, à double foyer, dissimulaient ses yeux.

— Les vieux marins font des choses étranges, répondit Sandecker.

Il eût été aussi inutile de demander à Ames de venir assister à une conférence de grosses têtes à Washington que de prier Dieu de lancer un sirocco pour faire fondre la calotte glacière. Ni l'un ni l'autre n'aurait répondu. Ames détestait New York et Washington de toutes ses forces et refusait absolument de s'y rendre. Les invitations à des dîners de reconnaissance ou à des remises de récompenses ne réussissaient pas à lui faire quitter sa cachette de Camelback Mountains.

Sandecker avait besoin de lui de façon urgente. Il avait demandé un rendez-vous au *maître du son*, comme l'appelaient ses collègues chercheurs. Ames avait accepté, à la condition expresse que Sandecker apporte ses clubs de golf car la discussion aurait lieu sur le links.

Très respecté dans la communauté scientifique, Ames était au son ce qu'Einstein avait été au temps et à la lumière. Tranchant, égocentrique, brillant, il avait écrit plus de trois cents articles sur tous les aspects connus de l'océanographie acoustique. Au cours des quarante-cinq dernières années, ses études et ses analyses couvraient tous les phénomènes, du radar sous-marin et des techniques du sonar à la propagation des ondes sonores et à leur réverbération en surface. Autrefois conseiller écouté du ministère de la Défense, il avait dû démissionner après s'être vivement opposé aux essais de bruits océaniques, faits dans le monde entier, pour mesurer le réchauffement du globe. Ses attaques caustiques contre les projets d'essais nucléaires sous-marins officiels constituaient également une source d'animosité au sein du Pentagone. Des représentants de quantité d'universités avaient défilé devant sa porte, dans l'espoir d'obtenir sa participation à leurs facultés mais il avait toujours refusé, préférant poursuivre ses recherches avec une petite équipe de quatre étudiants, qu'il payait de ses deniers.

— Que diriez-vous d'un dollar le point, amiral? Etes-vous un parieur convaincu?

— Vous avez mis le doigt dessus, Doc, répondit Sandecker en souriant.

Ames s'approcha du tee, étudia le parcours comme s'il pointait un fusil et frappa. Il était presque septuagénaire mais Sandecker remarqua que son backswing n'était que de quelques centimètres plus court que celui d'un golfeur plus jeune et plus leste. La balle s'éleva et tomba dans un bunker, deux cents mètres au-delà du drapeau.

— Et voilà comment chutent les puissants! dit Ames avec philosophie.

Sandecker ne fut pas dupe. Il savait que l'autre essayait de l'endormir. Ames avait été célèbre dans les cercles de Washington pour ses qualités de golfeur. Tout le monde savait que, s'il ne s'était pas tourné vers la physique, il serait devenu golfeur professionnel.

Ils montèrent sur un kart et partirent vers leurs balles, Ames au volant.

— En quoi puis-je vous aider, amiral? demanda-t-il.

— Avez-vous entendu parler des efforts de la NUMA pour trouver et arrêter la peste acoustique?

— J'en ai entendu parler, en effet.

— Qu'en pensez-vous?

— C'est un peu tiré par les cheveux.

— C'est aussi l'avis du président du Bureau National des Sciences, grogna Sandecker.

— Je ne saurais l'en blâmer.

— Alors vous ne croyez pas que le son puisse parcourir des milliers de kilomètres sous l'eau puis faire surface et tuer?

— Qu'il vienne de quatre sources acoustiques de forte intensité et qu'il converge dans une même zone pour tuer tous les mammifères à la ronde? Ce n'est pas l'hypothèse que je recommanderais, en tout cas si je souhaitais garder l'estime de mes collègues.

— Au diable les hypothèses! éclata Sandecker. Il y a déjà eu quatre cents morts. Le colonel Leigh Hunt, un de nos meilleurs pathologistes, a prouvé que ces morts avaient été causées par d'intenses ondes sonores.

— Ce n'est pas ce que j'ai retenu des rapports des médecins légistes australiens.

— Vous n'êtes qu'un faux-jeton, Doc! dit Sandecker en souriant. Vous suiviez l'affaire depuis le début!

— Chaque fois qu'on parle d'acoustique, ça m'intéresse.

Ils atteignirent la première balle de Sandecker. Il choisit un club à tête en bois numéro trois et envoya sa balle dans un bunker, vingt mètres à l'avant du green.

— On dirait que les obstacles de sable vous attirent, constata Ames avec désinvolture.

— Plus que vous ne le pensez, admit l'amiral.

Ils s'arrêtèrent devant la balle de Ames. Le physicien sortit de son sac un putter numéro trois. Son jeu paraissait plus mental que physique. Il ne fit aucun swing d'essai ni aucun mouvement de torsion. Il s'approcha simplement de la balle et swingua. Il y eut une pluie de sable tandis que la balle partait en chandelle et tombait sur le green à dix mètres du trou.

Il fallut à Sandecker deux coups de son sand-wedge [1] pour sortir de l'obstacle et deux putts [2] avant que sa balle ne roule enfin dans le trou pour un double bogey. Ames la sortit en deux putts pour un par [3]. Pendant qu'ils se dirigeaient vers le second tee, Sandecker commença à détailler ce que lui et son équipe avaient découvert. Les huit trous suivants se jouèrent sur fond de discussion animée, Ames questionnant sans cesse Sandecker et tentant de contrer les arguments de l'amiral sur le meurtre acoustique.

Au neuvième trou, Ames utilisa un club métallique appelé pitching ledge, pour envoyer sa balle à une longueur de club du trou. Il s'amusa de voir que Sandecker avait mal interprété le green et renvoyé sa balle dans l'herbe alentour.

— Vous pourriez être un golfeur très convenable si vous jouiez plus souvent, amiral.

— Cinq fois par an, ça me suffit, répondit Sandecker. Je ne trouve guère d'intérêt à poursuivre une petite balle pendant six heures.

— Oh ! Je ne sais pas ! J'ai mis au point mes théorèmes les plus créatifs pendant que je me détendais sur un terrain de golf.

Après que Sandecker eut enfin mis un putt dans le trou, ils retournèrent au kart. Ames sortit une cannette de Coca sans sucre d'une petite glacière et la tendit à l'amiral.

— Que souhaitez-vous que je vous dise exactement ? demanda-t-il.

— Je me fiche pas mal de ce que pensent les savants dans leur tour d'ivoire. Il y a des gens qui meurent, là-bas, sur la mer. Si je n'arrête pas Dorsett, davantage de gens vont mourir, combien, je ne veux même pas y penser. Vous êtes le meilleur spécialiste en acoustique de ce pays. J'espère que vous pourrez m'indiquer un moyen de mettre fin à ce massacre.

— Ainsi, je suis votre dernier recours ?

Le changement subtil du ton amical d'Ames ne fut sans doute pas très évident mais cependant indubitable.

— Vous voulez que je trouve une solution pratique à votre problème ?

— A *notre* problème, corrigea doucement Sandecker.

— Oui, dit Ames en soupirant. Je le comprends maintenant. (Il leva sa cannette de Coca et l'observa sans la voir.) Ce que vous avez dit de moi, amiral, est tout à fait exact. Je ne suis qu'un faux-jeton. J'ai préparé une sorte de plan avant même que vous quittiez Washington. Attention, c'est loin d'être parfait. Nous avons cinquante pour cent de chances de réussir

---

1. Club de métal (putter) spécial pour sortir la balle d'un obstacle de sable (sand trap ou bunker).
2. Coup roulé.
3. Nombre de coups nécessaires à un joueur de première série pour réussir un trou et un bon total.

mais c'est ce que je peux vous proposer de mieux, sans passer des mois à faire des recherches sérieuses.

Sandecker regarda Ames, masquant son impatience, les yeux brillants cependant d'un nouvel espoir.

— Vous avez vraiment imaginé un moyen de mettre un terme aux exploitations minières de Dorsett?

— Ne rêvez pas, il n'est pas dans mes possibilités de lancer la force armée. Je parle d'une méthode permettant de neutraliser la convergence des ondes acoustiques.

— Comment est-ce possible?

— En peu de mots, disons que l'on peut faire réfléchir l'énergie d'une onde sonore. Puisque vous savez que les quatre ondes séparées vont se propager vers l'île d'Oahu et que vous avez déterminé l'heure approximative de leur convergence, je suppose que vos chercheurs peuvent calculer la position exacte de cette convergence.

— Nous l'avons fait, oui.

— Alors vous avez votre réponse.

— J'ai ma réponse? répéta Sandecker, tout son espoir envolé. J'ai dû sauter un chapitre.

Ames haussa les épaules.

— Le rasoir d'Occam [1], amiral. Il ne faut pas multiplier les entités sans nécessité.

— La réponse la plus simple est préférable à la plus complexe!

— Exactement. Mon avis vaut ce qu'il vaut, mais je pense que la NUMA devrait construire un réflecteur semblable à une antenne parabolique de satellite, le placer au point de convergence et dévier les ondes acoustiques d'Honolulu.

Sandecker réussit à ne montrer aucune émotion mais son cœur battit très fort dans sa poitrine. La clef de l'énigme était ridiculement simple. Bien sûr, il ne serait pas facile de faire dévier les ondes mais c'était *faisable*.

— Si la NUMA peut fabriquer et déployer à temps un réflecteur parabolique, dit-il à Ames, où devons-nous, à votre avis, renvoyer les ondes?

Un sourire rusé étira les lèvres du physicien.

— Le meilleur choix serait une zone inhabitée de l'océan, disons le sud de l'Antarctique. Mais puisque l'énergie des ondes a tendance à ralentir beaucoup quand elles se propagent loin, pourquoi ne pas les renvoyer d'où elles viennent?

— Vers les mines de Dorsett, sur l'île du Gladiateur, dit Sandecker en s'efforçant de masquer un peu son admiration.

— C'est un choix qui en vaut un autre. L'intensité de l'énergie n'aura

---

1. Guillaume d'Occam, philosophe anglais (1300-1349).

plus la force de tuer après son voyage de retour. Mais ça pourra toujours leur flanquer une belle peur et leur donner une sacrée migraine.

38

Pitt pensa qu'ils étaient arrivés au bout de l'aventure. Aucun humain n'aurait pu en faire davantage. C'était la conclusion d'un bel effort, la fin de leurs désirs, de leurs amours et de leurs joies. Ils finiraient dans l'eau et serviraient de pâture aux poissons. Leurs pauvres restes s'enfonceraient jusqu'au fond désolé de la mer, des milliers de mètres en dessous de la surface. Maeve ne reverrait jamais ses enfants, Pitt serait pleuré par ses parents et par ses nombreux amis de la NUMA. Avec un dernier vestige d'humour, il se dit que le service funèbre à la mémoire de Giordino rassemblerait un nombre impressionnant de femmes en pleurs dont chacune aurait pu être une reine de beauté.

Le petit canot qui les avait menés si loin au milieu d'un immense chaos se défaisait à toutes les coutures. La fissure le long de la coque s'agrandissait à chaque vague qui le soulevait. Les tubes de flottaison les garderaient à flot mais quand la coque se briserait pour de bon et que chaque morceau irait flotter de son côté, ils seraient tous les trois jetés dans l'eau impitoyable, accrochés désespérément aux morceaux d'épave et à la merci des requins omniprésents.

Pour le moment, la mer était relativement calme. De la crête au fond des creux, les vagues ne dépassaient pas un mètre. Mais si le temps se gâtait et que la mer grossissait, ils devraient regarder la mort en face. La vieille femme à la faux les emmènerait vite et sans la moindre hésitation.

Pitt se pencha sur le gouvernail à l'arrière, écoutant le bruit maintenant familier de la sasse qui grattait et clapotait. Ses yeux d'un vert intense, irrités et gonflés, scrutaient l'horizon où le globe du soleil levant teintait la mer d'orange et d'or. Il regardait autour de lui dans l'espoir insensé d'apercevoir la trace d'une terre qui briserait enfin la ligne nette de la mer tout autour d'eux. Mais en vain. Aucune île, aucun navire, aucun avion ne se matérialisait. A part quelques petits nuages se traînant vers le sud-est, à une vingtaine de kilomètres, le monde de Pitt était aussi vide que la planète Mars, et le petit canot rien de plus qu'un grain de poussière sur l'étendue infinie de la mer.

Ayant pêché assez de poisson pour ouvrir un restaurant spécialisé, ils n'avaient plus à craindre la faim. Leur réserve d'eau, conservée, pouvait durer encore six ou sept jours. Mais la fatigue et le manque de sommeil dus à la lutte constante pour garder le bateau à flot commençaient à faire leur œuvre. Chaque heure leur était douloureuse. Sans un bol ou un récipient quelconque, ils avaient dû écoper à la main l'eau qui s'infiltrait jusqu'à ce que Pitt pense à utiliser le sachet imperméable dans lequel il avait rangé les accessoires passés sous le nez de Dorsett. Attaché à deux clés pour former un réceptacle concave, cette écope rudimentaire put vider un litre d'eau à chaque mouvement.

Au début, ils travaillèrent par tours de quatre heures, car Maeve exigea de prendre part à l'effort. Elle travailla vaillamment, luttant contre la raideur qu'elle ressentit bientôt dans toutes les articulations de ses bras et de ses poignets puis contre la douleur insoutenable de tous ses muscles. Elle ne manquait ni de cran ni de volonté mais n'avait pas la force naturelle de ses deux compagnons. Leurs tours furent donc divisés et ce fut la résistance de chacun qui décida de leur attribution. Maeve écopa trois heures avant que Pitt ne prenne sa place. Il tint cinq heures. Giordino prit le relais et refusa de laisser sa place avant d'avoir travaillé huit longues heures.

Alors que la fissure s'élargissait sans cesse, l'eau ne s'infiltrait plus en suintant mais carrément en jaillissant comme une fontaine. La mer s'installait plus vite qu'elle ne se laissait chasser. Le dos au mur, sans espoir de délivrance, ils commencèrent à perdre leur ténacité.

— Maudit soit Arthur Dorsett! criait Pitt dans sa tête. Maudites soient Boudicca et Deirdre!

Ce gâchis inutile, cette mort lente, n'avaient pas de sens. Maeve et lui ne représentaient pas une menace bien importante pour les rêves fous de Dorsett et pour son empire. Seuls, ils n'auraient rien pu faire contre lui, même pas le ralentir. C'était un acte de pur sadisme que de les avoir condamnés à dériver ainsi.

Maeve bougea dans son sommeil, murmura quelque chose puis leva la tête et regarda Pitt, encore à demi endormie.

— Est-ce mon tour d'écoper?

— Pas avant cinq heures au moins, mentit Pitt en souriant. Rendormez-vous.

Giordino arrêta un moment et se tourna vers Pitt. Il était malade à l'idée que Maeve, elle aussi, serait bientôt mise en pièces et dévorée par les monstres meurtriers des profondeurs. L'air sombre, il se remit au travail avec rage, jetant des milliers de litres d'eau par-dessus bord.

Dieu seul savait comment Giordino pouvait tenir. Son dos et ses bras devaient le faire atrocement souffrir. Sa volonté de fer, son désir de résister dépassaient les bornes du compréhensible. Pitt était plus fort que la plupart des hommes mais, comparé à Giordino, on aurait dit un enfant regardant un haltérophile olympique. Quand Pitt, totalement épuisé, lui avait repassé l'écope de fortune, Giordino paraissait capable de tenir jusqu'à la fin des temps. Jamais il n'accepterait la défaite. Le petit Italien solide et trapu mourrait probablement en essayant de prendre à la gorge un requin-marteau.

Le danger aiguisait l'esprit de Pitt. Dans un dernier effort désespéré, il baissa la voile, la posa à plat sur le sol puis la glissa sous la coque et l'attacha avec des cordes aux caissons étanches. La toile de nylon, collée contre la fissure par la pression de l'eau, ralentit l'arrivée de celle-ci d'au moins cinquante pour cent. Mais cela ne pouvait être qu'une mesure provisoire qui ne leur apportait que quelques heures de vie supplémentaire. A moins que la mer ne devienne complètement calme, l'épuisement physique de l'équipage et la fissure du bateau se produiraient peu après la tombée de la nuit, pensa Pitt. Il jeta un coup d'œil à sa montre. Le crépuscule commencerait dans quatre heures et demie.

Pitt prit doucement le poignet de Giordino et lui enleva l'écope.

— C'est mon tour, affirma-t-il.

Giordino ne résista pas. Il hocha la tête et s'appuya au caisson étanche, trop épuisé pour dormir. La voile retenait suffisamment le flux pour que Pitt ne soit pas débordé pendant un moment. Il écopa tout l'après-midi, mécaniquement, perdant toute notion du temps, remarquant à peine le passage du soleil brutal, sans jamais céder à la violence de ses rayons. Il écopa comme un robot, ne sentant plus la douleur de son dos et de ses bras, les sens paralysés, agissant comme sous l'effet d'une drogue.

Maeve se secoua enfin de sa torpeur. Elle regarda l'horizon derrière les épaules de Pitt.

— Ne trouvez-vous pas que les palmiers sont jolis ? murmura-t-elle.

— Oui, très jolis, répondit Pitt qui lui adressa un sourire tendu, pensant qu'elle avait des hallucinations. Mais il ne faut pas rester dessous. Il y a des gens qui sont morts d'avoir reçu des noix de coco sur la tête.

— Je suis allée aux Fidji, une fois, poursuivit-elle en faisant voler ses cheveux. J'en ai vu une faire exploser le pare-brise d'une voiture à l'arrêt.

Aux yeux de Pitt, Maeve était comme une petite fille perdue, errant sans but dans une forêt, ayant abandonné tout espoir de retrouver jamais le chemin de sa maison. Il aurait voulu pouvoir faire ou dire quelque chose pour la consoler. Mais personne ne pouvait rien faire sur cette mer abandonnée de Dieu. Il ressentit avec amertume sa totale impuissance.

— Vous ne croyez pas qu'il faudrait aller un peu plus sur tribord ? demanda-t-elle avec indolence.

— Sur tribord ?

— Oui. Vous ne voudriez pas manquer l'île qui est là-bas, je suppose, répondit-elle en regardant au loin comme en transe.

Pitt plissa les paupières. Lentement, il se tourna et regarda par-dessus son épaule. Après seize jours environ à essayer de relever des positions d'après le soleil, à souffrir des reflets aveuglants de l'eau, ses yeux étaient si fatigués qu'il ne put fixer le large que quelques secondes avant de les refermer. Il promena son regard sur l'avant mais ne vit que des vagues bleu-vert.

Il se retourna.

— Nous ne pouvons plus contrôler le canot, expliqua-t-il d'une voix douce. J'ai enlevé la voile pour la mettre sous la coque pour ralentir la fuite.

— Oh ! S'il vous plaît ! Elle est si proche ! Ne pouvons-nous accoster et marcher quelques minutes au moins sur de la terre ferme ?

Elle parlait si calmement, si rationnellement avec son accent australien que Pitt sentit un frisson descendre tout le long de son dos. Avait-elle vraiment vu quelque chose ? La raison le poussait à croire que Maeve délirait. Mais l'étincelle d'espérance qu'il avait pu conserver, son désespoir aussi, l'obligèrent à se mettre à genoux, s'accrochant au caisson étanche pour ne pas tomber. A cet instant, le canot s'éleva sur une vague et il eut une vision brève de l'horizon.

Il n'y avait aucune colline surmontée de palmiers. Pitt mit un bras autour des épaules de Maeve. Il se rappela qu'elle était autrefois robuste et courageuse. Maintenant, elle paraissait frêle et toute petite. Pourtant son visage reflétait une intensité nouvelle. Alors il vit qu'elle ne regardait pas la mer mais le ciel.

Pour la première fois, il remarqua l'oiseau qui volait au-dessus du canot, les ailes étendues, flottant dans la brise. Il mit les mains autour de ses yeux et regarda l'intrus ailé. Il avait au moins un mètre d'envergure et des plumes mouchetées de vert et de brun. Le dessus de son bec formait un arc terminé par une pointe acérée. Pitt pensa qu'il s'agissait d'un vilain cousin de la famille colorée des perroquets.

— Vous le voyez aussi ? dit Maeve avec fougue. C'est un kéa, exactement semblable à celui qui a emmené mes ancêtres jusqu'à l'île du Gladiateur. Les marins qui ont fait naufrage dans les mers du sud jurent que le kéa montre le chemin des ports sûrs.

Giordino leva les yeux, considérant le perroquet davantage comme un repas de viande que comme un messager divin envoyé par des marins fantômes pour les guider jusqu'à la terre.

— Demandez à Polly de nous recommander un bon restaurant, murmura-t-il d'une voix fatiguée. De préférence un endroit sans poisson au menu.

Pitt ne répondit pas à l'humour de Giordino. Il étudia les mouvements du kéa. L'oiseau planait comme s'il se reposait et ne paraissait nullement vouloir tourner sans but autour du canot. Ayant apparemment repris son souffle, il se dirigea vers le sud. Pitt mesura immédiatement l'angle de la course de l'oiseau, ne le quittant pas des yeux jusqu'à ce qu'il ne soit plus qu'un point qui disparut à l'horizon.

Les perroquets ne sont pas des oiseaux marins, comme les mouettes ou les pétrels, capables de parcourir de grandes distances sur la mer. Pitt se dit qu'il était peut-être perdu. Mais cela ne tenait pas. Pour un oiseau qui préfère enfoncer ses serres dans quelque chose de solide, celui-ci n'avait pas fait mine de se poser sur un objet flottant. Ce qui signifiait qu'il n'était pas fatigué de voler à l'instinct vers une terre inconnue où il devrait peut-être s'accoupler. Cet oiseau savait exactement où il était et où il allait. Il avait en quelque sorte un plan de vol. Peut-être – peut-être seulement – allait-il d'une île à une autre. Pitt était certain que l'oiseau voyait quelque chose de là-haut que les hommes misérables, abandonnés sur ce canot délabré, ne pouvaient apercevoir.

Il rampa jusqu'à la console et se mit debout, se tenant à deux mains pour ne pas passer par-dessus bord. De nouveau, il loucha vers le sud-est, les yeux gonflés.

Il avait vu trop souvent les nuages à l'horizon donner l'illusion de terres s'élevant au-dessus de la mer, il était trop habitué à voir des touffes de coton voler tout au bout de la mer, leurs formes inégales et leurs couleurs grisâtres éveillant en lui de faux espoirs avant de changer de formes et de disparaître, poussées par les vents d'ouest.

Cette fois, c'était différent. Le nuage solitaire, là-bas, restait immobile alors que tous les autres ne faisaient que passer. Il s'élevait légèrement au-dessus de la mer mais sans donner l'idée d'une masse. On n'apercevait aucune végétation verdoyante parce que le nuage lui-même n'était pas un morceau d'île. Il était fait de vapeur se dégageant du sable gorgé de soleil avant de se condenser, plus haut, dans l'air plus froid.

Pitt fit de son mieux pour ne pas céder à l'excitation et à la joie quand il comprit que l'île était encore à cinq heures de navigation au moins. Il n'y avait aucune certitude de l'atteindre, même en réinstallant la voile sur le mât, en laissant la mer envahir le canot. Mais, peu à peu, l'espoir reprit le dessus. Il se rendit compte qu'il ne s'agissait pas du sommet d'une montagne sous-marine qui aurait surgi de la mer à cause d'une activité volcanique d'un million d'années puis se serait façonnée en collines et en vallées. Il s'agissait d'un rocher bas et plat où poussaient quelques arbres mal identifiables, qui avaient survécu, on ne sait comment, au climat plus froid de l'extrémité septentrionale de la zone tropicale.

Les arbres, bien visibles, étaient groupés sur de petites zones sableuses comblant les fissures des rochers. Pitt réalisa bientôt que l'île était bien plus proche qu'elle n'avait paru au début. Elle devait être à huit ou neuf kilomètres. Le haut des arbres donnait l'impression d'un tapis broussailleux jeté sur l'horizon.

Il releva comme il put la position de l'île. Elle correspondait exactement à la course du kéa. Puis il vérifia la position du vent et du courant qui les conduisaient apparemment à la pointe nord. Ils allaient devoir naviguer vers le sud-est, en faisant des bordées sur tribord, comme l'avait imaginé Maeve.

— La petite dame gagne un prix, annonça Pitt. Nous sommes bien en vue d'une terre.

Maeve et Giordino essayèrent de se lever, s'agrippèrent à Pitt et contemplèrent l'espoir distant d'un refuge.

— Ce n'est pas un mirage, dit Giordino avec un large sourire.

— Je vous avais dit que le kéa nous conduirait au port, murmura Maeve à l'oreille de Pitt.

Celui-ci ne voulut pas se laisser déborder par l'allégresse.

— Nous n'y sommes pas encore. Il va falloir remettre la voile et écoper comme des fous si nous voulons aborder cette côte.

Giordino calcula la distance qui les séparait de l'île et son expression se fit plus sérieuse.

— Nous n'y arriverons pas, dit-il. Le canot se cassera en deux avant qu'on ait fait la moitié du chemin.

39

Ils avaient levé la voile et utilisé tous les morceaux de corde disponibles pour essayer de garder la coque en un seul morceau. Maeve s'occupa du gouvernail tandis que Giordino écopait comme un fou et que Pitt tentait d'en faire autant à mains nues. Le canot épuisé se dirigeait vaillamment vers la petite île basse, à quelques kilomètres de là. Enfin, ils avaient la preuve tangible que la navigation de Pitt avait payé.

La fatigue abrutissante, l'épuisement écrasant, avaient disparu pour Pitt et Giordino. Maintenant, ils n'étaient plus eux-mêmes, ils avaient atteint une zone psychologique dans laquelle la souffrance et la contrainte n'avaient plus de signification. Peu importait le prix que leur corps devrait payer plus tard, la détermination, le refus de la défaite les portaient tandis qu'ils comblaient peu à peu l'espace qui les séparait encore de la côte tant désirée. Bien sûr, ils ressentaient la douleur qui déchirait leurs épaules et leurs dos, mais cette douleur ne représentait pour eux qu'une protestation abstraite de leur esprit. C'était comme si ce tourment se passait ailleurs.

Le vent gonfla la voile, poussant le canot vers le seul affleurement sur l'horizon. Mais la mer impitoyable n'était pas prête à relâcher sa poigne d'acier. Le courant lutta contre eux, bifurquant en atteignant la plage et revenant en boucle, comme pour les repousser dans la vaste étendue déserte du Pacifique.

— J'ai l'impression que nous allons être renvoyés au large, dit craintivement Maeve.

Tourné vers l'avant, rejetant de toutes ses forces l'eau qui ne cessait de déferler, Pitt ne quittait guère l'île des yeux. Au début, il n'en avait vu qu'une seule mais, lorsqu'ils ne furent plus qu'à deux kilomètres, il s'aperçut qu'il y en avait deux. Un bras de mer de cent mètres de large environ les séparait. Il distingua aussi ce qui lui parut un courant, allant et venant dans l'espace entre les îles.

En observant le vent strier la surface et l'écume voler en gerbes, Pitt put affirmer que la brise soufflait maintenant à leur avantage, poussant le canot sous un angle plus aigu, qui lui permettait d'échapper au courant inamical. « Un point pour nous », pensa-t-il avec optimisme. Le fait que l'eau fût trop froide, aussi loin vers le sud, pour que se forment des récifs de corail qui auraient pu, en affleurant, déchirer leurs chambres de flottaison, était un autre avantage.

Giordino et lui, en se battant contre l'envahissement de l'eau, eurent l'impression qu'un orage menaçant se préparait. Une pause rapide et leurs regards se croisèrent. Ils comprirent que c'était seulement le bruit du ressac se jetant contre les falaises rocheuses. Les vagues devenaient meurtrières et attiraient le canot sans cesse plus près, dans un enlacement fatal. L'impatience des naufragés de poser enfin le pied sur la terre ferme se transforma soudain en une peur affreuse d'être écrasés par la violence de la mer.

Au lieu d'un havre de paix, Pitt ne voyait plus que deux rochers effrayants, saillant à pic de la mer, entourés et frappés par l'assaut de gigantesques brisants. Cela n'avait rien à voir avec les atolls tropicaux, leurs merveilleuses plages de sable blanc et leurs indigènes accueillants, du genre de Bali ou Hawaï, bénis des cieux et dotés d'une végétation luxuriante. On ne voyait ici aucun signe de vie, aucune fumée, aucune construction que ce soit. Nues, désolées, balayées par le vent, elles semblaient des avant-postes mystérieux de lave rocheuse, avec pour seule végétation quelques broussailles sans fleurs et des arbres à l'allure bizarre et à la croissance difficile.

Pitt eut du mal à croire qu'il était de nouveau en guerre contre la pierre inflexible et l'eau, pour la troisième fois depuis qu'il avait sauvé Maeve, sur la péninsule Antarctique. Pendant un bref instant, ses pensées le ramenèrent au *Polar Queen* sauvé de justesse et à sa fuite aérienne de l'île Kunghit avec Mason Broadmoor. Les deux fois, il avait disposé d'une puissance mécanique pour se sortir du danger. Maintenant, il luttait pour ne pas être englouti dans les profondeurs, sur un petit canot chargé d'eau, avec une voile à peine plus grande qu'une couverture.

Il se rappela avoir lu que la seule préoccupation d'un bon marin, quand il rencontrait une mer démontée, était de garder la stabilité de son embarcation. Le bon marin ne laisserait pas son bateau prendre l'eau car cela affecterait sa flottabilité. Il aurait bien voulu que l'auteur de cette superbe maxime soit assis près de lui en cette minute même.

— A moins que vous n'aperceviez un bout de plage pour accoster, cria Pitt à Maeve, essayez de nous diriger entre les deux îles.

Les traits délicats de Maeve, tirés et brûlés par le soleil, étaient tendus et résolus. Elle hocha la tête sans rien dire, empoigna solidement les cordes du gouvernail et se consacra attentivement à la tâche qu'on lui avait confiée.

Les murailles déchiquetées qui s'élevaient au-dessus des vagues paraissaient plus menaçantes de minute en minute et l'eau envahissait le canot de façon alarmante. Giordino, ignorant l'épreuve qui se rapprochait, faisait de son mieux pour empêcher le canot de sombrer. Il eut été fatal, maintenant, de cesser d'écoper. Si, pendant dix secondes, on laissait l'eau prendre possession du bateau fendu, tous les trois couleraient à cinq cents mètres de la plage. Ils auraient beau nager de toutes leurs forces, si les requins ne les avalaient pas, le courant et les rochers les tueraient. Aussi ne cessa-t-il pas d'écoper, sans manquer une séquence, mettant sa foi et sa confiance entre les mains de Pitt et de Maeve.

Pitt calcula la cadence des vagues. Leur frottement contre le fond en pente les obligeait à s'élever ou à s'abaisser lentement. Mesurant la pause de leurs crêtes devant et derrière le canot, il put calculer leur vitesse. Leur périodicité était d'environ neuf secondes et elles roulaient à environ vingt-deux nœuds. Les lames frappaient sous un angle oblique par rapport à la côte accidentée, de sorte qu'elles se brisaient brusquement en se réfractant en un large mouvement tournant. Pitt n'eut pas besoin de posséder la science maritime d'un vieux capitaine de clipper pour comprendre qu'avec la puissance extrêmement limitée de leur voile, il n'y avait pas grand-chose à faire pour viser le chenal. Il craignait aussi que le ressac combiné des vagues frappant les deux îles ne transforme l'entrée du chenal en un véritable tourbillon.

Il sentit la pression de la vague suivante entre ses genoux, appuyés contre le fond du canot. D'après les vibrations, il évalua la masse en la sentant gronder sous lui. Le malheureux canot subissait une cruelle épreuve que ses concepteurs n'avaient sûrement jamais imaginée pour lui. Pitt n'osa pas sortir l'ancre de fortune, comme le recommandaient la plupart des manuels de navigation lorsqu'on traversait des eaux agitées. Sans moteur, il se dit qu'il valait mieux courir avec les vagues. La résistance de l'ancre mettrait sûrement le bateau en pièces car l'énorme pression de l'eau les poussait en avant.

Il se tourna vers Maeve.

— Essayez de nous faire rester dans la partie bleu foncé de l'océan.

— Je vais faire de mon mieux, répondit-elle bravement.

Le rugissement des brisants résonnait avec régularité et bientôt, ils distinguèrent autant qu'ils l'entendirent, le sifflement de l'écume montant en gerbe vers les cieux. Sans contrôle direct ni manuel, ils étaient impuissants. La mer faisait d'eux ce que lui dictait son caprice. Les eaux mon-

taient maintenant de plus en plus haut. En y regardant mieux, on consta-
tait que la fente entre les affleurements rocheux ressemblait à un piège
insidieux, comme une sirène silencieuse tentant de les attirer dans un
faux refuge. Il était trop tard pour reprendre la haute mer et contourner
les îles. Ils s'étaient engagés sur un chemin où il était impossible de faire
demi-tour.

Les îles et le chaudron écumant que représentaient les côtes malveil-
lantes furent un moment cachés derrière les vagues qui passaient sous le
canot. Un nouveau coup de vent s'éleva et les poussa vers une crevasse
du mur qui leur offrit leur unique chance de survie.

Plus ils approchaient, plus la mer paraissait nerveuse. Et plus Pitt
s'inquiétait en calculant que la crête des vagues s'élevait à près de dix
mètres maintenant. Maeve se battait avec le gouvernail pour contrôler
leur route mais le canot ne répondait plus. Il était devenu ingouvernable.
Ils étaient complètement à la merci de la mer.

— Tenez bon! cria Pitt.

Un rapide coup d'œil à l'arrière lui permit de noter leur position par
rapport au mouvement vertical de la mer. Il savait que la vitesse d'une
vague est à son maximum juste avant qu'elle atteigne son point le plus
haut. Les brisants se suivaient comme un convoi d'énormes camions. Le
canot tomba dans un creux, mais la chance ne les abandonna pas car le
rouleau se brisa juste après les avoir dépassés, alors qu'ils étaient déjà sur
le dos de la vague suivante, filant à une vitesse à se casser les os. Le ressac explosa et partit dans toutes les directions tandis que le vent fouettait
les crêtes. Le bateau retomba, pour être frappé par la vague suivante qui
se ramassait sous eux pour rejaillir à huit mètres de haut, s'enrouler puis
s'effondrer sur leurs têtes. Le canot ne se cassa pas, ne se retourna pas,
ne chavira pas. Il retomba à plat dans le creux en une grande gerbe
d'écume.

Ils étaient pris sous un véritable mur de pression hydraulique. C'était
comme si un ascenseur fou avait transporté le bateau sous l'eau. Ils
eurent l'impression de rester immergés de longues minutes, alors que
quelques secondes seulement s'étaient écoulées. Pitt garda les yeux
ouverts. Il vit Maeve comme à travers un écran liquide, irréelle, le visage
incroyablement serein, ses longs cheveux blonds flottant derrière elle au
gré des vagues. Pendant qu'il la regardait, elle devint soudain lumineuse
et très distincte dans le rayon du soleil revenu.

Trois ou quatre vagues roulèrent sur eux, de moins en moins violentes.
Puis ils furent enfin dégagés des brisants et pénétrèrent dans des eaux
plus calmes. Pitt secoua la tête, cracha toute l'eau salée qu'il avait avalée
pour n'avoir pas fermé la bouche. Ses cheveux noirs lancèrent des centaines de gouttelettes qui brillèrent dans la lumière.

— On a passé le pire, cria-t-il avec joie. Nous avons atteint le chenal.

La masse d'eau qui pénétrait entre les deux îles, perdant de sa vigueur, roulait des vagues ne dépassant pas la hauteur d'une porte. Miraculeusement, le canot flottait toujours en un seul morceau. Il avait traversé la férocité des brisants sans exploser. Le seul dommage apparent concernait la voile et la pagaie qui avait servi de mât. Arrachées au canot, elles flottaient un peu plus loin, encore attachées au bateau par une corde. Giordino n'avait pas cessé d'écoper bien qu'il eût de l'eau jusqu'à la poitrine. Il s'ébroua et se frotta les yeux pour en essuyer le sel, tout en jetant l'eau par-dessus bord comme s'il devait le faire jusqu'à la fin des temps.

La quille, complètement brisée en deux, ne tenait plus que par les cordes de nylon hâtivement nouées et par les colliers de serrage reliant les caissons entre eux. Giordino s'avoua enfin vaincu quand l'eau atteignit ses aisselles. Il regarda autour de lui d'un air égaré, le souffle court, l'esprit engourdi d'épuisement.

— Et maintenant? marmonna-t-il.

Avant de répondre, Pitt plongea son visage dans l'eau et scruta le fond du chenal. La visibilité était exceptionnelle, pas aussi claire, bien sûr, que s'il avait porté un masque, mais lui permettant cependant de voir le sable et les rochers dix mètres plus bas. Des bancs de poissons aux couleurs vives nageaient sans hâte, sans s'occuper de l'étrange créature qui flottait au-dessus d'eux.

— Il n'y a pas de requins par ici, annonça-t-il, soulagé.

— Ils ne s'aventurent jamais dans les brisants, fit remarquer Maeve entre deux quintes de toux.

Elle était assise à l'arrière du caisson étanche, les bras étendus.

Le courant du chenal les rapprocha de l'île nord. La terre ferme n'était plus qu'à trente mètres. Pitt regarda Maeve et sourit.

— Je parie que vous êtes une excellente nageuse.

— Vous parlez à une Australienne, dit-elle. Rappelez-moi de vous montrer les médailles que j'ai gagnées en nage papillon et en crawl.

— Al est épuisé. Pouvez-vous le remorquer jusqu'à la côte?

— C'est le moins que je puisse faire pour l'homme qui nous a sauvés de la gueule des requins.

Pitt montra la côte toute proche. Pas de plage de sable mais un rocher plat comme une planche, à l'endroit où il rejoignait la mer.

— La voie paraît claire pour rejoindre la terre.

— Et vous? Voulez-vous que je revienne vous chercher? dit-elle en tirant ses cheveux en arrière à deux mains.

Il fit non de la tête.

— Je me réserve pour un effort plus important.

— Lequel?

— Le Club Med n'a pas encore ouvert de station ici. Nous aurons donc besoin de tout ce qu'on pourra trouver ici à manger. Je vais remorquer ce qui reste du canot et les objets qui y sont encore.

Pitt aida à faire passer Giordino par-dessus les caissons et Maeve le prit sous le menton comme un sauveteur professionnel.

Elle nagea vigoureusement vers la côte, en tirant Giordino derrière elle. Pitt les regarda un moment et vit Giordino sourire sournoisement et lever une main comme pour dire au revoir.

« Le sacré tricheur ! pensa-t-il. Il se fait transporter à l'œil ! »

Il attacha ensemble les cordes de nylon puis les fixa à l'arrière du canot à demi enfoncé en nouant l'autre extrémité autour de sa taille. Puis il commença à nager vers l'île. Le poids mort était trop lourd pour qu'il puisse simplement le tirer derrière lui. Il dut s'arrêter plusieurs fois, tirer la corde pour gagner quelques mètres et recommencer plus loin. Le courant l'aida un peu, en poussant le bateau en arc de cercle vers la côte. Après vingt mètres, il sentit enfin la terre ferme sous ses pieds et put alors tirer le canot à la main sur la plaque rocheuse. Il fut reconnaissant de l'aide que vinrent lui apporter Maeve et Giordino.

— Tu t'es remis bien vite ! dit Pitt à son ami.

— Mon pouvoir de récupération a toujours étonné les médecins, où que j'aille.

— Je crois bien que vous vous êtes fichu de moi, dit Maeve en feignant le mécontentement.

— Rien de tel que de sentir la terre sous ses pieds pour régénérer l'âme.

Pitt s'assit et se reposa, trop fatigué pour exprimer sa joie de n'être plus dans l'eau. Il se mit lentement à genoux avant de se relever. Pendant quelques secondes, il dut appuyer une main au sol pour éviter de tomber. Le mouvement perpétuel du canot pendant deux semaines avait affecté son équilibre. Le monde se mit à tourner, toute l'île parut se balancer comme si elle flottait sur l'eau. Maeve se rassit tandis que Giordino plantait solidement ses deux pieds sur la roche, s'accrochant à un arbre au feuillage épais, près de lui.

Quelques minutes plus tard, Pitt se remit debout et fit quelques pas chancelants. Il n'avait pas marché depuis qu'on les avait attrapés à Wellington. Ses jambes et ses chevilles lui parurent raides et endormies. Il fit une vingtaine de pas avant que ses articulations ne se décrispent et reprennent un peu de souplesse.

Ils tirèrent le canot un peu plus loin sur le rocher et se reposèrent quelques heures avant de manger leur poisson séché et de boire le peu d'eau douce qu'ils trouvèrent dans quelques dépressions de la roche.

Leurs forces restaurées, ils commencèrent à fouiller les lieux. Il y avait peu à voir. Toute l'île, comme sa voisine de l'autre côté du chenal, ressemblait à des piles de lave solidifiée, probablement remontée au cours d'une explosion volcanique au fond de l'eau, couche après couche, pendant un temps infini, jusqu'à faire surface avant que l'explosion ne la sculpte en deux tertres bas. Si l'eau avait été complètement transparente et qu'on ait pu voir les îles jusqu'à leur base, au fond de l'océan, on aurait pu les comparer aux grandes cimes spectaculaires de Monument

Valley, en Arizona, qui se dressaient comme des îles dans une mer déserte.

Giordino mesura la largeur de l'îlot, d'une côte à l'autre. Il annonça que leur refuge ne mesurait que 130 mètres et avait la forme d'une larme étirée au nord et au sud, l'arc sous le vent tourné vers l'ouest. De la pointe arrondie à l'extrémité pointue, il ne dépassait pas un kilomètre de long. Entourée de murailles naturelles qui défiaient les vagues, l'île ressemblait à une forteresse constamment attaquée.

A peu de distance, ils découvrirent les restes éparpillés d'un bateau, échoué au sec dans une petite crique taillée par la mer dans la roche. De toute évidence, un orage énorme l'avait poussé là. C'était un voilier de belle taille, couché sur son flanc bâbord. La moitié de sa coque et la quille avaient été arrachées lorsqu'il avait heurté le rocher. Pitt pensa que ce bateau avait dû être beau en son temps. Sa superstructure avait été bleue et orange au-dessous. Bien que ses mâts aient disparu, le rouf était intact. Les trois naufragés s'approchèrent et essayèrent de voir l'intérieur.

— Un sacré petit bateau qui devait bien naviguer, observa Pitt. Il doit bien faire douze mètres et il est bien construit. La coque est en teck.

— C'est un ketch des Bermudes, dit Maeve en passant la main sur les planches usées et décolorées par le soleil. Je me rappelle qu'un de mes condisciples, au laboratoire marin de Sainte-Croix, en avait un. On allait d'île en île avec et il naviguait remarquablement.

Giordino regarda de près la peinture et le calfatage de la coque.

— D'après son état, je suppose qu'il est là depuis vingt ans, peut-être trente.

— J'espère que celui qui a fait naufrage dans ce coin désolé a pu être sauvé, dit Maeve.

— Je ne crois pas qu'un marin sain d'esprit s'écarterait de sa route pour visiter le coin, répondit Pitt en montrant le paysage désolé.

Les yeux de Maeve s'éclairèrent et elle claqua des doigts comme si un lointain souvenir refaisait surface.

— On les appelle les Nénés.

Pitt et Giordino échangèrent un coup d'œil comme s'ils n'étaient pas sûrs d'avoir bien entendu.

— Vous avez dit « les Nénés » ?

— Une vieille légende australienne parle de deux îlots qui ressemblent à une poitrine de femme. On raconte qu'ils apparaissent et disparaissent comme *Brigadoon* [1].

— Je suis désolé de démolir les légendes du Bout du Monde, dit Pitt, mais cet amas rocheux n'est sûrement allé nulle part au cours du dernier million d'années.

---

1. Film de Vincente Minnelli, 1954.

— Et ils n'ont pas la forme de glandes mammaires, en tout cas pas d'après ce que j'en ai vu, ajouta Giordino.

Elle les regarda en faisant la moue.

— Je sais ce que j'ai entendu raconter à propos de deux îles légendaires au sud de la mer de Tasmanie.

Poussé par Giordino, Pitt grimpa sur la coque inclinée et se glissa dans l'écoutille du rouf.

— On l'a complètement vidé, cria-t-il de l'intérieur. Tout ce qui n'était pas vissé a été enlevé. Regardez la traverse et voyez s'il a un nom.

Maeve contourna l'épave jusqu'à la poupe et distingua les lettres à peine visibles.

— *Dancing Dorothy*. Il s'appelle le *Dancing Dorothy*.

Pitt redescendit de la coque.

— Il faut faire des recherches pour retrouver ce qu'on a enlevé du bateau. Peut-être l'équipage a-t-il laissé des objets que nous pourrions utiliser.

Reprenant leur exploration, il leur fallut un peu moins d'une demi-heure pour fouiller toute la côte de la petite terre en forme de goutte. Ils se mirent alors en route pour examiner l'intérieur. Ils se séparèrent en ligne pour mieux couvrir le terrain. Maeve fut la première à trouver une hache à demi enfoncée dans le tronc pourrissant d'un arbre aux formes grotesques.

Giordino la détacha et la leva.

— Voilà qui nous sera sûrement très utile !

— Quel curieux arbre ! dit Pitt. Je me demande comment on l'appelle.

— Un myrte de Tasmanie, répondit Maeve. En réalité, c'est une sorte de faux hêtre. Il peut atteindre soixante mètres de haut mais ici, il n'y a pas assez de terre pour nourrir des racines, de sorte que tous les arbres de cette île ont l'air d'arbres nains.

Ils reprirent des recherches très minutieuses. Quelques minutes plus tard, Pitt buta sur un petit ravin qui donnait sur une corniche plate, du côté sous le vent de l'île. Accroché d'un côté de la muraille rocheuse, il aperçut la tête d'une gaffe de cuivre qu'on utilise pour tirer le poisson à terre. Deux mètres plus loin, ils tombèrent sur un tas de rondins en forme de hutte avec, au milieu, un mât de bateau. La construction mesurait à peu près trois mètres sur quatre. Le toit, fait de rondins et de branches entremêlées, n'avait apparemment pas souffert. Le constructeur inconnu avait fabriqué une maison solide.

A côté de la hutte traînait une véritable mine d'outils et d'objets abandonnés. Une batterie et les restes rouillés d'un radio-téléphone, un récepteur radio pour écouter les bulletins météo et les signaux permettant de régler un chronomètre, un tas de boîtes de conserve rouillées et vides, un dinghy intact en bois de teck, équipé d'un petit moteur hors-bord et divers instruments nautiques, des plats et des assiettes, quelques pots, des casseroles, un réchaud à propane et toutes sortes d'objets hété-roclites. Eparpillées autour du réchaud, encore visibles, ils virent des arêtes de poisson.

— Les précédents locataires ont laissé un sacré bazar, constata Giordino en s'agenouillant pour examiner un petit générateur à gaz qui servirait peut-être à recharger les batteries du bateau autrefois utilisées pour faire fonctionner les instruments électroniques de navigation et l'équipement radio éparpillé dans tout le campement.

— Ils sont peut-être encore dans la cabane, murmura Maeve.

Pitt sourit.

— Pourquoi n'allez-vous pas voir?

Elle secoua vivement la tête.

— Pas moi! C'est un boulot d'homme d'entrer dans les endroits sombres et grouillants de je ne sais quoi.

« Les femmes sont de bien étranges créatures », se dit Pitt. Après tous les dangers que Maeve avait affrontés au cours des dernières semaines, elle ne pouvait se résoudre à pénétrer dans cette cabane.

Il baissa la tête pour passer la porte basse et entra.

40

Après avoir été si longtemps exposés à une forte lumière, il fallut une minute ou deux aux yeux de Pitt pour s'accoutumer à l'obscurité de la hutte. A part le pinceau de lumière passant par l'entrée, la seule clarté venait des rayons du soleil filtrant par les interstices entre les rondins. L'air était lourd et humide et portait une odeur de moisi et de saleté.

Il n'y avait ni fantôme ni revenant caché dans l'ombre, pourtant Pitt se trouva en face d'un squelette aux yeux vides.

Il était sur le dos, étendu sur une couchette provenant du bateau échoué. Pitt identifia les restes d'un homme au front lourd au-dessus des orbites et qui avait perdu toutes ses dents sauf trois. Apparemment, les dents manquantes étaient tombées toutes seules.

Un short en lambeaux couvrait le bassin du mort et les os de ses pieds étaient glissés dans des chaussures de pont à semelles de caoutchouc. Il n'y avait plus de chair sur le squelette. Les bestioles minuscules qui devaient ramper dans l'humidité avaient tout nettoyé. Seule une touffe de cheveux rouges, au-dessus du crâne, donnait une idée de son apparence d'autrefois. Les os des mains, croisées sur la cage thoracique, étreignaient un livre de bord recouvert de cuir.

Après un rapide coup d'œil autour de lui, Pitt se rendit compte que le propriétaire avait utilisé très efficacement tout ce qu'il avait pu arracher à l'épave. Les voiles du *Dancing Dorothy*, bien tendues au plafond, protégeaient la cabane du vent et de la pluie qui auraient pu pénétrer les branches entrelacées. Un bureau contenait des cartes de l'Amirauté britannique, divers ouvrages sur le pilotage, une table des marées, des feux de navigation et des signaux radio ainsi qu'un almanach de la marine. A côté, une étagère débordait de brochures et de livres d'instructions techniques sur le fonctionnement des instruments électroniques et des équipements mécaniques du bateau. Une très jolie boîte en acajou contenant un chronomètre et un sextant était posée sur une petite table de bois, à côté de la couchette. Près de la table, Pitt aperçut un compas à relèvement manuel et un compas de route provenant, bien sûr, de l'épave. Le gouvernail était appuyé à une table pliante, des jumelles attachées à l'un de ses rayons.

Pitt se pencha sur le squelette, saisit le journal de bord et quitta la cabane.

— Qu'avez-vous trouvé ? demanda Maeve, pleine de curiosité.

— Laisse-moi deviner, dit Giordino. Un énorme coffre plein de trésors de pirates.

Pitt fit signe que non.

— Pas cette fois. Mais j'ai trouvé l'homme qui a heurté les rochers avec le *Dancing Dorothy*. Il n'a jamais réussi à quitter cette île.

— Il est mort ? s'inquiéta Maeve.

— Depuis longtemps, sans doute avant même votre naissance.

Giordino s'approcha de la porte et jeta un coup d'œil à l'intérieur.

— Je me demande comment il a fait pour sortir à ce point des routes navigables.

Pitt montra le journal et l'ouvrit.

— On devrait trouver la réponse là-dedans.

— Peut-on encore le déchiffrer après si longtemps ? s'étonna Maeve.

— Oui. Le journal n'est pas abîmé et c'est bien écrit.

Pitt s'assit sur un rocher et lut plusieurs pages avant de relever les yeux.

— Il s'appelait Rodney York et il était un des douze plaisanciers qui ont participé à une course en solitaire et sans escale autour du monde. Ils sont partis de Portsmouth, en Angleterre. Lui était sponsorisé par un journal londonien. Le gagnant devait toucher vingt mille livres. York a quitté Portsmouth le 24 avril 1962.

— Ça fait trente-huit ans que ce pauvre type a disparu, dit Giordino d'un air triste.

— Au quatre-vingt-dix-septième jour en mer, il prenait quelques heures de repos quand le *Dancing Dorothy* heurta (Pitt s'arrêta pour regarder Maeve avec un sourire) ce qu'il appelle « les Misères ».

— York n'a pas dû étudier le folklore australien, plaisanta Giordino.

— Je crois plutôt qu'il a inventé le nom, répondit Maeve, vexée.

— Selon ce qu'il écrit, poursuivit Pitt, York avait réalisé un bon temps lors de son passage au sud de l'océan Indien, après avoir contourné le cap de Bonne Espérance. Il a alors voulu profiter des Quarantièmes Rugissants pour aller directement, en traversant le Pacifique, jusqu'en Amérique du Sud, et le détroit de Magellan. Il pensait être en tête de la compétition quand sa génératrice est tombée en panne, le coupant de tout contact avec le monde extérieur.

— Ça explique beaucoup de choses, dit Giordino. Pourquoi il naviguait dans ce coin et pourquoi il n'a pu communiquer sa position pour qu'on vienne le sortir de là. J'ai jeté un coup d'œil à sa génératrice quand nous sommes arrivés ici. Le moteur à deux temps qui la fait tourner est dans un triste état. York a essayé de la réparer mais n'y est pas arrivé. J'essaierai mais je ne crois pas pouvoir faire mieux que lui.

Pitt haussa les épaules.

— Alors, inutile d'espérer nous servir de la radio de York pour appeler à l'aide.

— Qu'a-t-il écrit après son naufrage ? demanda Maeve.

— Il n'a pas joué les Robinson Crusoé. Il a perdu presque toutes ses réserves de nourriture quand le bateau a heurté le rocher et s'est retourné. Plus tard, quand l'orage l'a jeté sur la côte, il a retrouvé quelques boîtes de conserve mais elles n'ont pas duré longtemps. Il a essayé de pêcher mais n'a attrapé que le strict nécessaire pour rester en vie, malgré les crabes de rochers qu'il a pu trouver et cinq ou six oiseaux qu'il a piégés. A la fin, son corps a commencé à le lâcher. York est resté sur cet horrible furoncle de l'océan pendant cent trente-six jours. Ses dernières notes disent : « Je ne peux plus me lever, je ne peux plus bouger. Je suis trop faible pour faire autre chose que de me laisser mourir. Comme je voudrais voir encore une fois le soleil se lever sur la baie de Falmouth, dans mes Cornouailles natales. Mais cela ne se produira pas. Je m'adresse à celui qui trouvera ce journal et les lettres que j'ai écrites séparément à ma femme et à mes trois filles. Je vous en prie, faites-leur parvenir ces courriers. Je leur demande de me pardonner toutes les souffrances morales que je sais leur avoir causées. Mon échec est dû à la malchance plus qu'à une erreur de ma part. Ma main est trop lasse pour écrire davantage. J'espère que je n'ai pas perdu l'espoir trop tôt. »

— Le pauvre n'aurait pas dû s'inquiéter d'être découvert juste après sa mort, dit Giordino. Il est difficile de croire qu'il repose là depuis plusieurs dizaines d'années sans que jamais un équipage curieux ou un groupe de scientifiques ait abordé ces côtes pour y installer quelques instruments météorologiques.

— Le danger d'accoster au milieu des rouleaux et des rochers inamicaux ont dû suffire à étouffer la curiosité de ceux qui sont passés au large, scientifiques ou pas.

Des larmes coulaient sur le visage de Maeve sans qu'elle songeât à les cacher.

— Sa pauvre femme et ses enfants ont dû se demander pendant toutes ces années comment il était mort.

— La dernière position de York a été la balise du cap sud-est de Tasmanie.

Pitt retourna dans la cabane et en ressortit une minute plus tard avec la carte de l'Amirauté montrant la mer du sud de la Tasmanie. Il l'étendit sur le sol, l'étudia un moment puis releva la tête.

— Je vois pourquoi York a appelé ces îlots rocheux les Misères, dit-il. C'est ainsi qu'ils sont nommés sur la carte de l'Amirauté.

— A quelle distance étaient tes estimations? s'informa Giordino.

Pitt prit un compas provenant du bureau de York et mesura la position approximative qu'il avait calculée avec sa croix de bois.

— Je nous ai situés à environ 120 kilomètres trop loin au sud-ouest.

— Ce n'est pas mal si l'on considère que tu ignorais où exactement Dorsett nous a jetés à l'eau.

— Oui, dit modestement Pitt, je suis assez fier de moi.

— Où sommes-nous exactement? demanda Maeve en regardant la carte, à genoux.

Pitt montra un petit point noir au milieu du bleu de la mer.

— Là, sur cette toute petite tache, à environ 965 kilomètres au sud-ouest d'Invercargill, en Nouvelle-Zélande.

— Ça a l'air tellement près quand on regarde la carte, dit-elle.

Giordino enleva sa montre et en nettoya le verre contre sa chemise.

— Pas si près que ça puisque personne n'a pris la peine de rendre visite à ce pauvre Rodney pendant près de quarante ans.

— Regarde le bon côté des choses, dit Pitt avec un sourire contagieux. Imagine que tu as mis trente-huit dollars en pièces de vingt-cinq *cents* dans un des bandits manchots de Las Vegas, sans gagner une seule fois. La loi des séries voudrait que tu les rattrapes au cours des deux prochains coups.

— C'est un mauvais exemple, dit Giordino pour jouer les rabat-joie.

— Pourquoi donc?

Giordino regarda pensivement par la porte de la cabane.

— Parce que nous n'avons aucun moyen de jouer les deux prochains coups.

41

— Neuf jours en tout, déclara Sandecker en regardant les hommes mal rasés et les femmes fatiguées assis autour de la table, dans la salle de conférence secrète.

Ce qui était, quelques jours auparavant, une salle de réunion nette et bien rangée pour les membres de l'équipe des très proches collaborateurs de l'amiral, ressemblait maintenant à une salle d'état-major au cours d'un siège. Des photos, des cartes marines et des croquis étaient épinglés en désordre sur les murs en panneaux de teck. Le tapis turquoise était jonché de papiers froissés et la table de conférence en bois d'épave couverte de tasses, de blocs-notes pleins de calculs, d'une batterie de téléphones et d'un cendrier débordant des bouts de cigares de Sandecker. Il était le seul à fumer et le climatiseur était réglé au maximum pour en chasser l'odeur.

— Le temps joue contre nous, dit le Dr Sandford Adgate Ames. Il est matériellement impossible de construire un réflecteur et de le déployer avant la date imposée.

L'expert en acoustique et son équipe d'étudiants d'Arizona intervenaient auprès des gens de la NUMA à Washington comme s'ils étaient assis autour de la même table, dans la même pièce. Et la réciproque était vraie. Les experts de Sandecker paraissaient assis au milieu des étudiants réunis dans la salle de travail d'Ames. Grâce à la technologie d'holographie par vidéo, les voix et les images étaient transmises à travers le pays par photonique, le son et la lumière par fibres optiques. En combinant la photonique et la magie des ordinateurs, les limites de temps et d'espace disparaissaient.

— C'est une conclusion valable, admit Sandecker. A moins que nous puissions utiliser un réflecteur existant.

Ames enleva ses lunettes bleues à double foyer et les tendit vers la lumière pour vérifier leur propreté. Satisfait, il les reposa sur son nez.

— D'après mes calculs, nous devons demander un réflecteur parabolique de la taille d'un terrain de base-ball ou même davantage, avec une couche d'air entre les surfaces pour réfléchir l'énergie sonore. Je ne vois pas à qui vous pourriez demander d'en fabriquer un, si peu de temps avant que la fenêtre du temps ne se referme.

Sandecker regarda Rudi Gunn, de l'autre côté de la table. Fatigué, celui-ci lui rendit son regard à travers les verres épais de ses lunettes qui grossissaient ses yeux rougis par le manque de sommeil.

— Vous avez une idée, Rudi?

— J'ai déjà envisagé toutes les possibilités logiques, répondit Gunn. Le Dr Ames a raison, il est hors de question d'envisager de faire fabriquer un réflecteur à temps. Notre seule alternative est d'en trouver un et de le faire transporter à Hawaï.

— Il faudra le démonter, l'envoyer en pièces détachées et ensuite le remonter, intervint Hiram Yaeger en levant les yeux de l'ordinateur portable relié à sa bibliothèque de données au dixième étage. Je ne connais aucun avion assez gros pour transporter un appareil d'une si grande surface en un seul morceau.

— Si on en transporte un d'un endroit quelconque des Etats-Unis, à supposer qu'on en trouve un, insista Ames, il faudra le transporter par bateau.

— Mais quel bateau est assez large pour embarquer un objet de cette taille? demanda Gunn à la cantonade.

— Un supertanker ou un porte-avions, dit calmement Sandecker.

Gunn rebondit immédiatement à cette réponse.

— Un porte-avions a un pont plus que suffisant pour transporter un réflecteur de la taille de celui dont parle le Dr Ames.

— La vitesse de notre dernier modèle de transporteur nucléaire est encore classée secret mais, d'après les fuites du Pentagone, on sait qu'il peut voyager à cinquante nœuds. C'est plus qu'il n'en faut pour traverser de San Francisco à Honolulu avant la date limite.

— Soixante-douze heures, rappela Gunn, du moment du départ au moment du déploiement sur le site.

Sandecker regarda le calendrier posé sur son bureau dont les jours passés étaient biffés.

— Ça nous laisse exactement cinq jours pour trouver un réflecteur, l'envoyer à San Francisco et le déployer sur la zone de convergence.

— Ce n'est pas énorme, même si on a déjà un réflecteur en vue, dit Ames.

— A quelle profondeur doit-il être installé? demanda Yaeger à l'image d'Ames.

Comme si on lui avait fait signe, une jolie jeune femme d'environ vingt-cinq ans tendit une calculatrice de poche à Ames. Il appuya sur quelques touches, vérifia la réponse et releva les yeux.

— Si l'on considère le fait que les zones de convergence se recouvrent pour faire surface, il faudrait que le centre du réflecteur soit à 170 mètres de profondeur.

— Le courant va être notre problème numéro un, dit Gunn. Ça va être un cauchemar de maintenir le réflecteur en place assez longtemps pour qu'il renvoie les ondes de choc.

— Mettez nos meilleurs ingénieurs sur le problème, ordonna Sandecker. Ils devront imaginer un système quelconque pour que le réflecteur soit stable.

— Comment pouvons-nous être sûrs qu'en faisant reconverger les ondes, nous pourrons les renvoyer directement vers leur source sur l'île du Gladiateur ? demanda Yaeger à Ames.

Celui-ci tortilla d'un air impassible les extrémités de la moustache qui surmontait sa barbe.

— Si les facteurs qui ont propagé l'onde sonore originale, comme la salinité, la température de l'eau et la vitesse du son, restent constants, l'énergie réflective devrait retourner à la source en suivant le même chemin.

Sandecker se tourna vers Yaeger.

— Combien y a-t-il de personnes sur l'île du Gladiateur ?

Yaeger consulta son ordinateur.

— Les rapports des services de renseignement travaillant sur les photos prises par satellite parlent d'environ 650 personnes, des mineurs pour la plupart.

— Les esclaves importés de Chine, murmura Gunn.

— Si on ne les tue pas, est-ce que nous risquons de blesser tout ce qui vit sur l'île ? demanda Sandecker à Ames.

Un autre étudiant passa en hésitant une feuille de papier dans les mains de l'expert en acoustique. Celui-ci l'étudia un moment.

— Si notre analyse est juste, dit-il, les zones de convergence qui se superposeront en venant des quatre mines en opération dans le Pacifique tomberont à un facteur d'énergie de vingt-huit pour cent quand elles frapperont l'île du Gladiateur, c'est-à-dire tout juste suffisant pour faire du mal à un humain ou à un animal.

— Peut-on estimer la réaction physique ?

— Quelques migraines et des vertiges, des nausées légères, c'est tout.

— Un point discutable si nous ne pouvons installer le réflecteur sur le site avant la convergence, nota Gunn en étudiant une carte sur le mur.

Sandecker frappait pensivement la table du bout des doigts.

— Ce qui nous renvoie à la case départ.

Une femme d'une quarantaine d'années, élégante dans un tailleur classique bleu marine, regardait l'une des peintures de l'amiral représentant le fameux porte-avions *Enterprise* lors de la bataille de Midway, pendant la Seconde Guerre mondiale. Elle s'appelait Molly Faraday. Ancienne analyste de l'Agence Nationale de Sécurité, elle avait rejoint la NUMA à la demande de Sandecker, pour servir de coordinatrice des renseignements de l'Agence. Avec ses cheveux châtains et ses yeux noisette, Molly avait beaucoup d'allure. Son regard alla du tableau à Sandecker, qu'elle fixa d'un air sombre.

— Je pense avoir la solution à votre problème, dit-elle d'une voix assurée.

L'amiral hocha la tête.

— Vous avez la parole, Molly.

— Hier, commença-t-elle, le porte-avions *Roosevelt* était amarré à Pearl Harbor, pour se ravitailler et pour réparer un des élévateurs du pont d'envol avant d'aller rejoindre la Dixième Flotte au large de l'Indonésie.

Gunn la regarda avec étonnement.

— Vous êtes sûre de ça?

Molly eut un charmant sourire.

— J'ai toujours un pied dans chacun des bureaux de l'Etat-Major.

— Je sais à quoi vous pensez, dit Sandecker. Mais sans réflecteur, je ne vois pas comment un porte-avions à Pearl Harbor peut résoudre notre problème.

— Le porte-avions, c'est la cerise sur le gâteau, expliqua Molly. J'ai d'abord pensé à une mission dans un centre de rassemblement des informations par satellite, sur l'île hawaïenne de Lanai.

— J'ignorais que Lanai était équipé pour recevoir des infos par satellite, dit Yaeger. Ma femme et moi avons passé notre lune de miel à Lanai et nous avons visité l'île dans tous les sens sans y voir d'installation de ce genre.

— Le bâtiment et le réflecteur parabolique sont à l'intérieur du Palawaï, un volcan éteint. Ni les indigènes, qui se sont toujours demandé ce qui se passait là, ni les touristes ne sont autorisés à s'en approcher suffisamment pour vérifier.

— En dehors de se régler sur les satellites de passage, demanda Ames, à quoi cela peut-il bien servir?

— Sur les satellites *soviétiques* de passage, corrigea Molly. Heureusement, les anciens chefs militaires soviétiques avaient la manie de faire passer leurs satellites espions sur les bases militaires des îles Hawaï après avoir survolé les Etats-Unis. Notre mission était de pénétrer leurs transpondeurs avec de puissants signaux micro-ondes et de ficher en l'air leurs renseignements photographiques. D'après ce que la CIA a pu savoir, les Russes n'ont jamais compris pourquoi leurs photos étaient toujours floues ou voilées. Lorsque le gouvernement communiste est tombé, des installations de communications spatiales plus modernes ont rendu inutile l'installation de Palawaï. Etant donné sa taille gigantesque, on a utilisé un moment l'antenne pour transmettre et recevoir des signaux des sondes spatiales. Mais je crois que sa technologie dépassée a rendu tout l'équipement obsolète. Et le site, bien qu'il soit toujours gardé, est pratiquement abandonné.

Yaeger alla droit au cœur du sujet.

— Quelle est la largeur du réflecteur parabolique?

Molly réfléchit un moment avant de répondre.

— Je crois me rappeler qu'il mesure 80 mètres de diamètre.

— C'est plus que ce dont nous avons besoin, dit Ames.

— Pensez-vous que l'Agence Nationale de Sécurité nous permettra de le leur emprunter? demanda Sandecker.

— Je crois même qu'ils vous paieraient pour les en débarrasser.

— Il va falloir le démonter et envoyer les pièces par avion à Pearl Harbor, dit Ames, et il va falloir que vous vous débrouilliez pour emprunter aussi le transporteur *Roosevelt,* puis que nous remontions le réflecteur et que nous l'immergions dans la zone de convergence.

Sandecker regarda Molly.

— Je vais utiliser tout mon pouvoir de persuasion auprès du ministère de la Marine, à condition que vous utilisiez le vôtre auprès de l'Agence Nationale de Sécurité.

— Je m'y mets tout de suite, assura Molly.

Un homme presque chauve portant des lunettes à monture invisible, assis au bout de la table, leva la main. Sandecker fit un signe de tête et lui sourit.

— Vous avez été bien silencieux, Charlie. Je parie que votre esprit fertile est en train de pondre quelque chose.

Le Dr Charles Bakewell, chef du service de géologie sous-marine de la NUMA, enleva le chewing-gum de sa bouche et l'enveloppa proprement dans un papier avant de le jeter dans une corbeille à papiers. Il fit un signe à l'image holographique du Dr Ames.

— Si j'ai bien compris, docteur Ames, l'énergie sonore seule ne peut pas détruire les tissus humains mais, augmentée par la résonance venant de la chambre rocheuse où travaille l'équipement acoustique minier, sa fréquence est réduite, de sorte qu'elle peut se propager sur de très longues distances. Quand elle empiète sur une région océanique unique, l'onde est assez intense pour détruire les tissus humains.

— Vous avez résumé la chose très exactement, admit Ames.

— Alors, si vous renvoyez les zones de convergence superposées dans l'océan, est-ce qu'une partie de l'énergie ne sera pas réfractée de l'île du Gladiateur?

— C'est exact, dit Ames. Tant que la force énergétique frappe le niveau submergé de l'île sans faire surface et est éparpillée dans diverses directions, il n'y a pas de carnage à craindre.

— C'est le moment de l'impact contre l'île qui me préoccupe, dit Bakewell. J'ai revu les relèvements géologiques de l'île du Gladiateur, que Dorsett a fait faire il y a près de cinquante ans. Les volcans aux extrémités de l'île ne sont pas éteints mais endormis. Il y a au moins sept cents ans qu'ils dorment. Aucun humain n'a assisté à la dernière éruption mais l'analyse scientifique de la lave la fait remonter au milieu du XIIᵉ siècle. Ensuite, il y a eu des alternances de passivité et de perturbations sismiques mineures.

— Où voulez-vous en venir, Charlie? demanda Sandecker.

— Au fait, amiral, que si une force catastrophique d'énergie acoustique frappait la base de l'île du Gladiateur, elle pourrait bien mettre en branle un désastre sismique.

— Une éruption? demanda Gunn.

Bakewell se contenta de hocher la tête.

— Et à votre avis, quels sont les risques que cela se produise? demanda Sandecker.

— Il n'y a aucun moyen de prédire avec certitude un niveau d'activité sismique ou volcanique, mais je connais un vulcanologue qualifié qui vous donnera une estimation à cinq contre un.

— Une chance sur cinq de déclencher une éruption, dit Ames, son image holographique fixant Sandecker. Je crains bien, amiral, que la théorie du Dr Bakewell ne mette notre projet dans la catégorie des risques inacceptables.

Sandecker n'hésita pas une seconde à répondre.

— Désolé, docteur Ames, mais la vie d'un million de résidents d'Honolulu, voire davantage, plus celle de dizaine de milliers de touristes et de personnel militaire stationné à Oahu et alentour, ont la priorité sur celle de 650 mineurs.

— Ne peut-on prévenir la Dorsett Consolidated d'avoir à évacuer l'île? demanda Yaeger.

— Nous devrons essayer, dit fermement Sandecker. Mais connaissant Arthur Dorsett, je suis sûr qu'il se contentera de hausser les épaules, considérant notre avertissement comme une menace sans fondement.

— Supposez qu'on renvoie l'énergie acoustique ailleurs? suggéra Bakewell.

— Une fois que l'intensité dévie de son chemin d'origine, on court le risque qu'elle retienne toute son énergie et qu'elle frappe Yokohama, Shanghai, Manille, Sydney ou Auckland ou n'importe quelle autre ville très peuplée de la côte.

Il y eut un bref silence. Chacun se tourna vers Sandecker, même Ames, assis à son bureau à trois mille kilomètres à l'ouest.

Préoccupé, Sandecker tripotait son cigare éteint. Ce que son entourage ignorait, c'est qu'il n'avait pas en tête la possible destruction de l'île du Gladiateur. Il était à la fois attristé et en colère à cause du geste criminel d'Arthur Dorsett, qui avait abandonné en pleine mer, au milieu d'un typhon, ses deux meilleurs amis. A la fin, la haine prit le pas sur toute autre considération humaine.

Il regarda l'image de Sanford Ames.

— Faites vos calculs, Doc, pour diriger le réflecteur sur l'île du Gladiateur. Si nous n'arrêtons pas la Dorsett Consolidated, et ce le plus vite possible, personne d'autre ne le pourra.

42

L'ascenseur privé d'Arthur Dorsett, dans son centre commercial de la joaillerie, s'élevait sans bruit. La seule évidence de cette ascension était la progression des chiffres lumineux au-dessus de la porte, indiquant les étages. Quand la cabine s'arrêta doucement à l'appartement du dernier étage, Gabe Strouser en sortit et pénétra directement dans un vestibule donnant sur une terrasse où l'attendait Dorsett.

Strouser n'était pas ravi de devoir rencontrer le magnat du diamant. Ils se connaissaient depuis l'enfance. L'association entre les Strouser et les Dorsett avait duré plus d'un siècle, jusqu'à ce qu'Arthur fasse cesser toute transaction à venir avec Strouser & Fils. La cassure avait été assez brutale. Dorsett avait froidement ordonné à ses hommes de loi d'informer Gabe Strouser qu'il se passerait désormais des services de sa famille. Le couperet était tombé par téléphone, sans confrontation personnelle. Strouser prit très mal l'insulte et ne pardonna jamais à Dorsett. Pour sauver la vénérable firme familiale, Strouser avait tourné son allégeance vers le cartel d'Afrique du Sud, puis déménagé les bureaux de sa société de Sydney à New York. Au fil des années, il était devenu un membre respecté du conseil d'administration. Le cartel était empêché de commercer avec les Etats-Unis à cause des lois antitrust mais ses membres opéraient dans le sillage des très respectables diamantaires Strouser & Fils qui étaient en quelque sorte leur bras américain.

Il n'aurait pas rendu visite à Dorsett ce jour-là si les autres membres du conseil n'avaient été pris de panique en entendant les rumeurs qui affirmaient que la Dorsett Consolidated Mining était sur le point d'enterrer le marché sous une avalanche de pierres à des prix extrêmement réduits. Ils devaient agir vite et bien pour éviter le désastre. Homme profondément scrupuleux, Strouser était le seul membre du conseil d'administration à qui le cartel puisse faire confiance pour persuader Dorsett de ne pas fracasser les prix établis du marché.

Arthur Dorsett s'avança et serra vigoureusement la main de Strouser.

— Il y a longtemps qu'on ne s'est vus, Gabe, trop longtemps !

— Merci de me recevoir, Arthur, dit Strouser d'un ton légèrement condescendant qui masquait mal une certaine aversion. Si je me rappelle bien, tes avocats m'ont intimé l'ordre de ne plus jamais te contacter.

Dorsett haussa les épaules avec indifférence.

— Il est passé de l'eau sous les ponts depuis. Oublions ce qui est arrivé et allons déjeuner. Nous parlerons du bon vieux temps.

Il montra une table installée sous une tonnelle protégée par des vitres à l'épreuve des balles. On avait de là une vue magnifique sur le port de Sydney.

Strouser était exactement l'opposé de l'homme d'affaires terre à terre et grossier. D'abord, c'était un très bel homme d'une soixantaine d'années, aux cheveux argentés, épais et bien peignés, au visage étroit avec des pommettes hautes et un nez fin que lui auraient envié bien des acteurs d'Hollywood. Il était mince et cependant bâti comme un athlète, avec une peau régulièrement bronzée. Il mesurait plusieurs centimètres de moins que Dorsett mais avait des dents d'une blancheur éclatante et une bouche au sourire attirant. Il observait Dorsett de son regard bleu-vert de chat prêt à s'échapper si le chien du voisin faisait mine d'attaquer.

Il portait un costume magnifiquement coupé de fin lainage, très classique, auquel certaines petites touches à peine visibles donnaient son aspect dernier cri. Sa luxueuse cravate était en soie, ses chaussures italiennes brillaient comme des miroirs. Contrairement à ce qu'on aurait pu croire, ses boutons de manchettes n'étaient pas ornés de diamants mais d'opales.

Il fut un peu surpris de cet accueil amical. Dorsett semblait jouer un rôle dans une mauvaise pièce de théâtre. Strouser s'était attendu à une confrontation désagréable, pas à autant d'attentions.

Dès qu'il fut assis, le maître de maison fit signe à un domestique qui sortit une bouteille de champagne d'un seau en argent et remplit la coupe de Strouser. Celui-ci nota avec amusement que Dorsett buvait à la bouteille une bière Castlemaine.

— Quand les grosses légumes du cartel ont annoncé qu'ils envoyaient un représentant en Australie pour discuter, dit Dorsett, je n'ai pas imaginé une seconde que ça pourrait être toi.

— Etant donné nos anciennes relations, les directeurs ont cru que je pourrais lire dans tes pensées. Ils m'ont donc prié de te questionner à propos d'une rumeur qui circule dans la profession. On raconte que tu es sur le point d'inonder le marché de pierres à bas prix. Et, d'après ce qu'on raconte, il ne s'agirait pas de pierres synthétiques mais de diamants de qualité.

— Et où as-tu entendu dire ça ?

— Tu es à la tête d'un immense empire, Arthur. Les fuites venant d'employés mécontents sont monnaie courante.

— Je vais faire faire une enquête. Je déteste les traîtres et il ne doit pas y en avoir sur la liste de mes employés.

— Si ce que l'on dit est fondé, le marché du diamant doit faire face à une crise profonde, expliqua Strouser. On m'a chargé de te faire une offre substantielle pour que tu renonces à mettre tes pierres en circulation.

— Les diamants ne sont pas des pierres rares, Gabe, ils ne l'ont jamais été. Tu sais bien qu'on ne peut pas m'acheter. Une douzaine de cartels ne pourraient m'empêcher de mettre mes pierres en vente si je le décide.

— Tu as fait une erreur en travaillant en dehors de l'organisation centrale de vente, Arthur. Tu as perdu des millions en refusant de coopérer.

— Mon investissement à long terme est sur le point de me rapporter d'énormes dividendes, affirma Dorsett.

— Alors, c'est vrai? demanda Strouser sans élever la voix. Tu as fait des stocks pour le jour où tu pourrais faire un bénéfice rapide?

Dorsett le regarda et sourit, montrant ses dents jaunies.

— Bien sûr que c'est vrai! Tout est vrai sauf le couplet sur le bénéfice rapide.

— Je dois te reconnaître ça, Arthur, tu es un grand naïf.

— Je n'ai rien à cacher. Plus maintenant.

— Tu ne peux pas continuer à n'en faire qu'à ta tête comme si les autres n'existaient pas. Tout le monde va y perdre.

— C'est facile de dire ça alors que toi et tes copains du cartel avez le monopole de la production mondiale du diamant.

— Mais pourquoi casser le marché sur un coup de tête? dit Strouser. Pourquoi s'entre-tuer systématiquement? Pourquoi démolir une industrie stable et prospère?

Dorsett leva la main pour l'interrompre. Il fit signe au domestique de servir la salade de langouste. Puis il regarda Strouser sans ciller.

— Je n'agis pas sur un coup de tête. Je possède cent tonnes de diamants répartis dans des entrepôts dans le monde entier et dix tonnes de plus, prêtes à quitter mes exploitations en ce moment même. Dans quelques jours, cinquante pour cent des pierres auront été taillées et j'ai l'intention de les vendre par l'intermédiaire de mes magasins House of Dorsett, à dix dollars le carat. Les pierres brutes seront vendues à des intermédiaires à cinquante *cents* le carat. Quand j'en aurai fini, le marché s'écroulera et les diamants auront perdu leur réputation de luxe et d'investissement.

Strouser était sidéré. Il avait cru d'abord que la stratégie commerciale de Dorsett était de faire temporairement baisser les prix pour obtenir un bénéfice rapide. Mais il comprenait maintenant l'énormité de son projet.

— Tu vas mettre sur la paille des milliers de détaillants et de grossistes, toi inclus. Qu'est-ce que tu espères gagner en sciant la branche sur laquelle tu es assis?

Dorsett ignora sa salade, finit sa bière et fit signe qu'on lui en apporte une autre avant de répondre.

— Je prends la place que le cartel a occupée depuis cent ans. Il contrôle quatre-vingts pour cent du marché mondial du diamant. Je contrôle quatre-vingts pour cent du marché mondial des pierres de couleur.

Strouser eut l'impression d'être sur le point de tomber d'un trapèze.

— J'ignorais que tu possédais autant de mines de pierres de couleur !

— Tout le monde l'ignore. Tu es le premier à l'apprendre, en dehors de ma famille. Ça a été long et fastidieux, il a fallu passer par des dizaines de corporations mêlées. J'ai acheté toutes les principales mines mondiales de pierres de couleur. Ensuite, j'ai orchestré l'effondrement de la valeur des diamants avec l'idée de lancer les pierres fines sous les projecteurs à des prix attractifs, faisant ainsi monter en flèche la demande. Enfin je ferai lentement remonter les prix de détail, je prendrai les bénéfices et je les ferai croître.

— Tu as toujours été un artiste de la malversation, Arthur. Mais tu ne peux détruire ce qu'on a mis un siècle à bâtir.

— Contrairement au cartel, je n'ai pas l'intention de supprimer la concurrence au niveau de la vente au détail. Mes magasins se feront honnêtement concurrence.

— Tu entames une guerre que personne ne peut gagner. Avant que tu aies pu faire crouler le marché du diamant, le cartel te brisera. Nous ferons agir tout ce qui compte dans le monde de la finance et de la politique pour arrêter tes manœuvres.

— Tu siffles dans le vent, mon vieux, répondit Dorsett avec chaleur. Nous ne sommes plus à l'époque où les acheteurs devaient ramper dans tes superbes bureaux de Londres et de Johannesburg. Nous ne sommes plus à l'époque où il fallait lécher vos bottes pour avoir le droit de vendre ce que vous vouliez bien offrir. Il n'est plus nécessaire de se faufiler dans des ruelles sombres pour contourner vos rouages bien huilés et acheter quelques pierres brutes. Fini le temps où la police internationale et tes organisations de mercenaires mettaient à mal des gens que vous décrétiez criminels parce qu'ils avaient cru à vos mythes de trafic dans ce que toi et tes petits copains aviez décrété être le grand et illicite marché du diamant. Plus de restrictions pour créer une demande énorme. Vous avez manœuvré pour que des gouvernements votent des lois obligeant la commercialisation des diamants à passer par vos filières et seulement par vos filières. Des lois qui interdisent à quiconque de vendre une pierre brute, même s'il l'a trouvée dans son jardin. Maintenant, enfin, c'en est fini de prendre les diamants pour des objets de valeur. Du moins ça le sera dans quelques jours.

— Tu n'en auras pas les moyens, dit Strouser, luttant pour garder son calme. Ça ne nous pose pas de problème de dépenser des centaines de millions rien que pour faire passer le message que le diamant est la pierre romantique par excellence.

— Tu crois que je n'y ai pas pensé ? dit Dorsett en riant. Je lancerai mes propres campagnes de publicité, avec un budget semblable, pour promouvoir les qualités multicolores des pierres de couleur. Toi, tu feras ta pub pour vendre un seul diamant sur une bague de fiançailles, moi je vanterai tout le spectre, je lancerai la mode de la joaillerie de couleur.

Ma campagne est fondée sur le thème « Colorez-la de votre amour ». Mais c'est une toute petite facette de l'ensemble. J'ai aussi l'intention d'éduquer le grand public et de lui apprendre la véritable rareté des pierres fines de couleur, comparée à la surabondance de cette pierre commune qu'est le diamant. Le but de la manœuvre, c'est de faire changer l'attitude de l'acheteur et de le détourner des diamants.

Strouser se leva et jeta sa serviette sur la table.

— Tu es une menace qui risque de détruire la vie de milliers de gens, dit-il d'une voix inflexible. Nous t'empêcherons de casser le marché.

— Ne sois pas idiot, dit Dorsett. Prends mon train pendant qu'il est encore temps. Laisse tomber ton serment d'allégeance au diamant et viens aux pierres de couleur. Montre que tu es intelligent, Gabe. La couleur, c'est l'avenir de la joaillerie.

Strouser luttait pour contrôler la colère qui peu à peu l'envahissait.

— Ma famille est celle des diamantaires depuis dix générations. J'ai vécu, je me suis nourri du diamant. Je ne serai pas celui qui tournera le dos à la tradition. Tu as les mains sales, Arthur, même si elles sont bien manucurées. Je lutterai personnellement contre toi jusqu'à ce que tu ne sois plus rien sur le marché.

— Il est trop tard pour te battre, dit froidement Dorsett. Une fois que les pierres de couleur prendront le marché, la folie du diamant disparaîtra en un rien de temps.

— Pas si je peux l'en empêcher.

— Qu'as-tu l'intention de faire en sortant d'ici ?

— Je vais alerter le conseil de ce que tu prépares pour qu'il prenne immédiatement les mesures nécessaires et qu'il te coupe l'herbe sous le pied avant qu'il ne soit trop tard.

Dorsett resta assis et regarda Strouser.

— Je ne crois pas.

Strouser se méprit sur le sens de ces paroles et se prépara à partir.

— Puisque tu ne veux pas entendre raison, je n'ai rien à ajouter. Au revoir, Arthur.

— Avant que tu t'en ailles, Gabe, j'ai un cadeau pour toi.

— Je ne veux rien qui vienne de toi, lâcha Strouser avec colère.

— Mais je crois que tu apprécieras ceci, dit Dorsett en riant. Ou peut-être que non. (Il fit un geste de la main.) Maintenant, Boudicca. Vas-y !

En un mouvement rapide, la grande femme apparut soudain derrière Strouser et lui saisit les deux bras. Le diamantaire lutta une minute puis se détendit, regardant Dorsett d'un air stupéfait.

— Qu'est-ce que ça veut dire ? J'exige que tu me laisses partir.

Dorsett fit un geste d'impuissance.

— Tu n'as rien mangé, Gabe. Je ne peux pas te laisser partir l'estomac vide. Tu irais dire partout que je ne sais pas recevoir.

— Si tu crois que tu peux m'intimider, tu es fou !

— Mais je ne veux pas t'intimider, dit Dorsett avec une joie sadique. J'ai l'intention de te nourrir.

Strouser avait l'air perdu. Il secoua la tête, dégoûté, et entama une lutte inégale pour se libérer de l'étreinte de Boudicca.

Sur un signe de tête de son père, Boudicca traîna Strouser jusqu'à la table, le saisit d'une main sous le menton et lui tira la tête en arrière. Alors Dorsett prit un grand entonnoir de plastique dont il enfonça le tuyau entre les lèvres de Strouser. L'expression de rage du marchand de diamant se transforma en une folle terreur. Boudicca, ignorant ses cris étouffés, resserra son emprise.

— Vas-y, Papa, dit-elle avec une expression cruelle.

— Puisque tu vis et te nourris de diamants, mon cher ami, tu vas pouvoir en manger aussi, dit Dorsett en prenant sur la table une petite boîte en forme de théière. Il versa un flot de diamants d'un carat sans une craquelure dans la gorge de Strouser tout en pinçant les narines de sa victime. Strouser se débattit sauvagement, ses jambes battirent l'air mais ses bras étaient aussi solidement maintenus que s'il était pris au piège par un python.

Totalement terrorisé, Strouser essaya désespérément d'avaler les pierres mais il y en avait trop. Bientôt, sa gorge ne put en contenir davantage. Les convulsions de son corps se firent moins frénétiques. Il chercha vainement à respirer et suffoqua rapidement.

Ses yeux prirent le reflet vitreux de la mort tandis que des pierres scintillantes s'échappaient des coins de sa bouche, rebondissaient sur la table et tombaient sur le sol.

43

Deux jours sans être sur l'eau et tous eurent l'impression de ressusciter. Ils nettoyèrent le campement de York et inventorièrent tout ce qu'ils y trouvèrent. Maeve refusa d'entrer dans la cabane, même après que la dépouille de Rodney York eut été enterrée dans un petit ravin partiellement empli de sable. Ils fabriquèrent un abri en forme de tente avec les vieilles voiles en dacron trouvées dans la hutte et s'installèrent dans une routine au jour le jour.

Pour Giordino, la trouvaille la plus précieuse fut sans conteste la boîte à outils. Il commença immédiatement à travailler sur la radio et la génératrice mais abandonna, frustré, après six heures de labeur inutile.

— Trop de pièces sont cassées ou trop rouillées pour qu'on puisse les réparer. Après toutes ces années d'abandon, les batteries sont plus mortes qu'une crotte de dinosaure fossilisée. Et sans générateur pour les charger, le radio-téléphone, le gyrocompas et le récepteur radio sont inutilisables.

— Ne peut-on pas fabriquer des pièces de rechange avec tout ce qu'on a trouvé partout ? demanda Pitt.

Giordino fit non de la tête.

— Un ingénieur en chef de la General Electric ne pourrait réparer ce générateur et même s'il y arrivait, le moteur pour le faire tourner est complètement dans les choux. Il y a une fissure dans son carter que York n'a pas dû voir. Il aura fait tourner le moteur alors que toute l'huile avait fui de sorte qu'il a brûlé les paliers et bousillé les pistons.

Le premier projet de Pitt, en tant qu'homme à tout faire sur place, fut de trouver trois petits blocs de bois à fibres droites. Il les découpa dans une des planches de la couchette où Rodney York avait passé ses derniers jours. Ensuite, il fit un gabarit du front de ses compagnons juste au-dessus des sourcils qu'il découpa dans les couvertures de papier des romans découverts dans la bibliothèque de York. Il marqua les lignes du gabarit sur les bords des blocs de bois et les découpa au modèle, avec une fente arrondie pour le nez. Tenant les blocs bien serrés entre ses genoux, il évida puis lissa les creux sur la ronce intérieure du bois. Enfin il enleva la partie inutile à l'extérieur et fit deux incisions dans les parois évidées. Avec de l'huile trouvée dans un bidon près du moteur hors-bord, il teinta son œuvre achevée et finement courbée avant d'y percer deux trous aux extrémités où il attacha une cordelette de nylon.

— Voyez un peu, mesdames et messieurs, dit-il en en donnant un exemplaire à chacun. Voici les extraordinaires lunettes de soleil du colonel Thadeus Pitt, réalisées selon un plan secret révélé sur son lit de mort par un Esquimau juste avant de traverser l'océan Arctique sur le dos d'un ours polaire.

Maeve mit les siennes sur son nez et attacha la cordelette derrière sa tête.

— C'est génial ! Ça empêche vraiment la lumière du soleil de passer.

— Des petits malins, ces Inuits, dit Giordino en regardant par les fentes devant ses yeux. Pourrais-tu agrandir un tout petit peu les trous des miennes ? J'ai l'impression de regarder par un interstice sous la porte.

Pitt sourit et tendit à Giordino son couteau suisse.

— Tu peux personnaliser tes lunettes à ton goût personnel.

— A propos de goût, annonça Maeve agenouillée près d'un petit feu qu'elle avait allumé avec les allumettes trouvées dans l'équipement de survie de Pitt, venez dîner. Au menu de ce soir, il y a du maquereau grillé avec des coques que j'ai trouvées dans le sable à marée basse.

— Juste quand mon estomac commençait à s'habituer au poisson cru, plaisanta Giordino.

Maeve servit le poisson fumant et les coques sur un des plats de York.

— Pour demain soir, si l'un de vous est bon tireur, nous pourrions avoir un gibier à plumes.

— Vous voudriez que nous tirions sur des petits oiseaux sans défense ? s'exclama Giordino avec une feinte horreur.

— J'ai compté au moins vingt frégates posées sur des rochers, assura-t-elle en montrant la côte nord. Si vous construisiez un panneau, ils s'approcheraient suffisamment pour que vous puissiez les tuer avec votre petit pistolet.

— Des oiseaux rôtis, mon estomac rétréci ne rêve que de cela. Je vous apporterai le dîner de demain soir ou vous pourrez me pendre par les pouces, promit Pitt.

— Quelles autres inventions allez-vous tirer de votre chapeau, après les lunettes ? plaisanta Maeve.

— Je suis content que vous abordiez le sujet. Après un après-midi épuisant d'intense réflexion, je suis arrivé à la conclusion que nous devrions déménager vers un climat plus approprié.

Maeve lui lança un coup d'œil sceptique.

— Déménager ?

Elle chercha du regard le soutien moral de Giordino mais celui-ci lui fit signe qu'elle ferait bien d'écouter et continua à manger son maquereau.

— Nous avons deux bateaux trop abîmés pour traverser une piscine, poursuivit la jeune femme. Que proposez-vous exactement d'utiliser pour une croisière tous frais payés jusqu'à nulle part ?

— Elémentaire, ma chère Fletcher, dit Pitt avec un large sourire. Nous construisons un troisième bateau.

— Construire un bateau ? s'écria-t-elle en éclatant de rire. Giordino, au contraire, parut soudain sérieux et passionné.

— Tu crois qu'on a une petite chance de réparer le bateau de York ?

— Non. La coque est trop abîmée pour être réparée avec nos moyens limités. York était un marin accompli et il n'a pas pu le remettre à flot. Mais en revanche, nous pourrons utiliser le pont supérieur.

— Pourquoi ne pas tirer le meilleur de la situation ici ? protesta Maeve. Nous sommes plus débrouillards que le pauvre Rodney. Nous sommes plus à même de survivre. Nous pouvons attraper assez de poissons et de gibier pour nous permettre d'attendre qu'un navire passe par ici.

— Le problème est justement là, dit Pitt. *Nous ne pouvons pas* survivre rien qu'avec ce que nous attrapons. Si l'on considère les dents manquantes de Rodney, il est mort du scorbut. Un régime sans vitamine C et sans un tas d'autres éléments que je pourrais vous énumérer, l'a affaibli jusqu'à ce qu'il ne puisse plus bouger. Ainsi usé physiquement, il ne pouvait que mourir. Si jamais un navire finit par arriver et envoie quelqu'un à terre, ils trouveront quatre squelettes au lieu d'un. Je crois sincèrement que nous avons tout intérêt à faire ce qu'il faut pour nous sortir d'ici tant que nous en sommes encore capables physiquement.

— Dirk a raison, assura Giordino. Notre seule chance de revoir un jour les lumières de la ville, c'est de quitter cette île.

— Construire un bateau? répéta Maeve. Mais avec quoi?

Elle se leva, ferme, gracieuse, les bras et les jambes fins et bronzés, la chair tendue et jeune, la tête penchée comme un lynx sur ses gardes. Pitt fut aussi captivé que la première fois où ils avaient été ensemble sur le *Ice Hunter*.

— Les caissons étanches de notre canot, la superstructure du bateau de York, quelques rondins et nous aurons bientôt un vaisseau capable d'affronter l'océan.

— Ça, je demande à voir! s'obstina Maeve.

— Comme vous voudrez, répondit Pitt d'un ton léger.

Il commença à dessiner un plan sur le sable.

— L'idée de base est d'installer nos caissons étanches sous le pont cabine du bateau de York. Ensuite, nous découperons un ou deux hêtres pour faire des balanciers afin d'assurer la stabilité et nous voilà avec un trimaran.

— Ça me paraît faisable, admit Giordino.

— Il nous faudra 130 mètres carrés de voile, poursuivit Pitt. Nous avons un mât et un gouvernail.

Giordino montra la tente.

— Les vieilles voiles en dacron de York sont devenues cassantes et pourries après quarante ans de moisissure. Le premier vent un peu fort les mettrait en miettes.

— J'y ai pensé, dit Pitt. Les marins polynésiens tissent leurs voiles avec des feuilles de palmes. Je ne vois pas pourquoi nous ne pourrions pas faire la même chose avec des branches feuillues de hêtre. Et nous avons du gréement plus qu'il n'en faut sur l'épave pour les haubans et pour attacher les flotteurs à la quille centrale.

— Combien de temps nous faudra-t-il pour construire votre trimaran? demanda Maeve, le doute laissant place à un intérêt croissant.

— Je suppose que nous pourrons assembler tout cela et le mettre à l'eau en trois jours si nous travaillons tard.

— Si vite?

— La construction n'est guère compliquée et, grâce à Rodney, nous avons l'outillage nécessaire pour le faire.

— Continuerons-nous à naviguer vers l'est ou nous dirigerons-nous au nord-est pour rejoindre Invercargill? demanda Giordino.

— Ni l'un ni l'autre. Avec les instruments de navigation de Rodney et les cartes de l'Amirauté, je ne vois pas pourquoi nous ne pourrions rejoindre facilement l'île du Gladiateur.

Maeve le regarda comme s'il était devenu fou, les bras ballants.

— Ça, dit-elle, c'est la chose la plus dingue que vous ayez dite jusqu'à présent.

— Peut-être, répondit-il, les yeux fixes, mais je maintiens que nous devons finir ce que nous avons commencé... sauver vos fils.

— Ça me paraît raisonnable, approuva Giordino sans hésiter. J'aimerais prendre ma revanche sur King-Kong ou je ne sais comment on appelle votre sœur quand elle ne réduit pas les épaves de voitures dans les décharges.

— Je vous dois déjà beaucoup, mais...

— Il n'y a pas de mais, coupa Pitt. En ce qui nous concerne, c'est comme si c'était fait. Nous construisons notre bateau hermaphrodite, nous rejoignons l'île du Gladiateur, nous prenons vos gamins et nous filons vers le refuge portuaire le plus proche.

— Un refuge ? *Mais vous ne comprenez pas !* (Sa voix implorait, presque désespérée.) L'île est entourée à quatre-vingt-dix pour cent de falaises verticales et de précipices impossibles à escalader. Le seul endroit où l'on puisse aborder est la plage autour du lagon et elle est très sévèrement gardée. Personne ne peut traverser le récif sans se faire tirer comme un lapin. Mon père a construit des défenses qu'une force d'assaut bien armée ne pourrait pénétrer. Et si vous essayez, vous mourrez.

— Il n'y a pas de raison de s'alarmer, la calma Pitt. Al et moi avons l'habitude de voltiger sur les îles aussi délicatement que nous entrons et sortons des chambres des dames. Le tout est de trouver le bon moment et le bon endroit.

— Ça et quelques bons mouvements du poignet, ajouta Giordino.

— Les bateaux de surveillance de mon père vous auront repérés bien avant que vous n'entriez dans le lagon !

Pitt haussa les épaules.

— Ne vous inquiétez pas. J'ai un truc personnel pour esquiver les vilains bateaux de surveillance. Ça ne rate jamais.

— Et puis-je vous demander de quoi il s'agit ?

— C'est très simple. Nous nous pointons là où on nous attend le moins.

— Vous avez tous les deux pris trop de soleil. (Elle secoua la tête, battue d'avance.) Pensez-vous que Papa vous invitera à prendre le thé ?

Maeve fut envahie d'un sentiment de culpabilité et de remords. Elle voyait clairement qu'elle était responsable des dangers et des tourments terribles infligés à ces deux hommes incroyables, prêts à donner leur vie pour ses jumeaux, Michael et Sean. Elle se sentit abattue, résignée. Elle s'approcha et s'agenouilla entre Pitt et Giordino, les prenant chacun par le cou.

— Merci, murmura-t-elle doucement. Comment ai-je pu avoir la chance de trouver des hommes aussi merveilleux que vous ?

— C'est devenu une habitude pour nous d'aider les demoiselles en détresse !

Giordino vit les larmes envahir les yeux de la jeune femme et se détourna, embarrassé. Pitt embrassa Maeve sur le front.

— Ce n'est pas aussi impossible que ça en a l'air. Faites-moi confiance.

— Si seulement je vous avais rencontrés avant ce qui me paraît être cent ans !

Elle fut sur le point d'ajouter quelque chose mais se leva et s'éloigna rapidement.

Giordino regarda Pitt avec curiosité.

— Puis-je te demander quelque chose ?

— Je t'en prie.

— Pourrais-tu m'expliquer comment nous allons entrer et sortir de l'île quand nous y arriverons ?

— On prendra un cerf-volant et le grappin que j'ai trouvé dans les affaires de York.

— Et pour sortir ? pressa Giordino, très perplexe mais peu désireux de poursuivre le sujet.

Pitt lança une bûche sèche dans le feu et regarda les étincelles voleter au-dessus.

— Ça, dit-il, aussi détendu qu'un gamin attendant que son bouchon s'enfonce dans la rivière, c'est la partie du plan dont je m'occuperai en temps utile.

44

Ils fabriquèrent le bateau pour s'échapper de l'île sur un rocher plat, dans une petite vallée protégée du vent, à trente mètres de l'eau. Ils installèrent des troncs de hêtres comme des rails pour faire glisser leur étrange création dans les eaux relativement calmes entre les deux îles. Leurs exigences n'étaient pas bien grandes. Ils étaient en meilleure santé qu'à leur arrivée et furent capables de travailler toutes les nuits, quand il faisait frais, et de se reposer quelques heures pendant la grosse chaleur du jour. Dans l'ensemble, la construction se passa bien, sans gros problème. Plus ils approchaient de la fin, moins ils se sentaient fatigués.

Maeve se lança dans le tissage de deux voiles en branches feuillues de hêtre. Pour plus de simplicité, Pitt avait décidé de fixer dans son emplanture le mât que York avait sauvé de son ketch, de mettre une brigantine sur l'artimon et une voile carrée sur le grand mât. Maeve tissa d'abord la plus grande voile. Elle passa les premières heures à faire des essais. En fin d'après-midi, elle avait trouvé le truc et put tisser un mètre carré en trente minutes. Le troisième jour, elle descendit à vingt minutes. Son tissage était si solide et si serré que Pitt lui demanda de faire une troisième voile, triangulaire, qu'il installa à l'avant du grand mât.

Ensemble, Pitt et Giordino démontèrent et soulevèrent le rouf et le remontèrent sur la partie avant du poste de direction. Cette partie du ketch fut ensuite liée au-dessus des flotteurs en néoprène de leur canot qui servaient maintenant de coque centrale. Il fallut ensuite installer les hauts mâts en aluminium dont ils réduisirent la hauteur pour compenser la coque plus courte et l'absence de quille profonde. Etant donné qu'on ne pouvait attacher aucune chaîne aux tubes des flotteurs, les haubans et les étais pour soutenir les mâts furent glissés sous la coque et attachés à une paire de tendeurs. Quand ce fut terminé, l'embarcation hybride avait l'apparence d'un voilier monté sur un aéroglisseur.

Le jour suivant, Pitt régla à nouveau le gouvernail du ketch pour qu'il fonctionne plus haut dans l'eau, le reliant à une longue béquille, système bien plus efficace pour manœuvrer un trimaran. Quand le gouvernail fut solidement fixé et bougea de façon satisfaisante, il s'attaqua au moteur hors-bord vieux de quarante années, nettoya le carburateur et les tuyauteries d'arrivée du carburant avant de revoir le magnéto.

Giordino, pour sa part, se remit à l'ouvrage sur les balanciers. Il coupa et façonna deux robustes hêtres dont les troncs étaient un peu courbés vers le haut. Il les plaça le long de la coque et les accrocha, le bout courbe vers l'avant, comme une paire de skis. Il attacha ensuite les flotteurs aux tronçons de bois perpendiculaires traversant la quille près de l'avant et juste au-delà du cockpit, et entretoisés devant et derrière.

Il fut très content de lui. Après avoir appuyé une épaule contre les outriggers et poussé de toutes ses forces, il les déclara solides et rigides et assura qu'ils ne lâcheraient pas.

A l'aube, assis près du feu pour se protéger du froid du petit matin sous ces latitudes septentrionales, Pitt se plongea dans les relevés et les cartes de navigation de York. A midi, il fit des relevés du soleil au sextant, et plus tard, quand la nuit fut tombée, il fit de même avec plusieurs étoiles. Puis, s'aidant du calendrier nautique et des tables de « Méthode Rapide », il simplifia au maximum les calculs trigonométriques et s'habitua à déterminer sa position jusqu'à ce que les chiffres correspondent à la latitude et à la longitude connues des îles Misère sur les cartes.

— Vous pensez pouvoir tomber droit sur l'île du Gladiateur du premier coup ? demanda Maeve au cours du dîner, l'avant-veille du lancement.

— Si on ne tombe pas droit dessus, on en fera le tour, dit Pitt avec bonne humeur. Ce qui me fait penser qu'il me faut une carte détaillée de l'île.

— Détaillée jusqu'à quel point ?

— Avec tous les bâtiments, tous les chemins, les routes, et si possible à l'échelle.

— Je vais dessiner la carte de mémoire, aussi précisément que je pourrai, promit Maeve.

Giordino mâchouillait un pilon de frégate que Pitt avait réussi à abattre avec son pistolet miniature.

— Quelle distance as-tu calculée ?

— Précisément 478 kilomètres à vol d'oiseau.

— Alors l'île est plus près qu'Invercargill.

— C'est ce qui fait son charme.

— Combien de jours pour y arriver ? demanda Maeve.

— Impossible à dire. La première partie du voyage sera la plus difficile car il faudra louvoyer au vent jusqu'à ce qu'on puisse retrouver des courants favorables et les vents d'est venus de Nouvelle-Zélande. Sans quille pour fendre l'eau et leur éviter d'être renversés sur le flanc, les trimarans sont réputés pour leur incapacité à naviguer dans le vent. Le vrai défi, ce sera quand nous aurons pris la mer. Nous n'avons pas pu essayer le bateau, nous ignorons donc ses qualités de navigation. Si ça se trouve, il est totalement incapable de prendre le vent, de sorte que nous pourrions nous retrouver en Amérique du Sud.

— C'est une supposition bien désagréable, dit Maeve qui se voyait déjà souffrir pendant au moins quatre-vingt-dix jours. Quand j'y pense, je crois que je préférerais rester sur la terre ferme, quitte à finir comme Rodney York.

La veille du lancement se passa dans une fiévreuse activité. Les derniers préparatifs comprenaient la fabrication du mystérieux cerf-volant de Pitt, qu'il plia et rangea dans le rouf avec 150 mètres de fil de nylon fin récupéré sur le bateau de York et que personne n'avait coupé. Ensuite, ils chargèrent leurs maigres réserves de nourriture, les instruments de navigation, les cartes et les livres. Ils hurlèrent de joie sur les rochers arides quand le moteur hors-bord toussa puis revint à la vie après quarante années – et près de quarante tractions sur la corde du lanceur. Pitt eut l'impression que son bras allait se détacher de son épaule.

— Vous avez réussi ! cria Maeve avec enthousiasme.

Pitt leva les mains en un geste de modestie.

— Un jeu d'enfant pour quelqu'un qui restaure de vieilles voitures de collection. Les seuls problèmes ont été la tuyauterie bouchée et le carburateur gommé.

— Beau boulot, mon vieux, le félicita Giordino. Ça va être bien pratique d'avoir un moteur pour nous approcher de l'île.

— Une chance que les bidons d'essence aient été hermétiques et que, toutes ces années, l'essence ne se soit pas évaporée. D'ailleurs, elle s'est presque transformée en gomme-laque. Il faudra surveiller le filtre de près. Je n'ai pas envie de démonter le carburateur toutes les demi-heures.

— Combien d'heures de carburant York nous a-t-il laissées ?

— Six heures, peut-être sept.

Plus tard, avec l'aide de Giordino, Pitt monta le moteur hors-bord sur une console située à l'arrière du cockpit. Dernière touche, ils installèrent le compas de route, juste devant le gouvernail. Quand les voiles tissées furent attachées au mât par des laçages en spirales, ils les levèrent et les descendirent. Et quand tout cela fut fait, ils reculèrent pour admirer leur création.

Le bâtiment avait l'air assez professionnel mais, même avec beaucoup d'imagination, on ne pouvait le trouver beau. Courtaud et peu gracieux, les balanciers ajoutaient à sa gaucherie. Pitt se demanda si un bateau aussi bizarre avait jamais navigué sur l'une des sept mers.

— Il n'est pas exactement fin et racé, remarqua Giordino d'un ton rêveur.

— Il ne participera jamais à l'America's Cup non plus, ajouta Pitt.

— Messieurs, vous êtes incapables de déceler sa beauté intérieure, dit Maeve. Il faut lui donner un nom. Ça ne se fait pas de naviguer sans être baptisé. Que diriez-vous de *Ne Dites Jamais Mourir* ?

— Ça lui irait bien, admit Pitt mais cela ne convient pas aux super-stitions des hommes de mer. Il lui faut un nom de femme, ça lui portera bonheur.

— Que diriez-vous de *Merveilleuse Maeve* ? suggéra Giordino.

— Oh ! Je ne sais pas, dit Pitt. C'est banal mais mignon.

Maeve éclata de rire.

— Je suis très flattée mais la modestie me dicte quelque chose de plus adapté, comme par exemple *Dancing Dorothy II*.

— Deux contre un, coupa Giordino. Ce sera le *Merveilleuse Maeve*.

L'intéressée céda, trouva une vieille bouteille de rhum jetée par Rod-ney York et la remplit d'eau de mer pour le lancement.

— Je te baptise *Merveilleuse Maeve*, dit-elle en riant.

Elle cassa la bouteille contre une des traverses de hêtre attachées aux caissons étanches.

— Puisses-tu traverser les mers aussi vite qu'une sirène.

— Maintenant, exercice d'aptitude, dit Pitt.

Il tendit à ses deux compagnons les cordes attachées à la partie avant de la quille centrale. Chacun en passa une extrémité autour de sa taille, cala ses pieds et se pencha en avant. Lentement, en résistant obstiné-ment, le bateau commença à glisser sur les troncs d'arbre posés sur le sol pour servir de rails de lancement. Encore affaiblis par le manque de nourriture correcte et par leurs souffrances passées, ils mirent ce qu'il

leur restait de force dans cette action et tirèrent l'embarcation vers le
précipice de deux mètres au-dessus de l'eau. Maeve, comme il fallait s'y
attendre, y mit tout son cœur jusqu'à la limite de l'épuisement puis
tomba à genoux, haletante, le cœur battant, cherchant l'air que ses poumons réclamaient. Pitt et Giordino tirèrent le gros poids mort sur encore
dix mètres avant de lâcher les cordes et de tomber par terre non loin de
Maeve. Le bateau vacilla sur l'extrémité des deux troncs de hêtres qui
descendaient vers les vagues mouvantes.

Plusieurs minutes passèrent. Le soleil avait parcouru un quart de son
chemin vers l'horizon et la mer était calme. Pitt ôta la corde qui entourait
sa taille et la jeta sur le bateau.

— Je suppose qu'il n'y a pas de raison de repousser l'inévitable.

Il grimpa dans le cockpit, fit pivoter le moteur hors-bord sur ses gonds
et tira le lanceur. Cette fois, il commença à tourner au deuxième essai.

— Hé ! Vous deux ! Etes-vous capables de donner à notre yacht de
luxe la dernière poussée pour le mettre à l'eau ? demanda-t-il à Maeve et
à Giordino.

— Après tout ce que j'ai fait pour exciter les hormones, grogna Giordino, qu'est-ce que j'y gagnerai ?

— Un grand gin-tonic aux frais de la maison, répondit Pitt.

— Des promesses, toujours des promesses. C'est un raffinement
sadique, tu sais !

Giordino passa son bras musclé autour de la taille de Maeve, l'aida à
se lever et dit :

— Poussez, jolie dame. Il est temps de dire adieu à cet enfer rocheux.

Ils reculèrent, bandèrent leurs muscles, les mains à plat contre la
poupe et poussèrent de toutes leurs pauvres forces. Le *Merveilleuse
Maeve* bougea comme à regret, puis prit de la vitesse. L'avant plongea
par-dessus le bout des rails et l'arrière se souleva. Le bateau parut
s'immobiliser en l'air un instant puis tomba dans l'eau, dans un grand
éclaboussement qui remonta sur les flancs et se posa à la surface. Le raisonnement de Pitt, qui avait mis en marche le moteur hors-bord, se
révéla payant car cela lui permit d'avoir un contrôle instantané du bateau
malgré la vitesse du courant. Il le fit rapidement virer pour revenir au
bord de la falaise basse. Dès que la proue cogna doucement contre le
rocher nu, Giordino prit Maeve par les poignets et la déposa gentiment
sur le toit du rouf. Puis il sauta à son tour, agile comme un gymnaste, à
côté d'elle.

— Et ceci termine la partie ludique du programme, dit Pitt en mettant
le hors-bord en marche arrière.

— Est-ce qu'on hisse mes voiles ? demanda Maeve en personnalisant
son œuvre avec orgueil.

— Pas encore. Nous avancerons au moteur jusqu'au côté sous le vent
de l'île, là où la mer est plus calme.

Giordino aida Maeve à enjamber le rouf et à entrer dans le cockpit. Ils s'assirent pour se reposer un moment pendant que Pitt manœuvrait le bateau pour le faire sortir du chenal et pénétrer la houle balayant les parties nord et sud des deux îlots désertiques. Dès qu'ils atteignirent le large, les requins reparurent.

— Regardez! dit Giordino. Nos copains sont revenus. Je parie que nous leur avons manqué.

Maeve se pencha par-dessus le flanc et regarda les longues formes grises nageant sous la surface.

— C'est un nouveau groupe de suiveurs, dit-elle. Ceux-ci sont des perlons.

— Ces bestioles aux dents inégales que seul un orthodontiste pourrait apprécier?

— Exactement.

— Pourquoi est-ce qu'ils nous harcèlent? se plaignit Giordino. Je n'ai jamais commandé de requin au restaurant!

Une demi-heure plus tard, Pitt lança un ordre.

— Bon, essayons les voiles pour voir quel genre de bateau nous avons fabriqué.

Giordino déplia les voiles tressées que Maeve avait soigneusement rangées en accordéon. Il les accrocha au mât pendant que la jeune femme levait l'artimon. Les voiles se gonflèrent et Pitt donna du mou à la barre, faisant déraper le bateau en une bordée, mettant le cap sur le nord-ouest contre un solide vent d'ouest.

Si un plaisancier avait pu voir le *Merveilleuse Maeve* fendre les vagues, il serait mort de rire sur le pont de son yacht. Un ingénieur professionnel de chantier naval aurait sifflé l'hymne du Club de Mickey Mouse. Mais c'est ce curieux voilier qui, finalement, rit le dernier. Ses balanciers labouraient l'eau et donnaient sa stabilité à l'embarcation. Elle répondait étonnamment bien à la barre et maintenait son cap sans louvoyer. Bien sûr, il y avait de petits problèmes à surmonter à cause du gréement. Mais tout compte fait, il tenait la mer comme s'il y était né.

Pitt jeta un dernier coup d'œil aux îles Misère. Puis il regarda le paquet enveloppé dans un morceau de voile en dacron, contenant le journal de bord et les lettres de Rodney York. Il se jura que, s'il survivait aux quelques jours à venir, il ferait parvenir le testament de York à ses parents vivants, certain qu'ils organiseraient une expédition pour ramener son corps et l'enterrer à Falmouth Bay, dans sa Cornouaille bien-aimée.

45

Au dixième étage d'un immeuble moderne de verre en forme de pyramide, dans la banlieue parisienne, quatorze hommes étaient assis autour d'une très longue table de conférence en ébène. Très élégants, exerçant un immense pouvoir, infiniment riches, ces messieurs sérieux constituaient le Conseil commercial multilatéral, connu de ses membres sous le nom plus simple de *Fondation*, une institution vouée au développement d'un gouvernement économique mondial unique. Ils se serrèrent la main et bavardèrent de la pluie et du beau temps avant de se mettre au travail.

Normalement, ils se réunissaient trois fois par an mais, ce jour-là, une session d'urgence avait été convoquée pour discuter de la dernière menace inattendue contre leurs opérations.

Les hommes présents dans cette pièce représentaient d'immenses corporations internationales et plusieurs gouvernements. Seul un membre de haut rang du cartel d'Afrique du Sud était totalement impliqué dans le commerce du diamant de qualité. Un industriel belge d'Anvers et un promoteur immobilier de New Delhi servaient d'intermédiaires de la Fondation dans l'énorme trafic illégal de diamants industriels vers le bloc des Fondamentalistes islamiques en lutte pour créer leurs propres systèmes de destruction nucléaire. Des millions de ces petits diamants industriels étaient vendus sous le manteau au bloc islamique pour la fabrication d'instruments de précision et des équipements nécessaires à la mise au point de tels systèmes. Les diamants plus gros et de qualité plus marchande servaient à financer l'agitation en Turquie, en Europe occidentale, en Amérique latine et dans divers pays du Sud asiatique ou tout autre point chaud où des organisations politiques subversives servaient les intérêts de la Fondation, y compris les ventes d'armes.

La presse et les médias connaissaient tous ces hommes dont chacun était célèbre dans son domaine propre. Mais on ignorait leur appartenance à la Fondation. Ce secret n'était connu que de ceux qui occupaient actuellement la salle de conférence et de leurs associés les plus intimes. Ils traversaient les océans et les continents, tissant leur toile dans toutes sortes d'endroits étranges, faisant beaucoup de victimes tout en amassant des bénéfices inouïs.

Ils écoutèrent très attentivement et en silence le président qu'ils avaient désigné, un banquier allemand milliardaire, faire un rapport sur la crise que rencontrait actuellement le marché des diamants. Très bel homme au crâne chauve, il parlait un anglais parfait car cette langue avait été choisie comme langage commun à tous les participants.

— Messieurs, à cause d'Arthur Dorsett, nous sommes confrontés à une crise grave de nos opérations dans un domaine vital. L'enquête menée par nos services de renseignements indique que le marché du diamant est extrêmement menacé. Ne vous y trompez pas, si Dorsett déverse sur le marché de détail plus d'une tonne de pierres au prix du sucre de betterave, ce qu'il est, paraît-il, prêt à faire, ce secteur de la Fondation va s'effondrer complètement.

— Mais quand cela doit-il se passer? demanda l'émir d'un très riche pays producteur de pétrole de la mer Rouge.

— Je tiens d'une source fiable que quatre-vingts pour cent de la production de Dorsett sera mise en vente dans les magasins de sa chaîne dans moins d'une semaine, répondit le président.

— Et combien allons-nous perdre? demanda un Japonais à la tête d'un vaste empire électronique.

— Trois milliards de francs suisses pour commencer.

— Seigneur! s'écria le propriétaire français d'une des plus grosses maisons de haute couture du monde, en tapant du poing sur la table. Cet homme de Néanderthal australien a-t-il vraiment le pouvoir de faire cela?

Le président hocha la tête.

— Hélas oui, il a le stock nécessaire pour le faire.

— Nous n'aurions jamais dû autoriser Dorsett à opérer en dehors du cartel! dit un ancien secrétaire d'Etat américain.

— Le mal est fait, constata le représentant du cartel des diamantaires.

— Le monde des pierres précieuses tel que nous le connaissons ne sera plus jamais le même.

— N'y a-t-il aucun moyen de l'arrêter avant qu'il envoie ses pierres dans ses magasins? demanda l'homme d'affaires japonais.

— J'ai envoyé un émissaire lui faire une proposition généreuse de rachat de son stock afin d'en empêcher la mise en circulation.

— Avez-vous sa réponse?

— Pas encore.

— Qui avez-vous envoyé? demanda le président.

— Gabe Strouser, de chez Strouser & Fils, un diamantaire international réputé.

— C'est un type très bien et un excellent négociateur, assura le Belge d'Anvers. Nous avons fait plusieurs affaires ensemble. Si quelqu'un peut faire rendre gorge à Dorsett, c'est bien Gabe Strouser.

Un Italien, propriétaire d'une flotte de bateaux de transport, haussa les épaules.

— Si je ne me trompe, les ventes de diamants ont baissé de façon drastique au début des années 80. L'Amérique et le Japon ont connu une récession sévère et la demande a diminué, d'où une surabondance de l'approvisionnement. Quand l'économie s'est redressée, au cours des années 90, les prix ont remonté. N'est-il pas possible que l'histoire se répète ?

— Je comprends ce que vous voulez dire, assura le président en s'appuyant au dossier de sa chaise et en croisant les bras. Mais cette fois, il souffle un vent glacial et tous ceux qui dépendent du diamant pour vivre vont se geler sur pied. Nous avons découvert que Dorsett avait prévu un budget de plus de cent millions de dollars de promotion et de publicité dans tous les principaux pays acheteurs de diamants. Si, comme nous pensons qu'il le fera, il vend un centime ce qui vaut un franc, les diamants de grande valeur ne seront plus que des souvenirs parce qu'il persuadera le public qu'ils ne valent pas plus que du verre.

Le Français poussa un profond soupir.

— Je sais que mes mannequins sont capables de considérer d'autres babioles luxueuses comme des investissements éternels. Si les bijoux de diamant ne font plus l'affaire, il faudra leur acheter de luxueuses voitures de sport.

— Mais que cache cette bizarre décision de Dorsett ? demanda le président d'une des principales compagnies aériennes d'Asie du Sud-Est. Enfin, ce type n'est pas un imbécile !

— Il est à peu près aussi stupide qu'une hyène attendant qu'un lion s'endorme après avoir mangé la moitié seulement de ce qu'il a tué, répondit le président allemand. Mes agents, dans tout le réseau mondial de la banque, ont appris que Dorsett avait acheté soixante-dix, voire quatre-vingts pour cent des mines produisant des pierres précieuses de couleur.

Il y eut un murmure général tandis que chacun comprenait l'implication de ce qui venait d'être dit. Chacun imagina immédiatement et assimila le grand projet d'Arthur Dorsett.

— C'est diaboliquement simple ! murmura le magnat japonais de l'électronique. Il enlève le tapis de dessous les pieds des marchands de diamants avant de faire monter au ciel les prix des rubis et des émeraudes.

Un entrepreneur russe, qui avait amassé une grande fortune en rachetant des mines fermées d'aluminium et de cuivre en Sibérie pour presque rien, puis les avait rouvertes avec la technologie de l'Ouest, eut un air dubitatif.

— Pour moi, c'est – comment dit-on à l'Ouest ? – déshabiller Pierre pour habiller Paul. Est-ce qu'il croit vraiment gagner assez avec les pierres de couleur pour compenser ce qu'il aura perdu sur les diamants ?

Le président fit signe au Japonais qui répondit.

— A la demande de notre président, j'ai demandé à mon analyste financier d'entrer les chiffres dans notre système de données. Aussi étonnant que cela puisse paraître, Arthur Dorsett, la chaîne des magasins House of Dorsett et la Dorsett Consolidated Mining Ltd font environ 20 milliards de dollars américains de bénéfice. Peut-être même 24 milliards, si on compte sur une augmentation prévue de l'économie.

— Seigneur Jésus! s'exclama un sujet britannique à la tête d'un empire de l'édition. Je ne sais même pas ce que je ferais d'un bénéfice de 24 milliards de dollars.

L'Allemand se mit à rire.

— Moi, je m'en servirais pour acheter votre holding.

— Je me retirerais volontiers dans ma ferme du Devonshire pour beaucoup moins.

L'Américain prit la parole. Ancien secrétaire d'Etat et appartenant à l'une des familles les plus riches d'Amérique, il était le père fondateur de la Fondation.

— Savez-vous où se trouve le stock de diamants de Dorsett en ce moment?

— Etant donné qu'il a fixé la date à seulement quelques jours d'ici, répondit le Sud-Africain, je suppose que les pierres sont en transit dans ses magasins.

Le regard du président alla du baron italien de la flotte marchande au magnat de l'aviation civile asiatique.

— Est-ce que l'un d'entre vous, messieurs, a une idée de la façon dont Dorsett expédie ses marchandises?

— Je doute sérieusement qu'il les transporte par mer, répondit l'Italien. Quand un navire arrive au port, il faut encore organiser le transport terrestre.

— Si j'étais Dorsett, j'enverrais mes pierres par avion, confirma l'Asiatique. De cette façon, on peut les distribuer dans presque toutes les villes du monde.

— Nous pourrions arrêter un ou deux avions, dit l'industriel belge, mais, sans connaître ses projets, il serait impossible d'arrêter toutes ses expéditions.

L'Asiatique hocha la tête.

— Je crois qu'il est optimiste de penser arrêter même un seul vol. Dorsett a probablement affrété toute une flotte aérienne en Australie. J'ai peur que nous en soyons à fermer la barrière après que les vaches se sont échappées.

Le président se tourna vers le Sud-Africain représentant le cartel des diamantaires.

— J'ai l'impression que la pièce est jouée. La valeur des diamants créée artificiellement ne pouvait pas durer toujours, après tout.

Plutôt que de montrer sa déception, le Sud-Africain afficha un sourire.

— On nous a déjà éliminés. Mais le conseil d'administration et moi considérons ceci comme un échec mineur, rien de plus. Les diamants sont *vraiment éternels*, messieurs. Notez bien ce que je vous dis, les prix des pierres de qualité remonteront quand l'attrait des saphirs, des émeraudes et des rubis se dissipera. Le cartel remplira ses obligations envers la Fondation grâce à ses autres intérêts miniers. Nous ne resterons pas bêtement assis en attendant que le marché reprenne.

Le secrétaire particulier du président entra et lui parla à l'oreille. Il hocha la tête et regarda le Sud-Africain.

— On m'apprend que la réponse de votre émissaire à propos de sa négociation avec Arthur Dorsett est arrivée sous la forme d'un paquet.

— Je m'étonne que Strouser ne m'ait pas contacté directement.

— J'ai demandé qu'on apporte le paquet, dit le président. Je pense que nous sommes tous impatients de savoir si M. Strouser a réussi.

Quelques minutes plus tard, le secrétaire revint, tenant à deux mains une boîte carrée, fermée par un ruban rouge et vert. Le président montra le Sud-Africain. Le secrétaire vint poser la boîte devant lui. Une carte était attachée au ruban. Il ouvrit l'enveloppe et lut à haute voix.

> *« Il y a le calcaire et la stéatite*
> *Il y a les grêlons, il y a le pavé,*
> *Mais derrière la langue de Strouser*
> *Il y a une pierre qui ne vaut pas plus que la bouse*
> *Une pierre aussi banale que le soufre. »*

Le Sud-Africain se tut et regarda la boîte d'un air grave.

— Ce n'est pas le style de Gabe Strouser. Il n'a pas la réputation d'être un homme frivole.

— De toute façon, son style est bien mauvais, commenta le couturier français.

— Allez-y, ouvrez la boîte, pressa l'Indien.

Le Sud-Africain défit le ruban, souleva le couvercle et regarda à l'intérieur. Soudain il pâlit et se leva si violemment que sa chaise se renversa derrière lui. Il courut en chancelant vers une fenêtre, l'ouvrit et vomit. Etonnés, les membres de l'assemblée se précipitèrent pour voir le contenu hideux de la boîte. Quelques-uns réagirent comme le Sud-Africain, certains poussèrent des cris d'horreur, les autres, ceux qui avaient déjà ordonné des massacres brutaux avant d'atteindre les sommets de la richesse, regardèrent d'un air sombre, sans montrer d'émotion, la tête sanglante de Gabe Strouser, ses yeux grotesquement écarquillés et les diamants qui emplissaient sa bouche.

— On dirait que les négociations de Strouser n'ont pas abouti, murmura le Japonais en retenant une envie de vomir.

Le président mit quelques minutes à se remettre. Ensuite il appela les gardes de la Fondation et leur demanda d'emporter la boîte. Enfin il se tourna vers l'assistance qui avait recouvré son calme et repris sa place.

— Je vous demande de garder le secret le plus absolu sur ce que nous venons de voir.

— Est-ce ce boucher de Dorsett? aboya le Russe, le visage rouge de colère. Il a assassiné un représentant de la Fondation!

— Je suis d'accord, dit l'Indien. La vengeance doit être notre priorité!

— Ce serait une erreur que d'agir sans réfléchir, prévint le président. Il ne serait pas raisonnable d'attirer l'attention sur nous en nous laissant guider par le désir de vengeance. Un faux pas en exécutant Dorsett et nos activités risquent de faire l'objet d'une enquête. Je pense que le mieux est de saper Arthur Dorsett d'une autre façon.

— Notre président a raison, dit le Hollandais dont l'anglais était lent mais suffisant. La meilleure chose à faire pour le moment, c'est de contenir Dorsett et de lui tomber dessus à la première erreur. Et ne vous y trompez pas, un homme comme lui ne peut que faire une erreur très prochainement.

— Que proposez-vous?

— D'attendre.

Le président fronça les sourcils.

— Je ne comprends pas. Je croyais que nous devions prendre l'offensive?

— Vider son stock de diamants oblitérera les réserves de Dorsett, expliqua le Hollandais. Il lui faudra au moins un an avant de pouvoir augmenter le prix de ses pierres et faire des bénéfices. En attendant, nous gardons la main sur le marché des diamants, nous maintenons nos stocks et nous imitons Dorsett en achetant tout ce qui reste de la production des pierres de couleur. On se bat sur le même terrain. Mes informateurs m'ont dit qu'il s'était concentré sur les pierres les plus connues du public, sans s'occuper des pierres les plus rares.

— Pouvez-vous nous donner un exemple des pierres les plus rares?

— Je pense à l'alexandrite, la tsavorite, le béryl rouge.

Le président regarda les autres participants.

— Qu'en pensez-vous, messieurs?

L'éditeur anglais se pencha, les poings serrés.

— C'est une sacrée bonne idée! Notre expert en diamants a trouvé le moyen de battre Dorsett à son propre jeu tout en tournant pour un temps la baisse du diamant à notre avantage.

— Alors, nous sommes d'accord? demanda le président avec un sourire fort peu plaisant.

Toutes les mains se levèrent et quatorze voix crièrent en même temps un oui unanime.

QUATRIÈME PARTIE

Catastrophe au paradis

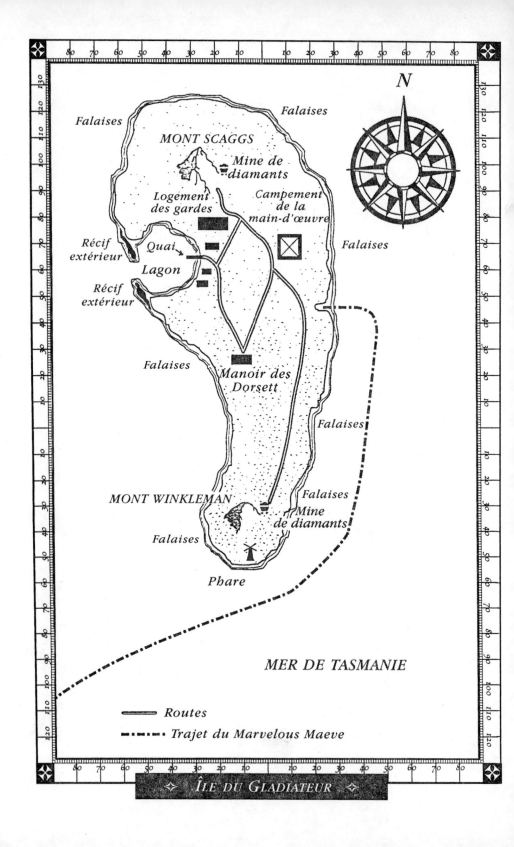

ÎLE DU GLADIATEUR

46

Un sergent de marine aux cheveux blond clair, vêtu d'un short passé et d'une chemise hawaïenne à fleurs rouges, buvait une cannette de bière en regardant une cassette à la télévision. Il était vautré sur une chaise longue qu'il avait récupérée dans un des luxueux hôtels de l'île hawaïenne de Lanai qui avaient été rénovés. Le film était un ancien John Wayne, *La Chevauchée fantastique*. La tête du sergent était coiffée d'un casque de réalité virtuelle qu'il venait d'acheter dans un magasin d'électronique d'Honolulu. Il avait branché le casque sur le magnétoscope, ce qui lui permettait d' « entrer » dans l'écran de télévision, de se mêler aux acteurs et de participer aux scènes du film. Pour l'heure, il était allongé au côté de John Wayne sur le toit de la diligence pendant la longue scène principale, tirant sur les Indiens, quand une puissante sirène se mit à hurler. A contrecœur, il enleva son casque et regarda les quatre écrans de surveillance montrant les zones stratégiques des installations secrètes qu'il gardait. Sur l'écran numéro 3, il vit une voiture approchant sur une des routes poussiéreuses menant à la grille d'entrée et traversant un champ d'ananas. Le soleil de cette fin de matinée se reflétait sur le pare-chocs avant tandis que l'arrière faisait voler un nuage de poussière.

Après plusieurs mois de service répétitif, le sergent connaissait la routine sur le bout des doigts. Pendant les trois minutes que mit la voiture pour arriver jusqu'à l'entrée, il eut le temps de passer un uniforme bien repassé et de se mettre au garde-à-vous à côté de la grille qui barrait l'accès du tunnel menant au cœur à ciel ouvert du volcan depuis longtemps éteint.

En y regardant de plus près, il vit que la voiture appartenait à la Marine. Il se pencha par la vitre avant ouverte.

— Ceci est une zone interdite. Avez-vous une autorisation pour entrer ?

Le chauffeur, portant l'uniforme blanc des marins engagés, montra du pouce l'arrière du véhicule, par-dessus son épaule.

— Le commandant Gunn, à l'arrière, a tous les papiers nécessaires.

Compétent, très professionnel, Rudi Gunn n'avait pas perdu une seconde d'un temps précieux pour demander la permission de démonter l'énorme antenne parabolique abandonnée au cœur du volcan Palawai, sur l'île de Lanai. Remonter l'écheveau compliqué de la bureaucratie jusqu'à l'agence chargée de la gérance de l'antenne, puis affronter le département responsable des communications spatiales aurait demandé au moins un mois. Il aurait fallu ensuite accomplir la mission impossible consistant à trouver un fonctionnaire acceptant de prendre la responsabilité d'autoriser la NUMA à démonter l'antenne et à la lui prêter temporairement.

Gunn avait éliminé le fil rouge inutile en faisant imprimer par un employé de la NUMA un document apparemment très officiel, en trois exemplaires, autorisant l'Agence à déplacer l'antenne jusqu'à un autre site, sur l'île hawaïenne d'Oahu, pour un projet secret. Le document avait été signé par divers employés du service de l'imprimerie, au-dessus de titres aussi ronflants qu'imaginaires. Ce qui aurait dû normalement durer une année ou presque et être probablement refusé au bout du compte, lui avait pris moins d'une heure et demie, surtout pour choisir les caractères.

Quand Gunn, revêtu de son uniforme de commandant de la Marine, montra au garde à la grille son autorisation de démonter et d'emporter l'antenne, le sergent chargé de garder l'installation presque abandonnée se montra très coopératif. Il le fut davantage encore quand il eut admiré l'exquise silhouette de Molly Faraday, assise près de Gunn sur la banquette arrière. S'il avait eu un instant la velléité d'appeler un officier supérieur pour faire officiellement confirmer l'autorisation, il avait changé d'avis très rapidement au vu du convoi de camions aux énormes remorques en plateaux et de la grue sur camion qui suivaient la voiture du commandant. L'autorisation d'une opération de cette ampleur ne pouvait venir que de très haut.

— Ça fait plaisir d'avoir un peu de compagnie, dit le sergent avec un grand sourire. C'est assez barbant, ici, sans personne à qui parler quand on est de service.

— Combien êtes-vous ? demanda gentiment Molly par la fenêtre de la portière arrière.

— Trois seulement, madame, sur trois gardes de huit heures.

— Et que faites-vous quand vous n'êtes pas de garde ?

— Je vais à la plage ou j'essaie de trouver des filles seules à l'hôtel.

Elle rit.

— Pouvez-vous souvent quitter l'île ?

— Tous les trente jours, j'ai droit à cinq jours de perm à Honolulu avant de rentrer à Lanai.

— Et quand avez-vous vu pour la dernière fois un étranger visiter l'installation ?

Si le sergent réalisa qu'il subissait un interrogatoire, il ne le montra pas.

— Il y a quatre mois, un type avec des papiers de l'Agence Nationale de Sécurité est venu fouiner partout. Il est resté une vingtaine de minutes. Vous êtes les premiers à venir depuis.

— Nous devons avoir démonté et emporté l'antenne ce soir, dit Gunn.

— Puis-je vous demander, monsieur, où on va la remonter ?

— Que diriez-vous si je vous informais qu'on va la mettre à la casse ?

— Ça ne me surprendrait pas, dit le sergent. Ça fait des années qu'on ne l'a ni réparée ni entretenue, alors je suppose qu'elle commence à être un peu rouillée et abîmée.

Gunn s'amusait de voir le marin essayer de profiter de leur visite pour parler un peu.

— Pouvons-nous entrer et nous mettre à l'ouvrage, sergent ?

Le sergent salua rapidement puis pressa le bouton commandant l'ouverture de la grille. Quand la voiture eut disparu dans le tunnel, il regarda passer et salua les conducteurs des camions et de la grue. Lorsque le dernier véhicule fut entré dans le volcan, il ferma la grille, rentra dans la salle de garde et remit son short et sa chemise hawaïenne avant de rallumer le magnétoscope. Il se coiffa du casque de réalité virtuelle et rembobina la cassette jusqu'à ce qu'il retrouve John Wayne en train de tirer sur les Indiens.

— Jusqu'ici, ça va, dit Gunn à Molly.

— Vous n'avez pas honte d'avoir dit à ce gentil garçon qu'on allait mettre l'antenne à la casse ?

— J'ai seulement dit « que diriez-vous si ».

— Si nous nous faisons prendre avec des documents falsifiés, dans une voiture repeinte pour ressembler à un véhicule officiel de la Marine, en train de voler la propriété du gouvernement... (Molly se tut et secoua la tête d'un air dubitatif), je pense qu'on nous pendrait au Monument[1] à Washington.

— J'en paierai volontiers le prix si nous réussissons à sauver deux millions de personnes d'une mort horrible, dit Gunn sans regret.

— Que ferons-nous après avoir renvoyé l'onde acoustique ? demanda-t-elle. Est-ce que nous rapporterons l'antenne pour la remonter ?

— Je ne voudrais pas qu'il en aille autrement.

Il la regarda, apparemment surpris qu'elle ait posé la question, avant de lui adresser un petit sourire diabolique.

---

1. Monument à la gloire d'Abraham Lincoln.

— Sauf, bien sûr, si par accident, elle tombait au fond de l'eau.

Du côté de Sandecker, c'était loin d'aller aussi bien. Il comptait beaucoup sur ses relations amicales au sein de la Marine. Néanmoins, il ne réussit à convaincre personne disposant de l'autorité nécessaire de lui prêter le porte-avions *Roosevelt* et son équipage. Quelque part dans la chaîne allant du Président à l'amiral commandant les opérations de la Flotte du Pacifique, quelqu'un avait jeté sa demande au panier.

Il faisait les cent pas dans le bureau de l'amiral John Overmeyer, à Pearl Harbor, avec la férocité d'un ours dont on a pris l'ourson pour le mettre au zoo.

— Mais enfin, John! explosa Sandecker. Quand j'ai quitté l'amiral Baxter, des Forces alliées, il m'a assuré que l'autorisation d'utiliser le *Roosevelt* afin d'installer un réflecteur acoustique m'était acquise. Et maintenant, tu restes assis là, à me répéter que je ne peux pas l'avoir!

Overmeyer, aussi robuste et vigoureux qu'un fermier de l'Indiana, leva les mains en un geste exaspéré.

— Ne t'en prends pas à moi, Jim. Je peux te remettre les ordres.

— Qui les a signés?

— L'amiral George Cassidy, commandant en chef du district naval de San Francisco.

— Mais qu'est-ce que ce jockey d'opérette qui s'occupe des ferry-boats a à voir dans tout cela?

— Cassidy ne s'occupe pas des ferry-boats, rectifia Overmeyer d'un ton las. Il commande toute la logistique du Pacifique.

— Il n'est pas ton supérieur! constata sèchement Sandecker.

— Pas directement, mais s'il a décidé de nous mettre des bâtons dans les roues, tous les transports de fourniture pour tous mes navires d'ici à Singapour peuvent être retardés sans explication.

— Ne cherche pas à m'amadouer, John. Cassidy n'oserait pas traîner les pieds et tu le sais bien. Sa carrière s'arrêterait net s'il avait le culot de retarder l'approvisionnement de ta flotte parce qu'il est de mauvaise humeur.

— Pense ce que tu veux, dit Overmeyer. Ça ne change rien à la situation. Je ne peux pas te permettre d'utiliser le *Roosevelt*.

— Même pas pendant soixante-douze malheureuses heures?

— Même pas pendant soixante-douze secondes.

Sandecker cessa soudain de marcher, s'assit sur une chaise et regarda Overmeyer dans les yeux.

— Mets-moi au parfum, John. Dis-moi qui essaie de me lier les mains?

Troublé, Overmeyer ne put soutenir son regard et détourna la tête.

— Ce n'est pas à moi de te le dire.

— Le brouillard commence à se dissiper, dit Sandecker. Est-ce que George Cassidy sait qu'on lui donne le rôle du traître?

— Pas que je sache, répondit honnêtement Overmeyer.

— Alors qui, au Pentagone, essaie de couler mon opération ?

— Tu ne m'as pas entendu dire cela.

— Nous avons servi ensemble sur l'*Iowa*. Tu ne m'as jamais entendu trahir le secret d'un ami, non ?

— Je serais le dernier à douter de ta parole, dit Overmeyer sans hésiter. (Cette fois, il soutint le regard de son ami.) Attention, je n'ai aucune preuve solide, mais un ami du Centre d'Essais des Armes navales m'a laissé entendre que c'est le Président lui-même qui a fermé le rideau sur toi après que je ne sais qui a mouchardé au Pentagone à propos de ta demande à la Maison-Blanche d'avoir un porte-avions. Mon ami a aussi suggéré que les scientifiques de l'entourage du Président ont traité ta peste acoustique de fumisterie paranoïaque.

— Ne peuvent-ils faire entrer dans leurs têtes académiques que des gens et un nombre incroyable d'animaux marins en sont déjà morts ?

— Apparemment pas.

Sandecker se tassa sur sa chaise et poussa un profond soupir.

— Wilbur Hutton et le Conseil scientifique national du Président me poignardent dans le dos.

— Je suis désolé, Jim, mais on raconte dans certains cercles de Washington que tu es une sorte de dingue fanatique. Peut-être est-ce parce que le Président veut t'obliger à démissionner de la NUMA pour mettre un de ses copains à ta place ?

Sandecker eut l'impression que le bourreau levait sa hache.

— Et alors ? Ma carrière est sans importance. Est-ce que je peux faire comprendre ça à quelqu'un ? Est-ce que je peux te faire comprendre, mon cher amiral, que toi et tous les hommes que tu commandes sur l'île d'Oahu serez morts dans trois jours ?

Overmeyer regarda Sandecker avec une infinie tristesse. Il est toujours difficile pour un homme de croire qu'un autre homme perd la boule, surtout quand il s'agit d'un de ses amis.

— Jim, honnêtement, tu me terrifies. Je veux bien faire confiance à ton jugement mais trop de gens intelligents pensent que ta peste acoustique a autant de chances de se produire que la fin du monde.

— A moins que tu ne me laisses utiliser le *Roosevelt*, dit Sandecker d'une voix calme, ton monde cessera d'exister samedi à huit heures du matin.

Overmeyer secoua la tête tristement.

— Je suis désolé, Jim, j'ai les mains liées. Que je croie ou non à tes prédictions, tu sais bien que je ne peux désobéir aux ordres qui arrivent de mon commandant en chef.

— Si je ne peux pas te convaincre, alors je pense que je ferais mieux de partir.

Sandecker se leva, se dirigea vers la porte puis se retourna.

— Est-ce que ta famille est ici, à Pearl?

— Ma femme et deux de mes petites filles.

— J'espère de tout mon cœur que je me trompe, mais si j'étais toi, je leur ferais quitter l'île pendant qu'il est encore temps.

L'antenne géante était seulement à demi démontée à minuit. L'intérieur du volcan, illuminé par des lampes incandescentes, répercutait les bruits des générateurs, le grincement métal contre métal et les jurons de l'équipe de la NUMA. Tous travaillèrent avec frénésie du début à la fin. Les hommes et les femmes de l'équipe transpiraient en se battant contre les boulons rouillés par manque d'entretien. Personne ne songea à aller dormir, personne ne prit le temps de manger. On fit seulement passer du café aussi noir que la mer environnante.

Dès qu'une petite section de l'antenne en fibre de verre renforcée d'acier était détachée de l'ensemble, la grue la ramassait et la plaçait sur le plateau d'un des camions. Quand cinq morceaux étaient entassés et attachés ensemble, le camion sortait du volcan et se dirigeait vers le port de Kaumalapau, sur la côte ouest, où les morceaux d'antenne étaient chargés sur un petit bateau pour être transportés à Pearl Harbor.

Rudi Gunn, sans chemise, transpirait comme les autres à cause de l'humidité de la nuit. Il dirigeait une équipe d'hommes travaillant comme des forçats à détacher de sa base le pivot principal de l'antenne. Il consultait constamment un jeu de plans représentant une autre antenne semblable, utilisée dans d'autres installations d'études de l'espace. C'est Hiram Yaeger qui les lui avait obtenus, en pénétrant par effraction le système informatique de la société qui avait, à l'origine, imaginé et construit les énormes antennes.

Molly, qui avait passé une blouse et un short kaki plus confortables, était assise non loin de lui dans une petite tente, s'occupant des communications et traitant tous les problèmes qui pouvaient se poser pendant le démontage et le transport des pièces jusqu'au quai de chargement. Elle sortit de la tente et tendit à Gunn une bouteille de bière fraîche.

— J'ai l'impression que vous avez besoin de vous rafraîchir les amygdales, dit-elle.

Gunn hocha la tête avec reconnaissance et passa la bouteille fraîche sur son front.

— J'ai dû avaler vingt litres de liquide depuis notre arrivée ici.

— J'aimerais que Pitt et Giordino soient là, dit-elle d'une voix triste. Ils me manquent.

Gunn regarda par terre d'un air absent.

— Ils manquent à tout le monde. Je sais que l'amiral a le cœur qui saigne.

Molly changea de sujet.

— Comment va le démontage?

— Elle nous résiste autant qu'elle peut, dit-il en considérant l'antenne à demi désassemblée. Mais ça va un peu plus vite, maintenant que nous savons comment l'attaquer.

— Quel dommage, constata Molly en voyant la trentaine d'hommes et de femmes qui luttaient si ardemment pour démonter et transporter la parabole. Tous leurs efforts pour sauver des vies paraissaient vains maintenant. Quel dommage, répéta-t-elle, que tout cela ne mène à rien.

— Faites confiance à Jim Sandecker, il n'a pas encore dit son dernier mot, dit Gunn. La Maison-Blanche l'a peut-être bloqué pour ce qui concerne le *Roosevelt* mais je parie un dîner aux chandelles avec de la musique douce qu'il trouvera une solution de remplacement.

— Vous avez raison, dit-elle en souriant. C'est un mari que j'accepte volontiers de perdre.

Il la regarda avec étonnement.

— Je vous demande pardon?

— Un lapsus freudien, corrigea-t-elle. Je veux dire un pari.

A quatre heures du matin, Molly reçut un appel de Sandecker.

— Quand pensez-vous en avoir terminé?

— Rudi pense que la dernière partie sera chargée à bord du *Lunikai*...

— Du quoi? interrompit Sandecker.

— Du *Lunikai*, un petit cargo inter-îles que j'ai loué pour transporter l'antenne à Pearl Harbor.

— Oubliez Pearl Harbor. Dans combien de temps aurez-vous fini?

— Dans cinq heures.

— On doit faire vite. Rappelez à Rudi qu'il nous reste moins de soixante-dix heures.

— Si ce n'est pas Pearl Harbor, où allons-nous?

— Prévoyez Halawa Bay, sur l'île de Molokai, répondit l'amiral. J'ai trouvé une autre plate-forme pour déployer l'antenne.

— Un autre porte-avions?

— Quelque chose de mieux.

— Halawa Bay est à moins de cent kilomètres, de l'autre côté du chenal. Comment avez-vous fait?

— Celui qui n'attend rien de la chance conquiert le sort.

— Vous êtes bien énigmatique, amiral! dit Molly, intriguée.

— Dites seulement à Rudi de rejoindre Molokai avant dix heures ce matin.

Elle venait de raccrocher quand Gunn entra dans la tente.

— On démonte le dernier morceau, dit-il d'une voix lasse.

Après, on s'en va.

— L'amiral a appelé. Il veut que nous emportions l'antenne à Halawa Bay.

— A Molokai? demanda Gunn en fronçant les sourcils.

— C'est ce qu'il a dit.

— Quel genre de bateau a-t-il sorti de son chapeau, à votre avis ?

— Bonne question. Je n'en ai aucune idée.

— Ça a intérêt à être le bon, murmura Gunn, ou alors, on arrête les frais.

47

Il n'y avait pas de lune mais la mer brillait d'une phosphorescence bleu-vert un peu fantomatique sous le scintillement des étoiles tapissant le ciel d'un bout à l'autre de l'horizon, comme une ville interminable. Le vent avait tourné et venait du sud, poussant le *Merveilleuse Maeve* très fort vers le nord-est. La voile en feuilles de hêtre jaunes et vertes était gonflée comme le sein tatoué d'une femme tandis que le bateau sautait d'une vague à l'autre, telle une mule faisant la course avec des pur-sang. Pitt n'aurait jamais imaginé que cette embarcation disgracieuse naviguerait si bien. Certes, elle ne gagnerait jamais de trophées mais, en fermant les yeux, on pouvait se croire sur un yacht de luxe, écumant les mers sans le moindre souci.

Les vagues avaient perdu leur allure hostile et les nuages leur air menaçant. La fraîcheur nocturne avait diminué, maintenant qu'ils allaient au nord, vers des eaux plus chaudes. La mer les avait testés avec cruauté, durement, mais ils avaient passé l'examen avec succès. Maintenant, le temps coopérait en restant constant et charitable.

Certaines personnes se lassent de regarder la mer d'une plage tropicale ou du pont d'un bateau de croisière mais Pitt n'était pas ainsi. Son âme aventureuse et les eaux capricieuses ne faisaient qu'un, inséparables dans leurs humeurs changeantes.

Maeve et Giordino n'avaient plus l'impression de lutter pour rester en vie. Les moments de chaleur et de plaisir, que l'adversité avait presque effacés de leur mémoire, étaient plus fréquents désormais. L'optimisme inébranlable de Pitt, son rire contagieux, son implacable maîtrise de l'espoir, sa force de caractère les soutenaient et les aidaient à faire front au pire de ce que la nature prévoyait pour eux. Jamais ils ne décelèrent en lui la moindre déprime, quelle que soit la situation. Même lorsqu'il était épuisé en faisant le point avec son sextant sur les étoiles ou qu'il prévoyait avec inquiétude un changement soudain du vent, il ne cessait jamais de sourire.

Quand elle se rendit compte qu'elle était en train de tomber follement amoureuse de lui, Maeve, avec son caractère indépendant, lutta de toutes ses forces. Mais elle finit par accepter l'inévitable et ouvrit son cœur à ses sentiments. Elle étudiait chacun de ses gestes, chacune de ses expressions pendant qu'il griffonnait leur position sur la carte des mers du Sud de Rodney York.

Elle lui toucha l'épaule.

— Où sommes-nous ? demanda-t-elle d'une voix douce.

— A la première lumière, je marquerai notre cap et je calculerai la distance qui nous sépare de l'île du Gladiateur.

— Pourquoi ne vous reposez-vous pas un peu ? Vous n'avez pas dormi plus de deux heures depuis que nous avons quitté les Misère.

— Je vous promets de faire une bonne sieste quand nous serons dans la dernière partie du voyage, dit-il en regardant la boussole malgré l'obscurité.

— Al ne dort jamais non plus, remarqua-t-elle en montrant Giordino qui ne cessait de surveiller l'état des balanciers et du gouvernail.

— Si le vent tient et si ma navigation est à peu près exacte, nous devrions apercevoir votre île après-demain matin de bonne heure.

Elle leva les yeux vers le grand champ d'étoiles.

— Le ciel est superbe, ce soir.

— Comme une jeune femme que je connais, dit-il en regardant la boussole puis la voile, puis Maeve. Une radieuse créature avec de beaux yeux bleus candides et des cheveux dorés comme des écus d'or. Elle est innocente et intelligente et elle est faite pour l'amour et la vie.

— Elle a l'air plutôt attirante !

— Et ce n'est qu'un détail. Il se trouve que son père est l'un des hommes les plus riches sous le soleil.

Elle courba le dos et se coula contre lui, sentant les muscles de son corps. Elle frôla de ses lèvres les lignes gaies autour de ses yeux et de son menton.

— Etes-vous très amoureux d'elle ?

— Amoureux ? Et pourquoi pas ? C'est la seule fille de ce côté-ci de l'océan Pacifique qui me rende fou de passion amoureuse.

— Mais c'est moi, la seule fille de ce côté-ci de l'océan Pacifique !

Il l'embrassa légèrement sur le front.

— Alors votre devoir est de répondre à tous mes fantasmes.

— Je vous prendrais au mot si nous étions seuls, dit-elle d'une voix provocante. Mais pour l'instant, il faudra souffrir en silence.

— Je pourrais demander à Al d'aller faire du stop.

Elle éclata de rire en s'écartant de lui.

— Le pauvre, il n'irait pas loin.

Maeve ressentit une bouffée de bonheur en sachant qu'il n'existait aucune femme réelle entre elle et lui.

— Vous êtes un homme très spécial, murmura-t-elle. Un homme tel que toutes les femmes rêvent d'en rencontrer.

Il se mit à rire.

— Pas tout à fait. En général, je n'impressionne pas le beau sexe à ce point.

— Peut-être parce qu'elles ne comprennent pas que vous êtes inaccessible.

— J'aurais pu être accessible si elles avaient su y faire, plaisanta-t-il.

— Ce n'est pas ce que je veux dire. (Elle redevint sérieuse.) La mer est votre maîtresse. Je l'ai vu sur votre visage pendant l'orage. Vous n'avez pas combattu la mer, vous l'avez séduite. Aucune femme n'accepterait la compétition avec un si grand amour.

— Vous avez, vous aussi, une grande affection pour la mer, dit-il tendrement, et pour la vie qui s'y développe.

Maeve soupira dans la nuit.

— Oui, je ne peux pas nier que je lui ai voué ma vie.

Giordino brisa l'instant d'intimité en sortant du rouf pour annoncer que l'un des flotteurs perdait de l'air.

— Passe-moi la pompe, dit-il. Si je réussis à trouver la fuite, j'essaierai de réparer.

— Comment se comporte le *Merveilleuse Maeve*? demanda Pitt.

— Comme une dame dans un concours de danse. Agile et souple et tout à fait en rythme.

— Qu'elle tienne jusqu'à ce que nous atteignions l'île et j'en ferai cadeau au Smithsonian qui l'exposera comme le bateau le moins susceptible de réussir.

— Mais si nous croisons un nouvel orage, reprit Giordino d'un air sombre, c'est raté!

Il se tut et regarda autour de lui la ligne noire de l'horizon sur laquelle les étoiles se fondaient dans la mer. Soudain il se raidit.

— Je vois une lumière à bâbord!

Pitt et Maeve se levèrent et regardèrent dans la direction qu'il montrait. Ils aperçurent une lumière verte indiquant le flanc tribord d'un bateau et la chaîne blanche des lumières des mâts. Le navire semblait glisser au loin dans leur sillage et se dirigeait vers le nord-est.

— Un navire, confirma Pitt. A cinq kilomètres environ.

— Il ne nous verra pas, dit Maeve d'un ton anxieux. Nous n'avons aucune lumière visible.

Giordino disparut dans le rouf et en ressortit rapidement.

— Le dernier signal de Rodney York, dit-il en levant l'objet.

— Souhaitez-vous vraiment être sauvée?

Elle regarda l'eau noire roulant sous le bateau et secoua lentement la tête.

— Ce n'est pas à moi d'en décider.

— Al, qu'en dis-tu? Es-tu tenté par un bon repas et un lit douillet? Giordino sourit.

— Ça ne m'attire pas autant qu'un second round avec le clan Dorsett.

Pitt entoura de son bras les épaules de Maeve.

— Je suis d'accord avec lui.

— Deux jours, murmura-t-elle. Je n'arrive pas à croire que je vais vraiment revoir mes enfants.

Pitt resta silencieux un moment, pensant à l'inconnu qu'ils allaient affronter.

— Vous les reverrez, dit-il enfin d'une voix profonde. Vous les tiendrez dans vos bras, je vous le promets.

Ils n'avaient pas vraiment envie de se détourner de leur but. Pitt et Giordino réagissaient toujours comme un seul homme. Ils étaient entrés dans une phase où peu leur importait leur propre vie. Tous deux ne souhaitaient plus qu'atteindre l'île du Gladiateur. Aussi se désintéressèrent-ils du bateau illuminé dont la silhouette disparut bientôt au loin.

48

Quand le cargo inter-îles portant l'antenne démontée entra dans la baie d'Halawa, sur l'île de Molokai, tout le monde à bord, aligné le long du bastingage, contempla, fasciné, le curieux navire mouillant dans le port. Il mesurait 228 mètres de long et une forêt de grues plus un derrick haut de trente étages se dressaient au milieu de sa coque. On l'aurait cru imaginé par une armée d'ingénieurs ivres, des soudeurs fous et des exploitants de pétrole d'Oklahoma.

Un luxueux hélicoptère était attaché à l'arrière du bâtiment par des poutrelles, comme un accessoire rajouté. Une haute superstructure de ponts s'élevait à l'arrière de la coque, donnant au navire une vague allure de pétrolier mais là s'arrêtait la ressemblance. La partie centrale était encombrée par un énorme amas d'équipements, comme une grande pile de ferraille. Il y avait un incroyable dédale d'escaliers de métal, d'échafaudages, d'échelles et de tuyaux autour du derrick qui se dressait vers le ciel comme une tour destinée à lancer des missiles dans l'espace. L'immense rouf, sur le gaillard d'avant, n'avait aucun sabord, juste une rangée de fenêtres comme des lucarnes à l'avant. La peinture était passée et écaillée, avec des traînées de rouille en dessous.

La coque avait été peinte en bleu foncé et la superstructure en blanc. Quant aux équipements, ils avaient autrefois eu toute sorte de couleurs, gris, jaune et orange.

— Maintenant que j'ai vu ça, je peux mourir heureux, s'exclama Gunn.

Molly, debout à côté de lui sur un pont latéral, n'en croyait pas ses yeux.

— Comment diable l'amiral a-t-il pu mettre la main sur le *Glomar Explorer*?

— Je ne m'aventurerai même pas à deviner, murmura Gunn en contemplant le géant avec le regard d'un enfant admirant son premier avion.

Le commandant du *Lanikai* se pencha à la porte de la timonerie.

— L'amiral Sandecker en ligne, commandant Gunn.

Celui-ci leva la main pour montrer qu'il avait entendu, traversa le pont et alla prendre l'appareil.

— Vous avez une heure de retard!

Ce fut la première phrase qu'entendit Gunn.

— Désolé, amiral. L'antenne n'était pas en très bon état. J'ai dû y faire apporter quelques réparations de routine pendant le démontage pour qu'on puisse la remonter sans problème.

— C'est une excellente idée, admit l'amiral. Demandez au commandant de s'amarrer à côté de nous. Nous commencerons à transborder l'antenne dès qu'il aura jeté l'ancre.

— Est-ce bien le fameux *Glomar Explorer* de Hughes que j'ai aperçu? demanda Gunn.

— C'est lui, avec quelques changements, répondit l'amiral. Mettez un canot à l'eau et venez à bord. Je vous attendrai dans le bureau du capitaine. Amenez aussi Miss Faraday.

— Nous serons à bord dans une minute.

Proposé à l'origine par le vice-directeur du ministère de la Défense, David Packard, de la société Hewlett Packard, une très importante firme d'électronique, et basé sur un ancien navire de recherches des fonds marins construit par Willard Bascom et baptisé l'*Alcoa Seaprobe*, le *Glomar Explorer* finit par travailler à la fois pour la CIA, pour Global Marine Inc. et pour Howard Hughes par l'intermédiaire de sa société d'outillage, qui prit ensuite le nom de Summa Corporation.

C'est le Sun Shipbuilding & Dry Dock Company qui en commença la construction sur ses chantiers de Chester, en Pennsylvanie. L'énorme navire fut immédiatement considéré comme secret et l'on fit courir des informations erronées sur son compte pour noyer le poisson. Il fut mis à l'eau environ deux ans plus tard, à la fin de l'automne 1972. C'était une remarquable réalisation technologique, d'un concept totalement nouveau.

Le navire connut la célébrité pour avoir remonté un sous-marin russe d'une profondeur de cinq kilomètres au milieu du Pacifique. Bien que les journaux eussent affirmé le contraire, le sous-marin russe fut entièrement démonté et étudié. Cet extraordinaire exploit des services de renseignements permit de faire grandement avancer les connaissances sur la technologie et le fonctionnement des sous-marins soviétiques.

Après ce bref moment de gloire, personne ne sut que faire de l'*Explorer*. Il devint propriété du gouvernement des Etats-Unis et compté au nombre des bâtiments que la Marine gardait dans la naphtaline. Jusqu'à une date récente, il avait passé vingt ans dans les remous de Suisan Bay, au nord-est de San Francisco.

Quand Gunn et Molly mirent le pied sur le pont de l'immense navire, ils eurent l'impression de se trouver au centre d'une gigantesque centrale électrique. Vue de près, la portée de l'équipement était impressionnante. Aucun des gardes qui avaient surveillé de près le navire pendant son voyage n'était visible. L'officier en second en personne les accueillit en haut de la passerelle d'embarquement.

— Pas de gardes? s'étonna Molly.

L'officier sourit, les conduisit en haut d'un escalier jusqu'au pont, au pied de la timonerie.

— Puisqu'il s'agit d'une opération commerciale et non d'une mission secrète destinée à faucher un sous-marin étranger au fond de l'eau, il n'a pas été nécessaire de prendre ce genre de mesure.

— Je croyais que l'*Explorer* était rangé dans la naphtaline, dit Gunn.

— Il l'était encore il y a cinq mois, répondit l'officier. On l'a alors loué à la société Deep Abyss Engineering pour extraire du cuivre et du manganèse au fond de l'océan, au sud des îles hawaïennes.

— Avez-vous commencé les opérations? demanda Molly.

— Pas encore. Une bonne partie de l'équipement du bateau est ancien par rapport aux critères actuels, surtout sur le plan de l'électronique. Pour l'instant, les moteurs principaux sont remis aux normes. Dès qu'ils seront réparés, nous nous mettrons en route.

Gunn et Molly échangèrent un regard étonné sans exprimer leur inquiétude. Comme s'ils étaient sur la même longueur d'onde, ils se demandaient tous les deux comment un navire immobilisé pourrait les conduire à temps où ils devaient être pour détourner les ondes mortelles de la peste acoustique.

L'officier ouvrit une porte donnant sur une vaste et élégante salle de réception.

— Ces quartiers étaient réservés à Howard Hughes pour le cas où il aurait visité le navire, ce qui ne s'est jamais produit.

Sandecker s'avança pour les accueillir.

— Vous avez fait un travail remarquable. Je vous en félicite tous les deux. J'ai cru comprendre que le démontage avait été plus difficile que prévu.

— C'est à cause de la corrosion, admit Gunn. Toutes les articulations ont résisté au maximum.

— Je n'ai jamais entendu autant de jurons, dit Molly en souriant. Les ingénieurs auraient fait rougir un régiment, croyez-moi.

— Est-ce que l'antenne répondra bien à nos espérances? demanda Sandecker.

— Si la mer n'est pas trop mauvaise et ne la met pas en pièces, le rassura Gunn, elle devrait faire l'affaire.

Sandecker, se retournant, présenta un petit homme replet d'une quarantaine d'années.

— Voici le capitaine James Quick. Capitaine, nos collaborateurs Molly Faraday et le commandant Rudi Gunn.

— Bienvenue à bord, dit Quick en leur serrant la main. Combien de personnes y a-t-il avec vous?

— En comptant Miss Faraday et moi, j'ai une équipe de trente et un hommes et cinq femmes, répondit Gunn. J'espère que ce nombre ne posera pas de problème.

Quick fit un geste de la main.

— Aucun problème. Nous avons plus de cabines vides qu'il n'en faut et assez de nourriture pour deux mois.

— Votre officier en second nous a dit que vous aviez des problèmes de moteurs.

— Pas de chance, dit Sandecker. Le capitaine dit qu'on ne sait pas quand ce sera réparé.

— Alors c'est « dépêchez-vous d'attendre »? murmura Gunn.

— Un obstacle totalement imprévu, Rudi, je suis désolé.

Quick remit sa casquette et se prépara à sortir.

— Je vais réunir mes grutiers et leur demander de commencer le transfert de votre antenne.

Gunn le suivit.

— Je vous accompagne. Je dirigerai les opérations du *Lanikai*.

Dès qu'ils furent seuls, Molly interrogea Sandecker avec un regard entendu.

— Comment diable avez-vous fait pour convaincre le gouvernement de vous prêter le *Glomar Explorer*?

— Je suis passé au-dessus des officiels de Washington et j'ai fait à Deep Abyss Engineering une offre qu'ils n'ont pas pu refuser.

Molly eut l'air sidéré.

— Vous avez acheté le *Glomar Explorer*?

— Je l'ai affrété, corrigea-t-il. Ça m'a coûté la peau des fesses.

— Sur le budget de la NUMA?

— Les circonstances exigeaient qu'on fasse vite. Je n'allais pas marchander alors que tant de vies sont en jeu. Si la suite nous donne raison à propos de la convergence acoustique mortelle, je ferai honte au budget et je me ferai rembourser. De toute façon, pour assurer mes arrières, j'ai exigé une clause de performance.

— Trouver l'*Explorer* juste après que la Marine vous a refusé le *Roosevelt*, c'est tomber sur une mine d'or.

— Ce que la chance donne, la chance peut le reprendre, cita Sandecker en secouant la tête. L'*Explorer* est à Molokai parce qu'il a cassé un arbre d'hélice en revenant de Californie. La question est : pourra-t-on réparer avant qu'il soit trop tard ou non ?

Les grosses grues de tribord, utilisées pour lever les équipements, furent bientôt dirigées vers le pont du *Lanikai*.

On attacha des crochets aux câbles des flèches et on les coupla aux pièces d'antenne avant de les lever et de les déposer à bord du *Glomar Explorer*. Là, elles furent entassées dans une zone découverte du pont, chaque pièce étant numérotée pour être facilement remontée plus tard.

En deux heures, le transfert fut terminé et les morceaux d'antenne soigneusement arrimés. Le petit cargo remonta ses ancres, lança un coup de sirène pour saluer et commença à sortir du port. Sa part de la tâche était achevée. Gunn et Molly firent de grands signes à l'équipage tandis que le *Lanikai* gagnait la haute mer, au large de la baie.

On montra aux membres de l'équipe de la NUMA les cabines qui leur avaient été attribuées et on leur servit un repas bien mérité, confectionné dans les superbes cuisines de l'*Explorer*. Après quoi ils allèrent se coucher dans des chambres qui n'avaient pas servi depuis que le navire s'était distingué en remontant le sous-marin soviétique du fond des eaux du Pacifique. Molly s'était attribué le rôle d'hôtesse et circulait au sein de l'équipe pour s'assurer que tout le monde allait bien et que personne ne s'était blessé en démontant l'antenne.

Gunn retourna dans les quartiers autrefois réservés à l'excentrique Howard Hughes. Sandecker, le capitaine Quick et un autre homme, qu'on lui présenta comme étant Jason Toft, l'ingénieur en chef du navire, étaient assis autour d'une petite table de jeu.

— Voulez-vous un cognac ? demanda Quick.

— Volontiers, merci.

Sandecker, noyé dans la fumée de son cigare, sirotait tranquillement le liquide ambré. Il ne paraissait pas particulièrement satisfait.

— M. Toft vient de me dire qu'il ne peut remettre le navire en marche tant que les pièces de rechange ne sont pas arrivées du continent.

Gunn savait que l'amiral bouillait à l'intérieur, bien qu'il eût extérieurement l'air aussi froid qu'un seau à glace. Il se tourna vers l'ingénieur.

— Quand devez-vous recevoir ces pièces ?

— Elles sont en ce moment même à bord d'un avion en provenance de Los Angeles, répondit Toft, un homme à l'estomac protubérant et aux jambes trop courtes. Elles devraient être à terre dans quatre heures.

L'hélico du bord attend sur l'aérodrome de Hilo, sur la grande île d'Hawaï. Il les rapportera directement sur l'*Explorer*.

— Quel est le problème exactement ? demanda Gunn.

— Le palier de l'arbre de l'hélice, expliqua Toft. Pour une raison que j'ignore, sans doute à cause de la construction hâtive qu'a exigée la CIA, les arbres d'hélices n'ont pas été correctement équilibrés. Pendant le voyage depuis San Francisco, les vibrations ont fait craquer les durites de lubrification et les paliers n'ont plus été lubrifiés. Friction, usure du métal, contraintes trop importantes, appelez ça comme vous voudrez, l'arbre bâbord s'est mis en rade à cent milles au large de Molokai. L'arbre tribord a eu toutes les peines du monde à nous amener jusqu'ici avant que ses propres paliers lâchent à leur tour.

— Comme je vous l'ai dit plus tôt, nous devons avoir terminé à une heure très précise.

— Je comprends parfaitement votre dilemme, amiral. Les mécaniciens du bord travailleront comme des bêtes pour remettre le navire en état, mais ce ne sont que des hommes. Je dois vous prévenir, les paliers de l'arbre ne sont qu'une partie du problème. Les moteurs n'ont peut-être pas tourné longtemps, puisqu'ils ont seulement emmené le navire de la côte Est au milieu du Pacifique et retour en Californie, dans les années 1970. Mais, sans véritable entretien pendant les vingt dernières années, ils sont dans un piteux état. Même si nous réussissons à faire tourner un arbre, je ne peux pas vous garantir que nous pourrons sortir du port sans retomber en panne.

— Avez-vous les outils nécessaires pour réparer ? pressa Sandecker.

— Les calottes de l'arbre bâbord ont été démontées et les paliers enlevés. Le remplacement devrait se passer sans encombre. L'arbre tribord, lui, ne peut être réparé que dans un chantier naval.

Gunn s'adressa au capitaine Quick.

— Je ne comprends pas pourquoi votre compagnie n'a pas fait réparer l'*Explorer* dans un chantier local après l'avoir fait sortir du bassin de San Francisco.

— Prenez-vous-en aux fonctionnaires grippe-sous, dit Quick en haussant les épaules. Le chef Toft et moi avons vivement recommandé une révision générale avant de partir pour Hawaï mais la direction n'a pas voulu en entendre parler. Le bâtiment n'est passé dans un chantier naval que lorsqu'on l'a déchargé d'une bonne partie des équipements de levage du début, ainsi que de l'installation de dragage. En ce qui concerne une maintenance régulière, ils ont prétendu que c'était une dépense inutile et que les pannes mécaniques pourraient être réparées en mer ou après notre arrivée à Honolulu, ce que nous n'avons pas réussi à faire, évidemment. Et par-dessus tout ça, notre équipage est loin d'être suffisant. A l'origine, il y avait 172 hommes sur ce bateau. J'en ai 60, hommes et femmes, pour la plupart des marins et des opérateurs de grues et autres équipements. Douze d'entre eux sont des géologues, des ingénieurs de la Marine et des experts en électronique. Contrairement aux projets de la NUMA, commandant Gunn, ici, c'est une opération à budget minimal.

— Je vous prie de m'excuser, commandant, dit Gunn. Je partage vos frustrations.

— Dans combien de temps pouvez-vous nous faire partir ? demanda Sandecker à Toft, en essayant de ne pas montrer la fatigue accumulée au cours des quelques dernières semaines.

— Dans trente-six heures, peut-être davantage.

Le silence s'appesantit dans la pièce et les regards se tournèrent vers Sandecker. Celui-ci fixa le chef mécanicien du regard glacial d'un tueur en série.

— Je vais vous expliquer les choses encore une fois, dit-il d'une voix tranchante, et aussi simplement que je le pourrai. Si nous ne sommes pas au point de convergence avec notre antenne en place dans trente-cinq heures exactement, il y aura davantage de morts qu'il n'en habite dans la plupart des petits pays. Il ne s'agit pas d'une histoire de fous ni du scénario d'un film de science-fiction pour Hollywood. C'est du vrai, du réel, et moi je ne tiens pas à rester là, en pleine mer, à regarder un tas de cadavres en me disant « si seulement j'avais fait un petit effort supplémentaire, j'aurais pu éviter tout cela ». Même s'il faut un miracle, chef, l'antenne doit être dans l'eau et en bonne position avant 8 heures du matin, après-demain.

— Je ne peux pas promettre l'impossible, répliqua Toft d'un air sombre. Mais si nous ne pouvons pas tenir votre planning, ça ne sera pas parce que les hommes de ma salle des machines n'auront pas fait tout ce qui était faisable.

Il vida son verre d'un trait et sortit de la pièce en claquant la porte derrière lui.

— Je crains que vous n'ayez vexé mon chef mécanicien, dit Quick. C'est un peu dur de lui mettre tout sur le dos en cas d'échec, vous ne trouvez pas ?

Sandecker regarda rêveusement la porte fermée.

— L'enjeu est trop élevé, commandant. Je n'avais pas prévu ce qui se passe, et certainement pas de mettre un pareil poids sur les épaules du chef Toft. Mais qu'il le veuille ou non, ce type tient le sort de tout ce qui vit sur l'île d'Oahu au creux de sa main.

A quinze heures trente le lendemain, le chef mécanicien Toft, hâve et épuisé, entra dans la timonerie où se tenaient Sandecker, Gunn et le capitaine Quick.

— Les paliers de l'arbre bâbord ont été remplacés. Nous pouvons partir mais je ne peux vous assurer plus de cinq nœuds avec une toute petite marge.

Sandecker serra vigoureusement la main de Toft.

— Dieu vous bénisse, chef, Dieu vous bénisse !

— A quelle distance est la zone de convergence ? demanda Quick.

— Quatre-vingts milles, répondit Gunn sans hésiter car il avait établi le cap dans sa tête des dizaines de fois.

— Une marge infime, remarqua Quick, mal à l'aise. A cinq nœuds, il faudra seize heures pour couvrir quatre-vingts milles. Ça nous met sur le site quelques minutes avant huit heures.

— Huit heures, répéta Gunn à voix basse. L'heure exacte à laquelle Yaeger a prévu la convergence.

— Une marge infime, répéta Sandecker, mais grâce au chef Toft, nous aurons une chance de gagner.

Les traits de Gunn étaient sombres.

— J'espère que vous réalisez, amiral, que si nous atteignons la zone et que la convergence nous frappe, nous avons tous des chances d'y laisser la vie.

Sandecker regarda les trois hommes sans ciller.

— Je sais, dit-il, de très grosses chances.

49

Peu après minuit, Pitt fit son dernier relevé des étoiles et le point sur la carte, à la lueur d'un croissant de lune. Si ses calculs étaient exacts, ils devraient apercevoir l'île du Gladiateur dans les heures à venir. Il demanda à Maeve et à Giordino de surveiller l'horizon et s'offrit le luxe d'une grande heure de sommeil. Il lui sembla s'être endormi depuis quelques secondes quand Maeve le secoua doucement pour le réveiller.

— Votre navigation était parfaitement précise, dit-elle, d'une voix pleine d'impatience. L'île est en vue.

— Sacré beau boulot de navigation, vieux frère, le félicita Giordino. Tu as battu l'heure prévue d'arrivée.

— Et pile au bon moment, en plus ! dit Maeve en riant. Les voiles commencent à lâcher des feuilles mortes.

Pitt essaya de percer l'obscurité mais ne vit que le reflet de la lune et des étoiles dans l'eau. Il ouvrait la bouche pour dire qu'il ne distinguait rien quand un rayon de lumière s'alluma à l'horizon, à l'ouest, suivi par une lueur rouge et brillante.

— Votre île a un phare, je crois ? demanda-t-il à Maeve.

— Oui, un petit, au bord du volcan le plus au sud.

— Votre famille a au moins fait quelque chose pour aider la navigation en mer.

Maeve se mit à rire.

— Mon arrière-grand-père n'a jamais pensé aux marins égarés quand il l'a fait construire. Ce phare ne sert qu'à avertir les navires de rester au large et de ne pas s'approcher de l'île.

— De nombreux bateaux se sont-ils échoués sur la côte de l'île?

Elle regarda ses mains et les serra.

— Quand j'étais petite, Papa m'a souvent parlé de bateaux qui s'étaient écrasés contre les rochers.

— A-t-il parlé de survivants?

Elle secoua la tête.

— Il n'a jamais parlé de tentatives de sauvetages. Au contraire, il disait que quiconque mettait le pied sur l'île du Gladiateur sans y être invité avait rendez-vous avec Satan.

— C'est-à-dire?

— C'est-à-dire qu'on tuait les plus blessés et qu'on obligeait les survivants à travailler dans les mines jusqu'à leur mort. Personne n'a jamais pu s'échapper pour raconter ces atrocités.

— Vous, vous avez réussi.

— Pour ce que ça a servi aux pauvres mineurs! dit-elle tristement. Personne n'a jamais voulu me croire quand j'ai parlé de ma famille. Quand j'essayais d'expliquer la situation aux autorités, Papa les achetait.

— Et les travailleurs chinois actuellement dans les mines? Combien ont pu quitter l'île en un seul morceau?

Le visage de Maeve reflétait la tristesse.

— Presque tous sont morts à cause de l'extrême chaleur qui se dégage au fond des mines.

— La chaleur? répéta Pitt, une expression de curiosité dans les yeux. D'où vient-elle?

— On envoie de la vapeur dans les fissures de rocher.

Giordino regarda Pitt pensivement.

— Un endroit rêvé pour organiser une rencontre.

— J'accoste dans trois heures environ, dit Pitt. Il n'est pas trop tard pour changer d'avis, passer l'île et nous diriger vers l'Australie.

— C'est un monde violent et implacable, soupira Giordino. Un monde insupportable sans un bon défi de temps en temps.

— Ainsi parle le soutien de l'Amérique, dit Pitt en souriant.

Il regarda la lune comme pour la mesurer.

— Je pense que nous avons juste assez de lumière pour faire le travail.

— Vous ne nous avez toujours pas expliqué comment nous allons accoster sans que les gardes de mon père nous voient, dit Maeve.

— D'abord, parlez-moi des falaises qui entourent l'île du Gladiateur.

Elle le regarda bizarrement un instant puis haussa les épaules.

— Il n'y a pas grand-chose à en dire. Il y a des falaises tout autour de l'île sauf dans le lagon. La plage ouest est battue par des vagues énormes. Le côté est peut paraître plus calme mais il est aussi dangereux.

— Y a-t-il de petites anses sur la côte est, avec une plage de sable et des cheminées naturelles dans les falaises ?

— Il y en a deux dont je me souviens. L'une a une bonne entrée mais une plage minuscule. L'autre est plus étroite mais avec une étendue de sable plus généreuse. Si vous avez l'intention d'accoster l'une ou l'autre, oubliez ça. Elles sont à pic sur au moins cent mètres. Même un grimpeur rompu à l'escalade, utilisant les dernières techniques et l'équipement le plus moderne, n'essaierait jamais de grimper ça en pleine nuit.

— Pouvez-vous nous guider vers la cheminée la plus étroite, qui a la plage la plus large ?

— Avez-vous entendu ce que je viens de dire ? demanda Maeve. Vous pourriez aussi bien escalader le mont Everest avec un pic à glace. Et puis, il y a les gardes. Ils patrouillent les falaises toutes les heures.

— La nuit aussi ?

— Papa ne laisse aucune chance aux trafiquants de diamants, dit-elle comme si elle avait affaire à un enfant.

— Quelle taille, la patrouille ?

— Deux hommes qui parcourent un circuit complet de l'île pendant chaque service. Ils sont suivis par une autre patrouille une heure après.

— Peuvent-ils voir la plage du haut de la falaise ?

— Non. La falaise est trop raide pour qu'on puisse voir en bas. (Elle dévisagea Pitt, les yeux pleins de lune, larges et interrogatifs.) Pourquoi toutes ces questions sur l'arrière de l'île ? Le lagon est la seule entrée possible.

Il échangea un regard entendu avec Giordino.

— Elle a le corps d'une femme affriolante mais le cerveau d'une sceptique.

— Ne t'en fais pas, dit Giordino en bâillant. Moi non plus, les femmes ne m'ont jamais cru.

Pitt considéra les rochers qui avaient connu tant d'accidents mortels, des rochers contre lesquels tant de naufragés auraient préféré trouver la mort par noyade plutôt que d'endurer d'indicibles souffrances comme esclaves dans les mines de diamants de Dorsett. Pendant longtemps, tandis que les falaises de l'île du Gladiateur se dressaient, menaçantes, dans l'obscurité, personne, sur le *Merveilleuse Maeve*, ne bougea ni ne parla. Pitt voyait le dos de Maeve, étendue à l'avant, chargée de dépister tout rocher affleurant. Il jeta un coup d'œil à Giordino et aperçut la tache blanche du visage de son ami et le petit hochement de tête qu'il lui adressa en attendant son signal pour mettre en marche le moteur hors-bord.

La clarté de la demi-lune était plus qu'il n'en avait espéré. Elle suffisait pour illuminer les parois abruptes mais elle n'était pas assez forte pour que les yeux inquisiteurs des gardes puissent apercevoir le *Merveilleuse Maeve*. Et comme si la complicité de la lune ne suffisait pas, la mer coopéra en présentant une surface lisse, des vagues passives et un vent bien orienté. Sans vent d'est, le projet mis au point pour s'infiltrer sur l'île serait tombé à l'eau. Il mit le trimaran parallèle à la côte. A soixante-dix mètres, une tache blanche horizontale, éclairée de phosphorescence, sortit de l'obscurité, accompagnée du roulement sourd de la mer heurtant les falaises.

Jusqu'à ce qu'ils aient contourné l'extrémité de l'île, le dos du volcan cacha le petit bateau du pinceau mobile du phare. Pitt se sentait comme un bagnard dans un vieux film, essayant de s'échapper en escaladant un mur tandis que les rayons des projecteurs le cherchent tout autour. Bizarrement, ils ne parlèrent plus qu'en chuchotant, comme si on pouvait les entendre malgré le bruit des vagues.

— Où est la crique? demanda-t-il doucement à Maeve.

— Je crois qu'elle est plus loin, à environ un kilomètre du phare, répondit-elle sans se retourner.

Le bateau avait beaucoup perdu de vitesse après avoir viré au nord le long de la côte et Pitt éprouvait de la difficulté à maintenir une course régulière. Il fit signe à Giordino de mettre en marche le moteur hors-bord. Tous trois sentirent leur cœur s'arrêter puis soudain s'accélérer quand Giordino tira la corde du lanceur dix fois, vingt fois, trente fois sans résultat.

Giordino fit une pause, massa son bras fatigué et regarda le vieux moteur d'un air menaçant.

— Si tu ne pars pas au prochain coup, je te préviens que je t'arrache tes boulons un par un.

Puis il saisit la poignée fermement et tira d'un coup sec. Le moteur grogna et son échappement haleta un moment avant de démarrer enfin avec un battement régulier. Giordino essuya la sueur de son visage, l'air satisfait.

— Voici encore un exemple de la loi de Giordino, dit-il, le souffle court. Tout au fond d'elle-même, toute mécanique a peur d'être ferraillée.

Maintenant que Giordino pouvait diriger l'embarcation au moteur, Pitt baissa la voile et sortit son cerf-volant du rouf. Il noua prestement une boucle de la fine corde sur le pont du bateau. Puis il attacha un petit grappin, trouvé dans le campement de York, à la corde, légèrement en dessous de l'endroit où elle était attachée au cerf-volant. Enfin il s'assit et attendit, sachant tout au fond de lui que ce qu'il avait l'intention de faire n'avait qu'une chance de réussir sur... il préférait ne pas savoir combien.

— Appuyez sur bâbord, prévint Maeve en montrant sa gauche. Il y a des rochers affleurant à environ cinquante mètres droit devant.

— J'appuie sur bâbord, confirma Giordino en tirant vers lui la poignée du moteur hors-bord, ce qui fit tourner les coques jumelles de vingt-trois degrés vers la côte. Il garda prudemment l'œil sur l'eau blanche qui tourbillonnait autour de lui, jusqu'à ce qu'il ait dépassé les rochers sans encombre.

— Maeve, voyez-vous quelque chose maintenant ? demanda Pitt.

— Je n'en suis pas sûre. Je n'ai jamais dû chercher cette fichue crique dans l'obscurité ! répondit-elle avec humeur.

Pitt observa les vagues. Déjà elles étaient plus hautes et plus rapprochées.

— Le fond remonte. Encore trente mètres et il faudra que je cherche des eaux plus profondes.

— Non, non, dit Maeve d'une voix excitée. Je crois que j'aperçois une coupure dans la falaise. J'en suis sûre. C'est la crique qui donne sur la plage la plus large.

— A quelle distance ?

— Soixante ou soixante-dix mètres, répondit-elle en se relevant un peu et en pointant un doigt vers les falaises.

Enfin Pitt l'aperçut aussi. Une ouverture verticale dans la surface de la roche, ombre parmi les ombres que n'éclairait pas la lune. Il mouilla son doigt et chercha le vent. Il venait de l'est, fermement.

— Dix minutes, pria-t-il à voix basse. J'ai seulement besoin de dix minutes.

Il se tourna vers Giordino.

— Al, peux-tu nous maintenir stables à environ vingt mètres de l'entrée ?

— Ça ne sera pas facile avec le ressac.

— Fais de ton mieux. Prenez la barre, dit-il à Maeve, et dirigez la proue vers les vagues. Combinez votre effort à celui qu'Al impose au moteur pour empêcher le bateau de se mettre en travers.

Pitt déplia les supports de son cerf-volant. Détendue, la surface de dacron mesurait près de deux mètres cinquante de haut. Il le maintint au-dessus du bord du bateau, heureux de le voir s'élever quand le vent frappa sa surface courbe. Il donna du mou au fil tandis que le cerf-volant grimpait et s'inclinait vers le ciel de l'aurore presque née.

Maeve comprit enfin le génie de Pitt malgré la folie apparente de son plan.

— Le grappin ! murmura-t-elle. Vous allez essayer de le planter en haut de la falaise et d'utiliser la corde pour l'escalader !

— C'est l'idée générale, répondit-il sans quitter des yeux la forme obscure du cerf-volant, à peine visible dans la lumière discrète de la lune.

Manipulant adroitement l'accélérateur du moteur et le levier avant/arrière, Giordino réussit magistralement à empêcher le bateau de bouger. Il ne parla pas, ne quitta pas la mer des yeux, pas même pour suivre les mouvements de Pitt.

Celui-ci avait prié pour que le vent ne tourne pas. Il reçut plus qu'il n'en avait demandé. La brise du large, rencontrant la résistance des falaises, se courbait et grimpait le long de leur face abrupte avant de filer jusqu'au sommet. Le grand cerf-volant faillit échapper à sa poigne. Il se servit d'une manche de son vieux blouson de cuir comme d'un gant de protection, l'entortillant autour de la corde pour éviter la brûlure du frottement sur ses mains. L'énorme résistance tirait ses bras au point qu'il avait l'impression d'être désarticulé. Il serra les dents et tint bon alors qu'il envisageait mentalement tout ce qui pourrait aller de travers et annihiler leur tentative : un changement soudain de la direction du vent qui écraserait le cerf-volant contre les rochers, Giordino surpris par une vague inattendue et perdant l'équilibre du bateau, le grappin refusant de s'accrocher en haut des roches, une patrouille arrivant au mauvais moment et les découvrant.

Il repoussa toutes ces idées négatives et concentra toute son attention sur ce qu'il faisait. Dans l'obscurité, malgré l'aide de la lune, il ne réussissait pas à juger correctement si le grappin avait dépassé le sommet des falaises. Il sentit le nœud qu'il avait fait pour indiquer le moment où la corde s'était déroulée de cent mètres glisser sous la manche de cuir. Il laissa se dérouler encore une vingtaine de mètres à vue de nez avant de relâcher un peu son emprise sur la corde. Privé de sa résistance au vent, le cerf-volant commença à se rabattre.

Pitt eut l'impression d'être libéré d'une grande tension. Il donna une série de petits coups saccadés à la corde et la sentit se tendre. Le grappin avait donc enfoncé ses pointes dans le rocher au premier essai et, apparemment, il tenait bien.

— Tu peux y aller, Al. Notre échelle nous tend les bras.

Giordino n'avait attendu que ces mots. Il lutta pour que le trimaran garde une position fixe sous les coups sourds des vagues avec tout son doigté et toute sa finesse. Ravi, il repositionna le moteur sur « en avant », remit les gaz et guida le *Merveilleuse Maeve* entre les rochers, vers le centre de la crique au pied de la falaise.

Maeve se réinstalla à l'avant pour guetter les obstacles, guidant Giordino pour louvoyer dans l'eau sombre qui semblait se calmer au fur et à mesure qu'ils pénétraient dans la crique.

— J'aperçois la plage ! annonça-t-elle. Vous pouvez distinguer une légère bande de sable à quinze mètres devant, un peu sur tribord.

Une minute plus tard, la proue et les balanciers touchèrent la côte et atteignirent le sable. Pitt regarda Maeve. La falaise voilait la lumière de la lune et il distingua à peine ses traits.

— Vous voilà chez vous, dit-il brièvement.

Elle renversa la tête pour regarder, entre les falaises, l'étroite bande de ciel et d'étoiles qui lui parurent très éloignées.

— Pas encore. Non, pas encore.

Pitt n'avait pas lâché la corde du grappin. Doucement, il posa le blouson de cuir sur les épaules de Maeve et donna une forte secousse à la corde.

— On ferait bien de se bouger un peu avant qu'une patrouille arrive.

— Je monte le premier, dit Giordino. Je suis le plus fort.

— Cela va sans dire, répondit Pitt en souriant dans l'ombre. De toute façon, je crois que c'est ton tour.

— Exact, se souvint l'Italien. Je te dois ça depuis que j'ai regardé sans rien pouvoir faire un terroriste couper ta corde de sécurité pendant que tu nageais dans ce puits des Andes [1].

— Oui, j'ai dû remonter en m'aidant seulement d'un tournevis.

— Raconte-moi ça encore une fois, dit Giordino d'un ton sarcastique. Je ne me lasse pas de l'entendre.

— Allez, en route, cher critique. Et ouvre l'œil pour le cas où une patrouille se promènerait par là.

Giordino hocha la tête, saisit la fine corde et la tira fortement pour tester sa résistance.

— Tu crois que ce machin est assez solide pour supporter mon poids ?

Pitt haussa les épaules.

— Il le faudra bien, non ?

Giordino lui lança un regard noir et commença à grimper le long de la falaise. Il disparut bientôt dans l'obscurité tandis que Pitt tenait fermement la corde pour la garder tendue.

— Trouvez deux rochers saillants et attachez l'avant et l'arrière du bateau, demanda-t-il à Maeve. Si les choses tournent mal, nous aurons peut-être besoin de compter sur le *Merveilleuse Maeve* pour nous sortir de là.

Elle le regarda avec surprise.

— Comment pensiez-vous vous échapper autrement ?

— Je suis du genre paresseux. J'ai songé que nous pourrions voler un des bateaux de votre père ou peut-être même un avion.

— Disposez-vous d'une armée que je n'aurais pas vue ?

— L'un de mes régiments est devant vous.

Ils cessèrent de parler pour scruter l'obscurité et imaginer la progression de Giordino. Pour Pitt, elle était tout entière dans le frémissement de la corde.

Après trente minutes, Giordino s'arrêta pour reprendre son souffle. Ses bras le faisaient souffrir comme si mille diables le fouettaient. Son ascension avait été assez rapide, compte tenu de l'irrégularité de la roche. Il eût été impossible de faire une telle escalade sans la corde. Même avec un équipement approprié, se frayer un chemin dans le noir, mètre après

---

1. Voir *L'Or des Incas*, Grasset, 1995.

mètre, chercher les prises, enfoncer les pitons, assurer les cordes, tout cela aurait pris au moins six heures.

Une minute de repos, pas plus, puis de nouveau une main après l'autre. Péniblement mais toujours puissamment, il s'éleva, frappant les surplombs des pieds, profitant de la moindre saillie, les paumes de ses mains à vif à force de tirer sur la mince corde de nylon trouvée sur le bateau de Rodney York. En tout cas, la vieille corde était à peine assez solide pour supporter son poids. Il avait fallu qu'elle soit légère pour que le cerf-volant puisse élever le grappin jusqu'au sommet. Si elle avait pesé davantage, ils n'auraient pas réussi.

Il s'arrêta pour regarder au-dessus de lui la ligne sombre du sommet qui se détachait sur fond d'étoiles. Il estima qu'il lui restait cinq mètres à parcourir. Cinq mètres ! Son souffle lourd rendait chaque respiration difficile, sa poitrine et ses bras étaient meurtris à force de frotter contre la roche invisible dans le noir. Sa puissance légendaire avait fondu jusqu'au bout de ses réserves. Il grimpa les derniers mètres par la seule force de sa volonté. Indestructible, aussi dur et résistant que le rocher qu'il escaladait, Giordino continuait, refusant de s'arrêter tant qu'il pouvait encore avancer. Puis soudain le sol, au sommet de la falaise, s'ouvrit à son regard et s'étira jusqu'à l'horizon. Un dernier effort et il passa la crête puis se coucha par terre, écoutant battre son cœur, ses poumons comme des soufflets de forge avalant l'air et le recrachant.

Il resta près de trois minutes sans bouger, heureux que cette épreuve soit terminée. Il regarda autour de lui. Il était étendu sur un chemin qui, apparemment, courait tout autour des falaises. Quelques mètres plus loin se dressait une muraille d'arbres et de buissons sinistres et peu engageants. N'apercevant ni lumière ni mouvement, il chercha à voir le grappin et constata qu'il était fermement accroché à un rocher saillant.

L'idée folle de Pitt s'était révélée incroyablement efficace.

Rassuré de voir que le grappin ne risquait pas de lâcher, il se leva, détacha le cerf-volant et le cacha dans la végétation, de l'autre côté du chemin avant de revenir au bord et de signaler par deux secousses sur la corde qu'il était en haut.

Sur la plage, Pitt se tourna vers Maeve.

— A vous.

— Je ne sais pas si je suis capable de faire ça, dit-elle nerveusement. J'ai le vertige.

Il fit une boucle de corde, la passa par-dessus l'épaule de la jeune femme et l'attacha autour de sa taille.

— Tenez-vous bien à la corde, écartez-vous un peu de la falaise et aidez-vous de vos pieds. Al vous tirera d'en haut.

Il répondit au signal de Giordino par trois secousses vigoureuses. Maeve sentit la corde se tendre puis se serrer autour de sa taille. Elle ferma les yeux et commença à marcher comme une mouche sur la paroi verticale.

Tout là-haut, les bras trop douloureux pour tirer Maeve, Giordino avait découvert une fente lisse dans la roche sur laquelle les fibres de nylon ne risquaient ni de s'abîmer ni de se couper. Il y inséra la corde et la passa par-dessus son épaule. Ensuite il se pencha et traversa le chemin en chancelant, tirant le poids de Maeve derrière lui.

En douze minutes, la jeune femme apparut au faîte de la roche, les paupières serrées.

— Bienvenue au sommet du Matterhorn, dit Giordino avec chaleur.

— Grâce à Dieu, c'est fini ! murmura-t-elle en ouvrant les yeux pour la première fois depuis qu'elle avait quitté la plage. Je ne crois pas que je pourrais recommencer.

Giordino détacha Maeve.

— Ouvrez l'œil pendant que j'aide Dirk à monter. On peut voir assez loin vers le nord mais au sud, le chemin est caché par un groupe de gros rochers, à environ cinquante mètres d'ici.

— Je me les rappelle, dit Maeve. Ils sont vides à l'intérieur avec des remparts naturels. Ma sœur Deirdre et moi jouions souvent au roi et à la reine ici. On appelait ça le Château. Il y a une petite cabane où les gardes se reposent et dans laquelle ils ont un téléphone.

— Il faut remonter Dirk avant que la prochaine patrouille passe par ici, pressa Giordino en faisant soigneusement redescendre la corde.

Pitt eut l'impression qu'on le remontait en un temps record mais, à moins de dix mètres du sommet, son ascension fut brutalement interrompue. Pas un mot d'avertissement, pas un mot d'encouragement, rien que le silence. Cela ne pouvait signifier qu'une chose. Leur synchronisation avait raté. Une patrouille devait probablement approcher. Incapable de voir ce qui se passait au sommet, il pressa son corps contre une petite crevasse, se tenant immobile, essayant d'entendre les bruits de la nuit.

Maeve avait aperçu le rayon de lumière le long d'un des murs du Château et immédiatement prévenu Giordino. Celui-ci avait rapidement attaché la corde autour d'un tronc pour en maintenir la tension afin que Pitt ne retombe pas sur la plage. Il cacha la corde sous des feuilles mortes et de la poussière mais n'eut pas le temps de cacher le grappin.

— Et Dirk ? murmura Maeve, affolée. Il va se demander ce qui se passe et risque de nous appeler.

— Il comprendra ce qui arrive et restera aussi silencieux qu'une souris, la rassura Giordino. (Il la poussa sans ménagements dans les fourrés à côté du chemin.) Rentrez là-dedans et ne bougez pas jusqu'à ce que les gardes soient passés.

Inexorablement, le rayon de lumière grossit à mesure qu'il se rapprochait. Ayant couvert ce circuit des centaines de fois ces quatre derniers mois sans jamais rien y voir, pas même l'empreinte d'un pied étranger, les deux gardes auraient dû être détendus et inattentifs. L'inaction et la routine mènent à l'ennui et à l'indifférence. Ils auraient dû passer machinalement devant les mêmes rochers, les mêmes tournants du chemin, entendant le même battement léger des vagues sur les rochers tout en bas. Mais ces gardes étaient bien entraînés et très bien payés. Ennuyés, oui, distraits, non.

Giordino sentit son pouls s'accélérer quand il vit les gardes étudier chaque centimètre du terrain qu'ils parcouraient. Il ne pouvait pas savoir que Dorsett offrait vingt-cinq mille dollars de récompense pour la main de chaque voleur de diamant capturé. Nul ne sut jamais ce qu'on faisait du reste du corps et nul n'en discuta jamais. Alors ces hommes prenaient leur travail au sérieux. Ils aperçurent quelque chose et s'arrêtèrent juste en face de Maeve et Giordino.

— Tiens, il y a là quelque chose que la dernière patrouille a laissé passer, à moins que ça ne soit là que depuis son passage.

— Qu'est-ce que tu vois?

— On dirait un grappin de bateau.

Le garde se mit à genoux et dégagea le camouflage de fortune.

— Tiens, tiens! C'est attaché à une corde qui descend la falaise.

— C'est la première fois que quelqu'un essaie d'entrer dans l'île par les falaises, depuis ces fraudeurs canadiens que nous avons arrêtés il y a trois ans.

N'osant se tenir trop près du bord, le garde dirigea le faisceau de sa lampe vers le fond du ravin mais ne vit rien. L'autre garde sortit un couteau et se prépara à couper la corde.

— Si quelqu'un attend de monter à l'autre bout, il va être déçu!

Maeve retint son souffle et Giordino, sortant des buissons, s'avança sur le chemin.

— Allons, messieurs, n'avez-vous rien de mieux à faire que de vous promener dans la nuit?

Le premier garde se raidit, le couteau en l'air. Le second se retourna et pointa un fusil d'assaut Bushmaster M16 vers Giordino.

— Bouge pas ou je tire!

Giordino obéit mais tendit les jambes, prêt à sauter. La peur et le choc l'envahirent à la pensée que, dans quelques secondes, Pitt irait s'écraser sur les rochers de la plage. Mais le visage du garde pâlit et il baissa son arme.

Son collègue le regarda.

— Qu'est-ce qui t'arrive?

Il se tut, regarda derrière Giordino et vit une femme s'avancer dans le rayon de la lumière. Elle ne semblait pas avoir peur et son visage montrait plutôt de la colère.

— Abaissez cette arme stupide et tenez-vous comme on vous a appris à le faire! dit-elle d'un ton sec.

Le garde tenant la lampe la dirigea vers Maeve. Surpris, il la regarda attentivement avant de murmurer:

— Mademoiselle Dorsett?

— Fletcher, corrigea-t-elle. Maeve Fletcher.

— Je... on m'a dit que vous vous étiez noyée...

— Ai-je l'air d'avoir flotté dans l'eau?

Maeve, avec son short et sa blouse en lambeaux, ne savait pas trop de quoi elle avait l'air face aux gardes. Mais ce dont elle était sûre, c'est qu'elle ne ressemblait pas à la fille d'un diamantaire milliardaire.

— Puis-je vous demander ce que vous faites ici, à cette heure de la nuit? demanda le garde poliment mais fermement.

— Mon ami et moi avons décidé de faire une promenade.

Le garde au couteau n'avala pas cette fable.

— Excusez-moi, dit-il en saisissant la corde de sa main libre, prêt à la couper de sa main gauche, mais il y a quelque chose d'anormal, ici.

Maeve s'avança et gifla l'homme qui tenait le fusil. Ce geste étonnant d'autorité surprit les deux hommes, qui hésitèrent. Rapide comme un serpent à sonnette, Giordino sauta sur le garde le plus proche, envoyant voler le fusil d'assaut et fonçant la tête la première dans l'estomac de l'homme. Celui-ci poussa un grognement et s'effondra sur le dos. Giordino, déséquilibré, tomba par-dessus.

Au même moment, Maeve se jeta sur l'homme qui voulait couper la corde mais celui-ci se retourna et lui lança un coup violent qui l'atteignit à la joue et arrêta son élan. Lâchant le couteau, il saisit le fusil et, l'index de sa main droite sur la détente, visa la poitrine de Giordino.

Celui-ci se sut mort. Emmêlé à l'autre garde, il n'avait pas le temps de se mettre à l'abri. Impossible d'atteindre le garde avant qu'il ait tiré, il le savait. Il ne put que se raidir et attendre l'impact.

Mais le coup ne partit pas et aucune balle ne frappa Giordino.

Sans se faire remarquer, une main puis un bras étaient passés doucement par-dessus le bord de la falaise, s'étaient dressés et avaient saisi le fusil, l'arrachant des mains du garde. Avant que celui-ci ait pu dire ouf, il fut envoyé dans le vide. On entendit son cri horrifié, renvoyé par l'écho tout au long de sa chute, s'assourdissant à la fin puis mourant, comme enseveli par un voile funèbre.

Alors la tête de Pitt, éclairée par le rayon de la lampe posée par terre, s'éleva au-dessus du rebord. Ses yeux cillèrent, éblouis par la lumière, et ses lèvres s'étirèrent en un léger sourire.

— Je crois que c'est ce qu'on appelle battre en brèche les décisions de ces messieurs.

50

Maeve embrassa Pitt.

— Vous n'auriez pas pu arriver plus opportunément !

— Comment se fait-il que tu n'aies pas tiré avec ton petit pistolet ? s'étonna Giordino.

Pitt sortit le petit automatique de sa poche et le tint dans la paume de sa main.

— Quand le garde à la lampe ne m'a pas vu, caché dans une crevasse, j'ai attendu une minute puis je me suis hissé jusqu'au bord pour voir ce qui se passait. J'ai vu que tu étais à un cheveu d'être tiré comme un lapin et je n'avais pas le temps de le sortir et de viser. Alors j'ai fait pour le mieux.

— C'est une chance, dit Maeve à Giordino, sinon vous ne seriez plus là.

Giordino n'était pas homme à larmoyer.

— Je lui revaudrai ça à la première occasion.

Il regarda le garde couché par terre en position fœtale, se tenant le ventre à deux mains. Il ramassa le M16 et vérifia le chargeur.

— Voilà une belle acquisition pour notre arsenal.

— Qu'allons-nous faire de lui ? demanda Maeve. On le jette au bas de la falaise ?

— Rien d'aussi drastique, répondit Pitt en surveillant le sentier. Il ne peut plus nous faire de mal, maintenant. Nous allons l'attacher et le bâillonner et on le laissera jusqu'à ce que ses copains le trouvent. Ils vont sûrement venir voir, quand ils se rendront compte que deux d'entre eux ne sont pas rentrés après leur ronde.

— La patrouille suivante ne viendra que dans cinquante minutes, dit Giordino en remontant rapidement la corde de nylon. Ça nous laisse une bonne avance.

Quelques minutes plus tard, le garde, les yeux écarquillés de peur, vêtu de ses seuls sous-vêtements, était suspendu dans le vide au bout du grappin et de dix mètres de corde. Le reste du nylon, roulé autour de son corps, lui faisait un cocon géant.

Avec Maeve comme guide, ils avancèrent sur le chemin de la falaise. Giordino avait mis dans sa poche le pistolet miniature tandis que Pitt, revêtu de l'uniforme du garde, portait le Bushmaster M16. Ils ne se sentaient plus en état d'infériorité. C'était irrationnel, Pitt le savait, car il devait bien y avoir une centaine d'autres gardes dans les mines et sur les côtes de l'île. Mais ce n'était pas le problème le plus important. Maintenant qu'ils ne pouvaient plus retourner sur le *Merveilleuse Maeve*, ils allaient devoir trouver un autre moyen de transport. Pitt savait cela depuis le début, même s'il n'avait encore pas la moindre idée sur la façon de réussir. Là encore, ce n'était pas d'actualité pour l'instant. L'urgent était de retrouver les fils de Maeve et de les sortir des griffes de leur grand-père fou.

Après cinq cents mètres, Maeve leva une main et montra les buissons épais.

— C'est ici que nous traverserons l'île, dit-elle. Il y a une route à trente mètres de là où nous sommes. Si nous faisons attention à ne pas être repérés par les voitures, nous pourrons suivre la route et pénétrer dans la zone d'habitation des employés de la Dorsett.

— Par où va-t-on aux volcans qui sont de chaque côté de l'île ? demanda Pitt.

— Nous en sommes à mi-chemin et de l'autre côté du lagon.

— A votre avis, où cache-t-on vos enfants ? demanda Giordino.

— J'aimerais bien le savoir, dit-elle. Ma première idée est qu'ils sont dans la maison même, mais ça ne m'étonnerait pas de mon père qu'il les ait placés dans la caserne des gardes ou, pire encore, chez Jack Ferguson.

— Je ne crois pas que ce soit une bonne idée de nous promener comme des touristes cherchant un restaurant, fit remarquer Pitt.

— Je suis d'accord, dit Giordino. Ce qu'il faut, c'est trouver un personnage important à qui on fera cracher la vérité en lui tordant un peu le bras.

Pitt tira sur la veste de son uniforme volé et enleva une poussière sur l'épaule.

— S'il est sur cette île en ce moment, je sais exactement qui nous devons interroger.

Vingt minutes plus tard, après avoir suivi une route longeant la crête de l'île et tournant en épingle à cheveux, ils s'approchèrent de l'enceinte abritant les ingénieurs des mines et les gardes de la sécurité.

Restant à l'abri ombragé des buissons, ils contournèrent le camp de détention des travailleurs chinois. Les baraques et le terrain autour étaient brillamment éclairés et entourés de hautes barrières électrifiées surmontées d'une grille métallique tranchante comme un rasoir. La zone était en outre sous une telle surveillance électronique qu'aucun garde n'arpentait le périmètre.

Cent mètres plus loin, Maeve s'arrêta et fit signe à ses compagnons de se baisser derrière une haie basse bordant une avenue goudronnée.

L'une des extrémités de la route se terminait à l'allée privée qui, passant sous une large grille voûtée, menait à la maison familiale des Dorsett. Pas très loin dans l'autre direction, la route bifurquait. Une grande avenue descendait jusqu'au port, au centre du lagon, où les quais et les entrepôts avaient une allure étrange sous l'éclairage fantomatique et jaunâtre de lampes à vapeur de sodium. Pitt s'attarda une minute pour observer le gros bateau amarré au quai. Même vu de cette distance, on ne pouvait pas ne pas reconnaître le yacht des Dorsett. Pitt fut particulièrement satisfait de voir qu'un hélicoptère était posé sur le pont supérieur.

— Y a-t-il un aérodrome sur cette île ? demanda-t-il.

Maeve fit non de la tête.

— Papa a refusé d'en construire un parce qu'il préfère les transports maritimes. Il utilise l'hélicoptère pour aller et venir sur le continent. Pourquoi me demandez-vous ça ?

— Parce que je procède par élimination. Notre planche de salut est posée sur le yacht.

— Petit malin, vous pensiez à ça depuis le début !

— Disons que j'ai fait une orgie d'inspiration, répondit Pitt. Combien d'hommes pour garder le yacht ?

— Un seul, qui contrôle toute la sécurité des docks par informatique.

— Et l'équipage ?

— Quand le bateau est amarré sur l'île, Papa exige que l'équipage reste dans ses quartiers à terre.

Pitt nota que l'autre route rejoignait l'enceinte principale. Les mines, à l'intérieur des volcans, bruissaient d'activité mais la zone centrale de la Dorsett Consolidated Mining était déserte. Le quai où était mouillé le yacht paraissait totalement vide sous les projecteurs montés sur le toit d'un entrepôt voisin. Apparemment, tout le monde était encore couché, ce qui était normal puisqu'il n'était que quatre heures du matin.

— Montrez-moi la maison du chef de la sécurité, demanda Pitt.

— Les ingénieurs des mines et les domestiques de mon père vivent dans le groupe de maisons le plus proche du lagon, expliqua Maeve. La maison que vous cherchez est dans l'angle sud-est de l'ensemble des quartiers des gardes. Ses murs sont peints en gris.

— Je la vois. (Pitt essuya la sueur de son front avec la manche de sa veste.) Peut-on y aller autrement que par la route ?

— Il y a un chemin, derrière.

— Allons-y. Il ne nous reste pas longtemps avant que le jour se lève.

Ils restèrent dans l'ombre derrière la haie et les arbres bien soignés plantés le long de l'accotement de la route. De hauts lampadaires s'élevaient tous les cinquante mètres, comme dans la plupart des villes. A part le doux bruissement de l'herbe et des feuilles éparpillées sous leurs pieds, aucun bruit ne trahit leur avancée rapide vers la maison grise, au coin de l'enceinte.

Quand ils atteignirent un massif de buissons devant la porte arrière, Pitt murmura à l'oreille de Maeve :

— Etes-vous déjà entrée dans cette maison ?

— Une fois ou deux, quand j'étais petite et que Papa m'envoyait porter un message à l'homme qui, à l'époque, dirigeait le service de sécurité, répondit-elle dans un murmure.

— Savez-vous s'il y a une alarme ?

Maeve fit non de la tête.

— Je ne vois pas qui voudrait entrer par effraction chez le responsable de la sécurité !

— A-t-il des domestiques sur place ?

— Ils habitent une autre zone.

— Alors on entre par-derrière, murmura Pitt.

— J'espère qu'on trouvera une cuisine bien fournie, ajouta Giordino. Je ne me sens pas à mon aise pour farfouiller dans le noir quand j'ai l'estomac vide.

— Tu seras le premier à ouvrir le frigo, promis.

Pitt sortit de l'ombre, s'approcha du mur arrière et jeta un coup d'œil par la fenêtre. Une lumière assez faible brillait dans le hall d'où partait un escalier menant aux étages. Avec précaution, il actionna la poignée de la porte. Il y eut un clic à peine audible quand le pêne sortit de son compartiment. Il respira profondément et poussa tout doucement. La porte s'ouvrit sans un grincement. Pitt l'ouvrit complètement et entra dans une petite cuisine. Il la traversa et referma sans bruit une porte coulissante donnant sur un vestibule. Ensuite il alluma la lumière. A son signal, Giordino et Maeve entrèrent à leur tour.

— Oh ! Merci, Seigneur ! dit Giordino en extase à la vue de la très belle cuisine pleine d'ustensiles de luxe dignes d'un grand chef.

— De l'air chaud ! murmura Maeve avec ravissement. Il y a des semaines que je n'ai pas senti l'air chaud.

— Je sens déjà le goût des œufs au jambon ! rêva Giordino.

— Parons au plus pressé, dit calmement Pitt.

Il coupa la lumière, ouvrit la porte donnant sur le hall et, le fusil en position de tir, entra dans le vestibule. Aplati contre le mur, il avança jusqu'à l'escalier recouvert d'un tapis.

Là, il monta les marches avec précaution après avoir vérifié qu'elles ne craqueraient pas sous son poids.

Sur le palier en haut de l'escalier, il trouva deux portes closes, une de chaque côté. Il essaya celle de droite. La pièce était meublée en bureau privé, avec ordinateur, téléphones et meubles à dossiers. Le bureau était parfaitement en ordre, sans un papier, comme ça avait été le cas dans la cuisine. Pitt sourit. Il ne s'attendait pas à autre chose de la part du locataire. Sûr de lui maintenant, il s'approcha de l'autre porte, l'ouvrit d'un coup de pied et alluma la lumière.

Une très belle Asiatique de dix-huit ans au plus, avec de longs cheveux noirs soyeux tombant sur le côté du lit jusqu'au plancher, regarda avec effroi la silhouette qui se découpait dans l'embrasure de la porte, un fusil d'assaut à la main. Elle ouvrit la bouche pour crier mais n'émit qu'un gargouillement étouffé.

L'homme allongé près d'elle était nettement plus calme. Couché sur le côté, les yeux fermés, il ne chercha ni à se tourner ni à regarder Pitt. Celui-ci faillit se laisser prendre à son apparente indifférence. Il pressa doucement la détente et envoya deux balles rapides dans l'oreiller. Le bruit du canon fut étouffé par le silencieux. On n'entendit rien de plus que deux claquements de mains. Alors seulement l'homme se redressa et regarda sa main qu'une balle avait couverte de sang.

La fille se mit à hurler mais l'homme parut s'en moquer. Tous deux attendaient la suite des événements jusqu'à ce qu'elle se taise enfin.

— Bonjour, chef, dit aimablement Pitt. Désolé de vous déranger.

John Merchant cligna des yeux dans la lumière et concentra son regard sur l'intrus.

— Mes gardes ont dû entendre crier et vont rappliquer à toute vitesse, dit-il calmement.

— J'en doute. Vous connaissant, je suppose qu'une femme qui hurle dans votre chambre n'étonnera pas les voisins.

— Qui êtes-vous ? Que voulez-vous ?

— Mon Dieu, comme ils oublient vite !

Merchant le regarda mieux et soudain, bouche bée, le reconnut. Son visage refléta une pitoyable incrédulité.

— Vous ne pouvez pas... Vous ne pouvez pas être... Dirk Pitt !

Comme appelés par un souffleur, Giordino et Maeve entrèrent à leur tour. Ils se tinrent derrière Pitt, sans rien dire, regardant les deux occupants du lit comme s'ils étaient au théâtre.

— C'est un cauchemar ! Sûrement ! s'écria Merchant en suffoquant.

— Est-ce que vous saignez dans vos rêves ? demanda Pitt en glissant une main sous l'oreiller de Merchant et en ramenant un 9 mm automatique qu'il lança à Giordino.

Il pensa que le petit homme visqueux finirait par accepter la situation mais Merchant était trop secoué par la vue de ces fantômes qu'il avait crus morts.

— Je vous ai vu dériver de mes propres yeux, avant que l'orage éclate ! dit-il d'un ton borné. Comment est-il possible que vous ayez tous survécu ?

— Une baleine nous a avalés, dit Giordino en fermant les rideaux. Son estomac n'a pas apprécié et tu peux deviner ce qui est arrivé ensuite.

— Vous êtes fous ! Posez vos armes. Vous ne quitterez pas cette île vivants.

Pitt mit le canon du fusil sur le front de Merchant.

— Les seules paroles que je veuille entendre de toi c'est l'endroit où sont les fils de Miss Fletcher. Où sont-ils ?

Une lueur de défi s'alluma dans les yeux de Merchant.

— Je ne vous dirai rien !

— Alors tu vas sûrement mourir, expliqua froidement Pitt.

— Curieuses paroles de la bouche d'un ingénieur océanographe, d'un homme qui met les femmes et les enfants sur un piédestal et dont on respecte la parole et l'intégrité.

— J'applaudis au mal que tu t'es donné !

— Vous ne me tuerez pas, dit Merchant en reprenant la maîtrise de ses émotions. Vous n'êtes pas un tueur professionnel et vous n'avez pas le sang-froid nécessaire.

Pitt haussa les épaules.

— Je crois que l'un de tes gardes, que j'ai jeté au bas de la falaise il y a une demi-heure, ne serait pas d'accord avec toi.

Merchant regarda Pitt sans ciller, se demandant s'il devait le croire.

— J'ignore ce que M. Dorsett a fait de ses petits-fils.

Pitt fit passer le canon du M16 du front au genou de Merchant.

— Maeve, comptez jusqu'à trois.

— Un, commença-t-elle, aussi détachée que si elle comptait des morceaux de sucre. Deux... Trois.

Pitt appuya sur la détente et une balle fracassa le genou de Merchant. La jeune Asiatique se remit à hurler jusqu'à ce que Giordino la fasse taire en écrasant une main sur sa bouche.

— Pourrait-on avoir un peu de silence, s'il vous plaît ? Vous allez faire éclater les vitres.

Merchant était complètement transformé. La méchanceté maligne du répugnant petit homme avait fait place à une attitude de douleur et de terreur. Sa bouche se tordit quand il parla.

— Mon genou ! Vous m'avez pété le genou ! cria-t-il d'une voix grinçante.

Pitt plaça le nez de l'arme contre l'une des épaules de Merchant.

— Je ne suis pas pressé. A moins que tu ne veuilles être doublement estropié, je te conseille de parler et de dire la vérité ou tu auras du mal à te laver les dents.

— Les fils de Mme Fletcher travaillent dans les mines comme les autres ouvriers. Ils sont gardés avec eux dans le camp.

Pitt se tourna vers Maeve.

— A vous de parler.

Maeve regarda Merchant dans les yeux, le visage tendu par l'émotion.

— Il ment. C'est Jack Ferguson, le contremaître de mon père qui est chargé de surveiller les enfants. Il ne doit jamais les quitter des yeux.

— Et où crèche-t-il ? demanda Giordino.

— Ferguson habite une maison d'hôte à côté du manoir, pour pouvoir répondre au moindre appel de mon père, dit Maeve.

Pitt adressa un sourire glacé à Merchant.

— Désolé, John. Mauvaise réponse. Ça va te coûter une épaule.

— Non ! Je vous en prie, non ! cria Merchant malgré ses dents serrées par la douleur. D'accord, vous avez gagné. Les jumeaux sont dans les quartiers de Ferguson quand ils ne travaillent pas à la mine.

Maeve s'approcha jusqu'à se trouver au-dessus de Merchant, éperdue et désespérée d'imaginer les souffrances qu'enduraient ses enfants. Elle perdit son sang-froid et le gifla de toutes ses forces, plusieurs fois.

— Des enfants de six ans obligés de travailler dans la mine ! Quel genre de monstres sadiques êtes-vous tous ?

Giordino passa doucement le bras autour de la taille de Maeve et la tira vers le centre de la chambre où elle éclata en sanglots.

Le visage de Pitt reflétait le chagrin et la colère. Il mit le nez du fusil à un millimètre de l'œil gauche de Merchant.

— Encore une question, mon petit John. Où dort le pilote de l'hélicoptère ?

— Dans la clinique de la mine, avec un bras cassé, répondit Merchant d'un ton maussade. Abandonnez l'espoir de l'obliger à vous conduire quelque part.

Pitt hocha la tête et sourit à Giordino d'un air entendu.

— On n'a pas besoin de lui. Bon. On les laisse là, dit-il en regardant le placard.

— Allez-vous nous tuer ? demanda Merchant d'une voix blanche.

— Je préférerais tirer sur un putois, dit Pitt. Mais puisque vous en parlez, nous allons vous ficeler, vous et votre petite amie, vous bâillonner et vous enfermer dans ce placard.

La peur de Merchant se lisait au tic qui lui tirait le coin de la bouche.

— Nous allons mourir étouffés, là-dedans !

— Je peux vous tuer maintenant, si tu préfères.

Merchant cessa de protester. La fille et lui furent attachés avec les draps déchirés en bandes et enfermés dans le placard sans cérémonie. Giordino poussa devant tous les meubles de la pièce pour les empêcher de l'ouvrir de l'intérieur.

— Nous avons ce que nous sommes venus chercher, dit Pitt. Allons à la propriété, maintenant.

— Tu as dit que je pourrais vider le frigo ! protesta Giordino. Mon estomac est plein de crampes.

— Pas le temps pour le moment, dit Pitt. Tu te goinfreras plus tard.

Giordino secoua tristement la tête et enfonça le 9 mm de Merchant dans sa ceinture.

— Pourquoi ai-je le sentiment qu'il y a une conspiration contre moi pour dépouiller mon corps de tout son sucre ?

51

Sept heures du matin. Un ciel bleu, une visibilité parfaite et une mer de vagues basses roulant comme des démons silencieux vers des plages invisibles où elles allaient s'écraser et mourir.

C'était un jour comme les autres dans les eaux tropicales des îles Hawaï, chaudes et humides, avec un vent léger qu'on appelle ici les alizés.

Un samedi, un jour où les plages de Waikiki et de la côte sous le vent de l'île reprenaient vie, avec les oiseaux matinaux allant vers leur premier bain. Très tôt, des milliers de résidents et de vacanciers venaient y passer des heures paresseuses, nager dans les vagues soumises par les récifs du large, dormir au soleil sur le sable chaud de la fin d'après-midi. Apaisés par l'atmosphère détendue, nul ne s'imaginait que peut-être c'était là le dernier jour pour presque tous ces gens.

Le *Glomar Explorer*, poussé par une seule de ses hélices géantes, s'approchait sans à-coups de l'endroit où devait avoir lieu la convergence acoustique mortelle, les ondes de choc qui déjà traversaient les mers depuis leurs quatre sources. Le navire aurait dû avoir une bonne demi-heure de retard mais le chef mécanicien Toft avait poussé son équipe jusqu'aux limites de l'épuisement, comme il poussait aussi ses moteurs, les suppliant et les injuriant. Et les moteurs avaient fourni des efforts supplémentaires, malgré leur arbre unique, et se débrouillaient pour fournir un demi-nœud de plus. Toft s'était juré d'amener le navire au point de rendez-vous en avance sur l'horaire et, par Dieu, il avait réussi.

Là-haut, sur le pont latéral bâbord, Sandecker scrutait à la jumelle une version commerciale de l'hélicoptère de la Marine SH-60B, aux couleurs de la NUMA, qui approchait le navire par l'avant, tournait, virait et venait se poser sur l'aire d'atterrissage du gros navire. Deux hommes en descendirent et pénétrèrent dans la superstructure avant. Une minute plus tard, ils rejoignaient Sandecker sur le pont.

— Ça s'est bien passé ? demanda anxieusement Sandecker.

Le Dr Sanford Adgate Ames hocha la tête en souriant.

— Quatre ensembles d'instruments de détection acoustique actuellement déployés sous la surface, aux endroits prévus, à trente kilomètres de la zone de convergence.

— Nous les avons installés directement sur les quatre routes estimées des canaux sonores, ajouta Gunn qui avait accompagné Ames.

— Ils vont mesurer l'approche finale et l'intensité du son ? demanda Sandecker.

Ames fit signe que oui.

— Les données télémétriques des modems sous-marins seront relayées à leur satellite flottant en surface, relié au processeur du bord et au terminal d'analyse qui est ici, sur l'*Explorer*. Le système travaille de la même façon pour les programmes de repérage d'acoustique sous-marine.

— Heureusement, le temps et le courant nous sont favorables, dit Gunn. Tout bien considéré, les ondes de choc devraient arriver ensemble, comme prévu.

— De combien de temps disposons-nous ?

— Le son voyage sous l'eau à une vitesse moyenne de 1500 mètres par seconde, répondit Ames. Je dirais vingt secondes entre le moment où les ondes sonores passent les modems et le moment où elles frappent l'antenne sous le navire.

— Vingt secondes, répéta Sandecker. C'est rudement court pour se préparer mentalement à l'inconnu !

— Etant donné que personne n'a survécu pour décrire toute l'intensité de la convergence, je ne peux qu'estimer le temps nécessaire pour qu'elles soient complètement réfléchies vers l'île du Gladiateur. Pour moi, il faudra approximativement quatre minutes et demie. Toute personne à bord du bateau qui n'aurait pas atteint l'abri phonique mourrait sûrement de façon horrible.

Sandecker se tourna et montra d'un geste les montagnes verdoyantes d'Oahu, à seulement quinze kilomètres du navire.

— Est-ce que les gens sur les plages, là-bas, risquent quelque chose ?

— Ils ressentiront peut-être une douleur aiguë mais brève à la tête. Rien de permanent, de toute façon.

Sandecker regarda par les fenêtres du pont l'immense masse des équipements pointés vers le ciel, au centre du navire, les kilomètres de câbles et de lignes électriques pendant des derricks et des grues. Des équipes d'hommes et de femmes, sur les plates-formes suspendues, comme les laveurs de carreaux des gratte-ciel, travaillaient à remettre ensemble les morceaux de l'énorme antenne parabolique. Un derrick géant soutenait le châssis principal tandis que les grues tout autour soulevaient les pièces plus petites et les encastraient dans les encoches correspondantes où on les ressoudait. Grâce à l'initiative de Rudi Gunn, qui avait fait nettoyer et huiler toutes les connexions, les pièces s'emboîtaient sans difficulté et rapidement. L'opération tournait comme une horloge. Il ne restait que deux pièces à installer.

L'amiral tourna son regard vers le joyau du Pacifique, distinguant aisément les détails de la Tête de Diamant, les hôtels tout au long de la plage de Waikiki, la tour Aloha, à Honolulu, les maisons un peu cachées dans les nuages et qui semblaient planer sur le mont Tantale, les avions de ligne atterrissant à l'aéroport international, les installations de Pearl Harbor. Il n'avait pas droit à l'erreur. Si par malheur l'opération ne se déroulait pas comme prévu, cette île magnifique ne serait plus qu'un vaste champ de mort.

Enfin, il regarda l'homme qui suivait le défilement des chiffres affichés sur l'écran de l'ordinateur de navigation du navire.

— Capitaine Quick?

Le commandant du *Glomar Explorer* leva les yeux.

— Amiral Sandecker?

— A quelle distance sommes-nous du site?

Quick sourit. C'était seulement la vingtième fois que l'amiral lui posait la même question depuis qu'ils avaient quitté la baie d'Halawa.

— Moins de cinq cents mètres et vingt minutes avant que nous ne commencions à positionner le navire à l'endroit exact que vos collègues ont calculé, sur le système de positionnement global.

— Ce qui nous laisse seulement quarante minutes pour déployer le réflecteur.

— Grâce au chef Toft et à son équipe, autrement nous ne serions jamais arrivés à temps.

— Oui, reconnut Sandecker, nous lui devons beaucoup.

De longues minutes passèrent. Dans la timonerie, chacun avait un œil sur la pendule et l'autre sur les chiffres rouges du Système de Positionnement Global. Une série de zéros s'affichèrent bientôt, indiquant que le navire était très précisément à l'endroit où les ondes de choc devaient converger et exploser avec une intensité sans précédent. Ensuite, il allait falloir maintenir le navire exactement au même endroit. Le capitaine Quick concentra son attention sur la programmation des coordonnées dans le système de contrôle automatisé du navire, qui analysa l'état de la mer et de la météo et contrôla les propulseurs avant et arrière. En un temps incroyablement court, le *Glomar Explorer* était en place et immobilisé, résistant au vent et au courant, avec moins d'un mètre de facteur de déviation.

Plusieurs autres systèmes, chacun essentiel à l'opération, entraient aussi en jeu. Le tangage était fébrile. Des équipes d'ingénieurs et de techniciens, des experts en électronique et des scientifiques travaillaient la main dans la main pour installer l'antenne réfractrice exactement sur le chemin des ondes sonores. L'équipe de la NUMA, sur les plates-formes tout en haut du pont, réalisait les derniers raccords et attachait l'énorme écran aux crochets pendant du derrick.

Tout en bas, une des parties essentielles du navire reprenait vie. Occupant le tiers central du bateau, les 1 367 mètres carrés du Bassin

Lunaire, comme on l'appelait, furent remplis d'eau tandis que deux parties de la coque centrale, une à l'avant, l'autre à l'arrière, se rétractaient dans des cylindres spécialement installés à cet effet. Véritable cœur du système de dragage du fond de la mer qui avait servi à récupérer le sous-marin russe, le Bassin Lunaire était l'endroit où tout s'articulait, où le tuyau de la drague devait être déroulé à des milliers de mètres de profondeur jusqu'au tapis minéral du fond de l'océan, où le vaste réflecteur allait être descendu.

Les systèmes mécaniques à bord du *Glomer Explorer* avaient été étudiés, à l'origine, pour soulever de lourds objets reposant sur le fond marin et non pour en descendre d'autres, même plus légers et plus chers. On dut modifier à la hâte le processus pour cette opération complexe. On dut surmonter des petits pépins mineurs. Chaque mouvement fut coordonné et réalisé avec précision. L'opérateur du derrick augmenta la tension du câble d'abaissement jusqu'à ce que l'antenne pende en l'air sans contrainte. Les gens de la NUMA donnèrent le signal attendu, indiquant que le montage de l'antenne était terminé. L'ensemble fut alors abaissé dans la mer en diagonale par le Bassin Lunaire rectangulaire. Celui-ci n'avait que quelques centimètres de plus. Ça passait tout juste ! L'immersion se fit à raison de dix mètres par minute. Il en fallut vingt pour déployer, grâce aux câbles, l'antenne à l'angle précis et à la profondeur qui devaient permettre de renvoyer les ondes sonores jusqu'à l'île du Gladiateur.

— Six minutes et dix secondes avant la convergence, annonça la voix du capitaine Quick par les haut-parleurs du navire. Tout le personnel de bord doit se rendre dans la salle d'emmagasinage à l'avant et y entrer suivant les instructions qui ont été données. Allez-y immédiatement. Je répète, immédiatement. En courant, pas en marchant.

D'un coup, chacun lâcha les échelles et les échafaudages et se hâta comme pour un marathon vers la salle de propulsion et des pompes, dans les entrailles du bateau. Là, vingt membres de l'équipage avaient travaillé pour isoler phoniquement la salle avec tout le matériel d'isolation disponible. Des serviettes, des couvertures, la literie et les matelas aussi bien que les coussins des fauteuils du salon et tous les morceaux de bois susceptibles d'être cloués au plafond, au sol et sur les écoutilles pour arrêter les sons meurtriers.

Sandecker et Ames coururent, eux aussi, vers la salle protégée.

— C'est la partie la plus angoissante de l'opération, avoua l'amiral.

— Je sais ce que vous voulez dire, répondit Ames en descendant l'escalier deux marches à la fois. Vous vous demandez si vous n'avez pas fait une petite erreur de calcul qui nous mettrait au mauvais endroit au mauvais moment. Vous avez peur de ne pas savoir si nous avons réussi au cas où nous ne survivrions pas à la convergence. Les facteurs ignorés sont les plus terribles pour l'esprit.

Ils atteignirent la salle d'entreposage choisie pour les protéger de la convergence à cause de ses portes étanches à l'eau et du fait qu'aucun conduit d'aération ne s'y ouvrait. Deux officiers les firent entrer et notèrent leurs noms. Ils leur tendirent un casque antibruit à chacun.

— Amiral Sandecker, docteur Ames, veuillez placer ces appareils sur vos oreilles et essayer de ne pas bouger.

Sandecker et Ames trouvèrent les membres de la NUMA installés dans un coin de la salle et se joignirent à eux avec Rudi Gunn et Molly Faraday qui les y avaient précédés. Ils se groupèrent immédiatement autour du système de surveillance intégré, avec les alarmes et tous les détecteurs. Seuls l'amiral, Ames et Gunn cessèrent un moment d'utiliser les casques antibruit afin de discuter jusqu'à la dernière seconde. La salle fut rapidement plongée dans un étrange silence. Incapables d'entendre, tous se taisaient. Le capitaine Quick était monté sur une caisse pour être vu de chacun. Il leva deux doigts pour signifier qu'il restait deux minutes avant l'événement. L'opérateur du derrick, qui avait dû parcourir la plus longue distance, entra le dernier. Satisfait de constater que tous les gens du bord étaient bien réunis là, le capitaine ordonna que l'on ferme les portes. On dressa plusieurs matelas devant la sortie pour étouffer tous les sons qui auraient pu entrer par là. Quick leva un doigt et la tension se fit presque tangible, comme un manteau qui se serait abattu sur tous les gens enfermés là. Tous étaient debout. Il n'y avait pas assez de place pour s'asseoir ou pour s'allonger.

Gunn avait calculé que les quatre-vingt-seize hommes et femmes disposeraient de moins de quinze minutes dans cette salle fermée avant de manquer d'air et de commencer à ressentir les effets de l'asphyxie. Déjà l'atmosphère était confinée. Le seul autre danger immédiat serait la claustrophobie. Ils n'auraient vraiment pas besoin d'une crise d'hystérie ! Il fit un clin d'œil d'encouragement à Molly et commença le compte à rebours, tandis que tous les yeux suivaient le capitaine comme un chef d'orchestre, la baguette levée.

Quick leva les deux mains et serra les poings. Le moment de vérité était arrivé. Tout reposait maintenant sur les données analysées par les ordinateurs d'Hiram Yaeger. Le navire était exactement à l'endroit où on lui avait demandé d'être, l'antenne parabolique exactement dans la position calculée par Yaeger et confirmée par le Dr Ames et son équipe. Toute l'opération, jusqu'au plus petit détail, était telle que préparée. Seul un changement soudain et improbable de la température de l'eau ou une secousse sismique imprévue altérant le courant océanique pourrait entraîner un désastre. Chaque membre de la NUMA ne pouvait s'empêcher de penser aux énormes conséquences d'un échec.

Cinq secondes passèrent, puis dix. Sandecker commença à ressentir le frisson glacé du désastre sur sa nuque. Puis soudain, d'une façon très inquiétante, les capteurs acoustiques, à trente kilomètres de là, commencèrent à enregistrer l'avancée des ondes de choc sur leurs chemins calculés.

— Seigneur! murmura Ames. Les capteurs ont dépassé les graduations. L'intensité est plus forte que je ne l'avais estimé.

— Vingt secondes à compter de maintenant! aboya Sandecker. Mettez vos oreillettes!

La première manifestation de la convergence fut une légère résonance qui augmenta rapidement d'amplitude. Les couloirs insonorisés vibrèrent à l'unisson avec un bourdonnement qui réussit à pénétrer les casques de protection des oreilles. Les gens entassés dans la pièce ressentirent une forme atténuée de vertige et de perte d'équilibre. Mais personne n'eut de nausée et il n'y eut aucune panique. Sandecker et Ames échangèrent un long regard, commençant à croire, par petites vagues tremblantes, à la satisfaction de la réussite. Cinq longues minutes plus tard, tout était terminé. La résonance avait disparu, laissant derrière elle un silence presque surnaturel.

Gunn fut le premier à réagir. Il enleva le casque de ses oreilles, agita les bras et cria à Quick :

— La porte! Ouvrez la porte, qu'on respire!

Quick comprit le message. On enleva les matelas et l'on ouvrit grandes les portes. L'air qui entra était chargé de remugles d'huile mais n'en fut pas moins apprécié par tous. Soulagés de savoir la menace passée, ils crièrent et rirent comme des supporters célébrant la victoire de leur équipe favorite. Puis lentement, en bon ordre, tous sortirent de la salle et montèrent respirer l'air frais sur les ponts.

La réaction de Sandecker fut inattendue. Il courut jusqu'à la timonerie à une vitesse sans doute jamais égalée sur ce navire. Il saisit une paire de jumelles et se précipita sur la passerelle. Nerveusement, il régla les lentilles vers l'île, à quinze kilomètres seulement.

Des voitures roulaient dans les rues, une foule de touristes se promenait tranquillement sur les plages. Alors seulement l'amiral exhala un long soupir de soulagement, appuyé au bastingage, vidé de toute émotion.

— Un triomphe total, amiral, dit Ames en lui serrant vigoureusement la main. Vous avez rivé leur clou aux meilleurs experts scientifiques de ce pays.

— Grâce à votre expertise et à votre soutien, docteur, répondit Sandecker, comme si on l'avait soulagé d'un grand poids. Je n'aurais rien pu faire sans votre aide et celle de votre équipe.

Débordants de joie, Gunn et Molly embrassèrent Sandecker, ce qu'ils n'auraient jamais osé faire en toute autre occasion.

— Vous avez réussi! s'écria Gunn. Presque deux millions de vies sauvées grâce à votre entêtement!

— *Nous* avons réussi, corrigea l'amiral. Du début à la fin, ce fut un travail d'équipe.

Le visage de Gunn redevint sérieux.

— Dommage que Dirk et Al n'aient pas été là pour voir ça. Sandecker hocha tristement la tête.

— Son idée a été l'étincelle qui a fait partir le projet.

Ames étudiait l'ensemble des instruments qu'il avait mis au point pendant le voyage depuis Molokai.

— Le positionnement de l'antenne a été parfait, dit-il joyeusement. L'énergie acoustique a été inversée exactement comme prévu.

— Où est-elle, maintenant? demanda Molly.

— Combinée à celles venant des trois autres exploitations minières. Les ondes de choc retournent à l'île du Gladiateur plus vite qu'un avion à réaction. Leurs forces unies devraient frapper la base submergée dans environ quatre-vingt-dix-sept minutes.

— J'aimerais voir sa tête!

— La tête de qui? demanda innocemment Ames.

— Celle d'Arthur Dorsett, dit Molly, quand son île privée commencera à tanguer et à rouler.

52

Les deux hommes et la femme étaient accroupis dans un massif, d'un côté de la grande voûte, au centre du mur de roche volcanique entourant toute la propriété des Dorsett. Au-delà du porche, une allée de briques faisait le tour d'une large pelouse bien entretenue, donnant sur une véranda qui offrait sa protection jusqu'à la porte d'entrée, quand on descendait de voiture. Toute l'allée et la maison étaient éclairées par de fortes lampes disposées un peu partout sur les terrains aménagés alentour. Une grille épaisse, paraissant sortir d'un château moyenâgeux protégeait l'entrée proprement dite. Le porche, épais de près de cinq mètres, abritait lui-même un petit bureau pour les gardes.

— Y a-t-il une autre entrée? demanda Pitt.

— Le porche est le seul passage pour entrer ou sortir.

— Pas de gouttières ou de petit ravin sous les murs?

— Croyez-moi, quand je pense à toutes les fois où j'ai eu envie de fuir mon père lorsque j'étais gamine, s'il y en avait eu un, je l'aurais trouvé!

— Des systèmes de détection?

— Des rayons laser en haut des murs avec des capteurs de chaleur humaine infrarouges installés un peu partout sur le terrain. Tout ce qui est plus gros qu'un chat déclenche une alarme sonore dans le bureau des gardes. Des caméras de télévision se mettent automatiquement en marche et se braquent sur l'intrus.

— Combien de gardes ?

— Deux la nuit, quatre le jour.

— Pas de chien ?

Elle secoua la tête dans l'ombre.

— Père déteste les animaux. Je ne lui ai jamais pardonné d'avoir écrasé à coups de pied un petit oiseau qui avait une aile cassée et que j'essayais de soigner.

— Ce vieil Arthur fait de son mieux pour créer une image de barbarie et de méchanceté, dit Giordino. Est-il aussi cannibale ?

— Il est capable de tout, comme vous avez pu le constater, dit Maeve.

Pitt considéra pensivement la grille, jaugeant avec soin l'activité visible des gardes. Ils paraissaient se contenter de rester à l'intérieur et de surveiller leurs écrans de contrôle. Finalement il se leva, chiffonna son uniforme et se tourna vers Giordino.

— Je vais entrer au bluff. Soyez discrets jusqu'à ce que j'aie ouvert la grille.

Il passa le fusil d'assaut sur son épaule et sortit le couteau suisse de sa poche. Il sortit une petite lame et se fit une entaille au pouce, pressa le sang et l'étala sur son visage. En atteignant la grille, il se laissa tomber à genoux et s'agrippa des deux mains aux barreaux. Puis il commença à crier avec des gémissements de souffrance.

— Au secours ! Aidez-moi !

Un visage apparut à la porte puis disparut. Quelques secondes plus tard, les deux gardes sortirent du bureau et ouvrirent la grille. Pitt tomba en avant dans leurs bras.

— Qu'est-il arrivé ? demanda un des gardes ? Qui t'a fait ça ?

— Un groupe de Chinois sortis du camp par un tunnel. Je remontais la route en venant des docks quand ils m'ont sauté dessus par-derrière. Je crois que j'en ai tué deux avant de m'échapper.

— On ferait mieux d'alerter le poste de garde principal, lâcha l'un des deux hommes.

— Aidez-moi d'abord à entrer, grogna Pitt. Je crois qu'ils m'ont fracassé le crâne.

Les gardes aidèrent Pitt à se mettre debout et passèrent ses bras sur leurs épaules. Mi-porté, mi-tiré, il entra avec eux dans le bureau. Là, il bougea ses bras jusqu'à ce que les cous des gardes soient dans le creux de ses coudes. Lorsqu'ils se serrèrent pour passer la porte, Pitt fit un pas énergique en arrière, serra le cou des gardes en mettant toutes ses forces dans ses biceps et les muscles de ses épaules. Leurs têtes se heurtèrent avec un bruit sourd. Tous deux s'écrasèrent au sol, inconscients pour les deux heures à venir.

Rassurés quant à la détection, Giordino et Maeve se hâtèrent de passer la grille ouverte et rejoignirent Pitt dans le bureau. Giordino ramassa les gardes comme s'ils n'étaient que des épouvantails de paille et les posa sur les chaises autour de la table, face à une rangée d'écrans de surveillance vidéo.

— Pour quiconque passe par ici, ils auront l'air de s'être endormis pendant le film.

Un examen rapide du système de sécurité puis Pitt coupa les alarmes tandis que Giordino attachait les gardes avec leurs cravates et leurs ceintures. Pitt regarda Maeve.

— Où sont les quartiers de Ferguson?

— Il y a deux maisons d'hôtes dans un bosquet d'arbres, derrière le manoir. Il habite l'une d'elles.

— Je suppose que vous ne savez pas laquelle ?

Elle haussa les épaules.

— C'est la première fois que je reviens ici depuis ma fuite à Melbourne et à l'université. Si j'ai bonne mémoire, il habite la plus proche du manoir.

— C'est le moment de répéter notre entrée, dit Pitt. Espérons que nous n'avons pas perdu la main.

Ils remontèrent l'allée d'un bon pas mais sans se presser. Ils étaient trop affaiblis par leurs deux semaines de régime et toutes les épreuves qu'ils avaient dû affronter. Ils atteignirent la maison qui, selon Maeve, devait être celle de Jack Ferguson, directeur des mines de Dorsett sur l'île du Gladiateur.

Le ciel pâlissait à l'est quand ils atteignirent la porte d'entrée. L'opération était trop lente. Avec le lever du jour, leur présence allait sûrement être découverte. Il fallait se dépêcher s'ils voulaient trouver les garçons, retourner au yacht et s'échapper dans l'hélicoptère d'Arthur Dorsett avant que toute l'obscurité ait disparu. Ils ne firent preuve d'aucune discrétion, cette fois, et ne cherchèrent pas à entrer sur la pointe des pieds. Un rapide coup d'œil autour de lui, à la lueur de la lampe prise au garde de la falaise lui apprit tout ce qu'il voulait savoir. Ferguson habitait bien là. Il y avait un paquet de courrier à son nom sur un bureau et un calendrier annoté. Dans un placard, Pitt trouva des pantalons d'homme, bien repassés, et des vestes.

— Il n'y a personne, dit-il. Jack Ferguson est parti. Je ne vois pas de valises et la moitié des cintres sont vides.

— Il *doit* être là! dit Maeve, l'esprit confus.

— D'après les dates marquées sur son calendrier, il est parti faire une inspection des propriétés minières de votre père.

Elle regarda la pièce vide, envahie par le désespoir et l'inutilité de leurs efforts.

— Mes garçons sont partis! Nous arrivons trop tard! Oh! Mon Dieu! Nous arrivons trop tard! Ils sont morts!

Pitt lui passa un bras autour des épaules.

— Ils sont aussi vivants que vous et moi.

— Mais John Merchant...

Giordino se tenait dans l'embrasure de la porte.

— Il ne faut jamais se fier à un homme qui a des yeux de fouine.

— Inutile de perdre notre temps ici, dit Pitt en poussant Giordino dehors. Les garçons sont dans le manoir, ils y ont d'ailleurs toujours été.

— Vous ne pouviez pas savoir que Merchant mentait! lui dit Maeve d'un ton de défi.

— Mais il ne mentait pas, répondit Pitt en souriant. C'est vous qui lui avez dit que les garçons étaient avec Jack Ferguson, chez lui. Il a deviné que nous étions assez bêtes pour le croire. On l'a peut-être cru, mais seulement quelques secondes.

— Vous saviez?

— Il va sans dire que votre père ne ferait pas de mal à vos fils. Il peut menacer, mais je parie dix contre un qu'il les a installés dans votre ancienne chambre et qu'ils y sont depuis le début, avec plein de jouets offerts par leur vieux grand-papa.

Maeve le regarda sans plus comprendre.

— Il ne les a pas obligés à travailler dans la mine?

— Sûrement pas. Il a fait ce qu'il a pu pour forcer votre instinct maternel, pour vous faire croire que vos fils souffraient, afin de vous faire souffrir vous-même. Ce salopard voulait que vous mourriez en croyant qu'il avait réduit les jumeaux en esclavage, qu'il les avait confiés à un contre-maître sadique qui les tuerait au travail. Mais regardez les choses en face. Boudicca et Deirdre n'ont pas d'enfant. Vos fils sont les seuls héritiers qu'il ait. Il pensait pouvoir les élever et les former à sa propre image une fois que vous auriez disparu. Ce qui, à vos yeux, serait pire que la mort.

Maeve regarda longuement Pitt. L'incrédulité fit peu à peu place à la compréhension. Elle frissonna.

— Ce que je suis bête!

— Air connu, dit Giordino. Désolé de jouer les rabat-joie, mais je crois que, cette fois-ci, ça commence à bouger à côté.

Il montra les fenêtres allumées du manoir.

— Mon père se lève toujours avant l'aube, dit Maeve. Il ne permet à personne de dormir après le lever du soleil.

— Que ne donnerais-je pour partager leur petit déjeuner, soupira Giordino.

— Je ne voudrais pas me répéter, dit Pitt, mais nous devons trouver le moyen d'entrer sans provoquer tout le monde.

— Toutes les pièces de la maison donnent sur des vérandas intérieures sauf une. Le bureau de Papa a une porte latérale, ouvrant sur un court de squash.

— Qu'est-ce que c'est qu'un court de squash? demanda Giordino.

— Un court où on joue au squash, dit Pitt. Par où est votre ancienne chambre ?

— De l'autre côté du jardin et au-delà de la piscine, dans l'aile est, la deuxième porte à droite.

— C'est bien. Vous deux, allez chercher les enfants.

— Qu'allez-vous faire ?

— Moi ? Je vais emprunter le téléphone de Papa et m'offrir un appel longue distance à ses frais.

53

L'ambiance à bord du *Glomar Explorer* était détendue et conviviale. L'équipe de la NUMA et le personnel de bord, rassemblés dans le vaste salon près des cuisines, célébraient leur réussite. L'amiral Sandecker et le Dr Ames étaient assis l'un en face de l'autre et buvaient le champagne que le capitaine Quick leur avait offert sur sa réserve personnelle.

Après maintes considérations, on avait décidé de réclamer l'antenne réfractrice et de la garder après démontage, au cas où les désastreuses opérations de la Dorsett Consolidated ne seraient pas terminées et qu'il serait nécessaire d'arrêter une nouvelle convergence acoustique pour sauver d'autres vies. On avait remonté l'antenne, refermé le Bassin Lunaire au fond de la coque après l'avoir vidé. Une heure plus tard, le navire historique avait repris le chemin de Molokai.

Sandecker se leva quand l'officier de communication l'informa qu'il avait un appel important de Charlie Bakewell, son géologue en chef. Il gagna un coin calme du salon et sortit de sa poche son téléphone portable.

— Oui, Charlie ?

— On m'a dit que l'on pouvait vous féliciter, dit la voix claire de Bakewell.

— On a réussi à un cheveu. Nous nous sommes contentés de mettre le navire en position et de baisser l'antenne avant la convergence. Où êtes-vous en ce moment ?

— Je suis à l'observatoire volcanique Joseph Marmon, à Auckland, en Nouvelle-Zélande. J'ai pour vous le rapport de leurs géologues. Leur plus récente analyse de l'impact de l'onde de choc sur l'île du Gladiateur n'est pas très encourageante.

— Peuvent-ils calculer les répercussions ?

— J'ai le regret de vous dire que la magnitude prévue est pire que ce que nous pensions à l'origine, répondit Bakewell. Les deux volcans de l'île, d'après ce que j'ai appris, s'appellent le mont Scaggs et le mont Winkleman, du nom des deux survivants du radeau du *Gladiateur*. Ils font partie d'une chaîne de volcans potentiellement explosifs, qui entourent l'océan Pacifique et qu'on appelle « l'Anneau de Feu ». Ils s'élèvent non loin d'une plaque tectonique semblable à celles qui séparent les failles de San Andreas, en Californie. La plupart des tremblements de terre et des activités volcaniques sont causés par les mouvements de ces plaques. Des études indiquent que la dernière activité importante des volcans a eu lieu entre 1225 et 1275 après J.-C., quand ils sont entrés en éruption ensemble.

— Si je me rappelle bien, vous avez dit qu'il y aurait une chance sur cinq pour que la convergence entraîne une éruption.

— Après avoir discuté avec les experts, ici, à l'observatoire Marmon, je dirais qu'il y a une chance sur deux.

— Je n'arrive pas à croire que l'onde sonore qui est renvoyée vers l'île a assez de force pour déclencher une éruption volcanique, dit Sandecker.

— Pas par elle-même, répondit Bakewell, mais ce que nous avons omis de prendre en compte, c'est que les opérations minières de Dorsett ont rendu les volcans plus sensibles aux secousses extérieures. Même une secousse sismique mineure pourrait entraîner un réveil des monts Scaggs et Winkleman, parce que des années d'extraction ont enlevé la plus grande partie des anciens sédiments retenant la pression gazeuse en dessous. En bref, si Dorsett n'arrête pas de creuser, il ne faudra pas longtemps pour que ses mineurs percent le conduit central et ouvrent la voie à une explosion de lave en fusion.

— Une explosion de lave en fusion ? répéta machinalement Sandecker. Mon Dieu ! Qu'avons-nous fait ! Il y aura des centaines de morts !

— Ne commencez pas à battre votre coulpe, dit sérieusement Bakewell. Il n'y a ni femmes ni enfants sur l'île du Gladiateur. Vous avez déjà sauvé la vie à un nombre incalculable de familles sur Oahu. Votre action devrait faire réagir la Maison-Blanche et le ministère des Affaires étrangères à la menace. On va lancer des sanctions et des poursuites légales contre la Dorsett Consolidated Mining, je vous le garantis. Sans votre intervention, la peste acoustique aurait continué et qui sait quelle autre cité portuaire aurait été au centre de convergence des ondes la prochaine fois ?

— Quand même...! J'aurais pu ordonner qu'on envoie l'onde en retour vers une zone inhabitée, dit lentement Sandecker.

— Et la laisser frapper une autre flotte de pêche ou des navires de croisière ? Nous avons tous admis que c'était la seule chose à faire. Laissez tomber, Jim, vous n'avez rien à vous reprocher.

— Vous voulez dire que je vais devoir vivre avec ça !

— Que pense le Dr Ames de l'arrivée de l'onde de choc sur l'île du

Gladiateur? demanda Bakewell pour que Sandecker pense à autre chose.

Celui-ci regarda sa montre.

— L'impact est prévu dans vingt et une minutes.

— Nous avons encore le temps de prévenir les habitants qu'il faut évacuer l'île.

— Mes collègues de Washington ont déjà essayé d'alerter la direction de la Dorsett Consolidated à propos du danger potentiel, dit l'amiral. Mais sur ordre d'Arthur Dorsett, toutes les communications entre les mines et l'extérieur sont coupées.

— On dirait qu'Arthur souhaite qu'il se passe quelque chose.

— Il ne veut pas risquer d'être empêché avant sa date limite.

— Il est toujours possible qu'il n'y ait pas d'éruption, l'énergie de l'onde de choc peut se dissiper avant l'impact.

— D'après les calculs du Dr Ames, je n'y compte guère, dit Sandecker. D'après vous, quel est le *pire scénario*?

— Les monts Scaggs et Winkleman sont des volcans écrans, qui se sont formés en pentes douces pendant leurs anciennes activités. Ce type de volcan est rarement aussi explosif que les cônes de cendres. Cependant, Scaggs et Winkleman ne sont pas des volcans écrans ordinaires. Leur dernière éruption a été assez violente. Les experts, ici, à l'observatoire, s'attendent à des explosions à la base ou sur les flancs des tertres, ce qui produirait des fleuves de lave.

— Peut-on survivre à un tel cataclysme, sur l'île?

— Ça dépend de quel côté l'éruption est la plus violente. Pas de survivants si les volcans explosent à l'ouest, du côté habité.

— Et s'il explose à l'est?

— Alors il y aurait un peu plus de chances de survie, même si les répercussions de l'activité sismique risquent de faire s'écrouler presque toutes les constructions de l'île.

— Y a-t-il un risque de raz de marée?

— Nos analyses n'indiquent rien d'assez fort pour déclencher une réaction sur la marée, expliqua Bakewell. En tout cas, rien de l'amplitude de l'holocauste du Krakatoa, près de Java, en 1883. Les vagues sur les rives de Tasmanie, d'Australie et de Nouvelle-Zélande ne devraient pas dépasser un mètre cinquante.

— C'est une bonne chose, soupira Sandecker.

— Je vous rappellerai quand j'en saurai davantage, dit Bakewell. J'espère vous avoir rapporté le pire et n'avoir plus à vous donner que de bonnes nouvelles.

— Merci, Charlie. Je l'espère aussi.

Sandecker coupa le téléphone et resta immobile, pensivement. Son visage ne portait aucun signe de son anxiété. Pas un clignement de paupière, pas même une tension des lèvres. Mais au fond de lui, il se sentait affolé. Il ne vit pas Rudi Gunn s'approcher de lui.

— Amiral, il y a un autre appel pour vous. Ça vient de votre bureau à Washington.

Sandecker reprit le téléphone.

— Ici Sandecker.

— Amiral, dit la voix familière de sa secrétaire Martha Shermann. (Elle paraissait tout excitée.) Ne quittez pas, je vous passe un appel.

— Est-ce important? demanda-t-il, irrité. Je n'ai pas la tête aux affaires officielles.

— Croyez-moi, cet appel vous fera plaisir! assura-t-elle d'une voix joyeuse. Un instant, je vous le passe.

Il y eut un silence.

— Allô! dit Sandecker. Qui est à l'appareil?

— Je vous salue depuis le royaume des Morts, amiral. Qu'est-ce qu'on me dit? Vous flânez du côté des eaux bleues d'Hawaï?

Sandecker n'avait pas l'habitude de trembler. Pourtant, il trembla et sentit le pont s'ouvrir sous ses pieds.

— Dirk! Mon Dieu! C'est vous?

— Ce qui reste de moi. Je suis avec Al et Maeve Fletcher.

— Je n'arrive pas à croire que vous êtes vivants, dit Sandecker comme si une décharge électrique parcourait ses veines.

— Al vous demande de lui garder un cigare.

— Comment va ce petit démon?

— Il fait la tête parce que je ne le laisse pas manger.

— Quand nous avons appris qu'Arthur Dorsett vous avait lâchés en mer sur le chemin d'un typhon, j'ai remué ciel et terre pour déclencher une recherche sur une grande échelle, mais Dorsett a le bras long et a court-circuité mes efforts. Après trois semaines sans nouvelles, nous vous avons crus morts. Dites-moi comment vous avez fait pour survivre si longtemps.

— C'est une longue histoire, dit Pitt. J'aimerais mieux que vous me donniez les dernières nouvelles de la peste acoustique.

— Une histoire plus compliquée que la vôtre. Je vous raconterai ça quand nous nous verrons. Où êtes-vous tous les trois?

— On a réussi à rejoindre l'île du Gladiateur. Je suis en ce moment dans le bureau d'Arthur Dorsett, à qui j'ai emprunté son téléphone.

Sandecker fut paralysé par la surprise.

— Vous ne parlez pas sérieusement?

— Croix de bois, croix de fer. Nous allons enlever les fils de Maeve et filer en Australie en traversant la mer de Tasmanie.

Il dit cela aussi calmement que s'il expliquait qu'il allait traverser la rue pour acheter du pain.

Une terreur glacée s'empara de Sandecker, choqué d'être à ce point impuissant. La nouvelle l'avait pris par surprise, si soudainement qu'il fut un moment incapable de dire un mot. Enfin il entendit la voix de Pitt.

— Amiral, vous êtes toujours là ?

— Pitt, écoutez-moi, dit Sandecker d'une voix pressante. Vos vies sont en grand danger. Quittez l'île tout de suite.

Il y eut un court silence.

— Désolé, monsieur, je ne vous entends pas...

— Je n'ai pas le temps de vous expliquer. Tout ce que je peux vous dire, c'est qu'une onde d'une incroyable intensité va frapper l'île du Gladiateur dans moins de vingt minutes. L'impact va entraîner une résonance sismique et faire exploser les volcans aux deux extrémités de l'île. Si ça se passe sur la partie ouest, il n'y aura pas de survivants. Vous devez tous les trois filer en mer aussi vite que possible. Ne dites plus rien. Je coupe la communication.

Sandecker interrompit la ligne. Il ne put penser à rien d'autre qu'au fait que, sans le savoir, en toute innocence, il avait signé l'arrêt de mort de ses meilleurs amis.

54

L'affreuse nouvelle frappa Pitt comme un coup de poignard. Il regarda par la grande fenêtre l'hélicoptère posé sur le yacht amarré à la jetée du lagon. Il estima qu'il était à un peu moins d'un kilomètre. Ralenti par les deux jeunes enfants, il lui faudrait quinze bonnes minutes pour atteindre le quai. Sans moyen de transport, voiture ou camion, ça allait se jouer à la minute. Il n'était plus temps de faire attention, maintenant. Giordino et Maeve avaient dû trouver les garçons. Il fallait qu'ils les aient trouvés. Autrement, il s'était probablement produit quelque chose de très grave.

Il regarda le mont Winkleman d'abord, puis le centre de l'île et enfin le mont Scaggs. Tous deux paraissaient pacifiques. En voyant la luxuriance des arbres sur les pentes ravinées des volcans, il eut du mal à les imaginer menaçants. Ces deux géants endormis étaient-ils vraiment sur le point de semer la mort et le désastre dans une explosion de vapeur gazeuse et de lave en fusion ?

Rapidement mais sans panique, il quitta le fauteuil directorial en cuir de Dorsett et contourna le bureau. Au même moment, il s'arrêta brusquement au centre de la pièce. Les doubles portes de la pièce centrale venaient de s'ouvrir. Arthur Dorsett entra.

Il portait une tasse de café d'une main et un dossier sous le bras. Vêtu d'un pantalon froissé et d'une chemise jaunie avec une lavallière, il paraissait perdu dans ses pensées. Sentant une présence dans son bureau, il leva les yeux, plus curieux que surpris. Voyant que l'intrus portait un uniforme, il pensa d'abord avoir affaire à un garde. Il ouvrit la bouche pour lui demander ce qu'il faisait là et soudain se raidit, pétrifié de surprise. Son visage ne fut plus qu'un masque pâle, choqué et abasourdi. Le dossier qu'il tenait tomba par terre, les papiers s'éparpillant comme un jeu de cartes. Sa main lâcha la tasse de café qui se répandit sur son pantalon et sur le tapis.

— Vous êtes mort! dit-il, le souffle coupé par la surprise.

— Vous n'imaginez pas le plaisir que je vais prendre à vous montrer que vous vous trompez, répondit Pitt, ravi de voir le pansement que Dorsett portait sur l'œil. Mais en y réfléchissant, c'est vrai que vous avez l'air de voir un fantôme.

— L'orage... vous n'aviez aucun moyen de survivre à une mer en furie. Comment avez-vous fait?

Dans son œil noir, Pitt put voir en un éclair qu'il reprenait les rênes de son émotion.

— Beaucoup de pensées positives et mon couteau suisse.

« Seigneur, qu'il est grand, ce type! » se dit Pitt, heureux d'être celui des deux qui tenait le fusil.

— Et Maeve... est-elle morte?

Il parlait par saccades, l'œil fixé sur le fusil d'assaut dont le canon visait son cœur.

— Sachant à quel point ça va vous embêter, je suis heureux de vous annoncer qu'elle est vivante, qu'elle se porte bien et qu'elle est en ce moment même sur le point de partir avec vos petits-fils. (Leurs regards liés ne se quittaient pas.) Dites-moi, Dorsett, comment justifiez-vous le meurtre de votre propre fille? Est-ce qu'une femme seule, essayant simplement de trouver sa personnalité, est vraiment une menace pour vos biens? Ou bien était-ce ses fils que vous vouliez garder pour vous tout seul?

— Il est essentiel que mon empire soit repris après ma mort par mes descendants directs. Maeve refuse de comprendre.

— Je vais vous apprendre quelque chose, mon vieux. Votre empire est sur le point de tomber en poussière autour de vous.

Dorsett ne comprit pas le sens de ces paroles.

— Vous avez l'intention de me tuer?

Pitt fit non de la tête.

— Je ne serai pas votre bourreau. Les volcans de cette île sont sur le point d'exploser. C'est une belle mort pour vous, Arthur, d'être enterré par de la lave brûlante.

Dorsett eut un petit sourire et reprit son sang-froid.

— Qu'est-ce que c'est que cette ânerie?

— Trop compliqué pour que je vous l'explique. J'ignore moi-même les détails techniques mais je le tiens d'une source plus que sûre. Et il va falloir me croire sur parole.

— Vous êtes complètement fou !

— Ô, homme de peu de foi !

— Si vous devez tirer, dit Dorsett dont la colère froide faisait briller le seul œil visible, faites-le maintenant, et vite !

Pitt lui adressa un sourire impassible. Il attendait que Maeve et Giordino reviennent. Pour le moment, il avait besoin d'Arthur Dorsett vivant, au cas où ils auraient été capturés par les gardes.

— Désolé, je n'ai pas le temps. Maintenant, faites demi-tour et montez vers les chambres.

— Mes petits-fils, vous ne pouvez pas emmener mes petits-fils, marmonna-t-il comme s'il énonçait une loi divine.

— Rectification. Les fils de Maeve.

— Vous ne pourrez pas passer mes gardes.

— Les deux types qui gardent la porte sont – comment devrais-je dire ? – empêchés.

— Alors il faudra m'assassiner de sang-froid et je parierais tout ce que je possède que vous n'avez pas le cran de faire ça.

— Pourquoi les gens pensent-ils toujours que je ne supporte pas la vue du sang ?

Pitt posa le doigt sur la détente du fusil d'assaut.

— Allez, bouge-toi, Arthur, ou je t'arrache les oreilles.

— Vas-y, espèce de sale trouillard, lâcha Dorsett avec un accent vulgaire. Tu m'as déjà arraché un œil !

— Tu n'as rien compris, hein ?

Une sainte colère s'empara de Pitt devant l'arrogance belliqueuse de Dorsett. Il leva le fusil et appuya doucement sur la détente. Le fusil cracha avec un bruit sec et un morceau de l'oreille gauche de Dorsett tomba sur le tapis.

— Maintenant, tu montes l'escalier. Et bouge-toi si tu ne veux pas prendre une balle dans la colonne vertébrale.

L'œil de la brute ne montra pas le moindre signe de douleur. Son sourire menaçant fit frissonner Pitt involontairement. Ensuite, lentement, Dorsett leva la main vers son oreille coupée et se tourna vers la porte.

Au même instant, Boudicca entra dans le bureau, l'allure majestueuse, magnifiquement proportionnée dans une robe de chambre en soie s'arrêtant quelques centimètres au-dessus de ses genoux. Elle ne reconnut pas Pitt sous l'uniforme du garde.

— Que se passe-t-il, Papa ? J'ai cru entendre tirer...

Elle remarqua alors le sang qui passait entre les doigts de son père, pressés contre son oreille.

— Tu es blessé ?

— Nous avons des visiteurs indésirables, ma fille, dit Dorsett.

Comme s'il avait des yeux derrière la tête, il comprit que l'attention de Pitt était brièvement retenue par Boudicca. Involontairement, elle lui rendait service. Comme elle se précipitait vers lui pour constater la blessure, elle aperçut du coin de l'œil le visage de Pitt. Une fraction de seconde, son visage refléta la confusion, puis ses yeux indiquèrent qu'elle le reconnaissait.

— Non... non, ce n'est pas possible !

C'était cette seconde même qu'avait attendue Dorsett. D'un mouvement violent, il se retourna et frappa d'un bras le canon du fusil qu'il fit tomber sur le côté.

Pitt appuya instinctivement sur la détente. Une volée de balles perça le tableau représentant Charles Dorsett, au-dessus de la cheminée. Physiquement affaibli et mort de fatigue à cause du manque de sommeil, Pitt réagit une fraction de seconde trop tard. Le stress et l'épuisement des trois dernières semaines venaient de prendre leur tribut. Il regarda, comme sur un film au ralenti, le fusil lui sauter des mains et voler à travers la pièce avant de passer par une fenêtre qu'il fracassa au passage.

Dorsett tomba sur Pitt comme un rhinocéros fou. Pitt le saisit, luttant pour rester sur ses pieds. Mais l'Australien, plus lourd, agitait ses poings énormes comme des marteaux-piqueurs, les pouces essayant de lui crever les yeux. Pitt tourna la tête de justesse mais un poing s'abattit sur le côté de sa tête, au-dessus de l'oreille. Un feu d'artifice éclata dans son cerveau et il fut envahi par une vague de vertige. Désespérément, il se baissa et roula sur le côté pour échapper à la pluie de coups.

Il sauta dans la direction opposée lorsque Dorsett se jeta sur lui. Le vieux diamantaire avait envoyé plus d'un homme à l'hôpital rien qu'avec ses mains nues, animées de bras et d'épaules pleins de muscles. Pendant sa jeunesse agitée dans les mines, il se vantait de n'avoir jamais eu recours aux armes blanches ni à aucune arme à feu. Il n'avait besoin que de sa force et de sa corpulence pour se débarrasser de quiconque avait l'impudence de se mesurer à lui. Même à l'âge où la plupart des hommes se ramollissent, Dorsett gardait un corps dur comme le granit.

Pitt secoua la tête pour y voir plus clair. Il se sentait comme un boxeur battu qui s'accroche désespérément aux cordes en attendant qu'on sonne la fin du round, luttant pour remettre ses idées en place. Il n'y avait guère d'experts en arts martiaux capables de mettre à terre l'énorme tas de muscles qu'était Arthur Dorsett. Pitt commençait à croire que seul un fusil à éléphant pourrait venir à bout de ce monstre furieux. Si seulement Giordino apparaissait ! Lui au moins avait un pistolet automatique. L'esprit de Pitt tournait à toute vitesse, révisant les mouvements efficaces, repoussant ceux qui ne pourraient entraîner que des os cassés. Il fit le tour du bureau, cherchant à gagner du temps, fit face à Dorsett et s'obligea à un sourire qui fit souffrir chaque muscle de son visage.

Pitt avait appris depuis longtemps, au cours de nombreuses bagarres de café, que les mains et les pieds étaient inefficaces contre les chaises, les chopes à bière et tout ce qui peut servir à faire éclater des crânes. Il regarda autour de lui, cherchant l'arme la plus proche.

— Alors, mon vieux, on fait quoi, maintenant ? Est-ce que tu vas me mordre avec tes dents pourries ?

L'insulte eut l'effet désiré. Dorsett se précipita comme un fou et lança un pied en direction du nez de Pitt. Il lui manqua une fraction de seconde et il ne fit qu'effleurer la hanche de son adversaire. Puis il sauta par-dessus le bureau. Pitt recula calmement d'un pas, saisit une lampe de métal et la fit tourner avec une énergie renouvelée par la colère et la haine.

Dorsett essaya de lever un bras pour détourner le coup, mais pas assez rapidement. La lampe lui frappa le poignet, le brisant net avant d'atterrir sur l'épaule et de casser la clavicule que l'on entendit craquer. Il hurla comme un animal blessé et avança sur Pitt, le regard meurtrier, la rage décuplée par la douleur. Il lança un coup brutal qui frôla la tête de Pitt.

Pitt esquiva et abaissa violemment le pied de lampe. Il frappa Dorsett quelque part en dessous du genou, sur son tibia, mais le mouvement de la jambe arracha la lampe de la main de Pitt. Il y eut un bruit de métal sur le tapis. Dorsett revenait sur lui comme s'il n'avait reçu aucune blessure. Les veines de son cou battaient, son œil luisait et des filets de salive coulaient des coins de sa bouche déchirée et haletante. On aurait pu croire qu'il riait. Il était sûrement devenu fou. Il marmonna quelque chose d'incohérent et sauta vers Pitt. Mais il n'atteignit jamais sa victime. Sa jambe droite se plia sous lui et il s'écrasa par terre, sur le dos. Le coup que Pitt lui avait assené avec le pied de lampe lui avait fracturé le tibia. Cette fois, Pitt réagit comme un chat. Rapide comme l'éclair, il bondit sur le bureau, se raidit et sauta.

Il lança ses pieds joints en avant, enfonçant ses semelles et ses talons dans le cou exposé de Dorsett. Le visage méchant avec son œil unique noir et brillant, ses dents jaunes découvertes, parut s'étirer sous le choc. Une main énorme se referma sur le vide. Les bras et les jambes fouettèrent l'air aveuglément. Un cri d'animal agonisant explosa dans sa gorge, un gargouillement horrible sortit de sa trachée écrasée. Puis le corps de Dorsett s'écroula tandis que toute vie s'échappait de lui et que la lueur sadique de son regard s'éteignait.

Pitt réussit à rester debout, haletant entre ses dents serrées. Il fixa Boudicca qui, bizarrement, n'avait pas fait un geste pour aider son père. Elle regarda le corps sans vie sur le tapis avec l'expression inintéressée mais fascinée d'un témoin d'accident mortel sur la route.

— Vous l'avez tué ! dit-elle enfin d'un ton sans émotion.

— Peu d'hommes l'ont autant mérité, dit Pitt en reprenant son souffle tout en massant une bosse énorme sur son crâne.

Boudicca détourna les yeux du corps de son père comme s'il n'existait pas.

— Je devrais vous remercier, monsieur Pitt, de m'avoir offert la Dorsett Consolidated Mining Limited sur un plateau d'argent.

— Je suis ému de votre chagrin.

Elle eut un sourire blasé.

— Vous m'avez rendu service.

— Les bénéfices vont à la fille qu'il adorait. Et Maeve et Deirdre ? Elles ont droit chacune à un tiers de l'affaire.

— Deirdre recevra sa part, dit Boudicca, très terre à terre. Maeve, si elle est encore vivante, n'aura rien. Papa l'a toujours écartée des affaires.

— Et les jumeaux ?

Elle haussa les épaules.

— Des petits garçons meurent chaque jour d'accidents.

— Je suppose que vous n'avez pas la fibre avunculaire.

Pitt se sentit tendu par ces sombres perspectives. L'éruption devait se produire dans quelques minutes à peine. Il se demanda s'il aurait la force de lutter contre un autre Dorsett. Il se rappela sa surprise quand Boudicca l'avait soulevé de terre et écrasé contre le mur, sur son yacht mouillé à l'île Kunghit. Ses biceps lui faisaient encore mal au souvenir de sa poigne. D'après Sandecker, l'onde acoustique frapperait l'île dans quelques minutes et serait suivie de l'explosion volcanique. S'il devait mourir, pourquoi pas en se battant ? L'idée d'être mis en bouillie par les coups de poing d'une femme ne lui paraissait pas aussi terrible que celle d'être brûlé par la lave en fusion. Qu'étaient devenus Maeve et ses fils ? Il ne pouvait se résoudre à croire qu'il leur était arrivé malheur. Pas quand Giordino était avec eux. Il fallait les avertir du cataclysme qui se préparait, s'ils avaient encore une chance de s'enfuir vivants de l'île. Tout au fond de lui, Pitt savait qu'il ne faisait pas le poids devant Boudicca mais il devait agir pendant qu'il avait le léger avantage de la surprise. Il y pensait encore en fonçant, tête baissée, à travers la pièce, dans l'estomac de Boudicca. Celle-ci fut prise par surprise mais cela ne fit pas grande différence. Pas de différence du tout, à dire vrai. Elle encaissa toute la force du choc, grogna un peu et, bien que devant reculer en chancelant de quelques pas, elle resta debout. Avant que Pitt puisse reprendre son équilibre, elle l'attrapa à deux mains sous la poitrine, le fit tourner et le jeta contre la bibliothèque dont les vitres volèrent en éclat.

Il réussit, sans savoir comment, à rester debout bien que ses jambes soient en coton.

Il haleta, souffrant le martyre. Il avait l'impression que tous ses os étaient en miettes. Luttant contre la douleur, il chargea encore, atteignant Boudicca d'un violent uppercut qui fit jaillir le sang. Ce coup aurait envoyé n'importe quelle femme dans les vapeurs de l'inconscience pour au moins une semaine. Mais Boudicca se contenta d'essuyer le sang qui coulait de sa bouche d'un revers de main et de lui adresser un sourire effrayant. Serrant les poings, elle s'avança vers Pitt, les genoux pliés dans l'attitude du boxeur sur le ring.

« Pas très correct comme attitude, pour une femme », pensa Pitt. Il fit un pas en avant, esquiva une droite sauvage et la frappa encore avec ses dernières forces. Il sentit son poing s'écraser sur de la chair et de l'os puis reçut une volée de coups épouvantables en pleine poitrine. Il eut l'impression que son cœur était passé à la moulinette. Il n'aurait jamais imaginé qu'une femme pût taper si fort. Le coup qu'il lui avait asséné aurait dû lui briser la mâchoire, pourtant elle sourit de ses lèvres sanglantes et lui rendit la monnaie de sa pièce en l'envoyant valdinguer dans la cheminée de pierre. Ses poumons se vidèrent. Il tomba et resta étalé en une posture grotesque quelques instants, immergé dans la douleur. Comme dans un brouillard, il s'obligea à se relever, chancelant, regroupant ses forces pour un dernier assaut.

Boudicca fit un pas en avant et cueillit brutalement Pitt en plein dans la cage thoracique d'un coup de coude. Il entendit le bruit sec d'une, peut-être deux côtes qui craquaient et sentit dans sa poitrine une douleur violente comme celle d'un coup de poignard.

Tombant sur les genoux, il regarda sans le voir le dessin du tapis. Il aurait voulu s'allonger là pour toujours. Peut-être était-il déjà mort et ce tapis était-il tout ce qu'il y avait après, quelques dessins floraux.

Il réalisa avec désespoir qu'il ne pourrait en faire davantage. Il tenta de saisir le tisonnier mais sa vision était brouillée et ses mouvements trop mal coordonnés pour qu'il puisse le trouver et le saisir. Vaguement, il vit Boudicca se pencher, le saisir par une jambe et le lancer avec violence à travers la pièce. Il alla heurter la porte ouverte. Elle revint vers lui, le souleva d'une main par le col et lui envoya un coup violent à la tête, juste au-dessus de l'œil. Pitt resta étendu pour le compte, prêt à sombrer dans l'inconscience, nageant dans un océan de douleur, sentant le sang couler de la blessure ouverte au-dessus de son œil gauche.

Comme un chat jouant avec une souris, Boudicca allait bientôt se lasser de jouer et le tuerait.

Hébété, presque miraculeusement, il rassembla des forces dont il ne se croyait pas capable et réussit lentement à se remettre sur ses pieds, pour la dernière fois, pensa-t-il. Boudicca se tenait près du corps de son père, souriant en pensant à l'avenir. Son visage reflétait une parfaite maîtrise de soi.

— Il est temps pour vous de rejoindre mon père, dit-elle.

Sa voix était profonde, glaciale, irrésistible.

— Vous me soulevez le cœur !

La voix de Pitt, elle, était épaisse et difficile.

Soudain, il vit la méchanceté de son visage s'effacer tandis qu'une main amicale le poussait un peu plus loin. Giordino venait d'entrer dans le bureau de la famille Dorsett.

Regardant Boudicca avec mépris, il dit :

— Cet asticot de fantaisie est pour moi.

A cet instant, Maeve apparut sur le seuil, tenant deux petits garçons blonds par les mains. Son regard alla du visage ensanglanté de Pitt à Boudicca puis au cadavre de son père.

— Qu'est-il arrivé à Papa?

— Il a attrapé un mal de gorge, murmura Pitt.

— Désolé d'être en retard, dit calmement Giordino. J'ai rencontré des domestiques un peu trop protecteurs. Ils s'étaient enfermés à clef avec les gamins. Il m'a fallu un moment pour arracher la porte.

Il n'expliqua pas ce qu'il avait fait aux domestiques. Il tendit à Pitt le 9 mm automatique de John Merchant.

— Si elle gagne, tue-la.

— Avec plaisir, dit Pitt sans aucune sympathie.

Il n'y avait plus autant d'assurance dans les yeux de Boudicca. Elle ne semblait pas, non plus, vouloir simplement blesser son adversaire. Cette fois, elle se battait pour sa vie et il était évident qu'elle se servirait de tous les coups tordus que lui avait enseignés son père. Pas de combat de boxe civilisé, pas de karaté. Elle bougeait comme un loup, prête à assener un coup mortel, attentive en même temps au pistolet dans la main de Pitt.

— Alors, toi aussi tu es revenu d'entre les morts! siffla-t-elle.

— Mais je n'ai pas cessé de rêver de toi, dit Giordino en lui envoyant un baiser de ses lèvres plissées.

— Dommage d'avoir survécu pour venir mourir dans ma maison...

Une erreur. Boudicca venait de gâcher une demi-seconde en parlant pour ne rien dire. Giordino fut sur elle comme un bœuf au galop, les jambes pliées, les pieds tendus lorsqu'ils atteignirent la poitrine de la géante. Elle se plia en deux avec un grognement de douleur mais, incroyablement, conserva sa position et accrocha ses mains autour des poignets de Giordino. Elle se jeta en arrière sur le bureau, l'entraînant avec elle jusqu'à ce qu'elle soit étendue sur le dos, Giordino à plat ventre sur le haut du bureau au-dessus d'elle, apparemment sans défense, les bras tendus et immobilisés devant lui.

Boudicca leva les yeux vers le visage de son adversaire. Un sourire méchant à nouveau sur les lèvres, elle tenait sa victime impuissante dans une poigne de fer. Intensifiant la pression, elle lui tordit les poignets avec l'intention de les casser par sa seule force d'Amazone. C'était une action astucieuse. Elle pouvait rendre Giordino infirme tout en se protégeant de son corps jusqu'à ce qu'elle puisse attraper le revolver qu'Arthur Dorsett gardait, chargé, dans le dernier tiroir du bureau.

Pitt attendait pour tirer un signal de son ami mais ne pouvait viser Boudicca sous le bureau. A peine conscient, c'était tout ce qu'il pouvait faire pour éviter de s'effondrer, la vision toujours brouillée par le coup qu'il avait reçu au front. Maeve était blottie contre lui maintenant, les bras serrés autour de ses fils, s'efforçant de les empêcher de voir la scène brutale.

Giordino paraissait immobile, comme s'il acceptait la défaite sans se battre, tandis que Boudicca continuait à pousser lentement ses poignets en arrière. Sa robe de chambre de soie avait glissé de ses épaules et Maeve regardait, bouche bée, les épaules massives et les muscles tendus de sa sœur qu'elle n'avait jamais vue déshabillée. Puis son regard glissa vers le corps de son père, étendu sur le tapis. Il n'y avait pas de tristesse dans ses yeux. Rien que le choc de cette mort inattendue. Puis, doucement, comme s'il avait mis ses forces en réserve, Giordino leva ses poignets et ses mains comme s'il levait un jeu de poids. L'expression de Boudicca passa de l'étonnement à l'incrédulité et son corps frissonna en se tendant de toutes ses forces pour arrêter le mouvement irrépressible. Soudain, elle dut lâcher les poignets de son adversaire. Elle chercha à atteindre Giordino aux yeux mais il s'était attendu à cette réaction et lui écarta les mains. Avant que Boudicca ait repris le dessus, Giordino lui tombait sur la poitrine, à califourchon sur elle, pressant ses bras au sol. Immobilisée par une force à laquelle elle ne s'attendait pas, Boudicca gigota comme une folle pour se libérer. Désespérément, elle tenta d'atteindre le tiroir contenant l'arme mais les genoux de Giordino tenaient ses bras le long de son corps comme s'ils étaient cloués au sol.

Giordino banda ses muscles et mit ses mains autour de la gorge de Boudicca.

— Tel père, telle fille, dit-il férocement. Va le rejoindre en enfer!

Boudicca comprit qu'elle ne devait attendre aucune pitié, aucune libération. Il l'emprisonnait efficacement. Son corps se convulsa de terreur tandis que les mains massives de Giordino lui ôtaient lentement la vie. Elle essaya de crier mais ne put émettre qu'une sorte de croassement. L'étau écrasant ne se relâcha pas. Son visage se crispa, ses yeux saillirent, sa peau devint bleue. Giordino, généralement chaleureux et souriant, demeura sans expression tandis qu'il renforçait sa prise.

La scène dramatique dura jusqu'à ce que le corps de Boudicca eût un brusque frisson et se raidît, puis, la vie se retirant peu à peu, devînt mou. Sans relâcher son étreinte, Giordino souleva la géante du sol et tira son corps jusqu'au plateau du bureau.

Maeve regarda, avec une fascination morbide, Giordino enlever la robe de chambre de soie du corps de Boudicca. Puis elle hurla et détourna la tête, écœurée par ce qu'elle vit.

— Tu avais raison, mon vieux! dit Pitt en faisant un effort pour réaliser ce qu'il voyait.

Giordino fit un léger signe de tête, le regard froid et lointain.

— J'ai su à la minute même où elle m'a envoyé un direct à la joue, sur le yacht.

— Il faut qu'on parte. Toute l'île va exploser.

— Répète ça? demanda Giordino abasourdi.

— Je te ferai un dessin plus tard. Qu'y a-t-il comme moyen de transport autour de l'île? demanda-t-il à Maeve.

— Le garage est sur le côté de la maison. Il y a deux Mini que Papa utilise... utilisait pour aller jusqu'aux mines.

Pitt prit un des garçons dans ses bras.

— Lequel es-tu ?

Effrayé par le sang qui coulait sur le visage de Pitt, l'enfant murmura « Michael ». Il montra son frère, maintenant dans les bras de Giordino.

— Lui, c'est Sean.

— Tu es déjà monté dans un hélicoptère, Michael ?

— Non, mais j'ai toujours eu envie de le faire.

— Il suffit de vouloir, dit Pitt en riant.

Tout en se hâtant de sortir du bureau, Maeve tourna la tête pour voir une dernière fois son père et Boudicca, qu'elle avait toujours prise pour sa sœur, une sœur plus âgée, distante et rarement aimable, mais une sœur malgré tout. Son père avait bien gardé le secret et assumé sa honte en la cachant au monde. Elle était écœurée de découvrir, après toutes ces années, que Boudicca était un homme.

55

Ils trouvèrent les véhicules de l'île, des modèles compacts fabriqués en Australie et baptisés Holden, dans le garage attenant au manoir. On avait modifié les voitures en supprimant les portières pour en faciliter l'accès. Elles étaient peintes en jaune vif. Pitt remercia la mémoire de feu Arthur Dorsett pour avoir laissé les clefs de contact sur la première voiture de la file. Rapidement, ils s'y installèrent tous, Pitt et Giordino devant, Maeve et ses enfants à l'arrière.

Le moteur démarra au quart de tour. Pitt passa la première, appuya sur la pédale d'accélérateur et relâcha celle de l'embrayage. La voiture bondit. Giordino descendit rapidement à la voûte et ouvrit la grille. A peine avaient-ils gagné la route qu'ils croisèrent une camionnette 4 × 4 conduite par des gardes.

« Il fallait que ça arrive maintenant ! se dit Pitt. Quelqu'un a dû donner l'alarme. » Puis il réalisa qu'il devait s'agir de la relève des gardes. Les hommes actuellement dans le bureau, à l'entrée de la maison, étaient sur le point d'être relevés – dans tous les sens du terme.

— Que tout le monde sourie et fasse bonjour de la main, dit Pitt. Faites comme si nous étions une grande famille heureuse.

Le chauffeur en uniforme de la camionnette ralentit et regarda avec curiosité les occupants de la Holden puis hocha la tête et salua. Il n'était pas sûr de les avoir reconnus mais supposa qu'il s'agissait d'invités de la famille Dorsett. La camionnette s'arrêta à la voûte d'entrée. Pitt écrasa l'accélérateur et lança la Holden vers le quai s'étirant jusqu'au lagon.

— Ils ont marché! dit Giordino.

Pitt sourit.

— Seulement pendant les soixante secondes qu'ils vont mettre pour se rendre compte que les gardes de l'équipe de nuit ne se sont pas endormis tout seuls.

Il évita la route desservant les deux mines et se dirigea vers le lagon. C'était tout droit jusqu'au quai, maintenant. Il n'y avait aucune voiture, aucun camion entre eux et le yacht. Pitt ne perdit pas de temps à regarder sa montre mais il savait qu'il leur restait moins de quatre ou cinq minutes avant la catastrophe annoncée par Sandecker.

— Ils nous suivent! annonça Maeve d'une voix inquiète.

Pitt n'eut pas besoin de regarder le rétroviseur pour s'en assurer. Il savait que leur fuite vers la liberté était compromise par la réaction rapide des gardes. La seule question était de savoir si Giordino et lui auraient le temps de mettre l'hélicoptère en l'air avant que les hommes de Dorsett n'arrivent à leur portée et leur tirent dessus.

Giordino montra par le pare-brise le seul obstacle, un garde devant le bureau de la sécurité, qui les regardait s'approcher.

— Qu'est-ce qu'on fait?

Pitt rendit à Giordino l'automatique de Merchant.

— Prends ça et tire sur lui si je ne réussis pas à lui flanquer les jetons.

— Si tu quoi?

Giordino se tut. Pitt alla frapper le quai de bois massif à un peu plus de 120 kilomètres-heure puis écrasa la pédale de frein, ce qui fit faire à la voiture un long dérapage dans la direction exacte du bureau de la sécurité. Le garde, surpris, ne sachant pas de quel côté sauter, s'immobilisa un instant puis se jeta dans l'eau pour éviter d'être écrasé par la calandre de la voiture.

— Bien joué! dit Giordino tandis que Pitt redressait et freinait sèchement devant la passerelle du yacht.

— Vite! cria-t-il. Al, cours à l'hélico, détache-le et démarre le moteur. Maeve, prenez vos fils et allez attendre au salon où personne ne vous verra. Ce sera plus sûr si les gardes arrivent avant que nous puissions décoller. Attendez de voir les lames du rotor commencer à tourner. A ce moment-là, courez.

— Où seras-tu? demanda Giordino en aidant Maeve à faire descendre les enfants de la voiture et à grimper la passerelle.

— Je vais enlever les amarres pour empêcher les gardes de monter sur le bateau.

Pitt transpirait en détachant les lourdes amarres de leurs bittes et en les lançant par-dessus le bastingage. Il jeta un dernier regard à la route menant à la maison des Dorsett. Le conducteur de la camionnette avait mal calculé son virage pour quitter la route des mines et son véhicule avait glissé en travers, dans un champ boueux. Les gardes perdirent de précieuses secondes avant de reprendre la route du lagon. Puis, presque au même moment, le moteur de l'hélicoptère fit entendre son sifflement, immédiatement suivi par le son d'un coup de revolver, à l'intérieur du yacht.

Il traversa la passerelle en courant, la peur au ventre, se maudissant d'avoir envoyé Maeve et ses fils à bord sans avoir vérifié. Il chercha le 9 mm mais se rappela qu'il l'avait donné à Giordino. Il traversa le pont en murmurant « je vous en supplie, mon Dieu ». Il poussa vivement la porte du salon où il entra en courant.

Tout son être se crispa d'effroi en entendant Maeve plaider.

— Non, Deirdre, non, je t'en supplie, pas les enfants aussi!

Puis son regard enregistra la scène tragique. Maeve, étendue par terre, le dos contre la bibliothèque, ses fils serrés contre elle, tous deux sanglotant de peur. Une tache de sang s'étalait sur son chemisier, à partir d'un trou minuscule dans son estomac, à la hauteur du nombril.

Deirdre, debout au centre du salon, tenait un petit pistolet automatique pointé sur les jumeaux, le visage et les bras aussi blancs que de l'ivoire poli. Vêtue d'un ensemble d'Emmanuel Ungaro qui rehaussait sa beauté, elle avait les yeux froids et les lèvres serrées en une ligne fine. Elle lança à Pitt un regard à faire geler l'alcool. Quand elle parla, sa voix avait un timbre curieusement dérangé.

— Je savais que vous n'étiez pas morts.

— Vous êtes plus folle que votre père malfaisant et que votre frère dégénéré, dit Pitt.

— Je savais que vous reviendriez détruire ma famille.

Il s'avança lentement jusqu'à ce que son corps vienne s'interposer entre elle et Maeve et ses fils.

— Appelez ça une croisade pour éradiquer le mal. Les Dorsett font prendre les Borgia pour des apprentis et des amateurs, poursuivit-il en cherchant à gagner du temps et en se rapprochant lentement. J'ai tué votre père. Le saviez-vous?

Elle hocha la tête, tenant son arme d'une main aussi ferme que du marbre.

— Les domestiques que Maeve et votre ami ont enfermés dans un placard savaient que je dormais sur le bateau et m'ont appelée. Maintenant, vous allez mourir comme mon père, mais pas avant que j'en aie fini avec Maeve.

Pitt se tourna lentement.

— Maeve est déjà morte, mentit-il.

Deirdre se pencha pour essayer de voir sa sœur derrière lui.

— Alors regardez bien pendant que j'abats ses précieux jumeaux.

— Non! cria Maeve derrière Pitt. Pas mes petits!

Deirdre était au-delà du raisonnement. Elle leva son arme et essaya de contourner Pitt pour mieux tirer sur sa sœur et ses neveux.

Une rage froide envahit Pitt, lui ôtant toute faculté de raisonnement. Il sauta, se précipitant vers Deirdre. Il vit le nez de l'automatique pointé sur sa poitrine et agit vite. Il n'eut pas à se persuader qu'il allait réussir. La distance entre eux était trop grande pour qu'il la couvre à temps. A deux mètres, Deirdre ne pouvait pas le manquer.

Il sentit à peine l'impact des deux balles qui le frappèrent et pénétrèrent sa chair. Il y avait en lui assez de haine et de désir de meurtre pour étouffer toute douleur, pour prévenir n'importe quel choc. Il tomba sur Deirdre violemment et la déséquilibra. Elle alla s'écraser au sol avec tant de force que ses traits délicats se tordirent en une grimace d'insupportable douleur. Ce fut comme heurter un arbrisseau. Son dos heurta une table basse et, sous le poids de Pitt, se brisa net. Il y eut un bruit horrible, comme une branche de bois sec qui craque, quand sa colonne vertébrale se cassa en trois points.

Pitt ne ressentit aucune compassion en entendant le cri étrange et sauvage qu'elle poussa. La tête rejetée en arrière, elle le regarda de ses yeux bruns stupéfaits où se lisait encore une haine profonde.

— Vous allez payer... murmura-t-elle avec colère en regardant s'élargir les deux taches de sang sur la poitrine et le flanc de Pitt. Vous allez mourir!

Le pistolet toujours serré dans sa main, elle tenta de le viser à nouveau mais son corps refusa d'obéir aux ordres de son cerveau. Il n'y avait plus en elle aucune sensation.

Il eut un sourire dur comme la poignée d'un cercueil, certain maintenant que sa colonne était irrémédiablement fracturée.

— Peut-être, dit-il doucement, mais ça vaut mieux que d'être paralysé pour le reste de sa vie.

Il se détacha de Deirdre et, en chancelant, se pencha sur Maeve. Bravement, elle ignorait sa blessure pour consoler ses enfants qui pleuraient encore et tremblaient de peur.

— Allez, c'est fini, mes chéris, dit-elle d'une voix douce. Tout ira bien, maintenant.

Pitt s'agenouilla près d'elle et examina sa blessure. Il y avait peu de sang, juste un trou qui ressemblait à l'entaille d'une lame ou d'un petit objet. Il ne vit pas jusqu'où avait pénétré la balle qui s'était creusé un chemin à travers son intestin et un labyrinthe de vaisseaux sanguins, avant de pénétrer le duodénum et de se loger dans un disque, entre deux vertèbres. Elle avait une hémorragie interne et, à moins de recevoir des soins médicaux immédiats, elle n'avait que quelques minutes à vivre.

Pitt eut l'impression que son cœur était tombé dans un abîme de glace. Il aurait voulu hurler son chagrin mais aucun son ne sortait de sa gorge, si ce n'est un gémissement qui parut s'enfler tout au fond de lui.

Giordino ne pouvait supporter d'attendre davantage. L'aube était arrivée et, à l'est, le ciel au-dessus de l'île brillait déjà de la lumière orange du soleil levant. Il sauta de l'hélicoptère sur le pont, se penchant pour passer sous les pales quand la camionnette des gardes arriva à toute allure sur le quai. Mais que diable était-il arrivé à Pitt et Maeve? se demandait-il avec inquiétude. Pitt n'aurait pas gâché une seconde sans nécessité. Les amarres pendaient dans l'eau et le yacht avait déjà suivi la marée descendante en s'éloignant du quai d'une trentaine de mètres.

Il était vital de se hâter. La seule raison pour laquelle les gardes n'avaient pas tiré sur l'hélicoptère ni sur le yacht, c'était parce qu'ils craignaient d'abîmer une propriété des Dorsett. Mais ils étaient à cent mètres seulement et ils se rapprochaient.

Giordino était si absorbé par la surveillance de leurs poursuivants et s'inquiétait tellement de ce qui avait pu retarder ses amis qu'il ne remarqua pas immédiatement les chiens qui aboyaient partout dans l'île, ni l'envol soudain des oiseaux, s'élevant dans le ciel en cercles confus. Il n'entendit pas le curieux grondement, ne sentit pas la légère secousse qui fit trembler la terre, ne vit pas l'agitation soudaine des eaux du lagon quand les ondes sonores d'une stupéfiante intensité, poussées à une vitesse énorme, se cognèrent contre les rochers de l'île du Gladiateur.

Ce n'est que lorsqu'il arriva à quelques pas de la porte du grand salon qu'il jeta un coup d'œil aux gardes par-dessus son épaule. Ils se tenaient, cloués sur place, sur le quai dont le sol de bois se tordait comme les vagues de la mer. Ils avaient oublié leur gibier et se montraient du doigt un petit nuage de fumée grise qui commençait à s'élever et à s'étendre au-dessus du mont Scaggs. Giordino vit des hommes sortir comme des fourmis du tunnel dans la pente du volcan.

Apparemment, il y avait une grande activité aussi à l'intérieur du mont Winkleman. Il repensa soudain à ce que lui avait dit Pitt à propos de l'explosion prochaine de l'île.

Il se précipita dans le salon et s'arrêta net avec un long cri de douleur en voyant le sang sortir des blessures de Pitt, à la poitrine et à la taille, le point rouge sur l'estomac de Maeve et le corps de Deirdre Dorsett curieusement renversé sur la table basse.

— Mon Dieu! Qu'est-il arrivé?

Pitt le regarda sans répondre.

— L'éruption a-t-elle commencé?

— De la fumée sort des montagnes et le sol bouge.

— Alors il est trop tard.

Giordino s'agenouilla à côté de Pitt et regarda la blessure de Maeve.

— Ce n'est pas joli!

Elle leva vers lui un regard implorant.

— Je vous en prie, prenez mes fils et laissez-moi là.

Giordino secoua tristement la tête.

— Je ne peux pas faire ça. Ou nous partons tous, ou personne ne part.

Pitt se tourna vers lui et lui serra le bras.

— Pas le temps. Toute l'île va sauter d'une minute à l'autre. Je n'y arriverai pas. Prends les enfants et file. Va-t'en maintenant !

Comme frappé par la foudre, Giordino resta muet de surprise. Il perdit d'un seul coup sa nonchalance et ses plaisanteries sarcastiques. Ses puissantes épaules parurent se rétrécir. Rien, de toute sa vie, n'avait pu lui faire abandonner son meilleur ami, l'ami de toute sa vie, maintenant voué à une mort certaine. Son visage refléta sa douloureuse indécision.

— Je ne peux abandonner aucun de vous deux !

Giordino se pencha et passa un bras sous Maeve, comme pour la porter. Il fit un signe à Pitt.

— Je reviens te chercher.

Maeve le repoussa.

— Ne voyez-vous pas que Dirk a raison ? murmura-t-elle faiblement.

Pitt lui tendit le journal et les lettres de Rodney York.

— Débrouille-toi pour que ceci soit remis à sa famille, dit-il d'une voix dure à force d'être calme. Et maintenant, pour l'amour du ciel, prends les gosses et file !

Giordino secoua la tête, au supplice.

— Tu n'abandonnes jamais, hein ?

Dehors, le ciel avait disparu, avalé par un nuage de cendres sorti du cœur du mont Winkleman avec un grondement terrifiant.

Tout s'obscurcit tandis que la masse noire et menaçante s'étendait comme un parapluie géant. Puis retentit une explosion plus terrifiante encore qui fit voler des tonnes de lave en fusion.

Giordino eut l'impression qu'on lui arrachait l'âme. Finalement il hocha puis tourna la tête, une expression de compréhension au fond de ses yeux désolés.

— Très bien. Puisqu'il semble que personne ne veuille de moi ici, je m'en vais, dit-il en essayant de plaisanter encore une fois.

Pitt lui serra la main.

— Adieu, mon vieux copain. Merci pour tout ce que tu as fait pour moi.

— A bientôt, murmura Giordino d'une voix brisée, les larmes aux yeux.

Il avait l'air d'un vieil homme, drapé dans son malheur solennel et déchirant. Il commença à dire quelque chose mais les mots s'étouffèrent dans sa gorge. Alors il prit les enfants de Maeve, un sous chaque bras, et sortit.

56

Charles Bakewell et les experts de l'observatoire volcanique d'Auckland ne pouvaient pas étudier ce qui se passait à l'intérieur de la terre comme ils observaient l'atmosphère et, à un degré moindre, la mer. Il leur était impossible de prédire les événements exacts dans leur ordre et dans leur amplitude une fois que l'onde acoustique venant d'Hawaï frapperait l'île du Gladiateur.

Contrairement à ce qui se passait lors de la plupart des éruptions et des tremblements de terre, ils n'avaient pas le temps, cette fois, d'étudier les phénomènes avant-coureurs, comme les chocs pré-volcaniques, les fluctuations de l'eau et les changements de comportement des animaux domestiques et sauvages. Les dynamismes étaient chaotiques. Tous les scientifiques étaient sûrs qu'il se préparait une perturbation de très grande amplitude et que ce qui couvait, dans les chaudrons enterrés tout au fond de l'île, était sur le point de revenir à la vie.

Dans ce cas précis, la résonance créée par l'énergie de l'onde de choc secoua le cœur déjà bien affaibli des volcans, déclenchant les éruptions. Des événements catastrophiques se suivirent à une cadence effrénée. Venant de plusieurs milliers de mètres au-dessous de la surface de l'île, la roche surchauffée se dilata et se liquéfia, envahissant immédiatement les fissures ouvertes par les tremblements. Hésitant seulement à déplacer les rochers plus froids du substratum autour de lui, le flux forma un réservoir souterrain de matériau en fusion, qu'on appelle un réservoir magmatique profond où s'accumulent d'énormes pressions.

Le stimulus du gaz volcanique est une condensation d'eau transformée en vapeur brûlante, qui provoque le mouvement puissant envoyant le magma à la surface. Quand l'eau passe à l'état gazeux, son volume se multiplie presque mille fois, créant la puissance astronomique nécessaire pour déclencher une éruption volcanique.

L'expulsion des fragments de roche et de cendres par la colonne de gaz qui s'élève au-dessus du volcan peut aller de fumerolles à des éruptions très violentes. Bien qu'il n'y ait aucune combustion véritable pendant l'éruption, c'est la lueur de la décharge électrique reflétant la roche incandescente dans la vapeur d'eau qui donne l'impression de feu.

A l'intérieur des mines de diamants, les travailleurs et les surveillants s'enfuirent par les tunnels de sortie au premier frémissement du sol. La température, à l'intérieur des puits, grimpa à une incroyable vitesse. Les gardes ne firent même pas le geste d'arrêter cette ruée. Dans leur panique, ils conduisirent même la horde en une course folle vers ce qu'ils pensaient être la sécurité de la mer. Ceux qui cherchèrent refuge en haut du plateau, entre les deux volcans, firent sans le savoir le choix qui leur permit de survivre.

Comme des géants endormis, les volcans jumeaux de l'île se réveillèrent de plusieurs siècles de sommeil. Mais ils réagirent différemment, quoique violemment. Le mont Winkleman revint à la vie avec, tout d'abord, une série de fissures qui s'ouvrirent à sa base, laissant sourdre des fontaines de lave qui montèrent par ces brèches et jaillirent très haut. Le rideau de feu s'étendit pendant que des tunnels de lave se formaient le long des fissures. D'énormes quantités de magma brûlant se déversèrent le long des pentes en rivières impitoyables et s'étendirent en éventail, puis dévastèrent toute la végétation sur leur chemin.

La férocité de l'orage soudain de pression hydrostatique précipita les arbres les uns contre les autres avant qu'ils n'aillent s'écraser, brisés et brûlés, leurs restes carbonisés balayés vers la côte. Les quelques arbres, les rares buissons qui échappaient à cet enfer roulant, furent noircis et tués sur place. Déjà le sol était jonché d'oiseaux tombés du ciel, étouffés par les gaz et les fumées que Winkleman avait crachés dans l'atmosphère.

Comme guidée par une main divine, la boue impitoyable balaya les bâtiments des gardes mais contourna le camp des travailleurs chinois de près de cinq cents mètres, épargnant ainsi la vie de trois cents mineurs. D'une portée épouvantable, le seul point positif de la coulée fut qu'elle n'avançait pas plus vite qu'un homme quelconque pouvait courir. Le magma bouillonnant du mont Winkleman entraîna de terribles dommages mais causa peu de pertes en vies humaines.

Mais bientôt le mont Scaggs entra dans la danse.

Du fond de ses entrailles, le volcan baptisé du nom du capitaine du *Gladiateur* lâcha un rugissement profond aussi puissant que le bruit de cent trains de marchandises roulant dans un tunnel. Le cratère cracha un fantastique nuage cendreux, bien plus important que celui émis par le mont Winkleman, qui se tordit et tourbillonna dans le ciel en une masse noire et malveillante. Tout menaçant et effrayant qu'il soit, le nuage n'était que le premier acte du drame qui allait se jouer.

La pente ouest du mont Scaggs ne pouvait résister à la pression profonde qui montait de milliers de mètres au-dessous d'elle. Les roches liquéfiées, chauffées à blanc maintenant, furent poussées en trombe vers la surface. Sous l'effet d'une pression incommensurable, elles déchirèrent la pente supérieure en une fente irrégulière, relâchant un enfer de boue brûlante et de vapeur qu'accompagna une unique mais étourdissante déflagration qui éparpilla le magma en millions de fragments.

Une gigantesque frénésie de lave en fusion s'éleva de la pente du volcan comme pour bâtir un barrage. Une énorme quantité de lave rougeoyante fut éliminée en un flux pyroclastique, ensemble tumultueux de fragments de roche incandescente et de gaz chauffé qui se répandit au-dessus du sol comme une mélasse liquide mais à une vitesse dépassant les cent soixante kilomètres-heure. Prenant de la vitesse, elle dévala les flancs du volcan comme une avalanche, avec un rugissement ininterrompu, désintégrant tout sur son passage et précédée d'un vent de tempête puant le soufre. L'effet de la vapeur surchauffée du flux pyroclastique qui descendait impitoyablement fut dévastateur, enveloppant tout dans un torrent de feu et de boue brûlante. Le verre fondait, les constructions de pierre s'effondraient, tout objet organique était instantanément réduit en cendres. L'horreur bouillonnante ne laissa rien sur son passage.

Le terrible flux dépassa la voûte de cendres qui étendait un drap sinistre au-dessus de l'île. Alors la lave rougeoyante plongea dans le cœur du lagon, portant l'eau à ébullition et créant une folle turbulence de vapeur qui envoya des fumerolles blanches tourbillonner dans le ciel.

Le lagon autrefois si beau fut rapidement recouvert d'une vilaine couche de cendre grise, de boue sale et de débris déchiquetés annonçant le flux de mort. L'île que des hommes et des femmes avaient utilisée pour leur seule avidité, l'île qui, au dire de certains, méritait de mourir, cette île-là avait été annihilée. Le rideau venait de tomber sur son agonie.

Giordino avait arraché le bel hélicoptère Agusta Mark II, fabriqué en Angleterre, du pont du yacht et atteint une bonne distance de l'île du Gladiateur avant que la poussière de roche incandescente tombe sur le quai et le yacht. Il ne put voir l'ampleur des dégâts. Un immense nuage de cendre qui avait atteint trois mille mètres de haut au-dessus de l'île, les cacha à sa vue.

Les deux incroyables éruptions étaient certes un spectacle hideux et effrayant mais non dénué d'une certaine beauté impressionnante. Elles dégageaient un sentiment d'irréalité. Giordino eut l'impression de jeter un coup d'œil par-dessus le bord de l'enfer.

Il sentit renaître l'espoir quand il remarqua que le yacht renaissait à la vie et filait à travers les eaux du lagon vers le chenal ouvert dans les récifs environnants. Gravement blessé ou non, Pitt avait réussi à faire fonctionner le bateau. Mais, quelle que soit la vitesse à laquelle il pouvait voler sur l'eau, elle était insuffisante pour semer le nuage gazeux de cendres ardentes qui brûlaient tout sur leur passage avant de plonger dans le lagon. L'espoir retomba quand Giordino, horrifié, suivit des yeux la course inégale. L'enfer passa par-dessus le sillage bouillonnant du yacht, le rattrapant et l'étouffant, le cachant à la vue de l'Agusta Mark II. Vu de là-haut, à près de mille pieds, on voyait bien que personne n'aurait pu vivre plus de quelques secondes dans ce feu infernal.

Giordino fut submergé d'angoisse, de remords d'être vivant alors que la mère des enfants attachés dans le siège du copilote et son ami, son presque frère, étaient en train de mourir dans l'holocauste de feu, en bas. Maudissant l'éruption, maudissant son impuissance, il détourna les yeux de cette vision d'horreur. Le visage blanc, les traits tirés, il pilotait par instinct plus que par conscience. La peine qui le dévorait ne le quitterait jamais, il le savait. Toute son impertinence passée était morte avec l'île du Gladiateur. Pitt et lui avaient parcouru un long chemin ensemble, l'un toujours prêt à tirer l'autre du pétrin. Pitt n'était pas homme à mourir. Giordino se l'était répété en bien des occasions, quand il avait cru son ami déjà dans la tombe. Pitt était indestructible.

Une étincelle de foi s'alluma au fond de son cœur. Il regarda les jauges de carburant. Elles indiquaient le plein. Après avoir étudié la carte attachée à une planchette sous le tableau des commandes, il décida de filer vers l'ouest, vers Hobart en Tasmanie, l'endroit le plus proche et le plus adapté pour atterrir avec les enfants. Quand les jumeaux Fletcher seraient entre les bonnes mains des autorités, il referait le plein et retournerait à l'île du Gladiateur, ne serait-ce que pour essayer de ramener le corps de Pitt à Washington, pour son père et sa mère.

Il ne laisserait pas tomber Pitt. Il ne l'avait jamais fait au cours de toute sa vie et n'allait pas le faire lorsqu'il serait mort. Curieusement, il commença à se sentir mieux. Ayant décidé de son vol vers Hobart et de son retour à l'île, il se mit à parler aux petits garçons qui, cessant d'avoir peur, regardaient avec intérêt par la fenêtre du cockpit.

Derrière l'hélicoptère, l'île n'était plus qu'une silhouette indistincte aux lignes semblables à celles qu'elle avait offertes aux survivants épuisés du *Gladiateur*, un jour lointain, cent quarante-quatre ans auparavant.

Dès qu'il fut sûr que Giordino avait fait décoller l'hélicoptère et qu'il était sain et sauf en l'air, Pitt s'obligea à se lever. Il mouilla une serviette au robinet du bar et en entoura la tête de Maeve. Puis il se mit à empiler des coussins, des chaises, tous les meubles qu'il put soulever au-dessus de la jeune femme jusqu'à ce qu'elle soit enterrée en dessous. Incapable d'en faire davantage pour la protéger de l'océan de feu approchant, il alla en chancelant jusqu'à la timonerie, pressant sur sa blessure au côté où une balle avait pénétré son muscle abdominal, fait un petit trou dans son côlon pour aller se loger enfin dans la ceinture pelvienne. L'autre balle avait ricoché sur une côte, blessé et dégonflé un poumon pour ressortir par les muscles de son dos. Luttant contre l'évanouissement et contre l'obscurité cauchemardesque qui embrumait ses yeux, il étudia les instruments et les contrôles de la console du yacht.

Contrairement à celles de l'hélicoptère, les jauges du yacht indiquaient des réservoirs presque vides. L'équipage de Dorsett ne se fatiguait pas à faire le plein tant qu'on ne l'avait pas prévenu que la famille Dorsett préparait un voyage.

Pitt trouva les contacts et lança les gros moteurs turbo-diesel Blitzen Seastorm. Dès qu'ils tournèrent au ralenti, il engagea leurs commandes Casale-V et mit les gaz. Le pont trembla sous ses pieds tandis que l'avant se relevait et que l'eau, derrière le bateau, commençait à mousser. Il contrôla manuellement la barre pour diriger le yacht vers la haute mer.

Des cendres chaudes tombaient en une épaisse couverture. Il pleuvait des roches en feu qui sifflaient et dégageaient des nuages de vapeur en touchant l'eau. Elles s'abattaient sans fin, lancées de très loin sous les pressions s'échappant du mont Scaggs. La colonne de mort engloutit le quai et parut s'élancer à la poursuite du yacht, traversant le lagon comme un monstre enragé surgi des profondeurs brûlantes de l'enfer. Puis soudain, elle fut sur lui dans toute sa furie, descendant sur le yacht comme une masse tourbillonnante de deux cents mètres de haut avant que Pitt ait pu sortir du lagon. La bateau roula, comme frappé par un coup de massue venu de l'arrière. Les mâts du radar et de la radio se brisèrent net, de même que les radeaux, le bastingage et les meubles de pont. Le bateau lutta dans une turbulence embrasée, comme une baleine blessée. Des roches de feu tombèrent sur le rouf et le pont, frappant le joli bateau et le réduisant à l'état d'épave.

Dans la timonerie, la chaleur était accablante. Pitt eut l'impression qu'on lui avait frotté la peau avec un révulsif. Il devenait de plus en plus douloureux de respirer, surtout à cause de son poumon blessé. Il pria avec ferveur pour que Maeve soit encore en vie, là-bas, dans le salon.

Suffoquant, les vêtements fumants, les cheveux roussis, il s'accrocha désespérément à la barre. L'air surchauffé s'enfonçait dans sa gorge et dans ses poumons, au point que chaque respiration devenait une véritable agonie. Le grondement de la pluie de feu dans ses oreilles se mêlait aux battements violents de son cœur et au mouvement déferlant de son sang. Il n'avait, pour résister à l'ardent assaut, que le battement régulier des moteurs et la solidité du bateau.

Quand les fenêtres autour de lui commencèrent à craquer et à tomber en morceaux, il se dit qu'il allait sûrement mourir. Tout son esprit, tous ses nerfs étaient tendus sur la nécessité de faire avancer le bateau comme s'il pouvait, par la seule force de sa volonté, le faire voguer plus vite.

Soudain, la lourde couverture de feu perdit de son épaisseur tandis que le yacht courait dans la clarté retrouvée. Les eaux sales et grises furent à nouveau d'un beau vert émeraude et le ciel bleu de saphir. La vague de feu et la boue brûlante avaient perdu leur élan. Il avala l'air propre et salé comme un nageur s'oblige à l'hyperventilation avant de plonger en apnée dans les profondeurs. Il ne connaissait pas l'étendue de ses blessures et cela lui était égal. Il endurait l'atroce douleur avec stoïcisme.

C'est alors que son attention fut attirée par la tête et le haut du corps d'une immense créature marine qui s'éleva au-dessus de l'eau, à tribord. On aurait dit une gigantesque anguille, avec une tête ronde d'au moins deux mètres d'épaisseur. Sa bouche était entrouverte et il aperçut des dents acérées comme des rasoirs, en forme de crocs arrondis. Si on avait pu étendre son corps ondoyant, Pitt estima qu'il aurait mesuré entre trente et quarante mètres. L'animal fendait l'eau à une vitesse un peu supérieure à celle du yacht.

— Alors Basil existe bien ! murmura-t-il dans la timonerie vide.

Le fait de parler envenima sa gorge brûlante. Pitt se dit que Basil n'était pas un serpent de mer stupide. L'énorme anguille fuyait son habitat surchauffé du lagon vers la sécurité de la haute mer.

Quand il eut atteint le chenal, Basil se roula dans les profondeurs et disparut avec un grand battement de son énorme queue.

Pitt lui adressa un signe d'adieu et reporta son attention à la console. Les instruments de navigation ne fonctionnaient plus. Il essaya d'envoyer un signal de détresse mais la radio et le téléphone par satellite avaient tous deux rendu l'âme. Rien ne tournait plus que les gros moteurs qui tiraient encore le yacht à travers les vagues. Incapable de mettre le bateau en pilotage automatique, il attacha la barre à la proue vers l'ouest, vers la côte sud-est d'Australie et mit les gaz un cran au-dessus du point mort, pour économiser le peu de carburant qui restait. Un bateau de sauvetage répondant à la catastrophe de l'île du Gladiateur allait sûrement apercevoir le yacht mutilé, s'arrêter et venir voir.

Il obligea ses jambes chancelantes à le ramener jusqu'à Maeve. Il se demandait comment il allait la trouver et si la pièce avait entièrement brûlé. Vivement inquiet, il passa la porte séparant le salon de la timonerie. La pièce paraissait avoir subi une attaque au chalumeau. La coque épaisse et résistante en fibre de verre avait retenu une bonne partie de la chaleur mais celle-ci avait néanmoins fait exploser toutes les vitres. Le tissu ininflammable des sofas et des chaises, quoique abîmé, n'avait pas brûlé.

Il jeta un coup d'œil à Deirdre. Ses cheveux superbes n'étaient plus qu'une masse noircie. Ses yeux laiteux étaient fixes, sa peau de la couleur d'une langouste cuite. Des petites fumerolles s'échappaient de ses vêtements chics, comme une brume légère. On aurait dit une poupée jetée quelques secondes dans un fourneau et ressortie. La mort l'avait sauvée d'une vie dans un corps à jamais immobile.

Sans tenir compte de ses blessures, il commença à enlever vivement tout le mobilier qu'il avait empilé au-dessus de Maeve. « Il faut qu'elle soit vivante » pensa-t-il de toutes ses forces. Il fallait qu'elle l'ait attendu, malgré sa douleur et son désespoir d'avoir, une fois encore, perdu ses enfants. Il retira le dernier coussin et regarda, le cœur battant. Le soulagement l'envahit comme une cascade fraîche en voyant Maeve lever la tête et lui sourire.

— Maeve ! dit-il d'une voix rauque.

Il se laissa tomber près d'elle et la prit dans ses bras. C'est alors qu'il aperçut la grande mare de sang qui avait coulé entre ses jambes et s'était répandue sur le tapis. Il la serra contre lui, appuya la tête de la jeune femme contre son épaule et lui embrassa les joues.

— Vos sourcils, murmura-t-elle avec un petit rire.

— Qu'est-ce qu'ils ont?

— Ils ont brûlé. Et presque tous vos cheveux aussi.

— Je ne peux pas ressembler tout le temps à une vedette de cinéma.

— Pour moi, si. Est-ce que mes fils sont à l'abri? ajouta-t-elle, les yeux humides de tristesse et d'inquiétude.

— Al a décollé plusieurs minutes avant que l'orage de feu ne commence. Je pense qu'ils sont arrivés à bon port.

Le visage de Maeve était pâle comme un rayon de lune. On aurait dit une fragile poupée de porcelaine.

— Je ne vous ai jamais dit que je vous aimais.

— Mais je le savais, murmura-t-il en luttant pour ne pas étouffer.

— Est-ce que vous m'aimez aussi, même un tout petit peu?

— Je vous aime de toute mon âme.

Elle leva la main et caressa doucement son visage brûlé.

— Mon ami Myrtille, toujours au détour du chemin [1]. Serrez-moi fort. Je veux mourir dans vos bras.

— Vous n'allez pas mourir, dit-il, incapable de contrôler son cœur qui éclatait en mille morceaux. Nous allons vivre une longue vie tous les deux, nous allons écumer les mers et nous aurons tout un bateau d'enfants qui nageront comme des poissons.

— Deux naufragés à la découverte du monde, dit-elle dans un souffle.

— Il y a tant de choses à découvrir, dit Pitt en reprenant les paroles de la chanson.

— Faites-moi traverser Moon River, Dirk, emmenez-moi...

Son expression était presque joyeuse. Puis ses paupières battirent et se fermèrent. Son corps parut s'alanguir, se faner comme une jolie fleur sous un coup de vent glacial. Son visage se détendit, paisible comme celui d'un enfant endormi. Elle était passée de l'autre côté et l'attendait sur l'autre rive.

— Non! cria-t-il d'une voix d'animal blessé qui résonna dans la nuit.

Toute vie sembla quitter Pitt à son tour. Il ne se battit plus pour résister à l'évanouissement. Il ne résista plus au brouillard noir qui se refermait sur lui. Il lâcha la réalité et se laissa envelopper par l'obscurité.

---

1. Voir notes chap. 26, p. 236.

57

Le projet de Giordino de retourner rapidement à l'île du Gladiateur tourna court dès le début.

Après avoir utilisé le système de communication par satellite dernier cri de l'Agusta pour faire son rapport à Sandecker, à bord du *Glomar Explorer* à Hawaï, il contacta les unités de sauvetage de la Marine et de l'Aviation d'Australie et de Nouvelle-Zélande. Il fut le premier à annoncer le désastre au monde extérieur. Pendant le reste du vol vers Hobart, il fut sans cesse assiégé de demandes de membres haut placés de divers gouvernements et de reporters de tous les médias du monde, cherchant à avoir un récit de l'éruption et une évaluation des dégâts.

En approchant de la capitale de la Tasmanie, Giordino longea les hauts contreforts bordant Hobart, dont le quartier d'affaires est situé sur la rive ouest du fleuve Derwent.

Ayant repéré l'aéroport, il appela la tour. Les contrôleurs aériens l'envoyèrent se poser dans la zone militaire, à cinq cents mètres du terminal principal. Il fut surpris de voir une foule énorme attendre qu'il se pose.

Quand il eut coupé le moteur et ouvert la porte, tout se passa avec ordre et discipline. Les fonctionnaires de l'immigration vinrent à bord pour l'aider à entrer sans passeport. Les autorités des services sociaux prirent en charge les fils de Maeve, assurant Giordino que dès qu'on aurait trouvé leur père, on les lui confierait.

Ensuite, dès que Giordino eut mis le pied à terre, affamé et plus fatigué qu'il ne l'avait jamais été, il fut submergé par une armée de reporters qui lui fourrèrent des micros sous le nez, le filmèrent et lui posèrent mille questions sur l'éruption. La seule question à laquelle il répondit avec un sourire satisfait concernait la mort d'Arthur Dorsett, première victime de l'holocauste.

Finalement, il réussit à semer les journalistes et à se réfugier dans le bureau de la police de l'aéroport. De là, il appela le consulat américain qui accepta à contrecœur d'avancer les frais de carburant de l'hélicoptère, mais seulement pour des raisons humanitaires. Son vol de retour vers l'île du Gladiateur fut à nouveau retardé. Le directeur australien du service d'Assistance aux Catastrophes naturelles lui demanda de l'aider en transportant de la nourriture et des médicaments dans l'île. Giordino accepta puis fit impatiemment les cent pas autour de l'hélicoptère pendant qu'on remplissait ses réservoirs et qu'on enlevait les sièges des passagers pour faire de la place pour le chargement humanitaire. Il fut reconnaissant à l'un des employés du service qui lui apporta un sac plein de sandwiches au fromage et plusieurs cannettes de bière.

Il eut la surprise de voir une voiture s'approcher de lui et le chauffeur lui annoncer l'arrivée imminente de Sandecker. Il regarda l'homme, les yeux écarquillés, comme s'il était fou. Il ne s'était passé que quatre heures depuis qu'il avait fait son rapport à l'amiral, à Hawaï.

Il comprit lorsqu'il vit un F-22A supersonique de la Marine américaine, un chasseur biplace, se poser non loin de là. Giordino regarda le bel appareil, capable de voler à Mach 3, aller se ranger près de l'hélicoptère. La verrière s'ouvrit et Sandecker, en combinaison de vol, grimpa sur une aile et, sans attendre une échelle, sauta à terre.

Il approcha à grands pas de Giordino, sidéré, et l'embrassa avec la délicatesse d'un ours.

— Albert, vous n'imaginez pas combien je suis heureux de vous voir.

— J'aurais préféré que nous soyons plus nombreux à vous accueillir, dit Giordino d'une voix triste.

— Il ne sert à rien de rester là à nous consoler mutuellement, dit Sandecker. Allons chercher Dirk.

— Voulez-vous vous changer d'abord?

— J'enlèverai cette combinaison pendant le vol. Je pourrai la rendre à la Marine quand je repasserai par ici.

Moins de cinq minutes plus tard, avec deux tonnes de provisions très nécessaires dans le compartiment de fret, ils avaient décollé et se dirigeaient vers la mer de Tasmanie et les restes fumants de l'île du Gladiateur.

Des navires de sauvetage des marines d'Australie et de Nouvelle-Zélande furent dépêchés sur l'île avec des vivres et des équipes médicales. Tous les navires commerciaux à deux cent milles à la ronde furent déroutés pour aller apporter toute l'aide nécessaire sur la scène de la catastrophe. A la surprise générale, il y avait eu moins de pertes humaines qu'on aurait pu le craindre, étant donné l'ampleur du désastre. La plupart des travailleurs chinois avaient échappé au passage du vent de feu et du flot de lave. La moitié des surveillants de la mine avaient survécu mais, sur les quatre-vingts gardes de sécurité d'Arthur Dorsett, on n'en retrouva que sept vivants mais très gravement brûlés. Les autopsies montrèrent, plus tard, que la plupart étaient morts étouffés après avoir inhalé des cendres.

Tard dans l'après-midi, l'éruption avait perdu de sa force. Il sortait encore de la lave en fusion des fissures du volcan mais elle descendait en ruisseaux plus calmes. Les deux volcans n'étaient plus que les ombres de ce qu'ils avaient été. Scaggs avait presque disparu, ne laissant qu'un vaste et horrible cratère. Winkleman formait encore une colline massive mais qui n'avait plus que le tiers de son ancienne hauteur.

Un voile de cendres planait encore au-dessus des volcans quand Giordino et Sandecker approchèrent de l'île dévastée. On aurait dit qu'un scraper géant avait creusé toute la partie occidentale jusqu'aux soubassements. Le lagon avait l'air d'un marécage truffé de débris et de morceaux de pierre ponce. Il ne restait pas grand-chose des mines de la Dorsett Consolidated. Ce qui n'était pas recouvert par les cendres saillait comme les ruines d'une civilisation, morte depuis un millier d'années. La destruction de la végétation était presque totale.

Giordino sentit son cœur s'arrêter lorsqu'il chercha en vain dans le lagon le yacht avec Pitt et Maeve. Le quai avait brûlé et coulé dans l'eau couverte de cendres, près des entrepôts en ruines.

Sandecker fut horrifié. Il n'avait eu aucune idée de l'ampleur de la catastrophe.

— Tous ces morts! murmura-t-il. C'est ma faute, tout ça est ma faute!

Giordino lui adressa un regard plein de compréhension.

— Pour chaque habitant mort sur cette île, il y a dix mille personnes qui vous doivent la vie.

— Tout de même... dit Sandecker d'une voix étranglée.

Giordino survola un navire de sauvetage déjà ancré dans le lagon. Il réduisit sa vitesse, se préparant à se poser sur un endroit dégagé par les ingénieurs militaires australiens, parachutés les premiers sur la scène du désastre.

Les rotors soulevèrent des nuages de cendres, obscurcissant la vue de Giordino. Il plana un peu, tira sur le cyclique tout en réglant la vitesse du pas de l'hélice et coordonna le débit des gaz. Volant à l'aveuglette, il réussit à poser l'Agusta avec un choc assez violent. Il poussa un profond soupir et arrêta les rotors.

Le nuage de cendres s'était à peine dissipé qu'un commandant de l'armée australienne, couvert de poussière de la tête aux pieds, suivi de son adjoint, arriva en courant pour leur ouvrir la porte. Il se pencha dans le compartiment de fret tandis que Sandecker s'approchait de lui.

— Major O'Toole, se présenta le militaire avec un large sourire. Content de vous voir. Vous êtes le premier sauveteur à atterrir.

— Notre mission est double, major, dit Sandecker. D'une part nous apportons des fournitures mais de l'autre, nous recherchons un ami qu'on a vu pour la dernière fois sur le yacht d'Arthur Dorsett.

O'Toole haussa les épaules.

— Il a probablement coulé. Il faudra des semaines pour que les marées nettoient suffisamment le lagon pour qu'on puisse lancer des recherches sous-marines.

— Nous espérions que le bateau avait atteint la haute mer.

— Vous n'avez pas reçu d'appel de votre ami?

Sandecker fit non de la tête.

— Je suis navré mais il n'y a guère de chances qu'il ait pu échapper à l'éruption.

— Je suis navré aussi.

Sandecker parut regarder quelque chose à des milliers de kilomètres de là, sans voir l'officier debout près de la porte. Il se ressaisit.

— Puis-je vous aider à décharger l'hélico?

— Cela nous rendrait service. La plupart de mes hommes sont partis à la recherche de survivants.

Avec l'aide d'un des officiers d'O'Toole, les caisses de nourriture, l'eau et les médicaments quittèrent l'hélicoptère et furent empilées un peu plus loin.

L'échec et la tristesse empêchèrent Giordino et Sandecker de parler. Ils réintégrèrent le cockpit et s'apprêtèrent à retourner à Hobart.

Les rotors commençaient à tourner quand O'Toole arriva en courant, agitant les bras d'un air excité. Giordino ouvrit sa fenêtre et se pencha.

— J'ai pensé qu'il fallait vous avertir, cria O'Toole pour se faire entendre par-dessus le bruit des moteurs. Mon officier de communication vient de me transmettre le rapport d'un sauveteur. Ils ont aperçu un bateau très abîmé, dérivant à vingt-deux kilomètres au nord-est de l'île.

La détresse disparut du visage de Giordino.

— Se sont-ils arrêtés pour voir s'il y avait des survivants?

— Non. Le bateau paraît très abîmé et désert. Le capitaine a pensé à juste titre qu'il devait en priorité atteindre l'île avec son équipe de médecins.

— Merci, major. Vous avez entendu? demanda-t-il à Sandecker.

— J'ai entendu, dit impatiemment l'amiral. Mettez ce truc en l'air, vite!

Giordino n'eut pas besoin d'encouragements. Dix minutes après, ils apercevaient le yacht, exactement où l'avait dit le capitaine du sauveteur, se balançant comme une coque morte dans les vagues paresseuses. Il paraissait bas sur l'eau et penchait d'une dizaine de degrés sur bâbord. On aurait dit qu'un balai géant avait emporté son accastillage. Sa coque superbe, d'un bleu saphir, était brûlée et noirâtre et ses ponts recouverts d'une épaisse couche de cendres grises. Il avait connu l'enfer et ça se voyait.

— L'aire d'atterrissage semble dégagée, commenta Sandecker.

Giordino se mit à l'arrière du yacht et fit une descente très lente sous un angle léger. La mer ne présentait pas la moindre tache blanche donc le vent était presque inexistant et pourtant le tangage du bateau et sa gîte rendaient l'atterrissage difficile.

Il réduisit sa vitesse à celle du yacht, se penchant au même angle, calculant de se poser quand le yacht se lèverait sur la crête d'une vague. Au moment choisi, l'Agusta parut prendre son souffle, s'immobilisa quelques secondes et plongea vers le pont en pente. Giordino serra immédiatement les freins pour empêcher l'appareil de tomber à l'eau et coupa le moteur. Maintenant qu'ils s'étaient posés sans encombre, toutes leurs pensées se tournèrent avec crainte vers ce qu'ils allaient découvrir.

Giordino sortit le premier et attacha l'hélicoptère. Hésitants, retenant leur souffle, ils traversèrent le pont noirci et entrèrent dans le salon.

Un coup d'œil aux deux silhouettes inertes enlacées dans un coin de la pièce et Sandecker hocha la tête avec désespoir.

Il ferma brièvement les yeux, luttant contre une vague d'angoisse mentale. La scène cruelle était si horrible qu'il ne pouvait pas bouger. Il ne vit aucun signe de vie. Son cœur se brisa de tristesse. Il regarda les deux corps sans bouger, comme assommé. « Ils sont sans aucun doute morts tous les deux », pensa-t-il.

Pitt tenait Maeve dans ses bras. Le côté visible de son visage n'était qu'un masque de sang séché après la blessure que lui avait infligée Boudicca. Toute sa poitrine et sa hanche portaient également des taches cramoisies et sombres. Les vêtements brûlés, les sourcils et les cheveux roussis, les brûlures sur le visage et les bras, tout indiquait qu'il avait été horriblement mutilé par une explosion. Et que la mort ne lui avait pas été douce.

Maeve, elle, semblait être partie sans savoir que son sommeil serait éternel. Son joli visage luisant comme de la cire rappela à Sandecker une chandelle blanche et inutilisée, une Belle au bois dormant qu'aucun baiser ne réveillerait jamais.

Giordino s'agenouilla près de Pitt, refusant de croire à la mort de son ami. Il lui secoua l'épaule, tout doucement.

— Dirk, parle-moi, mon vieux.

Sandecker essaya d'éloigner Giordino.

— Il est parti, dit-il avec un soupir désespéré.

Alors, de façon si inattendue que les deux hommes en restèrent glacés de surprise, Pitt ouvrit lentement les yeux. Il regarda Sandecker et Giordino sans comprendre, sans les reconnaître.

Ses lèvres frissonnèrent et il murmura :

— Mon Dieu, pardonnez-moi, je l'ai perdue.

CINQUIÈME PARTIE

La poussière retombe

58

On ne sentait pas, cette fois-ci, la tension qui avait régné dans la salle de conférence à Paris, lors de la dernière réunion. Cette fois, l'atmosphère était détendue, presque enjouée. Les directeurs du Conseil multilatéral du Commerce se montrèrent plus agréables en discutant des derniers développements en coulisses de leurs affaires internationales.

Toutes les chaises étaient occupées autour de la longue table d'ébène, quand le président se tut un instant en attendant que les conversations et les murmures s'arrêtent. Puis il prit la parole.

— Messieurs, il s'est passé beaucoup de choses depuis notre dernière discussion. Nous devions alors faire face à une menace contre nos opérations internationales sur le diamant. Maintenant, grâce à un caprice du destin, la machination destinée à détruire ce marché a cessé d'être, avec la mort prématurée d'Arthur Dorsett.

— Bon débarras! s'exclama en riant le directeur général du cartel.

Il avait du mal à croire à sa chance et au soulagement qu'il ressentait, maintenant que la menace était éliminée sans qu'il en coûtât rien.

— Bravo! Bravo! crièrent plusieurs voix autour de la table.

— J'ai le plaisir de vous informer, poursuivit le président, que le prix du marché du diamant a considérablement augmenté ces derniers jours, tandis que celui des pierres de couleur a subi une baisse substantielle.

L'ancien ministre des Affaires étrangères des Etats-Unis, un homme aux cheveux gris issu d'une des familles les plus riches d'Amérique, prit la parole à l'autre extrémité de la table.

— Qu'est-ce qui va empêcher les directeurs de la Dorsett Consolidated de poursuivre le programme d'Arthur, en mettant les diamants en vente à prix discount dans la vaste chaîne de leurs détaillants?

L'industriel belge d'Anvers leva la main pour demander la parole.

— Arthur Dorsett était un mégalomane. Ses rêves de grandeur ne concernaient personne d'autre que lui. Il dirigeait ses exploitations et ses ventes sans conseil d'administration. Arthur était un solitaire. Il ne faisait confiance à personne. Il demandait très exceptionnellement son avis à un vague conseiller, après quoi le conseiller ou la conseillère était jeté dehors. Il menait la Dorsett Consolidated tout seul, sans personne d'autre à la direction.

L'Italien propriétaire de navires marchands sourit.

— J'ai presque envie d'aller escalader les volcans qui nous ont débarrassés d'Arthur Dorsett et de son empire maléfique, pour vider une bouteille de champagne dans leurs cratères.

— C'est exactement ce que font les Hawaïens dans le cratère du Kilauca, dit l'Américain.

— A-t-on retrouvé son corps ? demanda le roi japonais de l'électronique.

Le président fit signe que non.

— D'après les autorités australiennes, il n'est jamais sorti de sa maison qui était directement sur le chemin du fleuve de lave. Son corps, ou ce qui en reste, est enterré sous vingt tonnes de lave, de rocher et de cendres.

— Est-il vrai que ses trois filles soient également mortes ? demanda l'Italien.

— L'une est morte dans la maison avec Arthur. On a trouvé les deux autres dans la coque brûlée d'un yacht. Apparemment, elles essayaient d'échapper au tremblement de terre. Je dois dire qu'il y a quelque chose de mystérieux dans toute cette histoire. D'après mes sources bien informées au sein du gouvernement australien, une des filles est morte de blessures par arme à feu.

— Assassinée ?

— D'après la rumeur, plutôt un suicide.

Le Japonais fit un signe de tête au directeur du cartel du diamant.

— Pouvez-vous nous dire, monsieur, maintenant qu'Arthur Dorsett n'est plus dans la course, quelles sont les perspectives de votre marché ?

Le très élégant représentant des hautes sphères diamantaires d'Afrique du Sud répondit avec un sourire sincère.

— Elles ne pourraient être meilleures. Les Russes sont loin de mettre à exécution les menaces annoncées. Leurs tentatives de mener le marché à la baguette ont fait long feu. Après avoir vendu une bonne partie des pierres brutes à des tailleurs de Tel-Aviv et d'Anvers à des prix certes bas mais quand même plus élevés que ceux qu'Arthur Dorsett entendait pratiquer, ils ont épuisé leur production. La crise industrielle russe a entraîné un arrêt virtuel de leur production de diamants.

— Et où en sont l'Australie et le Canada ? demanda le Hollandais.

— Les mines australiennes ne produisent pas autant qu'on l'avait prédit à l'origine et la ruée sur le diamant canadien est retombée. Leurs diamants ne sont ni de très bonne qualité ni en très grande quantité. Pour le moment, on n'envisage pas l'ouverture d'une grande mine commerciale de diamant au Canada.

— Est-ce que les changements politiques en Afrique du Sud ont affecté vos opérations?

— Nous travaillons en étroite collaboration avec Nelson Mandela, depuis la fin de l'apartheid. Et je peux affirmer qu'il va bientôt annoncer un nouveau système de taxes qui sera tout à fait avantageux pour nous.

Le cheikh représentant le cartel pétrolier se pencha au-dessus de la table.

— Tout ceci nous paraît très encourageant mais est-ce que vos bénéfices vous permettront d'aider à réaliser le but du Conseil multilatéral d'un ordre économique mondial unique?

— Rassurez-vous, répondit le Sud-Africain, le cartel du diamant tiendra tous ses engagements. La demande au niveau mondial est en hausse et nos bénéfices devraient monter en flèche au cours des dix premières années de ce nouveau siècle. Sans aucun doute possible, nous porterons notre part du fardeau monétaire.

— Je remercie le représentant d'Afrique du Sud pour son rapport de confiance, dit le président.

— Que va devenir la Dorsett Consolidated Mining? demanda le cheikh.

— Légalement, répondit le président, la société tout entière revient aux deux petits-fils de Dorsett.

— Quel âge ont-ils?

— Sept ans dans quelques mois.

— Si jeunes!

— J'ignorais qu'une de ses filles était mariée, dit l'Indien promoteur immobilier.

— Aucune ne l'était, dit sèchement le président. Maeve Dorsett a eu des jumeaux en dehors des liens du mariage. Le père est issu d'une riche famille d'éleveurs de moutons. Il vient d'être nommé tuteur et administrateur du capital de ses enfants.

Le Hollandais regarda le président dans les yeux.

— Et qui a-t-on nommé pour s'occuper des affaires commerciales des enfants?

— Quelqu'un dont le nom vous est familier, répondit le président avec un sourire ironique. Jusqu'à la majorité des petits-fils, les activités commerciales au jour le jour de la Dorsett Consolidated Mining et tout ce qui en dépend seront dirigés par la famille Strouser, les diamantaires.

— C'est votre châtiment, commenta l'ancien ministre américain.

— Qu'est-ce qui est prévu au cas où le marché du diamant s'effondrerait de lui-même? Nous ne pourrons pas contrôler éternellement les prix.

— Je vais vous répondre, dit le Sud-Africain. Quand nous ne pourrons plus maintenir les prix, nous passerons des pierres naturelles, sorties de terre à grands frais, à celles qui sont produites dans nos laboratoires.

— Est-ce que les fausses sont aussi belles? demanda le magnat anglais de l'édition.

— Les laboratoires de chimie produisent depuis longtemps des émeraudes, des rubis et des saphirs de culture qui ont les mêmes propriétés physiques, chimiques et optiques que les pierres retirées des mines. Elles sont si parfaites que des gemmologistes entraînés ont du mal à faire la différence. C'est la même chose pour les diamants créés en laboratoire.

— Peut-on les vendre sans prévenir l'acheteur? demanda le président.

— Inutile de tromper les gens. De même que nous avons éduqué le public à penser que les diamants sont les seules pierres dignes d'être achetées, nous pourrons faire la promotion des pierres de culture et laisser entendre que ce sont les plus raisonnables à acquérir. La seule vraie différence, c'est qu'il a fallu des millions d'années à la nature pour créer les premières et qu'il suffit de cinquante heures de laboratoire pour créer les autres. La nouvelle vague de demain, si vous voulez.

La pièce fut un instant silencieuse, chacun réfléchissant aux bénéfices potentiels. Puis le président sourit et hocha la tête.

— On dirait bien, messieurs, que quel que soit le côté où se dirige le pendule, nos gains futurs sont assurés.

59

Pitt avait eu de la chance, ce que toutes les infirmières de l'étage à l'hôpital d'Hobart, en Tasmanie, ne cessaient de lui répéter. Après une crise de péritonite due à la perforation du côlon, on lui avait retiré la balle de la ceinture pelvienne qui avait, au passage, fait une belle entaille dans l'os. Depuis, il commençait à sentir qu'il reprenait sa place parmi les vivants. Quand ses poumons furent cicatrisés et qu'il put enfin respirer librement, il dévora comme un bûcheron affamé.

Giordino et Sandecker ne cessaient de tourner autour de lui jusqu'à ce que l'équipe médicale les ait rassurés sur les chances de guérison de Pitt, qu'ils constatèrent d'ailleurs bientôt lorsque celui-ci commença à demander – à exiger même – des boissons un peu plus fortes que les jus de fruits et le lait qu'on lui servait. Exigences qui étaient, la plupart du temps, ignorées.

L'amiral et Giordino accompagnèrent ensuite les fils de Maeve à Melbourne où se trouvait leur père, arrivé du ranch familial à l'intérieur du pays, pour assister aux funérailles de Maeve. C'était un homme grand, australien jusqu'au bout des ongles. Il avait un diplôme universitaire d'agriculture et d'élevage. Il promit à Sandecker et à Giordino d'élever ses fils dans un bon environnement. Bien qu'il se fiât au jugement de Strouser & Fils pour gérer la Dorsett Consolidated Mining, il nomma sagement quelques bons avocats pour veiller aux intérêts des jumeaux. Rassurés de savoir les enfants en bonnes mains et Pitt sur la voie de la guérison, l'amiral et Giordino reprirent l'avion pour Washington où Sandecker reçut un accueil tumultueux et quantité d'invitations à des banquets où l'on tenait à remercier l'homme qui avait mené une bataille solitaire pour sauver Honolulu d'un épouvantable désastre.

Si le Président ou Wilbur Hutton avaient eu le projet de le remplacer à la tête de la NUMA, ce fut rapidement oublié. On murmurait dans la capitale que l'amiral serait encore à la barre de sa chère Agence Nationale Marine et Sous-Marine bien après que l'administration en place aurait quitté la Maison-Blanche.

Le médecin entra dans la chambre et trouva Pitt debout près de la fenêtre, regardant avec nostalgie le Derwent, la rivière qui traverse le cœur de Hobart.

— Vous êtes supposé être au lit, dit le médecin avec un accent australien prononcé.

Pitt le regarda froidement.

— J'ai été couché cinq jours sur un matelas où un paresseux à trois doigts ne voudrait pas s'étendre. J'en ai eu mon compte. Maintenant, je ne veux plus que sortir d'ici.

Le médecin eut un sourire sournois.

— Vous n'avez aucun vêtement, vous savez ? Les haillons que vous aviez sur le dos en arrivant sont depuis ce jour-là à la poubelle.

— Alors je sortirai en peignoir de bain et dans la ridicule chemise de nuit de cet hôpital. A ce propos, le crétin qui a inventé cette chose mérite qu'on la lui enfonce dans les fesses jusqu'à ce que les cordons lui ressortent par les oreilles.

— Je vois bien qu'en bavardant avec vous, je perds un temps précieux que je pourrais passer avec mes autres malades, dit le médecin en haussant les épaules. C'est un vrai miracle que votre corps fonctionne encore. J'ai rarement vu autant de cicatrices sur un seul homme. Fichez le camp si ça vous chante. Je vais demander aux infirmières de vous trouver des vêtements décents afin qu'on ne vous arrête pas pour vous être déguisé en touriste américain.

Pas de jet de la NUMA pour ce voyage. Pitt prit un vol commercial de United Airlines. Tandis qu'il montait péniblement la passerelle, encore raide et la hanche douloureuse, les employés du vol, des femmes pour la plupart, le regardaient avec une curiosité non déguisée chercher la place numérotée qu'on lui avait attribuée.

Une hôtesse, les cheveux châtains coiffés nettement, les yeux presque aussi verts que ceux de Pitt, doux et inquiets, s'approcha de lui.

— Puis-je vous aider à trouver votre place, monsieur ?

Pitt avait passé une longue minute à étudier son visage dans une glace avant de prendre un taxi pour l'aéroport. S'il avait auditionné pour un rôle de mort-vivant, on le lui aurait donné haut la main : une cicatrice rouge vif à travers le front, des yeux injectés de sang et un visage pâle et émacié. Il bougeait comme un arthritique de quatre-vingt-dix ans. Il avait des marbrures sur la peau à cause des brûlures, pratiquement plus de sourcils et ses cheveux autrefois épais, noirs et souples, semblaient être passés par les mains d'un tondeur de moutons.

— Oui, merci, dit-il plus embarrassé que ravi.

— Etes-vous monsieur Pitt? demanda-t-elle en montrant le siège vide près d'un hublot.

— En ce moment, je préférerais être quelqu'un d'autre mais, oui, je suis M. Pitt.

— Vous êtes un homme chanceux, dit-elle en souriant.

— C'est ce que m'ont répété une bonne douzaine d'infirmières.

— Non, je veux dire que vous avez des amis qui s'inquiètent pour vous. On a prévenu l'équipage que vous preniez ce vol et on lui a demandé de vous le rendre aussi confortable que possible.

« Comment diable Sandecker a-t-il su que je m'étais échappé de l'hôpital, que je m'étais rendu directement à l'aéroport et que j'ai acheté un billet pour Washington? » se demanda-t-il.

En fait, les hôtesses eurent très peu à s'occuper de lui. Il dormit pendant presque tout le voyage, ne s'éveillant que pour manger. Il regarda le film où Clint Eastwood jouait un rôle de grand-père. Il but du champagne. Il ne se rendit compte que l'avion approchait Dulles International que lorsque le pilote abaissa le train d'atterrissage, dont le bruit le réveilla.

Il sortit de la navette, un peu surpris et déçu que personne ne soit venu l'attendre. Si Sandecker avait alerté l'équipage de l'appareil, il devait bien savoir à quelle heure il devait atterrir. Il n'y avait même pas Al Giordino sur le trottoir pour l'attendre quand il sortit en boitant du terminal pour prendre un taxi.

« Loin des yeux, loin du cœur », se dit-il, profondément déprimé.

Il était huit heures du soir quand il descendit du taxi. Il composa le numéro de code du système de sécurité de son hangar et entra chez lui. Il alluma les lumières qui se reflétèrent dans tous les chromes bien astiqués de ses voitures de collection.

Devant lui se dressait un objet si haut qu'il touchait presque le plafond et qui n'y était pas lorsqu'il était parti. Pendant quelques instants, Pitt admira le totem, fasciné. Un aigle magnifiquement sculpté, les ailes déployées, en décorait le sommet. Puis, dans l'ordre en baissant les yeux, il découvrit un ours grizzly avec son ourson, un corbeau, une grenouille, un loup, divers animaux marins et une tête humaine tout en bas, qui lui ressemblait vaguement. Une note était épinglée dans l'oreille du loup.

« Veuillez accepter cette colonne commémorative faite en votre honneur par le peuple des Haidas, en signe de gratitude pour ce que vous avez fait pour faire disparaître ce qui défigurait notre île sacrée. La mine Dorsett a été fermée et bientôt, les animaux et les plantes y

seront à nouveau chez eux. Vous êtes maintenant membre d'honneur des Haidas.
Votre ami,

Mason Broadmoor. »

Pitt en fut profondément touché. C'était un rare privilège que de recevoir une œuvre d'art d'une telle signification. Il se sentit reconnaissant au-delà de toute mesure envers Broadmoor et son peuple pour ce généreux cadeau. Il fit le tour du totem et sentit soudain son cœur s'arrêter de battre. L'incrédulité brouilla son regard vert. Puis l'étonnement fit place au vide et à la tristesse. Juste derrière, dans l'aile réservée à ses voitures de collection, il vit le *Merveilleuse Maeve*.

Abîmé, usé jusqu'à la corde, mais là dans toute sa gloire ravagée par la mer. Pitt n'arrivait pas à comprendre comment le fidèle bateau avait survécu à l'éruption volcanique et parcouru des milliers de kilomètres jusqu'à Washington. Quelqu'un avait dû faire un miracle. Il s'approcha et tendit la main pour toucher la proue et s'assurer qu'il ne rêvait pas.

Au moment où ses doigts rencontraient la surface rude de la coque, des gens sortirent de derrière le car Pullman rangé le long d'un des murs du hangar, des sièges arrière des automobiles et de son appartement à l'étage, où ils s'étaient cachés. Soudain une foule de visages familiers l'entoura en criant « surprise » et « bienvenue chez toi ».

Giordino l'embrassa doucement sur les deux joues, conscient de ses blessures. L'amiral Sandecker, pourtant peu porté aux démonstrations d'émotion, lui serra chaleureusement la main en détournant la tête pour cacher ses larmes.

Rudi Gunn était là, et aussi Hiram Yaeger et plus de quarante de ses vieux amis et collègues de la NUMA. Ses parents étaient venus l'accueillir. Son père, le sénateur de Californie George Pitt, et sa mère Barbara furent choqués par son apparence et sa maigreur mais se comportèrent bravement, comme s'il leur paraissait en bonne santé. Saint Julien Perlmutter s'était déplacé et avait pris en main la nourriture et les boissons. Le député Loren Smith, son amie intime depuis dix ans, l'embrassa tendrement, attristée de voir l'expression de peine et de dégoût du monde au fond de ses yeux généralement si pétillants de vie.

Pitt ne pouvait détacher ses yeux du petit bateau qui s'était montré si fidèle. Il se tourna vers Giordino.

— Comment as-tu fait ?

Celui-ci cachait mal un petit sourire triomphant.

— Après t'avoir emmené, avec l'amiral, à l'hôpital en Tasmanie, je suis retourné sur l'île avec un nouveau chargement de matériel de sauvetage. En survolant les falaises orientales, j'ai vu que le *Merveilleuse Maeve* avait survécu au tremblement de terre. Alors j'ai demandé leur

aide à deux ingénieurs australiens qui ont accepté de se faire hélitreuil-
ler dans le ravin. Ils ont attaché le bateau aux câbles de l'hélicoptère.
Ensuite, je l'ai remonté en haut de la falaise où nous avons démonté la
coque et les balanciers. Il a fallu se donner du mal. On a attaché sous
le fuselage les parties qui ne rentraient pas dans l'appareil. Après ça,
je suis retourné en Tasmanie, où j'ai persuadé le pilote d'un avion
cargo qui rentrait aux Etats-Unis de transporter la bête jusqu'à la maison. Là, une équipe de la NUMA m'a aidé à le remonter, juste à
temps pour ton arrivée.

— Tu es un véritable ami, Al, dit sincèrement Pitt. Je ne pourrai
jamais te revaloir tout cela.

— C'est moi qui te dois tant, répondit Giordino avec dévouement.

— Je regrette vraiment de n'avoir pas pu assister à l'enterrement de
Maeve à Melbourne.

— L'amiral et moi y sommes allés, avec ses fils et leur père. Comme
tu l'avais demandé, on a joué *Moon River* quand on l'a mise en terre.

— Qui a prononcé l'éloge funèbre ?

— L'amiral a lu ce que tu avais écrit, dit Giordino d'une voix triste.
Tout le monde pleurait.

— Et Rodney York ?

— Nous avons fait porter son Journal et ses lettres en Angleterre.
La veuve de York vit encore à Falmouth Bay. C'est une adorable
vieille dame de presque quatre-vingts ans. Je lui ai parlé au téléphone
après qu'elle a reçu le Journal. Je ne peux pas te dire à quel point elle
était heureuse de savoir enfin comment était mort son mari. Sa famille
et elle sont en train d'étudier le moyen de rapatrier sa dépouille.

— Je suis content qu'elle ait pu connaître l'histoire, dit Pitt.

— Elle m'a demandé de te remercier de ta prévenance.

L'approche de Perlmutter empêcha Pitt d'avoir les larmes aux yeux.
Le gros homme lui mit un verre de vin dans la main.

— Je crois que ceci va te plaire, mon garçon. C'est un excellent
chardonnay de Plum Creek, dans le Colorado.

L'effet de surprise passé, la réception battit son plein jusqu'à plus de
minuit. Les amis allaient et venaient quand Pitt, épuisé, eut visiblement du mal à rester éveillé. Finalement, la mère du héros insista pour
qu'il aille se reposer. Tous lui souhaitèrent une bonne nuit et une guérison rapide.

— Et ne venez pas travailler avant de vous sentir complètement en
forme, recommanda Sandecker avant de partir. La NUMA essaiera de
survivre sans vous.

— Il y a un projet que j'aimerais mener à bien, le mois prochain, dit
Pitt avec, dans l'œil, le reflet de son ancien regard de boucanier.

— Lequel ?

Pitt sourit.

— J'aimerais être sur l'île du Gladiateur quand l'eau du lagon reprendra sa transparence.

— Qu'espérez-vous y trouver ?

— Il s'appelle Basil...

Sandecker le regarda sans comprendre.

— Qui diable est Basil ?

— Un serpent de mer. Je suppose qu'il retournera dans ses eaux natales quand le lagon sera débarrassé des cendres et des saletés.

Sandecker mit une main sur l'épaule de Pitt et le regarda comme on regarde un enfant qui affirme avoir vu le diable.

— Reposez-vous bien et nous en reparlerons.

L'amiral sortit en hochant la tête et en marmonnant quelque chose à propos des mythes et des monstres marins. Loren Smith s'approcha alors de Pitt et lui prit la main.

— Tu veux que je reste ? demanda-t-elle d'une voix douce.

Pitt lui posa un baiser sur le front.

— Merci, je crois que j'aimerais être seul un moment.

Sandecker proposa à Loren de la ramener en ville, ce qu'elle accepta avec plaisir car elle était venue en taxi. Ils restèrent silencieux jusqu'à ce que la voiture ait passé le pont donnant sur la ville.

— Je n'ai jamais vu Dirk aussi abattu, dit Loren d'une voix triste et pensive. Jamais je n'aurais cru pouvoir dire cela mais il me semble que la flamme de son regard a disparu.

— Il se remettra, assura Sandecker. Deux semaines de repos et il rongera à nouveau son frein.

— Ne croyez-vous pas qu'il soit maintenant un peu trop âgé pour jouer les aventuriers intrépides ?

— Je ne l'imagine pas assis derrière un bureau. Il ne cessera jamais d'écumer les mers et de faire ce qu'il aime.

— Qu'est-ce qui le pousse ? se demanda-t-elle à voix haute.

— Il y a des hommes qui naissent remuants, dit Sandecker avec philosophie. Pour Dirk, chaque heure cache un mystère à résoudre, chaque jour un défi à relever.

Loren regarda l'amiral.

— Vous l'enviez, n'est-ce pas ?

Sandecker hocha la tête.

— Bien sûr, et vous aussi.

— Pourquoi, à votre avis ?

— La réponse est simple. Nous avons tous un peu de Dirk Pitt en nous.

Quand tout le monde fut parti, Pitt resta seul dans le hangar, au milieu de sa collection de belles mécaniques dont chacune représentait, d'une façon ou d'une autre, un souvenir de son passé. Il s'approcha en boitant du bateau que Maeve, Giordino et lui avaient construit sur les rochers des îles Misère. Il grimpa sur le rouf et resta assis là, un long moment, silencieux, perdu dans ses pensées.

Il était encore assis dans le *Merveilleuse Maeve* quand les premiers rayons du soleil effleurèrent le toit rouillé du vieux hangar d'aviation dont il avait fait son foyer.

Cet ouvrage a été réalisé par la
SOCIÉTÉ NOUVELLE FIRMIN-DIDOT
Mesnil-sur-l'Estrée
pour le compte des Éditions Grasset
en avril 1997

Imprimé en France
Dépôt légal : mai 1997
Nº d'édition : 10340 – Nº d'impression : 37984
ISBN : 2-246-52931-X
ISSN : 1263-9559